TSCHAÏ

Du même auteur
aux Éditions J'ai lu

La Terre mourante, l'intégrale 1, *J'ai lu* 9814
La Terre mourante, l'intégrale 2, *J'ai lu* 9815
Les mondes d'Alastor, *J'ai lu* 6793

JACK VANCE

TSCHAÏ

ROMANS

Traduits de l'anglais (États-Unis)
par Michel Deutsch

Traductions révisées par Sébastien Guillot

Préface et illustrations de Caza

Collection dirigée par Thibaud Eliroff

Retrouvez-nous sur Facebook :
www.facebook.com/jailu.collection.imaginaire

Le Chasch
Titre original : *City of the Chasch*
© Jack Vance, 1968
Pour la traduction française :
© J'ai lu, 1976

Le Wankh
Titre original : *Servants of the Wankh*
© Jack Vance, 1969
Pour la traduction française :
© J'ai lu, 1977

Le Dirdir
Titre original : *The Dirdir*
© Jack Vance, 1969
Pour la traduction française :
© J'ai lu, 1977
Le Pnume

Titre original : *The Pnume*
© Jack Vance, 1970
Pour la traduction française :
© J'ai lu, 1977

Pour la préface et la présente édition
© J'ai lu, 2016

Sommaire

Tschaï, Vance et moi, préface 9

Le Chasch 21

Le Wankh 265

Le Dirdir 495

Le Pnume 713

Tschaï, Vance et moi
Préface

Comment débarque-t-on sur *Tschaï* ? Si Adam Reith, le héros de l'histoire, y arrive en catastrophe, tombé du ciel après la destruction de l'astronef qui l'a amené dans les parages, pour moi ce fut beaucoup plus naturel.

Un petit historique, si vous le voulez bien – ça remonte quand même aux années soixante-dix du siècle dernier… En 1971, ma première BD, *Kris Kool*, publiée, je contactai les éditions Opta, qui éditaient les revues de science-fiction que je lisais régulièrement, *Fiction* et *Galaxie*, ainsi que le luxueux Club du Livre d'Anticipation, dit CLA. J'avais préparé un dossier d'illustrations en m'inspirant de textes déjà connus : *Jirel de Joiry*, *Shambleau*, la Horstel de *Ose* et quelques autres créatures féminines fantastiques. Après que Michel Demuth eut choisi dans ce dossier une Jirel de Joiry pour *Galaxie*, il me commandait les illustrations de *Tschaï* pour deux volumes au CLA. Le cycle de Jack Vance était traduit pour la première fois en France, et c'était ma première commande d'illustrations SF ! Quel cadeau ! L'art de se trouver au bon endroit au bon moment…

J'ai donc débarqué sur *Tschaï* à la suite d'Adam Reith. Très vite, en démarrant la lecture, j'ai découvert avec bonheur un monde exotique à explorer ! L'entrée en matière m'avait tout de suite rappelé le cycle de Mars d'E.R. Burroughs… avant que le récit ne prenne un rythme typiquement vancien : on voyage beaucoup, souvent lentement, dans des véhicules primitifs, on s'arrête dans des auberges, on mange, on change de costume, on discute… Il n'y a plus qu'à suivre le héros, puisqu'il est en permanence « à l'écran » ! Voyage, périple, aventure, découverte d'un monde inconnu, bizarre, baroque. D'une certaine façon, je me sentais *chez moi*, dans mon élément, dans cette *fantasy* pas forcément héroïque, mais tellement riche d'images, d'idées… La *fantaisie* de Vance, en réalité, montre, décrit, mais surtout évoque. Poésie, noirceur, humour… tout m'y a plu, y compris ses longueurs ou ses répétitions.

Si bien que pour l'illustrer, il suffit de le *lire*. Tout est dans le texte. Il s'agit simplement de pénétrer dans les romans et de se laisser pénétrer par eux. Ça suppose une lecture un peu spéciale, peut-être comparable à celle du traducteur, une acuité particulière, une attention portée aux détails descriptifs, aux paysages, aux couleurs de peau, aux pantalons à rayures, aux chapeaux à plumes… Vance donne à voir généreusement, mais aussi à goûter et à sentir, lors de ces fameux arrêts dans des auberges et tavernes où l'on se fait servir pain, viande et thé. Sans doute une façon de *nourrir* son lecteur… On en sort repu d'images, de couleurs, d'ambiances, d'atmosphères.

Illustrer consiste à traduire tout cela en images, à donner corps, à restituer par mes propres moyens la vision de l'auteur. Façon pour moi également, plus que de lui rendre hommage, de remercier l'auteur pour le plaisir qu'il m'a procuré et l'enrichissement visuel qu'il m'a apporté, cette nourriture d'images que j'ai faites miennes, que je me suis appropriées, qui sont entrées dans mon vocabulaire visuel, ma base de données personnelle et qui enrichissent mes univers graphiques. Vance et *Tschaï*, ça a tout de suite été un peu « à moi ». Ou bien est-ce moi qui me suis retrouvé « à lui » ?

C'est comme si je n'en étais plus jamais vraiment revenu, de là-bas…

Pour le CLA, donc, en 1971, j'ai réalisé deux doubles pages de garde, quatre hors-textes, une carte détachable, d'après celle que Vance lui-même avait dessinée, et puis des titres et des têtes de chapitres dessinés – baroques, bien sûr. Les titres mêmes des versions françaises me doivent aussi leur côté lapidaire : à l'origine, les romans s'appelaient *City of the Chasch, Servants of the Wankh, The Dirdir, The Pnume*. Comme j'aime bien le pur graphisme et la typographie, j'ai suggéré de dessiner ces titres, en ne conservant que le nom de la race extraterrestre pour désigner chaque tome. Ainsi, sans m'en faire plus que ça, j'ai commencé d'imprimer ma marque sur la tétralogie.

J'ai évidemment gardé de cette première commande un souvenir ému et un amour éternel pour Jack Vance et son œuvre. Et comme par la suite ma première commande chez J'ai lu a été une *Jirel de Joiry*, je peux dire qu'elle et *Tschaï* sont mes anges tutélaires, les bonnes fées qui se sont penchées sur mon cyberceau !

En 1976, J'ai lu, alors sous l'égide de Jacques Sadoul, a ressorti la série sous des couvertures de Tibor Csernus, que je trouvais belles, mais peut-être pas adaptées à l'esprit « aventure de SF-fantasy » propre à l'univers de *Tschaï*. Quelques années plus tard, en 1983, Sadoul m'a expliqué que le cycle ne marchait pas, et qu'il pensait avoir fait une erreur de couverture. Il m'en a donc confié le *remake* en vue d'une réimpression. Je me suis remis à ma table de dessin avec autant de bonheur, à ma manière et avec les progrès que j'avais accomplis en près de dix ans depuis l'épisode CLA. Le fait d'aborder à nouveau les mêmes textes une décennie plus tard aurait pu être une épreuve, mais le plaisir de me replonger dans ces sacrés bouquins, d'en respirer à nouveau les odeurs de cendre et d'en admirer les lourds crépuscules, a été le plus fort.

Et la série a décollé. Sadoul me dira plus tard : *« Tu as sauvé* Tschaï *! »* Je n'en tire aucun mérite : d'une certaine façon, ces romans étaient faits pour moi… ou moi pour eux. Que ma vision des choses ait contribué à leur succès ne fait qu'ajouter à mon plaisir. La question n'est pas celle de la qualité intrinsèque d'un illustrateur plutôt qu'un autre, mais celle de l'adéquation entre l'esprit d'un livre et le style d'un dessin. Ces quatre couvertures restent parmi celles qu'on me cite le plus souvent comme ayant marqué le monde de la SF – avec sans doute les deux tomes du *Troupeau aveugle* de John Brunner, chez J'ai lu aussi. Illustrateur orienté plutôt heroic fantasy, nourri de Frazzetta, étant passé du style pop des débuts à quelque chose de plus organique et charnel, je ne pouvais que bien m'entendre avec ce *Tschaï, Planet of Adventure*, monde barbare et foisonnant.

Une planète géante dominée par quatre races étrangères, de multiples sociétés humaines ou non, un malheureux astronaute terrien perdu là-dedans, comme le serait un marin occidental débarqué en Chine au début du XXe siècle… Peut-être le marin que Jack Vance a lui-même été dans ses jeunes années.

La planète Tschaï, donc, ses lunes Az et Braz, ses crépuscules tragiques, son atmosphère souvent lugubre, brunâtre, sépia. Des décors ponctués de ruines de civilisations archaïques oubliées, des villes quelque peu orientalistes : la foire, le bazar oriental, la taverne sordide… L'impression d'un monde trop vieux, tombé en décadence, mais une décadence toujours somptueuse, haute en couleurs, pittoresque, extravagante. Qu'est-ce qui n'est pas *excessif*, sur Tschaï ? Les épées sont trop longues, les habits trop colorés, trop baroques. Les paysages eux-mêmes sont exagérés, les montagnes trop hautes, les gouffres trop profonds… Même la plaine est trop plate ! Sans compter la folie hystérique de certains personnages : « *Les passions y étaient exacerbées : le chagrin plus poignant, la joie plus exultante, les personnalités plus tranchées. Les Terriens paraissaient par contraste des créatures pensives, réfléchies, posées. Le rire sur Terre s'avérait moins tapageur ; mais l'horreur y était moins fréquente.* » Même la mélancolie est excessive. Anacho ne dit-il pas « *Tschaï est un monde angoissant* » ? Et puis si les femmes sont rares, chez Vance, elles sont toujours *remarquables*. Ylan-Ylan, la fleur de Cath, restera dans toutes les mémoires.

La langue et ses inventions. Nous rencontrons des plantes nommées asofa, pririgon, mousselu ou craque-boyaux, un bestiaire d'animaux comme les pysantillas, les kors rouges, les oiseaux-présages, les sauvruels... et quelques dizaines d'autres espèces insolites qu'on ne verra jamais, mais dont le seul nom évoque, fait vibrer, « hors champ », l'imagination du lecteur. Les humains eux-mêmes sont tous bizarres, à la limite du monstrueux, dégénérés ou mutants, hybrides spécialisés, mimétiques de leurs maîtres étrangers. Car les races dominantes qui se partagent plus ou moins harmonieusement (plutôt moins) la planète sont tant extratschaïennes qu'extraterrestres. Ceux-là, Chasch, Wankh, Dirdir, Pnume, sont d'ailleurs perçus par Adam Reith et le lecteur qui le suit pas à pas comme parfaitement *étrangers*, voire comme des animaux. Il en tue quelques-uns froidement, mais il ne dialogue pratiquement jamais avec eux, en dehors de quelques phrases échangées occasionnellement.

Coutumes et costumes, anatomies, mœurs étranges, parfois odieuses, dangereuses ou ridicules... mais toujours insaisissables, car allogènes. Qui n'est pas « venu d'ailleurs », sur cette planète ? Le thème de l'étrange et de *l'étranger*, l'*alien*, l'autre, est constant, et avec lui une certaine folie. *« Sur Tschaï, ce qui semble raisonnable est toujours une erreur »*, dit à un moment Adam Reith. Tout est compliqué, tordu, voire pervers. *« Des exactions ? Ce mot ne signifie rien sur Tschaï. Seuls existent – ou pas – les événements. »* Telle est la philosophie de *Tschaï*. *« Il n'y a pas de loi dans la steppe. »* Pour un astronaute, rationnel, pragmatique, une sorte de *marine* américain, c'est un monde fou, monstrueux. Mais, et il faut y voir là l'humour de Jack Vance, la monstruosité n'exclut pas le dérisoire : les Dirdir, par exemple, sont des êtres agressifs et dangereux… mais on les tue facilement. Les Pnume sont tellement mystérieux qu'on peut croire qu'ils cachent un terrible et pervers secret. Mais sont-ils autre chose que des observateurs ? Il faudra aller tout au bout du voyage pour les découvrir enfin.

Car qu'est-ce que Tschaï, sinon un *voyage* ?

C'est ce qu'on appelle une aventure picaresque, ce type d'histoire où le héros a subi une perte et se lance dans une quête ponctuée de multiples rencontres, aventures, luttes, poursuites… ce qui n'exclut pas l'aspect touristique. Sur terre et sur mer, et même sous terre, un grand voyage d'exploration, une chasse au trésor, mais où l'on prend le temps de discuter autour d'un plat et d'une cruche de thé (du russe *tchaï* ?) dans une auberge au bord de la route ou dans une taverne de ville. Une errance, peut-être, mais avec un but : Reith ne rêve que de quitter Tschaï, de retourner sur sa Terre natale. Comme tout héros vancien, c'est quelqu'un de férocement obstiné, obsessionnel même. Son objectif, il s'y tient, et tous les moyens sont bons pour y arriver, y compris les plus violents ou immoraux. La nostalgie, « la douleur du nid », le besoin de retrouver le *home sweet home* qu'éprouve Reith, peut paradoxalement apparaître comme un leitmotiv dérisoire tant la vie sur Tschaï est plus passionnante que la Terre qu'il évoque parfois : quelque chose comme l'Amérique du XXe siècle. Et en même temps il a bien conscience que, retourné sur Terre, il aura peut-être la nostalgie de cette lointaine planète. *« Et supposons que je retourne sur la Terre. Pourrai-je me réadapter à une existence aussi placide, aussi posée ? Ou bien passerai-je le restant de mes jours à regretter les steppes et les mers de Tschaï ?* » Tel est le sort des marins, des voyageurs… Ainsi garde-t-il une sorte de distance, voire de distanciation, caractéristique des personnages vanciens.

À côté de cette amertume, de cette paradoxale mélancolie violente, il se montre d'un rationalisme et d'un pragmatisme tout anglo-saxon. Si les Dirdir pratiquent des duels pour l'honneur, Adam Reith n'hésite pas à les tuer avec application pour leur voler les fameux sequins qui doivent lui permettre de se faire construire un astronef et ainsi de rentrer sur Terre. Pourtant, et heureusement, dirai-je, ce cynique obstiné se conduit aussi en missionnaire de la démocratie, comme tout bon Américain. Ainsi en diverses occasions, il lui sera attribué le rôle de libérateur de quelques groupes humains opprimés, de ceux qui ont été réduits en esclavage par les extraterrestres maîtres de Tschaï. À leur grand étonnement, d'ailleurs : le plus *alien* de l'histoire, c'est lui ! Un de ces étranges chasch bleus lui dira : « *Il émane de toi quelque chose de factice.* »

En 1996, mon aventure vancienne continue avec un projet avorté, et donc peu connu des amateurs. J'ai été contacté par une société de création de jeux vidéo et autres productions en 3D – technique alors balbutiante –, *Animaré*, située à Marseille. Ils m'ont dit avoir acquis les droits de *Tschaï* en vue d'en réaliser un jeu et/ou une série télé en 3D. Le lendemain, j'étais chez eux ! J'ai donc produit quelques semaines de travail de recherche graphique et scénaristique, des esquisses de personnages, d'animaux, de paysages et d'engins, essentiellement autour du premier tome, le plus touffu. Ils ont réalisé quelques modélisations et puis, pour des raisons qui m'échappent, le projet a capoté. Peut-être un jour sortirai-je un petit bouquin reprenant ce travail de recherche.

Autre épisode anecdotique : en 1998 ou 1999, Guy Delcourt a commencé l'édition de l'adaptation de *Tschaï* en BD par Morvan et Li-An. J'étais un peu vexé qu'ils le fassent sans me demander mon avis… Mais j'avoue que, quelques années plus tôt, j'en avais caressé le projet et y avais renoncé, préférant me lancer dans ma propre saga personnelle en BD, « Le Monde d'Arkadi » (qui d'ailleurs doit sûrement bien des choses à l'esprit vancien). Ce qui est amusant, c'est que la mise en couleur de *Tschaï* fut confiée à Scarlett Smulkowski, ma compagne et coloriste d'alors, et que j'ai donc pu suivre les choses d'un bout à l'autre, me penchant sur son épaule pour garder un œil sur « mon » Tschaï : « Attention, les couchers de soleil, là-bas, c'est brun, sépia, lourd ! Et ne te mélange pas entre les Chasch verts et les Chasch bleus !… » Mais elle travaillait avec les romans sous la main, et Vance n'était pas avare de notations colorées. J'ai même mis la main à la pâte (au stylet sur la tablette), pour quelques pages avec les vaisseaux spatiaux des Wankh…

C'est également à cette époque que je *l*'ai rencontré.

Les premières *Utopiales*, avant Nantes, se sont tenues au Futuroscope de Poitiers en 1998. Vance en était l'invité d'honneur. Sachant qu'il avait aimé mes couvertures, je souhaitais lui faire un cadeau, mais comme il était déjà quasi aveugle, je ne pouvais pas lui offrir un original. J'ai donc demandé à un ami, Igor-Alban Chevalier, dit The Black Frog, de sculpter un petit buste de Chasch, ce dont j'aurais été bien incapable. On en a tiré quelques exemplaires en résine, et Vance a donc pu l'avoir en mains.

Soirée mémorable, en présence de tout le gotha de la SF, professionnels comme fans. De son interview publique, je retiens en particulier cette phrase : *« On ne peut rien faire sortir d'un homme qui n'y soit d'abord entré »* en réponse à une question du type : « d'où ça vient... l'imagination, les influences... ? » Les grands auteurs sont de grands voleurs, ou plutôt de grands *capteurs*. Je pense par exemple, dans le domaine de l'image, à Picasso ou Médius. Vance, homme éminemment cultivé, explorateur d'atlas et d'encyclopédies, et bien sûr grand voyageur, a dû *capter* dans les mers d'Orient des lueurs d'aubes aux couleurs pêche et des effondrements de crépuscules, sans oublier les goûts et les parfums. (J'en retiens aussi que « Cugel l'astucieux » ne se prononce pas *Cujel* mais plutôt quelque chose comme *Cougueul'*...)

Le lendemain, nous avons partagé un petit-déjeuner avec Vance et madame, au cours duquel nous avons surtout parlé cuisine – « comment ne pas maltraiter l'ail ! » J'ai d'ailleurs appris sans étonnement que son séjour en France devait se prolonger par une tournée gastronomique...

C'est aussi lors de ce même festival que j'ai croisé l'ami Médius, heureux comme un gosse, un livre du Maître sous le bras : il ne faisait pas partie des invités, mais il était descendu de Paris tout exprès pour se le faire dédicacer !

En 2000, J'ai lu m'a demandé une couverture pour une intégrale, les quatre tomes en un seul bloc au format poche. Ce que j'ai pris comme un défi un peu monstrueux : réaliser une seule illustration pour tout *Tschaï* ! Il n'était pas question de dessiner les quatre races extratschaïennes, il fallait être plus synthétique, tout en évoquant le foisonnement du cycle et l'aspect « planète de l'aventure ». D'où la présence au premier plan d'Adam Reith en héros/homme d'action et, en fond, quand même, le Pnume… comme une entité mystérieuse toujours présente en filigrane.

Et me revoici, une nouvelle fois, en 2015-2016, l'éditeur jugeant que « Caza et *Tschaï* sont les deux faces d'une même pièce ». Dois-je avouer que j'ai hésité ? Revenir encore sur cette vieille histoire ? Mais ça n'a pas duré, bien sûr. J'ai opté pour un retour à l'origine, une porte qui s'ouvre, une entrée en scène : Adam Reith vient de débarquer, il découvre à peine un monde mystérieux, encore brumeux. Le mystère et l'aventure sont devant lui. Et devant nous, lecteurs…

CAZA

Décembre 2015

Le Chasch

CAZA

D'un côté de l'*Explorateur IV* luisait une étoile sombre et vieillissante, Carina 4269 ; de l'autre flottait une planète solitaire d'un gris brunâtre enveloppée d'une épaisse couche atmosphérique. L'étoile ne se distinguait que par son étrange teinte ambrée. Quant à la planète, un peu plus grosse que la Terre, elle était escortée par deux petites lunes à la révolution rapide. Une étoile de type K2 presque classique, une planète qui n'avait rien de remarquable. Mais pour les hommes qui se trouvaient à bord de l'*Explorateur IV*, ce système constituait une source d'émerveillement et de fascination.

Dans le poste de contrôle avant se trouvaient le commandant Marin, son second, Deale, et le lieutenant Walgrave. Trois hommes pareillement sveltes, énergiques, vêtus du même uniforme blanc irréprochable, qui avaient passé tellement de temps ensemble que leur façon désinvolte de parler, mi-facétieuse, mi-sarcastique, était presque devenue identique. Ils scrutaient la planète au travers de sondoscopes – un dispositif binoculaire bénéficiant d'un énorme coefficient de grossissement.

« À première vue, commenta Walgrave, elle est habitable. Ces nuages sont sûrement composés de vapeur d'eau.

— Si des signaux émanent d'un monde, fit Deale, on peut presque automatiquement le supposer habité. L'habitabilité découle directement de l'habitation. »

Le commandant Marin partit d'un petit rire sec. « Votre logique, d'ordinaire irréfutable, est pour une fois prise en défaut. Nous nous trouvons actuellement à deux cent douze années-lumière de la Terre. Nous avons capté ces signaux alors que nous en étions à douze années-lumière ; ça fait donc deux siècles qu'ils ont été émis. Rappelez-vous qu'ils ont brutalement cessé. Ce monde est peut-être habitable ; peut-être est-il habité ; peut-être même les deux. Mais pas nécessairement. »

Deale secoua tristement la tête. « Sur une telle base, on ne peut même affirmer que la Terre est habitée. Les maigres indications à notre disposition… »

Bip ! bip ! fit alors le communicateur. « Parlez ! » ordonna Marin.

La voix de Dant, l'officier de transmission, retentit dans la nacelle : « Je détecte un champ fluctuant – artificiel, *a priori*, mais je n'arrive pas à rester dessus. Il peut fort bien s'agir d'une espèce de radar. »

Marin fronça les sourcils, se frotta le nez avec un doigt. « Je vais envoyer les éclaireurs en surface, après quoi nous retournerons nous mettre hors de portée. »

Le commandant lança un mot code à l'adresse desdits éclaireurs, Adam Reith et Paul Waunder. « Le plus vite possible – on nous a détectés. Rendez-vous dans l'axe du système, point D, comme sur Deneb. »

— Compris, commandant. Dans l'axe du système, point D, comme sur Deneb. Donnez-nous trois minutes. »

Marin s'approcha du macroscope et se mit à explorer anxieusement la surface de la planète, sur une bonne douzaine de longueurs d'ondes. « Il y a une fenêtre aux alentours de trois mille angströms – rien de très fameux. Les éclaireurs vont devoir se débrouillent tout seuls.

— Je me réjouis de ne jamais avoir reçu de formation d'éclaireur, fit remarquer Walgrave. Sans quoi moi aussi, j'aurais pu me retrouver envoyé sur des planètes étranges, voire parfaitement horribles.

— Un éclaireur ne se “forme” pas, rétorqua Deale. Il *naît* ainsi, voilà tout : à moitié acrobate, à moitié savant fou, à moitié monte-en-l'air, à moitié…

— Ça fait beaucoup de moitiés…

— Mais il faut bien tout ça. Un éclaireur, c'est un homme qui aime le changement. »

Les deux éclaireurs à bord de l'*Explorateur IV*, Adam Reith et Paul Waunder, étaient tous deux des hommes pleins de ressources, endurants, et passés maîtres en de nombreuses disciplines. Là s'arrêtait leur ressemblance. Légèrement plus grand que la moyenne, Reith avait les cheveux noirs, le front large, les pommettes saillantes, des joues creuses qu'un muscle faisait parfois tressaillir. Waunder était massif, avec des cheveux blonds clairsemés et des traits trop banals pour être décrits. Bien qu'âgé d'un ou deux ans de moins que lui, Reith possédait un grade supérieur, ce qui faisait de lui le commandant effectif de la vedette de reconnaissance, un astronef miniature de cinq mètres de long accroché sous la poupe de l'*Explorateur IV*.

Les deux hommes mirent à peine plus de deux minutes à y embarquer. Waunder prit les commandes ; Reith scella la trappe d'accès, appuya sur le bouton d'éjection. La navette se détacha de l'immense coque noire. En s'asseyant, l'éclaireur détecta un imperceptible mouvement à la limite de son champ visuel. L'espace d'un instant, il aperçut un projectile gris qui s'éloignait à toute vitesse de la planète. Puis un gigantesque éclair rouge et blanc l'aveugla. Une brutale secousse ébranla l'appareil quand Waunder poussa convulsivement la poignée d'accélération, et la vedette fila en direction du sol de la planète.

Un étrange objet flottait à présent dans l'espace là où s'était trouvé l'*Explorateur IV* un instant plus tôt : le nez et la partie arrière de l'astronef, reliés par quelques débris métalliques. Entre les deux flamboyait Carina 4269, le vieux soleil jaune. Marin, Deale et Walgrave, tout comme le reste de l'équipage, étaient à présent réduits à l'état d'atomes fugitifs de carbone, d'oxygène et d'hydrogène. Leur personnalité, leur impétuosité, leur jovialité – tout cela appartenait désormais au passé.

I

La vedette, *frappée* plutôt que propulsée par l'onde de choc, chutait en direction de la planète gris et brun ; Adam Reith et Paul Waunder rebondissaient de cloison en cloison dans le poste de pilotage.

Le premier, à la limite de perdre conscience, parvint néanmoins à agripper une épontille. Se hissant jusqu'au tableau de commandes, il rabattit la manette de stabilisation. Au lieu d'un bourdonnement régulier, c'était un sifflement mâtiné de bruits sourds qui leur parvenait ; la rotation incontrôlée de l'engin ne s'en trouva pas moins graduellement endiguée.

Les deux hommes se traînèrent jusqu'à leurs sièges, dans lesquels ils s'attachèrent. « Tu as vu ce que j'ai vu ?

— Une torpille », répondit Waunder.

Reith hocha la tête. « La planète est habitée.

— Et ses habitants sont loin d'être hospitaliers. La réception manquait passablement de chaleur.

— Nous sommes loin de chez nous. » Il passa en revue la rangée de cadrans inertes et de lampes témoins éteintes. « Plus rien n'a l'air de fonctionner. On va s'écraser, sauf si j'arrive à faire rapidement quelques réparations. » Il gagna tant bien que mal la salle des machines, pour y constater qu'une cellule énergétique de réserve mal arrimée avait défoncé un boîtier de connexion, dont il ne restait plus qu'un chaos de conducteurs fondus, de cristaux fracassés et d'éléments carbonisés.

« Je devrais pouvoir réparer, dit-il à Waunder, qui l'avait rejoint pour inspecter les dégâts. En à peu près deux mois, dans le meilleur des cas. Et à supposer qu'on trouve des pièces de rechange intactes.

— Deux mois, ça risque de poser un petit problème. À vue de nez, il doit nous rester à peu près deux heures avant de pénétrer dans l'atmosphère.

— Mettons-nous au travail. »

Une heure et demie plus tard, les deux hommes contemplaient leur rafistolage d'un œil sceptique. « Avec un peu de chance, fit Reith d'une voix lugubre, on devrait réussir à atterrir en un seul morceau. Va à l'avant, augmente un peu la puissance des propulseurs. Moi, je vais rester ici pour voir comment les choses évoluent. »

Une minute s'écoula. Les propulseurs se mirent à vrombir ; Reith sentit la pression de la décélération. Priant pour que leur bricolage de fortune tienne le coup, au moins provisoirement, il rejoignit la cabine et se réinstalla dans son siège. « Qu'est-ce que ça donne ?

— À court terme, ça devrait aller. Nous allons atteindre l'atmosphère dans une demi-heure, légèrement sous notre vitesse de décrochement. On devrait pouvoir réussir un atterrissage en douceur – je l'espère, en tout cas. Quant au pronostic à long terme… je suis moins optimiste. Ceux qui ont abattu le vaisseau peuvent certainement nous suivre au radar. Et ensuite ?

— Rien de bien réjouissant. »

La planète s'élargissait sous leurs pieds : un monde plus sombre que la Terre, aux contours moins bien définis, baigné par une lumière brunâtre et dorée. Ils pouvaient à présent voir des continents et des océans, des nuages, des tempêtes : le paysage d'un monde parvenu à maturité.

L'atmosphère se mit à geindre autour du vaisseau ; la jauge du thermomètre s'approchait dangereusement du rouge. D'une main prudente, Reith ajouta de la puissance dans les circuits dégradés. L'appareil ralentit ; l'aiguille tremblota, redescendit jusqu'à un chiffre moins inquiétant. Mais une faible explosion retentit alors dans la salle des machines, et la chute libre reprit de plus belle.

« Retour à la case départ, fit Reith. Bon, tout dépend des aérofreins, à présent. On ferait mieux d'aller prendre place dans les harnais d'éjection. »

Il déploya les volets latéraux, actionna le gouvernail d'altitude et les ailerons directionnels. Le nez de la vedette s'abaissa aussitôt. « Comment est l'atmosphère ? » s'enquit-il.

Waunder passa en revue les différentes indications fournies par l'analyseur. « Respirable. Voisine des normes terrestres.

— C'est déjà ça. »

Les sondoscopes leur permettaient à présent d'observer les détails du paysage. Ils survolaient une vaste plaine, ou une steppe, ponctuée ici et là de faibles reliefs et de traces de végétation. « Aucun signe de civilisation, fit Waunder. Pas dans la région, en tout cas. Peut-être là-bas, vers l'horizon – ces taches grises…

— Si nous arrivons à nous poser, et si personne ne vient nous déranger pendant qu'on remet le système de contrôle en état, on devrait pouvoir s'en tirer. Mais les aérofreins ne sont pas prévus pour un atterrissage en catastrophe. Mieux vaut encore essayer de faire décrocher la vedette, et de nous éjecter au tout dernier moment.

— D'accord. (Waunder tendit un doigt.) On dirait une forêt – un genre de végétation, en tout cas. Le coin idéal pour s'écraser.

— Allons-y. »

L'appareil s'inclina vers l'avant ; le paysage s'étendit devant leurs yeux – les frondaisons d'une forêt sombre et humide.

« À trois : éjection, fit Reith. (Il fit décrocher l'appareil pour le freiner.) Un… deux… trois. Éjection ! »

Les sabords d'éjection s'ouvrirent ; les sièges furent catapultés à l'extérieur – Reith se retrouva au beau milieu du ciel. Mais où était Waunder ? Soit son harnais s'était coincé, soit son siège éjectable avait mal fonctionné – toujours était-il que Reith le découvrit accroché à la coque de la vedette. Son propre parachute s'ouvrit ; son corps se retrouva bientôt pris d'un mouvement pendulaire. Dans sa chute, l'éclaireur heurta une branche noire et luisante. Le choc l'étourdit ; il se retrouva à pendre impuissant aux suspentes de son parachute. La vedette poursuivit sa course à travers les arbres, pour enfin se planter dans un marécage. Paul Waunder pendait, immobile, au bout de son harnais.

Seuls les craquements du métal brûlant, un léger sifflement en provenance des entrailles de l'engin, venaient briser le silence.

Reith remua un peu, agita faiblement une jambe. Une douleur déchirante envahit aussitôt sa poitrine et ses épaules ; il renonça bien vite à essayer de bouger.

Il se trouvait à plus de quinze mètres du sol. Le soleil, comme il l'avait déjà noté, semblait un peu moins brillant que celui de la Terre, mais aussi un peu plus jaune ; les ombres possédaient des tonalités ambrées. L'air fleurait un arôme de résine et d'essences inconnues. L'arbre dont il était captif avait un feuillage sombre et cassant qui crissait à chacun de ses mouvements. Depuis sa position, il pouvait suivre le sillon irrégulier qui menait jusqu'au marais, où la vedette gisait presque à la verticale. Waunder pendait tête en bas du sabord d'éjection, à seulement quelques centimètres de la vase. Si l'appareil s'enfonçait, le malheureux allait périr étouffé – pour peu qu'il soit encore en vie. Reith s'efforça frénétiquement de s'extraire de son harnais. La douleur lui donnait le vertige et la nausée ; il n'avait plus de force dans les mains, et quelque chose craqua dans ses épaules quand il leva les bras. Il était incapable de se libérer seul, encore plus d'aller porter secours à Waunder. Celui-ci était-il mort ? Reith n'aurait su le dire. Il pensait l'avoir vu bouger imperceptiblement.

Reith regarda attentivement. Waunder glissait lentement dans le bourbier. Dans le siège éjectable se trouvait une trousse de survie, avec des armes et des outils. Mais ses os brisés l'empêchaient de lever les bras pour atteindre la boucle. S'il se détachait de son parachute, Reith tomberait et se tuerait… Mais avait-il le choix ? Clavicules fracturées ou pas, il lui *fallait* ouvrir le siège éjectable, pour récupérer le couteau et le rouleau de corde.

Un bruit de bois qui casse lui parvint alors, tout près. Reith se figea aussitôt, interrompant ses efforts. Une troupe d'hommes armés de rapières d'une longueur fantastique et de lourdes catapultes portatives s'approchaient d'un pas tranquille, presque furtif.

Reith écarquilla les yeux de stupéfaction, croyant être victime d'une hallucination. Le cosmos semblait avoir un faible pour les races bipèdes plus ou moins anthropoïdes, mais là il s'agissait carrément d'hommes, aux traits rudes et puissants, à la peau couleur de miel, aux cheveux blonds – blond doré, blond cendré, blond semé de gris – et aux épaisses moustaches tombantes, affublés de vêtements recherchés : de larges pantalons rayés de noir et de marron, des chemises bleues ou rouge foncé, des gilets de cotte de mailles, de courtes capes noires. Sur leur tête trônait un chapeau de cuir noir crêpé muni d'oreillettes, au devant rehaussé d'un diadème orné d'un emblème d'argent de dix centimètres de large. Reith les observa, stupéfait. Des guerriers barbares, une bande d'égorgeurs en maraude – mais néanmoins des *hommes*… Ici, sur cette planète inconnue, à plus de deux cents années-lumière de la Terre !

Ils passèrent furtivement sous ses pieds, pour s'arrêter dans la pénombre afin d'examiner la vedette. Leur chef, un guerrier plus jeune que les autres – à peine un adolescent, à en croire le duvet qu'il arborait –, sortit alors à découvert et se mit à scruter le ciel. Trois hommes plus âgés, aux casques surmontés de boules de verre roses et bleues, le rejoignirent bientôt, et commencèrent eux aussi à fouiller les cieux du regard avec la plus grande attention. D'un signe, le jeune homme ordonna alors au reste de la troupe de s'approcher de l'épave.

Paul Waunder leva une main, dans une tentative bien peu convaincante de salut. L'un des hommes affublés d'une boule de verre brandit aussitôt sa catapulte, pour l'abaisser presque aussitôt à contrecœur, en réponse à l'ordre rageur que l'adolescent venait de lui lancer. Un guerrier coupa les suspentes du parachute ; Waunder s'écroula par terre.

Leur chef donna de nouvelles directives ; le blessé fut soulevé, puis transporté jusqu'à une zone plus sèche.

L'attention du jeune homme se concentrait à présent sur le vaisseau spatial, dont il escalada hardiment la coque pour se pencher au-dessus des sabords d'éjection.

Les plus vieux, ceux pourvus de globes roses et bleus, regagnèrent la pénombre en grommelant dans leurs grosses moustaches, et en jetant à Waunder des regards furibonds. L'un d'eux porta vivement la main à l'emblème de son couvre-chef, comme si l'objet avait tressauté ou émis un son. Comme exalté par ce contact, il marcha aussitôt à grands pas jusqu'à

Waunder et sortit sa rapière. À sa grande horreur, Reith vit la tête de son camarade se détacher de son torse, et des flots de sang aller imbiber la terre noire.

Le jeune homme se retourna aussitôt, comme s'il avait *perçu* ce qui venait de se produire. Dans un cri de fureur poignant, il sauta à terre et s'approcha du meurtrier, sa propre rapière brandie ; la lame flexible cingla l'air, trancha l'emblème qui ornait le casque du meurtrier. L'adolescent se baissa pour le ramasser, puis sortit de sa botte un couteau pour entailler sauvagement l'argent mou, qu'il lança ensuite aux pieds de l'assassin tout en l'abreuvant d'injures. Le guerrier, maté, récupéra son bien, puis alla sombrement se poster un peu plus loin.

Un très lointain vrombissement leur parvint alors. Les guerriers émirent aussitôt un faible hululement – soit une réponse cérémonielle, soit une réaction de peur et de mise en garde réciproque –, puis se replièrent de mauvais gré dans la forêt.

Dans le ciel apparut à basse altitude un appareil aérien, qui se posa après avoir décrit plusieurs cercles au-dessus de leurs têtes. Il était long de quinze mètres, large de six ; sa poupe accueillait un belvédère surchargé d'ornements qui faisait manifestement office de passerelle de commandement. À l'avant comme à l'arrière se dressaient des hampes torsadées auxquelles se balançaient de grandes lanternes. Penchés au-dessus de la courte balustrade, deux douzaines de passagers jouaient des coudes pour assister au spectacle, au risque de tomber.

Reith regarda avec une fascination hébétée l'appareil se poser à côté de la vedette. Ses passagers bondirent précipitamment à terre – il y en avait de deux sortes : des non-humains et des humains, même si la différence n'était pas immédiatement évidente. Les créatures non-humaines – des Chasch bleus, comme le Terrien l'apprendrait par la suite – se déplaçaient avec raideur sur de courtes jambes massives. Ils avaient un corps épais et puissant recouvert d'écailles cornées, comme celui d'un pangolin, aux méplats bleus et pointus. Leur torse en forme de coin possédait des épaules chitineuses, qui se recourbaient pour former une carapace dorsale. Leur crâne s'achevait par une arête osseuse. Un bourrelet orbital saillant surplombait deux cavités oculaires, où brillaient des yeux métalliques au-dessus d'un orifice nasal complexe. Quant aux hommes, ils ressemblaient autant aux Chasch bleus que le leur permettaient la manipulation génétique, le mimétisme et l'artifice. Ils étaient petits, trapus, avec des jambes cagneuses, un visage carré presque dépourvu de menton, des traits comme écrasés. Ils arboraient des espèces de crânes postiches qui se terminaient en pointe au-dessus de leur front. Leurs pourpoints et pantalons étaient incrustés d'écailles.

Chasch et Hommes-Chasch se ruèrent sur la vedette, en communiquant au moyen de cris glottaux flûtés. Certaines escaladèrent la coque pour jeter un coup d'œil à l'intérieur ; d'autres allèrent examiner les restes de Paul Waunder, qu'ils finirent par transporter à bord de leur engin volant.

Du belvédère de commande jaillit un beuglement d'alarme. Chasch bleus et Hommes-Chasch levèrent un instant les yeux en direction du ciel, puis s'empressèrent de pousser l'appareil sous les arbres ; la petite clairière retrouva bientôt toute sa quiétude.

Plusieurs minutes s'écoulèrent. Les yeux fermés, Reith se prit à songer à l'horrible cauchemar dans lequel il se retrouvait piégé – il espérait s'en réveiller, en toute sécurité à bord de l'*Explorateur IV*.

Un fracas de moteurs l'arracha à sa torpeur. Un autre appareil, construit lui aussi au mépris des règles de l'aérodynamique, était en train de tomber du ciel. Il se composait de trois ponts, d'une rotonde centrale, d'un balcon de bois noir et de cuivre, d'une proue en volute, de coupoles d'observation percées de meurtrières et d'un aileron vertical frappé d'un emblème noir et or. Tandis que le vaisseau tournait en rond, ceux qui en occupaient les ponts examinaient la vedette avec une fastidieuse minutie. Certains étaient des créatures non-humaines de haute taille, maigres, glabres, d'une pâleur de parchemin, au maintien à la fois sévère, languide et élégant. Les autres, des subordonnés apparemment, étaient des hommes, quand bien même ils affichaient les mêmes membres amincis et le même torse grêle, le même visage allongé de mouton, le même crâne chauve, les mêmes attitudes soigneusement affectées. Tous portaient des costumes raffinés garnis de rubans, de volants et d'insignes. Reith apprendrait par la suite que les non-humains étaient des Dirdir, et leurs vassaux des Hommes-Dirdir. Pour l'heure, abasourdi par l'ampleur de la catastrophe dont il était victime, il n'accordait au somptueux vaisseau dirdir qu'une curiosité superficielle. Dans sa tête s'infiltra néanmoins l'idée que la destruction de l'*Explorateur IV* avait été causée soit par ces grands êtres pâles, soit par ceux qui les avaient précédés sur les lieux – et que les deux groupes avaient à l'évidence suivi l'arrivée de la vedette.

Dirdir et Hommes-Dirdir examinaient celle-ci avec un vif intérêt. L'un d'eux attira l'attention de ses congénères sur les traces laissées par le navire chasch, une découverte qui déclencha aussitôt une intense animation. Des salves d'énergie d'un blanc pourpre jaillirent instantanément de la forêt, en fauchant un grand nombre. Puis Chasch et Hommes-Chasch chargèrent, les premiers équipés d'armes à feu, les seconds de grappins qu'ils lançaient en direction du vaisseau.

Les Dirdir vidèrent à leur tour leurs armes de poing, qui émettaient un violent éclair accompagné d'arabesques de plasma orange. Un flamboiement de pourpre et d'orange consuma Chasch et Hommes-Chasch. L'appareil dirdir tenta de décoller, pour se retrouver bloqué par les grappins. Les Hommes-Dirdir les tranchèrent à coups de poignard, les brûlèrent avec leurs pistolets à énergie ; bientôt le vaisseau parvint à s'échapper, sous les hurlements de déception flûtés des Chasch.

À une trentaine de mètres au-dessus du marais, les Dirdir braquèrent sur la forêt de puissants faisceaux à plasma, qui la strièrent d'une série d'avenues malodorantes – mais échouèrent à détruire l'engin chasch, dont l'équipage mettait à présent ses propres canons en batterie. Si le premier projectile manqua sa cible, le second creva la coque du vaisseau, qui se mit à pivoter sur lui-même avant de s'élever en chandelle, zigzaguant, tanguant, tressautant comme un insecte blessé. Il se retourna, projetant certains de ses passagers dans le ciel couleur d'ardoise, pour presque aussitôt se remettre à l'endroit. L'appareil vira alors au sud, puis à l'est, et disparut bientôt aux regards.

Chasch et Hommes-Chasch sortirent du sous-bois pour regarder le vaisseau dirdir s'éloigner. L'engin glissa hors de la forêt, plana au-dessus de la vedette, qui fut extraite du marais au moyen de grappins. Sitôt Chasch et Hommes-Chasch à son bord, l'appareil prit son vol en direction du nord-est, l'aéronef terrien accroché sous sa coque.

Le temps passa. Reith pendait dans son harnais, à peine conscient. Le soleil se coucha derrière les arbres, et l'obscurité commença à recouvrir le paysage.

Les barbares réapparurent. Ils gagnèrent la clairière, procédèrent à une inspection superficielle, scrutèrent le ciel, puis tournèrent les talons.

Reith poussa un cri rauque. Les guerriers s'emparèrent aussitôt de leurs catapultes, mais d'un geste furieux le jeune chef les exhorta au calme. Il lança ensuite des ordres ; deux hommes grimpèrent à l'arbre pour couper les suspentes du parachute, tout en laissant le siège éjectable et le matériel de survie du Terrien se balancer au milieu des branches.

Reith fut alors déposé par terre sans ménagement – il faillit tomber en syncope quand son épaule racla le sol. Des formes s'agitaient au-dessus de lui, parlant un langage composé de consonnes sèches et de voyelles appuyées. On le souleva pour le déposer sur une litière ; des pieds se mirent à marteler le sol – il oscillait à leur rythme. Puis il s'évanouit. Ou s'endormit.

2

Ce fut le brasillement d'un feu qui le réveilla, ainsi qu'un murmure de voix. Au-dessus de lui, un sombre auvent lui masquait partiellement un ciel fourmillant d'étoiles étrangères. Le cauchemar était bien réel. Bribe par bribe, sensation par sensation, il reprit conscience de lui-même et de sa situation. Il reposait sur une litière de roseaux entrelacés desquels émanait une odeur aigre, mi-végétale, mi-humaine. On lui avait ôté sa chemise ; des attelles d'osier lui comprimaient les épaules, de manière à maintenir en place les os brisés. Malgré la douleur, il leva la tête et regarda autour de lui. Il était allongé dans un abri ouvert aux quatre vents, aux poteaux métalliques recouverts de tissu. Encore un paradoxe, songea-t-il. Si ces piquets métalliques témoignaient d'un niveau technologique avancé, les armes de ces gens, tout comme leur comportement, relevaient de la pure barbarie. Il tenta de regarder en direction du feu, mais la douleur l'en dissuada aussitôt, et il se laissa retomber en arrière.

Le camp n'avait pas été dressé dans la forêt – la présence d'étoiles au-dessus de sa tête venait le lui confirmer. Reith se demanda ce qu'il était advenu de son siège éjectable et de la trousse de survie qui y était fixée ; sans doute pendaient-ils encore à l'arbre auquel ils étaient accrochés la dernière fois qu'il les avait vus. Reith n'allait pouvoir compter que sur lui-même pour s'en sortir – ce qui incluait quand même son entraînement d'éclaireur, dont il avait à l'époque considéré certains aspects comme exagérément pédants. Il avait assimilé une foule de disciplines scientifiques de base – linguistique et informatique, astronautique, technologie spatiale et énergétique, biométrie, météorologie, géologie et toxicologie. Voilà pour la théorie. D'un point de vue plus pratique, il avait été formé à toutes sortes de techniques de survie : la science des armes, de nombreuses méthodes d'attaque et de défense, la nutrition d'urgence, le bricolage de fortune, la mécanique de la propulsion spatiale, la remise en état des appareils électroniques… et bien d'autres choses encore. Si on ne le tuait pas sur-le-champ, comme Paul Waunder l'avait lui-même été, il pourrait survivre – mais à quelle fin ? Ses chances de retourner sur Terre semblaient au mieux infinitésimales, ce qui limitait drastiquement l'intérêt que cette planète pouvait présenter à ses yeux.

Une ombre tomba sur son visage ; Reith reconnut l'adolescent qui lui avait sauvé la vie. Après avoir fouillé l'obscurité du regard, le jeune homme s'agenouilla devant lui, une écuelle remplie d'un gruau grossier dans les mains.

« Merci beaucoup, fit le Terrien, mais je doute de pouvoir manger. Les attelles m'empêchent de bouger. »

Le garçon se pencha en avant, prononça quelques mots d'une voix assez sèche. Son visage, s'avisa Reith, arborait une sévérité, une intensité singulières pour un gamin qui n'avait sûrement pas plus de seize ans.

Au prix d'un effort éreintant, Reith se dressa sur un coude et s'empara de l'écuelle. Le jeune homme se releva, recula de quelques pas et le regarda essayer de se nourrir. Puis il se tourna, pour lancer un appel d'une voix revêche. Une fillette arriva aussitôt en courant, s'inclina, se saisit du récipient et entreprit de nourrir Reith avec force précautions.

L'adolescent resta quelque temps à regarder la scène, visiblement déconcerté par le Terrien – dont la perplexité égalait à la sienne. Des hommes et des femmes, sur un monde situé à deux cent douze années-lumière de la Terre ! S'agissait-il d'un phénomène d'évolution parallèle ? Incroyable ! Une cuillerée après l'autre, la fillette lui enfournait le gruau dans la bouche. Âgée de huit ans environ, elle était vêtue d'une espèce de pyjama en lambeaux d'une propreté douteuse. Une demi-douzaine d'hommes de la tribu étaient venus assister au spectacle ; l'adolescent ne prêtait aucune attention au murmure de leurs conversations.

Une fois l'écuelle vide, la petite approcha un pot de bière aigrelette des lèvres du Terrien – qui la but parce que c'était ce qu'on attendait de lui, malgré les grimaces que lui tira le breuvage. « Merci », dit-il à l'enfant, qui lui adressa un sourire hésitant avant de s'éclipser précipitamment.

Le Terrien se laissa retomber sur sa paillasse. Le jeune homme lui adressa quelques mots d'un ton brusque – une question, à l'évidence.

« Désolé, je ne comprends pas. Mais n'en prenez surtout pas ombrage ; dans ma situation, *toutes* les mains amicales sont les bienvenues. »

Renonçant à discuter, le garçon ne tarda pas à s'en aller. Reith se réallongea sur sa paillasse et essaya de dormir. Le feu commençait doucement à s'éteindre ; l'activité se raréfiait dans le camp.

Un faible appel retentit au loin, une sorte de hululement chevrotant auquel un autre ne tarda pas à répondre, puis encore un autre – jusqu'à ce que des centaines de voix s'unissent en une mélopée presque musicale. Se soulevant péniblement, Reith vit que les deux lunes, de même diamètre apparent, l'une rose et l'autre bleu pâle, s'étaient levées à l'est.

Un instant plus tard, une nouvelle voix, plus proche, vint se mêler au chœur. Reith n'en crut pas ses oreilles : était-ce celle d'une femme ? D'autres se joignirent bientôt à elle, plaintives, distillant un chant funèbre sans parole. Combinées au hululement lointain, elles produisaient une espèce de colloque aussi funeste qu'impressionnant.

La mélopée finit par s'interrompre ; le silence retomba sur le camp. Pris de somnolence, Reith ne tarda pas à sombrer dans le sommeil.

Une fois le soleil levé, le Terrien put se faire une idée plus précise du camp. Celui-ci avait été dressé dans un creux de terrain flanqué de deux larges collines basses, parmi une multitude d'éminences qui s'étiraient vers l'est. Pour des raisons qui lui échappaient encore, c'était là que la tribu avait choisi de s'établir. Tous les matins, quatre guerriers adolescents vêtus de longues capes marron enfourchaient de petites motos électriques et disparaissaient dans la steppe chacun de son côté ; le soir venu, ils revenaient faire leur rapport à Traz Onmale, le jeune chef. Chaque matin également, un cerf-volant prenait l'air, y soulevant un gamin de huit ou neuf ans qui faisait visiblement office de guetteur. Le vent avait tendance à s'apaiser en fin de journée ; le cerf-volant retombait alors plus ou moins brutalement. Le gamin s'en tirait généralement avec une simple bosse – les hommes chargés de la manœuvre semblaient de toute façon moins se préoccuper de sa sécurité que de l'état de l'engin, une modeste armature de bois sur laquelle était tendue une membrane noire.

Chaque matin, une affreuse clameur s'élevait à l'est, derrière la colline, pour se prolonger pendant près d'une demi-heure. Ce vacarme, Reith ne tarda pas à l'apprendre, provenait du troupeau de bêtes aux pattes multiples duquel la tribu tirait sa réserve de viande. Tous les matins, la femme musculeuse qui faisait office de bouchère en ces lieux se rendait dans l'enclos armée d'un couteau et d'un merlin, pour en revenir avec trois ou quatre pattes, selon les besoins du jour. Elle prélevait parfois un peu de chair sur le dos d'une bête, ou l'éventrait pour en extraire un organe interne. Les animaux ne faisaient guère de difficultés pour se laisser trancher les pattes – celles-ci repoussaient rapidement –, mais ils poussaient de terribles hurlements lorsqu'on leur fouillait les entrailles.

Pendant que ses os se ressoudaient, Reith n'eut de contacts qu'avec des femmes – un groupe bien morne – et Traz Onmale, qui passait la plus grande partie de la matinée en sa compagnie, à lui parler, à inspecter ses vêtements, à lui enseigner la langue kruthe ; celle-ci possédait une syntaxe relativement facile, qui se voyait complexifiée par la multiplicité des temps, des modes et des aspects. Longtemps après que Reith fut capable de s'exprimer correctement, Traz Onmale s'attacha avec cette sévérité si peu en rapport avec son âge à le corriger, et à lui inculquer toute une série de bons usages encore plus difficiles à assimiler.

Le Terrien apprit ainsi que la planète s'appelait Tschaï, les lunes Az et Braz, et les membres de la tribu les Kruthe, ou « Hommes-Emblèmes », ainsi nommés d'après les objets d'argent, de cuivre, de pierre ou de bois qui ornaient leurs casques. Le statut d'un individu était déterminé par son emblème, lequel était considéré comme une entité semi-divine dotée d'un nom, d'une histoire précise, d'une idiosyncrasie et d'un rang distinctif. Dire que c'était l'emblème qui contrôlait l'homme plutôt que l'inverse n'avait rien d'exagéré, car il conférait à son porteur tant son nom que sa réputation – il *définissait* son rôle au sein de la tribu. L'emblème le plus éminent était Onmale ; son détenteur, Traz, n'était qu'un simple gamin comme les autres avant de l'arborer. Onmale incarnait la sagesse, l'adresse, la résolution et l'indéfinissable *virtu* des Kruthe. On pouvait hériter d'un emblème, se l'approprier après avoir tué son propriétaire, ou en fabriquer un de son cru. Auquel cas le nouvel emblème ne possédait ni personnalité ni *virtu* tant qu'il n'avait pas participé à des exploits remarquables et, par conséquent, acquis un statut particulier. Quand un emblème changeait de main, son nouveau propriétaire en assumait bon gré mal gré la personnalité. Certains étaient mutuellement antagonistes, et l'homme qui entrait en possession de l'un d'eux devenait aussitôt l'ennemi de celui qui arborait son opposé. Certains emblèmes, vieux de plusieurs millénaires, charriaient une histoire complexe. Quelques-uns portaient malheur, chargés de mauvais augures. D'autres conféraient à leur porteur un sentiment d'intrépidité, ou une sorte bien spécifique de folie guerrière quand les circonstances l'imposaient. Sa perception de ces personnalités symboliques, Reith n'en doutait pas, était bien pâle, bien parcellaire, comparée à l'intensité avec laquelle les Kruthe les ressentaient. Sans son emblème, le Kruthe devenait un homme sans visage, sans prestige ni fonction. Ce qu'était présentement Reith lui-même, ainsi qu'il finit par l'apprendre : un serf, ou une femme – la langue des Kruthe ne faisant pas la différence entre les deux.

Chose curieuse – du moins aux yeux de Reith –, les Hommes-Emblèmes le croyaient originaire d'une lointaine région de Tschaï. Loin d'être impressionnés par sa présence à bord d'un vaisseau spatial, ils le pensaient subordonné à quelque race non-humaine inconnue, tout comme les Hommes-Chasch l'étaient aux Chasch bleus, ou les Hommes-Dirdir aux Dirdir.

Quand il entendit Traz Onmale exprimer pour la première fois ce point de vue devant lui, Reith ne manqua pas de le réfuter avec indignation : « Je viens de la Terre, une lointaine planète – où *personne* ne règne sur nous.

— Qui a construit ce vaisseau spatial, dans ce cas ? s'enquit l'adolescent d'une voix sceptique.

— Les hommes, bien sûr. Les hommes de la Terre. »

Le jeune chef secoua dubitativement la tête. « Comment pourrait-il y avoir des hommes si loin de Tschaï ? »

Reith éclata d'un rire empreint d'un amusement amer. « Je me suis posé la même question : comment des hommes ont-ils fait pour venir sur Tschaï ?

— L'origine des hommes est bien connue, s'offusqua Traz Onmale. On nous l'enseigne dès que nous apprenons à parler. Personne ne te l'a donc inculquée ?

— Sur Terre, nous croyons que l'homme a évolué à partir d'un proto-hominidé, qui lui-même a évolué à partir d'un ancien mammifère ; et ainsi, de proche en proche, jusqu'aux premières cellules. »

Traz Onmale jeta un coup d'œil furtif aux femmes qui travaillaient à proximité. « Du balai ! leur ordonna-t-il sans ménagement. Nous avons une discussion d'hommes. »

Les femmes s'en furent en faisant claquer leur langue. Traz Onmale les suivit du regard, l'air dégoûté. « La folie va envahir le camp – et les Magiciens en seront fort contrariés. Il faut que je t'explique l'origine véritable des hommes. Tu as vu les lunes ? La rose, Az, est la demeure des saints. La bleue, Braz, un lieu de tourments où l'on envoie les mauvaises personnes et les *kruthsh'geir*[1] après leur mort. Jadis, les deux lunes sont entrées en collision, ce qui a précipité des milliers de gens sur Tschaï. À présent, tous veulent retourner sur Az, les bons comme les méchants. Mais les Jugeurs, qui tirent leur sagesse des globes qu'ils portent, séparent le bon grain de l'ivraie et envoient chacun là où il mérite d'aller.

— Intéressant, dit Reith. Et qu'en est-il des Chasch et des Dirdir ?

— Ce ne sont pas des hommes. Ils sont venus d'au-delà les étoiles, tout comme les Wankh. Hommes-Chasch et Hommes-Dirdir sont des hybrides impurs. Quant aux Pnume et aux Phung, ils ont été vomis des grottes septentrionales. Nous les tuons tous avec zèle. (Il lança à Reith un sinistre regard de biais.) Si tu viens d'un autre monde que Tschaï, tu ne *peux* être humain – il me faudra ordonner ton exécution.

— Voilà qui me paraît exagérément sévère. Après tout, je ne t'ai fait aucun mal. »

D'un geste, le jeune chef lui fit comprendre que c'était là un argument de peu de poids. « Je vais remettre ma décision à plus tard. »

Reith exerçait ses muscles engourdis et étudiait assidûment la langue locale. Les Kruthe, apprit-il, n'avaient pas d'habitat fixe, mais sillonnaient la vaste steppe d'Aman qui s'étendait au sud d'un continent

1. Mot intraduisible s'appliquant généralement à un homme qui a bravé et profané son emblème, reniant par là même sa destinée. *(Toutes les notes sont de l'auteur.)*

connu sous le nom de Kotan. Ils n'avaient guère d'informations à lui donner sur ce qui se passait ailleurs sur Tschaï. Il y avait plusieurs continents – Kislovan au sud, Charchan, Kachan et Rakh de l'autre côté de la planète. D'autres tribus nomades arpentaient la steppe. Les marécages et forêts méridionales étaient peuplés d'ogres et de cannibales dotés de divers pouvoirs surnaturels. Les Chasch bleus résidaient à l'ouest du Kotan. Les Dirdir, qui préféraient les climats froids, vivaient sur Haulk, une péninsule située au large de la côte sud-ouest du Kislovan, et sur le littoral nord-est du Charchan.

Une autre race étrangère, celle des Wankh, s'était également installée sur Tschaï, mais les Hommes-Emblèmes en savaient fort peu à leur sujet. À cela s'ajoutaient une étrange espèce indigène, les Pnume, ainsi qu'une race démente qui leur était apparentée, les Phung, dont les Kruthe répugnaient à parler. Ils baissaient la voix et regardaient par-dessus leur épaule quand cela leur arrivait.

Et le temps passait – des jours marqués d'événements singuliers, des nuits de désespoir que Reith passait à se languir de la Terre. Ses os se ressoudaient peu à peu, et personne ne l'empêchait d'explorer le camp.

Une cinquantaine de cabanes avaient été édifiées sur le flanc de la colline, à l'abri du vent, collées l'une à l'autre de manière que le camp ressemble à un pli de terrain vu d'en haut, ou à une dépression à flanc de coteau. Un peu à l'écart étaient rassemblés d'énormes fardiers motorisés à six roues, camouflés sous des bâches. Leurs dimensions impressionnaient Reith, qui les aurait volontiers examinés de plus près sans la troupe de gamins au teint blafard qui le suivaient partout, attentifs au moindre de ses mouvements. Ils percevaient instinctivement son étrangeté, qui ne manquait pas de les fasciner. Les guerriers, par contre, se faisaient fort d'ignorer ostensiblement le Terrien : un homme sans emblème n'était guère plus qu'un fantôme.

Tout au bout du camp, il découvrit une gigantesque machine montée sur un fardier : une catapulte géante équipée d'une flèche atteignant les quinze mètres de long. Un engin de siège ? Sur l'un de ses flancs était peint un disque rose, sur l'autre un bleu – probable référence aux deux lunes, Az et Braz.

Les jours passaient. Devinrent des semaines. Un mois. Reith n'arrivait pas à s'expliquer l'inactivité de la tribu. Ces gens-là étaient des nomades. Pourquoi s'attardaient-ils aussi longtemps en ce lieu ? Chaque matin, les quatre éclaireurs partaient en reconnaissance tandis qu'on envoyait le cerf-volant noir tournoyer dans les airs, ballottant le petit guetteur tel un mannequin désarticulé. Les guerriers, visiblement nerveux, occupaient leur temps à s'entraîner au maniement de leurs armes. Il y en avait de trois sortes : une longue rapière flexible qui évoquait une queue de raie, et permettait de frapper d'estoc comme de taille ; une catapulte, qui se servait de l'énergie cinétique des câbles élastiques pour projeter des dards empennés ; et un bouclier triangulaire de trente centimètres de large sur un peu plus de vingt de haut, dont les coins aigus, acérés comme des rasoirs, pouvaient en outre servir de tranchoir.

À la gamine qui s'était initialement occupée de Reith avaient succédé une vieille bique toute bossue, au visage évoquant un raisin sec, puis une jeune femme qui aurait pu être fort séduisante si elle n'avait dégagé une telle impression de tristesse. Âgée de peut-être dix-huit ans, elle avait les traits réguliers et de beaux cheveux blonds, constamment hérissés de paille et de brindilles. Elle allait pieds nus, uniquement vêtue d'une grossière tunique grise tissée à la main.

Un jour, elle passa devant le banc sur lequel le Terrien s'était installé. Il la prit par la taille et la força à s'asseoir sur ses genoux. Elle sentait les ajoncs, la fougère, la mousse de la steppe et l'odeur légèrement âcre de la laine. « Qu'est-ce que tu veux de moi ? » lui demanda-t-elle avec une inquiétude manifeste, avant d'essayer mollement de se relever.

Reith trouvait réconfortants sa chaleur, son poids. « D'abord, t'enlever les brindilles qui constellent tes cheveux… Ne bouge pas. » Elle se détendit, sans cesser de regarder le Terrien à la dérobée – intriguée, soumise, mal à l'aise. Il commença par la peigner avec ses doigts, pour ensuite poursuivre avec un morceau de bois. La fille, immobile, gardait le silence.

« Et voilà. Tu es toute belle, maintenant. »

Elle paraissait comme perdue dans quelque rêve. Bientôt, cependant, elle se secoua et bondit sur ses pieds. « Il faut que j'y aille, fit-elle précipitamment. Quelqu'un pourrait nous voir. » Mais elle s'attarda néanmoins. Reith s'apprêta à l'attirer de nouveau à lui, mais résista à son impulsion et la laissa partir.

Le hasard voulut qu'il la recroise le lendemain, peignée et lavée cette fois. Elle s'arrêta pour l'observer par-dessus son épaule. Le même regard, la même attitude que Reith avait vus des centaines de fois sur Terre – un souvenir qui le rendit malade de nostalgie. Chez lui, tout le monde s'accorderait à trouver cette fille extrêmement belle ; ici, dans la steppe d'Aman, elle n'avait qu'une très vague conscience de sa séduction. Il lui tendit la main ; elle s'approcha, comme malgré elle – ce qui était certainement le cas, en regard des coutumes de sa tribu. Le Terrien la prit par les épaules, puis passa un bras autour de sa taille et l'embrassa. Elle ne parut pas trop savoir qu'en penser. « Personne ne t'avait jamais fait ça ? lui demanda-t-il, tout sourire.

— Non. Mais c'est agréable. Recommence. »

Reith poussa un profond soupir. Après tout… pourquoi pas ? Il entendit alors un bruit de pas derrière lui – et un coup l'envoya à terre, tandis qu'éclatait un torrent de mots trop rapide pour qu'il parvienne à en saisir le sens. La pointe d'une botte s'enfonça dans ses côtes, au grand dam de son épaule encore convalescente.

Son agresseur s'avança alors vers la jeune femme, qui se mordait le poing recroquevillée sur elle-même. Il la frappa, la roua de coups de pied, puis la poussa hors du camp tout en l'agonissant d'injures : « … rapports obscènes avec un esclave étranger… est-ce ainsi que tu respectes la pureté de la race ?

— Esclave ? » Reith se releva d'un bond. Le mot résonnait dans sa tête. *Esclave ?*

La fille s'enfuit en courant, pour aller se réfugier sous l'un des gigantesques fardiers. Traz Onmale fit alors son apparition, attiré par le tumulte. Le guerrier, un robuste gaillard à peu près du même âge que Reith, tendit vers celui-ci un doigt frémissant. « Cet homme est maudit, c'est un mauvais présage ! Tout cela n'avait-il pas été prédit ? Hors de question qu'il fraye avec nos femmes ! Il faut le tuer ou le châtrer ! »

Traz Onmale considéra Reith d'un œil dubitatif. « Il n'a pas l'air d'avoir fait grand mal.

— Pas grand mal ! Certes, mais uniquement parce que le hasard a voulu que je passe par là. Vu qu'il a assez d'énergie pour conter fleurette, pourquoi ne pas le mettre au travail ? Faut-il donc qu'on l'engraisse à ne rien faire ? Fais-le castrer, et envoie-le faire les corvées avec les femmes ! »

Traz Onmale approuva sans enthousiasme. Reith, le cœur serré, eut une pensée pour sa trousse de survie, qui se balançait à un arbre avec tout son contenu – médicaments, communicateur, sondoscope, cellule énergétique et, surtout, armes. Vu sa situation actuelle, ils auraient tout aussi bien pu rester à bord de l'*Explorateur IV*.

Traz Onmale avait fait appeler la bouchère. « Va chercher un couteau tranchant. Il faut calmer les ardeurs de cet esclave.

— Attendez ! hoqueta Reith. Est-ce là une façon de traiter un étranger ? Vous n'avez donc aucune tradition d'hospitalité ?

— Non, lui répondit Traz Onmale. Nous autres Kruthe sommes animés par la puissance de nos emblèmes.

— Cet homme m'a frappé, protesta le Terrien. Est-ce un lâche ? Va-t-il accepter de se battre ? Et si je m'empare de son emblème ? N'aurai-je pas ainsi gagné le droit de prendre sa place dans la tribu ?

— C'est l'emblème lui-même qui constitue cette place, reconnut le jeune chef. Ce guerrier, Osom, est le véhicule de l'emblème Vaduz. Sans Vaduz, il ne vaudrait pas plus que toi. Mais s'il donne satisfaction à Vaduz, ce qui doit être le cas, tu ne pourras jamais t'approprier l'emblème.

— Je peux toujours essayer.

— Peut-être bien, s'il n'était pas déjà trop tard – car revoilà la bouchère. Aie s'il te plaît la bonté de te dévêtir. »

Reith se tourna avec horreur vers la femme, dont les épaules étaient plus larges de plusieurs centimètres que les siennes. Un rictus fendait son visage tandis qu'elle déboulait sur lui.

« Nous avons encore le temps, grommela le Terrien. Rien ne presse. » Il fit face à Osom Vaduz, qui dégaina sa rapière. L'acier émit une plainte stridente en frottant le cuir épais. Mais Reith s'était entretemps rapproché à moins de deux mètres – la longueur de l'arme de son adversaire. Ozom Vaduz essaya de bondir en arrière ; le Terrien en profita pour se saisir de son bras, qu'il découvrit aussi dur que du métal. Son adversaire était incontestablement bien plus fort que lui. D'une puissante torsion, il fit rouler Reith à terre, mais ce dernier accompagna le mouvement pour le déséquilibrer. Il souleva son épaule, fit basculer l'Homme-Emblème par-dessus sa hanche et le jeta à terre, où il lui asséna un bon coup de pied en plein visage. Après quoi il posa son talon sur sa gorge pour lui écraser le larynx. Les convulsions d'Osom Vaduz firent rouler son casque au loin ; le Terrien tendit une main dans sa direction – mais le Chef Magicien le devança.

« J'ai combattu pour m'approprier l'emblème ! s'écria Reith à l'adresse de Traz Onmale. Il m'appartient.

— En aucune façon ! s'emporta le Magicien. Ce n'est pas conforme à notre loi. Esclave tu es, esclave tu demeures !

— Faut-il que je te tue, toi aussi ? » Reith s'avança, menaçant.

« Il suffit ! trancha Traz Onmale d'une voix autoritaire. Un homme est mort. Restons-en là.

— Mais l'emblème ? insista Reith. Consens-tu à le reconnaître mien ?

— Il me faut y réfléchir. En attendant, arrêtons là. Toi, la bouchère, va porter ce cadavre sur le bûcher. Où sont les Jugeurs ? Qu'ils viennent rendre leur sentence sur l'homme qui arborait Vaduz. Emblèmes, préparez la machine ! »

Reith alla se poster un peu à l'écart. Quelques minutes plus tard, il revint aux côtés de Traz Onmale. « Si tu le souhaites, je quitterai la tribu et je m'en irai, seul.

— Tu prendras connaissance de mes souhaits lorsque je les aurai formulés, répliqua le jeune homme avec l'autorité irréfragable que lui conférait l'Onmale. N'oublie pas que tu es mon esclave ; j'ai fait rentrer au fourreau les lames prêtes à te pourfendre. Si jamais tu tentes de t'enfuir, on te poursuivra, on te capturera et tu seras fouetté. En attendant, tu iras à la corvée de fourrage. »

Reith eut l'impression que Traz Onmale se forçait à la sévérité, peut-être pour détourner l'attention – tant la sienne que celle de tous les témoins – de l'ordre déplaisant qu'il avait donné à la bouchère, et qu'il avait implicitement annulé.

Pendant une journée entière, le corps démembré d'Osom, qui jadis avait porté l'emblème Vaduz, se consuma à petit feu dans un four métallique spécialement conçu à cet effet ; une odeur pestilentielle charriée par le vent envahit bientôt l'intégralité du camp. Les guerriers débâchèrent la monstrueuse catapulte, la mirent en marche, puis vinrent l'installer au milieu du terrain.

Le soleil disparut derrière un banc de nuages empourprés ; le crépuscule tomba, tumultueux chaos d'ocres et de bistres. Du cadavre d'Osom, il ne restait que des cendres. Et devant la tribu rassemblée en rangs murmurants, le Chef Magicien entreprit de pétrir celles-ci avec du sang de bêtes, pour former une espèce de gâteau qu'il déposa ensuite dans une boîte, qu'on fixa à l'extrémité du bras de la catapulte.

Les Magiciens regardaient à l'est, là où se levait présentement Az, la lune rose, presque pleine. « Az ! l'invoqua le Chef Magicien d'une voix tonitruante. Les Jugeurs ont jugé un homme, et l'ont reconnu digne ! Il s'appelle Osom ; il était le porteur de Vaduz. Prépare-toi, Az ! Nous t'envoyons Osom ! »

Les guerriers en charge de la catapulte enclenchèrent un levier. La gigantesque flèche s'éleva en direction du ciel ; les câbles élastiques crissèrent sous l'effet de la tension. La hampe à laquelle les cendres d'Osom étaient fixées fut placée dans la rigole prévue à cet usage, le bras de la catapulte pointé en direction d'Az. De la foule monta un gémissement, qui s'amplifia bientôt au point de devenir une plainte gutturale.

« Az t'attend ! » s'écria le Magicien.

Dans un sifflement assourdissant – *twunggzzzwack !* –, la catapulte relâcha son projectile, qui fila trop vite pour rester visible. Quelques instants plus tard, une blanche gerbe de feu s'épanouit dans le ciel ; les guetteurs poussèrent un soupir de ravissement.

Pendant encore une demi-heure les membres de la tribu gardèrent les yeux fixés sur Az. Enviaient-ils

Osom, se demanda Reith, qui à présent devait connaître une infinie félicité dans le palais de Vaduz ? Retardant le moment de regagner sa couche, le Terrien scrutait les sombres silhouettes – jusqu'à ce qu'il s'avise, avec un sourire d'amusement, qu'il espérait localiser la jeune femme à l'origine de tous ces événements.

Le lendemain, Reith fut envoyé ramasser du fourrage, une sorte de feuille rugueuse qui s'achevait par une substance molle d'un rouge sombre. Loin de rechigner à l'ouvrage, le Terrien se réjouissait d'échapper ainsi à la monotonie du camp.

Le moutonnement des collines s'étendait aussi loin que portait le regard, une succession de pointes noires et ambrées sous le ciel venteux de Tschaï. Reith regarda au sud, vers la masse noire de la forêt, où son siège éjectable pendait toujours à un arbre – du moins l'espérait-il. Il ne tarderait pas à demander à Traz Onmale de le conduire là-bas… Quelqu'un était en train de l'observer. Il pivota sur ses talons, mais ne vit nulle âme qui vive.

Tout en examinant avec méfiance les environs du coin de l'œil, il se mit à l'ouvrage – remplissant de végétaux les deux paniers suspendus à la perche placée en travers de son épaule. Alors qu'il entreprenait la descente d'un creux de terrain, dans lequel poussaient de petits arbustes couronnés de feuilles évoquant des flammes rouge et bleue, il entendit non loin le claquement d'une blouse – celle de la fille, qui feignait de ne pas l'avoir remarqué. Reith se porta à sa rencontre ; ils se tinrent bientôt face à face, elle mi-souriante, mi-craintive, manifestement incapable de savoir quoi faire de ses doigts.

Reith prit ses mains dans les siennes. « Nous voir ainsi, devenir amis... ça va finir par nous causer des ennuis. »

Elle acquiesça. « Je sais... C'est vrai que tu viens d'un autre monde ?

— Oui.

— À quoi ressemble-t-il ?

— J'aurais bien du mal à te le décrire.

— Les Magiciens racontent n'importe quoi, n'est-ce pas ? Les morts ne se rendent pas sur Az.

— J'en doute fort, effectivement. »

Elle se rapprocha de lui. « Refais-le. »

Il l'embrassa. Puis l'empoigna par les épaules et la repoussa. « Nous ne pouvons pas devenir amants. Ça te rendrait malheureuse, et tu n'y gagnerais que de nouvelles corrections... »

Elle haussa les épaules. « Ça m'est égal. J'aimerais pouvoir t'accompagner sur Terre.

— Rien ne pourrait me faire plus plaisir.

— Recommence. Rien qu'une fois encore... » Elle laissa soudain échapper une exclamation étranglée, les yeux fixés sur un point situé derrière l'épaule de Reith. Celui-ci fit volte-face, pour percevoir une ombre de mouvement. Suivie d'un sifflement, d'un choc sourd, d'un sanglot déchirant de douleur. La fille tomba à genoux, puis s'effondra sur le côté, les poings crispés sur la flèche empennée qui sortait de sa poitrine. Reith poussa un cri rauque, regarda frénétiquement de tous côtés.

La ligne d'horizon était totalement dégagée ; personne ne s'y détachait sur le ciel. Le Terrien se pencha au-dessus de la fille, dont les lèvres se mirent à remuer sans qu'aucun mot n'en sorte. De sa gorge s'échappa un soupir, puis son corps se relâcha.

Reith, qui avait les yeux fixés sur le corps, sentait une rage irrationnelle envahir son esprit. Il se pencha, souleva la jeune femme – qui pesait moins lourd qu'il ne l'aurait cru – et la ramena laborieusement jusqu'à la baraque de Traz Onmale, dans le campement.

Assis sur un tabouret, l'adolescent était en train de redresser la lame souple d'une rapière. Reith déposa le cadavre sur le sol aussi doucement qu'il le put. Le regard intransigeant de Traz Onmale passa successivement de la défunte au Terrien. « Je l'ai croisée alors que je cueillais des feuilles, lui dit Reith. Nous parlions – et cette flèche l'a atteinte. C'était un meurtre. Le projectile m'était possiblement destiné. »

Traz Onmale baissa les yeux sur la flèche, en toucha l'empennage. Déjà des guerriers s'approchaient d'un pas nonchalant. Il les dévisagea. « Où est Jad Piluna ? »

Un concert de murmures débuta, suivi d'appels lancés d'une voix rauque. Et Jad Piluna apparut. Reith l'avait déjà remarqué en diverses occasions : un homme fougueux, élégant, affublé d'un inoubliable visage en pointe au milieu duquel trônait une bouche en forme de V – qui arborait, peut-être involontairement, un perpétuel sourire insolent. Le Terrien le considéra avec un mélange de haine et de fascination. C'était là *l'assassin*.

Traz Onmale tendit le bras. « Montre-moi ta catapulte. »

Jad Piluna la lui lança d'un geste aussi désinvolte qu'irrespectueux ; le jeune chef le fusilla du regard, puis entreprit d'examiner l'arme. Il vérifia la griffe de déclenchement, que les guerriers graissaient après s'en être servis. « Il y a des traces sur la couche de graisse ; tu as tiré aujourd'hui. La flèche… (du doigt, il désigna le cadavre)… porte les trois bandes noires de Piluna. Tu as tué cette fille. »

La bouche de Jad Piluna se contracta, son visage en V parut comme s'écraser. « C'est *lui* que je voulais tuer. Cet homme est un esclave, et un hérétique. Mais elle ne valait pas mieux.

— Qui es-tu pour en décider ? Est-ce que tu portes Onmale ?

— Non. Mais je persiste à dire qu'il s'agissait d'un accident. Tuer un hérétique n'est pas un crime. »

Le Chef Magicien s'avança. « La question de savoir s'il s'agissait d'une hérésie intentionnelle est ici capitale. Cet individu… (il désigna Reith)… est visiblement un hybride. D'Homme-Dirdir ou de Pnumekin, sans doute. Pour des raisons qui nous échappent, il s'est joint aux Hommes-Emblèmes et propage à présent l'hérésie au sein de la tribu. Nous croit-il trop stupides pour ne pas le remarquer ? Grande est son erreur ! Il a séduit cette jeune femme ; il l'a dévoyée, l'a *privée* de toute valeur. En conséquence, quand…

— Il suffit, l'interrompit Traz Onmale avec cette sécheresse si étonnante de la part d'un garçon aussi jeune. Tu racontes des absurdités. Le Piluna est notoirement l'emblème des noires actions. Jad, son porteur, va devoir rendre des comptes, et Piluna être refréné.

— J'affirme mon innocence, déclara Jad Piluna avec indifférence. Je m'en remets à la justice des lunes. »

Les yeux de Traz Onmale se plissèrent de colère. « Laisse la justice des lunes hors de ça. C'est *moi* qui vais rendre le verdict. »

Jad Piluna le toisa avec sérénité. « Il n'est pas permis à l'Onmale de se battre. »

Traz Onmale parcourut le groupe du regard. « N'y a-t-il donc ici aucun noble Emblème pour ramener Piluna le meurtrier à la raison ? »

Aucun des guerriers ne répondit ; Jad Piluna hocha la tête d'un air satisfait. « Les Emblèmes semblent vouloir rester à l'écart de cette affaire. Ton appel est demeuré sans écho. Mais tu m'as insulté en employant le mot "meurtrier". J'en demande réparation aux lunes.

— Qu'on apporte le disque », lança Traz Onmale d'une voix contenue.

Le Chef Magicien prit congé, pour revenir avec une boîte sculptée dans un os gigantesque. Il se tourna vers Jad Piluna. « À laquelle des deux lunes t'adresses-tu pour réclamer justice ?

— J'exige d'être innocenté par Az, lune de vertu et de paix. Qu'il plaise à Az de démontrer mon bon droit.

— Très bien, fit Traz Onmale. J'implore Braz, la lune de l'Enfer, de réclamer son dû. »

De la boîte d'os, le Chef Magicien sortit un disque dont l'une des faces était rose et l'autre bleue. « Que tout le monde s'écarte ! » Il le lança dans les airs, où l'objet s'inclina, tangua, parut flotter un instant avant de retomber sur le côté bleu. « Az, lune de vertu, proclame cet homme innocent ! s'écria le Magicien. Braz n'a pas jugé bon d'intervenir. »

Reith poussa un grognement railleur, puis se tourna vers Traz Onmale. « J'en appelle au jugement des lunes.

— À quel propos ? exigea de savoir le Chef Magicien. Certainement pas de ton hérésie ! Celle-ci est pleinement démontrable !

— Je demande à la lune Az de me concéder l'emblème Vaduz, de sorte que je puisse punir le meurtrier Jad. »

Traz Onmale jeta sur le Terrien un regard interdit.

« Impossible ! s'exclama le Chef Magicien d'une voix indignée. Comment un esclave pourrait-il porter un emblème ? »

Traz Onmale baissa les yeux sur le pathétique cadavre, puis adressa un brusque signe au Magicien. « Je l'affranchis de ses liens. Lance le disque vers les lunes.

— Est-ce bien sage ? fit son interlocuteur avec une étrange réticence. L'emblème Vaduz…

— … est loin d'être le plus noble des emblèmes. Lance le disque. »

Le Magicien lança un regard de biais à Jad Piluna. « Lance-le, fit à son tour celui-ci. Même si les lunes s'avisent de lui accorder l'emblème, je le réduirai quand même en charpie. J'ai toujours méprisé les caractéristiques de Vaduz. »

Le Magicien hésita, considérant tour à tour la haute silhouette puissamment musclée de Jad Piluna, puis celle de Reith, tout aussi grande mais plus mince, et qui n'avait pas encore retrouvé toute sa vigueur.

En homme réfléchi qu'il était, le Chef Magicien chercha à temporiser : « Le disque n'a plus de puissance ; il ne saurait être procédé à de nouveaux jugements.

— Ridicule, répliqua Reith. À t'en croire, il serait sous le contrôle des lunes. Comment pourrait-il être déchargé ? Lance-le !

— Lance-le ! répéta Traz Onmale.

— Soit, mais tu dois choisir Braz, car tu es un hérétique maléfique.

— J'en ai appelé à Az, qui peut me rejeter si tel est son désir. »

Le Magicien haussa les épaules. « À ta guise. Je vais prendre un autre disque.

— Non ! s'exclama Reith. Sers-toi du même ! »

Traz Onmale se redressa, se pencha en avant, à nouveau parfaitement attentif. « Sers-toi du même disque. Lance-le ! »

Le Chef Magicien libéra donc le disque, d'un geste visiblement irrité. Une fois encore l'objet partit scintiller très haut dans les airs, parut flotter un instant, puis retomba – sur sa face bleue.

« Az soutient l'étranger ! déclara Traz Onmale. Va chercher l'emblème Vaduz ! »

Le Chef Magicien partit aussitôt le récupérer dans sa cabane. À son retour, l'adolescent le lui prit des mains et le tendit à Reith. « Tu es désormais le porteur de Vaduz ; tu es un Homme-Emblème. Défies-tu Jad Piluna en combat singulier ?

— Je le défie. »

Traz Onmale se tourna vers l'intéressé. « Es-tu prêt à défendre ton emblème ?

— Sur-le-champ. » Jad Piluna dégaina sa rapière, qu'il fit tourner autour de sa tête.

« Qu'on donne une épée et un tailloir au nouveau Vaduz ! » ordonna Traz Onmale.

Reith empoigna l'arme qu'on lui présentait, la soupesa, vérifia l'élasticité de la lame. Jamais il n'avait eu entre les mains une épée d'une telle souplesse – et il en avait pourtant manié de nombreuses, l'escrime ayant fait partie de son entraînement. Par bien des aspects, c'était une arme peu commode, inadaptée au corps à corps. À l'entraînement, les combattants se tenaient à une distance respectueuse l'un de l'autre ;

ils tâtaient le fer, travaillaient les coups de revers et l'écharpe, se fendaient, mais travaillaient assez peu leur jeu de jambes. Reith trouvait également étrange leur tailloir triangulaire, tenu de la main gauche. Il lui fit faire un mouvement de balancier tout en observant du coin de l'œil Jad Piluna qui, l'arme au pied, le contemplait avec dédain.

Chercher à imiter le style de son adversaire serait courir au suicide, songea Reith.

« Votre attention ! lança Traz Onmale. Vaduz défie Piluna. Quarante et une confrontations de ce genre ont déjà eu lieu, et à trente-quatre reprises Piluna a humilié Vaduz. Saluez-vous, Emblèmes ! »

Jad Piluna se fendit instantanément ; Reith esquiva sans difficulté, abattit sa propre lame – un coup que son adversaire para sans peine à l'aide de son tailloir. Reith en profita pour lui porter un coup avec le sien au niveau de la poitrine – lui infligeant une blessure insignifiante, mais suffisante pour dégonfler la morgue de Piluna, qui recula, les yeux écarquillés de fureur, les joues soudain écarlates. Il porta alors à Reith une botte furieuse, impressionnante de puissance et de maîtrise technique – le Terrien eut toutes les peines du monde à esquiver la lame sifflante, sans même penser à contre-attaquer. Un spasme de mauvais augure lui vrilla alors l'épaule, suivi d'une douleur fulgurante ; le Terrien se mit à haleter, le souffle court. La lame adverse lui entailla la cuisse, puis le biceps gauche ; plein d'assurance, Jad Piluna poussa crânement son avantage, cherchant à faire tomber Reith par terre pour l'y hacher menu. Mais le Terrien écarta sa lame d'un coup de bouclier et taillada le visage de Piluna – qui perdit presque son casque noir dans le mouvement. L'Homme-Emblème rompit pour le remettre en place ; Reith ne lâcha pas l'affaire : il asséna un coup de tailloir sur le couvre-chef de son adversaire, qui cette fois ne put l'empêcher de tomber. Le Terrien lâcha son arme pour aller le récupérer. Horrifié par la perte de son emblème, Jad recula d'un pas, le visage entouré de boucles brunes – pour mieux revenir à la charge. Reith para avec le casque, coinça l'arme dans les oreillettes, puis transperça l'épaule de son adversaire avec sa propre rapière.

Jad la retira frénétiquement, puis rompit pour se redonner de l'espace – mais le Terrien, haletant, couvert de sueur, était bien décidé à pousser son avantage.

« Je détiens l'emblème Piluna qui de dégoût t'a rejeté, lança Reith. Toi, l'assassin, tu es sur le point de mourir ! »

Dans un cri inarticulé, Jad repartit aussitôt à l'assaut. Une fois encore, son adversaire se servit du casque pour détourner la rapière. Il se fendit, puis plongea sa lame dans le ventre de l'ancien porteur de Piluna. D'un coup de tailloir, Jad lui arracha son épée des mains. L'espace d'un instant grotesque, il resta immobile, l'arme plantée dans le corps, ses yeux remplis d'horreur et d'accusation braqués sur le Terrien. Puis il arracha l'épée, la lança au loin et marcha droit sur Reith, qui s'empressa de se baisser pour ramasser son tailloir – et le relever d'un geste vif alors même que son adversaire fondait sur lui. La pointe pénétra dans la bouche béante de Jad, y formant une improbable langue métallique. Les genoux du Kruthe se dérobèrent ; il s'effondra par terre, où il resta, ses doigts pris de convulsions.

Reith, le souffle court, lâcha le casque orné du Piluna dans la poussière, puis alla s'adosser au poteau d'une cabane.

Un silence total régnait sur le camp.

Enfin, Traz Onmale prit la parole : « Vaduz a triomphé de Piluna. L'emblème a retrouvé tout son éclat. Où sont les Jugeurs ? Qu'ils viennent juger Jad Piluna. »

Les trois Magiciens s'avancèrent en lançant des regards noirs d'abord au nouveau cadavre, puis à Traz Onmale. Reith eut à peine droit à un coup d'œil en coin.

« Jugez ! leur ordonna l'adolescent de sa sèche voix d'adulte. Et tâchez de rendre un jugement équitable ! »

Après avoir consulté ses confrères à voix basse, le Chef Magicien déclara : « Notre jugement est difficile à rendre. Jad a eu une vie héroïque. Il a servi Piluna avec honneur.

— Il a assassiné une fille.

— Pour une bonne raison : elle était souillée par l'hérésie. Elle avait frayé avec un hybride impur ! Quel croyant n'aurait pas fait de même ?

— Il a outrepassé ses compétences. Je vous invite à le juger mauvais. Qu'on le mette sur le bûcher. Et quand Braz se lèvera, expédiez ses cendres indignes en enfer.

— Qu'il en soit ainsi », grommela le Chef Magicien.

Et Traz Onmale retourna dans sa cabane.

Reith demeura donc seul au milieu du camp. Les guerriers parlaient ensemble par petits groupes, visiblement mal à l'aise, tout en lui lançant des regards empreints de dégoût. L'après-midi touchait à sa fin. D'épais nuages dissimulaient le soleil. Des éclairs pourpres commençaient à zébrer le ciel, suivis de coups de tonnerre de plus en plus rapprochés. Des femmes se hâtaient dans tous les sens pour recouvrir de bâches les ballots de foin et les jarres remplies de graines alimentaires. Les guerriers, de leur côté, s'employèrent à resserrer les cordages des bâches qui protégeaient les fardiers.

Le Terrien baissa les yeux sur le cadavre de la fille, que personne ne s'était soucié d'enlever. Le laisser toute la nuit dehors, à la merci des éléments, lui paraissait impensable. Le bûcher était déjà allumé, prêt à dévorer la dépouille de Jad. Reith souleva donc le corps sans vie et, sourd aux protestations des vieilles qui entretenaient le feu, le déposa dans le brasier avec tout le recueillement et la dignité dont il était capable.

Quand les premières gouttes de pluie s'écrasèrent sur le sol, il regagna l'espèce de hangar qu'on avait mis à sa disposition.

C'était un véritable déluge. Des femmes trempées jusqu'aux os entreprirent de dresser un abri rudimentaire au-dessus du bûcher, tout en continuant à l'alimenter avec du petit bois.

Quelqu'un pénétra alors dans la cabane. Reith alla se tapir dans l'ombre – pour bientôt reconnaître Traz Onmale à la lueur d'un éclair. Le jeune chef paraissait maussade, abattu.

« Reith Vaduz, où es-tu ? »

Le Terrien s'avança. L'adolescent le regarda, secoua lugubrement la tête. « Tout va de travers depuis ton arrivée dans la tribu ! Dissensions, disputes, *morts*. Les éclaireurs reviennent de la steppe sans rien y avoir trouvé. Piluna a été souillé. Les Magiciens sont en désaccord avec l'Onmale. Qui es-tu ? Pourquoi nous apportes-tu de tels malheurs ?

— Je suis ce que je t'ai dit être, lui répondit Reith. Un homme originaire de la Terre.

— Hérésie, répondit Traz Onmale d'une voix dépassionnée. Les Hommes-Emblèmes ont tous chuté d'Az. C'est du moins ce que les Magiciens prétendent. »

Reith réfléchit un instant, puis : « Quand deux idées s'opposent, comme c'est le cas ici, c'est généralement les plus puissantes qui finissent par s'imposer. C'est parfois une bonne chose, parfois pas. La société des Emblèmes me semble mauvaise en l'état. Un changement ne pourrait lui être que profitable. Vous êtes gouvernés par des prêtres qui…

— Non, le coupa l'adolescent d'une voix catégorique. C'est *Onmale* qui dirige la tribu. J'en porte l'Emblème, et il parle par ma bouche.

— Jusqu'à un certain point. Ces prêtres sont assez malins pour imposer leurs vues.

— Qu'est-ce que tu cherches à faire ? À nous détruire ?

— Bien sûr que non. Je ne veux détruire personne – sauf si ma propre survie est en jeu. »

Le jeune homme poussa un profond soupir. « Je ne sais plus quoi penser. Soit tu te trompes – soit ce sont les Magiciens qui ont tort.

— C'est moi qui ai raison. L'histoire humaine sur Terre remonte à plus de dix millénaires. »

Le jeune chef éclata de rire. « Jadis, avant que je ne porte Onmale, la tribu est entrée dans les ruines de l'antique Carcegus et y a capturé un Pnumekin. Les Magiciens l'ont torturé pour en apprendre davantage sur son espèce, mais il s'est borné à maudire chaque minute des cinquante-deux mille années qui se sont écoulées depuis que des hommes vivent sur Tschaï. Cinquante-deux mille années contre tes dix mille ! Tout cela est très étrange.

— Très étrange, en effet. »

Traz Onmale se mit debout, leva les yeux en direction du ciel, chargé de nuages charriés par le vent nocturne. « J'ai observé les lunes, fit-il d'une voix grêle. Les Magiciens les observent, eux aussi. Les présages ne sont pas bons ; je crois que nous allons avoir une conjonction. Si Az passe devant Braz, tout ira bien. Mais dans le cas contraire, l'Onmale reviendra à quelqu'un d'autre.

— Et toi ?

— Il me faudra alors porter dans les airs la sagesse de l'Onmale, et remettre les choses dans l'ordre. » Et Traz Onmale s'en fut.

La tempête hurlait à travers la steppe – une nuit, un jour, une seconde nuit. Au matin du deuxième jour, le soleil se leva dans un clair ciel venteux. Les éclaireurs partirent en reconnaissance, comme à leur habitude, pour revenir aux environs de midi, vibrants d'excitation. Le camp devint aussitôt le théâtre d'un véritable déchaînement d'activité. Les bâches furent repliées, les abris démontés et empaquetés. Les femmes chargèrent les fardiers tandis que les guerriers bouchonnaient leurs chevaux-sauteurs, les pansaient à l'huile, les sellaient, fixaient des rênes à leurs sensibles barbillons frontaux. Reith s'approcha de Traz Onmale. « Que se passe-t-il ?

— Une caravane en provenance de l'est a *enfin* été repérée. Nous allons l'attaquer au niveau de la rivière Ioba. En tant que Vaduz, tu peux nous accompagner si tu le souhaites et prendre ta part de butin. »

Le jeune chef ordonna qu'on lui confie un cheval-sauteur ; non sans appréhension, Reith se hissa sur le dos de la bête nauséabonde. Sous le poids de ce cavalier inconnu, l'animal se cabra en faisant claquer son moignon de queue. Reith tira sur la bride ; sa monture s'accroupit, puis s'élança d'un coup dans la steppe, au grand dam de celui qui la chevauchait. De tonitruants éclats de rire fusèrent aussitôt derrière lui – les braillements railleurs d'experts devant les tribulations d'un pied-tendre.

Reith parvint finalement à maîtriser sa monture et à rebrousser chemin. Quelques instants plus tard, toute la troupe se mit en marche en direction du nord-est. Les bêtes écumantes, au pelage noir, au cou démesuré, bondissaient de toute part ; les guerriers penchaient le buste en avant, leurs genoux relevés, leurs oreillettes claquant contre le cuir de leur casque. Reith ne put s'empêcher d'éprouver une exaltation archaïque à l'idée de participer à cette sauvage cavalcade.

Une heure durant, au seul son du martèlement des sabots, les Hommes-Emblèmes s'aplatissaient contre l'encolure de leurs montures lorsqu'ils passaient devant l'horizon. Peu à peu, le paysage se fit moins accidenté. Devant les cavaliers s'étendait à présent une vaste étendue zébrée d'ombres et de couleurs ternes. La troupe fit halte au sommet d'une colline ; les guerriers désignèrent diverses directions. Lorsque Traz Onmale commença à leur donner ses instructions, Reith s'approcha subrepticement de lui pour écouter. « … la piste sud jusqu'au gué. Nous attendrons sous le couvert des Halliers de l'Oiseau-Carillon. Les Ilanths vont d'emblée se diriger vers le gué ; ils enverront des éclaireurs explorer les bois de Zad et la Colline Blanche. Nous les attaquerons au centre, et repartirons avec les fourgons qui leur servent à transporter leurs trésors. Tout est bien clair ? Alors en avant, direction les Halliers de l'Oiseau-Carillon ! »

Les Emblèmes dévalèrent aussitôt le flanc de la colline, fonçant droit sur la lointaine ligne d'arbres qui dominait la rivière Ioba, pour ensuite se dissimuler dans les profondeurs du sous-bois.

Le temps passa. Au loin naquit une sourde rumeur, et la caravane ne tarda pas à apparaître, précédée, à une centaine de mètres, de trois splendides guerriers à la peau jaune portant des casquettes noires surmontées de crânes humains privés de leur maxillaire inférieur. Leurs montures ressemblaient aux chevaux-sauteurs, en plus imposant et en un peu plus calme. Ils étaient équipés d'armes de poing, d'épées courtes, et de fusils courts posés en travers de leurs cuisses.

Mais tout alla de travers – du point de vue des Emblèmes, bien entendu. Au lieu de traverser la rivière, les Ilanths attendirent la caravane en restant sur leurs gardes. De la berge s'approchaient pesamment des chariots motorisés équipés de roues de deux mètres de diamètre, sur lesquels s'entassaient d'invraisemblables pyramides de ballots, de colis, et pour certains de cages – où se trouvaient des hommes et des femmes.

Le chef de la caravane était un homme prudent. Avant que les voitures ne tentent de passer le gué, il déploya ses canons de façon à couvrir toutes les approches, puis envoya les Ilanths en éclaireurs sur la rive opposée.

Sous les Halliers de l'Oiseau-Carillon, les Emblèmes, ivres de rage, se répandaient en jurons. « Toutes ces richesses ! Des marchandises à foison ! Soixante chariots de premier choix ! Mais ce serait suicidaire de tenter une attaque.

— Exact. Les gicle-sable nous descendraient comme des oiseaux !

— Serait-ce donc pour *ça* qu'on s'est morfondus trois mois durant dans les collines de Walgram ? La chance nous aurait-elle à ce point désertés ?

— Les présages étaient mauvais. Cette nuit, j'ai observé Az la Sacrée, et je l'ai vue foncer dans les nuages ; c'est un signe qui ne trompe pas.

— Rien ne va plus, toutes nos expéditions se soldent par des échecs ! Nous sommes sous l'influence de Braz.

— De Braz – ou du sorcier aux cheveux noirs qui a tué Jad Piluna.

— Exact ! Il est venu pour saboter notre raid – sans lui, nous avons toujours connu le succès ! »

Et tous commencèrent à regarder d'un sale œil le Terrien, qui s'efforçait déjà de passer le plus inaperçu possible.

Les chefs de guerre tinrent conseil. « Impossible de mener quoi que ce soit à bien ; si nous attaquons, le champ finira jonché de guerriers morts, et nos emblèmes disparaîtront dans la rivière.

— Alors pourquoi ne pas les suivre et attaquer de nuit ?

— Non, ils sont bien trop prudents pour ça. Leur chef, Baojian, ne prend jamais le moindre risque ! Que Braz s'empare de son âme !

— Nous aurions donc moisi ici pendant trois mois pour rien !

— C'est encore préférable à une mort certaine ! Retournons au camp, les femmes auront sans doute déjà tout emballé. Ensuite, cap à l'est, jusqu'à Meraghan.

— Partir à l'est, encore plus démunis que nous ne l'étions en arrivant de l'ouest ! Quelle abominable malchance !

— Les présages ! Les présages ! Ils sont tous défavorables !

— Alors retournons au camp. Il n'y a rien pour nous ici ! »

Les guerriers firent volte-face, et, sans un regard en arrière, s'élancèrent au galop à travers la steppe en direction du sud.

Amers, lugubres, les Emblèmes regagnèrent le campement en début de soirée. Ils se mirent aussitôt à injurier les femmes, qui avaient pourtant tout préparé pour le départ, à les accuser de négligence : pourquoi n'y avait-il aucune marmite en train de mijoter ? Pourquoi les chopes de bière n'étaient-elles pas remplies ?

Les femmes braillèrent, rendirent injure pour injure – ce qui leur valut quelques belles corrections. Tout le monde finit par se mettre à la tâche, pour décharger matériel et ravitaillement.

Traz Onmale broyait du noir à l'écart ; Reith, pour sa part, était ostensiblement ignoré. Les guerriers se goinfrèrent sans cesser un instant de grogner, puis, épuisés par leur festin, s'étendirent devant le feu.

Az s'était déjà levée, mais Braz la bleue l'avait à présent rejointe dans le ciel, et se dirigeait droit sur la lune rose. Les Magiciens furent les premiers à s'en apercevoir ; ils se tenaient là, les bras levés vers le firmament en un geste de terreur prémonitoire.

Les lunes convergeaient l'une vers l'autre – à croire qu'elles allaient entrer en collision. Les guerriers poussèrent de rauques cris d'effroi. Mais Braz passa devant le disque rose, le masquant totalement. « Ainsi soit-il ! hurla sauvagement le Chef Magicien. Ainsi soit-il ! »

Traz Onmale sortit lentement de l'ombre. Le hasard voulut que Reith se trouvât là. « Que signifie tout ce tumulte ? demanda-t-il.

— Tu n'as pas vu ? Braz a triomphé d'Az. Demain soir, je vais devoir partir pour Az afin d'expier nos erreurs. Quant à toi, nul doute que tu vas également faire un petit voyage – sur Braz.

— Par le feu et la catapulte, tu veux dire ?

— Oui. J'ai de la chance d'avoir porté l'Onmale aussi longtemps. Mon prédécesseur n'avait guère plus de la moitié de mon âge quand il a été expédié sur Az.

— Trouves-tu vraiment la moindre utilité à ce rituel ? »

Traz Onmale hésita un instant. Puis : « C'est ce à quoi mon peuple s'attend ; on va exiger de moi que je me tranche la gorge dans le feu. Et je n'aurai d'autre choix que d'obéir.

— Mieux vaudrait partir sur-le-champ. Ils vont dormir comme des souches. On sera déjà loin à leur réveil.

— Quoi ? Nous deux ? Et où irions-nous donc ?

— Je ne sais pas. Une contrée où les gens vivent sans s'entre-tuer, par exemple ?

— Peut-être de tels lieux existent-ils. Mais la steppe d'Aman n'en fait pas partie.

— Si je parvenais à reprendre possession de ma vedette, et si on me donnait le temps de la réparer, nous pourrions quitter Tschaï et retourner sur Terre.

— Impossible. Les Chasch s'en sont emparés. Jamais tu ne le récupéreras.

— C'est bien ce que je crains. Quoi qu'il en soit, mieux vaut partir tout de suite que de se faire tuer demain. »

Traz Onmale contemplait fixement les lunes. « Onmale m'ordonne de rester. Je ne puis le pervertir. Jamais il n'a fui : l'Onmale a toujours accompli son devoir jusqu'à la mort.

— Le devoir n'implique pas forcément de se suicider pour rien. » D'un geste brusque, Reith s'empara du casque de Traz Onmale et en arracha l'emblème. L'adolescent poussa un cri, presque de douleur physique, puis se tourna bouche bée vers le Terrien. « Qu'as-tu fait ? Toucher l'Onmale, c'est la mort !

— Tu n'es plus Traz Onmale – juste Traz. »

Le garçon parut rapetisser, se recroqueviller sur lui-même. « Très bien, fit-il dans un souffle de voix. Peu m'importe de mourir. (Il embrassa le camp d'un regard circulaire.) Il va falloir partir à pied. Si on essaie de seller des chevaux-sauteurs, ils vont se mettre à hurler et à grincer des cornes. Attends-moi ici. Je vais aller chercher des vêtements et de quoi manger. » Et il partit, laissant Reith seul avec l'emblème Onmale.

À la lumière des lunes, l'objet donnait l'impression de scruter le Terrien, de lui délivrer quelque commandement funeste. Reith creusa un trou dans le sol et le lâcha dedans. L'emblème parut se mettre à frissonner, pousser un inaudible cri d'angoisse ; ce fut avec le sentiment de commettre un terrible péché que Reith le recouvrit de terre. Ses mains étaient moites et tremblantes quand il se releva ; il sentait de la sueur ruisseler dans son dos.

Le temps passa. Une heure ? Deux ? Reith était incapable de le dire. Depuis son arrivée sur Tschaï, il avait perdu toute notion de durée.

Les lunes glissaient lentement vers l'horizon. Minuit approcha, laissa place à la deuxième partie de la nuit. De la steppe lui parvenaient des bruits sinistres : le glapissement aigu des molosses nocturnes dans le lointain, une sourde éructation… Les feux du camp se résumaient désormais à des tas de braises ; les murmures de voix s'étaient tus.

L'adolescent vint furtivement se poster derrière lui. « Je suis prêt. Tiens, voilà ton manteau, ainsi qu'un paquet de vivres. »

L'intonation de sa voix avait changé, s'avisa le Terrien. Moins d'assurance, moins de brusquerie aussi. Son casque noir paraissait désormais singulièrement quelconque. Traz regarda les mains de Reith, fit brièvement des yeux le tour de l'abri – mais ne posa aucune question sur l'Onmale.

Ils se dirigèrent vers le nord, gravirent la colline pour en longer le faîte. « Nous serons davantage repérables pour les molosses nocturnes, murmura Traz, mais les guetteurs restent confinés dans l'ombre des marais.

— Si nous parvenons à atteindre la forêt, et à retrouver l'arbre sur lequel j'espère retrouver mon harnais, nous serons infiniment plus en sécurité. Et alors… » Il s'interrompit. L'avenir était une terre vierge.

Une fois au sommet de la colline, ils s'accordèrent quelques instants de repos. Les lunes projetaient une pâle lueur sur la steppe. Du nord, assez près, leur parvinrent alors une série de plaintes sinistres. « À terre, siffla Traz. Colle-toi au sol. Les molosses sont en chasse. »

Un quart d'heure durant ils demeurèrent parfaitement immobiles. Les sinistres hurlements s'élevèrent de nouveau, à l'est cette fois. « Viens, dit Traz. Ils encerclent le camp dans l'espoir d'enlever un enfant. »

Ils se remirent en marche en direction du sud, évitant autant que possible les noirs marécages. « La nuit est bien avancée, dit Traz. Les Emblèmes vont se lancer à notre poursuite dès le lever du jour. Si nous parvenons à atteindre la rivière, nous aurons une petite chance de leur échapper. Mais si les hommes des marais nous capturent, cela ne vaudra guère mieux pour nous – ce sera sans doute même pire. »

Ils marchèrent pendant deux heures. À l'est, le ciel barré de nuages noirs commençait à prendre une teinte d'un jaune aqueux. Devant eux finit par se dresser la haute masse de la forêt. Traz regarda derrière lui le chemin qu'ils avaient parcouru. « Le camp ne va pas tarder à s'éveiller. Les femmes vont allumer le bûcher. Bientôt, les Magiciens viendront chercher l'Onmale – à savoir *moi*. Comme ils ne me trouveront pas, le camp va sombrer dans le chaos. Il va y avoir des cris, des jurons : une irrépressible fureur. Les Emblèmes vont sauter sur leurs chevaux-sauteurs et partir au grand galop dans tous les sens. (Il se remit à scruter l'horizon du regard.) Ils ne tarderont pas à nous rattraper. »

Ils parvinrent enfin à l'orée de la forêt, noire, humide, encore lourde des ombres de la nuit. Traz hésita, examina la futaie, puis la steppe.

« À quelle distance se trouve le marécage ? lui demanda Reith.

— Nous n'en sommes plus très loin. Deux kilomètres, peut-être trois. Mais je sens l'odeur d'un berl. »

Reith huma l'air, et y décela un fumet âcre et putride.

« Ce n'est peut-être que sa piste, fit Traz d'une voix rauque. Les Emblèmes vont arriver ici d'une minute à l'autre. Il vaudrait mieux tenter de gagner la rivière.

— D'abord, le harnais d'éjection ! »

Dans un haussement d'épaules fataliste, Traz s'enfonça dans la forêt. Reith lança un ultime regard par-dessus son épaule. Là-bas, dans la pénombre de la fausse aurore, étaient apparus des points noirs qui grossissaient à toute vitesse. Il se hâta de rattraper Traz, qui se déplaçait avec un luxe de précautions, s'arrêtant régulièrement pour écouter et flairer le vent. Pris d'une impatience fiévreuse, le Terrien le poussa en avant ; le garçon accéléra l'allure, au point qu'à présent leurs pieds voltigeaient presque sur la terre détrempée recouverte d'un tapis de feuilles pourrissantes. Reith crut entendre derrière lui une salve de hululements sauvages.

Traz s'arrêta net devant lui. « Voici l'arbre, dit-il, le doigt tendu. Est-ce bien cela que tu cherchais ?

— Oui, lui répondit Reith avec un soulagement manifeste. J'avais peur qu'il ne puisse avoir disparu. »

L'adolescent entreprit l'ascension de l'arbre pour détacher le harnais. Reith s'empressa d'ouvrir le coffre du siège éjectable et d'en sortir son arme de poing, qu'il embrassa avec ravissement avant de la glisser dans sa ceinture.

« Vite ! fit Traz avec inquiétude. J'entends les Emblèmes ; ils ne sont plus très loin. »

Reith boucla la trousse de survie autour de ses reins. « Allons-y. S'ils veulent nous suivre, ce sera désormais à leurs risques et périls. »

Traz leur fit contourner le marécage, ne ménageant aucun effort pour dissimuler leurs traces : il revint sur ses pas, sauta par-dessus une bande de terre noire boueuse de cinq mètres de haut en se balançant à une branche, grimpa à un autre arbre, qui plia sous son poids et le catapulta vingt mètres plus loin, de l'autre côté d'un bosquet de roseaux touffus. Reith imita chacun de ces exploits. Les voix des guerriers étaient à présent nettement audibles.

Les deux hommes atteignirent bientôt le bord de la rivière, un cours d'eau paresseux qui charriait une eau brunâtre. Traz y dénicha un radeau fait de bois flottant, de lianes mortes et d'humus maintenus ensemble par des joncs verts. Il le poussa dans le cours d'eau, puis alla se dissimuler avec le Terrien dans un massif de roseaux tout proche. Cinq minutes s'écoulèrent ; quatre Hommes-Emblèmes suivaient leur piste à travers le marécage, quelques mètres devant une douzaine de guerriers équipés de catapultes. Ils coururent jusqu'à la rive, étudièrent les traces laissées par le radeau, puis entreprirent de scruter la rivière. La masse végétale avait dérivé sur presque deux cents mètres en aval ; un tourbillon était en train de la rabattre vers l'autre rive. Poussant des cris de rage, les Emblèmes firent volte-face et s'élancèrent à toute vitesse à travers les broussailles qui longeaient la berge.

« Vite, chuchota Traz. Ça ne va pas les tromper longtemps. On va revenir sur nos pas en suivant leurs empreintes. »

Tournant le dos à la rivière, les deux hommes franchirent la fondrière en sens inverse, pour se retrouver à nouveau dans la forêt. Cris et hurlements commencèrent par perdre en intensité, se turent, pour bientôt renaître sous la forme de furieuses clameurs exultantes. « Ils ont retrouvé notre piste, s'étrangla Traz. Ils vont arriver sur leurs chevaux-sauteurs. Jamais nous ne… » Le jeune homme s'interrompit d'un coup, leva la main ; l'odeur fétide, douceâtre, était de retour, plus forte. « Le berl, murmura-t-il. Par ici… Grimpons là-haut. »

À la suite de Traz, Reith entreprit donc l'ascension d'un arbre aux branches d'un vert huileux ; sa trousse de survie se balançait dans son dos. « Plus haut ! lui intima l'adolescent. Cette bête est capable de faire des bonds gigantesques. »

Le berl entra en scène – un monstre marron, souple, nanti d'une abominable tête de sanglier fendue d'une large gueule. De son cou sortaient deux longs bras se terminant par d'immenses mains calleuses, qu'il brandissait au-dessus de son crâne. Apparemment attentif aux appels des guerriers, il se désintéressait totalement de Traz et de Reith, auxquels il se borna à décocher un rapide coup d'œil. Jamais le Terrien n'avait vu un mufle aussi démoniaque. « Ridicule. Ce n'est qu'une bête sauvage… »

L'animal s'enfonça dans la forêt ; le tumulte de leurs poursuivants cessa quelques instants plus tard. « Ils l'ont senti, dit Traz. Profitons-en pour filer. »

Ils descendirent de l'arbre et s'enfuirent vers le nord. Dans leur dos s'élevèrent des hurlements d'horreur, suivis d'un rugissement guttural grinçant.

« Nous n'avons plus rien à craindre des Emblèmes, fit Traz d'une voix blanche. Les survivants vont prendre leurs jambes à leur cou. (Il lança au Terrien un regard soucieux.) Il n'y aura plus d'Onmale quand ils auront rejoint le camp. Que se passera-t-il alors ? La tribu va-t-elle disparaître ?

— Je ne crois pas. Les Magiciens veilleront à ce qu'elle survive. »

Les deux hommes émergèrent bientôt de la forêt. Devant eux s'étendait une steppe aussi plate que déserte, baignée d'une lumière couleur de miel. « Qu'y a-t-il à l'ouest ? demanda Reith.

— L'Aman occidental et le pays des Vieux Chasch. Puis les Aiguilles de Jang. Au-delà se trouvent les Chasch bleus et la baie d'Aesedra.

— Et au sud ?

— Les marécages, peuplés d'hommes des marais – ils y vivent sur des radeaux. Nous n'avons rien à voir avec eux : ce sont de petits êtres jaunes aux yeux blancs, aussi cruels et malins que des Chasch bleus.

— Ils n'ont pas de villes ?

— Non. Les seules villes qui se dressent là-bas… (Traz désigna le nord)… sont toutes en ruine. Il y a d'antiques cités un peu partout dans les steppes. Et des Phung vivent au milieu des décombres. »

Reith lui posa d'autres questions sur la géographie et la population de Tschaï, pour découvrir bien des lacunes dans le savoir de Traz. Les Dirdir et les Hommes-Dirdir vivaient au-delà de la mer : où ça, précisément ? Le garçon n'aurait su le dire. Il y avait trois espèces de chasch : les Vieux Chasch, vestiges décadents d'une race jadis puissante, à présent concentrés autour des Aiguilles de Jang ; les Chasch verts, nomades de la Steppe morte ; et les Chasch bleus. Traz détestait sans distinction tous les Chasch – quand bien même il n'avait jamais vu de Vieux Chasch. « Les Verts sont terribles – de véritables démons ! Ils ne sortent jamais de la Steppe morte. Quant aux Emblèmes, ils demeurent au sud, sauf pour effectuer des raids ou piller des caravanes. Celle qui nous a échappé avait fait un long crochet par le sud pour éviter les Verts.

— Où se rendait-elle ?

— Probablement à Pera. Ou peut-être à Jalkh, sur la mer Lesmatique, mais ça me semble moins vraisemblable. La route caravanière nord-sud relie Jalkh à Mazuun. La piste est-ouest permet de se rendre de Pera à Coad.

— Est-ce que des hommes y vivent ? »

Traz haussa les épaules. « Elles méritent à peine le nom de villes – ce sont plutôt des genres d'avant-postes. Mais le peu que je sais d'elles, je l'ai appris de la bouche des Magiciens. Tu n'as pas faim ? Si on mangeait ? »

Ils s'installèrent sur le tronc d'un arbre mort pour mâcher des morceaux de gruau cuits, arrosés de la bière qu'ils transportaient dans des gourdes en cuir. D'un doigt, Traz désigna un roseau hérissé de petites boules blanches. « Tant qu'il poussera de l'herbe à pèlerin, nous ne mourrons pas d'inanition. Et regarde ces plantes noires, là-bas. Tu les vois ? C'est du watak. Il y a quatre litres de sève dans chacune de leurs racines. Ne boire que du watak provoque la surdité, mais c'est sans danger sur de courtes périodes. »

Reith ouvrit sa trousse de survie. « Ce film me permet d'extraire de l'eau du sol, ce purificateur de dessaler de l'eau de mer… Ça, ce sont des pilules nutritives. De quoi tenir un mois… Et nous avons là une pile à combustible… un kit médical…

un couteau, une boussole, un sondoscope… un transcom… » Reith examina celui-ci avec un brusque intérêt.

« C'est quoi, cet appareil ? lui demanda Traz.

— L'un des deux éléments d'un système de communication. L'autre doit se trouver dans la trousse de Paul Waunder, à l'intérieur de la vedette. Je peux émettre un signal auquel il répondra automatiquement, ce qui me donnera sa localisation. » Reith appuya sur le bouton *Trouver*. Une flèche d'orientation oscilla aussitôt vers le nord-ouest ; sur un compteur apparurent un 6,2 blanc et un 2. « L'autre élément – et vraisemblablement la vedette – se trouvent à mille kilomètres au nord-ouest.

— C'est le pays des Chasch bleus. Nous le savions déjà. »

Reith médita, le regard tourné vers le nord-ouest. « Les marais du sud ne nous intéressent pas. Pas question non plus de retourner dans la forêt. Qu'y a-t-il à l'est ? Après les steppes ?

— Je ne sais pas. L'océan Draschade, je pense. Très loin d'ici.

— C'est de là que viennent les caravanes ?

— Coad s'élève au bord d'un golfe qui s'ouvre sur le Draschade. Entre les deux s'étend la steppe d'Aman, contrée des Hommes-Emblèmes et d'autres tribus : les Cerfs-Volants Combattants, les Haches Folles, les Totems des Berls, les Noirs-Jaunes… et beaucoup d'autres que je ne connais pas. »

Reith réfléchit. Les Chasch bleus avaient emmené sa vedette vers le nord-ouest. Cela lui paraissait donc la direction la plus logique à prendre.

Traz somnolait, le menton sur la poitrine. Du temps où il arborait Onmale, il faisait preuve d'une opiniâtreté presque surnaturelle ; maintenant que l'âme de l'emblème avait quitté la sienne, il était devenu triste, mélancolique, empreint d'une réserve que Reith ne pensait pas inhérente à son caractère.

La fatigue alourdissait les paupières du Terrien. Le soleil était chaud ; l'endroit semblait sûr… Mais si le berl s'avisait de revenir ? Reith se força à rester éveillé. Pendant que Traz s'abandonnait au sommeil, il s'affaira à réorganiser son sac.

3

À son réveil, Traz lança un coup d'œil penaud à Reith et bondit précipitamment sur ses pieds.

Le Terrien se leva à son tour, et tous deux se remirent en marche, prenant tacitement la direction du nord-ouest. En ce milieu de matinée, le soleil était un disque de cuivre terni dans le ciel couleur ardoise. L'air était agréablement frais, et pour la première fois depuis son arrivée sur Tschaï, Reith sentait son moral s'améliorer. Son corps était guéri, il avait récupéré son matériel, savait plus ou moins où se trouvait la vedette : sa situation s'était donc considérablement embellie.

Ils progressaient avec régularité à travers la steppe. La forêt se résumait désormais à une sombre masse indistincte dans leur dos ; partout ailleurs, l'horizon était vide. Après le déjeuner, ils firent une petite sieste, pour repartir vers le nord en fin d'après-midi.

Le soleil s'enfonça dans un banc de nuages bas, illuminant son sommet d'une broderie de reflets cuivrés. La steppe ne leur offrait aucun abri ; faute de mieux, ils se remirent donc en marche.

La nuit fut paisible ; ils entendirent quelques gémissements de molosses nocturnes, loin à l'est, mais aucun ne vint les agresser.

Le lendemain, ils terminèrent les provisions que Traz avait emportées ; il leur fallut donc se résoudre à subsister grâce à d'insipides cosses d'herbe à pèlerin, et à boire l'âcre sève qui coulait dans les racines de watak.

Au matin du troisième jour, ils virent à l'ouest un point blanc traverser le ciel. Traz s'aplatit derrière un maigre buisson et fit signe à son compagnon de l'imiter. « Les Dirdir ! Ils sont en chasse ! »

Reith sortit son sondoscope, le pointa sur l'objet. Appuyé sur ses coudes, il zooma jusqu'à cinquante agrandissements, limite au-delà de laquelle la vibration de l'air commençait à rendre l'image floue. Il discerna une sorte de longue coque plate hérissée de pointes élancées et d'étranges demi-croissants – selon toute apparence, la forme de l'engin répondait à des préoccupations plus esthétiques qu'utilitaires. Tapies sous la coque se trouvaient quatre pâles silhouettes ; Dirdir ou Hommes-Dirdir ? Le Terrien n'aurait su le dire. L'appareil, qui suivait une trajectoire à peu près parallèle à la leur, passa à quelques kilomètres d'eux. Reith remarqua la tension de son compagnon. « Qu'est-ce qu'ils chassent ? s'enquit-il.

— Des hommes.

— Pour le plaisir ?

— Pour le plaisir, oui. Mais aussi pour les manger. Ils sont anthropophages.

— J'aimerais vraiment mettre la main sur cet appareil », dit le Terrien d'une voix songeuse. Et, sourd aux protestations hystériques de l'adolescent, il se leva – mais l'appareil dirdir disparut au nord.

Traz se détendit, sans cesser cependant de scruter le ciel. « Ils volent parfois très haut, restant dans les airs le temps qu'il faut pour repérer un guerrier isolé. Ils fondent alors sur lui comme des rapaces, pour l'attraper au collet ou l'attaquer avec des épées électriques. »

Ils reprirent leur route, toujours vers le nord-ouest. À l'approche du crépuscule, la nervosité de Traz ressurgit de plus belle, sans que Reith puisse en trouver la raison – sinon la nature particulièrement fantasmagorique du paysage. Le soleil, voilé de brume, était pâle et rabougri ; sa lueur blafarde baignait l'immensité de la steppe d'une teinte livide. S'il n'y avait rien à voir, à part leurs propres ombres démesurées qui s'étiraient derrière eux, Traz s'arrêtait pourtant fréquemment pour se retourner. « Qu'est-ce que tu cherches ? finit par lui demander Reith.

— Nous sommes suivis.

— Ah bon ? (Reith fit à son tour volte-face pour scruter l'étendue.) Qu'est-ce qui te fait dire une chose pareille ?

— Juste une impression.

— Et de quoi pourrait-il s'agir ?

— De Pnumekin, qui savent se déplacer furtivement. Ou peut-être de molosses nocturnes.

— Les Pnumekin… Ce sont des hommes, pas vrai ?

— En un sens, oui. Ce sont les espions des Pnume, leurs émissaires. Certains prétendent qu'il y a des tunnels sous la steppe, avec des trappes d'entrée secrètes – qui sait si *ce* buisson n'en dissimule pas une ! »

Reith examina la végétation sur laquelle Traz avait attiré son attention ; mais elle semblait parfaitement ordinaire. « Y a-t-il des risques qu'ils s'en prennent à nous ?

— Non… sauf si les Pnume veulent notre mort. Mais comment savoir ce qui leur passe par la tête ? Ce sont plus vraisemblablement des molosses nocturnes sortis de bonne heure. »

Reith sortit son sondoscope pour scruter la steppe, sans rien y découvrir.

« Ce soir, dit Traz, il vaudrait mieux faire un feu. »

Le soleil disparut dans une apothéose de pourpres, de mauves et de bistres. Les deux fugitifs firent provision de broussailles et allumèrent un feu.

Son instinct n'avait pas trompé Traz. Alors que les ténèbres succédaient au crépuscule, un faible gémissement s'éleva à l'est. Un autre lui répondit au nord. Puis un troisième au sud. L'adolescent arma sa catapulte. « Ils n'ont pas peur du feu, expliqua-t-il à Reith. Mais ils ont l'intelligence d'éviter la lumière. D'aucuns disent que ce serait un genre de bêtes pnume. »

Les molosses nocturnes les encerclèrent, sans toutefois pénétrer dans la zone éclairée par les flammes. Ils se résumaient à d'obscures silhouettes, au milieu desquelles brillait à l'occasion une paire d'yeux blancs.

Traz tenait son arme prête. Reith sortit de son sac son pistolet et sa cellule énergétique. Le premier, qui tirait de minuscules dards explosifs, restait précis sur une cinquantaine de mètres. La cellule avait quant à elle plusieurs usages. Le cristal serti à l'une de ses extrémités pouvait émettre soit un fin rayon, soit un véritable flot de lumière. Une prise permettait de recharger le sondoscope et le transcom. À l'autre se trouvait une détente susceptible de libérer un torrent d'énergie brute, au prix d'une sévère diminution de ses réserves d'énergie – le Terrien la considérait donc comme une arme à n'employer qu'en cas d'urgence.

Entourés comme ils l'étaient par des molosses nocturnes, il tenait les deux prêtes à l'emploi, bien décidé à ne gaspiller une décharge qu'en cas d'absolue nécessité. Une forme s'approcha ; Traz pressa la détente de sa catapulte. Le projectile fit mouche : la créature bondit dans les airs en poussant un hurlement de contralto.

L'adolescent rechargea son arme, jeta une brassée de broussailles dans le feu. Les molosses se mirent à tourner en rond avec agitation.

« Ils vont bientôt charger, fit Traz d'une voix lugubre. Nous sommes condamnés. Six hommes suffisent tout juste à repousser des molosses nocturnes ; cinq ne s'en sortent presque jamais vivants. »

Reith se résolut donc de mauvaise grâce à se servir de sa cellule énergétique. Il attendit. La danse des molosses se rapprochait dans la pénombre. Il visa, pressa la détente, fit accomplir un demi-cercle au rayon mortel. Les fauves survivants se mirent à hurler d'horreur – et avaient pris leurs pattes à leur cou quand il eut contourné le feu de camp pour terminer sa besogne. Bientôt parvinrent aux deux hommes de lointains cris affligés.

Les deux hommes montèrent la garde à tour de rôle. Chacun d'eux aurait juré avoir fait preuve de la plus grande vigilance, mais lorsqu'au matin ils allèrent examiner les cadavres, il n'en restait plus un seul. « Des créatures vraiment rusées ! s'exclama Traz d'une voix émerveillée. D'aucuns prétendent qu'ils rapportent aux Pnume le moindre événement qui vient rompre le silence de la steppe.

— Et alors ? Les Pnume tiennent-ils compte de ces informations pour agir ? »

Traz eut un haussement d'épaules indécis. « Quand une quelconque catastrophe arrive, mieux vaut partir du principe que c'est l'œuvre des Pnume. »

Reith regarda tout autour de lui, se demandant où les Pnume, les Pnumekin, voire les molosses nocturnes pouvaient bien se cacher. À perte de vue, il ne voyait que la steppe, baignée par la lueur sépia de l'aube.

En guise de petit-déjeuner, ils mangèrent des cosses d'herbe à pèlerin et burent de la sève de watak. Après quoi ils se remirent en route, toujours vers le nord-ouest.

En fin de journée, ils découvrirent devant eux un vaste amas de décombres grisâtres, que Traz identifia comme étant une ville en ruine, susceptible de leur servir d'abri contre les molosses nocturnes – au risque de tomber sur des bandits, des Chasch verts ou des Phung. Traz lui décrivit ces derniers : une singulière espèce d'êtres solitaires, similaires aux Pnume, mais plus grands et dotés d'une habileté presque surnaturelle qui les rendait terrifiants, même aux yeux des Chasch verts.

Le temps d'atteindre les ruines, l'adolescent raconta au Terrien de sinistres histoires au sujet des Phung et de leurs macabres habitudes. « Il se peut cependant que les ruines soient désertes. Quoi qu'il en soit, il vaut mieux s'en approcher avec prudence.

— Qui a construit ces antiques cités ? »

Traz haussa les épaules. « Nul ne le sait. Peut-être les Vieux Chasch. Peut-être les Chasch bleus. Peut-être les Hommes Gris, même si personne n'y croit vraiment. »

Reith fit le bilan de ce qu'il savait des races de Tschaï et de leurs associés humains. Il y avait les Dirdir et les Hommes-Dirdir ; les Vieux Chasch, les Chasch verts, les Chasch bleus et les Hommes-Chasch ; les Pnume et leurs dérivés humains, les Pnumekin ; les hommes des marais à la peau jaune, diverses tribus nomades, les fabuleux « Hommes d'Or »… et à présent les « Hommes Gris ».

« Et tu peux y ajouter les Wankh et les Hommes-Wankh, précisa Traz. Ils habitent de l'autre côté de la planète.

— Qu'est-ce qui a poussé toutes ces races à venir sur Tschaï ? » C'était là une question purement rhétorique : Reith savait Traz incapable d'y répondre. Et, effectivement, l'adolescent se borna à hausser les épaules.

Ils passèrent devant des tumulus de décombres, des fragments de dalles de ciment, des éclats de verre : les faubourgs de la cité.

Traz s'arrêta net, tous les sens aux aguets, et arma sa catapulte. Reith regarda tout autour de lui, sans rien y voir de menaçant ; tous deux se remirent prudemment en marche, pour bientôt pénétrer au cœur des vestiges de la ville. Les édifices, jadis de somptueuses demeures et de grandioses palais, s'étaient depuis effondrés – il n'en restait plus que quelques colonnes, montants et piédestaux qui s'élevaient dans l'obscurité du ciel de Tschaï. Et, entre ces piliers, des plates-formes, des esplanades de pierre et de ciment dégradées par le vent.

Sur la place centrale glougloutait une fontaine alimentée par quelque source ou puits souterrain. Traz s'en approcha avec la plus grande circonspection. « Comment se fait-il qu'il n'y ait aucun Phung ici ? marmonna-t-il. Encore aujourd'hui… » Et il fouilla du regard les débris de maçonnerie. Reith goûta prudemment l'eau, puis en but à satiété. Mais Traz restait pour sa part en retrait. « Un Phung est passé par là. »

Nulle part Reith n'en voyait une quelconque preuve. « Qu'en sais-tu ? »

Traz eut un haussement d'épaules hésitant ; il rechignait à s'étendre sur quelque chose d'aussi évident – d'autant qu'une question bien plus importante semblait requérir son attention : il scrutait le ciel avec appréhension, y percevant manifestement quelque chose que les sens de Reith échouaient à détecter. Il leva soudain le bras. « Le vaisseau des Dirdir ! » Tous deux allèrent se réfugier sous une corniche de béton en saillie ; quelques instants plus tard, l'engin les survola si bas qu'ils entendirent le bruissement de l'air éjecté par ses répulseurs.

L'appareil décrivit un vaste cercle, puis revint flotter au-dessus de la place à quelque deux cents mètres d'altitude.

« Étrange, murmura Traz. C'est presque comme s'ils nous savaient ici.

— Ils se servent peut-être d'un détecteur à infrarouge pour inspecter la surface, murmura Reith. Sur Terre, on sait repérer un homme par la chaleur que ses empreintes de pas ont laissée. »

Le vaisseau volant mit le cap à l'ouest, puis prit de la vitesse et disparut dans les cieux. Les deux hommes sortirent aussitôt de leur cachette. Reith alla boire encore un peu d'eau, savourant sa fraîche limpidité après trois jours passés à se contenter d'un régime de sève de watak. Traz, quant à lui, préféra chasser les espèces de gros cafards qui grouillaient dans les ruines. Il les dépouillait habilement de leur carapace et les dégustait ensuite avec délectation. Le Terrien n'avait pas assez faim pour se joindre à lui.

Le soleil se coucha derrière les ruines ; une brume couleur pêche envahit la steppe, annonciatrice d'un changement de temps, à en croire Traz. Reith, qui redoutait la pluie, aurait préféré aller s'abriter sous un bloc de pierre, mais l'adolescent ne voulut rien savoir : « Les Phung ! Ils ne manqueraient pas de nous flairer ! » Non loin, un piédestal s'élevait dix mètres au-dessus d'un escalier écroulé ; l'adolescent le considéra comme suffisamment sûr pour y passer la nuit. Reith contempla d'un œil morose les nuages qui s'amoncelaient au sud, mais ne discuta pas. Tous deux allèrent ramasser des branchages et des feuilles pour s'en faire un lit de fortune.

Le soleil disparut derrière l'horizon, laissant l'obscurité envelopper l'antique cité. Sur la place errait un homme, qui semblait littéralement chanceler de fatigue. Il se précipita vers la fontaine, à laquelle il but avidement.

Reith sortit son sondoscope. Grand, maigre, l'inconnu avait des bras et des jambes anormalement allongés, un visage étiré au teint hâve, un crâne chauve, des yeux ronds, un nez pas plus gros qu'un bouton de bottine, des oreilles minuscules.

Ses vêtements rose, bleu et noir, jadis élégants, se réduisaient à présent à des lambeaux, et il était coiffé d'un extravagant assemblage de pompons roses et de rubans noirs. « Un Homme-Dirdir ! murmura Traz tout en épaulant sa catapulte.

— Attends ! protesta Reith. Que veux-tu faire ?

— Le tuer, bien entendu.

— Ce pauvre diable ne nous a fait aucun mal. Pourquoi ne pas lui laisser la vie sauve ?

— C'est juste parce qu'il n'en a pas eu l'occasion », grommela le garçon, qui abaissa néanmoins sa catapulte. L'Homme-Dirdir tourna alors le dos à la fontaine pour examiner attentivement la petite place.

« Il a l'air perdu, marmonna Reith. Je me demande si les Dirdir n'en avaient pas après lui. C'est peut-être un fugitif ? »

Traz haussa les épaules. « Peut-être. Comment savoir ? »

L'Homme-Dirdir traversa l'esplanade d'un pas las pour s'installer à quelques mètres du piédestal, où il s'enveloppa dans ses haillons et s'allongea pour dormir. Traz grommela quelque chose dans sa barbe, s'étendit sur son matelas de feuillage et parut instantanément sombrer dans le sommeil. Reith, qui contemplait la vieille cité, se prit à méditer sur son destin extraordinaire… Az se leva à l'est, teintant la brume d'un rose blafard qui baignait les vieilles rues d'une étrange luminescence. Un spectacle impressionnant, *fascinant* – une scène irréelle, un invraisemblable paysage onirique. Braz s'éleva bientôt dans le ciel à son tour ; colonnes brisées et édifices en ruine projetaient à présent deux ombres. À l'extrémité d'une avenue se dressait une forme évoquant une statue de penseur – Reith s'étonna de ne pas l'avoir remarquée plus tôt. C'était une silhouette humaine émaciée, de plus de deux mètres de haut. Les jambes légèrement écartées, la tête inclinée comme celle d'un homme extrêmement concentré, une main sous le menton, l'autre derrière le dos, il était coiffé d'un chapeau mou au bord rabattu ; un manteau pendait sur ses épaules, ses jambes semblaient comme *enveloppées* dans des bottes. Reith l'examina en redoublant d'attention. Était-ce une statue ? Pourquoi restait-il aussi immobile ?

Il sortit son sondoscope. Le visage de la créature demeurait dans l'ombre, mais en jouant sur la mise au point de son instrument, le Terrien parvint à distinguer une haute silhouette efflanquée. Ses traits, mi-humains, mi-insectoïdes, semblaient comme figés en une grimace pétrifiée ; à force de les fixer, Reith s'avisa néanmoins que sa « bouche » remuait avec lenteur. La créature fit un unique pas furtif en avant, se réimmobilisa sur place. Puis elle tendit un long bras vers le ciel, en un geste menaçant dont la raison échappa au Terrien. Traz, qui s'était réveillé, s'empressa de suivre son regard. « Un Phung ! »

L'être pivota sur lui-même comme s'il l'avait entendu, puis fit deux pas dansants de côté.

« Ce sont des créatures démentes, murmura Traz. De véritables démons ! »

L'Homme-Dirdir n'avait pas encore pris conscience de la présence du Phung. Il s'agitait dans sa cape, sans doute pour essayer de trouver une position plus confortable. Le Phung fit un geste de surprise joyeuse, et en trois bonds alla se poster à quelques mètres de l'Homme-Dirdir, qui continuait de triturer ses vêtements. La créature s'immobilisa de nouveau, se baissa, ramassa quelques graviers et, du bout de son bras démesuré, en laissa tomber un sur l'Homme-Dirdir.

Ce dernier sursauta mais, ne voyant toujours pas le Phung, il ne tarda pas à se réinstaller. Reith grimaça. « Eh ! » lui cria-t-il.

Traz siffla de consternation – quant au Phung, Reith trouva sa réaction des plus comique : il effectua un grand saut en arrière, puis se tourna vers le piédestal, les bras écartés en une extravagante démonstration d'étonnement. L'Homme-Dirdir, agenouillé, s'immobilisa d'horreur à la vue du Phung.

« Pourquoi as-tu fait ça ? s'exclama Traz. Il se serait contenté de l'Homme-Dirdir !

— Abats-le avec ta catapulte.

— Les carreaux ne peuvent pas l'atteindre, pas plus qu'une épée ne parviendrait à le blesser.

— Tire-lui dans la tête. »

Traz poussa un soupir désespéré, mais n'en épaula pas moins son arme. Le projectile fila en direction du visage livide, qui l'évita au tout dernier instant. La flèche partit heurter un contrefort de pierre.

Le Phung ramassa un morceau de roche, ramena son long bras en arrière et lança la pierre avec une force stupéfiante. Traz et Reith s'aplatirent aussitôt ; elle vola en éclats juste derrière eux. Sans perdre davantage de temps, le Terrien braqua son pistolet sur la créature et appuya sur la détente. Il y eut un déclic, un chuintement ; le dard s'enfonça dans le thorax du Phung, explosa. La créature fut projetée dans les airs, poussa un bref cri d'effroi, puis retomba mollement par terre.

Les doigts de Traz s'enfoncèrent dans l'épaule de Reith. « Vite, tue l'Homme-Dirdir ! Avant qu'il ne s'enfuie ! »

Reith descendit du piédestal. L'Homme-Dirdir tira son épée – il ne portait apparemment aucune autre arme. Le Terrien rengaina son pistolet et leva la main. « Remets ton épée au fourreau. Nous n'avons aucune raison de nous battre. »

L'Homme-Dirdir, perplexe, recula d'un pas. « Pourquoi as-tu tué le Phung ?

— Parce que c'était le sort qu'il te réservait, évidemment.

— Mais nous ne nous connaissons même pas ! Et *vous*, vous êtes… (l'Homme-Dirdir scruta la pénombre)… des sous-hommes. Songerais-tu à me tuer toi-même ? Dans ce cas…

— Non. Je veux juste des informations ; ensuite, tu pourras reprendre ta route – je ne ferai en tout cas rien pour t'en empêcher. »

L'Homme-Dirdir grimaça. « Tu es aussi fou que les Phung. Mais pourquoi chercherais-je à te faire changer d'avis ? (Il s'avança de quelques pas pour examiner les deux hommes de plus près.) Vous résidez ici ?

— Non, nous sommes des voyageurs.

— Connaîtriez-vous un endroit où je pourrais passer la nuit, dans ce cas ? »

Reith tendit le bras vers le piédestal. « Tu peux toujours grimper là-haut, comme nous-mêmes nous l'avons fait. »

L'Homme-Dirdir fit claquer ses doigts avec humeur. « Je n'ai guère de penchants pour les hauteurs. Sans compter qu'il risque de pleuvoir. (Il considéra la dalle sous laquelle il s'était abrité, puis le cadavre du Phung.) Vous faites une paire bien obligeante – aussi docile qu'intelligente. Je tombe de fatigue, comme vous pouvez le voir ; il me faut absolument prendre un peu de repos. Puisque je vous ai sous la main, j'aimerais que vous montiez la garde pendant que je dors.

— Tue cette brute immonde ! » murmura Traz avec fougue.

L'Homme-Dirdir s'esclaffa – un curieux gloussement étranglé. « Voilà qui me semble plus conforme à la mentalité d'un sous-homme ! (Puis, se tournant vers Reith :) Toi, par contre, tu es vraiment singulier ; je n'arrive pas à te situer. Un hybride étranger, peut-être ? D'où viens-tu donc ? »

Reith était déjà parvenu à la conclusion que moins il attirait l'attention sur lui, et mieux cela valait – il comptait donc bien passer sous silence ses origines terriennes. Mais Traz, piqué au vif par le ton condescendant de l'Homme-Dirdir, s'écria : « Il n'est pas d'ici ! Il vient de la Terre. C'est un monde lointain, la patrie des hommes véritables… dont je fais partie ! Toi, tu es un monstre ! »

L'Homme-Dirdir agita la tête d'un air de reproche. « Quelle belle paire de fous vous faites ! Mais je ne devrais pas m'en étonner, j'imagine. »

Embarrassé par les révélations de Traz, le Terrien s'empressa de changer de sujet : « Et toi, qu'est-ce que tu fais ici ? Était-ce toi que l'appareil dirdir recherchait ?

— J'en ai bien peur, oui. Mais ils ne m'ont pas repéré, j'ai pris grand soin de m'en assurer.

— Tu es un fugitif ?

— Exactement.

— Quel crime as-tu commis ?

— Peu importe – tu serais bien en peine de comprendre. C'est au-delà de tes facultés. »

Reith, plus amusé que vexé, rebroussa chemin jusqu'au piédestal. « Je vais aller dormir. Si tu comptes vivre jusqu'à demain matin, je ne saurais trop te conseiller de te poster en hauteur, hors d'atteinte des Phung.

— Ta sollicitude m'intrigue », répliqua sèchement l'Homme-Dirdir.

Le Terrien garda le silence. Traz et lui retournèrent sur leur piédestal tandis que l'Homme-Dirdir en escaladait précautionneusement un autre, tout proche.

La nuit s'écoula. Des nuages s'amoncelèrent dans le ciel, sans pour autant éclater, et l'aube finit imperceptiblement par pointer, pour bientôt tout recouvrir d'une lueur couleur d'eau sale. Le piédestal de l'Homme-Dirdir était vide ; Reith supposa qu'il avait dû repartir de son côté. En compagnie de Traz, il descendit allumer un feu au milieu de la place pour se réchauffer. C'est alors que l'Homme-Dirdir réapparut.

N'observant aucun signe d'hostilité de la part des deux voyageurs, il s'approcha pas à pas, pour enfin s'immobiliser à cinq petits mètres d'eux, arlequin dégingandé au costume en haillons. Si Traz, la mine renfrognée, se borna à attiser le feu, Reith choisit de lui faire bon accueil : « Tu peux te joindre à nous, si le cœur t'en dit.

— Quelle erreur ! grommela Traz. Cette créature va chercher à nous nuire ! Ses semblables sont des êtres hautains, indignes de confiance ; et des mangeurs d'homme par-dessus le marché. »

Reith, qui avait oublié ce détail, considéra soudain l'Homme-Dirdir d'un autre œil.

Un ange passa, en prenant son temps. Puis l'Homme-Dirdir se risqua à briser le silence : « Plus j'observe ton comportement, ton costume et ton équipement, et plus je sens la perplexité m'envahir. D'où prétends-tu être originaire, déjà ?

— Je n'ai rien dit, répondit Reith. Et toi-même ?

— Je n'en fais pas secret. Je suis Ankhe at afram Anacho, né homme à Zumberwal, dans la Quatorzième Province. Étant à présent considéré comme un criminel en fuite, je ne puis plus guère compter que sur vous deux – loin de moi l'idée de prétendre le contraire. Nous voilà donc réunis, trois vagabonds crasseux autour d'un feu. »

Traz émit un vague grognement. Reith, pour sa part, trouvait rafraîchissante la frivolité – s'il s'agissait bien de cela – de l'Homme-Dirdir. « Quel crime te reproche-t-on ? lui demanda-t-il.

— Il te sera difficile de le comprendre. Pour faire simple, j'ai traité par le mépris les gratifications d'un certain Enze Edo Ezdowirram, qui s'est vengé en me signalant à l'attention de la Prime Race. Me fiant à mon ingéniosité, j'ai refusé de me laisser châtier. Et j'ai aggravé la situation en lui infligeant une bonne douzaine de camouflets supplémentaires. Finalement, dans un accès de colère, j'ai éjecté Enze Edo de son siège alors que nous survolions la steppe à haute altitude. (Ankhe at afram Anacho souligna ses paroles d'un geste fataliste, qu'ils trouvèrent passablement incongru.) Ne me demandez pas comment, mais j'ai en fin de compte réussi à échapper aux Dérogateurs. Et me voilà ici, sans projets ni ressources en dehors de mon... » Il utilisa alors un mot intraduisible, évoquant tout à la fois l'idée de supériorité intrinsèque, d'élan intellectuel, et la bonne fortune qui découlait inévitablement de ces qualités.

Traz poussa un grognement, puis partit chasser son petit-déjeuner. Anacho, qui dissimulait tant bien que mal l'intérêt qu'il lui portait, ne tarda pas à le rejoindre d'un pas nonchalant. Tous deux se mirent à courir ici et là au milieu des décombres pour attraper des insectes et les dévorer avec appétit. Reith se contenta pour sa part d'une poignée d'herbe à pèlerin.

Une fois repu, l'Homme-Dirdir revint examiner ses vêtements et son équipement. « Si je ne m'abuse, le garçon a parlé de la “Terre, une lointaine planète”. (Il tapota son embryon de nez du bout du doigt – un doigt blanc et démesuré.) Je serais presque disposé à le croire, si tu ne ressemblais pas autant à un sous-homme – ce qui rend cette hypothèse absurde.

— La Terre est le berceau des hommes, dit Traz non sans quelque hauteur. Nous sommes des hommes véritables. Toi, tu es un monstre. »

Anacho lança à l'adolescent un regard perplexe. « De quoi s'agit-il là, des principes d'un nouveau culte sous-humain ? Ma foi, cela ne fait pas la moindre différence à mes yeux.

— Explique-nous, l'exhorta Reith d'une voix doucereuse, comment les hommes sont arrivés sur Tschaï. »

Anacho eut un geste désinvolte. « C'est une histoire bien connue, et sans aucun mystère. Le Grand Poisson a pondu un œuf sur Sibol, son monde natal. L'œuf a échoué sur la plage de Remura. Une moitié s'est retrouvée exposée au soleil – elle est devenue le Dirdir. L'autre, qui a roulé à l'ombre, a donné naissance à l'Homme-Dirdir.

— Intéressant. Mais qu'en est-il des Hommes-Chasch ? De Traz ? Et de moi-même ?

— L'explication n'a rien de secret – je m'étonne de ta question. Il y a cinquante mille ans, les Dirdir ont quitté Sibol pour venir s'installer sur Tschaï, et les Vieux Chasch ont capturé des Hommes-Dirdir au cours des guerres qui s'en sont ensuivies. D'autres ont été capturés par les Pnume, puis plus tard par les Wankh. Les prisonniers sont devenus respectivement les Hommes-Chasch, les Pnumekin et les Hommes-Wankh. Les fugitifs, les criminels, les rebelles et les aberrations biologiques qui ont trouvé asile dans les marais se sont reproduits entre eux, pour au final engendrer les sous-hommes. Voilà comment les choses se sont passées. »

Traz se tourna vers Reith. « Parle donc de la Terre à cet imbécile. Fais-lui toucher du doigt son ignorance. »

Mais le Terrien se borna à éclater de rire.

Anacho lui jeta un nouveau coup d'œil intrigué. « Tu es un spécimen unique, c'est là une chose indiscutable. Où vous rendez-vous ? »

Reith tendit la main vers le nord-ouest. « À Pera.

— La Cité des Âmes Perdues, par-delà la Steppe morte ? Vous n'y arriverez jamais. Les Chasch verts la sillonnent.

— Il n'y a aucun moyen de les éviter ? »

Anacho haussa les épaules. « Des caravanes en font la traversée jusqu'à Pera.

— Par où passe leur route ?

— Un peu au nord – pas très loin.

— Dans ce cas, nous ferons le chemin avec une caravane.

— Au risque d'être capturés et vendus comme esclaves ? Les maîtres de caravane sont notoirement dépourvus de scrupules. Pourquoi désires-tu tellement te rendre à Pera ?

— J'ai mes raisons. Et toi, quels sont tes projets ?

— Je n'en ai aucun. Je suis un vagabond, tout comme toi. Si tu n'y vois pas d'inconvénients nous ferons route ensemble.

— À ta guise », fit Reith, sans tenir compte du sifflement écœuré de Traz.

Le trio se mit en marche. L'Homme-Dirdir discourait à bâtons rompus ; Reith trouvait ses propos amusants, parfois édifiants – quant à Traz, il feignait de ne rien entendre. Vers midi, ils arrivèrent au pied d'une chaîne de petites collines. Traz se servit de sa catapulte pour tuer un ruminant dont la forme évoquait celle d'une raie. Ils allumèrent un feu pour faire cuire l'animal à la broche – le repas fut succulent. « Est-il exact que vous mangez de la chair humaine ? demanda Reith à l'Homme-Dirdir.

— Bien sûr. Je connais peu de viandes aussi tendres. Mais inutile de t'inquiéter : contrairement aux Chasch, les Dirdir et les Hommes-Dirdir n'ont rien de gloutons impénitents. »

Ils entreprirent de gravir les collines sous de petits arbres au feuillage gris et bleu, dont les branches portaient de lourds fruits rouges que Traz décréta empoisonnés. Finalement, ils arrivèrent au sommet, d'où l'ensemble de la Steppe morte leur était visible : une plate immensité grise, sans autres signes de vie que des touffes de genêts épineux et d'herbe à pèlerin. Devant eux s'étirait une piste creusée de deux larges ornières. Elle arrivait du sud-est, suivait la base du plateau, passait sous leurs pieds, puis cinq kilomètres au nord-ouest contournait un amas d'affleurements rocheux qui se dressaient tels des dolmens, avant de se perdre dans la steppe. Une seconde piste menait vers le sud à travers une brèche dans les collines, une troisième s'enfonçait en direction du nord-est.

Traz plissa les yeux vers les affleurements, puis les désigna de la main. « Regarde là-bas avec ton instrument. »

Reith sortit son sondoscope et le braqua sur les rochers.

« Qu'est-ce que tu vois ?

— Des bâtiments. Pas beaucoup – ce n'est même pas un village. Je distingue quelques emplacements de batteries.

— Ce doit être le dépôt de Kazabir, fit Traz d'une voix songeuse, là où s'effectuent les transbordements. Les canons servent à protéger les caravanes des Chasch verts.

— Peut-être même y aura-t-il une auberge, fit l'Homme-Dirdir avec enthousiasme. Venez ! je meurs d'envie de prendre un bain. Je ne me suis jamais senti aussi sale de ma vie !

— Comment allons-nous payer ? demanda Reith. Nous n'avons ni argent ni marchandises à échanger.

— Ne t'inquiète pas. J'ai suffisamment de sequins pour nous trois. Nous autres, membres de la Seconde Race, ne sommes pas des ingrats, et tu m'as rendu un fier service. Même le garçon aura droit à un repas civilisé – ce qui ne lui est sans doute encore jamais arrivé. »

Traz le fusilla du regard, prépara quelque riposte hautaine – mais, remarquant l'air amusé de Reith, se contenta finalement d'un sourire acerbe de son cru. « Nous ferions mieux de partir. C'est un endroit dangereux – une position privilégiée pour les Chasch verts. Tu vois ces empreintes ? Ils viennent ici pour surveiller les caravanes. (Il désigna le sud, où une ligne grise barrait l'horizon.) En voilà d'ailleurs une qui approche.

— Dans ce cas, mieux vaut nous dépêcher de gagner l'auberge, histoire de réserver avant son arrivée. Passer une nouvelle nuit dans les ajoncs ne me tente pas plus que ça. »

La limpidité de l'air de Tschaï et l'immensité des paysages rendaient les distances difficiles à évaluer. Le temps que le trio parvienne à la base de la colline, la caravane s'était déjà engagée sur la piste : une bonne soixantaine de gigantesques chariots, si hauts qu'ils paraissaient toucher le ciel, qui avançaient lourdement en oscillant sur leurs six roues de deux mètres de diamètre. Certains étaient motorisés, d'autres tirés par des animaux gris massifs à la tête minuscule mangée par leurs yeux et leur groin.

Les trois voyageurs regardèrent passer la caravane. Trois éclaireurs ilanths la précédaient, fiers comme des rois sur leurs chevaux-sauteurs ; de grands hommes larges d'épaules, avec une taille étroite et des traits acérés. Leur épiderme était d'un jaune lumineux ; leurs cheveux aile de corbeau, ornés de plumes raides, luisaient littéralement de laque. Ils étaient coiffés de hauts casques pointus, surmontés de crânes humains privés de leur mâchoire inférieure, derrière lesquels leurs plumes tressautaient lestement. Leur armement se composait de grandes épées souples, analogues à celles des Emblèmes, d'une paire de pistolets à la ceinture et de deux dagues logées dans leur botte droite. Ils se bornèrent à jeter un coup d'œil indifférent aux trois compagnons en passant devant eux sur leurs massives montures.

Ce fut ensuite le tour des chariots. Les uns débordaient de ballots et de paquets ; sur les autres s'entassaient des cages, dans lesquelles se mêlaient sans distinction des enfants et de jeunes gens des deux sexes à l'expression hébétée. Sous les six véhicules se trouvait un affût de canon entouré de ses servants – des hommes à la peau grise affublés d'un pourpoint noir et d'un casque de cuir. Les canons, des tubes courts à la bouche large, semblaient fonctionner au moyen d'un champ propulseur. Il y en avait d'autres, plus effilés, aux flancs desquels pendaient des réservoirs ; Reith supposa qu'il s'agissait de lance-flammes.

« C'est la caravane que nous avons croisée au gué de l'Ioba », dit-il à Traz.

L'adolescent le confirma d'un hochement de tête maussade. « Je porterais peut-être encore Onmale si notre raid avait été couronné de succès. Mais je n'ai aucun regret : jamais je n'ai connu un fardeau aussi lourd qu'Onmale. La nuit, il me… chuchotait des choses. »

Une douzaine de chars supportaient des pavillons de trois étages en bois sombre, agrémentés de coupoles, de balcons et de vérandas ombragées. Reith les regarda avec envie – c'était là une manière bien confortable de parcourir les steppes de Tschaï ! Sur un véhicule particulièrement massif se dressait une maison équipée de fenêtres renforcées et de portes consolidées par des plaques de fer. La plateforme avant était munie d'un épais grillage métallique : une cage, ni plus ni moins, dans laquelle se tenait une jeune femme qui se bornait à regarder droit devant elle. Sa beauté était si extraordinaire qu'elle semblait avoir une vitalité propre, comme l'emblème Onmale. Elle avait un corps gracile, avec une peau de la couleur du sable. Ses cheveux noirs lui descendaient jusqu'aux épaules ; son regard d'or bruni avait la limpidité d'une topaze. Elle portait une petite calotte rose, une tunique rouge foncé, un pantalon de lin blanc chiffonné d'une propreté douteuse. Quand le chariot passa en cahotant devant les trois voyageurs, elle baissa les yeux sur eux. Son regard croisa un instant celui de Reith – le Terrien fut frappé par la mélancolie qu'il y découvrit. Le véhicule s'éloigna. Dans une ouverture à l'arrière se découpait la silhouette d'une femme de haute taille aux traits lugubres, avec des yeux étincelants et des cheveux gris-brun qui lui tombaient jusqu'aux épaules. Sa curiosité piquée au vif, Reith demanda à Anacho de qui il s'agissait – en vain : l'Homme-Dirdir l'ignorait, et s'en moquait éperdument.

Le trio entreprit de suivre la caravane jusqu'à une vaste arène sablonneuse entourée d'une véritable forteresse de rochers. Le maître de caravane, un petit vieillard hyperactif, fit aligner les chariots sur trois rangées : d'abord ceux qui transportaient des marchandises, le plus près de l'entrepôt, puis ceux qui accueillaient les pavillons et les cages où étaient enfermés les esclaves, et enfin les véhicules armés, dont on pointa les canons en direction de la steppe.

En face se dressait le caravansérail, une structure en torchis de deux étages aux murs inclinés. La taverne, les cuisines et la salle commune occupaient le rez-de-chaussée ; au premier se trouvait une rangée de petites chambres qui s'ouvraient sur une véranda. Les trois voyageurs trouvèrent le tenancier dans la salle commune : un homme corpulent vêtu de bottes noires et d'un tablier marron, avec une peau aussi grise que de la cendre. Ses yeux interloqués passèrent de Traz, vêtu d'un costume de nomade, à Anacho, dont les habits avaient jadis été élégants, puis à l'accoutrement singulier du Terrien ; il accepta néanmoins volontiers de leur fournir le gîte – et se proposa même de renouveler leur garde-robe.

Les chambres mesuraient deux mètres cinquante sur trois. L'ameublement se composait d'un lit de bandelettes de cuir montées sur un cadre de bois, d'une mince paillasse et d'une table sur laquelle étaient posés une cuvette et un broc d'eau. Après leur périple à travers la steppe, les trois hommes trouvaient ces logements presque luxueux. Reith prit un bain, se rasa avec le rasoir de sa trousse de survie, puis enfila ses nouveaux vêtements – dans lesquels il espérait passer un peu plus inaperçu : un pantalon bouffant de toile brunâtre, une grossière chemise blanche tissée à la main, un gilet noir à manches courtes. Après quoi il sortit sur la véranda pour observer le campement. Comme son existence sur Terre lui paraissait lointaine ! Comparée aux multiples bizarreries de Tschaï, sa vie d'autrefois lui semblait plate, terne – ce qui ne l'empêchait nullement d'y songer avec nostalgie. Il lui fallait bien admettre que sa détresse initiale avait quelque peu perdu de son intensité. Si précaire qu'elle fût, sa nouvelle existence ne manquait pas de piment et d'aventures. Son regard se posa sur le pavillon blindé. La jeune femme était une prisonnière, cela semblait évident. Quel sort lui avait-on réservé pour qu'elle arbore une mine si affligée ?

Reith s'efforça d'identifier le char, qui se révéla impossible à trouver au milieu de ce fouillis de véhicules hérissés de bosses, de pointes et d'angles improbables. *C'est mieux comme ça*, se dit-il. Le Terrien avait déjà suffisamment d'ennuis comme ça : à quoi bon s'inquiéter des avanies d'une esclave qu'en tout et pour tout il n'avait entr'aperçue que cinq secondes ? Il regagna sa chambre.

Il fourra dans ses poches une partie des objets de sa trousse de survie, cacha le reste au fond du broc d'eau et descendit dans la salle commune. Traz s'y trouvait assis, droit comme un piquet, sur un banc à l'écart. En réponse aux questions de Reith, il avoua que jamais il ne s'était retrouvé dans un endroit de ce genre, et qu'il ne voulait pas passer pour un imbécile. Reith s'esclaffa, lui tapa l'épaule – ce qui tira à son compagnon un petit sourire amer.

Anacho entra alors – dans sa tenue d'homme des steppes, il ressemblait beaucoup moins à un Homme-Dirdir. Tous trois passèrent au réfectoire, où on leur servit un repas composé de pain et d'un épais brouet noir ; Reith se garda bien de demander quels ingrédients avaient servi à le confectionner.

Le souper terminé, Anacho braqua sur le Terrien des yeux lourds de spéculation. « Tu as l'intention de rallier Pera ?

— Oui.

— On l'appelle la Cité des Âmes Perdues.

— C'est ce que j'ai cru comprendre.

— Il s'agit d'une hyperbole, bien sûr, reprit Anacho avec désinvolture. L'"âme" est un concept fort discutable. Les théologies dirdir sont trop subtiles pour que je m'avise de les remettre en cause, sinon pour remarquer que… Mais non, mieux vaut ne pas t'embrouiller la tête avec ça. Revenons-en plutôt à Pera, la "Cité des Âmes Perdues" comme d'aucuns l'appellent – là où se rend cette caravane. À choisir, je préférerais ne pas me farcir tout le chemin à pied ; je suggère par conséquent de louer le moyen de transport le plus confortable que pourra nous fournir le maître de caravane.

— Excellente idée. Seulement, je… »

Anacho fit claquer ses doigts devant lui. « Ne t'inquiète pas ; pour le moment tout au moins, je me sens favorablement disposé à votre égard. Vous êtes de bonne composition, respectueux, vous savez rester à votre place ; par conséquent… »

Traz, hors d'haleine, se leva d'un bond. « J'ai porté Onmale ! Peux-tu au moins comprendre cela ? Tu penses vraiment que j'ai omis de prendre des sequins en quittant mon camp ? (Il jeta un long sac sur la table.) Nous ne dépendons pas de tes largesses, Homme-Dirdir !

— À ta guise, fit Anacho en lançant un regard perplexe au Terrien.

— N'ayant moi-même pas le moindre sequin, expliqua celui-ci, c'est avec joie que j'accepte tout ce que l'un ou l'autre sera disposé à m'offrir. »

La salle commune s'était peu à peu remplie de voyageurs, parmi lesquels se mêlaient des conducteurs, des canonniers, les trois Ilanths arrogants, ainsi que le maître de caravane. Tout le monde réclamait à manger et à boire. Dès que le caravanier se fut restauré, Anacho, Reith et Traz s'approchèrent de lui pour lui demander de les transporter jusqu'à Pera. « Aucun problème – dès lors que vous n'êtes pas pressés, leur répondit-il. Nous allons attendre ici l'arrivée de la caravane d'Aig-Hedaïjha, en provenance du nord, avant de repartir en passant par Golsse.

Si ça ne vous convient pas, il va vous falloir prendre d'autres dispositions. »

Reith aurait préféré faire le voyage plus rapidement ; qu'allait-il advenir de sa vedette ? Mais, faute d'autres moyens de transport disponibles, il se résolut à ronger son frein.

Il n'était pas seul à s'impatienter. Deux femmes en longue robe noire, chaussées de souliers rouges, se dirigeaient présentement vers leur table. Le Terrien avait déjà croisé l'une d'elles, à l'arrière du char. Sa compagne, plus mince mais plus grande, avait un teint plombé, presque cadavérique. Il y avait dans sa voix grinçante une colère contenue, ou peut-être une hostilité chronique : « Combien de temps allons-nous devoir rester ici, maître Baojian ? D'après le conducteur, ça pourrait durer cinq jours.

— Ça me semble être une bonne estimation.

— Mais c'est impossible ! Nous arriverions en retard au Séminaire ! »

— Nous attendons une caravane du nord pour effectuer le transbordement, lui répondit le maître de caravane de sa voix la plus professionnelle. Nous partirons aussitôt après.

— Nous ne pouvons pas moisir ici aussi longtemps ! Des affaires de la plus haute importance requièrent notre présence à Fasm.

— Croyez-moi, mère vénérée, je compte bien vous conduire à votre Séminaire avec toute la diligence possible.

— Ce n'est pas assez rapide ! Vous devez nous y emmener sur-le-champ ! protesta d'une voix rauque la matrone au visage épais que Reith avait aperçue précédemment.

— Ce n'est malheureusement pas possible, répliqua Baojian avec vivacité. Désirez-vous me parler d'autre chose ? »

Sans un mot de plus, les deux femmes s'éloignèrent pour s'installer à une table non loin.

« Qui sont-elles ? demanda Reith, incapable de refréner sa curiosité.

— Des prêtresses du Mystère féminin. Tu ne connais donc pas ce culte ? Il s'est pourtant répandu partout. De quelle région de Tschaï es-tu originaire ?

— Je suis né dans une contrée lointaine. Qui est cette jeune personne qu'elles gardent en cage ? Une prêtresse, elle aussi ? »

Baojian se leva. « C'est une esclave – de Charchan, j'imagine. Elles l'emmènent à Fasm pour les rites triennaux. Tout cela ne me regarde pas – je suis un caravanier, moi. Je fais la navette entre Coad, sur le Dwan, et Tosthanag, au bord de l'océan Schanizade. Pour ce qui est de l'identité des gens que je convoie, de leur destination et des motifs de leur voyage… (Il haussa les épaules ; ses lèvres se pincèrent.) Prêtresse ou esclave, Homme-Dirdir, nomade ou hybride inclassable : ça revient au même pour moi. » Et, avec un sourire glacial, Baojian s'en fut.

Les trois hommes regagnèrent leur table.

Anacho tourna vers le Terrien Reith un long regard pensif. « Curieux… Vraiment curieux !

— Quoi donc ?

— Ton étrange équipement, aussi perfectionné que du matériel dirdir. Tes vêtements, d'une coupe inconnue sur Tschaï. Ta singulière ignorance, et tes non moins singulières aptitudes. J'en arriverais presque à te croire quand tu prétends être un homme venu d'un monde lointain. Ce qui est absurde, bien entendu.

— Je n'ai jamais prétendu une chose pareille.

— C'est ce que le garçon a dit.

— C'est donc avec *lui* qu'il va te falloir régler la question. » Reith se tourna vers les prêtresses, qui mangeaient leur soupe d'un air maussade. Elles furent bientôt rejointes par deux de leurs consœurs. À grand renfort de bougonnements, de bras levés au ciel et de coups d'œil amers par-dessus leurs épaules, les dîneuses rapportèrent aux arrivantes la conversation qu'elles avaient eue avec le maître de caravane. La fille demeura immobile, l'air abattu, les mains sur les genoux, jusqu'à ce que l'une des prêtresses lui donne un coup de coude et lui désigne son écuelle ; elle se mit alors à manger avec apathie. Reith ne parvenait pas à la quitter des yeux. C'était une esclave, songea-t-il avec une soudaine excitation. Les prêtresses comptaient-elles la vendre ? Non, certainement pas. Cette extraordinaire beauté était vouée à un destin extraordinaire. Reith poussa un soupir, détourna le regard – pour alors remarquer que d'autres, les Ilanths, n'étaient pas moins fascinés que lui-même. Ils roulaient de gros yeux, tiraillaient leurs moustaches, grommelaient et riaient dans leur barbe avec une telle grivoiserie que le Terrien s'en irrita. Ne se rendaient-ils pas compte qu'un sort tragique attendait cette fille ?

Les prêtresses se levèrent. Après avoir jeté de tous côtés des coups d'œil belliqueux, elles emmenèrent la jeune femme hors de la pièce. Pendant un temps, elles arpentèrent le camp de long en large, en rudoyant leur prisonnière quand celle-ci ralentissait le pas. Les Ilanths sortirent à leur tour de la salle commune, pour aller s'accroupir contre le mur du caravansérail. Ils avaient troqué leurs coiffures de guerre à crânes humains pour des faluches de velours marron, et chacun arborait une mouche vermillon sur ses joues jaune citron. Tout en mâchant des noisettes, dont ils recrachaient les coquilles dans la poussière sans jamais quitter la fille des yeux, les brutes badinaient entre elles, se lançaient d'espiègles défis. L'un d'eux finit par se lever, pour traverser le camp d'un pas d'abord nonchalant, puis de plus en plus rapide à mesure qu'il s'approchait des prêtresses. Il dit quelques mots à la fille, qui se borna à lui répondre d'un regard vide. Les prêtresses firent halte, se retournèrent. La plus grande leva le bras, pointa l'index vers le ciel et se mit à houspiller vertement l'Ilanth – qui, un sourire insolent aux lèvres, ne s'en laissa pas conter. Il ne remarqua même pas la prêtresse costaude qui s'approcha de lui par-derrière pour lui décocher une gifle d'anthologie. Le coup le projeta à terre ; il se releva aussitôt, la bouche emplie de jurons. La prêtresse s'avança, tout sourire – et se jeta sur lui dès qu'il leva le poing, pour l'étourdir d'un coup de tête, le soulever et le projeter au loin en le faisant rebondir sur son ventre. Après avoir fondu sur lui, elle entreprit de le rouer de coups de pied, bientôt rejointe par ses consœurs. L'Ilanth parvint finalement à s'échapper du cercle des prêtresses pour s'éloigner en rampant. Sitôt debout, il les agonit d'injures, leur cracha au visage, puis battit promptement en retraite sous les huées de ses camarades.

Les prêtresses continuèrent de faire les cent pas, tout en observant les trois Ilanths à la dérobée.

Le soleil couchant étirait les ombres sur le sol. Des collines descendit un groupe de gens en haillons, passablement chétifs, qui arboraient une peau blanche, des cheveux d'un brun doré, des traits secs et acérés et de petits yeux bridés. Les hommes se mirent à jouer du gong, les femmes à danser d'un curieux pas sautillant qui leur donnait des airs d'insectes. Des enfants rabougris, simplement vêtus d'un châle, allaient et venaient parmi les voyageurs en agitant une sébile. De l'autre côté du campement, les voyageurs aéraient fichus et couvertures ; des étoffes orange, jaunes, rouille et marron claquaient au vent venu des hauteurs. Les prêtresses se retirèrent dans le pavillon bardé de fer, en compagnie de la jeune esclave.

Le soleil finit par disparaître derrière les hauteurs. Le crépuscule descendit sur le caravansérail, où le calme revint peu à peu. De faibles lumières scintillaient derrière les fenêtres des maisons ambulantes. La steppe s'assombrissait au-delà des affleurements, bordée des dernières lueurs prune du jour.

Pour son souper, Reith avala un bol de goulasch à l'odeur âcre, accompagné de pain granuleux et d'une assiette de conserves. Traz partit assister à quelque jeu d'argent ; Anacho n'était nulle part en vue. Le Terrien sortit de la taverne pour aller observer les étoiles. Quelque part au beau milieu de ces constellations étrangères devait briller Céphée, indétectable à l'œil nu. Elle se trouvait présentement de l'autre côté de Sol, qui elle-même était située à deux cent douze années-lumière de Tschaï – une modeste étoile de magnitude dix, peut-être douze. Passablement démoralisé, Reith détourna son regard du firmament.

Les prêtresses bavardaient à voix basse devant leur char. L'esclave avait été remise dans sa cage. Presque contre sa volonté, Reith contourna le campement, s'approcha du véhicule et de la cage. « Mademoiselle ! lui souffla-t-il. Mademoiseille ! »

Elle se retourna, le regarda – mais se garda bien d'ouvrir la bouche.

« Viens par ici, que je puisse te parler. »

Elle traversa lentement sa prison jusqu'à lui.

« Qu'est-ce qu'elles te veulent ? s'enquit Reith.

— Je ne sais pas, lui répondit-elle d'une voix à la fois rauque et douce. Elles m'ont enlevée à Cath, *chez moi* ; puis elles m'ont mise en cage et m'ont embarquée dans leur vaisseau.

— Pourquoi ?

— Parce que je suis belle. C'est ce qu'on dit, en tout cas… Chut ! Elles nous ont entendus ! Cache-toi ! »

Sans fierté excessive, il se jeta aussitôt à genoux. La jeune femme demeura debout, les mains autour des barreaux. Une prêtresse s'approcha ; n'y voyant rien, elle retourna aussitôt auprès de ses consœurs.

« Elle est partie », chuchota-t-elle à l'intention du Terrien.

Celui-ci se releva, avec l'impression d'être un peu ridicule. « Tu veux sortir de cette cage ? »

Ce fut presque avec indignation qu'elle répondit : « Bien sûr ! Je ne *veux* pas participer à leurs rites ! Elles me détestent ! Parce qu'elles sont d'une telle laideur ! (Elle baissa les yeux sur lui, l'étudia à la lumière vacillante d'une fenêtre toute proche.) Je t'ai aperçu tout à l'heure. Tu étais au bord de la piste.

— Oui. Moi aussi, je t'ai remarquée. »

Elle tourna la tête. « Les voilà qui reviennent. Tu ferais mieux de partir. »

Reith s'empressa de s'éloigner. Depuis l'autre côté de la cour, il regarda les prêtresses pousser la fille à l'intérieur de la maison ambulante. Après quoi il retourna dans la salle commune, pour se perdre un moment dans la contemplation des jeux qui s'y déroulaient : des parties d'échecs, jouées sur un échiquier de quarante-neuf cases, avec sept pièces pour chaque adversaire ; un autre requérant un disque et des jetons marqués d'un chiffre, qui lui parut extrêmement complexe ; diverses sortes de jeux de cartes. Une cruche de bière circulait de main en main. Des mendiantes des tribus des plateaux arpentaient la salle d'un pas traînant, en quête de quelques piécettes. Quelques querelles mineures éclataient de temps à autre. L'un des caravaniers finit par sortir une flûte, un deuxième un luth et un troisième un long tube de verre aux sonorités graves. Ils se mirent à jouer une musique que Reith trouva fascinante, ne fût-ce qu'en raison de l'étrangeté de sa structure mélodique. Traz et l'Homme-Dirdir avaient depuis longtemps regagné leur chambre. Reith ne tarda pas à les imiter.

4

Reith se réveilla avec un sentiment d'*imminence*, qui le laissa un instant interdit. Puis il en comprit la source : cette jeune femme, et les prêtresses du Mystère féminin. Allongé sur sa couche, il contemplait avec humeur le plâtre du plafond. Quelle folie de s'occuper de choses échappant à sa compréhension ! Que pouvait-il y faire, après tout ?

Il descendit dans la salle commune, mangea l'écuelle de porridge qu'une des filles de l'aubergiste – une vraie souillon – lui apporta, puis sortit s'asseoir sur un banc, dans l'espoir d'apercevoir la jeune captive.

Les prêtresses apparurent, pour aussitôt se diriger vers le caravansérail sans un instant quitter leur prisonnière des yeux, qu'elles encadraient toujours aussi consciencieusement.

Une demi-heure plus tard, elles retournèrent au camp et engagèrent la conversation avec l'un des petits montagnards, qui souriait de toutes ses dents et acquiesçait obséquieusement à tout ce qu'elles lui disaient, le regard étincelant de crainte respectueuse.

Les Ilanths quittèrent la salle commune à leur tour. Tout en lançant des coups d'œil furtifs aux prêtresses – et des œillades concupiscentes à la fille –, ils traversèrent le campement, détachèrent leurs chevaux-sauteurs et entreprirent de débarrasser les bêtes des excroissances calleuses qui s'étaient formées sur leur cuir d'un vert grisâtre.

Après avoir mis fin à leur conversation avec le montagnard, les prêtresses se mirent à faire les cent pas entre le campement et les promontoires rocheux. La jeune femme traînait la jambe derrière elles, ce qui semblait les exaspérer au plus haut point. Les Ilanths ne cessaient de la reluquer, en parlant entre eux à voix basse.

Traz sortit s'installer à côté du Terrien. Il tendit le bras vers la steppe. « Il y a des Chasch verts à proximité ; un groupe important.

— Qu'en sais-tu ? demanda Reith, qui ne voyait rien.

— Je sens la fumée de leurs feux.

— Moi, je ne sens rien. »

Traz haussa les épaules. « Il y en a trois ou quatre cents.

— Pfff… Comment pourrais-tu savoir une chose pareille ?

— La force du vent, l'odeur de la fumée. Un petit groupe produit moins de fumée qu'un gros. Celle-ci correspond à environ trois cents Chasch verts. »

Reith, vaincu, leva les bras au ciel.

Les Ilanths sautèrent sur leurs montures et s'élancèrent vers les affleurements rocheux, où ils firent halte. Anacho, qui se tenait prêt à intervenir, lâcha un petit rire sec. « Ces pauvres prêtresses vont en voir de toutes les couleurs. »

Reith bondit sur ses pieds, sortit assister au spectacle. Les Ilanths attendirent que les prêtresses passent à leur hauteur pour se ruer sur elles. Les femmes bondirent en arrière, prises par surprise ; dans un concert de hurlements, les cavaliers se saisirent alors de la prisonnière, la jetèrent en travers d'une selle et partirent au grand galop en direction des collines, sous le regard médusé des prêtresses. Qui s'empressèrent ensuite de revenir au campement en poussant des cris stridents. Se jetant sur Baojian, le maître de caravane, elles tendirent des doigts tremblants en direction de la steppe. « Les brutes jaunes ont enlevé la vierge de Cath !

— Juste pour s'amuser un peu, fit Baojian sur un ton rassurant. Ils la ramèneront quand ils en auront fini avec elle.

— Mais elle ne nous sera plus d'aucune utilité ! Après un si long voyage, après tant d'épreuves ! Quelle atroce tragédie ! Je suis une Aïeule du Séminaire de Fasm ! Et tu ne remues même pas le petit doigt pour m'aider ! »

Le maître de caravane cracha dans la poussière. « Je n'aide *personne* – assurer l'ordre dans la caravane et conduire mes chariots ne me laisse pas le temps pour autre chose.

— Espèce d'infâme individu ! Ces gens ne sont-ils pas sous tes ordres ? Affirme ton autorité !

— Elle ne s'exerce qu'au sein de *ma* caravane. L'événement a eu lieu dans la steppe.

— Mais qu'allons-nous faire ? Nous sommes perdues ! La cérémonie de Clarification ne va pas pouvoir se tenir ! »

Sans trop savoir comment, Reith se retrouva sur la selle d'un cheval-sauteur qui galopait à travers la steppe. Il avait obéi à une impulsion totalement inconsciente ; alors même que sa monture lui faisait traverser la steppe en bonds prodigieux, il s'étonna du réflexe qui l'avait poussé à fausser compagnie au maître de caravane pour enfourcher une monture. *Ce qui est fait est fait*, se dit-il en guise de consolation, avec un soupçon de satisfaction amère : le triste sort d'une belle esclave semblait avoir pris le pas sur sa propre infortune.

Les Ilanths n'avaient pas chevauché très loin : ils avaient fait halte dans une petite zone plate et sablonneuse dominée par une paroi rocheuse. La jeune femme, abasourdie, se tenait recroquevillée contre l'escarpement. Ses ravisseurs avaient tout juste terminé d'attacher leurs bêtes quand le Terrien arriva. « Qu'est-ce que tu veux ? lui demanda l'un d'eux sans la moindre aménité. Dégage ! Nous allons éprouver la qualité de cette fille de Cath. »

Un autre partit d'un rire bien gras. « Elle a besoin d'un peu d'entraînement aux mystères féminins ! »

Reith sortit son pistolet. « J'aurai grand plaisir à abattre autant d'entre vous qu'il le faudra, sachez-le bien. (Il fit signe à la jeune femme.) Viens ! »

Elle regarda frénétiquement autour d'elle, comme incapable de savoir dans quelle direction fuir.

Les Ilanths se taisaient, leurs moustaches noires pendantes. Lentement, la jeune femme se hissa sur la monture de Reith, qui fit demi-tour et regagna la vallée. Elle lui lança un regard indéchiffrable, s'apprêta à parler, y renonça. Les Ilanths remontèrent en selle à leur tour, et finirent par les dépasser en les abreuvant d'injures.

Les prêtresses étaient en train de scruter la steppe, postées à l'entrée du campement. Reith arrêta sa monture, considéra les quatre silhouettes vêtues de noir ; elles se mirent aussitôt à lui adresser de grands signes.

« Combien t'ont-elles donné ? lui demanda la jeune femme d'une voix presque hystérique.

— Rien. Je suis venu de mon plein gré.

— Ramène-moi chez moi, l'implora-t-elle. Ramène-moi à Cath ! Mon père te donnera bien davantage… Tout ce que tu lui demanderas. »

Reith désigna la masse noire qui se profilait à l'horizon. « Il s'agit sans doute de Chasch verts. On ferait mieux de retourner à l'auberge.

— Mais ces femmes vont me remettre en cage ! (La voix de la fille tremblait ; son sang-froid – mais peut-être n'était-ce que de l'apathie – commençait à s'éffriter.) Elles me détestent, elles me réservent les pires supplices ! Regarde… les voilà qui arrivent ! Laisse-moi partir !

— Toute seule ? Dans la steppe ?

— Je préfère encore ça !

— Je ne les laisserai pas te reprendre. » Il se dirigea au pas vers le caravansérail. Les prêtresses attendaient derrière la brèche qui s'ouvrait entre les pitons rocheux. « Oh, quelle noblesse ! s'écria l'Aïeule. Quelle bonne action vous avez accomplie là ! A-t-elle été souillée ?

— Cela ne vous regarde pas, répondit Reith.

— *Quoi ?* Comment peux-tu dire une chose pareille ?

— Elle est mienne désormais. Je l'ai sauvée des griffes des trois guerriers. C'est à *eux* qu'il faut vous adresser si vous voulez obtenir réparation, pas à moi. Ce que j'ai gagné, je le garde. »

Les prêtresses explosèrent de rire. « Espèce de petit coq ridicule ! Rends-nous ce qui nous appartient, ou ça va mal se passer pour toi ! Nous sommes les prêtresses du Mystère féminin !

— Et vous serez des prêtresses *mortes* si vous vous immiscez dans mes affaires. » Sur ce, Reith retourna à l'intérieur du campement, sous le regard interdit des femmes. Il mit pied à terre, aida la fille à en faire autant – il comprenait à présent pourquoi son instinct l'avait poussé à se lancer à la poursuite des Ilanths, en dépit de toute raison.

« Comment t'appelles-tu ? » demanda-t-il à la captive.

Elle réfléchit, comme si le Terrien lui avait posé la plus déconcertante des énigmes, avant de répondre timidement : « Mon père est le Seigneur du Palais du Jade bleu. Nous appartenons à la caste d'Aegis.

Je me présente parfois sous le nom de Fleur de Jade bleu. Ou, en des occasions moins formelles, Fleur de Beauté ou Fleur de Cath. Mon nom de fleur est Ylin-Ylan.

— Tout cela me semble passablement compliqué », déclara Reith. La jeune femme acquiesça d'un hochement de tête, comme si elle aussi trouvait cela exagérément complexe. « Comment tes amis t'appellent-ils ? reprit le Terrien.

— Cela dépend de leur caste. Es-tu de haute naissance ?

— Bien entendu, répondit Reith, qui ne voyait aucune raison de prétendre le contraire.

— As-tu l'intention de faire de moi ton esclave ? Ce ne serait dans ce cas guère approprié de m'appeler par mon nom d'ami.

— Je n'ai jamais eu d'esclaves. La tentation est forte – mais j'avoue avoir un petit faible pour ton nom d'ami.

— Eh bien, tu peux m'appeler Fleur de Cath, qui est un nom d'ami protocolaire – ou Ylin-Ylan, mon nom de fleur, si tu le souhaites.

— Cela fera l'affaire – provisoirement, tout au moins. » Reith balaya le campement du regard, puis prit la jeune femme par le bras pour la conduire dans la salle commune du caravansérail, où tous deux s'installèrent à l'une des tables du fond. Il commença alors à examiner la jeune femme, Ylin-Ylan, Fleur de Beauté, Fleur de Cath. « Je ne sais pas trop ce que je vais faire de toi », murmura-t-il.

Dehors, les prêtresses discutaient âprement avec le maître de caravane, qui les écoutait gravement en faisant preuve de la plus grande politesse.

« Je n'aurai peut-être pas voix au chapitre, dit Reith. Je doute fort d'avoir la loi pour moi.

— Il n'y a pas de loi dans la steppe, rétorqua-elle. Seule la peur y règne. »

Traz vint les rejoindre ; il toisa la jeune femme d'un air désapprobateur. « Que comptes-tu faire d'elle ?

— Si j'en avais la possibilité, je la ramènerais chez elle.

— Si tu faisais une chose pareille, lui dit la fille le plus sérieusement du monde, tu ne manquerais plus jamais de rien. J'appartiens à la famille d'un notable. Mon père t'édifierait un palais. »

Traz se montra aussitôt moins réticent ; il jeta un coup d'œil en direction de l'est, comme s'il anticipait déjà le voyage à venir. « Ce n'est pas impossible.

— Ça l'est pour moi, trancha le Terrien. Il faut que je récupère ma vedette. Si tu veux la reconduire à Cath, et commencer là-bas une vie nouvelle, ne te gêne surtout pas pour moi. »

Traz jeta un coup d'œil dubitatif en direction des prêtresses. « Comment, sans armes ni guerriers, pourrais-je faire traverser la steppe à une fille dans son genre ? On nous réduirait en esclavage, ou on nous massacrerait sur-le-champ. »

Baojian pénétra alors dans la salle, s'approcha d'eux. « Les prêtresses, commença-t-il d'une voix égale, exigent de moi que je fasse valoir leurs droits – ce qui n'est nullement dans mes intentions, le transfert de propriété s'étant effectué à *l'extérieur* de la caravane. J'ai néanmoins accepté de te poser la question suivante : quelles sont tes intentions à l'égard de cette jeune femme ?

— Cela ne les regarde pas. Elle *m'appartient*, désormais. Si elles veulent un dédommagement, c'est aux Ilanths qu'elles doivent s'adresser. Moi, je n'entretiens aucun commerce avec eux.

— Voilà une position raisonnable. Les prêtresses en conviennent, même si elles enragent de leur infortune. Je suis pour ma part enclin à les considérer comme des victimes dans cette affaire. »

Reith scruta le visage impassible du maître de caravane. « Tu es sérieux ?

— Je raisonne uniquement en termes de droit de propriété et de sécurité des transactions. Elles ont subi une lourde perte. Leurs rites nécessitent un genre bien particulier de filles. Elles ont consenti des efforts démesurés pour se procurer une participante convenable, uniquement pour la perdre à la dernière minute. Supposons qu'elles te versent une indemnité de sauvetage… la moitié du prix d'une femme comparable, par exemple ? »

Reith secoua la tête. « Elles ont certes subi une perte, mais je ne vois vraiment pas en quoi cela me concerne. Après tout, elles ne sont pas venues se réjouir avec nous de la délivrance de cette jeune personne.

— Je les soupçonne de ne pas être d'humeur à la fête, même en une si heureuse occasion. Bon, je vais leur transmettre tes commentaires. Nul doute qu'elles prendront d'autres dispositions.

— J'espère que cette situation ne va pas affecter les conditions de notre voyage.

— Bien sûr que non, déclara le maître de caravane. Le vol et la violence sont strictement prohibés. La sécurité est mon fonds de commerce. » Baojian inclina la tête, puis prit congé.

Reith se tourna vers Traz et Anacho, qui les avait rejoints. « Et maintenant ?

— Tu peux déjà creuser ta tombe, lui dit Traz d'une voix sinistre. Les prêtresses sont des sorcières. Nous en avions quelques-unes parmi les Emblèmes. On ne s'en est portés que mieux lorsque nous les avons tuées. »

Anacho examina la Fleur de Cath avec autant de détachement que s'il s'était agi d'un animal. « C'est une Yao Dorée, une lignée extrêmement ancienne : des hybrides issus du croisement des Primes jaunes et des Primes blancs. Il y a cent cinquante ans, ils ont commencé à se montrer arrogants, et se sont mis en tête de concevoir des mécanismes sophistiqués. Les Dirdir leur ont donné une bonne leçon.

— Cent cinquante ans ? Combien de temps dure une année sur Tschaï ?

— Quatre cent quatre-vingt-huit jours. Mais je ne vois pas le rapport. »

Reith se livra à un rapide calcul. Cent cinquante ans sur Tschaï équivalaient à environ deux cent douze années terrestres. Coïncidence ? Ou bien les ancêtres de la Fleur avaient-ils envoyé le signal radio qui l'avait conduit sur Tschaï ?

La Fleur de Cath jetait des regards haineux à Anacho. « Tu es un Homme-Dirdir ! lui lança-t-elle d'une voix rauque.

— Du Sixième Domaine – je suis loin d'être un Immaculé. »

Elle se tourna vers Reith. « Ils ont torpillé Settra et Ballisidre ; ils *voulaient* nous anéantir. Par simple jalousie !

— *Jalousie* n'est pas le terme approprié, rectifia Anacho. Ton peuple jouait avec des forces interdites que vous ne compreniez pas.

— Que s'est-il passé ensuite ? voulut savoir Reith.

— Rien, répondit Ylin-Ylan. Nos cités ont été détruites, de même que les réceptacles, le Palais des Arts et les Résilles d'Or. Des trésors vieux de plusieurs millénaires ! Comment, dès lors, s'étonner que nous haïssions les Dirdir ? Davantage que les Pnume, les Chasch ou même les Wankh ! »

Anacho haussa les épaules. « Je ne suis personnellement pour rien dans l'élimination des Yao.

— Mais tu t'en fais l'avocat ! Ça revient au même !

— Et si nous parlions d'autre chose ? suggéra Reith. Après tout, cela remonte à deux cent douze ans.

— Cent cinquante ans *seulement* ! le corrigea la Fleur de Cath.

— D'accord. Mais revenons-en à toi. Tu aimerais changer de vêtements ?

— Oui. Je porte ceux-ci depuis que ces horribles femmes m'ont enlevée dans mon jardin. J'aimerais aussi prendre un bain. Elles me donnaient juste assez d'eau pour étancher ma soif. »

Reith monta la garde le temps que la jeune femme fasse sa toilette, puis lui passa une tenue unisexe de nomade des steppes. Lorsqu'elle réapparut, la peau encore moite, Ylin-Ylan était vêtue d'un pantalon gris et d'une tunique fauve. Ils redescendirent dans la salle commune, sortirent – pour découvrir un campement en émoi : les Chasch verts se trouvaient en effet à moins de deux kilomètres du caravansérail, désormais. Les emplacements de tir sur les saillies rocheuses étaient désormais occupés ; Baojian déployait ses chars de façon à couvrir toutes les approches.

Les Chasch verts ne semblaient pas décidés à attaquer immédiatement. Ils avaient aligné leurs chariots en une interminable file, érigé une centaine de hautes tentes noires.

Baojian se gratta le menton d'un air contrarié. « La caravane du nord n'arrivera jamais à nous rejoindre, avec tous ces nomades si près. Quand leurs éclaireurs auront vu le camp, ils vont rebrousser chemin et attendre. Tout cela risque fort de nous retarder, j'en ai peur. »

Un cri d'indignation échappa à l'Aïeule. « Le Rite va s'accomplir sans nous ! Faut-il donc que chacun de nos projets se voie ainsi déjoué ? »

Baojian leva les bras au ciel pour l'appeler à la raison. « Vous ne voyez pas qu'il nous est impossible de quitter le campement ? Ça nous obligerait à combattre ! On risque fort d'y être contraints de toute façon, vu la tournure des choses !

— Envoyez donc les prêtresses danser leur "Rite" avec les Chasch ! lança alors quelqu'un.

— Ayez donc pitié de ces malheureux Chasch ! » enchérit une autre voix insolente. Les prêtresses battirent en retraite, furibondes.

Le crépuscule tomba sur la steppe. Les Chasch verts allumèrent des feux, devant lesquels se profilaient leurs hautes silhouettes lorsqu'ils passaient devant. De temps à autre, ils donnaient l'impression de s'immobiliser pour regarder en direction du caravansérail.

« C'est une race de télépathes, expliqua Traz au Terrien. Ils partagent toutes leurs pensées. C'est même parfois à se demander s'ils ne sont pas capables de lire celles des hommes… Personnellement, je n'y crois guère – mais qui sait ? »

Un repas sommaire – composé de soupe et de lentilles – fut servi dans la salle commune, où les lumières avaient été baissées pour empêcher les Chasch de repérer les sentinelles. Dans un coin, des caravaniers jouaient en silence. Les Ilanths buvaient des breuvages distillés ; ils se mirent bientôt à faire du vacarme, forçant le tavernier à venir les prévenir qu'il faisait respecter en ces lieux une discipline aussi stricte que celle imposée par le maître de caravane : s'ils voulaient se battre, ils n'avaient qu'à partir régler leurs querelles dans la steppe. Les trois guerriers se recroquevillèrent aussitôt, le bord de leur chapeau rabattu sur leur visage jaunâtre.

La salle commença à se vider. Reith escorta Ylin-Ylan, la Fleur de Beauté, jusqu'à la cabine qui jouxtait la sienne. « Verrouille ta porte et ne sors pas avant demain matin, lui dit-il. Si quelqu'un s'avise de vouloir entrer, frappe contre le mur pour me réveiller. »

Elle lui opposa alors une expression indéchiffrable. Jamais de toute son existence, songea Reith, il n'avait vu de femme plus séduisante. « Tu n'as donc vraiment pas l'intention de me prendre comme esclave ? lui demanda-t-elle.

— Non. »

La porte se referma ; le verrou fut tiré. Reith retourna dans sa propre alcôve.

La nuit passa. Les Chasch verts campaient toujours devant le caravansérail le lendemain matin – il n'y avait donc rien d'autre à faire que d'attendre.

Accompagné de la Fleur de Cath, le Terrien alla inspecter de près les canons de la caravane – les fameux « gicle-sable ». Ces armes, apprit-il alors, projetaient effectivement du sable, dont chaque grain, électrostatiquement chargé, subissait une accélération si intense qu'il atteignait presque la vitesse de la lumière – ce qui avait pour effet de multiplier sa masse par mille. En pénétrant un objet solide, ils libéraient l'énergie ainsi accumulée en une terrible explosion. Ces armes, apprit-il également, avaient jadis fait partie de l'arsenal des Wankh ; elles étaient gravées de rangées de rectangles de tailles et de formes diverses caractéristiques de leur écriture.

À son retour à l'auberge, il trouva Traz et Anacho occupés à débattre de la nature des Phung. Le premier les tenait pour des créatures engendrées par les Pnumekin à partir de cadavres de Pnume. « Ça t'est déjà arrivé de voir deux Phung *ensemble* ? Ou un *bébé* phung ? Non. Ils ne se mettent jamais en couple. Ils sont trop fous, trop farouches, pour procréer. »

Anacho eut un geste indulgent. « Les Pnume non plus ne forment jamais de couples – et ils se reproduisent selon une méthode des plus particulière. Particulière… aux yeux des hommes et des sous-hommes, devrais-je dire, car ce système semble parfaitement convenir aux principaux intéressés. C'est une race opiniâtre. Tu savais que leurs archives remontaient à plus d'un million d'années ?

— Je l'ai entendu dire, répondit Traz avec amertume.

— Avant l'arrivée des Chasch, les Pnume régnaient sur l'intégralité de la planète. Ils vivaient dans des villages de petites huttes en forme de dômes, dont toute trace a disparu. À présent ils s'en tiennent aux cavernes et aux galeries qui courent sous les antiques cités, où ils mènent une existence des plus mystérieuse. Même les Dirdir considèrent que ça porte malheur de maltraiter un Pnume.

— Les Chasch sont donc arrivés sur Tschaï avant les Dirdir ? s'enquit Reith.

— C'est un fait bien connu, répondit Anacho. Seul un homme originaire d'une province isolée – ou d'un monde lointain – peut ignorer ce fait. (Il décocha à Reith un regard perplexe.) Toujours est-il que les premiers envahisseurs ont bel et bien été les Vieux Chasch, il y a de ça cent mille ans. Les Chasch bleus sont arrivés cent siècles plus tard, en provenance d'une planète colonisée une éternité plus tôt par des pionniers chasch. Les deux ont alors commencé à se disputer Tschaï ; ils ont fait venir des Chasch verts pour s'en servir de troupes de choc.

« Les Dirdir sont pour leur part arrivés il y a soixante mille ans. Les Chasch ont subi de lourdes pertes, jusqu'à être submergés par le nombre toujours grandissant de Dirdir. À partir de là, la situation s'est irrémédiablement enlisée. Les deux races sont restées ennemies, et il existe fort peu d'échanges entre elles.

« Dans un passé comparativement proche, quelque dix millénaires, une guerre spatiale a éclaté entre les Dirdir et les Wankh. Elle s'est étendue à Tschaï quand les seconds ont édifié des forteresses dans la province de Rakh, et dans le Kachan méridional. Mais il n'y a plus guère de véritables combats, à présent, ça se résume surtout à des escarmouches et quelques embuscades. Chaque race redoute les deux autres, et attend son heure pour pouvoir les annihiler. Quant aux Pnume, ils restent neutres et se tiennent à l'écart des hostilités – ce qui ne les empêche pas de les suivre avec intérêt, pour alimenter leurs propres chroniques historiques.

— Et les hommes ? demanda Reith avec circonspection. Quand ont-ils débarqué sur Tschaï ? »

Anacho lui lança un coup d'œil sardonique. « Puisque tu prétends connaître le monde dont ils seraient originaires, c'est là une information qui devrait être en ta possession. »

Refusant de céder à la provocation, Reith ne fit aucun commentaire.

L'Homme-Dirdir enchaîna de son ton le plus didactique : « Les hommes viennent de Sibol ; ils sont arrivés sur Tschaï avec les Dirdir. Comme ils sont aussi malléables que de la cire, certains d'entre eux se sont métamorphosés, d'abord en hommes des marais, puis, il y a vingt mille ans, en cette engeance. (Il désigna Traz du doigt.) D'autres, réduits en esclavage, ont donné naissance aux Hommes-Chasch, aux Pnumekin et même aux Hommes-Wankh. Il existe des dizaines d'hybrides et de races insolites. Une certaine variété s'est imposée même chez les Hommes-Dirdir. Les Immaculés sont des Dirdir presque purs. D'autres affichent un raffinement bien moindre. C'est d'ailleurs précisément ce qui m'a valu d'être rejeté : j'ai réclamé des prérogatives qui m'ont été refusées, mais dont je me suis quand même prévalu... »

Anacho poursuivit en relatant ses déboires. Mais Reith ne lui prêtait plus la moindre attention. L'arrivée des hommes sur Tschaï n'était plus un mystère – au moins pour lui. Les Dirdir connaissaient la navigation spatiale depuis plus de soixante-dix mille ans. Au cours de cette période, ils s'étaient de toute évidence rendus sur Terre, au moins à deux reprises. La première fois, ils avaient capturé une tribu de proto-mongoloïdes ; la seconde – vingt mille ans plus tôt, à en croire Anacho –, ils avaient enlevé une cargaison de protocaucasoïdes. Ces deux groupes, soumis aux conditions particulières de la planète Tschaï, avaient muté, s'étaient spécialisés, pour ensuite remuter, se respécialiser – et aboutir au final à la stupéfiante diversité de types humains qui cohabitaient sur ce monde.

Ainsi donc, les Dirdir connaissaient indubitablement l'existence de la Terre et de ses habitants humains, mais ils la considéraient peut-être comme une planète encore sauvage. Reith n'avait aucun intérêt à crier sur les toits que les Terriens avaient découvert la propulsion spatiale ; cela aurait même risqué de déclencher une véritable catastrophe. La vedette ne contenait pas le moindre indice susceptible d'indiquer son origine, à l'exception peut-être du cadavre de Paul Waunder. De toute façon, les Dirdir l'avaient perdue au profit des Chasch bleus.

Une question, néanmoins, demeurait sans réponse : la torpille qui avait détruit l'*Explorateur IV*, qui l'avait tirée ?

Les Chasch verts levèrent le camp deux heures avant l'aube. Leurs chariots formèrent un vaste cercle ; les guerriers, montés sur de monstrueux chevaux-sauteurs, s'élancèrent au galop ; et puis, à quelque signal imperceptible – peut-être télépathique, se dit Reith –, l'armée s'éloigna en direction de l'est. Les éclaireurs ilanths entreprirent de suivre à distance respectueuse. Ils revinrent dans la matinée, pour annoncer qu'elle semblait avoir mis le cap au nord.

En fin de journée arriva la caravane d'Aig-Hedaïjha. Elle transportait des cuirs, des bois et des mousses aromatiques, ainsi que des caisses de cornichons et de condiments.

Les chariots de Baojian se rassemblèrent dans la steppe, pour procéder aux opérations d'échanges et de transbordements. Des grues faisaient passer la marchandise d'une caravane à l'autre tandis que peinaient porteurs et conducteurs, le torse nu, le dos ruisselant de sueur.

L'opération s'acheva une heure avant le coucher du soleil ; tous les passagers furent alors convoqués dans la salle commune. Reith, Traz, Anacho et la Fleur de Cath entreprirent la traversée du camp. Nulle part il n'y avait trace des prêtresses ; le Terrien supposa qu'elles devaient se trouver dans leur roulotte.

Alors qu'ils sortaient des saillies rocheuses pour prendre la direction de la caravane, une soudaine bousculade se déclencha autour d'eux. Deux bras dignes d'un ours se refermèrent autour de Reith, le plaquant contre un corps mou d'où s'échappait une respiration sifflante. Il se débattit, s'écroula au sol en entraînant dans sa chute l'Aïeule, qui l'immobilisa aussitôt entre ses jambes massives. Une autre prêtresse se jeta sur la Fleur de Cath et la traîna tant bien que mal jusqu'à la caravane. Reith gisait par terre, englué dans des replis de chair et de muscles. Une main se serra autour de son cou ; ses artères se gorgèrent de sang, ses yeux s'exorbitèrent. Parvenant néanmoins à libérer un bras, il enfonça ses doigts raides dans la figure de la prêtresse, qui poussa un cri étranglé. Le Terrien trouva ses narines, les agrippa, tordit ; elle se mit à hurler en battant des pieds, laissant Reith rouler loin de ses griffes.

Un Ilanth était en train de fouiller dans son sac ; Traz gisait inanimé sur le sol. Quant à Anacho, il affrontait stoïquement les épées des deux autres éclaireurs. L'Aïeule agrippa les jambes de Reith, qui se libéra d'un violent coup de pied, avant de se ruer sur l'Ilanth qui fouillait dans ses affaires. Celui-ci brandit un couteau dans sa direction ; le poing du Terrien s'écrasa sur son menton jaune, et l'Ilanth s'effondra. Reith se jeta ensuite sur l'un des assaillants d'Anacho, le fit tomber – l'Homme-Dirdir en profita pour le poignarder avec dextérité. Le Terrien esquiva la botte du troisième Ilanth, agrippa son bras tendu et le fit valdinguer par-dessus son épaule. Anacho abattit son arme sur son cou, lui tranchant presque la tête. Le dernier Ilanth prit ses jambes à son cou.

Alors même que Traz se relevait tant bien que mal, en se tenant la tête entre ses mains, l'Aïeule entreprit de monter les marches de la roulotte.

Jamais de toute son existence Reith n'avait été aussi furieux. Après avoir ramassé son sac, il se dirigea droit sur Baojian, qui était en train de donner ses instructions aux passagers.

« J'ai été attaqué ! explosa-t-il. Tu l'as forcément remarqué ! Les prêtresses ont traîné la fille de Cath dans leur pavillon, où elles la retiennent prisonnière !

— Oui, fit le maître de caravane. J'ai vu quelque chose comme ça.

— Eh bien, affirme ton autorité dans ce cas ! Fais respecter ton interdiction de toute violence ! »

Baojian secoua la tête d'un air compassé. « L'incident s'est produit dans la bande de steppe qui sépare le campement de la caravane – une zone dans laquelle je ne fais aucun effort pour maintenir l'ordre. Apparemment, les prêtresses ont recouvré leur bien de la même manière qu'elles l'avaient perdu. Tu n'as aucune raison de protester.

— Quoi ? rugit Reith. Tu vas les laisser infliger le Mystère féminin à une innocente ? »

Baojian leva les bras au ciel. « Pas le choix : je ne puis faire la police dans la steppe – et loin de moi l'idée de m'y essayer. »

Après lui avoir décoché un regard brûlant de rage et de mépris, Reith se tourna vers la roulotte des prêtresses.

« Je dois te mettre en garde contre d'éventuels débordements au cours du voyage, reprit le maître de caravane. J'exige de tous les passagers un strict respect de la discipline. »

Le Terrien en resta un instant sans voix. Enfin, il parvint à balbutier : « Pareilles exactions ne te font donc ni chaud ni froid ?

— Des exactions ? (Baojian eut un rire sans joie.) Ce mot ne signifie rien sur Tschaï. Seuls existent – ou pas – les événements. On ne fait pas long feu en adoptant une autre règle de conduite – ou alors on devient aussi fou qu'un Phung. Bon, laisse-moi maintenant te montrer ta cabine – nous n'allons pas tarder à partir. Je veux mettre autant de distance que possible entre nous et les Chasch. On dirait bien qu'il ne me reste plus qu'un éclaireur, à présent. »

5

Les cabines affectées à Reith, Traz et Anacho à bord d'une roulotte collective contenaient chacune un hamac et une petite armoire. Le pavillon des prêtresses se trouvait à quatre véhicules d'eux. La nuit durant il roula sur ses immenses roues sans qu'à aucun moment l'intérieur ne s'éclaire.

Reith, incapable de concevoir le moindre plan de sauvetage réalisable, alla finalement s'allonger dans son hamac, pour plonger presque aussitôt dans un sommeil rendu presque hypnotique par le bercement du chariot.

La caravane fit halte peu après que le soleil eut émergé de la grisaille. Tous les voyageurs vinrent alors faire la queue devant un chariot d'intendance pour recevoir chacun une crêpe fourrée de viande ainsi qu'une chope de bière chaude. Une brume basse s'effilochait en tourbillons ; les bruits étouffés de la caravane ne semblaient faire qu'une chose : accentuer l'abyssal silence de la steppe. Le paysage défilait sous leurs yeux, dénué de couleurs à l'exception du ciel ardoise, des mornes marrons de la steppe, du lacté des nappes de brouillard. De la roulotte des prêtresses ne provenait aucun signe de vie ; elles faisaient manifestement en sorte de ne pas se montrer, interdisant sans doute à la Fleur de Cath de sortir sur la galerie grillagée.

Reith alla trouver le maître de caravane. « À quelle distance se trouve le Séminaire ? Quand allons-nous y arriver ? »

Baojian réfléchit sans cesser de mâchonner sa crêpe. « Ce soir, nous allons camper à proximité du piton de Slugah. Il nous faudra encore une journée pour atteindre le dépôt de Zadno et toute la matinée du lendemain pour arriver au carrefour de Fasm. Pas trop tôt, aux yeux des prêtresses : elles redoutent en effet d'arriver trop tard pour leur Rite.

— Le “Rite” ? En quoi consiste-t-il, exactement ? »

Baojian haussa les épaules. « Je ne peux que te répéter les rumeurs qui circulent à son propos. Les prêtresses forment un groupe très fermé, qui, me suis-je laissé dire, hait les hommes avec une ferveur franchement anormale. Un sentiment qui s'étend à tous les aspects des rapports habituels entre les deux sexes, et qui inclue les femmes encourageant un comportement érotique. Le Rite semble *purger* celles-ci de ces émotions intenses ; il paraît que les prêtresses se retrouvent frappées d'un délire frénétique lors de ces solennités.

— Deux jours et demi, donc ?

— Pour atteindre le carrefour de Fasm, oui. »

La caravane traversait la steppe en longeant la ligne de crêtes qui s'étirait en dents de scie vers le sud. De temps à autre s'ouvraient des brèches ou des failles dans les collines ; çà et là s'élevaient des bouquets de plantes étiolées. Reith, qui balayait le paysage au sondoscope, apercevait parfois des créatures tapies dans les ombres ; sans doute des Phung, voire des Pnume.

Mais c'était la roulotte des prêtresses qui retenait l'essentiel de son attention. Dans la journée, on n'y voyait nul signe de vie ou de mouvement, et c'était à peine si l'on y décelait le vacillement quasi imperceptible d'une lampe une fois la nuit tombée. De temps en temps, le Terrien descendait de son véhicule pour aller marcher parallèlement à la caravane. Chaque fois qu'il s'approchait du pavillon ambulant, un canonnier se hâtait de braquer son arme sur lui ; Baojian avait manifestement donné pour ordre de protéger les prêtresses.

Anacho tenta de lui changer les idées : « Pourquoi te ronger les sangs pour cette femme ? Tu n'as pas accordé un seul coup d'œil aux trois colonnes d'esclaves qui marchent devant nous. Partout des gens vivent et des gens meurent, tu sembles l'oublier. Que fais-tu des victimes des Vieux Chasch et de leurs jeux ? Des nomades cannibales du Kislovan central, qui élèvent des hommes et des femmes, comme d'autres tribus élèvent des troupeaux de bétail ? Des Dirdir et des Hommes-Dirdir qui se morfondent dans les oubliettes des Chasch bleus ? Tous ceux-là, tu les ignores, pour te laisser obnubiler par un papillon des sables : cette seule et unique femelle, et ses grotesques tribulations ! »

Reith parvint non sans mal à sourire. « Un homme seul ne peut pas *tout* faire lui-même. Je vais commencer par sauver la fille du Rite… par *essayer*, tout du moins. »

Une heure plus tard, Traz repartit à l'assaut : « Et ton vaisseau spatial ? Est-ce que tu renonces à tes projets ? Si tu t'immisces dans les affaires des prêtresses, elles te feront tuer ou mutiler. »

Reith hochait patiemment la tête à chacune des remarques de l'adolescent ; il en reconnaissait le bien-fondé, mais refusait malgré tout de se laisser convaincre.

Vers la fin de la deuxième journée, les collines se firent aussi rocailleuses qu'abruptes ; ici et là, des falaises se dressaient au-dessus de la steppe.

Au coucher du soleil, la caravane atteignit le dépôt de Zadno, un petit caravansérail creusé à flanc de falaise, où elle fit halte pour décharger des ballots de marchandises et embarquer des cristaux de roche ainsi que des plaques de malachite. Baojian fit stationner ses chariots au plus près de la paroi, avec les porte-canons disposés face à la steppe. Au moment où le Terrien passait devant le pavillon des prêtresses, un cri poignant, qu'aurait pu pousser quelqu'un en proie à quelque cauchemar, le galvanisa un peu plus encore. Traz, au bord de la panique, l'empoigna par le bras. « Tu ne vois donc pas qu'on te surveille à chaque instant ? Le maître de caravane s'attend à ce que tu fasses un scandale ! »

Reith, les lèvres retroussées en un rictus lupin, balaya la caravane du regard. « Ça, pour faire un scandale, tu peux compter sur moi ! Cela dit, je refuse que tu t'en mêles ! Quoi qu'il puisse m'arriver, suis ton propre chemin ! »

Traz lui lança un coup d'œil chargé de reproches et d'indignation. « Tu me crois vraiment capable de me tenir à l'écart ? Ne sommes-nous pas des camarades ?

— Si. Mais…

— Eh bien, pas un mot de plus ! » déclara le jeune homme, avec plus qu'un soupçon de la sécheresse de l'Onmale.

Reith leva les bras au ciel, puis s'éloigna de la roulotte pour s'enfoncer dans la steppe. Il ne lui restait plus guère de temps. Il fallait agir. Mais quand ? Pendant la nuit ? Avant d'arriver au carrefour de Fasm ? Quand les prêtresses auraient quitté la caravane ?

Passer sur-le-champ à l'action ne pourrait que mener droit à la catastrophe.

Il en serait de même pendant la nuit, ou le lendemain matin, quand les prêtresses – prenant conscience de sa résolution – se montreraient plus vigilantes que jamais.

Au carrefour de Fasm, dans ce cas, quand elles auraient perdu la protection du maître de caravane ? C'était là une question sans réponse. Sans doute prendraient-elles leurs dispositions pour assurer leur défense.

Au crépuscule succéda la nuit ; des bruits menaçants leur parvenaient de la steppe. Reith regagna son compartiment, s'allongea dans son hamac. Mais il ne parvint pas à s'endormir – il ne *voulait* pas dormir. Le Terrien ne tarda donc pas à ressortir.

Les lunes brillaient dans le ciel. Az, qui dérivait vers l'ouest, disparut derrière une falaise. Braz, qui frôlait l'horizon à l'est, baignait la steppe d'un miroitement mélancolique. Le dépôt était presque totalement plongé dans les ténèbres, que de rares lampes venaient combattre ici et là ; il n'y avait pas de salle commune animée en ces lieux. Des lumières vacillantes palpitaient encore à l'intérieur du pavillon quand ses occupantes se déplaçaient, apparemment plus actives que d'ordinaire. Soudain, toutes les lumières s'éteignirent, et le chariot rejoignit les ombres de la nuit.

Nerveux, mal à l'aise, le Terrien entreprit d'en faire le tour. Un bruit ? Il s'arrêta net, tous les sens aux aguets. Quelque chose se tramait dans les ténèbres. Le son se répéta : le grincement d'un véhicule en mouvement. Oubliant toute prudence, Reith s'élança. Et s'immobilisa presque aussitôt. Des gens parlaient à voix basse, tout près de lui. Et encore *plus* près se trouvait quelqu'un – une silhouette massive, une ombre parmi les ombres. Le Terrien perçut alors un mouvement soudain, sentit quelque chose le frapper à la tête. Des étoiles se mirent aussitôt à tourner devant ses yeux ; le monde chavira…

Ce fut un grincement identique qui l'extirpa de l'inconscience – *skric-skrac.* De son subconscient émergèrent une flopée de souvenirs : on l'avait manipulé, soulevé, transporté… On lui avait attaché les bras et les jambes – il lui était impossible de les bouger. Sous son corps se trouvait une surface dure qui ne cessait de trépider : la plate-forme d'un petit chariot. Au-dessus de sa tête se déployait le ciel nocturne ; de chaque côté des escarpements et des crêtes. Le véhicule roulait à l'évidence sur une mauvaise piste à travers les collines. Reith s'efforça de mouvoir ses bras. On les avait ligotés avec des cordes grossières ; l'effort lui causa d'horribles crampes. Les dents serrées, il se força au calme. De l'avant lui parvenaient des voix rauques ; quelqu'un finit par se retourner – le Terrien s'immobilisa aussitôt, feignant d'être encore évanoui. La sombre silhouette ne tarda pas à se désintéresser de lui. Il s'agissait presque certainement des prêtresses. Pourquoi était-il attaché ? Pourquoi ne l'avaient-elles pas tout bonnement tué ?

Reith croyait en deviner la raison.

Une fois encore, il s'efforça de distendre ses liens – pour une fois encore ne parvenir qu'à se faire mal. Ses ravisseurs avaient dû être pris par le temps : seule son épée lui avait été confisquée. À sa ceinture pendait toujours sa sacoche.

Une violente secousse ébranla alors le chariot, ce qui donna une idée au Terrien. Il se tortilla pour s'approcher centimètre par centimètre de l'arrière du véhicule, couvert de sueur à l'idée que ses ravisseurs puissent se retourner. Lorsqu'il atteignit l'extrémité de la plate-forme, un nouveau cahot le projeta à terre ; et le chariot poursuivit tranquillement sa route dans l'obscurité. Ignorant ses meurtrissures, Reith roula sur lui-même pour quitter la piste et se laissa tomber en bas de la paroi rocheuse. Il y demeura un moment immobile, craignant que sa chute n'ait attiré l'attention. Le *skric-skrac* du chariot avait fini par complètement disparaître ; seul l'âpre murmure du vent venait briser le silence nocturne.

Le Terrien se souleva, s'agenouilla tant bien que mal. En tâtonnant dans l'obscurité, il finit par dénicher un rocher aux arêtes vives, sur lesquelles il entreprit de cisailler ses liens – une tâche interminable. Ses poignets étaient en sang, ses oreilles bourdonnaient. Un étrange sentiment d'irréalité s'empara de lui, une identification cauchemardesque à l'obscurité et aux pierres, comme si tout participait de la même conscience élémentaire. Refusant de s'y abandonner, il se remit de plus belle à sa tâche, jusqu'à ce que les cordes finissent par céder.

Il resta un moment assis, à remuer les doigts, à assouplir ses muscles, puis se pencha pour libérer ses jambes – une tâche exaspérante dans l'obscurité.

Enfin, le Terrien parvint à se relever – pour se découvrir tellement chancelant qu'il dut se tenir à un rocher pour ne pas retomber. Au-dessus de la plus haute des cimes apparut Braz, dont les pâles rayons vinrent faiblement illuminer la vallée. Reith escalada la pente tant bien que mal, finit par rejoindre la route. Il regarda des deux côtés de la piste. Derrière lui se trouvait le dépôt de Zadno. Devant, à une distance inconnue, roulait le chariot grinçant, peut-être plus vite à présent que les prêtresses s'étaient aperçues de sa disparition. Et Ylin-Ylan avait toutes les chances de se trouver à bord du véhicule. Reith se lança à sa poursuite d'un pas boitillant, progressant aussi vite qu'il le pouvait. À en croire Baojian, le carrefour de Fasm se trouvait à une demi-journée de marche du dépôt. Et Reith ignorait combien de kilomètres séparaient le Séminaire du carrefour. Tout laissait à penser que cette piste de montagne était un raccourci.

Le chemin commença à monter, passa par une brèche à travers les collines. Reith marchait obstinément, hors d'haleine. Il n'avait aucun espoir de rattraper le chariot, qui progressait à une allure uniforme rythmée par le *pouatt-pouatt-pouatt* des huit sabots de la bête qui le tirait. Une fois la trouée atteinte, le Terrien se reposa quelques instants, puis se remit en marche en direction d'une haute forêt, presque indistincte dans la lueur bleu foncé de Braz. Les arbres étaient aussi merveilleux qu'étranges, avec leurs troncs blancs luisants qui s'élevaient en spirales allant parfois s'enlacer à celles de leurs voisins. Une soie noire recouvrait leur feuillage, et chacun se terminait par une boule grêlée vaguement phosphorescente.

Des bruits montaient de la forêt : croassements et grondements plaintifs, si *humains* que Reith s'arrêtait souvent de marcher pour plonger une main dans sa sacoche et y caresser la forme rassurante de la cellule énergétique.

Braz disparut derrière les arbres ; les feuilles frémissaient d'arabesques lumineuses, des pans d'ombre glissaient d'arbre en arbre au passage du Terrien.

Tantôt il marchait, tantôt il trottinait, tantôt il allongeait le pas, pour ensuite revenir à un rythme plus mesuré. À un moment donné, une immense créature blafarde passa silencieusement au-dessus de sa tête. Elle semblait aussi fragile qu'un papillon – un papillon qui aurait été doté de gigantesques ailes soyeuses et d'une tête sphérique de nourrisson. Un peu plus tard, Reith crut entendre des voix au timbre grave, à seulement quelques mètres de lui. Mais il n'y avait plus rien à entendre quand il fit halte pour les écouter. Il reprit donc sa route, en luttant contre la conviction qu'il se mouvait à *l'envers* dans un rêve, à travers un paysage mental infini.

La route se fit plus abrupte, contourna une étroite gorge. Jadis, un énorme rocher avait bloqué celle-ci ; il s'était presque totalement désagrégé à présent. Un haut portail voûté demeurait néanmoins debout, sous lequel passait la piste. Le Terrien fit brusquement halte, soudain envahi d'une appréhension indéfinissable. Tout cela était – ou du moins lui *semblait* être – d'une facilité trompeuse.

Reith lança une pierre devant lui. Sans éveiller la moindre réaction. Abandonnant la route, il franchit la muraille en ruine avec la plus grande prudence, le corps plaqué contre la paroi de la gorge. Au bout de quelques dizaines de mètres, il rejoignit la piste et regarda derrière lui. Mais si quelque danger se tapissait effectivement là où se dressait le portail, l'obscurité empêchait le Terrien de le discerner.

Il se remit à avancer, s'arrêtant à intervalles réguliers pour tendre l'oreille. Les parois du ravin s'élargirent, perdirent de la hauteur ; le ciel parut se rapprocher du sol, et les constellations de Tschaï vinrent illuminer le flanc rocheux des collines.

Devant lui… une lueur dans le firmament ? Un murmure – un son mi-strident, mi-criard… Reith se mit à courir du mieux qu'il le pouvait. La route s'éleva, serpenta sur une éminence. Le Terrien s'arrêta net, les yeux fixés sur un spectacle aussi exalté, aussi dément que Tschaï elle-même.

Le Séminaire du Mystère féminin se dressait au centre d'un plateau irrégulier cerné de falaises et de rochers. Un édifice de pierre haut de quatre étages occupait le fond d'un ravin, construit de manière à enjamber deux rochers escarpés. L'entourait tout un capharnaüm de baraques de bois et de torchis, de cages, d'enclos, de remises, de mangeoires et de râteliers. Juste sous les pieds de Reith, sur une plate-forme qui saillait de la colline, se dressait un bâtiment de deux étages.

La fête battait son plein. Des dizaines et des dizaines de torches éclairaient de leurs reflets rouges, vermillon, orange, quelque deux cents femmes en transe qui bougeaient d'avant en arrière, dans une espèce de danse louvoyante. Hormis leurs pantalons et leurs bottes noires, elles étaient intégralement nues – même leurs crânes avaient été rasés. Celles, nombreuses, qui avaient sacrifié leurs seins – elles arboraient en lieu et place d'atroces cicatrices rouges –, lui semblaient être les plus diligentes ; la peau miroitante de sueur et de graisse, elles paradaient telle une troupe de militaires. D'autres se reposaient sur des bancs, avachies, presque hébétées – ou exaltées au-delà de toute mesure. Sous la plate-forme étaient alignées des cages assez basses, dans lesquelles une douzaine d'hommes nus se tenaient accroupis. C'était de leurs bouches que montait l'âpre mélopée que Reith avait entendue plus tôt. Une gerbe de flammes jaillissait du sol dès que l'un d'eux faiblissait, et il redoublait aussitôt de hurlements. Lesdites flammes étaient commandées par un clavier, devant lequel se tenait assise une femme toute de noir vêtue ; c'était *elle*, le chef d'orchestre de ce sabbat démoniaque. *Si le chariot n'avait pas cahoté,* songea Reith, *c'est* là *où moi aussi je chanterais*.

L'un des chanteurs s'écroula ; les flammes le firent à peine tressaillir. On le sortit donc de la cage, pour aussitôt lui recouvrir la tête d'une membrane transparente nouée autour du cou et l'expédier dans un râtelier. Un autre chanteur prit bien malgré lui sa place, un jeune et vigoureux gaillard au regard flamboyant de haine, qui s'entêta à demeurer muet malgré le feu qui venait le lécher. Une prêtresse s'avança pour lui souffler une bouffée de fumée au visage ; sa voix ne tarda pas à se joindre aux autres.

Quelle haine ces femmes vouaient aux hommes ! Une troupe d'artistes apparut alors sur la plate-forme – de grands clowns émaciés aux visages blanchis, sur lesquels étaient peints de gros sourcils noirs. Avec une fascination teintée d'horreur, Reith les regarda faire maintes cabrioles, s'avilir avec le plus grand zèle sous les hurlements ravis des prêtresses.

Aux clowns succéda un mime, affublé d'une longue perruque blonde, d'yeux démesurés et d'une souriante bouche rouge, le tout étant manifestement censé imiter une jolie femme. *Ce ne sont pas seulement les* hommes *qu'elles haïssent*, s'avisa le Terrien, *mais l'amour, la jeunesse et la beauté !*

Alors même que le mime délivrait son scandaleux message, un rideau s'ouvrit à l'arrière de la plate-forme, sur un gigantesque simple d'esprit complètement nu, dont le corps velu faisait état d'une intense excitation érotique. Il s'efforçait d'ouvrir une cage aux minces barreaux de verre, mais manœuvrer le loquet dépassait manifestement ses facultés. Dans un coin de ladite cage était tapie une jeune femme vêtue d'une robe de fine mousseline : la Fleur de Cath.

Le mime androgyne termina sa singulière performance. Ordre fut ensuite donné au chœur de chanter une nouvelle mélopée – une basse vocifération gutturale. Les prêtresses s'agglutinèrent autour de la plate-forme, électrisées par les efforts maladroits de la brute.

Reith avait déjà quitté sa position. Sans s'écarter des ombres, il entreprit de contourner la plate-forme, ce qui le fit passer devant un hangar dans lequel se reposaient des clowns. À proximité se trouvait un enclos où s'entassaient deux douzaines de jeunes hommes, qui y attendaient apparemment leur tour de chanter. Ils étaient sous la garde d'une vieille ratatinée armée d'un fusil presque aussi grand qu'elle.

Un murmure avide s'éleva soudain de l'avant. La brute avait apparemment réussi à ouvrir la porte de la cage. Au mépris de toute galanterie, Reith se laissa tomber derrière la vieille, qu'il mit à terre d'un coup de poing, pour ensuite longer la ligne d'enclos au pas de course et en ouvrir les portails. Les captifs se ruèrent pêle-mêle dans l'étroit passage sous les regards consternés des clowns.

« Prenez le fusil et délivrez les chanteurs », leur ordonna le Terrien.

Il jaillit sur le bord de la plate-forme. La brute, qui était entrée dans la cage, s'affairait sur la robe vaporeuse de la fille. Reith lui décocha un dard explosif, qui s'enfonça dans son dos massif. Le colosse sursauta, parut littéralement gonfler ; il se dressa sur la pointe des pieds, pivota sur lui-même et s'écroula, mort. Ylin-Ylan, la Fleur de Cath, lançait des regards hagards tout autour d'elle. D'un signe, Reith l'exhorta à le rejoindre ; elle sortit donc tant bien que mal de la cage et traversa la plate-forme.

Les cris de fureur des prêtresses se transformèrent bientôt en hurlements d'effroi quand les captifs que Reith avait libérés se mirent à faire feu sur l'auditoire. D'autres s'employaient à libérer les chanteurs encore emprisonnés. Le garçon le plus récemment encagé fondit sur la prêtresse installée au pupitre de commande. Il l'empoigna, la traîna jusqu'à la cage désormais vide et l'y enferma ; puis revint au clavier pour ouvrir la soupape des flammes – la femme poussa aussitôt un hululement digne d'une contralto. Un autre ex-captif s'empara d'une torche et alla mettre le feu à un hangar ; d'autres prirent des gourdins et entreprirent d'assommer les officiantes gémissantes.

Reith entraîna la jeune femme sanglotante loin du tumulte. Il parvint à mettre la main sur une cape, qu'il jeta sur ses épaules.

Des prêtresses s'efforçaient un peu partout de s'enfuir – dans les collines, par la route. Quelques-unes essayèrent de glisser leur corps à demi nu sous des baraques – pour se retrouver immanquablement tirées par les pieds et rouées de coups.

Le Terrien conduisit la fille sur la route principale, qui menait vers l'est. De l'étable jaillit alors un chariot conduit par quatre prêtresses enragées, dominées par la haute stature de l'Aïeule. Un homme bondit sur le marchepied et se jeta sur elle, dans l'intention évidente de l'étrangler à mains nues. Elle le repoussa de ses bras massifs, le jeta à ses pieds et entreprit de lui écraser le crâne à coups de talon. Reith sauta derrière elle et, d'une poussée, la fit à son tour tomber du chariot. Il se tourna ensuite vers les autres prêtresses – les trois qui avaient fait le voyage avec la caravane. « Descendez ! leur ordonna-t-il.

— Nous allons nous faire tuer ! Ces hommes sont des créatures démentes ! Ils sont en train d'assassiner l'Aïeule ! »

Reith se retourna. Quatre hommes avaient encerclé la vieille femme, qui rugissait comme un ours aux abois. Profitant de cet instant d'inattention, l'une des prêtresses se jeta sur lui pour le poignarder. Mais le Terrien n'eut aucun mal à la balancer par terre, où ses deux compagnes ne tardèrent pas à la rejoindre. Il hissa alors la Fleur de Cath à ses côtés, puis partit à l'est, en direction du carrefour de Fasm.

Ylin-Ylan se tenait blottie contre lui, épuisée, sans réaction. Reith était quant à lui recroquevillé sur son siège, le corps meurtri, l'esprit complètement vide. Derrière eux, le ciel noir s'embrasait de lueurs rougissantes.

6

Une heure après l'aube, ils arrivèrent au carrefour de Fasm – trois sinistres bâtiments en torchis, aux hautes façades percées de minuscules fenêtres noires, plantés à la lisière de la steppe derrière une palissade de bois. Le portail étant fermé, Reith arrêta le chariot et mit pied à terre ; ce fut en vain qu'il frappa, appela. Engourdis de fatigue, encore sous le coup des intenses moments qu'ils venaient de vivre, tous deux s'installèrent sur place en attendant qu'on daigne venir leur ouvrir.

En fouillant l'arrière du chariot, Reith découvrit entre autres choses deux petites sacoches tellement remplies de sequins qu'il aurait été bien incapable d'en faire le compte.

« Ainsi donc nous avons hérité du trésor des prêtresses, annonça-t-il à la Fleur de Cath. Ça devrait suffire, j'imagine, à t'assurer un voyage sans encombre jusque chez toi.

— Tu me donnerais les sequins et me renverrais chez moi sans rien me demander en échange ? s'exclama-t-elle, plus que perplexe.

— Absolument rien, lui répondit Reith dans un soupir.

— La plaisanterie de l'Homme-Dirdir contenait peut-être une part de vérité, reprit-elle avec sévérité. Tu te comportes comme si tu venais effectivement d'un monde lointain. » Et, sur ces mots, elle se détourna à moitié de lui.

Reith se plongea dans la contemplation de la steppe avec un sourire empreint de tristesse. Même si l'invraisemblable se produisait – qu'il parvienne à retourner sur Terre –, se satisferait-il d'y passer le reste de son existence sans jamais revenir sur Tschaï ? Probablement pas. Il lui était impossible de prévoir quelles décisions allaient prendre les autorités terriennes, mais lui-même ne se satisferait jamais de savoir ses congénères exploités par les Dirdir, les Chasch et les Wankh, qui ne voyaient en eux que des serfs méprisables. Une telle situation était à ses yeux une injure *personnelle*. « Qu'est-ce que ton peuple pense des Hommes-Dirdir, des Hommes-Chasch et des autres ? » demanda-t-il à Ylin-Ylan d'une voix un peu absente.

La jeune femme, perplexe, fronça les sourcils. Reith aurait été bien en peine de dire quoi, mais quelque chose semblait la contrarier. « Qu'y a-t-il à en dire ? Ils *existent*, voilà tout. Quand ils nous laissent tranquilles, nous nous bornons nous-mêmes à les ignorer. Pourquoi me parler des Hommes-Dirdir ? C'était de toi et de moi qu'il était question ! »

Reith la regarda. La jeune femme le toisait avec une sorte d'impatience passive. Il prit une profonde inspiration, commença à se rapprocher d'elle – mais la porte du relais s'ouvrit alors sur un homme trapu, aux jambes épaisses et aux longs bras. Il avait un gros nez de guingois, une peau et des cheveux de la couleur du plomb : un Gris, de toute évidence.

« Qui êtes-vous ? Ce chariot appartient au Séminaire. Cette nuit, j'ai vu des flammes brûler dans le ciel. S'agissait-il du Rite ? Les prêtresses perdent complètement la tête pendant son déroulement. »

Se contentant d'une réponse évasive, Reith conduisit le chariot à l'intérieur la cour.

Après leur petit-déjeuner, composé de thé, d'herbes infusées et de pain dur, ils retournèrent au véhicule pour y attendre l'arrivée de la caravane. Leur bonne humeur matinale avait disparu ; ni l'un ni l'autre ne se sentait en veine de bavardage. Reith laissa son siège à Ylin-Ylan et alla s'allonger à l'intérieur du chariot. La chaleur du soleil les rendit somnolents, au point que tous deux finirent par s'endormir.

Ils repérèrent la caravane vers midi : une longue ligne de points noirs et gris. L'éclaireur ilanth survivant atteignit en premier la jonction, en compagnie d'un jeune garçon renfrogné, au visage rond – un ancien canonnier promu à cette nouvelle fonction. Sitôt après être descendus de leurs montures, les deux hommes rejoignirent le gros de la troupe. Les hauts chariots attelés, aux conducteurs enveloppés dans des capes volumineuses, leur visage émacié à peine visible sous les bords rabattus de leurs chapeaux pointus, ne tardèrent pas à arriver, suivis par des pavillons ambulants aux fenêtres desquels s'étaient postés leurs passagers. Traz accueillit le Terrien avec une joie manifeste. Anacho, pour sa part, se contenta d'un geste désinvolte de la main, qui aurait pu signifier à peu près n'importe quoi. « Nous étions persuadés que l'on t'avait enlevé ou assassiné, dit Traz. On a fouillé les collines, on a exploré une bonne partie de la steppe – sans rien trouver. Nous avions prévu d'aller te chercher au Séminaire, aujourd'hui.

— Nous ? répéta le Terrien.

— L'Homme-Dirdir et moi-même. Ce n'est pas un aussi mauvais bougre qu'on pourrait le croire.

— Le Séminaire appartient au passé », trancha Reith.

Baojian apparut alors ; il s'arrêta net en découvrant Reith et Ylin-Ylan, mais ne leur posa aucune question. Et le Terrien, qui le soupçonnait à moitié d'avoir aidé les prêtresses à quitter le dépôt de Zadno, se garda bien de lui donner le moindre détail. Le maître de caravane leur attribua des compartiments, et accepta le chariot des prêtresses comme paiement pour le voyage jusqu'à Pera.

Une fois les marchandises déchargées, et d'autres ballots embarqués à bord, la caravane reprit la route du nord-est.

Des jours durant, elle cahota paresseusement à travers la steppe. Il leur fallut d'abord contourner un large lac peu profond aux eaux brunâtres, puis franchir avec la plus grande prudence un marécage tapissé de joncs blancs. L'éclaireur repéra une embuscade préparée par une tribu d'hommes-nains des marais, qui s'enfuirent sans demander leur reste dans les roseaux avant que les canons n'aient eu le temps d'être mis en place.

À trois reprises un aéronef dirdir passa en rase-mottes au-dessus de la caravane ; chaque fois, Anacho alla se dissimuler dans son compartiment. Une autre fois, ce fut une plate-forme des Chasch bleus qui la survola.

Reith aurait certainement apprécié le voyage si son astronef ne lui avait pas tant occupé l'esprit. Sans même parler du problème posé par Ylin-Ylan, la Fleur de Cath. Une fois parvenue à Pera, la caravane repartirait pour Coad, au bord du Dwan Zher, où la jeune femme pourrait s'embarquer à bord d'un navire à destination de Cath. Sans doute était-ce là son intention, mais elle n'en soufflait mot, et faisait même preuve d'une certaine froideur à l'égard de Reith, qui ne manquait pas de s'en étonner.

Ainsi les jours succédaient-ils aux jours. Lentement, le convoi progressait vers le nord sous le ciel d'ardoise de Tschaï. Si des orages d'après-midi vinrent s'abattre à deux reprises sur la steppe, il faisait beau la plupart du temps. La caravane traversa une sombre forêt, suivit le lendemain une antique chaussée qui coupait une vaste fondrière noire recouverte de plantes-bulles et d'insectes-bulles, qui imitaient ces dernières. Les lieux accueillaient une faune aussi diverse que fascinante : des créatures aptères de la taille d'une grenouille qui planaient dans les airs en faisant vibrer leur queue en forme d'éventail ; d'autres, plus grosses, mi-araignée mi-chauve-souris, qui flottaient au vent, ancrées à des ailes déployées comme des cerfs-volants par les fils qu'elles produisaient.

Au dépôt du mont des Tempêtes, la caravane en croisa une autre qui se dirigeait vers Malagash, une localité située au sud, derrière les collines du golfe d'Hedaïjha. Deux fois de petites bandes de Chasch verts s'approchèrent suffisamment pour se faire repérer, sans pour autant passer à l'attaque. Le maître de caravane déclara qu'il s'agissait de reproducteurs en route pour une zone de procréation, au nord de la Steppe morte. En une autre occasion, une troupe de nomades – des hommes et des femmes de haute taille, à la figure peinte en bleu – s'arrêta pour regarder passer les voyageurs. Traz, qui reconnut en eux des cannibales, déclara que leurs femmes faisaient d'aussi rudes guerrières que les hommes sur un champ de bataille. En deux occasions, la caravane passa à proximité de villes en ruine. Elle fit également un crochet au sud pour livrer des aromates, des essences et des bois rares à une communauté de Vieux Chasch. Reith trouva leur cité particulièrement fascinante. Elle se composait d'une multitude de petits dômes blancs à moitié dissimulés sous le feuillage, avec des jardins absolument partout. L'air recelait une fraîcheur singulière, exsudée par de grands arbres d'un vert jaunâtre qui n'étaient pas sans rappeler des peupliers – des adaraks, comme l'apprit le Terrien. On lui expliqua également que Vieux Chasch comme Chasch bleus les faisaient pousser pour la limpidité exceptionnelle qu'ils conféraient à l'atmosphère.

La caravane fit halte dans une prairie ovale tapissée d'une herbe aussi courte qu'épaisse, et Baojian rassembla immédiatement tous ses subordonnés autour de lui. « Voici Golsse, une ville des Vieux Chasch. Prenez bien garde à ne pas vous éloigner, sous peine de vous exposer à l'un de leurs mauvais tours. Il pourrait s'agir de simples espiègleries – vous enfermer dans un labyrinthe, par exemple, ou vous administrer une substance qui vous ferait exsuder une odeur horrible pendant des semaines. Mais s'ils commencent à s'exciter, ou se sentent particulièrement d'humeur à la plaisanterie, leurs tours peuvent devenir fort cruels, voire mortels. Un jour, ils ont engourdi un de mes conducteurs avec une essence de leur cru et lui ont greffé un nouveau visage affublé d'une longue barbe grise. Vraiment, ne sortez en aucun cas de cet ovale, même si les Chasch vous taquinent ou essaient de vous tenter. Leur race a sombré dans la décadence, ils sont sans pitié et ne pensent qu'à leurs parfums, à leurs essences et à leurs mauvais tours. Vous voilà donc prévenus : tenez-vous-en à l'ovale, n'allez pas vous promener dans les jardins, si charmants peuvent-ils paraître – et si vous tenez à votre vie et à votre raison, n'entrez sous aucun prétexte dans les dômes des Vieux Chasch. »

Le maître de caravane n'en dit pas davantage.

Les marchandises furent chargées sur des fardiers motorisés, pilotés par quelques Hommes-Chasch lymphatiques, plus petits et peut-être moins évolués que les Bleus dont Reith avait précédemment croisé la route. Ils étaient fluets, voûtés, arboraient un visage gris et ridé, un front proéminent, une petite bouche en cul-de-poule qui surmontait un menton inexistant. Tout comme les Hommes-Chasch bleus, ils portaient une perruque qui faisait un bourrelet au-dessus de leurs yeux, pour ensuite s'achever en crête. Ils agissaient de manière furtive, précipitée, et n'adressaient la parole à aucun des caravaniers – seul leur travail semblait les intéresser. Quatre Vieux Chasch apparurent bientôt, pour marcher aussitôt droit sur le chariot collectif – ce qui permit à Reith de les examiner de près ; ils lui évoquaient de gros poissons d'argent qu'on aurait grotesquement dotés de bras et de jambes semi-humains. Leur épiderme satiné, qui évoquait de l'ivoire, était recouvert d'écailles presque imperceptibles. Le Terrien leur trouvait un air fragile – ils lui semblaient presque desséchés. Ils avaient de petits yeux argentés, pas plus gros que des billes, qui ne cessaient de rouler dans tous les sens indépendamment l'un de l'autre. Reith, qui les observait avec un vif intérêt, s'avisa que son attention ne passait pas inaperçue. Ils firent halte, hochèrent la tête et lui lancèrent des gestes aimables, auxquels le Terrien répondit de la même façon. Quand ces singulières créatures l'eurent étudié tout leur saoul de leurs yeux argentés, elles passèrent leur chemin.

Baojian ne perdit pas de temps à Golsse. Dès qu'il eut chargé ses chariots de caisses de médicaments et de teintures, de balles de vêtements en dentelle, de paquets de fruits secs, il rassembla les chariots et repartit vers le nord, préférant passer la nuit en rase campagne plutôt que de risquer de faire les frais des caprices des Vieux Chasch.

La steppe se résumait ici à une prairie désertique, aussi plate qu'une table. Depuis son chariot, Reith pouvait la scruter dans un rayon de trente kilomètres à travers son sondoscope. Ce fut d'ailleurs ainsi qu'il repéra une importante troupe de Chasch verts avant même que les éclaireurs ne l'eussent remarquée. Il alla aussitôt en avertir Baojian, qui fit immédiatement disposer les véhicules en anneau défensif, avec ses canons positionnés de manière à couvrir toutes les directions. Les Chasch verts chevauchaient leurs bêtes massives en brandissant des étendards jaunes et noirs au bout de leurs lances, signe d'agressivité et de bellicisme. « Ils arrivent du nord, expliqua Traz au Terrien. Voilà pourquoi ils arborent ces bannières. Ils se gorgent de carrelets et d'angbuts, ce qui leur épaissit le sang et les rend irascibles. Quand ils agitent le jaune et le noir, même les Emblèmes préfèrent battre en retraite plutôt que de les combattre. »

En dépit des oriflammes, les guerriers se bornèrent pourtant à s'arrêter à quelque quinze cents mètres de la caravane. Reith, l'œil collé au sondoscope, découvrit qu'ils différaient grandement des Vieux Chasch. Mesurant tous plus de deux mètres, c'étaient des créatures massives, avec des membres épais et des écailles parfaitement définies d'un vert métallique luisant. Leur visage, aussi étroit que menaçant, grimaçait hideusement sous la proéminence de leur cuir chevelu. Ils portaient de grossiers tabliers de cuir ainsi que des baudriers hérissés d'épées, de piques et de catapultes analogues à celles des Emblèmes. Mieux valait éviter de se retrouver face à ces créatures en combat rapproché, songea Reith. Sans même descendre de leurs gigantesques montures, les Chasch restèrent cinq bonnes minutes à observer la caravane, puis s'éloignèrent vers l'est.

Le convoi se reforma, puis reprit sa progression le long de la piste. La prudence des Chasch verts ne manquait pas d'intriguer Traz. « Ils oublient toute mesure quand ils exhibent le jaune et le noir. Peut-être préparent-ils une embuscade derrière quelque forêt. »

Baojian, qui flairait un stratagème de ce genre, envoya ses éclaireurs en reconnaissance profonde pendant les quelques jours qui suivirent. Mais aucune précaution spéciale n'était prise pour la nuit, les Chasch verts devenant léthargiques sitôt l'obscurité tombée ; ils se blottissaient alors les uns contre les autres en une morose masse grognante jusqu'à l'aube.

La caravane se trouvait à présent tout près de Pera, son terminus. D'après le transcom du Terrien, le second capteur se trouvait à quatre-vingt-dix kilomètres à l'ouest. Il alla s'informer auprès du maître de caravane, qui lui apprit que cet emplacement correspondait à la ville de Dadiche, une cité des

Chasch bleus. « Je te conseille de les éviter, ajouta-t-il. Ce sont d'affreuses crapules, aussi malignes que les Vieux Chasch – et aussi sauvages que les Verts.

— Ils ne commercent pas du tout avec les hommes ?

— Bien au contraire : les échanges sont même considérables. En fait, les Chasch bleus se servent de Pera comme d'un dépôt marchand, géré par une caste de livreurs qui sont les seuls à avoir accès à Dadiche. De tous les Chasch, ce sont les Bleus que je trouve les plus détestables. Les Vieux Chasch ne forment pas vraiment un peuple amical, mais ils sont plus espiègles que méchants. Parfois, bien sûr, le résultat est le même, tout comme cet orage… (il désigna du doigt les épaisses nuées noires qui s'amoncelaient à l'ouest)… nous mouillera autant que si l'océan nous engloutissait.

— Une fois à Pera, tu feras immédiatement demi-tour pour retourner à Coad, sur le Dwan Zher ?

— D'ici à trois jours.

— Selon toute vraisemblance, la princesse Ylin-Ylan va y retourner avec toi et y embarquer pour le pays de Cath.

— Fort bien. Est-elle en mesure de payer ?

— Certainement.

— Pas de problème, dans ce cas. Et toi ? Souhaites-tu toi aussi te rendre à Coad ?

— Non. Je resterai sans doute à Pera. »

Baojian lui décocha un regard noir, puis secoua sèchement la tête. « Les Yao Dorés de Cath sont des gens honorables. Mais bon, à part les ennuis, rien n'est prévisible à l'avance sur Tschaï. Les Chasch verts nous talonnent ; c'est un miracle qu'ils ne nous aient pas déjà attaqués. À force, vous verrez, on va finir par atteindre Pera sans incidents. »

Mais le maître de caravane se trompait. Alors même que Pera était déjà en vue – une cité de palais en ruine et de monuments effondrés qui entouraient une citadelle centrale, assez similaire à celles devant lesquelles ils étaient passés – les Chasch verts surgirent de l'est. Ce fut le moment que l'orage choisit pour éclater. La steppe s'embrasa d'éclairs, de sombres nappes de pluie s'abattirent sur le sol.

Baojian, qui ne considérait pas Pera comme un refuge viable, fit disposer la caravane en cercle défensif. Juste à temps : cette fois, en effet, les Chasch verts ne firent montre d'aucune indécision. Collés contre l'encolure de leurs immenses bêtes, ils chargèrent dans l'intention évidente d'ouvrir une brèche dans le rempart de chariots.

Les canons de la caravane produisirent leur étrange éructation glougoutante, presque inaudible dans le tonnerre assourdissant. La pluie compliquait la tâche des servants. Les Chasch verts, peut-être télépathiquement coordonnés, se ruaient en avant avec ensemble. Quelques-uns s'écroulèrent, atteints de plein fouet par les gicle-sable, d'autres furent broyés sous les sabots de leur monture. L'espace d'un instant, un indescriptible chaos s'abattit sur la plaine ; puis une nouvelle vague se lança à l'assaut en piétinant les morts comme les blessés. Les canonniers se remirent frénétiquement à faire feu à travers la pluie ; le grésillement des éclairs et le grondement du tonnerre faisaient un contrepoint assourdissant au tumulte de la bataille.

Les Chasch tombaient plus vite qu'ils n'avançaient. Aussi changèrent-ils de tactique. Ceux dont les montures avaient péri prirent position derrière leurs gigantesques carcasses et armèrent leur catapulte ; la première volée de carreaux tua trois canonniers. Les guerriers encore à cheval chargèrent une fois encore, dans l'espoir d'atteindre les défenseurs sur leur seul élan. Et une fois encore ils furent repoussés, des conducteurs ayant pris la place des canonniers tués. Une nouvelle pluie de projectiles eut raison de plusieurs servants.

Les Chasch verts chargèrent alors pour la troisième fois, sur des chevaux presque hors de contrôle. Derrière eux, les éclairs déchiraient le ciel noir, tandis que le tonnerre se mêlait continuellement aux cris de guerre et aux hurlements. Les Chasch essuyaient de terribles pertes. Le sol était couvert de corps gémissants. Mais d'autres poursuivaient l'assaut, et finalement les canons se retrouvèrent à portée des épées des Chasch verts.

L'issue du combat ne faisait plus le moindre doute. Reith prit la Fleur de Cath par la main et, d'un signe, exhorta Traz à les suivre. Tous trois rejoignirent un flot de fugitifs paniqués qui s'enfuyaient vers la ville, une multitude à laquelle vinrent bientôt s'ajouter les conducteurs de chariots et les canonniers survivants. La caravane était perdue.

Les Chasch verts se jetèrent sur les fuyards en hurlant de triomphe, faisant voler des têtes, tailladant cous et épaules. Un guerrier aux yeux flamboyants fondit sur les trois compagnons. Reith avait sorti son pistolet, mais il répugnait à gâcher l'un de ses précieux projectiles ; il préféra donc éviter la lame sifflante en se baissant. Le cheval-sauteur fit un écart, dérapa sur l'herbe trempée – désarçonnant dans le mouvement son cavalier. Reith s'élança en avant, leva bien haut sa rapière d'Emblème et l'abattit sur le cou massif de son adversaire, tranchant tendons, veines et artères. Le guerrier se mit aussitôt à ruer, apparemment peu enclin à mourir ; le trio n'attendit pas d'assister à son trépas. Reith s'empara de son épée, une vulgaire tige d'acier grossièrement forgée, aussi haute que lui-même et épaisse comme son bras – trop lourde et trop longue pour être aisément manipulable ; il ne tarda donc pas à s'en séparer. Les trois compagnons reprirent leur route sous la pluie, qui tombait à présent en nappes assez denses pour obscurcir la vision. Des Chasch verts passaient de temps à autre tels des spectres à la lisière de leur champ visuel ; parfois il s'agissait de silhouettes fantomatiques pliées en deux sous les trombes d'eau – des fugitifs qui se hâtaient aussi vite qu'ils le pouvaient de rejoindre les ruines de Pera.

Reith, Ylin-Ylan et Traz, trempés jusqu'aux os, le sol fumant littéralement sous leurs pieds, atteignirent enfin un amoncellement de dalles de ciment qui marquait le début des faubourgs de la ville – ils pouvaient à présent se considérer comme hors d'atteinte des Chasch verts. Ils allèrent s'abriter sous une saillie en béton, pour s'y tenir aussi grelottants que misérables, leur visage giflé par la pluie. « Au moins, dit philosophiquement Traz, nous sommes arrivés à Pera.

— Sans gloire, renchérit Reith, mais en vie.

— Que comptes-tu faire, à présent ? »

Reith sortit le transcom de sa sacoche pour vérifier le lecteur vectoriel. « Il est pointé sur Dadiche, à trente kilomètres à l'ouest. Je vais sans doute m'y rendre. »

Traz eut un reniflement désapprobateur. « Les Chasch bleus ne te feront pas de cadeaux. »

La fille de Cath alla soudain s'adosser au mur, se cacha le visage entre les mains et éclata en sanglots. C'était la première fois que Reith la voyait ainsi lâcher prise. Avec une certaine hésitation, il se mit à lui caresser l'épaule. « Qu'est-ce qui ne va pas ? À part le froid, l'humidité, la faim et la peur, je veux dire…

— Je ne reverrai jamais Cath ! Jamais ! C'est une certitude à présent !

— Mais bien sûr que si ! Il y aura d'autres caravanes ! »

La jeune femme, sceptique, s'essuya les yeux et examina le sinistre paysage. La pluie commençait à faiblir. Les éclairs s'éloignaient vers l'est ; le tonnerre se résumait désormais à un lugubre grondement. Les nuages se dissipèrent quelques minutes plus tard, et un rayon de soleil vint faire miroiter pavés et pierres humides. Encore passablement trempés, les trois voyageurs quittèrent leur refuge – pour manquer d'entrer en collision avec un petit homme vêtu d'un vieux manteau de cuir, qui avait un fagot de bois dans les bras. Il bondit en arrière de surprise, lâcha son faisceau, s'empressa de le ramasser – et s'apprêtait à filer quand Reith attrapa son manteau. « Attends ! Ne t'en va pas si vite ! Dis-nous au moins où nous pouvons trouver un toit et de la nourriture ! »

Le visage du nouveau venu se détendit peu à peu. Sous ses sourcils touffus, il examina avec circonspection les trois étrangers, puis d'un geste empreint de dignité se libéra de la prise du Terrien. « Un toit et de la nourriture ; ce ne sont pas là des choses faciles à se procurer – à moins de travailler. Vous avez de quoi payer ?

— Oui. Ce n'est pas un problème. »

L'homme réfléchit. « Bon, j'ai un logis confortable, avec trois ouvertures… (Il secoua tristement la tête.) Mais mieux vaudrait que vous alliez à l'*Auberge de la Steppe morte*. Les Gnashters empocheraient tout mon bénéfice si je vous hébergeais, et il ne me resterait plus rien.

— L'*Auberge de la Steppe morte* est-elle la meilleure de Pera ?

— Oui. C'est vraiment un établissement excellent. Les Gnashters vont vous réclamer une petite redevance, mais c'est là un prix que nous devons tous payer pour notre sécurité. À Pera, seuls Naga Goho et les Gnashters ont le droit de voler ou de violer. C'est là une véritable aubaine : je vous laisse imaginer à quoi cette ville ressemblerait si tout le monde se permettait des choses pareilles !

— Ce Naga Goho est donc le maître de Pera ?

— On peut dire les choses ainsi, oui. (L'homme désigna du doigt la massive structure de blocs de pierre qui se dressait sur l'éminence centrale de la cité.) Voilà son palais, en haut de la citadelle – c'est là qu'il vit avec ses Gnashters. Mais je n'en dirai pas davantage ; après tout, ils ont refoulé les Phung vers le nord. Pera fait du commerce avec Dadiche, et les bandits se gardent bien d'approcher de la cité. La situation pourrait être bien pire.

— Je vois, fit Reith. Bon… Où se trouve cette auberge ?

— Par là, au pied de la colline. Au terminus des caravanes. »

7

L'*Auberge de la Steppe morte* était l'édifice le plus grandiose que Reith ait jamais vu dans une cité en ruine : un long bâtiment surmonté d'une complexe série de toits et de pignons, adossé au flanc de la colline centrale de Pera. Comme partout ailleurs sur Tschaï, elle comportait une vaste salle commune où s'alignaient des tables à tréteaux, mais au lieu de bancs grossiers, l'établissement s'enorgueillissait de superbes chaises de bois noir sculpté munies d'un haut dossier droit. La pièce était éclairée par trois candélabres de verre teint et de fer noir. Aux murs étaient accrochés d'antiques masques de terre cuite représentant de fantasques visages semi-humains.

Autour des tables s'agglutinaient les rescapés de la caravane. Une odeur appétissante flottait dans l'air, ce qui ragaillardit quelque peu le Terrien. Au moins pouvait-on trouver ici quelques petites concessions au confort et au style.

L'aubergiste était un petit homme rondouillard, au visage orné d'une barbe rousse bien taillée et d'une paire d'yeux protubérants. Ses mains étaient sans cesse en mouvement, ses pieds n'arrêtaient pas de gigoter – comme si *hâte* était le maître mot de son existence. Quand Reith lui demanda s'il pouvait les loger tous les trois, il leva les bras au ciel avec désespoir. « Tu n'es donc pas au courant ? Les démons verts ont anéanti le convoi de Baojian. Tu as devant toi les survivants, à qui je dois trouver de la place. Certains d'entre eux ne peuvent même pas payer. Mais bon, qu'est-ce que je peux y faire ? Naga Goho m'a *ordonné* de tous les héberger.

— Nous faisions nous aussi partie de la caravane, répliqua Reith. Et *nous*, nous sommes en mesure de payer. »

L'humeur de l'aubergiste s'améliora aussi sec. « Je peux vous proposer une chambre individuelle – il faudra vous en contenter. Laisse-moi te donner un conseil. (Il jeta un coup d'œil furtif derrière lui.) Faites profil bas. Il y a eu des changements à Pera. »

On les conduisit tous trois dans une espèce de cagibi d'une propreté raisonnable, dans lequel trois paillasses furent installées. L'auberge ne pouvait leur fournir de vêtements ; ce fut donc dans leurs effets mouillés qu'ils redescendirent dans la salle commune, où ils tombèrent sur Anacho, l'Homme-Dirdir, qui était arrivé une heure plus tôt. Assis à l'écart, ses yeux songeurs fixés sur le feu, s'y trouvait également Baojian.

On leur apporta de copieux bols de ragoût et des galettes de pain dur. Tandis qu'ils dînaient, sept hommes pénétrèrent dans la salle, qu'ils se mirent à inspecter d'un air belliqueux. Tous étaient des gaillards puissamment charpentés, légèrement empâtés, au teint rougeaud révélateur d'une vie de ripaille. Six portaient des tuniques rouges, d'élégantes mules de cuir noir, et arboraient d'élégantes casquettes ornées de diverses breloques. Des Gnashters, présuma Reith. Le septième, enveloppé dans une houppelande brodée, était de toute évidence Naga Goho en personne. Un homme grand et maigre, avec une tête vulpine remarquablement grosse. Sa voix s'éleva dans le silence qui s'était abattu sur la pièce. « Bienvenue ! Vous êtes tous les bienvenus à Pera ! L'ordre règne dans cette heureuse cité, comme vous ne manquerez pas de vous en apercevoir. Les lois y sont sévèrement appliquées, et tout visiteur doit s'y acquitter d'une taxe de séjour. Quiconque n'aurait pas de quoi la payer devra effectuer des tâches d'intérêt commun. Et voilà ! Quelqu'un a-t-il des questions à poser, ou des réclamations à formuler ? » Naga Goho balaya la salle du regard ; personne n'ouvrit la bouche. Les Gnashters se mirent à arpenter la salle pour collecter des pièces. Reith paya de mauvaise grâce une taxe de neuf sequins pour lui-même, Traz et la Fleur de Cath. Personne dans la salle ne semblait trouver cette extorsion déraisonnable. L'absence de discipline sociale était si généralisée, en conclut le Terrien, que tout le monde trouvait normal de se faire exploiter par plus fort que soi.

À la vue d'Ylin-Ylan, Naga Goho bomba le torse tout en se lissant la moustache. Il fit signe à l'aubergiste, qui s'empressa d'aller se poster devant lui. Un colloque s'engagea à voix basse entre les deux ; Naga Goho ne quittait pas la Fleur de Cath des yeux.

Le tavernier traversa la salle et se pencha à l'oreille du Terrien. « Naga Goho a remarqué cette femme. Il veut connaître son statut : est-ce une esclave ? Ta fille ? Ta femme ? »

Totalement pris au dépourvu, Reith lança un regard de biais en direction d'Ylin-Ylan ; elle était *déjà* en train de se raidir. S'il la présentait comme seule et indépendante, ça la mettrait à la merci de Naga Goho. S'il la faisait passer pour sa propriété, nul doute qu'elle le démentirait avec indignation. « Je lui sers d'escorte, finit-il par répondre. Elle est sous ma protection. »

L'aubergiste pinça les lèvres, haussa les épaules, puis alla faire son rapport à Naga Goho – qui fit un petit geste sec de la main et porta son attention ailleurs. Peu après, il quitta les lieux.

Dans la chambre exiguë, Reith sentit un certain trouble l'envahir à se retrouver aussi près de la Fleur de Cath. Assise sur sa couche, celle-ci étreignait ses genoux d'un air abattu. « Courage, lui dit le Terrien. On a déjà vu bien pire. »

Elle secoua tristement la tête. « Je suis perdue au milieu de barbares : un caillou tombé dans le Gouffre de Tembara, oublié de tous.

— Ridicule, se moqua Reith. Tu vas rentrer chez toi avec la première caravane en partance de Pera. »

Ce qui ne parut pas suffire à convaincre Ylin-Ylan. « Chez moi, on va nommer quelqu'un d'autre Fleur de Cath – une femme qui prendra ma fleur au Banquet de la Saison. Les princes imploreront les filles de leur révéler leurs noms, et je ne serai pas là pour leur donner les miens. *Personne* ne me les demandera, *personne* ne les connaîtra.

— Eh bien, donne-les-moi dans ce cas. J'aimerais les entendre. »

Elle se tourna vers lui. « Vraiment ? Tu me le demandes sérieusement ?

— Bien sûr », lui répondit Reith, dérouté par l'intensité de sa réaction.

Elle lança un regard furtif en direction de Traz, occupé à arranger sa paillasse. « Sortons », souffla-t-elle à l'oreille du Terrien. Et elle bondit sur ses pieds.

Reith la suivit sur le balcon. Tous deux restèrent un bon moment accoudés à la balustrade, presque collés l'un à l'autre, à regarder la cité en ruine. Dans le ciel, Az jouait à cache-cache avec des nuages fragmentés ; quelques lumières mornes brillaient à leurs pieds. Au loin s'élevait une mélopée flûtée, le cri aigu d'un plectre. Enfin la Fleur de Cath reprit la parole, d'une voix aussi rapide qu'étouffée : « Ma fleur est l'Ylin-Ylan, ce que tu sais déjà ; il s'agit là de mon nom de fleur. Mais on ne l'emploie que pour les manifestations et les fêtes. » Elle le regarda, le souffle court, penchée si près de lui que Reith pouvait sentir son odeur douce-amère.

« Tu as encore d'autres noms ? s'enquit-il d'une voix rauque.

— Oui. (Dans un soupir, elle se rapprocha encore du Terrien, qui commençait un peu à perdre pied.) Pourquoi ne pas me les avoir demandés avant ? Je te les aurais pourtant donnés sans rechigner.

— Ma foi, il n'est jamais trop tard pour bien faire.

— Mon nom de cour est Shar Zarin, fit-elle modestement. (Elle hésita, puis posa sa tête sur l'épaule de Reith, qui la tenait par la taille.) Mon nom d'enfant était Zozi. Mais seul mon père continue à m'appeler ainsi.

— Nom de fleur, nom de fille, nom d'enfant… En as-tu encore d'autres ?

— Mon nom d'ami, mon nom secret et… encore un autre. Mon nom d'ami… veux-tu l'entendre ? Si je te le donne, ça fera de nous des amis, et il faudra que tu m'apprennes le tien.

— Aucun problème, fit Reith d'une voix éraillée. Je suis tout ouïe.

— Derl. »

Il embrassa son visage désormais offert. « Mon prénom est Adam.

— Est-ce ton nom d'ami ?

— Oui… j'imagine que tu l'appellerais ainsi.

— As-tu un nom secret ?

— Pas à ma connaissance. »

Elle partit d'un petit rire nerveux. « C'est peut-être aussi bien ainsi. Car si je te le demandais, et que tu me le donnais, cela me permettrait de connaître ton âme secrète – et alors… (Hors d'haleine, elle leva les yeux vers lui.) Tu dois certainement avoir un nom secret ; un nom connu de toi seul. *Moi*, j'en ai un. »

Reith, grisé, oublia toute prudence. « Quel est-il ? »

Elle approcha sa bouche de son oreille. « L'Iae. C'est une nymphe qui vit dans les nuages au-dessus du mont Daramthissa – c'est la maîtresse de Ktan, le dieu-étoile. » Elle regarda vers lui, brûlant d'un évident désir ; Reith l'embrassa avec passion. « Quand nous serons seuls, lui susurra-t-elle dans un soupir, tu m'appelleras L'Iae et moi je t'appellerai Ktan. Ce sera ton nom secret. »

Reith s'autorisa un petit rire. « Si tu veux.

— Nous allons attendre ici la prochaine caravane en partance pour l'est. Nous retraverserons alors la steppe jusqu'à Coad, d'où nous prendrons un bateau pour franchir le Draschade. Et enfin nous atteindrons Vervodeï, au pays de Cath. »

Reith posa sa main sur la bouche de la jeune femme. « Je dois me rendre à Dadiche.

— À Dadiche ? La cité des Chasch bleus ? Mais d'où te vient pareille obsession ? »

Reith leva les yeux vers le ciel nocturne, comme pour puiser des forces dans le spectacle des étoiles – quand bien même aucune d'entre elles ne pouvait être *son* Soleil. Que pouvait-il lui répondre ? Elle le prendrait pour un fou s'il lui disait la vérité, même si c'étaient ses ancêtres qui avaient envoyé des signaux en direction de la Terre.

Aussi hésitait-il – une indétermination qu'il trouvait lui-même méprisable. La Fleur de Cath – Ylin-Ylan, Shar Zarin, Zozi, Derl ou L'Iae, selon les contextes sociaux – le prit par les épaules et plongea son regard dans le sien. « Maintenant que je te connais sous le nom de Ktan, et que pour toi je suis L'Iae, nos esprits ne font plus qu'un, ton plaisir est *mon* plaisir. Alors, dis-moi – qu'est-ce qui te pousse à vouloir te rendre à Dadiche ? »

Reith prit une profonde inspiration. « Je suis arrivé à Kotan dans un vaisseau spatial. Après m'avoir presque tué, les Chasch bleus ont transporté mon appareil à Dadiche – du moins je le présume. Il faut que je le récupère. »

La Fleur de Cath était totalement abasourdie. « Mais où as-tu appris à piloter un vaisseau spatial ? Tu n'es ni un Homme-Dirdir ni un Homme-Wankh… n'est-ce pas ?

— Non, bien sûr que non. Pas plus que toi. On m'a *formé* à ça.

— Décidément, tu n'es qu'une immense énigme. (Ses mains se crispèrent sur les épaules du Terrien.) Et… que ferais-tu, si tu parvenais à récupérer ce vaisseau ?

— Je commencerais par te ramener à Cath. »

Les doigts de la jeune femme semblaient à présent lui *labourer* les chairs ; ses yeux cherchaient les siens dans les ténèbres. « Et ensuite ? Tu retournerais… chez toi, où que ce soit ?

— Oui.

— Tu y as une femme… une épouse ?

— Oh non. Certainement pas.

— Quelqu'un qui connaît ton nom secret ?

— Je n'en avais pas jusqu'à ce que tu m'en donnes un. »

Elle lâcha ses épaules, puis, appuyée contre la balustrade, se mit à contempler maussadement l'antique Pera. « Si tu te rends à Dadiche, ils vont te sentir et te tuer.

— Me “sentir” ? Comment ça ? »

Elle lui retourna un rapide coup d'œil. « Tu es une véritable énigme ! Tu en sais à la fois tellement… et si peu ! On pourrait te croire originaire de l'île la plus lointaine de Tschaï ! Les Chasch bleus ont un odorat aussi sensible que l'est notre vision !

— Je dois quand même tenter ma chance.

— Je ne comprends pas, fit-elle d'une voix morne. Je t'ai révélé mon nom ; je t'ai donné ce que j'ai de plus précieux, mais tu restes indifférent. Tu ne changes même pas d'attitude. »

Reith la prit dans ses bras. Sa raideur fit peu à peu place à un total abandon. « Tu ne me laisses pas indifférent, lui dit-il. Bien au contraire. Mais je dois me rendre à Dadiche – dans ton intérêt autant que dans le mien.

— Comment ça, dans *mon* intérêt ? Pour que tu me reconduises à Cath ?

— Pas seulement. Est-ce que ça te satisfait, de subir la domination des Dirdir, des Chasch et des Wankh, sans même parler des Pnume ?

— Je ne sais pas… je n'y ai jamais réfléchi. Les hommes sont des erreurs de la nature, des… ajouts après coup – c'est en tout cas ce qui se dit. Même si Hopsin, le Roi Fou, ne cessait d'affirmer qu'ils venaient d'une lointaine planète. Il leur a envoyé un message pour leur demander de nous venir en aide ;

mais les secours, bien sûr, ne sont jamais arrivés. Cela s'est passé il y a cent cinquante ans.

— Ça fait une sacrée longue attente. » Reith l'embrassa de plus belle ; la jeune femme se laissa faire avec apathie. Toute ferveur l'avait désertée.

« Je me sens… bizarre, murmura-t-elle. Je ne sais pas ce que j'éprouve. »

Debout devant la balustrade, ils prêtaient l'oreille aux bruits de l'auberge : éclats de rire assourdis en provenance de la salle commune, braillements d'enfants, les réprimandes de leurs mères… « Je crois que je vais aller me coucher », dit la Fleur de Cath.

Reith la serra dans ses bras. « Derl…

— Oui ?

— À mon retour de Dadiche…

— Tu n'en reviendras pas. Les Chasch bleus te captureront pour leurs jeux. Maintenant, je vais essayer de dormir et d'oublier que je suis vivante. »

Elle retourna dans la chambre, le laissant seul sur le balcon. Le Terrien commença par s'agonir d'injures, puis se demanda comment il aurait pu se comporter différemment – à moins d'être fait d'autre chose que de chair et de sang.

Demain, donc, il se rendrait à Dadiche, afin de découvrir une bonne fois pour toutes la forme qu'allait prendre son avenir.

8

La nuit laissa finalement place au matin – d'abord des embruns de lumière sépia, puis une blafarde lueur jaunâtre, prélude à l'apparition de Carina 4269.

Des cuisines s'élevaient de la fumée, des bruits de vaisselle qu'on entrechoque. Reith descendit dans la salle commune, où il trouva Anacho, l'Homme-Dirdir, assis devant un bol de thé. La fille de cuisine lui apporta du thé sitôt qu'il l'eut rejoint à sa table. « Que sais-tu de Dadiche ? »

Anacho posa ses longs doigts pâles autour du récipient pour se les réchauffer. « C'est une cité relativement ancienne, environ vingt mille ans. Il s'agit du principal spatioport des Chasch – ils s'en servent pour les rares communications qu'ils conservent avec Godag, leur planète d'origine. Au sud sont regroupées les usines et les installations techniques, et la ville entretient même quelques échanges commerciaux avec les Dirdir, même si les deux parties prétendent le contraire. Qu'est-ce que tu cherches à Dadiche ? » Les yeux gris délavé d'Anacho – des yeux de hibou – étaient braqués sur Reith.

Le Terrien réfléchit. Se confier à Anacho, qu'il connaissait encore à peine, ne lui semblait pas la chose la plus avisée à faire. « Les Chasch m'ont pris quelque chose de précieux, finit-il par lui répondre. J'aimerais le récupérer – si possible.

— Intéressant, fit son interlocuteur avec une pointe de sarcasme dans la voix. Tu piques ma curiosité ! Qu'est-ce que les Chasch pourraient bien prendre à un sous-homme, qui justifierait un voyage de *mille* lieues pour le récupérer ? Et comment ledit sous-homme pourrait-il espérer remettre la main sur son bien ? Ou même en retrouver la trace ?

— Le retrouver n'est pas un problème. C'est *ensuite* que ça se complique.

— Tu m'intrigues, dit l'Homme-Dirdir. Par quoi te proposes-tu de commencer ?

— J'ai besoin d'informations. Je veux découvrir si des personnes comme nous peuvent entrer en ville sans encombre – et en ressortir.

— Certainement pas moi, fit aussitôt Anacho. Leur odorat leur indiquerait immédiatement mon appartenance à la race des Hommes-Dirdir. Leur sensibilité olfactive est tout à fait stupéfiante. La nourriture qu'on mange diffuse des arômes qui imprègnent la peau ; les Chasch sont capables de les identifier, ce qui leur permet de différencier les Dirdir des Wankh, les hommes des marais des hommes de la steppe, les riches des pauvres ; sans même parler des variations dues aux maladies, à la saleté, aux onguents, à la diversité des eaux – et à une dizaine d'autres facteurs encore. Ils peuvent sentir l'air salé imprégnant les poumons d'un homme qui s'est approché de l'océan, détecter l'ozone dans le souffle d'un montagnard, déceler la faim, la colère ou la peur. Ils sont capables de déterminer ton âge, ton sexe et la couleur de ta peau. Leur nez leur ouvre tout un univers de perceptions. »

Reith resta assis, le temps de digérer ces propos.

Anacho se leva, s'approcha d'une table voisine où étaient installés trois individus vêtus d'habits rêches – des hommes à la peau cireuse, aux cheveux châtains et aux grands yeux doux, qui répondirent aimablement à ses questions. L'Homme-Dirdir retourna ensuite auprès de son compagnon.

« Ce sont des bergers ; ils se rendent régulièrement à Dadiche. La région est sûre à l'ouest de Pera – les Chasch verts évitent les canons de la cité. Personne ne nous cherchera querelle en chemin…

— Nous ? Tu m'accompagnes ?

— Pourquoi pas ? Je n'ai jamais vu Dadiche, ni les jardins qui s'étendent à sa périphérie. On peut louer une paire de chevaux-sauteurs, et s'approcher à un ou deux kilomètres de la ville. Les Chasch en sortent rarement, si j'en crois ce que les rouliers m'ont dit.

— Parfait ! s'exclama Reith. Je vais prévenir Traz ; il tiendra compagnie à la fille. »

À l'arrière de l'auberge se trouvait un corral, où Reith et l'Homme-Dirdir louèrent deux montures à un individu de haute taille, aux jambes caoutchouteuses, dont le Terrien fut bien incapable de déterminer l'origine. Le palefrenier sella les bêtes, inséra des tiges directionnelles dans leur crâne – des trous y avaient été percés à cette fin –, ce qui les fit hurler et fouetter l'air de leurs barbillons. Une fois les rênes fixées, Reith et Anacho bondirent sur le dos des chevaux-sauteurs, qui, après quelques ruades rageuses, s'élancèrent sur la route.

Les cavaliers passèrent par le centre de Pera où, sur une surface considérable, avaient été érigées toutes sortes d'habitations – construites qui à partir de gravats, qui en béton. La population était plus nombreuse que Reith ne l'avait imaginé : elle atteignait peut-être quatre ou cinq mille personnes. Et, tout là-haut, au sommet de la vieille citadelle, veillait, lugubre, le « château » – il n'en méritait guère le nom – qui abritait Naga Goho et sa suite de Gnashters.

Reith et Anacho s'arrêtèrent net en atteignant l'esplanade centrale, horrifiés par le spectacle qui s'offrait à leurs yeux. À côté d'un gibet massif se dressaient des billots maculés de sang. Deux hommes y avaient été empalés sur de longs pieux. D'un mât de charge pendait une petite cage, dans laquelle se trouvait accroupie une créature intégralement nue, noircie par le soleil, dans laquelle il était difficile de reconnaître un être humain. Un Gnashter se prélassait à proximité – un jeune guerrier aux bajoues rebondies, vêtu de la tunique bordeaux et du kilt noir qui servaient d'uniforme à sa coterie. Reith tira sur les rênes, puis lui indiqua la cage du doigt. « Quel crime a-t-il commis ?

— Insubordination, quand Naga Goho a appelé sa fille à son service.

— Et alors ? Depuis combien de temps se balance-t-il ainsi ? »

Le Gnashter leva vers la potence des yeux indifférents. « Il devrait tenir encore trois jours. La pluie l'a rafraîchi. Il est plein d'eau.

— Et ceux-là ? s'enquit Reith en désignant les cadavres empalés.

— Des fraudeurs. Des effrontés qui rechignent à verser la dîme à Naga Goho. »

Anacho toucha le bras de son compagnon. « Viens. »

Reith se retourna lentement ; il lui était effectivement impossible de redresser tous les torts de cette affreuse planète. Une bouffée de honte ne s'empara pas moins de lui lorsqu'il revint au supplicié dans sa cage. Mais quelles options avait-il à sa disposition ? Se brouiller avec Naga Goho finirait certainement par lui coûter la vie, sans profit pour personne. S'il parvenait à récupérer sa vedette et à retourner sur Terre, par contre, le sort de tous les hommes présents sur Tschaï s'en trouverait peut-être amélioré. Voilà ce que le Terrien se disait, tout en s'efforçant de chasser cette sinistre scène de son esprit.

Au-delà de Pera s'étendait toute une mosaïque de parcelles irrégulières, où des femmes de tous âges cultivaient diverses sortes de plantes. Des fardiers chargés de produits agricoles se dirigeaient vers Dadiche, à l'ouest. Reith, qui ne s'attendait pas à un commerce aussi formalisé, ne manqua pas de s'en étonner.

Une quinzaine de kilomètres de chevauchée les conduisit au pied d'une rangée de basses collines. Là où la route s'enfonçait dans un ravin se trouvait un barrage, où ils durent attendre que les deux Gnashters de garde aient fini d'inspecter une charrette chargée de caisses d'une espèce de chou pulpeux. Son conducteur en fut quitte pour un droit de passage ; Reith et Anacho y perdirent chacun un sequin.

« Il n'y a pas de petits profits pour Naga Goho, grommela Reith. Que fait-il de toute sa fortune ? »

L'Homme-Dirdir haussa les épaules. « Qu'est-ce que les gens font de leur argent, en général ? »

Au-delà d'un ravin aux versants abrupts s'étendait le territoire des Chasch bleus – un paysage boisé parcouru de dizaines de petits cours d'eau, et ponctué d'innombrables lacs. Il y avait là des centaines d'espèces d'arbres : des palmiers à plumes rouges, des genres de conifères intégralement verts, d'autres, noirs, des branches desquels pendaient des sphères blanches, sans compter une multitude de bouquets d'adaraks. Le paysage tout entier se résumait à un unique jardin méticuleusement entretenu.

Plus bas se déployait Dadiche : des dômes bas et aplatis, de blanches surfaces incurvées à demi cachées dans la verdure. Évaluer les dimensions de la cité, comme l'importance de sa population, était chose impossible : ville et parc se *confondaient* littéralement. Reith n'eut d'autre choix que d'admirer l'agréable environnement que les Chasch bleus s'étaient choisi pour vivre.

L'Homme-Dirdir, conditionné par d'autres normes esthétiques, fit pour sa part preuve d'une certaine condescendance : « Typique de la mentalité chasch : informe, anarchique, tortueux. Tu as déjà vu une cité dirdir ? *Voilà* de l'authentique noblesse ! Une vision à vous couper le souffle ! Ce fatras à moitié bucolique… (Anacho fit un geste dédaigneux)… reflète parfaitement l'esprit capricieux des Chasch bleus. Ils ne sont pas aussi flasques et décadents que les Vieux Chasch – tu te rappelles Golsse ? – mais bon, ça fait bien vingt mille ans que ceux-ci agonisent… Qu'est-ce que tu fais ? C'est quoi, cet instrument ? »

Si Anacho avait posé cette question, c'était parce que Reith, incapable d'imaginer un moyen discret de consulter son transcom, l'avait tout simplement sorti de sa trousse. « Ceci, fit-il, est un appareil me permettant de savoir à quelle distance – et dans quelle direction se trouve l'objet que je cherche. Il m'indique plein ouest, à cinq kilomètres d'ici. (Il regarda la direction vers laquelle pointait l'aiguille.) La trajectoire passe par ce haut bâtiment en forme de dôme. (Il le désigna du doigt.) La distance me paraît correcte. »

Anacho contemplait le transcom avec une fascination lugubre. « Où as-tu trouvé cet instrument ? Je n'ai jamais rien vu de tel auparavant. Et ces caractères… ni dirdir, ni chasch, ni wankh ! Existerait-il donc un coin reculé de Tschaï où des sous-hommes savent fabriquer des objets de cette qualité ? Ça me laisse pantois ! Je les ai toujours crus incapables de se livrer à la moindre activité plus complexe que l'agriculture !

— Anacho, mon ami, rétorqua Reith, tu as encore beaucoup à apprendre. Et tu n'es pas au bout de tes surprises. »

Anacho se frotta le menton, puis ramena sa toque noire sur son front. « Tu es aussi énigmatique qu'un Pnume. »

Reith sortit le sondoscope de sa sacoche, entreprit d'examiner les environs. La route dévalait la colline, s'enfonçait dans un bosquet d'arbres en forme de flammes couverts de gigantesques fleurs vert et pourpre, pour enfin se terminer sur un mur qu'il n'avait pas remarqué auparavant, et qui servait visiblement à protéger Dadiche des incursions des Chasch verts. Ladite route passait par un portail, pour ensuite pénétrer dans la ville. Des fardiers chargés de denrées s'y rendaient, d'autres la quittaient, remplis de produits manufacturés.

L'inspection du sondoscope tira à Anacho un claquement de langue perplexe, mais il garda ses commentaires pour lui.

« Inutile de continuer sur cette route, fit le Terrien. Mais si on suit la crête sur un ou deux kilomètres, ça me permettrait d'observer ce gros bâtiment sous un autre angle. »

Anacho n'y voyant aucune objection, ils suivirent la route sur presque deux kilomètres. Reith reconsulta alors son transcom. La ligne de visée passait par la même structure en forme de coupole. Il hocha la tête avec détermination. « C'est dans ce bâtiment que se trouvent mes biens, que je veux récupérer. »

Un sourire torve déforma les lèvres d'Anacho. « Fort bien, mais comment vas-tu t'y prendre ?

Tu ne peux pas chevaucher jusqu'à Dadiche, frapper au portail et crier : *Rendez-moi ce qui m'appartient !* Tu risquerais d'être déçu. Et je doute que tu sois un voleur suffisamment habile pour mystifier les Chasch. Alors, que vas-tu faire ? »

Reith considéra avec nostalgie l'imposant dôme blanc. « Pour commencer, effectuer une reconnaissance rapprochée. J'ai besoin de jeter un coup d'œil à l'intérieur. Pour au moins vérifier que l'objet de mes recherches s'y trouve encore. »

Anacho secoua la tête d'un air réprobateur. « Tu n'arrêtes pas de parler par énigmes. D'abord, tu déclares que tes possessions sont là-bas, et ensuite qu'elles n'y sont peut-être pas, après tout. »

Reith se contenta de rire, avec bien plus d'assurance qu'il n'en éprouvait réellement. Maintenant qu'il se trouvait tout près de Dadiche, et sans doute de sa vedette, récupérer celle-ci lui semblait presque irréalisable. « Ça suffit pour aujourd'hui, de toute façon. Retournons à Pera. »

Accrochés au dos de leurs montures tressautantes, ils regagnèrent la route, devant laquelle ils s'arrêtèrent un instant pour regarder passer les véhicules. Certains étaient équipés d'un moteur, d'autres avançaient au pas de lentes bêtes de trait. Ceux qui se rendaient à Dadiche transportaient divers produits alimentaires : des melons, des carcasses d'oiseaux, des roseaux, des balles d'une soie d'un blanc terne produite par des insectes des marais, des filets pleins à craquer d'outres pourpres. « Ces charrettes pénètrent à l'intérieur de Dadiche, dit Reith. Je vais en utiliser une pour en faire de même. Je ne vois pas ce qui pourrait poser problème. »

L'Homme-Dirdir secoua lugubrement la tête. « Les Chasch bleus sont des créatures imprévisibles. Tu pourrais fort bien te retrouver à leur service – comme bouffon. Je t'imagine déjà en train de marcher sur des baguettes au-dessus d'une fosse remplie d'immondices, ou de scorpions aux yeux blancs. Chaque fois que tu retrouverais ton équilibre, ils chaufferaient les baguettes ou y feraient passer de l'électricité, pour te contraindre à bondir d'avant en arrière et à effectuer des bouffonneries désespérées. Ou bien tu te retrouverais dans un labyrinthe de verre en compagnie de quelque Pnume dément. À moins qu'ils ne te bandent les yeux et ne t'enferment dans un amphithéâtre en compagnie d'un cyclodon lui aussi rendu aveugle. Ou alors – si tu étais un Dirdir ou un Homme-Dirdir –, ils t'obligeraient à résoudre des problèmes de logique sous peine de subir de désagréables sanctions. Leur ingéniosité est sans limites. »

Reith jeta un regard noir à la cité. « Les rouliers sont prêts à encourir de tels risques ?

— Ils ont une patente qui leur permet d'aller et venir sans se faire maltraiter – dès lors qu'ils n'enfreignent aucun règlement.

— Eh bien, je me ferai passer pour un roulier. »

Anacho hocha la tête. « C'est là le stratagème le plus évident à employer. Ce soir, je te conseille de te déshabiller, de te rouler dans la boue, de faire brûler des os et de t'imprégner de leur fumée, de marcher dans le crottin des bêtes de trait et de manger des panibals et de l'ail sauvage, dont les effluves graisseuses pénétreront ta peau – après quoi tu passeras des vêtements de roulier. Dernière précaution : ne passe jamais dans le vent d'un Chasch bleu, et retiens ton souffle partout où on risquerait de détecter l'odeur de tes dents ou de ton haleine. »

Reith parvint à sourire – un sourire ironique. « Mon plan me paraît de moins en moins réalisable à chaque minute qui passe. Mais peu m'importe de mourir. J'ai trop de responsabilités – ramener la fille à Cath, entre autres choses. »

Anacho renifla avec mépris. « Bah ! Ta sensiblerie te joue encore des tours. C'est une fauteuse de troubles, vaniteuse et entêtée. Abandonne-la donc à son sort !

— Si elle n'était pas vaniteuse, je la soupçonnerais d'être stupide », déclara Reith avec émotion.

Anacho embrassa le bout de ses doigts, un geste d'une ferveur toute méditerranéenne. « Si tu veux mon avis, le mot "beauté" a été inventé pour les femmes de ma race ! Ah ! Leur élégance, leur peau diaphane, leur crâne chauve qui brille comme un miroir ! Elles ressemblent tellement aux Dirdir qu'eux-mêmes succombent à leurs charmes. Enfin… chacun ses goûts. La fille de Cath ne pourra jamais être autre chose qu'une source d'ennuis. Ce genre de femmes attire le désastre comme les nuages la pluie ; rappelle-toi la fois où elle t'a poussé à te battre pour elle ! »

Reith haussa les épaules, puis éperonna sa monture ; les cavaliers s'élancèrent dans la steppe en direction de l'est, vers le tas de gravats grisâtres qui composaient Pera.

Ils pénétrèrent dans la cité en ruine en fin d'après-midi. Après avoir ramené les chevaux-sauteurs à l'écurie, ils traversèrent la place sur laquelle donnait la longue taverne semi-souterraine, les bas rayons du soleil dans leur dos.

La salle commune était à moitié pleine de clients, venus y prendre un dîner anticipé. Mais ni Traz ni la Fleur de Cath ne s'y trouvaient, pas plus qu'ils n'étaient dans les petites chambres au premier étage. Une fois redescendu, Reith alla trouver l'aubergiste. « Où sont mes amis… le garçon et la fille de Cath ? Je ne les ai vus nulle part. »

L'aubergiste, la mine revêche, prenait bien garde d'éviter le regard du Terrien. « La donzelle, je te laisse deviner où elle est – ça ne devrait pas trop te fatiguer l'esprit. Quant au garçon, il s'est mis dans une rage folle quand les Gnashters sont venus la chercher. Ils l'ont assommé, puis l'ont emmené au gibet.

— Quand est-ce arrivé ? s'enquit Reith d'une voix précise et contrôlée.

— À l'instant. Il doit encore être en train de se débattre. Ce garçon s'est conduit comme un imbécile. Une fille comme ça, c'est de la pure provocation ! Il n'avait pas le droit de la défendre.

— Ils l'ont conduite à la tour ?

— Je suppose, oui. Mais cela ne me regarde pas. Naga Goho fait ce que bon lui semble. C'est lui qui exerce le pouvoir à Pera. »

Reith se tourna vers Anacho et lui remit sa sacoche, ne conservant que ses armes. « Prends soin de mes affaires. Et garde-les si jamais je ne reviens pas.

— Tu comptes encore une fois risquer ta vie ? s'enquit Anacho d'une voix mi-étonnée, mi-désapprobatrice. Et quid de cet “objet” que tu tiens tant à récupérer ?

— Il peut attendre. » Et Reith fila en direction de la citadelle.

9

Les ultimes rayons du soleil couchant faisaient étinceler les plates-formes de pierre et les billots qui entouraient le gibet. Les couleurs arboraient cette singulière richesse caractéristique de Tschaï : même les bruns et les gris, les moutardes, les ocres terreux des habits dont s'étaient vêtus ceux venus assister à la pendaison donnaient l'impression de richement chatoyer. Les tuniques rouges des Gnashters rutilaient, tant de finesse que d'ancienneté. Il y en avait six : deux debout à côté de la potence ; deux autres soutenaient Traz, qui vacillait sur ses jambes, tête penchée, un filet de sang coulant le long de son front ; un cinquième se tenait négligemment appuyé à un poteau, une main sur sa catapulte armée. Le dernier haranguait la foule apathique attroupée devant le gibet :

« Par ordre de Naga Goho, ce criminel incontrôlable, qui a osé user de violence envers les Gnashters, a été condamné à la pendaison ! »

La corde fut solennellement passée autour du cou de Traz. Il leva la tête, promena sur l'assistance un regard vitreux. S'il remarqua Reith, le jeune homme n'en laissa rien paraître. « Puissent cet incident et ses suites vous apprendre à tous l'obéissance ! »

Reith alla se poster sur le côté du gibet. Le temps n'était ni aux scrupules ni à la délicatesse – à supposer que pareilles dispositions aient jamais eu cours sur Tschaï. Les Gnashters chargés de hisser la corde le virent s'approcher, mais son attitude était si désinvolte qu'ils ne lui prêtèrent pas davantage attention. Dès qu'ils se furent retournés, dans l'attente du signal, le Terrien plongea son couteau dans le cœur du premier, qui périt dans un hoquet de surprise. Le deuxième se retourna ; Reith lui trancha la gorge d'un coup de revers, puis lança son arme droit sur le front de celui qui se trouvait posté devant la potence. En l'espace de quelques secondes, le nombre de ses adversaires était passé de six à trois. Il chargea, l'épée au poing, et faucha le Gnashter qui avait prononcé la proclamation. Mais ceux qui encadraient Traz dégainèrent et se ruèrent sur lui, en se bousculant tant leur fureur était grande. Reith fit un bond en arrière, épaula sa catapulte, abattit le plus proche. L'autre – l'ultime survivant du groupe, à présent – s'arrêta net. Le Terrien bondit, lui arracha son arme et l'envoya rouler à terre après l'avoir assommé d'un coup sur la tête. Il libéra alors Traz du nœud coulant, qu'il passa au cou du Gnasther tombé à terre. Puis désigna du doigt deux badauds postés au premier rang de la foule fascinée. « Allez-y, tirez sur la corde. On va pendre le Gnasther, pas le garçon ! » Comme ils hésitaient, il insista : « Prenez cette corde ; faites ce que je vous dis ! On va montrer à Naga Goho qui commande à Pera ! Pendez-le haut et court ! »

Les deux hommes tirèrent sur la corde ; le Gnashter s'éleva dans les airs en battant des jambes et des bras. Reith s'élança vers le chevalet, dénoua le filin auquel était accrochée la cage, fit descendre celle-ci et l'ouvrit. Le malheureux, accroupi en chien de fusil à l'intérieur, leva des yeux emplis d'épouvante, puis d'une impossible espérance. Il essaya de se redresser, pour se découvrir trop faible ; Reith se baissa pour l'aider. « Conduisez cet homme et le garçon à l'auberge, ordonna-t-il à ceux qui avaient fait office de bourreaux. Vous veillerez à ce qu'on s'occupe d'eux. Vous n'avez plus rien à craindre des Gnashters. Récupérez les armes des morts, et tuez les autres si jamais ils s'avisent de se montrer ! Vous comprenez ? Il ne doit plus y avoir le moindre Gnashter à Pera. Plus de Gnashters, plus de redevances, plus de pendaisons, plus de Naga Goho ! »

Les hommes s'emparèrent timidement des armes, puis se tournèrent vers la citadelle.

Reith n'attendit que le temps de voir Traz et le condamné libéré escortés en direction de l'auberge avant de s'élancer à l'assaut de la colline qui menait au piteux château de Naga Goho.

L'empilement de gravats qui barrait le chemin formait une espèce de cour, dans laquelle une douzaine de Gnashters affalés autour de longues tables buvaient de la bière et mâchonnaient des oiseaux des roseaux marinés. Le Terrien fit des yeux le tour des lieux, puis entreprit de longer furtivement le mur.

La colline s'arrêtait sur un précipice ; Reith se pressa contre la paroi, s'accrochant aux aspérités et aux fissures dans la pierre pour poursuivre sa progression. Il atteignit enfin une ouverture : une fenêtre renforcée par une croix en fer. Il jeta un coup d'œil prudent à l'intérieur, pour n'y voir que l'obscurité. Devant lui se trouvait une autre fenêtre, plus grande, mais l'atteindre était périlleux : un à-pic de plus de vingt mètres l'attendait si d'aventure il chutait. Reith hésita un instant, puis poursuivit sa progression. Il se mouvait avec une effrayante lenteur, suspendu dans le vide, n'ayant pour toutes prises que les arêtes rugueuses et les interstices des pierres. Le crépuscule le rendait pratiquement invisible, une simple tache sur le mur. Sous ses pieds se déployait l'antique Pera, dont les ruines commençaient à s'emplir de lumières jaunes vacillantes. Enfin, il parvint à la fenêtre, équipée d'un grillage de roseaux entrelacés. Elle donnait sur une chambre, dans laquelle le Terrien distingua une silhouette féminine allongée sur un lit. Dormait-elle ? Reith scruta l'obscurité. Ses mains étaient levées comme en un geste de supplication, ses jambes disgracieusement écartées. Son corps gisait, parfaitement immobile. Elle était morte.

Reith arracha le grillage et sauta à l'intérieur de la pièce. La femme avait été frappée à la tête. Et étranglée. De sa bouche béante sortait une langue grotesque. Vivante, elle n'avait pas dû être repoussante – du moins le Terrien le présumait-il –, mais morte elle offrait un bien triste spectacle.

En trois enjambées, Reith gagna la porte qui donnait sur un jardin intérieur. D'un porche voûté situé de l'autre côté lui parvinrent des murmures de voix.

Il traversa le jardin à pas de loup. Le porche donnait sur une salle à manger aux murs tendus de tapis ornés de motifs jaunes, noirs et rouges. D'autres tapis jonchaient le sol. Il y avait de lourdes chaises et une table de bois patinée par l'âge. Sous un immense candélabre flamboyant d'une lumière jaune dînait Naga Goho, une somptueuse cape de fourrure jetée sur les épaules. À l'autre bout de la pièce se trouvait la Fleur de Cath, tête baissée, le visage dissimulé par les cheveux. Elle avait les mains jointes sur ses genoux – Reith vit qu'on lui avait noué les poignets. Naga Goho mangeait avec une délicatesse excessive, portant les aliments à sa bouche avec des gestes maniérés de l'index et du pouce. Il parlait tout en mâchant, ponctuant avec une joie sinistre ses propos de petits claquements de fouet.

La Fleur de Cath, immobile, gardait les yeux fixés sur ses genoux. Reith, l'oreille tendue, demeura un instant à contempler la scène, une part de lui-même aussi déterminée qu'un requin, une autre emplie d'horreur et de dégoût ; mais une troisième n'en jouissait pas moins sardoniquement de la surprise grotesque qui attendait Naga Goho.

Sans bruit, il se glissa dans la pièce. Ylin-Ylan leva sur lui des yeux déconcertés. Reith lui fit signe de se taire, mais Naga Goho, percevant quelque chose dans le regard de la jeune femme, se retourna sur sa chaise. Il bondit sur ses pieds, faisant tomber sa cape dans le mouvement. « Oh oh ! s'exclama-t-il, stupéfait, un rat dans le palais ! » Il se jeta sur le fourreau de son épée, suspendu au dossier de son siège ; Reith le devança et, sans même daigner tirer sa propre lame, fit valdinguer Naga Goho en travers de la table d'un coup de poing. Son adversaire, un vigoureux gaillard, effectua alors une habile cabriole pour se retrouver sur ses pieds. Le Terrien bondit aussitôt sur lui, pour le découvrir aussi doué au corps à corps tschaïen que lui-même maîtrisait les techniques terrestres du combat rapproché. Pour le désorienter, il commença par lui porter de petits coups du gauche au visage. Naga Goho lui saisit le bras, sans doute dans l'intention de lui briser les os ; Reith accompagna son mouvement et répondit par une manchette au cou. En désespoir de cause, son adversaire tenta un terrible fauchage de jambes, mais le Terrien s'y attendait : il se saisit de son pied, qu'il tordit jusqu'à lui briser la cheville. Naga Goho tomba à la renverse.

Il ne resta plus à Reith qu'à l'assommer, à lui attacher les mains derrière le dos et à le bâillonner.

Il alla ensuite libérer la jeune femme, qui ferma les yeux à son approche. Elle était si pâle, si crispée, qu'il la crut sur le point de s'évanouir. Au lieu de quoi elle se leva, pour aussitôt se nicher contre son épaule et se mettre à pleurer. Reith resta quelques instants à la serrer dans ses bras, tout en lui caressant les cheveux. Puis : « Il faut filer d'ici. Jusqu'à présent, nous avons eu de la chance, mais ça risque de ne pas durer. Il y a au moins une douzaine de ses hommes en bas. »

Il noua une longueur de corde autour du cou de Naga Goho, tira sèchement dessus. « Debout ; et dépêche-toi. »

L'autre demeura allongé, se bornant à le fusiller du regard. Des sons inarticulés sortaient de son bâillon. Reith s'empara du fouet pour cingler la joue de son prisonnier. « Debout. » Il tira de plus belle sur la corde ; le chef destitué se remit sur ses pieds.

Tout en tenant en laisse Naga Goho, qui avançait tant bien que mal à cloche-pied, ils traversèrent un hall éclairé par une torche puante, pour enfin rejoindre la cour où ripaillaient les Gnashters.

Le Terrien tendit alors la corde à la Fleur de Cath. « Continue à marcher – sans te presser. Ne prête aucune attention à ses hommes. Fais-lui descendre la route. »

Ylin-Ylan s'empara de la corde, puis entreprit de traverser la cour avec le captif. Les Gnashters se retournèrent sur leurs bancs, médusés de consternation. Naga Goho poussait de furieux borborygmes pour les exhorter à agir ; ils finirent donc par se lever, sans trop savoir quoi faire d'eux-mêmes. Alors que l'un d'eux commençait à s'avancer à pas lents, Reith surgit dans le patio, sa catapulte à la main. « En arrière ; rasseyez-vous. »

Devant leurs yeux interdits, il se glissa jusqu'au portail. Ylin-Ylan et Naga Goho commençaient à descendre la colline. « Naga Goho appartient au passé, leur dit-il. Tout comme vous. Vous feriez bien de laisser vos armes ici quand vous vous aviserez de sortir de ces murs. (Il recula dans l'obscurité.) Et qu'aucun de vous ne nous suive. » Il attendit. De l'intérieur lui parvenaient de furieux palabres. Deux Gnashters finirent par s'approcher de l'ouverture. Reith abattit le premier d'un carreau, puis retourna dans la pénombre pour réarmer sa catapulte. Un silence de mort régnait à présent dans la cour. Reith y jeta un coup d'œil : tous les Gnashters, agglutinés à l'autre bout, contemplaient fixement le cadavre. Le Terrien tourna les talons et commença à dévaler le sentier. La Fleur de Cath avait bien du mal à contrôler son prisonnier, qui tirait de toutes ses forces sur la corde pour forcer la jeune femme à se rapprocher de lui, sans doute dans l'espoir de se laisser tomber sur elle, voire de l'assommer. Reith empoigna la longe et hala Naga Goho sans ménagement, qui repartit d'un pas trébuchant le long de la pente.

À l'est luisaient Az et Braz. Des blanches pierres de l'antique Pera semblait émaner une pâle luminescence.

Sur la place se pressait une foule nombreuse, conduite en ces lieux par diverses rumeurs imprécises, prête à se disperser parmi les ruines si jamais les Gnashters se montraient. Un murmure de surprise monta de ses rangs quand elle vit n'apparaître que

Reith, la jeune femme et Naga Goho. Les gens s'approchèrent d'eux pas à pas, indécis.

Reith fit halte. Son regard balaya le cercle des visages blêmes qui l'entouraient. Tout en tirant d'un coup sec sur la corde, il gratifia l'assistance d'un large sourire. « Eh bien, voici Naga Goho. Il n'est plus votre maître – il a commis un crime de trop. Qu'allons-nous faire de lui ? »

La foule s'agita avec inquiétude. Les regards se tournaient vers le palais, pour ensuite revenir à Reith et à son prisonnier – dont les yeux remplis de haine sautaient de visage en visage, pour promettre à chacun une impitoyable vengeance. Une voix de femme s'éleva, basse, rauque, vibrante de haine contenue : « Qu'on écorche vif ce monstre ! » « Empalez-le ! grommela un vieillard. C'est le sort qu'il a réservé à mon fils ! À son tour de connaître le pieu ! » Une troisième voix éclata, stridente : « Les flammes ! Brûlons-le à petit feu !

— Personne n'appelle à la clémence, remarqua Reith. (Il se tourna vers Naga Goho.) Ton heure est venue. (Il lui ôta son bâillon.) Une ultime déclaration, peut-être ? »

Le condamné ne parvint qu'à produire d'étranges bruits de gorge – il était manifestement incapable de trouver ses mots.

« Accordons-lui une mort rapide, lança alors le Terrien à la foule. Même s'il mérite sans doute bien pire. (Il désigna trois gaillards du doigt.) Vous autres, descendez le Gnashter. Sa corde servira pour Naga Goho. »

Cinq minutes plus tard, devant la sombre silhouette qui s'agitait sous le clair de lune, Reith se mit à haranguer la foule : « Je suis un nouveau venu à Pera. Mais il m'apparaît évident, et il devrait en être de même à vos yeux, que cette cité a besoin d'un gouvernement responsable. Voyez de quelle manière Naga Goho et quelques forbans vous terrorisaient tous ! Vous êtes des hommes ! Pourquoi vous conduire comme des animaux ? Demain, vous devrez vous rassembler pour désigner cinq hommes d'expérience, qui formeront votre Conseil des Anciens. Qu'ils élisent un chef pour une durée, disons, d'un an, un homme dont les décisions seront soumises à leur approbation. Et ledit Conseil devra également être habilité à juger les criminels, et à infliger des sanctions. Ensuite, vous devriez mettre sur pied une milice, une troupe d'hommes armés capable de résister aux Chasch verts, voire de les attaquer et de les anéantir. Nous sommes des hommes : ne l'oubliez jamais ! (Il leva les yeux vers la citadelle.) Une petite dizaine de Gnashters tient encore le palais. Demain, votre Conseil pourra décider du sort qu'il convient de leur réserver. Ils vont probablement essayer de s'enfuir. Je vous suggère donc fortement de monter la garde – vingt hommes postés le long du chemin devraient amplement suffire pour ce faire. (Reith tendit le doigt vers un grand gaillard affublé d'une épaisse barbe noire.) Toi, tu as l'air costaud. Occupe-toi de ça – je te nomme capitaine. Désigne deux douzaines de sentinelles, ou davantage, et fais-leur monter la garde. Quant à moi, je dois à présent aller voir mon ami. »

Reith reprit ensuite le chemin de l'auberge, en compagnie de la Fleur de Cath. En s'éloignant, ils entendirent le barbu s'exclamer : « Ma foi, c'est là une excellente chose ! Pendant des mois, nous nous sommes comportés comme des couards. Mais nous allons nous ressaisir. Vingt hommes armés ; qui va se porter volontaire ? Naga Goho s'en est tiré avec une simple corde au cou ; offrons quelque chose de mieux aux Gnashters… »

Ylin-Ylan prit la main du Terrien et l'embrassa. « Je te remercie, Adam Reith. »

Il passa son bras autour de sa taille. La jeune femme s'arrêta, se pelotonna contre lui et rééclata en sanglots, de pure fatigue et d'épuisement nerveux. Le Terrien lui baisa le front ; puis, malgré toutes ses bonnes résolutions, les lèvres…

Ils retournèrent bientôt à l'auberge. Traz dormait dans une chambre à l'écart, veillé par Anacho. « Comment va-t-il ? s'enquit Reith.

— On ne peut mieux, répondit l'Homme-Dirdir d'une voix revêche. J'ai nettoyé la plaie. Pas de fractures, juste une ecchymose. Il sera sur pied demain. »

Reith se rendit dans la salle commune. La Fleur de Cath ne s'y trouvait pas. Perdu dans ses pensées, il mangea une assiette de ragoût et monta à l'étage, où la jeune femme l'attendait.

« J'ai toujours un dernier nom à dévoiler, lui susurra-t-elle. Le plus secret de tous, uniquement destiné aux oreilles de mon amant. Si tu veux bien t'approcher… »

Reith se pencha en avant, et elle le lui murmura.

10

Le lendemain matin, Reith se rendit au centre d'expédition situé au sud de la ville. Sur toute une série de plateaux et de coffres s'entassaient les produits régionaux. Dans un lourd grondement, les fardiers s'approchaient des zones de chargement ; leurs conducteurs, en sueur, l'injure à la bouche, se faisaient de sournoises queues de poisson pour gagner des positions, sans se soucier de la poussière, des odeurs, des protestations des bêtes, des plaintes des chasseurs et des producteurs dont la marchandise était ainsi mise en péril.

Certains des chariots étaient menés par deux hommes – deux équipiers, ou un roulier et son aide ; d'autres se contentaient d'un seul conducteur. Reith porta son choix sur l'un de ceux-là. « Tu vas passer par Dadiche, aujourd'hui ? » lui demanda-t-il.

Le charretier – un petit homme maigre aux yeux noirs, dont le visage semblait se réduire à un nez et à un front étroit – acquiesça d'un air méfiant. « Ouais.

— Et en quoi consiste la procédure quand tu y arrives ?

— Pour commencer, je n'y arriverai jamais si je perds ainsi mon temps à bavasser.

— Ne t'inquiète pas ; tu n'y perdras pas au change avec moi. Alors comment procèdes-tu une fois là-bas ?

— Je me rends au quai de déchargement ; les gardiens vérifient que je suis en règle ; le préposé me donne un reçu ; je passe la barrière, et je reçois alors soit des sequins soit un récépissé, selon que j'ai ou non une commande à rapporter. Auquel cas je présente mon récépissé à l'usine ou au magasin adéquat, je charge et je repars pour Pera.

— Donc, une fois passée l'enceinte de Dadiche, tu peux aller où bon te semble sans restrictions ?

— Loin de là. Les Chasch n'aiment guère voir des chariots traîner le long de la rivière, à proximité de leurs jardins. Ils ne veulent pas non plus qu'on aille se balader dans le sud de la ville, à proximité de l'esplanade où les Dirdir entreposent les véhicules – c'est du moins ce qui se dit.

— Et ailleurs, il n'y a pas d'interdictions ? »

Le roulier lui lança un regard oblique par-dessus l'imposant promontoire de son nez. « Pourquoi me poses-tu toutes ces questions ?

— Je voudrais que tu m'emmènes à Dadiche. Aller *et* retour.

— Impossible. Tu n'as pas de licence.

— Tu te chargeras de m'en procurer une.

— Je vois… Tu es prêt à payer, j'imagine ?

— Oui… s'il s'agit d'une somme raisonnable. Combien veux-tu ?

— Dix sequins. Et cinq de plus pour la licence.

— N'exagère pas ! Dix sequins en tout. Douze si tu me conduis là où je t'ordonnerai d'aller.

— Bah ! Me prendrais-tu pour un imbécile ? Et si tu me demandais de t'emmener jusqu'à la péninsule de Fargon ?

— Aucun risque. Juste une petite incursion à l'intérieur de Dadiche, pour y voir quelque chose qui m'intéresse.

— Topons là pour quinze sequins – et c'est mon dernier mot.

— Bon, d'accord. Mais tu me fourniras des vêtements de roulier.

— Entendu – dès lors que tu suis à la lettre ces instructions : n'emporte aucune possession en métal, elles conservent une odeur qui risque de les alerter. Débarrasse-toi de tes habits, enduis-toi de boue et frotte-toi avec des feuilles d'annel. Mâches-en également pour camoufler ton haleine – et tout de suite, parce que je suis en train de charger. Je pars dans une demi-heure. »

Reith s'exécuta, malgré le dégoût que lui inspiraient les antiques vêtements moites du charretier, sans même parler de son vieux chapeau de paille et de feutre complètement avachi. Emmink, ainsi qu'il s'appelait, tint à s'assurer qu'il ne portait pas d'armes, celles-ci étant interdites dans la cité, puis il épingla une plaquette de verre blanc à l'épaule du Terrien. « Voici ta licence. Quand tu passeras la poterne, tu crieras ton chiffre aux gardes… comme ça : “Quatre-vingt-six !” N'en dis pas plus. Et ne descends pas de la charrette. Si jamais ils détectent ton odeur d'étranger, je ne pourrai rien faire pour toi – donc ne t'avise surtout pas de me regarder. »

Des remarques qui n'étaient pas de nature à réconforter le Terrien, qui n'en menait déjà pas large.

Le chariot prit à l'ouest en direction des collines grises, chargé de carcasses d'échassiers des marais ; leurs becs jaunes et leurs yeux morts, qui alternaient avec des rangées de pattes ocre, formaient un spectacle particulièrement macabre.

Emmink se montrait maussade et peu bavard ; il n'affichait aucun intérêt pour les raisons qui poussaient Reith à se rendre à Dadiche ; après quelques vaines tentatives d'engager la conversation, le Terrien préféra donc se tenir coi.

Le chariot gravissait tant bien que mal la route, les générateurs de couple qui équipaient chacune de ses roues gémissant sous l'effort. Enfin, le véhicule atteignit le col – baptisé la Trouée de Belbal, à en croire Emmink – et Dadiche apparut devant leurs yeux. De la ville émanait une beauté bizarre, vaguement menaçante. Reith se sentait de plus en plus mal à l'aise. En dépit de ses vêtements crasseux, il n'avait nullement l'impression de ressembler aux autres rouliers, et ne pouvait qu'espérer dégager une odeur similaire à la leur. Et Emmink ? Pouvait-on se fier à lui ? Reith l'examina à la dérobée. C'était un petit homme sec comme un fouet, à la peau couleur de cuir bouilli. Un nez et un front qui prenaient le pas sur tout le reste, une petite bouche pincée… C'était un *homme* – comme Anacho, comme Traz, comme lui-même, se disait-il pensivement. Un homme qui, en dernière analyse, plongeait ses racines dans le sol de la Terre. Mais comme son essence terrienne était diluée, à présent ! Comme elle était ténue ! Emmink était devenu un homme de Tschaï ; son âme était conditionnée par le paysage de Tschaï, par son soleil d'ambre, par son ciel de bronze, par ses tonalités riches et feutrées. Reith n'avait qu'une confiance fort limitée dans la loyauté de son compagnon. « Où dois-tu décharger ? » lui demanda-t-il, les yeux fixés sur l'étendue de Dadiche.

Emmink tarda à répondre, comme s'il cherchait un motif plausible pour éluder la question. « Là où je pourrai vendre au meilleur prix, finit-il néanmoins par grommeler à contrecœur. Au marché nord, ou à celui de la rivière. Peut-être au bazar de Bonté.

— Je vois, dit Reith, qui désigna du doigt le haut édifice blanc qu'il avait repéré la veille. Et ce bâtiment, là-bas : qu'est-ce qu'il abrite ? »

Emmink haussa ses maigres épaules avec indifférence. « Ça ne me regarde pas. Moi, j'achète, je transporte et je vends. En dehors de ça, je ne m'occupe de rien.

— Hum… Eh bien, je veux passer devant. »

Emmink poussa un grognement. « Ce n'est pas ma route habituelle.

— Je m'en moque. C'est pour cela que je te paye. »

Le roulier poussa un nouveau grognement, puis sombra un long moment dans le silence. « D'abord, reprit-il enfin, je vais me rendre au marché nord, pour connaître leurs tarifs. Ensuite, on ira au bazar de Bonté – ça nous permettra de passer devant ton bâtiment sur le chemin. »

Ils descendirent la colline, traversèrent une bande de terrain aride où s'entassaient détritus et immondices, puis pénétrèrent dans un jardin de verts buissons duveteux et de cycas mouchetés de noir et de vert. Devant eux se dressait l'enceinte extérieure de Dadiche, un mur de neuf mètres de haut fait d'un matériau synthétique d'un brun brillant. Les chariots en provenance de Pera étaient examinés à une porte par un détachement d'Hommes-Chasch en pantalon violine et chemise grise, coiffés d'un grand chapeau pointu en feutre noir. Ils étaient équipés d'armes de poing et de baguettes aussi longues que fines, avec lesquelles ils sondaient les chargements. « Pourquoi font-ils une chose pareille ? s'enquit Reith en les voyant enfoncer un peu nonchalamment leurs instruments dans les ballots entassés sur le véhicule qui précédait le leur.

— Pour empêcher les Chasch verts de s'introduire clandestinement en ville. Il y a quarante ans, une centaine d'entre eux y sont parvenus, cachés sous des marchandises. Ils ont perpétré un terrible massacre avant d'être finalement tués. Oh, Chasch bleus et Chasch verts sont des ennemis mortels ! Rien ne fait plus plaisir aux uns que de répandre le sang des autres.

— Que devrai-je répondre s'ils m'interrogent ? »

Emmink eut un haussement d'épaules. « C'est ton affaire. S'ils me posent des questions, je leur dirai que tu m'as payé pour t'emmener à l'intérieur de Dadiche. N'est-ce pas la stricte vérité ? Il te faudra ensuite leur donner *ta* version, pour peu que tu l'oses… Crie ton numéro quand je leur hurlerai le mien. »

Reith eut un sourire amer, mais se garda bien de répliquer quoi que ce soit.

Leur tour arriva. Emmink franchit le portail et s'arrêta sur un rectangle rouge. « Quarante-cinq, brailla-t-il.

— Quatre-vingt-six », lança Reith d'une voix tonnante.

Des Hommes-Chasch s'avancèrent pour plonger des bâtons dans le tas de carcasses, pendant qu'un autre faisait le tour de la charrette – un individu corpulent aux genoux cagneux, qui n'avait guère plus de menton qu'Emmink, mais arborait un petit moignon de nez et un front fuyant rendu grotesque par le crâne postiche qu'il portait, un cône d'une bonne quinzaine de centimètres planté sur son occiput. Son épiderme était couleur plomb, avec des reflets bleuâtres – peut-être un fard. Il avait des doigts courts et épais, des pieds larges. De l'avis de Reith, il ressemblait encore moins à un être humain, dans son acception la plus commune, qu'Anacho l'Homme-Dirdir. Après avoir jeté un coup d'œil blasé aux nouveaux arrivants, il recula d'un pas tout en leur faisant signe d'avancer. Emmink poussa donc en avant le levier de puissance, et le véhicule s'engagea dans la large avenue.

Le charretier se tourna vers le Terrien ; un sourire acerbe lui barrait le visage. « Tu as de la chance qu'aucun des capitaines Bleus n'ait été présent. Ils n'auraient pas manqué de sentir ta sueur. Moi-même, je suis presque capable de la flairer. Un homme apeuré ne peut pas s'empêcher de transpirer. Tu vas devoir te contrôler, si tu veux te faire passer pour un roulier.

— C'est beaucoup demander, soupira Reith. Enfin, je ferai de mon mieux. »

Et la charrette s'enfonça dans Dadiche. Ici et là on apercevait des Chasch bleus dans leurs jardins, occupés à tailler des arbres, à déplacer des auges de pierre, à déambuler paisiblement à l'ombre de leurs villas. De temps à autre, l'arôme d'un verger ou d'un bassin parvenait aux narines de Reith : des effluves aigrelets, irritants, épicés, des émanations âcres d'ambre brûlé, des exhalaisons sirupeuses de musc, de fermentations anormales d'une troublante ambiguïté : ces parfums étaient-ils répugnants ou délicieusement exquis ?

La route sillonna pendant encore deux à trois kilomètres parmi les pavillons. Les Chasch bleus semblaient n'avoir aucune considération pour ce que Reith estimait être un besoin normal d'intimité ; leurs demeures s'éparpillaient de-ci de-là comme si le chemin n'existait pas. Il apercevait parfois des Hommes-Chasch ou des Femmes-Chasch occupés à effectuer des tâches domestiques ou des corvées, mais il était rare de voir des Hommes-Chasch en compagnie de Chasch bleus. Ils œuvraient en tout cas toujours à part, et s'ignoraient quand le hasard voulait qu'ils se retrouvent à proximité immédiate.

Emmink ne faisait ni commentaires ni remarques. Quand Reith manifesta son étonnement devant l'indifférence apparente des Chasch bleus, le roulier lâcha un petit rire nasal empreint d'un amusement amer. « Ne t'y trompe pas ! Si tu les trouves distraits, essaye donc de descendre du chariot et d'entrer dans l'une de ces villas ! Tu te ferais coincer en un clin d'œil, pour te retrouver dans la foulée à participer à leurs petits jeux dans le gymnase. Ah ! les rusés gredins ! Aussi cruels qu'insensés ! Aussi impitoyables que sournois ! On t'a raconté ce qu'ils ont fait à ce pauvre Phoster Ajan ? Il était descendu de son chariot, pour satisfaire un besoin naturel – de la folie douce, bien sûr. Comment a-t-il pu penser un instant que ça ne les irriterait pas ? Phoster Ajan, donc, s'est retrouvé les pieds attachés dans une cuve, des immondices putrides jusqu'au menton. Au fond se trouvait une valve ; quand la fange devenait trop chaude, il n'avait d'autre choix que de plonger pour la tourner – la température des ordures baissait alors drastiquement, ce qui l'obligeait à replonger pour la refermer. Et ainsi de suite, tantôt brûlant, tantôt glacé. Eh bien, il a quand même persévéré, plongeant stoïquement trois jours durant pour manœuvrer cette satanée valve. Le quatrième, ils l'ont remis sur son chariot, pour qu'il puisse aller raconter sa mésaventure à Pera. Comme tu peux t'en douter, ils se font fort d'adapter leurs farces aux circonstances. Jamais sur Tschaï il n'y a eu d'humoristes aussi imaginatifs. (Emmink décocha à Reith un regard calculateur.) Quels outrages comptes-tu leur faire subir ? Jusqu'à un certain point, je peux sans doute prévoir de quelle manière ils vont réagir.

— Je n'envisage pas de leur causer le moindre ennui. Je suis juste curieux de voir comment vivent les Chasch bleus.

— Du point de vue de tous ceux qui les importunent, ils vivent comme des fous facétieux. J'ai entendu dire qu'une de leurs plaisanteries favorites consistait à opposer un Chasch vert bien bâti à un Phung adulte. Et s'ils ont assez de chance pour capturer un Dirdir et un Pnume, ils les obligent à accomplir de ridicules bouffonneries. Le tout pour s'amuser, bien sûr ; les Chasch bleus détestent par-dessus tout s'ennuyer.

— Je me demande pourquoi tout cela ne se termine pas par une guerre sans merci. Les Dirdir ne sont-ils pas plus puissants que les Chasch bleus ?

— Bien sûr que si ! Et leurs cités sont superbes – c'est du moins ce que j'ai entendu dire. Mais les Chasch disposent de torpilles et de mines prêtes à détruire toutes les villes dirdir en cas d'attaque. C'est là une situation assez commune : chacun est assez puissant pour anéantir l'autre ; personne n'ose donc aller au-delà de petites frictions sans conséquences. Quant à moi, eh bien… aussi longtemps qu'ils me fichent la paix, je leur rends la pareille. Regarde, nous arrivons au marché nord. Comme tu peux le constater, il y a des Chasch bleus absolument partout. Ils adorent marchander – mais préfèrent encore t'arnaquer. N'ouvre pas la bouche, ne fais pas un geste, ne hoche même pas la tête ! Sans quoi ils vont soutenir que je cherche à les ruiner. »

Le véhicule pénétra sur un terrain protégé par un gigantesque parasol. Bientôt débuta le marchandage le plus effréné auquel Reith eût l'occasion d'assister. Un Chasch bleu s'approcha, examina la cargaison, lança une offre d'une voix croassante, offre qu'Emmink repoussa avec un hurlement outragé. Deux minutes durant, tous deux s'agonirent d'injures – et tout y passait –, jusqu'au moment où le Chasch mit fin à l'échauffourée d'un violent geste de dégoût, pour ensuite aller s'intéresser à une autre charrette.

Emmink décocha un regard malicieux au Terrien. « Il m'arrive de temps à autre de refuser de baisser mes prix, juste pour faire enrager les Bleus. Ça me permet également de me faire une idée des prix de vente susceptibles d'être pratiqués. Bon, on va essayer le bazar de Bonté, maintenant. »

Reith se retint de remettre le grand édifice ovale sur le tapis : le rusé charretier n'avait rien oublié. Il fit redémarrer son véhicule, prit au sud sur une route bordée de jardins et de résidences qui courait parallèlement au fleuve. À gauche s'égrenaient de petits dômes et des appentis entourés d'arbres passablement décharnés, des terrains vagues où des enfants jouaient nus dans la poussière : les foyers des Hommes-Chasch. Emmink les embrassa d'un regard méchant. « Voilà d'où proviennent initialement les Chasch bleus ; c'est du moins ce qu'un Homme-chasch m'a expliqué un jour, par le menu.

— Comment cela ?

— Ils croient que dans chacun d'eux pousse un homoncule, qui s'y développe tout au long de sa vie pour en sortir au moment de sa mort, sous la forme d'un Chasch complet. C'est en tout cas ce qu'enseignent les Bleus ; grotesque, pas vrai ?

— C'est bien mon avis. Les Hommes-Chasch n'ont donc jamais vu de cadavres humains ? Ni de bébés Bleus ?

— Bien sûr que si. Mais ils ont des explications toutes prêtes pour la moindre contradiction, le plus petit détail discordant. C'est ce qu'ils ont *choisi* de croire – comment pourraient-ils justifier autrement leur servitude ? »

Emmink était peut-être plus perspicace que son apparence ne le laissait supposer, se dit le Terrien. « Ils se figurent que les Dirdir sont issus des Hommes-Dirdir ? Et les Wankh des Hommes-Wankh ?

— Sur ce point, murmura Emmink en haussant les épaules, peut-être qu'ils… Ah ! voilà le monument qui t'intéresse. »

Ils avaient dépassé l'agglomération des Hommes-Chasch, que dissimulait un rideau d'arbres vert clair aux branches desquels pendaient d'énormes fleurs bistre. Après avoir contourné le centre de la cité, la charrette suivit une avenue bordée d'édifices publics ou administratifs soutenus par des arches à la courbure peu accentuée ; la ligne de leurs toits formait une succession de surfaces diversement incurvées. En face se dressait le vaste bâtiment qui abritait – du moins le Terrien le croyait-il – le vaisseau spatial. Il avait les dimensions d'un terrain de football, des murs bas et un ample toit semi-ellipsoïdal. Un véritable tour de force architectural…

Sa fonction n'avait rien de manifeste. Il possédait peu d'entrées, et leur étroitesse empêchait le moindre véhicule lourd d'y pénétrer. Reith finit par en conclure qu'ils étaient en train d'en longer l'arrière.

Une fois arrivé au bazar de Bonté, Emmink entreprit de vendre ses carcasses dans une atmosphère de marchandage fiévreux, pendant que Reith se tenait à l'écart, en s'efforçant de ne pas se mettre sous le vent des acheteurs.

Le roulier n'était pas totalement satisfait de la transaction. « J'aurais dû en obtenir vingt sequins supplémentaires, grommela-t-il à son retour, une fois sa marchandise déchargée. Mes carcasses étaient de premier choix, mais pas moyen de faire entendre raison à ce Bleu ! Il t'observait, essayait de percevoir ton odeur. Ton air fuyant, ta manière de te tenir tête baissée, auraient éveillé les soupçons de n'importe quelle vieille Femme-Chasch. S'il y a une justice, tu devrais me rembourser mon manque à gagner.

— J'ai du mal à croire qu'il ait pu prendre le dessus sur toi, fit le Terrien. Viens, repartons.

— Et les vingt sequins que j'ai perdus ?

— Oublie-les : tu les as juste imaginés. Regarde : les Bleus nous observent. »

Emmink s'empressa de rejoindre le siège conducteur. Par pure perversité, apparemment, il reprit la route par laquelle ils étaient venus. « Passe par la route de l'est, *devant* le grand bâtiment, lui ordonna Reith sur un ton dépourvu d'aménité. Et plus de facéties de ce genre !

— Je prends toujours la direction de l'ouest, se plaignit Emmink. Pourquoi devrais-je changer mes habitudes ?

— Si tu sais où se trouve ton intérêt…

— Quoi, des menaces, maintenant ? En plein cœur de Dadiche ? Alors qu'il me suffirait de faire signe à un Bleu…

— Tu ne serais plus là pour en voir le résultat.

— Et mes vingt sequins ?

— Je t'en ai déjà donné quinze, auxquels s'ajoute ton bénéfice. Cesse donc un instant de te plaindre ! Et suis mes instructions, sans quoi je te tordrai le cou. »

Avec force grognements, protestations et regards malveillants, Emmink s'exécuta.

Le bâtiment blanc finit par apparaître devant eux. Une bande de jardin de soixante-quinze mètres de large le séparait de la rue, mais une bretelle d'accès menait néanmoins devant son entrée. L'emprunter aurait cependant éveillé les soupçons ; aussi continuèrent-ils sur l'avenue principale en compagnie d'autres charrettes et de quelques petites voitures conduites par des Chasch bleus. Ce fut avec une certaine inquiétude que Reith examina la façade, parée de trois larges portails dont seul celui de droite était ouvert. Reith jeta un coup d'œil à l'intérieur lorsqu'ils passèrent devant. Il y discerna la masse imposante d'une machine, un rougeoiement de métal incandescent, la coque d'une plateforme similaire à celle qui avait extrait sa vedette du marais.

Le Terrien se tourna vers Emmink. « Mais c'est une usine d'aéronefs et de vaisseaux spatiaux !

— Bien sûr, grommela l'autre.

— Je t'avais posé la question ; pourquoi ne m'en as-tu rien dit ?

— Tu ne me payais pas pour des renseignements. Je ne donne rien gratuitement.

— Refais le tour du bâtiment.

— Ça t'en coûtera cinq sequins supplémentaires.

— Deux. Et pas une plainte, ou je te fais sauter les dents. »

Tout en jurant dans sa barbe, Emmink entreprit donc de faire le tour de l'usine.

« Tu as déjà eu l'occasion de voir ce qu'il y a à l'intérieur ? s'enquit Reith.

— Oui. À de nombreuses reprises.

— Qu'est-ce qu'on y trouve ?

— Combien vaut cette information, à tes yeux ?

— Pas cher. Je ferais mieux d'aller y jeter un coup d'œil moi-même.

— Un sequin ? »

Reith acquiesça.

« Il arrive que les autres portails soient entrebâillés. Dans la partie centrale, ils fabriquent des éléments d'astronefs, qui sont ensuite transportés ailleurs pour l'assemblage final. À gauche sont construits des vaisseaux plus petits, quand le besoin s'en fait sentir. L'endroit tourne au ralenti, ces derniers temps ; les Chasch bleus n'aiment pas voyager dans l'espace.

— Est-ce que tu les as vus apporter ici des astronefs ou des vedettes spatiales pour réparation ? Il y a de ça plusieurs mois ?

— Non. Pourquoi me demandes-tu une chose pareille ?

— Cette information te coûtera cher », fit le Terrien. Emmink accueillit sa repartie d'un grand sourire goguenard, et n'insista pas.

Ils passèrent une deuxième fois devant le bâtiment. « Ralentis », ordonna Reith, car le charretier avait poussé à fond le levier d'accélération, et l'antique véhicule filait à pleine vitesse le long de l'avenue.

Emmink obéit de mauvaise grâce. « Si nous roulons trop lentement, ils vont se poser des questions à notre sujet, et nous demander ce qui justifie une telle curiosité de notre part.

D'un regard, Reith parcourut la route qui longeait le bâtiment. Quelques Chasch bleus y déambulaient, ainsi qu'un nombre plus important d'Hommes-Chasch. « Sors de la route ; on va s'arrêter quelques instants. »

Emmink commença par protester, comme à son habitude, mais le Terrien tira sur le levier et le véhicule s'immobilisa avec un gémissement plaintif. Le charretier dévisagea aussitôt Reith ; il était littéralement muet de fureur.

« Descends, lui ordonna le Terrien. Fais semblant de réparer tes roues, ou de vérifier ta cellule énergétique – n'importe quoi, pourvu que tu aies l'air occupé. » Sur ce, il bondit à terre et se mit à inspecter l'usine – puisque telle semblait être la nature du bâtiment. Le portail de gauche était ouvert, comme pour le tenter. Si proche, et pourtant si lointain… Si seulement il trouvait le courage de franchir les quelque soixante-quinze mètres qui l'en séparaient pour jeter un regard à l'intérieur !

Et ensuite ? Dans l'hypothèse où la vedette s'y trouvait, elle ne serait certainement pas en état de marche : il y avait de fortes chances que les techniciens chasch en aient démonté le propulseur, au moins partiellement. Ce qui les laisserait passablement perplexes, songea le Terrien. La technologie, l'ingénierie, la conception même du moteur leur paraîtraient certainement étranges, pour le moins. Et la présence d'un corps humain à l'intérieur ne ferait que les déconcerter davantage. La situation n'avait décidément rien d'encourageant. La vedette était peut-être à l'intérieur – en pièces détachées, inutilisable. Ou pas. Mais même dans le cas contraire, Reith ne voyait absolument pas comment en reprendre possession. Et si elle n'était pas dans le bâtiment – le transcom de Paul Waunder pouvait en avoir été extrait –, il lui faudrait revoir intégralement ses plans… Dans l'immédiat, cependant, il devait commencer par réussir à jeter un coup d'œil dans l'édifice. Ça semblait tellement facile. Seuls soixante-quinze mètres l'en séparaient… Mais le Terrien n'osait pas les parcourir. Bien sûr, s'il avait un déguisement susceptible de tromper les Chasch bleus… Il n'y avait qu'une solution : prendre l'apparence d'un Homme-chasch. *Tiré par les cheveux*, songea le Terrien. Il avait des traits par trop particuliers pour cela.

Toutes ces réflexions ne l'avaient occupé que quelques secondes, mais cela avait manifestement suffi à rendre Emmink nerveux. Le Terrien décida de lui demander conseil.

« Suppose que tu veuilles t'assurer qu'un certain objet – un petit astronef, par exemple – se trouve bien dans ce bâtiment. Comment procéderais-tu ? »

L'autre renifla dédaigneusement. « Déjà, je n'envisagerais jamais une telle folie. Je remonterais sur mon chariot et m'en irais, sain et sauf, tant qu'il me resterait un minimum de santé mentale.

— Tu ne peux pas trouver un motif quelconque de pénétrer dans l'usine ?

— Absolument aucun. Tu rêves !

— Ou juste derrière ce portail ouvert, là-bas ?

— Non, non ! Certainement pas ! »

Reith contempla d'un œil mélancolique l'édifice et le portail béant. Si proches, et pourtant si lointains… Il s'en voulait à mort, en voulait à cette situation invraisemblable, aux Chasch bleus, à Emmink, à la planète Tschaï… Soixante-quinze mètres : l'affaire de trente secondes ! « Attends-moi ! » lança-t-il d'une voix sèche à Emmink. Et il s'enfonça à grandes enjambées dans le parc.

« Reviens ! s'écria le charretier d'une voix rauque. Reviens ! Aurais-tu perdu la tête ? »

Mais Reith se borna à presser le pas. Sur le trottoir qui longeait le bâtiment se trouvaient quelques Hommes-Chasch, des ouvriers apparemment, qui ne lui prêtèrent aucune attention. Il n'était plus qu'à dix pas du portail. Trois Chasch bleus firent alors leur apparition ; le cœur de Reith se mit à cogner dans sa poitrine, il sentit ses paumes devenir moites. Les Bleus devaient sûrement sentir l'odeur de sa sueur. Allaient-ils y déceler celle de la peur ? Mais, sans doute absorbés par des préoccupations personnelles, ils ne parurent même pas s'apercevoir de la présence du Terrien, qui, baissant la tête, le bord de son chapeau rabattu sur la figure, passa à toute vitesse devant eux. Le portail ne se trouvait plus qu'à cinq mètres lorsque les trois Chasch se retournèrent, comme *activés* par le même stimulus. « Homme ! Où vas-tu ? » pépia l'un d'eux d'une voix glougoutante, produite par un organe qui n'avait rien à voir avec des cordes vocales.

Reith fit aussitôt halte, pour lui donner l'explication à laquelle il avait pensé en chemin : « Je viens chercher de la ferraille.

— Quelle ferraille ?

— À côté du portail, dans une boîte ; c'est ce qu'on m'a dit, en tout cas.

— Ah !... (S'ensuivit comme un bruit de soufflet, que Reith fut bien incapable d'interpréter.) Il n'y en a pas ici ! »

Un second Chasch grommela quelque chose à voix basse, puis tous trois émirent un sifflement – l'équivalent d'un rire humain.

« De la ferraille, hein ? Tu vois ce bâtiment là-bas ? C'est là qu'elle est !

— Merci ! lui lança Reith. Mais je vais quand même jeter un coup d'œil. » Et il franchit les derniers mètres qui le séparaient du portail. Celui-ci s'ouvrait sur un vaste espace empli de vrombissements mécaniques, qui sentait l'huile, le métal et l'ozone. Une plate-forme volante y était en cours de montage. Des Chasch bleus et des Hommes-Chasch travaillaient côte à côte sans aucune discrimination de caste. Comme dans n'importe quelle usine ou atelier terrien, des établis, des casiers et des bacs s'alignaient le long des murs. Au centre se trouvait un élément cylindrique, sans doute l'ébauche d'un astronef de taille moyenne. Au-delà, à peine visible, gisait une silhouette familière : la vedette à bord de laquelle Reith était arrivé sur Tschaï.

La coque ne semblait pas endommagée. Rien n'indiquait que l'engin ait été démonté. Mais une grande distance l'en séparait, et Reith n'avait guère le temps d'en voir davantage. Derrière lui les trois Chasch avaient les yeux fixés sur lui, leur massive tête ornée d'écailles bleues penchée comme pour écouter. En réalité, s'avisa le Terrien, ils le *humaient*. Soudain ils se raidirent, leur curiosité apparemment éveillée, et s'approchèrent de lui à pas lents.

« Homme ! Attention ! lui lança l'un d'eux de son étrange voix pesante. Reviens ici.

— Tu sens la peur humaine, dit un autre. Tu exhales d'étranges substances.

— Je suis malade », rétorqua Reith.

Le troisième prit la parole : « Tu dégages la même odeur qu'un homme aux vêtements insolites que nous avons trouvé dans un astronef tout aussi insolite. Il émane de toi quelque chose de factice.

— Qu'est-ce que tu fais ici ? Pour le compte de qui espionnes-tu ?

— Personne. Je suis un roulier, et il faut que je retourne à Pera.

— Pera est un nid d'espions ; le temps est peut-être venu d'en passer la population au crible.

— Où est ton char ? Tu n'es quand même pas arrivé à pied ? »

Reith commença à s'éloigner. « Dehors, sur l'avenue. » Il tendit le bras – et son visage se figea de consternation. Emmink et la charrette avaient disparu. « Ma carriole ! s'exclama-t-il à l'adresse des trois Chasch bleus. On l'a volée ! Qui a fait ça ? » Après avoir lancé un hâtif salut aux Chasch perplexes, il se précipita dans le parc qui séparait les deux routes, faisant halte, nullement rassuré, derrière une haie d'espèces de plumets gris-vert d'aspect laineux. L'un des Bleus s'était rapproché de lui en courant – il était en train de braquer un instrument quelconque sur les buissons. Un autre parlait avec urgence dans un micro portatif. Le troisième, posté devant le portail, avait les yeux fixés sur l'astronef, comme pour vérifier qu'il n'avait pas disparu.

« Eh bien, quelle déconfiture, soliloquait Reith. J'ai tout saboté ! Je me suis fourré dans un sacré pétrin. » Il se prépara à repartir, mais se figea sur place : un détachement d'Hommes-Chasch en uniforme gris et pourpre débouchait sur la route de l'usine, au guidon de motocyclettes surbaissées. Les Chasch bleus leur donnèrent quelques brèves directives en désignant les taillis du doigt. Le Terrien ne tergiversa pas davantage : il s'élança vers l'avenue. Un chariot chargé de paniers vides passait promptement par là ; d'un geste leste, le Terrien empoigna la ridelle arrière, puis se hissa à bord et se dissimula sous l'amoncellement des paniers, le tout sans attirer l'attention du conducteur.

Une douzaine de motos dépassèrent alors le véhicule à toute vitesse, dans un furieux chuintement de moteurs électriques. Pour aller établir un barrage routier ? Ou renforcer la garde aux portes de la ville ?

Peut-être les deux, songea Reith. Comme Emmink l'avait prédit, son entreprise était sur le point de se solder par un fiasco complet. Il doutait que les Chasch bleus choisissent de le mêler à leurs ignobles divertissements : ils préféreraient certainement lui soutirer des informations. Et ensuite ? Au mieux, il se retrouverait privé de sa liberté d'action. Au pire… Mais à quoi bon y penser ? Le chariot avançait à bonne allure, mais le passager clandestin ne se leurrait pas : il n'avait aucune chance de franchir les portes de la cité. À proximité du marché nord, il sauta donc à terre et alla aussitôt se cacher derrière un édifice allongé en béton blanc poreux – un magasin, ou un entrepôt. Son champ de vision s'y révélant limité, le Terrien escalada un mur, d'où il sauta sur le toit. Toute l'avenue s'étendait à présent devant lui jusqu'à la poterne, ce qui lui permit de confirmer ses craintes : une multitude d'agents de sécurité en tenue gris et pourpre vérifiaient avec soin tous ceux qui se présentaient à l'octroi. S'il voulait quitter la ville, Reith allait devoir prendre un autre itinéraire. Le fleuve ? En théorie, il pourrait attendre la nuit, et se laisser porter par le courant sans risque de se faire repérer. Mais Dadiche s'étirait sur trente bons kilomètres le long de la rive, ce à quoi s'ajoutaient les demeures et les jardins des Chasch bleus au-delà. Sans compter que Reith n'avait aucune idée du genre de créatures qui peuplaient le fleuve : si elles se révélaient aussi nocives que les autres formes de vie de Tschaï, il ne voulait rien avoir à faire avec elle.

Un faible bourdonnement attira son attention. Il leva les yeux, tressaillit à la vue d'un aéroglisseur qui passait dans le ciel à moins de cent mètres de lui. À son bord se trouvaient des Chasch bleus affublés d'étranges couvre-chefs, surmontés d'énormes pseudo-antennes de papillon. Reith eut tout d'abord la certitude d'avoir été repéré ; puis il se convainquit que ces antennes étaient des sortes d'amplificateurs olfactifs, utilisés pour le détecter.

Le véhicule aérien poursuivit cependant imperturbablement sa route. Reith lâcha le soupir qu'il avait jusque-là réprimé. Ses craintes avaient apparemment été infondées. Mais quelle était la fonction de ces grandes antennes, dans ce cas ? Des ornements cérémoniels ? Une parure ? *Je ne le saurai sans doute jamais*, se dit-il tout en scrutant le ciel en quête d'autres engins volant – sans en voir aucun. Après s'être mis à genoux, il fouilla une fois encore les alentours du regard. Le marché nord se trouvait un peu à sa gauche, derrière un rideau d'adaraks aux feuilles persistantes : de blancs auvents de ciment, des disques suspendus au-dessus du sol, des écrans de verre, des silhouettes qui allaient et venaient, vêtues d'habits aux couleurs ternes – noirs, bleus ou rouges –, des écailles aux reflets métalliques... Le vent du nord était chargé d'odeurs multiples – relents d'épices, effluves aigrelets de légumes, odeurs de viandes cuites, fermentées ou marinées, de levures, de moisi.

À droite s'étendaient les jardins où s'éparpillaient les cabanes des Hommes-Chasch. Plus loin, adossée au mur, il y avait une grande bâtisse entourée de hauts arbres noirs. Si Reith parvenait à grimper sur le toit de cet édifice, cela lui permettrait peut-être de franchir l'enceinte. Il leva les yeux vers le ciel. Le crépuscule serait le meilleur moment pour tenter le coup, ce qui supposait d'attendre deux ou trois heures.

Reith redescendit du toit, et resta là un moment à réfléchir. L'odorat si sensible des Chasch bleus n'allait-il pas leur permettre de le suivre à la trace, comme des chiens de chasse ? L'hypothèse n'avait rien d'absurde – et il n'avait pas de temps à perdre si elle se révélait exacte.

Il descendit et chercha deux morceaux de bois qu'il fixa à ses pieds puis s'éloigna prudemment à longues enjambées.

Reith n'avait parcouru que cinquante mètres lorsqu'il entendit des bruits derrière lui ; il se mit aussitôt à couvert. À travers les interstices du feuillage, il vit que son intuition n'avait pas seulement été juste, elle était aussi tombée à point nommé : près de l'édifice se tenaient trois Hommes-Chasch vêtus de l'uniforme gris et pourpre des agents de la sécurité, en compagnie de deux Chasch bleus. L'un de ceux-ci était muni d'un détecteur connecté d'un côté à un sac à dos, et de l'autre à un masque qui recouvrait son orifice nasal. En agitant sa baguette au ras du sol, la créature n'eut aucun mal à flairer la piste du Terrien. Une fois à l'arrière du hangar, elle parut hésiter un instant, mais ne tarda pas à dénicher la preuve que Reith s'était réfugié sur le toit.

Depuis sa position privilégiée, à cinquante mètres d'eux, le Terrien pouffa intérieurement en songeant à la surprise des Chasch quand ils ne découvriraient personne sur le toit, et que ne s'y trouvait aucune trace perceptible de son départ. Toujours planté sur ses sabots improvisés, il reprit sa progression en direction du mur.

Le Terrien s'approcha à pas de loup du grand bâtiment, faisant halte derrière un arbre pour faire le point sur la situation. L'édifice, noir et lugubre, paraissait inoccupé. Son toit, comme Reith l'avait supposé, atteignait presque le faîte de l'enceinte.

Il se retourna. De nouveaux engins volants sillonnaient le ciel – il y en avait au moins une douzaine. Ils survolaient la zone qu'il venait de traverser à basse altitude, en traînant des cylindres noirs au bout de câbles – presque certainement des capteurs olfactifs. Si jamais l'un d'eux passait au-dessus de lui, l'odeur distinctive qu'exsudait Reith serait immanquablement détectée. Il lui fallait de toute urgence se trouver une cachette, et le sombre édifice accolé au mur était le seul refuge à sa portée. Pour peu qu'il soit vide…

Reith attendit quelques minutes supplémentaires. Rien ne semblait bouger à l'intérieur. Il avait beau tendre l'oreille, pas le moindre son ne lui parvenait ; mais il n'osait pas pour autant s'approcher. D'un autre côté, la présence des planeurs au-dessus de sa tête ne lui donnait guère envie de s'attarder à découvert. Abandonnant ses sabots de fortune, il fit un pas prudent en avant – pour aussitôt battre en retraite, des bruits venant soudainement de lui parvenir aux oreilles.

Un gong se mit à résonner régulièrement. Sur la route apparut bientôt un cortège d'Hommes-Chasch emmitouflés dans des habits gris et blanc. Un cadavre drapé de blanc gisait sur un catafalque mobile derrière lequel marchaient des Hommes-Chasch et des Femmes-Chasch occupés à chanter des lamentations funèbres. La bâtisse devait donc être un mausolée, ou une morgue, s'avisa Reith. Son aspect sinistre n'avait rien de trompeur.

Les coups de gong s'espacèrent ; la procession s'immobilisa sous le portique de l'édifice. Et puis, dans un silence total, le catafalque fut soulevé, déposé en haut du perron. Le cortège recula de quelques pas, attendit que le gong se remette à résonner.

Une porte s'ouvrit lentement, pareille à une brèche béant sur un vide infini. Un intense rai de lumière tomba alors sur le corps, dont deux Chasch bleus ne tardèrent pas à s'approcher, vêtus d'un harnachement cérémoniel composé de rubans, d'aiguillettes, de brandebourgs et de pendeloques dorées. Une fois devant le mort, ils retirèrent le voile funéraire qui masquait son visage, ôtèrent son crâne postiche et s'écartèrent. Un rideau tomba, dissimulant le gisant aux regards.

Quelques minutes s'écoulèrent. Le rayon de lumière dorée se fit aveuglant, une sonorité plaintive évoquant une corde de harpe qui se casse parvint à ses oreilles. Le rideau remonta. Le cadavre gisait toujours au même endroit, mais son crâne avait été brisé. Au beau milieu de la cervelle se trouvait un minuscule Chasch bleu, qui fixait l'assistance de ses étranges yeux.

Onze coups de gong exultants résonnèrent. « L'élévation est consommée ! s'écria le Chash Bleu. Un homme a transcendé sa première vie ! Communiez dans la béatitude ! Respirez l'odeur de joie ! Zugel Edgs a donné son âme à cet adorable bambin ! Pourrait-il exister plus grande félicité ? Par votre diligence, par votre respect des principes autorisés, vous vous préparez tous à un glorieux destin !

— Dans ma première vie, dit l'un, j'étais l'homme Sagaza Oso…

— Et moi la femme Diseun Furwg », fit l'autre.

Puis, en chœur : « … Et il en est ainsi de tous les autres. Repartez dans la joie ! L'enfant Zugel Edgs doit être oint de baume de santé ; la carcasse humaine désormais vide retournera à la terre. Dans deux semaines, vous pourrez venir rendre visite à votre bien-aimé Zugel Edgs ! »

Le cortège funèbre, à présent tout joyeux, repartit comme il était venu sous une succession rapide de coups de gong. Suivi des Chasch bleus, le catafalque accueillant le cadavre et l'enfant glissa à l'intérieur du bâtiment, dont les portes se refermèrent.

Reith éclata d'un rire silencieux, qu'il réprima précipitamment à la vue d'un engin qui volait dangereusement près de lui. Il rampa à travers les buissons jusqu'au mausolée. Personne en vue – ni Chasch ni Hommes-Chasch. Le Terrien entreprit de contourner l'édifice, qui jouxtait presque le mur.

À proximité du sol, on avait pratiqué une ouverture ogivale. Reith s'en rapprocha d'un pas furtif, les oreilles aux aguets. Un grincement étouffé de machines le fit grimacer ; songeant à la triste besogne en cours à l'intérieur, il scruta les ténèbres. La salle ressemblait à une espèce de réserve, de débarras pour objets de rebut. Sur les casiers et les étagères s'alignaient des pots, des jarres, des piles de vieux vêtements, tout un bric-à-brac d'appareils couverts de poussière aux fonctions proprement inimaginables. La pièce était déserte – selon toute apparence, elle devait rarement servir. Reith jeta un ultime regard en direction du ciel, puis s'introduisit dans l'édifice.

Une voûte basse donnait accès à une autre pièce, qui elle-même donnait sur une troisième, puis une quatrième, puis une cinquième. Toutes étaient faiblement éclairées par des panneaux transparents sertis dans le plafond. Le Terrien se tapit finalement derrière un râtelier, et attendit.

Une heure passa, puis deux. Reith, qui commençait à perdre patience, entreprit une prudente exploration des lieux. Dans une pièce attenante, il découvrit un coffre contenant des crânes postiches, auxquels étaient fixées des étiquettes couvertes d'une série de caractères. Il en sortit un pour l'essayer – il semblait lui aller. Après l'avoir débarrassé de son étiquette, il alla fouiller dans un tas de vieilles frusques, où il dénicha une cape qu'il remonta jusqu'à son menton. De loin, et pour peu qu'on ne le regarde pas trop attentivement, il pourrait sans doute passer pour un Homme-chasch.

La lumière parut pâlir à l'extérieur. En regardant par la fenêtre, Reith vit que le soleil s'était blotti derrière un banc de nuages. Les adaraks se balançaient contre un faux jour aqueux. Le Terrien tendit le cou, scruta le ciel : plus aucune plate-forme volante en vue. Il s'approcha d'un arbre bien positionné et entreprit d'en faire l'ascension – une entreprise plus malaisée qu'il ne l'avait imaginé, l'écorce étant recouverte d'une pulpe glissante. Enfin, cependant, en nage sous ses vêtements malodorants poisseux de sève, il parvint sur le toit du mausolée.

Il s'accroupit, les yeux braqués en direction de Dadiche. Les aéronefs avaient disparu ; le crépuscule naissant noyait le firmament dans la grisaille.

Il s'approcha du bord du toit pour observer le mur qui s'élevait en face. Son faîte se trouvait à environ deux mètres de lui, totalement plat, avec des tiges d'une trentaine de centimètres qui s'y dressaient tous les quinze mètres. Étaient-ce des systèmes d'alarme ? Le Terrien était bien en peine de leur imaginer une autre fonction. De l'autre côté l'attendait une chute de neuf mètres – un peu moins de huit s'il se suspendait par les mains avant de se laisser tomber. Reith évaluait à deux sur trois ses chances d'atterrir sans se briser les os, ou se fouler quelque chose – tout dépendait de la nature du terrain. Une corde, bien sûr, réglerait le problème. Quoiqu'il n'en ait vu aucune dans le sous-sol du mausolée, il y avait là-bas quantité de vieilles nippes susceptibles d'être nouées ensemble. Mais avant tout : que se passerait-il s'il atteignait le faîte du mur ?

Pour en avoir le cœur net, il alla se poster face à l'une des tiges, ôta sa cape et la lança dessus.

Le résultat fut aussi instantané qu'inattendu : de toutes les tiges jaillirent des traits de feu, qui transpercèrent la cape et l'embrasèrent. Reith la récupéra d'un geste sec, la piétina pour l'éteindre, parcourut le mur d'un regard anxieux. Une alarme avait été déclenchée, cela ne faisait pas l'ombre d'un doute. Devait-il prendre le risque de sauter par-dessus le mur et de prendre la fuite ? Ses chances de s'en sortir, déjà bien faibles, se réduiraient à néant s'il se faisait repérer en terrain découvert. Il se rua vers l'arbre qu'il avait utilisé pour grimper sur le toit – et en descendit bien plus rapidement qu'il n'y était monté. Déjà des plates-formes volantes apparaissaient au-dessus de la cité. L'étrange sifflement lointain qui lui parvenait mettait ses nerfs à rude épreuve. Il retourna au pas de course sous les arbres, sa cape claquant derrière lui. Un reflet attira alors son attention : c'était une petite mare recouverte de pâles plantes aquatiques. Après s'être débarrassé de sa cape et du crâne postiche, il sauta dans l'eau, s'y immergea jusqu'au nez, et attendit.

Plusieurs minutes s'écoulèrent ainsi. Un détachement de gardes motorisés passa à toute vitesse devant lui. Deux aéroglisseurs remorquant des détecteurs olfactifs le survolèrent, l'un à sa droite, l'autre à sa gauche, puis disparurent à l'est ; à l'évidence, les Chasch bleus pensaient qu'il avait franchi le mur et quitté la ville. Auquel cas, s'ils en concluaient qu'il avait fui dans les montagnes, cela améliorerait considérablement ses chances. Il prit soudain conscience d'un mouvement au fond de la mare. Il y avait là quelque chose de musculeux, qui se déplaçait avec résolution. Une anguille ? Un serpent d'eau ? Un tentacule ? D'un bond, Reith regagna la terre ferme. À trois mètres de lui une forme perça la surface et émit une espèce de reniflement de dégoût.

La cape et le crâne postiche serrés contre lui, le Terrien s'éloigna d'un pas lourd du mausolée, le corps ruisselant.

Il atteignit une petite ruelle qui sinuait entre les pavillons des Hommes-Chasch. De nuit, ceux-ci semblaient comme clos sur eux-mêmes ; ils ressemblaient à de véritables prisons. Leurs minuscules fenêtres se situaient au minimum à deux mètres du sol. De certaines d'entre elles sourdait une lumière jaunâtre vacillante, comme émise par une lanterne. Cela ne manqua pas d'étonner Reith : une espèce aussi technologiquement avancée que les Chasch bleus était sûrement capable de fournir à ses serfs un éclairage électrique ou nucléonique ; encore un paradoxe de Tschaï…

Ses vêtements trempés ne se bornaient pas à lui irriter la peau, ils sentaient aussi abominablement mauvais – ce qui allait peut-être masquer sa propre odeur, espéra le Terrien. Il coiffa le crâne postiche, passa sa cape sur ses épaules, puis reprit lentement sa route en direction de la poterne, les jambes ankylosées.

Ni Az ni Braz ne brillaient dans l'obscurité du ciel, et les voies secondaires de Dadiche ne bénéficiaient que d'un éclairage limité. Deux Hommes-Chasch apparurent bientôt. Reith baissa la tête, rentra ses épaules et accéléra l'allure. Ils ne lui accordèrent même pas un coup d'œil.

Encouragé, le Terrien atteignit bientôt l'avenue centrale, à deux cents mètres de la poterne. De hauts lampadaires la baignaient d'une éblouissante lueur jaune. Trois gardes en uniforme s'y trouvaient encore, mais leur apathie et leur nonchalance manifestes renforcèrent sa conviction que les Chasch bleus le croyaient parti.

Malheureusement pour eux, songea-t-il, ils se trompaient…

Il envisagea un instant de marcher d'un pas nonchalant jusqu'à la poterne, pour ensuite rejoindre ventre à terre les ténèbres. Les plates-formes volantes se mettraient aussitôt à sa poursuite, tout comme les patrouilles motorisées. Avec ses oripeaux puants, il n'aurait nulle part où se cacher – à moins de se déshabiller entièrement et de courir en pleine nuit dans le plus simple appareil.

Reith poussa un léger soupir désapprobateur. Soudain, il avisa une taverne au rez-de-chaussée d'un haut bâtiment. Derrière les fenêtres basses palpitaient des lueurs rouges et jaunes ; des voix rauques s'élevaient ici et là, parfois assorties d'un éclat de rire tonitruant. Trois Hommes-Chasch s'approchèrent de lui en titubant ; le Terrien leur tourna le dos et colla son visage à la fenêtre, pour découvrir derrière un bar assez glauque, éclairé par la lumière des flammes et quelques lumignons jaunes. Une douzaine d'Hommes-Chasch, les traits déformés sous leurs grotesques crânes postiches, échangeaient des plaisanteries graveleuses avec quelques Femmes-Chasch, attablés devant des pots de grès. Ces dernières, vêtues de robes noires et vertes, leurs faux crânes agrémentés de paillettes et de rubans, arboraient un nez fardé d'un rouge éclatant. Si sinistre fût-il, ce spectacle mettait pourtant en évidence l'humanité fondamentale des Hommes-Chasch. Là se trouvaient réunis les ingrédients universels de la fête : les boissons revigorantes, les femmes rieuses, la camaraderie… À ceci près qu'ils paraissaient bien ternes chez les Hommes-Chasch. Deux autres passants croisèrent Reith sans réagir. Pour l'instant, son déguisement s'était révélé efficace, mais le Terrien doutait qu'il résiste à un examen plus attentif. À pas lents, il s'approcha à une cinquantaine de mètres de la poterne ; n'osant avancer plus loin, il se glissa entre deux bâtiments et s'y installa de façon à pouvoir surveiller le portail.

Les heures succédèrent aux heures. Le vent finit par tomber, l'air par se rafraîchir. Les senteurs des bosquets de Dadiche montaient à ses narines.

Il s'assoupit. À son réveil, Az avait point derrière une rangée d'adaraks alignés comme des sentinelles. Il changea de position, grogna, se massa la nuque, recula devant la puanteur qui s'échappait de ses vêtements encore humides.

Deux des gardes avaient disparu ; le troisième avait l'air de somnoler debout. Dans les guérites, les vigiles contemplaient la campagne d'un air morose. Reith se rencogna dans sa cachette.

Le ciel commença à s'éclaircir à l'est, la ville à s'animer. Des renforts se présentèrent à la poterne. Le Terrien regarda les deux groupes – celui qui arrivait, celui sur le départ – échanger des informations.

Une heure plus tard se mirent à arriver les charrettes en provenance de Pera. La première, tirée par deux puissantes bêtes de trait, apportait des barils de condiments et de viande marinée à l'odeur si puissante qu'elle emplit Reith de honte. Sur le banc conducteur étaient assises deux personnes : Emmink, plus revêche, boudeur et renfrogné que jamais, ainsi que Traz.

« Quarante-cinq ! cria Emmink.

— Cent un ! » lança Traz.

Les gardes sortirent, comptèrent les fûts, inspectèrent la charrette, puis ordonnèrent à Emmink d'avancer.

Quand le véhicule passa à sa hauteur, Reith émergea de sa cachette et se mit à marcher juste à côté. « Traz ! »

L'adolescent baissa les yeux, poussa aussitôt un petit cri joyeux. « Je *savais* que tu serais encore en vie !

— Il s'en est fallu de peu. Est-ce que je ressemble à un Homme-chasch ?

— Pas franchement, non. Remonte ta cape sur ton menton et sur ton nez… À notre retour du marché, accroche-toi à la patte avant droite de la bête de droite. »

Reith s'insinua dans un petit recoin à l'abri des regards, pour y regarder la charrette s'éloigner en direction du marché.

Elle réapparut une heure plus tard, progressant avec lenteur. Emmink serra sa droite ; elle dépassa l'endroit où le Terrien s'était terré, pour s'immobiliser sitôt qu'il en eut émergé. Traz sauta à terre, comme pour attacher plus solidement les barils – il faisait en réalité écran pour son compagnon.

D'un bond, Reith passa sous l'animal. Entre ses deux pattes avant droites pendait un ample pan de peau parcheminée maintenu par des cordes de façon à former une poche exiguë, dans laquelle le Terrien se glissa. La charrette se remit en marche ; Reith ne pouvait plus rien voir d'autre qu'un ventre gris et les deux pattes antérieures de la bête.

L'équipage s'arrêta devant la poterne. Reith entendit des voix, vit les sandales pointues rouges des gardes. Au terme d'une attente haletante, le véhicule repartit enfin en direction des collines. Le Terrien ne distinguait que les pierres de la route, parfois des touffes de végétation, les pattes massives de l'animal et l'enveloppe parcheminée qui, à chaque pas, se plaquait contre lui.

Enfin, la charrette s'immobilisa ; Traz se pencha pour regarder sous l'abdomen de la bête. « Tu peux sortir. Il n'y a personne. »

Reith s'extirpa de sa cachette avec un soulagement presque démentiel. Il balança le crâne postiche dans le fossé, se défit de la cape, de la veste nauséabonde, de la chemise, se hissa sur la charrette et s'affala, le dos contre un baril.

Traz reprit sa place à côté d'Emmink, et le véhicule se remit en route. Le jeune homme se retourna, à l'évidence inquiet. « Tu es malade ? Blessé, peut-être ?

— Non. Fatigué. Mais vivant – grâce à toi. Ainsi qu'à Emmink, apparemment. »

Traz décocha un regard noir au charretier. « Emmink ne m'a pas été d'une grande aide. Je n'ai eu d'autre choix que de le menacer, et de lui asséner quelques coups au passage.

— Je vois », fit Reith, qui lança un regard chargé de reproches en direction des épaules voûtées du roulier. « Il m'est moi-même arrivé à deux ou trois reprises d'avoir envie de l'étrangler. »

Un frémissement secoua lesdites épaules. Emmink se retourna sur son siège, son étroit visage barré d'un sourire aux dents jaunâtres. « Tu conviendras, mon bon seigneur, que je t'ai convoyé et donné de bons conseils avant même de connaître le rang éminent que tu occupais.

— Un "rang éminent" ? répéta Reith. Mais de quoi parles-tu ?

— Le Conseil de Pera t'a nommé grand prévôt, fit Traz. (Avant d'ajouter, méprisant :) C'est un genre de rang éminent, j'imagine. »

11

Gouverner Pera n'attirait nullement le Terrien. Pareille tâche ne manquerait pas d'épuiser toute son énergie, d'avoir raison de sa patience, et de restreindre son champ d'action sans lui apporter le moindre avantage personnel. D'autant qu'il aurait inévitablement tendance à exercer son autorité en fonction des normes sociales en vigueur sur Terre. Or, la population de Pera formait un groupe hétéroclite, constitué de fugitifs, de criminels, de bandits, de monstres, d'hybrides, d'individus improbables échappant à toute classification : qu'auraient pu savoir ces pauvres diables de l'équité, des procédures juridiques, de la dignité humaine, de la notion même de progrès ?

C'était un défi, pour le moins.

Sans compter le vaisseau spatial, et l'espoir qu'entretenait Adam Reith de parvenir malgré tout à regagner la Terre. Ses aventures à Dadiche n'avaient eu pour seul résultat que de lui confirmer la localisation de l'engin. Les Chasch bleus ne manqueraient pas de se gausser de lui si jamais il leur réclamait son bien. Qu'avait-il à proposer ? Il lui était difficile de promettre aux Chasch l'assistance militaire de la Terre contre les Dirdir ou les Wankh – il ne savait trop quel était leur ennemi héréditaire. La contrainte ? Il ne disposait d'aucun moyen de pression.

Autre problème : les Chasch bleus étaient à présent au courant de son existence – et ils ne manqueraient pas de s'interroger sur son identité, comme sur l'endroit où il avait vu le jour. Tschaï était vaste, pleine de régions reculées où des hommes auraient pu produire à peu près n'importe quoi. Selon toute vraisemblance, les Chasch bleus devaient déjà être en train de compulser fébrilement leurs cartes.

Tandis que Reith méditait ces sujets, le chariot gravit la colline, franchit la Trouée de Belbal, puis s'engagea en ferraillant dans la steppe. Le soleil lui réchauffait la peau ; le vent chassait les miasmes. Il s'assoupit, et finit par s'endormir complètement.

Le véhicule roulait sur les antiques pavés de Pera à son réveil. Il pénétra bientôt sur la place centrale, au pied de la citadelle, où huit nouveaux cadavres se balançaient au gibet : des Gnashters, dont les vêtements élégants se résumaient désormais à de pitoyables guenilles. D'une voix parfaitement égale, Traz lui expliqua ce qui s'était passé : « Ils se sont finalement décidés à sortir de la citadelle, en s'esclaffant comme si toute l'affaire n'était qu'une farce. Tu n'imagines pas leur indignation quand la milice s'est emparée d'eux pour les emmener au gibet ! Ils n'avaient pas encore cessé de geindre quand la mort les a emportés ! »

Reith leva les yeux sur la masse de pierre. « Donc le palais est vide, à présent.

— Pour autant que je le sache. Tu comptes t'y installer, je suppose ? »

La voix de l'adolescent était teintée d'un soupçon de désapprobation. Reith sourit. L'influence d'Onmale persistait, et se manifestait encore à l'occasion.

« Non, dit Reith. C'était le repaire de Naga Goho. En nous y installant, nous passerions pour de nouveaux Goho.

— C'est un fort beau palais, rétorqua Traz, d'une voix à présent dubitative. Il recèle bien des choses intéressantes… (Il lança à Reith un regard intrigué.) Tu t'es donc décidé à régner sur Pera, apparemment…

— Oui, fit le Terrien. Apparemment. »

À l'*Auberge de la Steppe morte*, Reith se frictionna avec de l'huile, du sable doux et des cendres tamisées. Après s'être rincé à l'eau claire, il répéta l'opération en se promettant une chose : le savon ferait partie des premières innovations qu'il apporterait au peuple de Pera – et plus généralement à Tschaï. Comment cette planète pouvait-elle ignorer une substance aussi simple ? Il ne manquerait pas de demander à Derl – ou Ylin-Ylan, quel que fût son nom – si Cath connaissait le savon.

Une fois récuré, rasé de près, habillé de linge propre et chaussé de nouvelles sandales de cuir souple, le Terrien descendit dans la salle commune, où on lui servit de la bouillie d'avoine et du ragoût. L'atmosphère avait indubitablement changé. Le personnel le traitait désormais avec un respect exagéré ; les autres convives parlaient à voix basse, en lui jetant des coups d'œil de biais.

Il remarqua un groupe d'hommes qui se tenaient au-dehors, occupés à murmurer entre eux tout en jetant des coups d'œil occasionnels dans la salle. Quand il eut terminé son repas, ils y entrèrent et vinrent se poster en ligne devant lui.

Reith reconnut parmi eux des visages qu'il avait aperçus lors de l'exécution de Naga Goho. L'un des nouveaux venus – maigre, le teint jaune, les yeux luisants – devait probablement être un homme des marais, et son voisin un mélange d'Homme-chasch et d'Homme Gris. Un troisième – taille moyenne, crâne chauve, visage de papier mâché, une masse charnue en guise de nez, des yeux protubérants à l'éclat vitreux – était un Gris typique. Le quatrième, un vieillard décharné, ne manquait pas d'une certaine prestance, dans le genre nomade usé par les vents de la steppe. Quant au cinquième, court sur pattes, gros comme un baril, affublé de bras qui pendaient presque jusqu'à ses genoux, le Terrien aurait été bien en peine de déterminer ses origines. Le plus vieux avait été désigné porte-parole du groupe.

« Nous sommes le Comité des Cinq, commença-t-il d'une voix rauque, constitué selon tes recommandations. Nous avons longuement débattu. Au vu du rôle que tu as joué dans l'élimination de Naga Goho et des Gnashters, nous souhaiterions te nommer gouverneur de Pera.

— Soumis à notre contrôle et à nos avis », ajouta l'Homme-chasch gris.

Reith n'avait pas encore pris de décision définitive. Enfoncé dans son fauteuil, il étudia ses interlocuteurs. Rarement, sinon jamais, il n'avait vu un assemblage aussi hétéroclite.

« C'est loin d'être aussi simple, dit-il enfin. Peut-être ne serez-vous pas disposés à coopérer avec moi. Or, je n'accepterai cette fonction qu'une fois assuré de votre collaboration pleine et entière.

— Collaborer ? À quelles fins ? s'enquit le Gris.

— À des fins de *changements*. Des changements extrêmes, des changements *révolutionnaires*. »

Ses interlocuteurs le scrutèrent avec circonspection. « Nous sommes un peuple conservateur, grommela l'Homme-chasch gris. Rude est notre existence ; nous ne pouvons nous permettre des expériences téméraires. »

Le vieux nomade émit un rire guttural. « Des "expériences" ! On devrait les accueillir les bras grands ouverts ! Tout changement ne peut être que profitable ! Écoutons ce que cet homme a à nous proposer !

— Fort bien, accepta le Gris. Écouter ne peut pas nous faire de mal ; cela ne nous engage à rien.

— Je partage l'opinion de cet homme, fit Reith en désignant le vieux nomade du doigt. Pera n'est qu'un tas de ruines. Ses habitants ne valent guère mieux que des fugitifs. Ils n'ont pas plus de fierté que d'amour-propre, vivent dans des bouges, ils sont sales, ignorants, s'habillent en haillons. Et le pire, c'est que ça ne semble nullement les déranger. »

Les cinq hommes du Comité battirent des yeux de surprise. Le vieux nomade lâcha un nouveau ricanement guttural. Le pseudo-Gris prit un air maussade. Les autres semblaient indécis. Tous s'éloignèrent néanmoins un peu pour conférer quelques instants entre eux, avant de revenir vers le Terrien. « Peux-tu nous exposer en détail ce que tu te proposes de faire ? »

Reith secoua la tête. « C'est là une question à laquelle je n'ai pas encore réfléchi. Soyons directs : je suis un homme *civilisé* ; j'ai grandi dans une société civilisée. Je sais ce dont les hommes sont capables. Ils peuvent accomplir de grandes choses – des choses que vous ne pouvez peut-être même pas imaginer. Or, les habitants de Pera *sont* des hommes ; j'exigerais par conséquent d'eux qu'ils vivent comme des hommes.

— Bien sûr, bien sûr ! s'exclama l'homme des marais. Mais *comment* précisément ?

— Ma foi, en premier lieu, je mettrais sur pied une milice, disciplinée et bien entraînée, pour maintenir l'ordre, mais aussi pour protéger la ville et les caravanes contre les Chasch verts. J'ouvrirais des écoles, et un hôpital ; auxquels viendraient ensuite s'ajouter une fonderie, des entrepôts, un marché. Dans l'intervalle, j'encouragerais les gens à se construire des maisons, dans un environnement sain. »

Les membres du Comité s'agitèrent nerveusement en échangeant des regards méfiants. « Nous sommes des hommes, bien sûr, grommela le vieux nomade.

Personne ne prétend le contraire. Et en tant que tels nous devons vivre prudemment. Nous ne désirons pas être des Dirdir. Survivre nous suffit.

— Les Chasch bleus ne nous laisseraient jamais donner libre cours à de telles prétentions, affirma le Gris. Ils nous tolèrent à Pera uniquement parce que nous savons rester à notre place.

— Et aussi parce que nous satisfaisons à certains de leurs besoins, ajouta le petit bonhomme courtaud. Ils achètent à vil prix les denrées que nous produisons.

— Il est toujours dangereux d'irriter ceux qui détiennent le pouvoir », enchérit le Gris.

Reith leva la main. « Je vous ai exposé mon programme. Si vous refusez de coopérer sans réserve, choisissez-vous un autre chef. »

Le vieillard lui adressa un regard perçant, puis entraîna ses pairs à l'écart. Le Conseil ne revint vers lui qu'après une discussion animée. « Nous acceptons tes conditions. Tu seras notre chef. »

Reith, qui avait espéré la décision inverse, poussa un petit soupir. « Eh bien soit, qu'il en soit ainsi. Mais je vous avertis, je vais exiger *beaucoup* de vous. Vous allez trimer comme jamais vous ne l'avez fait – mais dans votre propre intérêt à long terme. Du moins, je l'espère. »

Et, une heure durant, le Terrien expliqua à ses interlocuteurs ce qu'il comptait réaliser. Il parvint à susciter leur intérêt, voire un enthousiasme prudent.

En fin d'après-midi, en compagnie d'Anacho, de Traz et de trois membres du Comité, Reith alla explorer l'ancien palais de Naga Goho.

Le petit groupe gravit le chemin tortueux, à l'ombre de la lugubre architecture. Il traversa la cour froide et humide, entra dans la salle principale, où s'entassaient les richesses bien-aimées de l'ancien maître des lieux : des bancs et des tables massifs, des tapis et des tapisseries, des lampes montées sur trépied, des plats et des urnes que recouvrait déjà une couche de poussière.

Contiguës à la pièce se trouvaient les chambres, où régnait une odeur de linge sale et d'onguents aromatiques. Le cadavre de la concubine de Naga Goho gisait toujours là où Reith l'avait découvert. Les six hommes se hâtèrent de rebrousser chemin.

Derrière la grande salle s'alignaient des entrepôts remplis à ras bord de butin : ballots de tissus, caisses de cuirs, billes de bois rares, outils, armes, ustensiles, lingots de métal brut, flacons d'essences, livres en papier noir moucheté de points bruns et gris, qu'Anacho identifia comme étant des manuels techniques wankh. Une niche accueillait un coffre à moitié rempli de sequins. Deux autres, de moindre taille, contenaient des bijoux, des ornements, des colifichets et des babioles – un vrai trésor de pie voleuse. Les membres du Comité s'approprièrent des épées au pommeau et à la garde filigranés ; Traz et Anacho en firent de même. Après avoir lancé un coup d'œil hésitant à Reith, le premier s'empara en plus d'une somptueuse cape ocre mordorée, de souples bottes de cuir noir et d'un fin casque d'acier admirablement ouvragé, dont la base formait couvre-nuque.

Reith, pour sa part, localisa une douzaine de pistolets accompagnés de cellules énergétiques épuisées ; à en croire Anacho, il était possible de les recharger en se servant des accumulateurs qui alimentaient les chariots – détail que, de toute évidence, Naga Goho avait ignoré.

Le soleil était sur le point de se coucher quand ils quittèrent le lugubre palais. Alors qu'il traversait la cour, Reith remarqua une petite porte encastrée au fond d'une niche. Il entreprit de la pousser, pour découvrir derrière un escalier de pierre. Des profondeurs montait une nauséabonde odeur de moisissure, de putréfaction, d'immondices – mais aussi de quelque chose d'autre : des effluves lourds et musqués, qui firent se dresser les cheveux du Terrien sur sa tête.

« Les oubliettes, lança laconiquement Anacho. Écoute ! »

De faibles murmures discordants leur parvenaient du sous-sol. Reith trouva un lumignon derrière la porte, mais ne parvint pas à l'allumer. Anacho entreprit de tapoter le sommet de l'ampoule, qui s'éclaira immédiatement. « C'est un appareil dirdir. »

Le groupe descendit les marches, tous les sens aux aguets ; l'escalier aboutissait à une haute salle voûtée. Traz serra le bras de Reith, lui désigna quelque chose du doigt : une forme noire qui se glissait furtivement dans les ombres à l'autre bout de la salle. « Un Pnume, grommela Anacho tout en rentrant la tête dans les épaules. Ils infestent tous les endroits en ruine de Tschaï, comme les vers le bois vermoulu. »

La faible lueur qui émanait d'une lampe lointaine révélait une succession de cages alignées le long des murs. Les unes contenaient des ossements, d'autres des masses de chairs corrompues, d'autres encore des créatures vivantes – desquelles s'échappaient les sons que le petit groupe avait entendus précédemment. « À boire ! À boire ! gémissaient les formes prostrées. Donnez-nous de l'eau ! »

Reith approcha le lumignon. « Des Hommes-Chasch... » murmura-t-il.

Il alla remplir des écuelles à une citerne, qu'il apporta aux captifs.

Les Hommes-Chasch burent avidement, et en réclamèrent davantage. Le Terrien leur donna satisfaction.

Dans de lourdes cages disposées tout au fond de la pièce se tenaient deux silhouettes massives, surmontées de cuirs chevelus en forme de cônes.

« Des Chasch verts, chuchota Traz. Qu'est-ce que Naga Goho pouvait bien en faire ?

— Observe-les bien, fit Anacho. Ils regardent tous dans la même direction, celle de leur horde. Ils sont télépathes. »

Reith alla remplir d'eau deux récipients supplémentaires, qu'il lança dans les cages des Chasch verts. Ceux-ci s'en approchèrent pesamment, s'en saisirent et les vidèrent entièrement.

Le Terrien revint alors aux Hommes-Chasch. « Depuis combien de temps êtes-vous ici ?

— Longtemps, très longtemps, répondit l'un des prisonniers d'une voix rauque. Tellement de temps que je ne saurais dire combien.

— Pourquoi vous a-t-on ainsi encagés ?

— Par cruauté ! Parce que nous sommes des Hommes-Chasch ! »

Reith se tourna vers les membres du Comité. « Vous étiez au courant ?

— Non ! Naga Goho agissait selon son bon plaisir. »

Reith déverrouilla les cages. « Partez ! Vous êtes libres. Vos tortionnaires sont morts. »

Les Hommes-Chasch en sortirent craintivement, puis s'approchèrent de la citerne pour boire tout leur saoul. Le Terrien se retourna pour observer les Chasch verts. « Étrange, murmura-t-il. *Très* étrange en vérité.

— Naga Goho les utilisait peut-être comme des genres de boussoles, suggéra Anacho. Qui lui permettaient de toujours savoir où se trouvait la horde.

— Personne ne peut leur parler ?

— Ils ne *parlent* pas ; ils communiquent uniquement par échange de pensées. »

Reith se tourna vers les gens du Comité. « Vous allez charger une douzaine d'hommes de transporter ces cages sur la place.

— Bah ! grommela Bruntego le Gris. Mieux vaudrait tuer ces ignobles créatures ! Ainsi que les Hommes-Chasch, par la même occasion ! »

Reith le fusilla du regard. « Nous ne sommes pas des Gnashters ! Nous ne tuons qu'en cas de nécessité absolue ! Quant aux Hommes-Chasch, qu'ils retournent à leur servitude, ou restent ici en hommes libres – le choix leur revient. »

Bruntego lâcha un grognement acerbe. « Si nous ne les tuons pas, ce sont *eux* qui nous tueront. »

Sans même se donner la peine de répondre, le Terrien braqua le lumignon vers les profondeurs des oubliettes, pour n'y découvrir que des murs de pierre froids et humides. Impossible de savoir comment le Pnume s'était éclipsé, ou d'obtenir des renseignements cohérents des Hommes-Chasch : « Ils venaient nous regarder tels des démons, sans jamais prononcer la moindre parole ; et jamais ils ne nous donnaient d'eau !

— Quelles étranges créatures, rumina le Terrien.

— Ce sont les anomalies de Tschaï ! s'écrièrent les Hommes-Chasch, tout tremblants d'avoir recouvré la liberté. Il faudrait les éliminer de la planète ! »

Reith se mit à ricaner. « Tout comme les Dirdir, les Wankh et les Chasch !

— Non, pas les Chasch ! Nous *sommes* des Chasch. L'ignorais-tu donc ?

— Vous êtes des hommes.

— Non, nous sommes des Chasch à l'état larvaire. C'est là une vérité première !

— Allons donc ! s'écria Reith, soudain furieux. Ôtez ces postiches ridicules ! (Il avança d'un pas et, d'un geste brusque, fit sauter les faux crânes coniques.) Vous êtes des hommes, rien d'autre ! Pourquoi donc laissez-vous les Chasch vous persécuter ainsi ? »

Les Hommes-Chasch se turent, lorgnant craintivement vers les cages comme s'ils redoutaient de s'y voir à nouveau emprisonnés.

« Venez ! lança brusquement Reith. Sortons d'ici ! »

Une semaine s'écoula. N'ayant rien de mieux à faire, Reith s'attela à sa tâche. Il sélectionna un groupe de jeunes gens, hommes et femmes, qui lui semblaient un peu plus intelligents que la moyenne, pour les former à l'art de l'instruction militaire – art dont ils feraient ensuite bénéficier d'autres recrues. Il mit sur pied une milice citoyenne, qu'il plaça sous les ordres de Baojian, l'ex-maître de caravane. Avec l'aide d'Anacho et de Tostig, le vieux nomade, il entreprit d'élaborer un code législatif. Sans relâche, il exposait tous les bénéfices censés découler de ses innovations, ce qui éveillait tantôt l'intérêt et tantôt l'appréhension, suscitait tantôt des reniflements sceptiques et tantôt l'enthousiasme – mais bien souvent rien d'autre qu'une totale incompréhension. Gérer une administration, comprit-il alors, ne se résumait pas à donner des ordres : on le réclamait absolument partout en même temps. Sans cesse, cependant, une arrière-pensée le rongeait : les Chasch bleus n'étaient-ils pas en train d'ourdir quelque sombre machination ? Il doutait fort qu'ils aient si facilement renoncé à le capturer. Nul doute qu'ils avaient des espions à leur service, qui ne manqueraient pas de les informer des événements en cours à Pera. Le temps était par conséquent de leur côté – mais, tôt ou tard, ils viendraient ici pour s'emparer de lui. Un homme plus prudent que lui aurait certainement décampé sans demander son reste. Reith, cependant, n'était guère enclin à fuir – pour tout un tas de raisons.

Les Hommes-Chasch retrouvés dans les cachots de Naga Goho n'avaient apparemment aucune envie de regagner Dadiche ; Reith en conclut qu'ils avaient dû fuir la justice des Chasch. Les guerriers Verts posaient problème : le Terrien ne pouvait se résoudre à les tuer, mais l'opinion publique aurait été scandalisée qu'on les relâche sans autre forme de procès. Aussi Reith avait-il opté pour un compromis : les cages avaient été installées sur la place, et leurs occupants servaient d'attraction pour la population de Pera. Les Chasch verts ne tenaient aucun compte de l'attention dont ils faisaient l'objet, ils fixaient immuablement le nord, en contact télépathique – du moins Anacho en avait-il la certitude – avec la horde-mère.

La Fleur de Cath demeurait la grande consolation de Reith, quand bien même son attitude le déroutait. Il était proprement incapable de percer ses pensées. Au cours de l'interminable voyage qu'ils avaient accompli ensemble, il l'avait vue mélancolique, lointaine, un peu hautaine. Elle s'était ensuite montrée douce, affectueuse, bien qu'à l'occasion assez absente. Reith la trouvait plus séduisante que jamais, débordante de surprises toutes plus agréables les unes que les autres. Mais sa mélancolie n'en persistait pas moins. Elle devait souffrir du mal du pays, décida le Terrien. Cath lui manquait très certainement. Avec toutes les préoccupations qu'il avait en tête, Reith repoussait le jour où il lui faudrait songer à exaucer les désirs de Derl.

Les trois Hommes-Chasch, comme Reith ne tarda pas à l'apprendre, n'étaient pas des citoyens de Dadiche : ils venaient de Saaba, une ville située plus au sud. Un soir, dans la salle commune, ils sommèrent le Terrien de s'expliquer sur ce qu'ils décrivaient comme des « ambitions extravagantes ». « Tu cherches à singer les races supérieures, mais ça ne te vaudra que déception et chagrin ! Les sous-hommes sont incapables de bâtir la moindre civilisation.

— Vous ne savez pas de quoi vous parlez, répliqua Reith, amusé par la gravité de ses interlocuteurs.

— Bien sûr que si ; ne sommes-nous pas des Hommes-Chasch, c'est-à-dire des Chasch bleus à l'état larvaire ? Qui pourrait le savoir mieux que nous ?

— Quiconque aurait quelques notions de biologie. »

Les Hommes-Chasch s'agitèrent, manifestement irrités. « Tu n'es qu'un sous-homme – jaloux qui plus est d'une race avancée !

— À Dadiche, j'ai vu la morgue – ou la maison des morts, appelez-la comme ça vous chante. J'ai vu les Chasch bleus fendre en deux le crâne d'un

Homme-chasch défunt et placer un bébé chasch bleu dans sa cervelle froide. Ils se jouent de vous, ils vous trompent pour s'assurer de votre servitude. Et nul doute que les Dirdir emploient des techniques analogues sur les Hommes-Dirdir, même si je doute que ces derniers espèrent devenir des Dirdir de plein droit. (Reith dévisagea Anacho.) Qu'en penses-tu ?

— Les Hommes-Dirdir ne s'attendent pas à devenir des Dirdir, répondit ce dernier d'une voix légèrement tremblante. C'est là de la superstition. Ils sont le Soleil ; *nous*, les Ombres. Mais les deux proviennent de l'Œuf primordial. Les Dirdir constituent la forme de vie la plus achevée de tout l'univers – les Hommes-Dirdir ne peuvent donc que tenter de les imiter, ce que nous nous enorgueillissons de faire. Quelle autre race a-t-elle produit d'aussi splendides, d'aussi somptueuses réalisations ?

— Celle des hommes », dit Reith.

Une grimace de mépris tordit le visage d'Anacho. « À Cath ? Ce sont des mangeurs de lotus. Les Merribs ? Des artisans vagabonds. Les Dirdir occupent une place à part sur Tschaï.

— Non, non, non ! s'exclamèrent en chœur les Hommes-Chasch. Les sous-hommes sont les rebuts des Hommes-Chasch. Certains d'entre eux se mettent au service des Dirdir. Les hommes véritables viennent de Zoor, le monde des Chasch. »

Anacho, écœuré, détourna le regard. « Ce n'est pas le cas, fit Reith, mais je ne m'attends pas à ce que vous me croyiez. Vous avez *tous* tort.

— Quelle assurance ! fit Anacho, l'Homme-Dirdir, avec une désinvolture soigneusement étudiée. Tu m'intrigues. Peut-être pourrais-tu nous éclairer davantage ?

— Peut-être bien. Mais je n'en vois pas l'utilité pour l'instant.

— Pourquoi ça ? insista Anacho. Tes lumières nous seraient pourtant bien utiles.

— Vous connaissez les faits aussi bien que moi. Tirez-en vos propres conclusions.

— Quels faits ? s'écrièrent les Hommes-Chasch. Quelles conclusions ?

— C'est l'évidence même, non ? Les Hommes-Chasch vivent dans la servitude, exactement comme les Hommes-Dirdir. Les hommes ne sont biologiquement compatibles avec aucune de ces races, pas plus avec les Wankh qu'avec les Pnume. Les hommes ne sont *évidemment* pas originaires de Tschaï. J'en déduis qu'on les y a amenés comme esclaves il y a très, *très* longtemps. Et c'est sur le monde des *hommes* qu'on est venu les chercher. »

Les Hommes-Chasch se mirent à grogner ; Anacho leva les yeux vers le plafond et s'abîma dans sa contemplation ; les hommes de Pera installés à la table poussèrent quelques soupirs stupéfaits.

La conversation se poursuivit, de plus en plus passionnée, véhémente, jusque fort tard dans la nuit. Finalement, les Hommes-Chasch se réunirent dans un coin pour *encore* la prolonger – deux étant du même avis, le troisième défendant un point de vue opposé.

Le lendemain, tous trois partirent pour Dadiche. Le hasard voulut qu'ils empruntent le chariot d'Emmink. Reith les regarda s'éloigner avec appréhension. Il ne nourrissait aucune illusion : ils ne manqueraient pas de rapporter à leurs maîtres tant ses activités que ses doctrines radicales – et les Chasch bleus ne les approuveraient certainement pas. Son existence, s'avisa-t-il, avait pris une tournure extrêmement complexe. L'avenir s'annonçait sombre. *Sinistre*, même. Une fois encore, il envisagea de déguerpir toutes affaires cessantes. Mais la perspective de disparaître dans la steppe n'avait toujours rien de particulièrement attrayant.

Cet après-midi-là, il assista à l'entraînement des premières recrues de sa milice : six pelotons de cinquante hommes à l'armement hétéroclite – catapultes, épées, poignards – affublés de tenues bigarrées : pantalons, sarraus, burnous, tuniques évasées, jupons, haillons et parements de fourrure. Certains arboraient des barbes, d'autres des toupets peinturlurés, d'autres encore des cheveux qui leur pendaient jusqu'aux épaules. Jamais de sa vie le Terrien n'avait vu si lamentable spectacle. Avec un amusement teinté de désespoir, il regardait les miliciens trébucher, tirer au flanc, se prêter de mauvaise grâce à l'exercice qu'il leur avait demandé d'accomplir. Couverts de sueur, l'injure à la bouche, les six lieutenants – qui ne faisaient pas montre d'un enthousiasme excessif – lançaient des ordres plus ou moins au hasard, tandis que l'aplomb de Baojian était lourdement dénoncé.

Au bout du compte, Reith rétrograda deux lieutenants sur-le-champ, pour les remplacer par des hommes du rang. Il grimpa sur un chariot, rassembla tout le monde autour de lui. « C'est un vrai désastre ! Ne comprenez-vous donc pas pourquoi vous êtes là ? Pour apprendre à vous défendre ! » Son regard se posa sur chacun des visages renfrognés. Puis le Terrien tendit le doigt vers un homme occupé à murmurer quelque chose à l'oreille de son voisin. « Toi, là-bas ! Qu'est-ce que tu racontes ? Parle plus fort !

— J'ai dit que toutes ces cabrioles, tous ces défilés au pas, c'était n'importe quoi – une perte de temps et d'énergie. Quels bénéfices sommes-nous censés tirer de telles bouffonneries ?

— Ceux-ci : vous allez apprendre à obéir aux ordres, promptement et sans la moindre hésitation. À fonctionner comme une armée *disciplinée*. Vingt hommes agissant ensemble valent davantage qu'une centaine dispersée. En situation de combat, le chef élabore des plans, que les guerriers disciplinés exécutent sans broncher. Sans discipline, les plans ne servent à rien – et des batailles sont perdues. Est-ce que tu comprends, maintenant ?

— Bah ! Comme si les hommes pouvaient remporter des batailles ! Les Chasch bleus possèdent des armes à énergie et des glisseurs de combat – et nous, seulement quelques gicle-sable. Quant aux Chasch verts, ils sont littéralement invincibles ; ils nous écraseraient comme des fourmis. Mieux vaut se cacher parmi les ruines. Les hommes ont toujours vécu de cette façon à Pera.

— La situation a changé, rétorqua Reith. Si tu ne veux pas faire un travail d'homme, eh bien, tu n'as qu'à faire un travail de femme – et t'habiller en conséquence. Fais ton choix. » Il attendit, mais l'autre se borna à traîner les pieds en le fusillant du regard.

Le Terrien sauta donc à terre et donna quelques ordres. Certains des hommes prirent la direction de la citadelle, pour aller y chercher des pièces de tissu et des balles de cuir. D'autres apportèrent des ciseaux et des rasoirs – malgré leurs protestations, les miliciens se retrouvèrent bientôt tondus de près. Dans l'intervalle, les femmes de Pera s'étaient réunies pour commencer à tailler des uniformes – de longues tuniques blanches sans manches frappées d'un éclair noir cousu sur la poitrine. Caporaux et sergents portaient des épaulettes noires, les lieutenants arboraient de petites manches rouges.

Les miliciens reprirent leur entraînement le lendemain, revêtus de leur nouvelle tenue. Leur attitude s'était considérablement améliorée – ils affichaient presque une certaine désinvolture, se dit le Terrien.

Les derniers doutes de Reith s'évaporèrent trois jours après le départ des Hommes-Chasch : un grand glisseur de dix-huit mètres de long sur neuf de large vint survoler la steppe qui entourait la ville. Lentement, il décrivit un unique cercle au-dessus de Pera, avant de se poser sur l'esplanade, juste en face de l'auberge. Une douzaine d'Hommes-Chasch baraqués – des gardiens de sécurité vêtus de pantalons gris et de tuniques pourpres – bondirent aussitôt à terre et s'immobilisèrent, l'arme au poing. Six Chasch bleus postés sur la passerelle faisaient le tour de la place de leurs yeux enfoncés. Il s'agissait *a priori* de notables, à en croire l'argent dont ils étaient recouverts : tant les filigranes de leurs costumes moulants que leurs hauts morions étincelants, en passant par leurs genouillères et leurs protège-coudes, avaient été modelés à partir de ce métal.

Ils s'adressèrent brièvement aux Hommes-Chasch ; deux d'entre eux prirent aussitôt la direction de l'auberge. « Un homme répondant au nom de Reith s'est désigné comme votre chef, dirent-ils au tavernier. Va le chercher ! Le Seigneur chasch veut lui parler.

— Il est occupé ailleurs, répondit l'aubergiste, mi-effrayé, mi-agressif, avec un grognement obséquieux. Vous allez devoir l'attendre.

— Va le prévenir ! Aussi vite que tu le pourras ! »

Reith accueillit sans joie la sommation, mais sans surprise non plus. Il réfléchit un instant, puis, dans un lourd soupir, prit une décision – qui allait forcément changer, pour le meilleur ou pour le pire, l'existence de tous les habitants de Pera. Et peut-être même celle de tous les hommes de Tschaï. Il se tourna vers Traz, lui donna des instructions, puis se rendit à pas lents dans la salle commune de la taverne. « Dis aux Chasch que c'est ici que je les recevrai. »

L'aubergiste transmit le message aux Hommes-Chasch, qui le répercutèrent aux Chasch bleus.

Au terme d'une série de sons gutturaux, ceux-ci quittèrent le glisseur et s'alignèrent en rang d'oignons devant la porte de l'auberge. « Lequel parmi vous est le chef ? lança l'un d'eux sitôt tout le groupe à l'intérieur. *Qui* est-ce ? Qu'il lève la main ! »

Reith sortit de la salle et alla se poster devant les Chasch bleus ; ceux-ci lui rendirent sombrement ses regards. Le Terrien était fasciné par le faciès de ces extraterrestres, par leurs petits yeux semblables à des billes métalliques qui luisaient dans l'ombre de la visière frontale, par leur complexe appareil nasal, les morions argentés et les armures filigranées. En cet instant, ils n'affichaient plus la moindre roublardise ; même leur facétie cruelle ne semblait plus être d'actualité : ils arboraient tout simplement une mine *menaçante*.

Reith leur faisait face, les bras croisés sur la poitrine ; il leur rendait regard pour regard.

L'un des Chasch, dont le morion s'ornait d'un cimier plus haut que les autres, prit alors la parole, de la voix gutturale, étranglée, caractéristique de sa race : « Que fais-tu à Pera ?

— Je suis le chef élu.

— Tu es l'homme qui s'est rendu clandestinement à Dadiche, celui qui s'est introduit dans le Centre Technique du District ? »

Reith garda le silence.

« Eh bien, qu'as-tu à répondre ? insista le Chasch bleu. Inutile de nier : ton odeur est reconnaissable entre toutes. D'une manière ou d'une autre, tu as réussi à entrer dans Dadiche et à en ressortir – et à y faire un certain nombre d'investigations. Pourquoi ?

— Parce que je n'avais encore jamais visité Dadiche. Mais *vous-mêmes* vous trouvez à Pera sans y avoir été expressément autorisés ; vous y êtes cependant les bienvenus – aussi longtemps que vous respecterez nos lois. J'aimerais bien que les habitants de Pera puissent en dire autant chez vous. »

Les Hommes-Chasch s'esclaffèrent bruyamment. Les Bleus ouvrirent de grands yeux choqués. « Tu as adhéré à une doctrine mensongère, poursuivit leur porte-parole, et poussé les hommes de Pera à accomplir des actes insensés. D'où as-tu tiré de telles idées ?

— Il ne s'agit ni d'une “doctrine mensongère”, ni d'“actes insensés”. Quant à mes idées, elles me semblent aller de soi.

— Tu dois nous accompagner à Dadiche pour tirer au clair un certain nombre de détails, lui dit le Chasch bleu. Monte à bord du glisseur aérien. »

Reith secoua la tête, tout sourire. « Si tu as des questions, pose-les-moi maintenant. Ensuite, ce sera mon tour. »

Le Chasch bleu fit signe aux gardes, qui s'avancèrent pour empoigner le Terrien. Celui-ci recula d'un pas, leva les yeux en direction des fenêtres supérieures. Une salve de projectiles s'abattit aussitôt sur les Hommes-Chasch, transperçant fronts et gorges.

Mais un champ de force détourna ceux tirés contre les Chasch bleus qui, sains et saufs, se saisirent de leurs armes ; Reith décroisa cependant les bras avant qu'ils n'aient eu le temps de tirer. Il leva sa cellule énergétique, et d'un prompt geste circulaire calcina les têtes des six créatures. Leurs corps décapités, mûs par quelque réflexe, bondirent une fois dans les airs, puis s'affalèrent par terre dans un bruit sourd, recouverts de globules d'argent fondu.

Le silence était total. Les spectateurs semblaient retenir leur souffle. Tous les regards passèrent bientôt des corps mutilés au Terrien ; puis, comme mûs par un même pressentiment, ils se tournèrent vers Dadiche.

« Et maintenant, qu'allons-nous faire ? murmura Bruntego le Gris. Nous sommes condamnés. Ils vont nous donner en pâture à leurs fleurs rouges.

— Certainement, fit Reith. À moins que nous ne prenions les mesures nécessaires pour les en empêcher. » D'un geste, il demanda à Traz de venir l'aider à récupérer les armes des Bleus décapités et des Hommes-Chasch ; puis il ordonna la crémation des cadavres.

Il rejoignit ensuite le glisseur, à bord duquel il monta. Les commandes – un amoncellement de pédales, de boutons et de manches flexibles – échappaient complètement à sa compréhension. À Anacho, qui l'avait rejoint et examinait distraitement l'intérieur de l'appareil, il demanda : « Tu sais comment fonctionne cet engin ?

— Bien sûr, répondit dédaigneusement l'Homme-Dirdir. C'est le vieux système de Daïdne. »

Reith laissa courir son regard le long de l'engin. « Et ces tubes ? Des armes à énergie chasch ?

— Oui. Et passablement désuètes, bien entendu, comparées à l'armement dirdir.

— Et leur portée ?

— Assez limitée. C'est de l'artillerie de faible puissance.

— Suppose que nous montions quatre ou cinq gicle-sable en batterie. Ça nous donnerait une puissance de feu considérable. »

Anacho hocha sèchement la tête. « Un peu rudimentaire, mais faisable. »

L'après-midi suivant, deux glisseurs vinrent survoler Pera à haute altitude, avant de retourner à Dadiche sans avoir atterri. Le lendemain matin, une file de véhicules sortit de la Trouée de Belbal, un convoi qui comptait deux cents Hommes-Chasch et une centaine d'officiers Bleus. Dans le ciel volaient quatre glisseurs, chargés d'artilleurs prêts au combat.

Les chars firent halte à moins d'un kilomètre de Pera. Les hommes de troupe se déployèrent en quatre compagnies, qui convergèrent sur la cité couvertes par les glisseurs.

Reith divisa la milice en deux détachements, qu'il envoya se faufiler dans les ruines qui entouraient la ville, là où le contact aurait lieu avec l'adversaire.

Les miliciens attendirent que l'assaillant, qui progressait prudemment, se soit enfoncé d'une centaine de mètres à l'intérieur de la cité. Jaillissant alors de leurs cachettes, ils firent feu de toutes les armes à leur disposition : catapultes, gicle-sable, armes de poing récupérées dans l'arsenal de Naga Goho ou sur les cadavres des Chasch.

Cinq minutes leur suffirent à avoir raison des deux tiers des Chasch bleus, et de la moitié des

Hommes-Chasch. Les survivants fléchirent, puis s'éparpillèrent un peu partout dans la steppe.

Les glisseurs passèrent alors en rase-mottes au-dessus de leur tête, leurs rayons mortels braqués sur les ruines. Alors même qu'ils descendaient encore plus bas, les miliciens s'empressèrent d'aller se mettre à l'abri.

Soudain, un autre glisseur apparut dans le ciel – celui que Reith avait fait équiper de gicle-sable, avant d'envoyer ses hommes le dissimuler dans la steppe, sous des branchages. L'appareil piqua en silence sur les engins chasch. Les opérateurs des gicle-sable et des faisceaux énergétiques ouvrirent le feu, détruisant un à un les glisseurs ennemis. L'aéronef traversa ensuite la ville pour s'occuper des deux compagnies qui étaient en train d'entrer dans Pera par le nord et par l'est, tandis que la milice les attaquait par les flancs. Les troupes chasch subirent de lourdes pertes en se repliant. Harcelé par le bombardement aérien, l'ennemi rompit les rangs et s'égailla en désordre dans la steppe, talonné par la milice de Pera.

12

Reith tint conférence avec ses lieutenants, que la victoire avait enfiévrés. « Si nous avons triomphé aujourd'hui, c'est parce qu'ils nous ont sous-estimés. Mais ils peuvent encore lancer contre nous une irrésistible offensive. M'est avis qu'ils vont profiter de la nuit pour constituer une puissante force de frappe, avec tous leurs glisseurs, toutes leurs unités.

Et, demain, ils reviendront pour nous punir de nos actes. Cela vous paraît-il logique ? »

Personne ne le contredit.

« Vu que l'affrontement paraît inéluctable, mieux vaut prendre l'initiative et réserver aux Chasch quelques surprises. La piètre opinion qu'ils ont des hommes devrait nous permettre de leur causer un minimum de dommages. Ce qui suppose de positionner notre puissance de feu limitée là où elle est susceptible de causer le plus de dégâts. »

Dans un frisson, Bruntego le Gris se prit la tête entre ses mains. « Ils disposent d'une armée de mille Hommes-Chasch, sinon davantage. Ils ont des glisseurs et des armes à énergie – alors que nous, nous ne sommes que des hommes, pour la plupart armés de pauvres catapultes.

— Une catapulte peut tuer un homme aussi efficacement qu'un faisceau énergétique, répliqua Reith.

— Mais les glisseurs, les projectiles, toute la force et l'intelligence des Chasch bleus… ! Ils vont littéralement nous annihiler, et réduire Pera à l'état de cratère.

— Par le passé, objecta Tostig, le vieux nomade, nous ne les avons que trop bien servis, et à trop bon marché. Pourquoi devraient-ils se priver d'une telle main-d'œuvre pour un simple geste théâtral ?

— Parce que c'est leur manière de faire ! »

Tostig secoua la tête. « Les Vieux Chasch, peut-être. Pas les Bleus. Ils préféreront nous assiéger, pour nous affamer. Après quoi ils ramèneront les chefs à Dadiche pour les châtier.

— Ce serait… raisonnable, approuva Anacho. Mais peut-on vraiment attendre des Chasch bleus qu'ils se comportent de manière raisonnable ? *Tous* les Chasch sont à moitié fous.

— Voilà exactement pourquoi nous devons nous montrer aussi *capricieux* qu'eux », conclut Reith.

Bruntego le Gris renifla. « Le caprice, c'est le seul domaine où nous pouvons rivaliser avec les Bleus ! »

La discussion se poursuivit ; les propositions succédèrent aux contre-propositions, jusqu'à ce qu'un accord finisse tant bien que mal par être trouvé. On envoya des messagers réveiller la population. Dans un concert de protestations et de gémissements, femmes, enfants, vieillards et tous les récalcitrants furent entassés à bord des chariots et conduits en pleine nuit jusqu'à une gorge sinistre, à une trentaine de kilomètres au sud, où ils devraient établir un camp provisoire.

La milice se rassembla, lourdement armée, puis s'enfonça dans la nuit en direction de la Trouée de Belbal.

Reith, Traz et Anacho demeurèrent à Pera. Les cages contenant les Chasch verts avaient été recouvertes de tissu et chargées à bord du glisseur. À l'aube, Anacho fit décoller l'engin et mit le cap vers le nord-est, là où les Chasch verts ne cessaient de regarder. Au bout d'une soixantaine de kilomètres, Traz, qui surveillait les captifs, l'œil collé à un judas, s'exclama sans crier gare : « Ils se tournent – vers l'ouest ! »

Anacho modifia le cap en conséquence ; quelques instants plus tard, un camp de Verts leur apparut au beau milieu de la verdure, à côté d'un marais. « Ne t'en approche pas trop, dit Reith à l'Homme-Dirdir. Ça nous suffit de savoir qu'ils sont là. Retournons à la Trouée de Belbal. »

L'aéroglisseur reprit donc la direction du sud, passant en rase-mottes au-dessus des falaises qui faisaient face à l'océan Schanizade. Après avoir survolé la brèche, il se posa sur une plate-forme dominant à la fois Dadiche et Pera.

Deux heures s'écoulèrent. Reith devenait de plus en plus nerveux. Son plan reposait sur un postulat rationnel : les Chasch étaient une race notoirement capricieuse. Et puis, à son immense soulagement, il vit une longue file sombre sortir de Dadiche. À travers son sondoscope, il découvrit qu'il y avait là une centaine de chars remplis de Chasch bleus et d'Hommes-Chasch ; un nombre égal de véhicules transportait des armes et des caisses de matériel.

« Cette fois, fit le Terrien, ils nous prennent au sérieux. (Il scruta le ciel.) Aucun glisseur en vue. Ils vont sans doute envoyer un appareil de reconnaissance au tout dernier moment... Il est temps de se mettre en mouvement. Ils atteindront Belbal d'ici une demi-heure. »

Le glisseur alla se poser sur la steppe à plusieurs kilomètres au sud de la route. Ses occupants débarquèrent la cage, ôtèrent le tissu qui la recouvrait. Les monstrueux guerriers Verts se jetèrent en avant, pour lancer tout autour d'eux des regards aiguisés.

Sitôt après avoir déverrouillé les cages, le Terrien se replia dans le glisseur, qu'Anacho fit décoller immédiatement. Les Chasch verts bondirent dehors en poussant des cris de victoire assourdissants, pour s'immobiliser aussitôt tels des géants. Leurs yeux métalliques braqués sur l'appareil, ils adressèrent à celui-ci de gestes haineux, puis partirent promptement en direction du nord, de leur pas saccadé caractéristique.

Le convoi de Dadiche atteignit la Trouée de Belbal. Les Chasch verts s'arrêtèrent net, stupéfaits, puis repartirent au trot jusqu'à un massif d'ajoncs dans lequel ils se dissimulèrent, presque invisibles.

Le convoi poursuivait sa marche. Il s'étendait à présent sur près d'un kilomètre et demi.

Le glisseur atterrit au bord d'un obscur ravin. Reith scruta le ciel en quête d'éventuels appareils, puis se tourna vers l'est. Les Chasch verts, tapis dans les bosquets, n'étaient nulle part visibles. La colonne venue de Dadiche ressemblait à une sombre chenille menaçante qui rampait vers les ruines de Pera.

Le camp des Chasch verts se trouvait à quelque soixante kilomètres de là.

Reith retourna au glisseur. « On a fait tout notre possible. Maintenant… il faut attendre. »

La colonne des Chasch bleus s'approcha de Pera, se fragmenta une fois encore en quatre détachements, qui entreprirent d'encercler les ruines abandonnées. Des tubes énergétiques furent pointés sur de possibles points sensibles ; ainsi couverts, des éclaireurs filèrent jusqu'aux premiers blocs de béton écroulés. N'essuyant aucun tir adverse, ils y firent halte pour se regrouper et sélectionner de nouveaux objectifs.

Une demi-heure passa. Les éclaireurs sortirent de la ville en poussant devant eux ceux des habitants qui, par esprit de rebellion ou simple inertie, avaient préféré rester à Pera.

À leur interrogatoire, qui dura une quinzaine de minutes, succéda une période d'indécision, le temps que les chefs Bleus tiennent conseil. L'abandon de la ville n'avait manifestement pas été envisagé – cela semblait les déconcerter au plus haut point.

Les quatre compagnies d'intervention rejoignirent le gros des forces, puis tous reprirent le chemin de Dadiche, la mine sinistre.

Reith scrutait le nord-est en quête du moindre mouvement. Si la théorie d'une communication télépathique entre les Chasch verts se révélait exacte, s'ils vouaient vraiment aux Bleus une haine aussi féroce qu'on le prétendait, ils n'allaient pas tarder à entrer en scène. Mais la steppe restait désespérément vide ; absolument rien ne s'y mouvait.

Les guerriers Bleus faisaient retraite vers Belbal. Des ajoncs d'un vert sombre, des taillis d'arbres tardifs, des bosquets d'herbe à pèlerin, surgit alors comme de nulle part une horde de Chasch verts. Reith ne parvenait pas à comprendre comment un si grand nombre de combattants, chevauchant de surcroît de gigantesques chevaux-sauteurs, avaient pu ainsi s'approcher sans se faire remarquer. Ils fondirent sur le convoi en brandissant des arcs de trois mètres en plus de leurs épées. Les armes lourdes installées sur les chariots Bleus n'eurent même pas le temps d'entrer en action : les Verts firent dans leurs rangs un véritable carnage.

Reith se détourna, le cœur au bord des lèvres, et remonta à bord du glisseur. « Rejoignons les nôtres de l'autre côté des montagnes », ordonna-t-il.

L'engin rejoignit la milice au point de rendez-vous convenu, un ravin situé à moins d'un kilomètre au sud de la Trouée de Belbal. Les guerriers descendaient la colline en se tenant sous le couvert des arbres et des broussailles. Reith, qui était resté à bord, scrutait le ciel à travers son sondoscope – il redoutait les reconnaissances aériennes des Chasch bleus.

Alors même qu'il surveillait les environs, une vingtaine de glisseurs décollèrent de Dadiche pour s'éloigner à toute vitesse vers l'est, apparemment pour aller prêter main-forte à la colonne assiégée. Quand ils eurent disparu derrière la Trouée de Belbal, Reith pointa son sondoscope sur la ville. Il distingua des uniformes blancs sous les remparts. « Allons-y, dit-il à Anacho. C'est le moment ou jamais. »

Le glisseur fila vers la poterne principale de Dadiche. Les gardes, qui le prenaient pour l'un des leurs, tendirent des cous perplexes dans sa direction. À contrecœur, Reith se força à actionner la commande du gicle-sable de proue, offrant ainsi à la milice de Pera un accès aux rues de Dadiche.

Sitôt à terre, le Terrien envoya deux sections prendre possession du dépôt des glisseurs. Une autre resta garder la poterne, avec la majeure partie des gicle-sable et des engins à énergie. Deux détachements reçurent l'ordre d'occuper la cité et de la quadriller.

Les membres de ces unités, aussi impitoyables que n'importe qui d'autre sur Tschaï, se répandirent dans les avenues à moitié désertes, tuant Chasch bleus, Hommes-Chasch, et toutes les Femmes-Chasch qui leur opposaient un tant soit peu de résistance. La discipline qu'on leur avait inculquée deux jours durant n'avait pas tardé à s'évaporer ; la rancune accumulée pendant mille générations explosait en une orgie de sang et de massacres.

Reith atteignit le Centre Technique en compagnie d'Anacho, de Traz, et d'une demi-douzaine de combattants. Derrière ses portes closes, le bâtiment paraissait vide. Le glisseur se posa devant l'entrée centrale ; les gicle-sable ne tardèrent pas à avoir raison des ouvertures. Reith, incapable de maîtriser son anxiété, se précipita aussitôt au pas de charge à l'intérieur.

Où se trouvait toujours la silhouette familière de sa vedette.

Il s'en approcha la gorge nouée, le cœur battant. La coque avait été découpée. Les moteurs, les accumulateurs, le convertisseur : tout avait été démonté ; la nef n'était plus qu'une carcasse vide.

La perspective de la retrouver peu ou prou en état de fonctionner relevait d'un rêve impossible, Reith ne s'était pas fait d'illusions sur la question. Mais un optimisme irrationnel n'en avait pas moins persisté en son for intérieur.

Tout espoir de retourner sur Terre devait à présent être mis de côté.

Reith se rendit alors compte de la présence d'Anacho à ses côtés. « Ceci n'est pas un astronef des Chasch bleus, dit pensivement l'Homme-Dirdir. Et pas non plus un vaisseau dirdir, ou un wankh. »

Reith, l'esprit vidé, se laissa choir sur un banc. « Exact.

— Il est fort bien construit, poursuivit pensivement Anacho. À l'évidence, il a bénéficié d'une conception raffinée. Où a-t-il été fabriqué ?

— Sur Terre.

— La *Terre* ?

— La planète des hommes. »

Anacho se détourna, son visage glabre d'arlequin terriblement blême, tendu : tous les axiomes de son existence étaient en train de s'écrouler. « Un concept intéressant », murmura-t-il par-dessus son épaule.

Reith contempla sombrement la vedette éventrée, sans y trouver grand-chose d'intéressant. Il se résigna donc bientôt à retourner dehors, où on lui remit un message du détachement de garde à la poterne. Des Chasch bleus rescapés avaient été repérés sur le flanc de la montagne, en assez grand nombre pour indiquer qu'ils avaient finalement eu raison des Chasch verts.

Les sections qui avaient été envoyées patrouiller dans la ville étaient totalement hors de contrôle – rien ni personne n'aurait pu les rappeler. Deux détachements tenaient le terrain d'atterrissage, ne laissant qu'une seule compagnie – un peu plus d'une centaine d'hommes – de faction à la poterne.

On prépara une embuscade : la poterne fut remise dans un état apparemment normal. Trois miliciens déguisés en Hommes-Chasch se mirent en faction au portillon.

Le reste des troupes ennemies apparut enfin. Ne remarquant rien de suspect, ils commencèrent à entrer dans la ville. Gicle-sable et faisceaux énergétiques se déchaînèrent alors sur eux – de la colonne initiale, il ne resta bientôt plus que quelques guerriers trop sidérés pour opposer une quelconque résistance. Quelques-uns retournèrent tant bien que mal dans le parc, poursuivis par des hommes enragés en tenue blanche ; d'autres restaient simplement sur place, hébétés, attendant passivement d'être massacrés.

Les forces aériennes eurent plus de chance. Devant cette totale débâcle, les glisseurs s'empressèrent de reprendre de l'altitude. Les miliciens, peu familiarisés avec l'artillerie des Chasch bleus, faisaient feu du mieux qu'ils le pouvaient ; ils parvinrent à abattre quatre appareils, moins par adresse que par hasard. Les autres survolèrent anarchiquement le terrain pendant cinq minutes encore, pour ensuite mettre le cap au sud – vers Saaba, Dkekme et Audsch.

Des tirs sporadiques se produisirent encore tout au long de l'après-midi, chaque fois que la milice de Pera se retrouvait face à des Chasch bleus bien décidés à défendre chèrement leur peau. Tous les autres – vieillards, femmes et nouveau-nés – furent passés par les armes. Reith intercéda avec un certain succès pour sauver les vies d'Hommes-Chasch et de Femmes-Chasch, sauf concernant les gardes vêtus de l'uniforme gris et pourpre de la sécurité, qui partagèrent le sort de leurs maîtres.

Les Hommes-Chasch survivants se débarrassèrent de leur crâne postiche, puis vinrent se rassembler en une morne foule dans l'avenue principale.

Au crépuscule, la milice, saoule de meurtres, alourdie de butin et peu désireuse de patrouiller en ville une fois la nuit tombée, se regroupa près de la poterne. Des feux furent allumés, de la nourriture fut mise à cuire et consommée.

Reith, prenant pitié des malheureux Hommes-Chasch, dont l'univers s'était si brutalement effondré, les rejoignit là où ils s'étaient regroupés. Les hommes fixaient l'horizon d'un air affligé ; les femmes pleuraient à mi-voix leurs morts.

« Que comptez-vous faire de nous ? s'enquit un personnage noueux d'une voix agressive.

— Rien, répondit Reith. C'est uniquement parce qu'ils nous avaient attaqués que nous avons exterminé les Chasch bleus. *Vous*, vous êtes des hommes. Tant que vous ne chercherez pas à nous nuire, vous n'aurez rien à craindre de nous.

— Vous avez déjà tué beaucoup d'entre nous, gronda l'Homme-chasch.

— Ceux qui ont choisi le parti des Chasch, ce qui est contre nature.

— En quoi cela serait-il contre nature ? s'emporta son interlocuteur. Nous sommes des Hommes-Chasch, le premier stade d'un grand cycle.

— C'est complètement absurde. Vous n'êtes pas plus des Chasch que l'Homme-Dirdir ici présent n'est un Dirdir. Vous êtes tous des *hommes*. Chasch comme Dirdir vous ont réduits en esclavage, ils vous ont exploités. Il est grand temps pour vous de connaître la vérité. »

Les gémissements des Femmes-Chasch s'étaient tus. Les Hommes-Chasch tournaient leurs visages hagards vers Reith.

« En ce qui me concerne, enchaîna ce dernier, vous pouvez vivre comme bon vous semble. La cité de Dadiche est à vous – aussi longtemps que les Chasch bleus n'y reviendront pas.

— Que veux-tu dire par là ? lui demanda l'Homme-chasch d'une voix tremblante.

— Exactement ce que j'ai dit. Demain, nous allons repartir pour Pera. Dadiche vous appartient.

— Fort bien – mais supposons que les Chasch bleus reviennent, de Saaba, de Dkekme ou du Lzizaudre, comme ils n'y manqueront certainement pas ?

— Eh bien, tuez-les ! Chassez-les ! La ville de Dadiche appartient désormais aux hommes ! Et si vous ne croyez toujours pas que les Chasch bleus vous ont persécutés, allez donc faire un tour dans les maisons des morts, sous les remparts. On vous a raconté que vous étiez des larves, que leurs enfants naissaient dans vos cerveaux. Allez donc examiner ceux des cadavres des Hommes-Chasch !

Vous n'y trouverez aucun bébé – juste des cervelles d'hommes.

« Nous ne voyons aucun inconvénient à ce que vous regagniez vos demeures. La seule proscription que je vous impose concerne les crânes postiches. Si jamais vous vous avisez de les remettre, nous ne vous considérerons plus comme des hommes, mais comme des Chasch bleus – et vous serez traités en conséquence. »

Sur quoi le Terrien regagna son propre camp. D'un pas mal assuré, comme s'ils doutaient de sa bonne foi, ceux qui avaient été des Hommes-Chasch se dispersèrent dans l'obscurité, en direction de leurs demeures.

« Je t'ai écouté, lui dit Anacho. Tu ne connais rien aux Dirdir et aux Hommes-Dirdir ! Quand bien même tes théories seraient justes, nous n'en resterions pas moins des Hommes-Dirdir ! Nous glorifions l'excellence et la grandeur. Nous aspirons à suivre les traces de l'Ineffable – un idéal impossible, car l'Ombre ne pourra jamais se mesurer à l'éclat du Soleil, et les hommes ne pourront jamais surpasser les Dirdir.

— Pour un homme de ton intelligence, fit Reith, je te trouve d'un rare entêtement – sans même parler de ton manque d'imagination. Je ne doute pas qu'un jour tu reconnaîtras ton erreur. En attendant, crois donc ce que tu as envie de croire. »

13

Le camp s'éveilla avant l'aube. Les chariots remplis de butin s'ébranlèrent vers l'ouest, masses noires se détachant sur l'obscurité du ciel.

À Dadiche, les Hommes-Chasch, qui ressemblaient singulièrement à des gnomes chauves sans leurs crânes postiches, récupérèrent les cadavres, les transportèrent dans une gigantesque fosse commune, où ils entreprirent de les brûler. Une vingtaine de Chasch bleus avaient été extirpés de leurs cachettes. Les habitants de Pera ayant étanché leur soif de sang, on les avait enfermés dans un enclos, d'où ils observaient les allées et venues des hommes d'un air abasourdi.

Si Reith craignait une contre-attaque des Chasch bleus en provenance des villes du sud, Anacho, quant à lui, ne prenait pas cette éventualité au sérieux : « Ils n'ont pas assez de cran pour se battre. C'est uniquement pour éviter la guerre qu'ils tiennent les cités dirdir sous la menace de leurs torpilles. Ils ne les provoquent jamais ; vivre dans leur jardin leur suffit amplement. Peut-être enverront-ils des Hommes-Chasch nous harceler, mais je doute qu'ils fassent quoi que ce soit, à moins que nous ne les menacions directement.

— Peut-être. » Reith alla délivrer les Chasch bleus. « Partez pour les cités du sud, et faites savoir à vos congénères de Saaba et de Dkekme que nous n'hésiterons pas à les anéantir si jamais ils nous importunent.

— C'est une longue route, protestèrent les Bleus d'une voix grinçante. Nous n'allons quand même pas nous y rendre à pied ! Donnez-nous l'un des glisseurs !

— Certainement pas ! Nous ne vous devons rien ! »

Ce fut donc en marchant que les Chasch bleus partirent.

Toujours pas pleinement convaincu que les Bleus allaient s'abstenir de réclamer vengeance, Reith fit armer les neuf glisseurs saisis dans le dépôt de Dadiche, et ordonna qu'on aille les dissimuler dans les collines.

Le lendemain, il explora la ville l'esprit plus en repos, en compagnie de Traz, d'Anacho et de Derl. Au Centre Technique, il examina une fois encore la vedette, avec le vague espoir de la remettre en état. « Si j'avais le plein usage de cet atelier, et avec l'aide d'une vingtaine de spécialistes, je pourrais peut-être fabriquer un nouveau propulseur. Ce serait sans doute plus pratique d'essayer de lui adapter un moteur chasch – mais ça poserait immanquablement des problèmes de contrôle... Mieux vaudrait construire de toutes pièces un nouvel astronef. »

Derl fronça les sourcils devant le vaisseau silencieux. « Tu es donc à ce point résolu à quitter Tschaï ? Tu n'as même pas encore visité Cath. Peut-être ne voudras-tu jamais repartir quand tu l'auras vue.

— Possible, mais *toi*, tu n'as jamais mis les pieds sur Terre. Peut-être ne voudrais-tu plus jamais retourner sur Tschaï ensuite.

— Ce doit être un monde vraiment très étrange, fit la Fleur de Cath d'une voix songeuse. Les femmes de la Terre sont-elles belles ?

— Certaines d'entre elles, oui. (Reith lui prit la main.) Mais Tschaï compte également son lot de filles ravissantes. L'une d'elles s'appelle… » Et il lui murmura un nom à l'oreille.

Les joues soudain écarlates, la jeune femme posa sa main sur la bouche du Terrien. « Les autres pourraient entendre ! »

Le Wankh

I

À trois mille deux cents kilomètres à l'est de Pera, au-dessus de la Steppe morte, l'aéroglisseur commença à avoir des ratés. Il poursuivit un moment sa route sans incident, puis se mit à tanguer, à tressauter d'une façon pour le moins inquiétante. Adam Reith lança un regard affolé vers l'arrière, puis s'élança au pas de course en direction du belvédère de contrôle. Après avoir soulevé le capot en bronze spiralé, il regarda ici et là parmi les volutes, motifs floraux et souriants visages de chérubins qui dissimulaient presque malicieusement le moteur[1]. Ankhe at afram Anacho, l'Homme-Dirdir, vint bientôt le rejoindre.

« Tu sais ce qui ne va pas ? » lui demanda Reith.

Anacho fronça ses narines pâles, grommela quelque chose à propos d'un « antiquaille chasch » et d'une « expédition démentielle, pour commencer ». Le Terrien, habitué aux petites marottes de

1. Loin d'être de simples ornements destinés à dissimuler quelque fonctionnalité technique, de telles réalisations incarnaient surtout l'obsession des Chasch pour le concept même de complexité. Mêmes les Chasch verts nomades partageaient ce trait de caractère. En examinant leur sellerie et leurs armes, Reith avait été frappé par leur similarité avec les pièces de ferronnerie des Scythes antiques.

l'Homme-Dirdir, comprit qu'il était à la fois trop vaniteux pour reconnaître son ignorance et trop méprisant pour se targuer d'un savoir aussi rustre.

Le glisseur se mit à trembler de plus belle, tandis que du coffret de bois noir multidentelé fixé sur le côté du moteur s'échappaient de petits grincements. Anacho le tapota du doigt avec dignité. Le bruit cessa, tout comme les cahots. « Problème de corrosion, expliqua l'Homme-Dirdir. Due à l'action électromorphique qui s'exerce sur lui depuis un siècle, voire davantage. Je crois qu'il s'agit d'une copie du propulseur Heizakim Bursa, qui n'a jamais donné satisfaction et que les Dirdir ont abandonné il y a deux siècles.

— Tu penses que c'est réparable ?

— Comment pourrais-je le savoir ? J'ose à peine y toucher. »

Tous deux restèrent immobiles, l'oreille aux aguets. Le moteur bourdonnait avec régularité. Reith remit finalement le couvercle en place et regagna l'avant avec son compagnon.

Traz était roulé en boule sur un canapé, après une nuit entière de garde. Installée sur un pouf vert, une jambe repliée sous elle, la tête dans ses mains, la Fleur de Cath regardait fixement vers l'est – en direction de Cath. Cela faisait des heures qu'elle restait ainsi prostrée, sans rien dire à personne, ses cheveux soulevés par le vent. Elle n'ouvrait pas la bouche. Son comportement emplissait le Terrien de perplexité. À Pera, elle ne pensait qu'à retourner à Cath, parlait constamment du charme et de la beauté du Palais du Jade bleu, de la gratitude de son père si Reith parvenait à la ramener chez elle. Elle décrivait les bals merveilleux, les carrousels, les soirées aquatiques, les mascarades qui se succédaient selon le « rond ». (« Le “rond” ? Qu'est-ce que tu entends par là ? » lui avait demandé Reith. Ylin-Ylan, la Fleur de Cath, avait explosé de rire. « C'est juste ce que sont les choses, et ce qu'elles deviennent, bien évidemment ! Les plus intelligents parviennent d'ailleurs à anticiper les événements – justement parce qu'ils sont intelligents ! C'est tellement amusant ! ») Or, maintenant qu'ils étaient effectivement en route pour Cath, l'humeur de la jeune femme avait changé. Elle était devenue pensive, distante, elle éludait toutes les questions que Reith lui posait à ce propos. Le Terrien haussa les épaules et se détourna. Leur intimité appartenait désormais au passé – et tant mieux, du moins essayait-il de s'en convaincre. Le *pourquoi* d'une telle conclusion n'en restait pas moins une question lancinante. Deux objectifs l'avaient poussé à entreprendre le voyage jusqu'à Cath : d'abord, tenir la promesse qu'il avait faite à Ylin-Ylan ; deuxièmement, y trouver – du moins l'espérait-il – les moyens techniques lui permettant de construire un astronef, si petit, si rudimentaire soit-il. S'il pouvait pour cela compter sur la coopération du Seigneur Jade bleu – eh bien, ce serait encore mieux. En vérité, son appui lui était même tout simplement indispensable.

Pour rallier Cath, il fallait traverser la Steppe morte, passer au sud des monts Ojzanalaï, longer la steppe de Lok Lu au nord-est, franchir le désert sauvage du Zhaarken, survoler le détroit d'Achenkin jusqu'à la cité de Nerv, puis mettre cap au sud pour aborder enfin le pays de Cath après avoir suivi le littoral du Charchan. Une défaillance du glisseur n'importe où avant Nerv relèverait de la catastrophe. Comme pour illustrer cette éventualité, l'engin accusa un unique petit cahot, puis se remit en ligne.

La journée s'écoula. Sous leurs pieds se déployait la Steppe morte, brun-gris sous la chétive lumière de Carina 4269. Ils franchirent le grand fleuve Yatl au coucher du soleil, pour ensuite voler toute la nuit à la lueur des deux lunes, Az la rose et Braz la bleue. Au matin, ils aperçurent au nord des collines basses qui ne tarderaient pas à grossir pour devenir des montagnes abruptes : la chaîne des Ojzanalaï.

En milieu de matinée, ils se posèrent au bord d'un petit lac afin de refaire le plein d'eau. Traz paraissait inquiet. « Les Chasch verts ne sont pas loin. » Il tendit le doigt vers la forêt, qui débutait quinze cents mètres plus au sud. « Voilà où ils se cachent. Ils nous surveillent. »

Les réservoirs n'étaient pas encore pleins quand une quarantaine de Chasch verts surgirent de la forêt à dos de chevaux-sauteurs. Ylin-Ylan semblait prendre un malin plaisir à embarquer le plus lentement possible ; Reith la poussa littéralement à l'intérieur. Anacho tira aussitôt sur le levier de décollage – trop précipitamment, peut-être : le moteur se mit à crachoter, et le glisseur fit une violente embardée.

Reith se rua à l'arrière, souleva vivement le capot, se mit à marteler le coffret noir. Les crépitements cessèrent, et l'appareil passa à quelques mètres à peine des gigantesques épées des guerriers bondissants. Sitôt leurs montures à l'arrêt, ceux-ci pointèrent leurs catapultes en direction de l'appareil ; l'air s'emplit aussitôt de longues flèches de fer. Mais le glisseur se trouvait à cinq cents pieds d'altitude ; rares furent les projectiles à heurter sa coque au faîte de leur trajectoire.

L'appareil s'éloigna vers l'est en tressautant spasmodiquement. Les Chasch verts s'élancèrent à sa poursuite ; tanguant, gémissant, piquant parfois du nez au grand dam de l'estomac de ses occupants, il les distança peu à peu.

Les trépidations de l'engin devenaient insupportables. C'était en vain que Reith frappait le coffret à coups redoublés. « Il va falloir réparer, dit-il à Anacho.

— On peut toujours essayer. Mais ça va nous contraindre à atterrir.

— En pleine steppe ? Avec les Chasch verts sur nos talons ?

— On ne peut pas rester en vol. »

Traz désigna du doigt une série de collines au nord ; chacune s'achevait par une butte à peu près plate. « Le mieux serait d'atterrir sur l'un de ces sommets. »

Anacho modifia le cap en conséquence, ce qui eut pour effet d'augmenter de façon plus inquiétante encore les saccades du glisseur ; l'avant se mit à tournoyer comme une toupie excentrée.

« Tiens bon ! s'écria Reith.

— Je ne suis même pas certain d'atteindre la première colline, grommela Anacho.

— Essaie d'aller jusqu'à la suivante ! » lui hurla Traz. La seconde butte, avec ses parois à pic, semblait effectivement être un meilleur choix que la première – pour peu que le glisseur parvienne à tenir en l'air assez longtemps.

Anacho laissa l'appareil passer en vol plané entre les deux promontoires, puis se posa sur le second. L'absence de mouvement leur fit l'effet du silence après un bruit puissant.

Les voyageurs mirent pied à terre, leurs muscles raides de tension. Reith contempla l'horizon avec dégoût : il lui était difficile d'imaginer un endroit plus désolé que ce piton de cent vingt mètres planté en plein cœur de la Steppe morte. Envolé, son espoir d'atteindre Cath sans encombre.

Traz s'approcha du bord de l'abîme, au-dessus duquel il se pencha. « On ne sera peut-être même pas capables de descendre. »

La trousse de survie que Reith avait récupérée dans l'épave de la vedette contenait entre autres choses un pistolet à dards explosifs, une cellule à énergie, un télescope électronique, un couteau, des antiseptiques, un miroir et trois cents mètres de corde solide. « Si, fit-il, on peut y arriver. Mais je préférerais quand même utiliser la voie des airs. (Il se tourna vers Anacho, qui regardait le glisseur d'un air morose.) Tu penses qu'on va pouvoir réparer ? »

L'Homme-Dirdir frotta avec dégoût ses longues mains blanches l'une contre l'autre. « Tu dois comprendre que jamais je n'ai appris à faire de telles choses.

— Montre-moi ce qui ne va pas. Je devrais pouvoir réparer. »

Le long visage bouffon d'Anacho s'allongea encore. Reith était le vivant démenti des axiomes qu'il chérissait le plus. D'après l'orthodoxie dirdir, Dirdir et Hommes-Dirdir avaient évolué ensemble à l'intérieur d'un Œuf primordial sur Sibol, la planète natale des premiers ; les seuls hommes authentiques étaient les Hommes-Dirdir – tous les autres étaient des erreurs de la nature. Anacho, qui avait du mal à concilier la compétence de Reith et ses propres idées préconçues, se comportait avec un curieux mélange de désapprobation envieuse, d'admiration réticente et de loyauté forcée. Aussi, plutôt que de laisser une fois de plus le dernier mot au Terrien, se dirigea-t-il à grands pas vers l'arrière, pour plonger sa longue tête de clown blafarde à l'intérieur du capot.

La surface de la butte n'accueillait pas la moindre trace de végétation ; ici et là s'y écoulaient de petites rigoles à moitié obstruées de sable grossier. Ylin-Ylan, la mine renfrognée, faisait les cent pas. Outre la blouse et le pantalon gris des nomades de la steppe, elle portait une veste de velours noir ; c'était sans doute la première fois que des chaussons foulaient cette roche inhospitalière, songea Reith. Traz, posté au bord de la butte, avait les yeux braqués vers l'ouest. Le Terrien le rejoignit pour scruter lui aussi l'étendue désolée – sans rien y voir.

« Les Chasch verts… murmura Traz. Ils savent que nous sommes ici. »

De nouveau, Reith fouilla le paysage du regard – des basses collines noires au nord jusqu'à la brume qui flottait au sud. Rien… Pas un mouvement, pas un tourbillon de poussière. Il sortit son sondoscope – des jumelles à magnification lumineuse – et entreprit d'explorer les ténèbres grisâtres. Pour bientôt distinguer des points noirs sautillants, qui lui évoquèrent des puces. « Exact, fit-il. Ils sont bel et bien là. »

Traz hocha la tête sans grand intérêt. Reith sourit, comme toujours amusé par la sombre sagesse de l'adolescent. Il l'abandonna pour retourner dans le glisseur. « Où en sont les réparations ? »

Pour toute réponse, Anacho eut un haussement d'épaules irrité. « Tu as des yeux, non ? »

Le Terrien s'approcha, se pencha sur le coffret noir, que son compagnon avait ouvert ; s'y trouvait toute une multitude de petits éléments étroitement imbriqués. « La corrosion et l'usure – voilà les responsables, fit l'Homme-Dirdir. J'espère parvenir à insérer des pièces neuves ici et ici. (Il désigna les emplacements du doigt.) Ce qui n'a rien de facile sans équipements adaptés.

— Autrement dit, nous n'allons pas pouvoir repartir ce soir ?

— Pas avant demain midi… dans le meilleur des cas. »

Le tour que Reith fit de la butte, d'une circonférence de cent à cent vingt-cinq mètres, le rassura quelque peu. Partout les parois descendaient à la verticale, et au pied du promontoire saillaient des espèces d'ailerons rocheux qui y formaient des crevasses et des grottes. Escalader cette véritable muraille ne semblait nullement évident, et il doutait que les Chasch verts se lancent dans une entreprise si difficile pour le plaisir futile de massacrer quelques hommes.

Le vieux soleil brunâtre n'allait pas tarder à se coucher à l'ouest ; les ombres des trois voyageurs s'étiraient sur la butte. Ylin-Ylan s'arracha à sa contemplation de l'horizon pour se tourner vers Traz et le Terrien, qu'elle regarda un moment avant de se décider à les rejoindre – lentement, presque à contrecœur. « Qu'est-ce que vous regardez ? »

Reith tendit la main. Les chevaux-sauteurs des Chasch verts étaient désormais visibles à l'œil nu – de sombres grains de poussière bondissant d'une façon saccadée.

La jeune femme retint son souffle. « C'est après nous qu'ils en ont ?

— On peut l'imaginer, oui.

— Est-ce qu'on peut les repousser ? Nous avons des armes ?

— Il y a des gicle-sable à bord. S'ils escaladent les falaises après la tombée de la nuit, ils pourraient faire des dégâts. Mais il n'y a aucune inquiétude à avoir dans la journée. »

Les lèvres d'Ylin-Ylan tremblaient. « Si jamais je retourne à Cath, fit-elle d'une voix presque inaudible, j'irai me cacher au fond de la grotte la plus reculée du jardin du Jade bleu, et plus jamais je n'en ressortirai. Si jamais j'y retourne ! »

Reith passa son bras autour de la taille de la fille, qui se tenait raide comme un piquet. « Bien sûr que tu vas y retourner : ta vie va reprendre exactement là où elle s'est interrompue.

— Non. Quelqu'un d'autre peut bien devenir Fleur de Cath ; grand bien lui fasse… Aussi longtemps qu'elle ne met pas Ylin-Ylan dans son bouquet. »

Un tel pessimisme intriguait Reith. Jusque-là, la jeune femme avait stoïquement supporté toutes les épreuves qui l'avaient accablée. Et voilà qu'elle sombrait dans la morosité, alors que ses chances de revoir son pays s'étaient considérablement améliorées. Le Terrien poussa un long soupir, puis s'en fut, la laissant seule.

Les Chasch verts n'étaient plus qu'à quinze cents mètres d'eux. Reith et Traz reculèrent pour éviter d'attirer l'attention, au cas où ils n'auraient pas conscience de leur présence. Un espoir bientôt réduit à néant. Les cavaliers vinrent s'immobiliser à la base de la butte, mirent pied à terre et entreprirent d'examiner la paroi – Reith en compta quarante. De taille variable – les plus petits mesuraient environ deux mètres dix, les plus grands deux mètres cinquante –, aussi massifs que musculeux, ils arboraient des écailles d'un vert métallique similaires à celles d'un pangolin. Sous la protubérance crânienne se trouvait un visage étroit, qui évoquait à Reith la face agrandie de quelque insecte féroce. Ils portaient des tabliers et des harnais de cuir ; en guise d'armes, ils avaient des épées qui semblaient aussi démesurées que peu maniables, comme toutes celles que le Terrien avait pu voir sur Tschaï. La plupart dépassaient les deux mètres cinquante de long, certaines étaient plus grandes encore. Quelques guerriers armèrent leurs catapultes ; Reith battit en retraite pour éviter la volée de carreaux. Il se mit en quête de rochers pour les jeter sur l'assaillant, sans en trouver un seul.

Certains des Chasch entreprirent de faire le tour de la butte, afin d'étudier la configuration des parois. Traz se précipita au bord de l'entablement pour monter la garde.

Tous finirent par rejoindre le gros de la troupe, pour y entamer d'interminables palabres. Reith en conclut que l'idée d'escalader la paroi ne les emballait guère. Ils entreprirent d'ailleurs de dresser leur camp : après avoir attaché leurs montures, entre les mâchoires blêmes desquelles ils enfournèrent une substance noire et poisseuse, ils allumèrent trois feux pour y faire cuire des morceaux de la même matière. Une fois le repas prêt, ils s'entassèrent sous des tertres en forme de crapauds et se mirent à dévorer sans joie le contenu de leurs chaudrons. Le soleil s'enfonça dans le brouillard, et un crépuscule bistre s'abattit sur la steppe. Anacho émergea du glisseur, alla jeter un coup d'œil sur les Chasch verts. « Des Zants Mineurs. Tu vois les excroissances de chaque côté de leur crâne ? Ça les distingue des Zants Majeurs et des autres hordes. Ces créatures-là n'ont guère d'importance.

— Pas de *mon* point de vue », rétorqua Reith.

Soudain, Traz sursauta et désigna quelque chose du doigt. Une haute silhouette noire avait surgi d'une crevasse entre deux pans de rochers. « Un Phung ! »

Reith porta le sondoscope à ses yeux. Il s'agissait bel et bien d'un Phung. Impossible de deviner d'où il était sorti.

Il mesurait près de deux mètres cinquante, et ressemblait à une sauterelle géante en toge magistrale avec sa cape et son capuchon noirs. Les plaques chitineuses qui entouraient la partie inférieure de son mufle tronqué remuaient lentement. Le Phung observait avec un détachement morose les Chasch verts penchés sur leurs marmites à moins de dix mètres de lui.

« Une créature démente, murmura Traz, les yeux brillants. Regarde, il va leur jouer un tour de son cru ! »

Le Phung baissa ses longs bras grêles pour ramasser un petit rocher, qu'il lança aussitôt dans les airs. Le projectile improvisé retomba au beau milieu des Chasch, en plein dans un dos massif.

Les Verts bondirent sur leurs pieds, levèrent des yeux furieux en direction du sommet de la butte. Le Phung demeurait immobile, perdu dans la pénombre. Sa victime gisait à plat ventre sur le sol, ses membres agités de mouvements convulsifs évoquant un nageur.

Le Phung ramassa habilement un autre bloc de pierre, encore plus gros – mais cette fois les Chasch purent voir d'où il l'avait lancé. Poussant des glapissements de rage, ils empoignèrent leurs épées et se ruèrent en avant. Le Phung fit un grand pas de côté, puis dans un grand envol d'étoffe bondit sur l'un de ses assaillants pour lui arracher son épée, qu'il brandit ensuite comme s'il s'agissait d'un vulgaire cure-dents ; il se mit alors à faire des moulinets, à frapper d'estoc et de taille tout en tourbillonnant dans tous les sens, sans tactique apparente. Les Chasch se dispersèrent ; quelques-uns gisaient sur le sol, et le Phung bondissait ici et là pour abattre férocement son épée sur tout ce qui passait à sa portée – les Chasch verts, les flammes, le vide – tel un jouet mécanique déréglé.

Les Chasch repartirent à l'attaque, le corps presque plié en deux. Leurs lames sifflèrent ; le Phung jeta son épée au loin, comme si elle lui brûlait les doigts, et finit taillé en pièces. Sa tête toujours encapuchonnée atterrit à trois mètres d'un des foyers. Reith l'observa à travers son sondoscope ; elle paraissait consciente, impavide. Ses yeux fixaient le feu, ses mandibules mâchaient lentement dans le vide.

« Elle va encore à vivre pendant des jours, fit Traz d'une voix rauque, jusqu'à ce qu'elle soit complètement desséchée. Elle va se durcir peu à peu. »

Sans prêter davantage attention à la créature, les Chasch s'empressèrent de seller leurs montures et de charger leur matériel dessus. Cinq minutes plus tard, ils s'étaient déjà enfoncés dans les ténèbres. La tête du Phung fixait pensivement les flammes dansantes.

Les deux hommes restèrent quelque temps encore accroupis au bord du précipice, à scruter la steppe tout en débattant de la nature des Phung. Traz soutenait qu'ils étaient le fruit d'une union contre nature entre les Pnumekin et les cadavres des Pnume.

« Le germe s'enfonce dans la chair décomposée comme un ver dans le bois ; au bout du compte, il en ressort sous la forme d'un jeune Phung, qui ressemble peu ou prou à un molosse nocturne imberbe.

— C'est totalement absurde, mon garçon ! s'exclama Anacho d'une voix passablement condescendante. En réalité, ils se reproduisent comme les Pnume – un processus d'ailleurs assez stupéfiant, si j'en crois ce qui m'a été rapporté. »

Traz, qui ne le cédait en rien à l'Homme-Dirdir sur le chapitre de la vanité, se tendit quelque peu. « Comment peux-tu parler avec autant d'assurance ? As-tu déjà assisté au processus ? As-tu déjà vu un Phung en compagnie d'autres Phung, ou garder un petit ? (L'adolescent eut un rictus méprisant.) Non ! Ils vivent toujours seuls, trop fous qu'ils sont pour procréer ! »

Anacho fit du doigt un geste empreint d'un didactisme outrancier. « Il est rare qu'on observe des Pnume en groupe – voire des Pnume *seuls*, soit dit en passant. Ça n'en reste pas moins une race florissante, à sa manière bien particulière. Les généralisations hâtives sont sujettes à caution. La vérité, c'est qu'après toutes ces années que nous avons passées sur Tschaï, nous en connaissons encore bien peu sur les Phung et les Pnume. »

Traz se borna à lâcher un grognement inintelligible, trop avisé qu'il était pour ne pas reconnaître la véracité du raisonnement d'Anacho, et trop fier pour revenir piteusement sur ses positions. L'Homme-Dirdir, pour sa part, ne chercha pas à pousser plus loin un avantage qu'il savait superficiel. Avec le temps, songea Reith, tous deux pourraient fort bien finir par se respecter.

Au matin, Anacho se remit à bricoler le moteur, sous le regard des autres – qui pour leur part se bornaient à grelotter dans le vent glacé qui soufflait du nord. D'une voix lugubre, Traz annonça qu'il allait pleuvoir ; du brouillard vint bientôt recouvrir le sommet des collines au nord.

Enfin, Anacho laissa tomber ses outils d'un geste dégoûté. « J'ai fait ce que j'ai pu, dit-il d'une voix morne. Le glisseur va voler. Mais il n'ira pas loin.

— Jusqu'où, à ton avis ? s'enquit Reith, conscient qu'Ylin-Ylan s'était tournée vers eux, attentive. Jusqu'à Cath ? »

Les mains d'Anacho se mirent à gesticuler, en une incompréhensible pantomime dirdir. « Impossible de rallier Cath par l'itinéraire prévu. Le moteur tombe en poussière. »

Ylin-Ylan se détourna, contempla fixement ses poings serrés.

« En mettant cap au sud, poursuivit Anacho, on a une chance d'atteindre Coad, sur le Dwan Zher, d'où nous pourrions prendre un navire pour traverser le Draschade. Ce serait plus long, et moins rapide – mais ça nous permettra sans doute d'arriver à Cath.

— Apparemment, conclut Reith, nous n'avons pas le choix. »

2

Pendant quelque temps, ils suivirent vers le sud le vaste fleuve Nabiga en se maintenant à quelques mètres à peine du sol, pour éviter autant que possible de tirer sur les plaques répulsives. Le cours d'eau finit par s'infléchir vers l'ouest, délimitant la Steppe morte et celle d'Aman, et le glisseur poursuivit au sud à travers une région inhospitalière de forêts obscures, de fondrières et de marécages. En une occasion, les voyageurs aperçurent une caravane dans le lointain – théorie de chariots hauts sur pattes et de poussifs pavillons ambulants. Une autre fois, ils tombèrent sur un groupe de nomades aux épaules ornées de fétiches de plumes rouges, qui s'élancèrent frénétiquement au galop à travers la steppe pour les intercepter ; les distancer leur prit un certain temps.

En fin d'après-midi, l'appareil passa tant bien que mal au-dessus d'une série de collines d'un noir tirant sur le roux. Il tressautait, gigotait de tous côtés ; du coffret noir s'échappaient d'inquiétants grincements. Reith volait en rase-mottes, frôlant parfois la cime des fougères arborescentes. À mi-pente, le glisseur passa à quelques centimètres d'un camp habité par des créatures cabriolantes, apparemment des hommes, enveloppées dans de volumineuses robes blanches. Après s'être couchées à plat ventre, elles se mirent à pousser des hurlements scandalisés et à tirer des coups de mousquet sur l'appareil, que la course zigzagante rendait peu ou prou invulnérable.

La nuit durant, ils survolèrent une forêt extrêmement dense – qui s'étendait encore sous leurs pieds une fois le matin venu : un manteau noir, vert et roux qui recouvrait la steppe d'Aman à perte de vue. Traz déclara que celle-ci s'achevait au niveau des collines – et qu'il devait donc s'agir ici de la Grande Forêt de Daduz. Anacho contesta aussitôt ces dires d'une voix condescendante ; il déroula même une carte pour indiquer de son long doigt blanc divers repères topographiques qui étayaient son assertion.

Le visage carré de Traz se renfrogna. « C'est la Grande Forêt de Daduz, insista-t-il. Quand parmi les Emblèmes j'arborais Onmale, j'y ai conduit deux fois la tribu pour y trouver des herbes et des teintures. »

Anacho rangea sa carte. « Ça ne change rien. Steppe ou forêt, nous allons devoir la traverser. » Le moteur émit alors un funeste borborygme ; l'Homme-Dirdir se tourna vers la poupe, la mine sévère. « Je pense qu'on va pouvoir atteindre les faubourgs de Coad, mais nous serons incapables de faire un kilomètre de plus. Et quand nous soulèverons le couvercle du carter, nous n'y trouverons qu'un monceau de ferraille rouillée.

— Mais on va quand même atteindre Coad ? demanda Ylin-Ylan d'une voix sans timbre.

— Je crois que oui. Il ne nous reste que trois cents kilomètres à parcourir. »

Une gaieté éphémère anima aussitôt les traits d'Ylin-Ylan. « Comme les choses ont changé, fit-elle. À ma dernière venue à Coad, j'étais prisonnière des prêtresses ! » S'en souvenir parut la déprimer ; elle s'emmura aussitôt de nouveau dans ses pensées.

La nuit approchait. Cent cinquante kilomètres les séparaient encore de Coad. La forêt se réduisait désormais à une succession d'immenses arbres noir et or, aux pieds desquels s'étendait du gazon brouté par des bêtes trapues à six pattes, hérissées de défenses et de cornes. Se poser pour la nuit ne semblait guère faisable, et peu importait à Reith d'arriver à Coad avant le matin. Anacho abonda dans son sens. Ils coupèrent le moteur, fixèrent un filin à un arbre ; les répulseurs allaient la nuit durant maintenir l'engin entre ciel et terre.

Après dîner, la Fleur de Cath se retira dans sa cabine, derrière le carré. Traz contempla un moment le firmament, écouta le feulement des bêtes sous leurs pieds, puis s'enroula dans sa tunique et s'allongea sur un divan.

Reith, accoudé à la rambarde, regarda Az la rose atteindre son zénith au moment même où Braz la bleue se levait dans le lointain derrière le feuillage d'un arbre gigantesque.

Anacho vint le rejoindre. « Alors, comment vois-tu demain ?

— J'ignore tout de Coad. Le mieux, je crois, sera de nous informer sur les moyens de traverser le Draschade.

— Tu es toujours décidé à accompagner cette femme jusqu'à Cath ?

— Bien sûr », répondit Reith, un peu surpris.

Anacho siffla entre ses dents. « Tu devrais te contenter de la mettre sur un bateau. Rien ne t'oblige à t'y rendre toi-même.

— Exact, mais je n'ai aucune envie de rester à Coad.

— Et pourquoi donc ? Même les Hommes-Dirdir s'y arrêtent de temps à autre. Tout y est à vendre – pour peu qu'on ait de l'argent.

— Même un astronef ?

— J'en doute… Il semble bien que ton obsession ne t'ait pas quitté. »

Reith s'esclaffa. « Si tu le dis.

— J'avoue que tu me plonges dans des abîmes de perplexité, enchaîna Anacho. L'explication la plus vraisemblable – et je ne saurais trop t'exhorter à la faire tienne –, c'est que tu souffres d'amnésie, et que ton subconscient a inventé une fable pour rendre compte de ton existence. Une fable à laquelle tu crois profondément, bien sûr.

— C'est là une hypothèse raisonnable, convint Reith.

— Il n'en demeure pas moins quelques détails bizarres, poursuivit pensivement Anacho. L'équipement remarquable dont tu disposes – ton télescope électronique, ton arme à énergie… parmi bien d'autres objets tout aussi singuliers. Je suis peut-être incapable d'en identifier l'origine, mais ils rivalisent sans peine avec ce que les Dirdir font de mieux dans le genre. Il doit j'imagine avoir été fabriqué sur la planète natale des Wankh ; c'est bien cela ?

— Comment veux-tu que je le sache, si je suis amnésique ? »

Anacho eut un petit ricanement sec. « Et tu as toujours l'intention de te rendre à Cath ?

— Évidemment. Et toi ? »

L'Homme-Dirdir haussa les épaules. « Là ou ailleurs… personnellement, ça m'est égal. Mais je doute que tu aies la moindre idée de ce qui t'attend au pays de Cath.

— Je ne le connais que par ouï-dire. Ses habitants se targuent d'être… *civilisés*, apparemment. »

Nouveau haussement d'épaules d'Anacho – condescendant, cette fois. « Ce sont des Yao, une race exaltée qui s'adonne aux rites et au faste, sujette aux comportements excessifs. Tu risques fort de trouver déroutantes les complexités de cette culture. »

Reith fronça les sourcils. « J'espère qu'il n'en sera rien. Ylin-Ylan s'est portée garante de la gratitude de son père, ce qui devrait simplifier les choses !

— *Formellement*, il fera preuve de gratitude, c'est certain.

— Formellement ? Et… dans la pratique ?

— Le fait que tu entretiennes un commerce érotique avec cette fille ne va certainement pas simplifier les choses. »

Le Terrien eut un sourire amer. « Ce “commerce érotique” n'est plus d'actualité depuis longtemps. (Ses yeux revinrent se poser sur le pavillon.) Franchement, je ne la comprends pas. La perspective de rentrer chez elle a vraiment l'air de la perturber. »

Anacho scruta des yeux l'obscurité. « Serais-tu donc naïf à ce point ? À l'évidence, elle redoute le moment où il lui faudra nous introduire tous trois dans la société de Cath. Elle serait folle de joie si tu la laissais y retourner seule. »

Reith éclata d'un rire dépourvu de gaieté. « Ylin-Ylan chantait un autre air, à Pera. Elle me suppliait de la ramener à Cath.

— C'était alors une perspective lointaine. Maintenant, elle doit affronter la réalité.

— Mais c'est ridicule ! Traz est ce qu'il est. Toi, tu es un Homme-Dirdir, ce que personne ne peut te reprocher…

— Aucun de nous deux ne pose problème, déclara Anacho avec un élégant moulinet des doigts. Nos positions sont immuables. *Toi*, par contre, c'est une autre affaire. Mieux vaudrait pour tout le monde que tu expédies la fille chez elle toute seule. »

Reith contempla l'océan de cimes au clair de lune. Le point de vue d'Anacho, à supposer qu'il soit fondé, lui semblait loin d'être lucide – et lui posait un dilemme. Ne pas se rendre à Cath revenait plus ou moins à renoncer à sa meilleure chance de construire un astronef. La seule alternative restait d'en voler un aux Dirdir, ou aux Wankh, ou – dans le pire des cas – aux Chasch bleus. Somme toute de bien sombres perspectives... « Pourquoi serais-je moins fréquentable que toi ou Traz ? À cause de notre petit “commerce érotique” ?

— Bien sûr que non. Les Yao ne s'intéressent guère aux actes – ils préfèrent la théorie. Un tel manque de discernement m'étonne de ta part.

— Encore un coup de mon amnésie. »

Anacho haussa les épaules. « Pour commencer – et peut-être est-ce dû à ton “amnésie” – tu n'as ni statut, ni position, ni place dans le “rond” de Cath. En tant qu'élément inclassable, tu représentes un facteur de troubles, comme un zizyl dans une salle de bal. En second lieu, et ça me semble plus grave encore, ce que tu professes n'est guère à la mode dans le Cath d'aujourd'hui.

— Tu fais là allusion à mon “obsession”, j'imagine ?

— Il se trouve malheureusement qu'elle rappelle un mouvement hystérique ayant caractérisé un précédent cycle du “rond”. Il y a cent cinquante ans, une coterie d'Hommes-Dirdir a été exclue des académies d'Eliasir et d'Anismma en raison des doctrines chimériques qu'on les accusait de propager. Ils ont introduit leur philosophie au pays de Cath, où elle a généré une mode tendancieuse : la Société des Ardents Attentistes, ou “culte”. Le nouveau dogme défiait les principes établis. Il professait que tous les hommes, les Hommes-Dirdir aussi bien que les sous-hommes, étaient des immigrants venus d'une lointaine planète de la constellation de Clari – un paradis où toutes les espérances humaines s'étaient réalisées. L'enthousiasme à l'égard du “culte” a littéralement *galvanisé* Cath ; un émetteur radio a été construit, des messages envoyés en direction de Clari. Pareille activité n'a… pas plu à tout le monde : Settra et Ballisidre ont fini rasées par des torpilles. Les Dirdir sont généralement tenus pour responsables de ce bombardement, mais ça me semble absurde : pourquoi se seraient-ils donné tant de mal ? Je t'assure qu'ils sont bien trop distants pour ça, bien trop… insensibles.

« Mais bon, quels qu'aient été les coupables, le mal était fait. Settra et Ballisidre n'étaient plus que ruines, le "culte" est tombé dans le discrédit, les Hommes-Dirdir ont été expulsés, et l'orthodoxie a repris ses droits. De nos jours, le simple fait de *mentionner* le "culte" est considéré comme vulgaire – ce qui nous ramène à ton cas. À l'évidence, tu t'es retrouvé exposé à un dogme "cultiste", que tu as assimilé et qui se manifeste à présent dans ton comportement, tes actes, tes buts. Tu donnes l'impression d'être incapable de distinguer le réel du chimérique. Pour parler franchement, tu es tellement perturbé sur ce plan qu'on pourrait te croire atteint de troubles psychiques. »

Reith refoula le fou rire qu'il sentait monter dans sa gorge – cela n'aurait fait que renforcer les doutes que nourrissait Anacho quant à son équilibre mental. Une bonne douzaine d'objections lui brûlaient les lèvres ; il se contraignit à toutes les garder pour lui. « Quoi qu'il en soit, finit-il par reprendre, j'apprécie ta franchise.

— Je t'en prie, répliqua sereinement l'Homme-Dirdir. J'espère au moins t'avoir éclairé sur la nature des appréhensions de cette fille.

— Oui. Tout comme toi, elle me prend pour un fou. »

Anacho plissa les yeux en direction de la lune rose. « Tant qu'elle se trouvait loin du "rond", à Pera ou ailleurs, elle pouvait faire preuve d'une certaine… tolérance à ton égard. Mais maintenant que son retour à Cath est imminent… » Laissant sa phrase en suspens, il partit rejoindre son divan dans le salon.

Reith se rendit au poste de vigie avant, sous la grande lanterne de proue. Un souffle d'air frais lui caressa le visage. Le glisseur oscillait paresseusement au-dessus des arbres. Du sol lui parvint alors un martèlement furtif de pas. Le Terrien tendit l'oreille ; le bruit cessa un instant, pour reprendre de plus belle – et se perdre dans la forêt. Reith leva les yeux en direction le ciel, où brillaient les deux lunes, Az la rose et Braz la bleue. Son regard revint alors au pavillon où dormaient ses compagnons : un jeune nomade du clan des Emblèmes, un homme au visage de clown ayant évolué au point d'emprunter des traits à une race extraterrestre, une ravissante Yao qui le prenait pour un fou. De nouveau lui parvinrent des bruits de pas étouffés. Peut-être était-il effectivement fou, après tout…

Reith avait retrouvé son sang-froid au matin – il était même capable d'apprécier l'humour grotesque de leur situation. Comme rien ne semblait justifier qu'il modifie ses plans, le glisseur reprit tant bien que mal sa route en direction du sud. La forêt se réduisit bientôt à de simples broussailles, qui elles-mêmes laissèrent place à des bosquets isolés, des pâturages, des cabanes, des tours de guet destinées à signaler d'éventuelles incursions de nomades, des tronçons de route creusés d'ornières. À l'instabilité du glisseur, qui s'était encore aggravée, s'ajoutait désormais la tendance inquiétante qu'avait l'arrière à s'affaisser. Au milieu de la matinée, ils atteignirent une chaîne de basses collines – mais encore trop hautes pour l'état actuel de l'appareil. Mais devant leurs yeux apparut comme par miracle une brèche, à travers laquelle il se faufila d'extrême justesse.

Devant leurs yeux s'étendaient désormais le Dwan Zher et Coad – une ville compacte, qui dégageait une aura d'ancienneté. Les maisons de bois aux poutres pourries étaient coiffées d'énormes toits pointus ornés d'une multitude de pignons de guingois, de flèches, de lucarnes excentriques et de hautes cheminées. Une douzaine de bateaux se dirigeaient vers les amarrages ; il y en avait autant ancrés de l'autre côté de la baie, devant le quai des consignataires. Au nord se trouvait le terminus des caravanes, derrière une vaste enceinte entourée d'hôtels, de tavernes et d'entrepôts. Pareil terrain d'atterrissage arrivait à point nommé : Reith doutait que le glisseur soit capable de tenir beaucoup plus longtemps en l'air.

L'appareil commença à piquer par l'arrière ; les répulseurs émirent un ultime gémissement laborieux avant de se taire définitivement – un silence éloquent. « Et voilà ! soupira le Terrien. Je suis content qu'on y soit arrivés. »

Les voyageurs regroupèrent leur maigre bagage, puis débarquèrent sans se préoccuper davantage du glisseur.

Le marchand d'engrais qu'Anacho alla questionner leur conseilla de se rendre au *Grand Continental*, le meilleur hôtel de la ville.

Coad était une cité parmi les plus actives. Le long de ses rues sinueuses, que baignait la lueur fauve du soleil, allaient et venaient des hommes et des femmes de toutes castes, de toutes couleurs : des îliens jaunes ou noirs, des marchands d'écorces horasins emmitouflés dans leurs robes grises, des Caucasoïdes de la steppe d'Aman issus de la même souche que Traz, des Hommes-Dirdir purs et hybrides, des nains sieps originaires des Ojzanalaï orientales, qui jouaient de la musique dans les rues, quelques hommes blancs au visage aplati originaires du continent méridional de Kislovan. Les indigènes – les Tans – étaient des gens affables au visage vulpin, avec de larges pommettes raffinées, un menton pointu, des cheveux roux ou châtain foncé coupés en frange au-dessus des oreilles et du front. La plupart d'entre eux portaient des pantalons qui s'arrêtaient aux genoux, une veste brodée, ainsi qu'un chapeau noir en forme de galette. Il y avait un grand nombre de palanquins, tirés par des hommes aussi trapus que noueux, au nez curieusement allongé, à la chevelure filandreuse, qui semblaient appartenir à une race distincte. Ce métier était apparemment leur seule occupation. Reith apprendrait par la suite qu'ils étaient originaires de Grenie, de l'autre côté du Dwan Zher.

Le Terrien crut apercevoir un Dirdir à un balcon, mais ses yeux auraient pu le tromper. À un moment donné, Traz le prit par le coude et lui désigna du doigt deux personnages fluets, affublés de pantalons noirs bouffants, d'une cape assortie à hausse-col qui découvrait uniquement leur visage, et d'une sorte de capuchon cylindrique à large bord qui leur surmontait la tête – de véritables caricatures de mystère et d'intrigues. « Des Pnumekin ! siffla l'adolescent, comme si leur vue même le scandalisait. Regarde-les ! Ils marchent parmi les hommes sans détourner le regard, leur esprit empli d'étranges pensées ! »

Ils arrivèrent à l'hôtellerie, un édifice de trois étages à l'architecture improbable, avec une terrasse de café en façade, un restaurant niché à l'arrière dans un arbre gigantesque, et des balcons donnant sur la rue. En échange de leurs sequins, l'employé installé derrière le guichet leur donna des clés de fer noir aux formes fantasques, aussi grandes que leurs mains, et leur indiqua où se trouvaient leurs chambres.

« Nous avons fait un long et éprouvant voyage, dit Anacho. Nous aurons besoin d'un bain, d'onguents de bonne qualité et de linge propre. À la suite de quoi nous prendrons notre dîner.

— Il en sera fait selon vos désirs. »

Une heure plus tard, les quatre compagnons se retrouvèrent frais et dispos dans le salon du rez-de-chaussée, pour y être accostés par un homme aux traits mélancoliques, qui arborait des cheveux aussi noirs que ses yeux. « Vous venez d'arriver à Coad ? » s'enquit-il d'une voix douce.

Anacho se mit aussitôt sur ses gardes. « Absolument pas. On nous connaît fort bien ici, et nous n'avons besoin de rien.

— Je représente la Guilde des preneurs d'esclaves, et voici ce que m'inspire votre groupe : la fille vaut cher, le garçon beaucoup moins. Les Hommes-Dirdir sont généralement considérés comme des bons à rien, sauf pour les tâches bureaucratiques ou administratives, pour lesquelles nous n'avons actuellement aucune demande. Il serait assimilé aux ramasseurs de bigorneaux ou aux concasseurs de noix – rien de bien extraordinaire, donc. Et cet homme, là, quel qu'il soit, me semble capable d'effectuer des tâches physiques ; il me paraît par conséquent vendable au tarif moyen. Tout bien considéré, votre assurance sera de dix sequins par semaine.

— Assurance contre quoi ? s'enquit Reith.

— Contre le risque d'être capturés et vendus, murmura l'agent. La demande est forte dans cette ville pour des travailleurs compétents. Mais, déclara-t-il triomphalement, moyennant dix sequins par semaine, vous pourrez arpenter les rues de Coad de nuit comme de jour en toute sécurité – le démon Harasthy pourrait tout aussi bien s'être perché sur vos épaules ! En cas de séquestration par un acheteur non autorisé, la Guilde ordonnera immédiatement votre libération. »

Reith fit un pas en arrière, mi-amusé, mi-écœuré. « Montre-moi tes lettres de créance », ordonna Anacho de sa voix la plus nasillarde.

L'autre ouvrit toute grande la bouche. « Mes lettres de créance ?

— Nous voulons voir un document, un blason – un quelconque certificat. Quoi ? Tu n'en as pas ? Nous prendrais-tu pour des imbéciles, par hasard ? Allez, disparais ! »

L'individu s'éloigna aussitôt sans demander son reste. « Était-ce vraiment un imposteur ? s'enquit le Terrien.

— Difficile à dire, mais il faut bien fixer la limite quelque part. Allons manger : après des semaines à me contenter de gousses bouillies et d'herbe à pèlerin, j'ai un sérieux appétit. »

Ils prirent place dans la salle à manger, une vaste tonnelle recouverte d'une coupole de verre qui laissait filtrer une lumière ivoirine. Des plantes grimpantes tapissaient les murs ; des fougères pourpre et bleu pâle en décoraient les coins. L'extrémité de la pièce donnait sur le Dwan Zher, et sur un banc tourmenté de cumulus à l'horizon.

La salle était à moitié pleine – peut-être deux douzaines de convives attablés devant des écuelles, des bols en bois noir et des poteries rouges, occupés à parler à voix basse tout en observant discrètement les autres clients. Traz examina les lieux avec une désapprobation manifeste ; sans doute, songea Reith, était-ce là son premier contact avec ce qui devait représenter à ses yeux un excès de raffinement, d'une complication outrancière.

Il remarqua qu'Ylin-Ylan regardait de tous côtés, comme abasourdie par ce qu'elle voyait. Elle détourna presque immédiatement les yeux – à se demander si elle n'avait pas soudain vu quelque chose qui l'avait mise mal à l'aise. Reith suivit son regard, mais ne vit rien qui sorte de l'ordinaire. Peu désireux de se faire rabrouer, il préféra s'abstenir de lui demander les raisons de son émoi, et se borna donc à lui lancer un sourire gêné. Charmant, vraiment : à croire que la jeune femme ne nourrissait plus pour lui que du dégoût ! C'était là parfaitement compréhensible, si bien sûr l'explication d'Anacho était exacte. Le sardonique Homme-Dirdir ne tarda d'ailleurs pas à résoudre l'énigme que le comportement d'Ylin-Ylan représentait à ses yeux :

« Jette un coup d'œil au type installé à la table du fond, lui murmura Anacho. Celui en manteau vert et pourpre. »

Reith tourna donc la tête – pour découvrir un jeune et pimpant spadassin à la chevelure soigneusement peignée, dont le visage s'agrémentait d'une épaisse moustache dorée passablement stupéfiante. Ses élégants vêtements – une souple veste de cuir composée de bandes alternativement vertes et pourpres, un pantalon jaune à soufflets, serré aux genoux et aux chevilles à l'aide de broches figurant des insectes fantastiques – étaient froissés et portaient des marques d'usure. Sur sa tête trônait une casquette en fourrure carrée, bordée de pendeloques en or longues de cinq centimètres, et il arborait un extravagant protège-nez d'or filigrané. « Observe-le, reprit Anacho à mi-voix. Il va nous voir – et il va voir la fille.

— Mais qui est-ce ? »

Les doigts de l'Homme-Dirdir se contractèrent d'irritation. « Son nom ? Je l'ignore. Son rang ? Élevé – à son avis, tout au moins. C'est un gentilhomme yao. »

L'attention de Reith revint à Ylin-Ylan, qui surveillait le jeune homme à la dérobée. Son humeur s'était miraculeusement transformée ! La jeune femme était devenue vibrante, attentive – quand bien même elle affichait une nervosité manifeste. Elle décocha un rapide coup d'œil en direction du Terrien, rougit en découvrant ses yeux fixés sur les siens. Baissant la tête, elle se perdit dans la contemplation des amuse-gueule : des raisins gris, des biscuits, des insectes marins fumés et des écales de fougères marinées. Reith se tourna vers le gentilhomme yao, qui tout en contemplant la mer dégustait sans enthousiasme un gâteau de semences noir accompagné de cornichons. Il haussa tristement les épaules, comme déprimé par ses réflexions, puis changea de position. Il découvrit alors la Fleur de Cath, qui faisait candidement mine de ne s'intéresser qu'à son assiette, se pencha en avant de stupéfaction – et se leva, si brusquement qu'il faillit en renverser la table. En trois longues enjambées, il traversa la salle, mit un genou à terre, et salua si bas que son couvre-chef frôla le visage de Traz. « La princesse Jade bleu ! Dordolio, pour vous servir. Ma mission est accomplie. »

La Fleur inclina la tête avec juste assez de réserve et de ravissement. Reith admira son aplomb. « Qu'il est agréable d'avoir la chance de tomber sur un gentilhomme de Cath en terre étrangère ! murmura-t-elle.

— La "chance" n'a rien à voir là-dedans ! Nous sommes une bonne douzaine à être partis à votre recherche, tant pour décrocher la récompense promise par votre père que pour l'honneur de nos maisons respectives. Et, par les barbillons du Premier Diable des Pnume, c'est à *moi* qu'il a été donné de vous retrouver !

— Vous l'avez donc longuement cherchée ? » demanda Anacho de sa voix la plus affable.

Dordolio se redressa, passa rapidement en revue les trois hommes, qu'il salua chacun d'une petite inclination précise du menton. La Fleur de Cath fit un petit geste enjoué, comme s'il s'agissait de compagnons de pique-nique sur lesquels elle serait tombée fortuitement. « Ce sont mes dévoués écuyers, fit-elle. Ils m'ont apporté une aide inestimable. Sans eux, je ne serais probablement plus en vie.

— En ce cas, déclara le gentilhomme, ils pourront toujours compter sur la protection de Dordolio Or et Cornaline. Et ils pourront utiliser mon nom de guerre, Alutrin Stellador. » D'une révérence, le Yao les salua tous les trois, puis il claqua des doigts pour attirer l'attention de la serveuse. « Un siège, s'il te plaît. Je vais dîner à cette table. »

La fille de salle lui apporta aussi sec une chaise, sur laquelle il s'assit, toute son attention déjà concentrée sur la Fleur de Cath. « Mais parlez-moi donc de vos aventures ! Je les imagine fort éprouvantes. Et pourtant vous semblez aussi fraîche que jamais – parfaitement insensible aux aléas de l'existence. »

Elle éclata de rire. « Dans cette tenue de femme des steppes ? Je n'ai pas encore pu me changer. Il faut que je m'achète une bonne dizaine d'accessoires d'absolue nécessité avant *d'oser* vous laisser me regarder. »

Dordolio s'attarda un instant sur les vêtements gris de la jeune femme. « Je n'avais rien remarqué, fit-il avec un geste négligent. Vous êtes égale à vous-même. Mais, si vous le désirez, nous irons ensemble faire quelques courses ; les bazars de Coad sont fascinants.

— Avec joie ! Mais parlez-moi de vous. Mon père a édicté un décret, disiez-vous ?

— Absolument – qu'il a de surcroît assorti d'une prime. Seuls les plus vaillants y ont répondu. Nous avons suivi votre trace jusqu'à Spang, où nous avons appris que les Prêtresses du Mystère féminin vous avaient enlevée. Beaucoup vous ont dès lors considérée comme perdue. Mais pas moi. Ma persévérance a été récompensée ! C'est triomphants que nous allons regagner ensemble Settra ! »

Ylin-Ylan adressa à Reith un sourire quelque peu énigmatique. « Je suis bien évidemment fort impatiente de retourner chez moi. Quelle chance de vous avoir trouvé ici, à Coad !

— Une chance *insigne*, en effet, fit sèchement le Terrien. Nous venons à peine d'arriver de Pera.

— Pera ? Je n'ai pas l'honneur de connaître cet endroit.

— C'est une ville située à l'extrême ouest de la Steppe morte. »

Dordolio lui jeta un regard indéchiffrable, puis revint à la Fleur de Cath. « Quelles épreuves avez-vous dû endurer ! Mais vous pouvez à présent compter sur la protection de Dordolio ! Nous allons immédiatement partir pour Settra. »

Le repas se poursuivit, animé par les bavardages incessants de Dordolio et d'Ylin-Ylan. Traz, que les étranges ustensiles de table semblaient laisser perplexe, leur décochait maints coups d'œil hargneux, comme s'il les trouvait parfaitement ridicules. Anacho ne leur prêtait aucune attention ; Reith mangeait quant à lui en silence. Finalement, Dordolio se renversa contre le dossier de sa chaise. « Bon, passons aux questions pratiques : le paquebot *Yazilissa,* en partance pour Vervodeï, doit appareiller sous peu. Cela va certainement vous être pénible de prendre congé de vos compagnons, qui je n'en doute pas sont tous de braves gens, mais nous devons retenir des places à bord.

— Il se trouve que nous allons tous à Cath », fit Reith d'une voix égale.

Dordolio le toisa d'un œil inexpressif, comme si le Terrien parlait quelque langue incompréhensible.

Il se releva, aida Ylin-Ylan à en faire de même, puis tous deux allèrent d'un pas nonchalant s'installer en terrasse, de l'autre côté de l'arbre. La fille de salle apporta l'addition. « Cinq sequins, je vous prie, pour cinq repas.

— Cinq ?

— Le Yao a mangé à votre table. »

Reith sortit la somme demandée sous le regard amusé d'Anacho. « Sa présence constitue en fait un avantage, fit l'Homme-Dirdir. À ton arrivée à Settra, tu n'attireras pas l'attention.

— Peut-être. D'un autre côté, j'avais tablé sur la reconnaissance du père d'Ylin-Ylan. Mais toutes les amitiés sont bonnes à prendre, dans ma situation.

— Les événements n'en font parfois qu'à leur tête. Les théologiens dirdir ont fait d'intéressantes observations sur la question. Je me souviens d'une analyse de coïncidences – qui, soit dit en passant, n'a pas été effectuée par un Dirdir, mais par un Homme-Dirdir Immaculé… » Las d'entendre le boniment d'Anacho, Traz sortit sur la terrasse observer les toits de la ville. Dordolio et Ylin-Ylan le dépassèrent sans hâte, feignant de ne pas le voir. Ivre de rage, il rejoignit alors Reith et Anacho. « Cet insupportable dandy l'exhorte à se séparer de nous, leur annonça-t-il. Elle parle de nous comme de nomades, “frustes, mais honnêtes et dignes de confiance”.

— Peu importe, répliqua Reith. Chacun doit suivre son destin.

— Mais dans les faits, tu as lié le sien au nôtre ! Nous aurions pu rester à Pera, ou naviguer jusqu'aux Îles Fortunées. Au lieu de quoi… » D'écœurement, Traz leva les bras au ciel.

« Rien ne se passe comme je l'avais prévu, admit Reith. Mais qui sait ? Peut-être est-ce un mal pour un bien, comme le pense Anacho. Pourrais-tu s'il te plaît demander à Ylin-Ylan de venir un instant ? »

Traz partit transmettre le message, pour revenir dans la foulée. « Elle est sortie avec le Yao acheter ce qu'ils appellent des vêtements *convenables* ! Quelle mascarade ! Toute ma vie j'ai porté des tenues d'arpenteur des steppes ! Ce *sont* des vêtements convenables – et *pratiques*, qui plus est !

— Bien entendu. Ma foi, grand bien leur fasse. À vrai dire, ce serait peut-être une bonne idée de changer d'apparence, nous aussi. »

Le bazar se trouvait dans le quartier du port. Reith, Anacho et Traz y achetèrent des vêtements d'une coupe et d'une matière moins grossières : chemises d'étoffe fine, vestes à manches courtes, pantalons bouffants serrés à la cheville, souples chaussures de cuir gris.

Les quais ne se trouvaient qu'à quelques pas ; ils allèrent y inspecter les navires – l'*Yazilissa* attira presque immédiatement leur attention : c'était un trois-mâts de trente mètres de long, avec une rangée de cabines d'entrepont et sur la plage arrière un pavillon criblé de fenêtres à la disposition des passagers. Sur le quai s'empilaient des balles de marchandises, que des palans soulevaient pour les descendre dans les cales.

Après avoir gravi l'échelle de coupée, le trio parvint à mettre la main sur le subrécargue, qui leur confirma que le navire devait appareiller dans trois jours. Une fois effectuées ses escales à Grenie et à Horasin, il mettrait le cap sur Pag Choda, les Îles des Nuages, Tusa Tula, le cap Gaiz sur la côte ouest du Kachan, pour enfin jeter l'ancre à Vervodeï, au pays de Cath. Une traversée de soixante à soixante-dix jours…

Reith demanda s'il y avait de la place à bord ; il lui fut répondu que les cabines de luxe étaient réservées jusqu'à Tusa Tula, de même que toutes les cabines d'entrepont, à l'exception d'une seule. La place ne manquait cependant pas en troisième classe, pas si inconfortable aux dires du subrécargue, sauf pendant les périodes de mousson – qu'il admit être fréquentes.

« Ça n'ira pas, dit Reith. Nous voudrions au minimum quatre cabines de seconde.

— À moins qu'il n'y ait des annulations, ce qui est toujours possible, je suis malheureusement bien incapable de vous donner satisfaction.

— Parfait. Vous pourrez me joindre au *Grand Continental*. Mon nom est Adam Reith. »

Le subrécargue fixa sur lui des yeux interloqués. « Adam Reith ? Mais vous êtes déjà inscrit avec vos amis sur la liste des passagers !

— Voilà qui m'étonnerait. Nous venons à peine d'arriver à Coad.

— Mais il y a à peine une heure, un couple de Yao – un gentilhomme et une dame de haut lignage – est monté à bord pour prendre des réservations au nom d'un certain "Adam Reith" : la grande suite du pavillon, qui comporte deux chambres d'apparat et un salon privé, et trois cabines de pont. Quand je leur ai demandé des arrhes, ils m'ont répondu que ledit Adam Reith passerait me régler l'intégralité de la traversée, à savoir deux mille trois cents sequins. Seriez-vous cet individu ?

— C'est bien moi, oui, mais je n'ai aucune intention de payer deux mille trois cents sequins. Vous pouvez considérer ces réservations comme nulles et non avenues.

— Quelles absurdités me déballez-vous là ? Je ne suis guère enclin à supporter de telles fadaises.

— Et moi, je tiens encore moins à traverser l'océan Draschade sous des trombes d'eau. Si vous avez des réclamations à formuler, adressez-vous au Yao.

— Cela ne servirait à rien, grommela le subrécargue. Enfin, qu'il en soit ainsi. Si vous êtes prêts à vous contenter du tout-venant, essayez donc le *Vargaz* – le cog que vous voyez là-bas. Je crois qu'il part demain pour Cath ; vous y trouverez certainement de la place.

— Merci de votre amabilité. » Reith et ses amis descendirent le quai jusqu'au *Vargaz*, un petit bâtiment à la poupe surélevée et à la coque arrondie, dont le beaupré démesuré partait abruptement en biais. Ses deux mâts étaient gréés de voiles latines que deux matelots se chargeaient présentement de rapiécer.

Reith inspecta dubitativement le navire, puis haussa les épaules et monta à bord. À l'ombre de la dunette, deux hommes étaient assis devant une table jonchée de papiers, de bâtonnets d'encre, de cachets, de rubans, ainsi que d'une cruche de vin. Le plus imposant des deux, qui allait torse nu, arborait une noire toison de poils raides sur la poitrine. Il avait la peau brune, de petits traits sévères, et un visage aussi rond qu'immobile. Son collègue, mince, presque frêle, portait une espèce de burnous blanc et un gilet du même jaune que son épiderme. Une longue moustache tombait tristement de part et d'autre de sa bouche. Il avait un cimeterre au côté. Une inquiétante paire de ruffians, songea Reith. « Oui, monsieur, que désirez-vous ? s'enquit le premier.

— Voyager jusqu'à Cath aussi confortablement que possible. »

Le gros homme se leva pesamment. « Qu'à cela ne tienne. Je vais vous montrer ce qui nous reste. »

Au bout du compte, Reith versa un acompte pour deux petites cabines, qu'occuperaient Anacho et

Ylin-Ylan, et une plus grande qu'il partagerait avec Traz. Les lieux étaient mal aérés, un peu exigus et d'une propreté douteuse, mais ça aurait certainement pu être pire.

« Quand appareilles-tu ? demanda-t-il au capitaine.

— Demain midi, avec la marée. Embarquez de préférence dans le courant de la matinée ; la ponctualité est la règle sur mon bateau. »

Les trois compagnons regagnèrent ensuite l'hôtel par les rues sinueuses de Coad. Ni la Fleur de Cath ni Dordolio ne s'y trouvaient – ils n'y revinrent qu'en fin de journée, dans un palanquin talonné par trois portefaix qui ployaient sous les paquets. Dordolio sauta à terre, aida la jeune femme à descendre, puis tous deux s'engouffrèrent dans l'établissement, suivis des portefaix et du porteur en chef du palanquin.

Ylin-Ylan portait une ravissante robe de soie vert sombre, agrémentée d'une chasuble bleu profond. Une adorable petite résille de perles cristallisées emprisonnait ses cheveux. À la vue de Reith, elle marqua une hésitation, se tourna vers Dordolio et échangea quelques mots avec lui. Tout en tirant sur son extraordinaire moustache dorée, le Yao s'approcha nonchalamment de la table où les trois compagnons s'étaient installés.

« Tout est réglé, annonça-t-il. J'ai retenu des places pour tout le monde à bord du *Yazilissa,* un navire d'excellente réputation.

— Je crains que vous n'ayez fait là des frais inutiles, répliqua courtoisement Reith. J'ai pris d'autres mesures. »

Dordolio recula, l'air perplexe. « Mais vous auriez dû me consulter !

— Je ne vois vraiment pas pourquoi.

— Quel bateau avez-vous choisi ?

— Le *Vargaz.*

— Le *Vargaz ?* Allons donc ! C'est une casserole flottante ! Le ciel me garde d'y mettre jamais les pieds !

— Rien ne vous y obligera si vous voyagez sur le *Yazilissa.* »

Dordolio tirailla de nouveau sa moustache. « La princesse Jade bleu préfère également faire la traversée à bord du *Yazilissa,* le plus confortable des navires disponibles.

— C'est très généreux de votre part de prendre des cabines de luxe pour autant de monde.

— Pour tout vous dire, admit Dordolio, c'est un peu plus compliqué que ça. Comme vous êtes le trésorier du groupe, ce sera à vous que le subrécargue présentera la facture.

— Il n'en est pas question. Je vous rappelle que j'ai déjà pris des réservations sur le *Vargaz.*

— C'est là une situation intolérable », grommela rageusement le Yao entre ses dents.

S'approchèrent alors les portefaix et le porteur du palanquin, qui tous s'inclinèrent devant Reith. « Permettez-nous de vous présenter notre facture. »

Le Terrien haussa les sourcils. L'insouciance de Dordolio était-elle donc sans limites ? « Bien sûr, pourquoi en serait-il autrement ? Mais c'est à ceux qui ont fait appel à vos services qu'il faut vous adresser. » Reith se leva, alla frapper à la porte d'Ylin-Ylan. Il l'entendit bouger à l'intérieur, vit son œil se coller au judas ; le panneau supérieur s'ouvrit légèrement.

« Je peux entrer ?

— Je suis en train de m'habiller.

— Je me rappelle d'une époque pas si lointaine où ça ne te gênait pas… »

La porte s'ouvrit sur une Ylin-Ylan boudeuse. Reith entra dans la chambre. Il y avait des colis partout – certains défaits, ce qui permettait de se faire une idée de leur contenu : des robes, des effets de cuir, des mousselines, des corsages brodés, des coiffes filigranées. Le Terrien ouvrit des yeux ronds tout autour de lui. « Ton ami est d'une générosité extravagante ! »

La Fleur de Cath ouvrit la bouche, puis se mordit les lèvres. « Ces quelques accessoires me sont indispensables pour mon voyage de retour. Il est hors de question que je débarque à Vervodeï attifée comme une souillon. (Jamais Reith ne l'avait entendue parler avec autant de morgue.) Il faut considérer cela comme des frais de voyage. N'hésite pas je t'en prie à tenir une comptabilité, mon père ne manquera pas de te rembourser jusqu'au dernier sequin.

— Tu me mets dans une position difficile, d'où ma dignité ne sortira certainement pas grandie. Si je paye, je passe pour un rustre et un imbécile ; et dans le cas contraire, pour un pingre doublé d'un sans-cœur. Tu aurais il me semble pu faire preuve d'un peu plus de tact.

— La question du tact ne s'est pas posée. J'avais envie de ces articles, aussi leur ai-je donné l'ordre de me les apporter. »

Le Terrien grimaça. « Mieux vaut clore le débat sur le sujet. J'étais venu te dire ceci : j'ai retenu des cabines à bord du *Vargaz,* qui appareille demain. C'est un bateau simple, sans prétention. Une tenue simple et sans prétention te suffira donc amplement. »

Ylin-Ylan le dévisagea avec stupéfaction. « Mais le Noble Or et Cornaline a réservé à bord du *Yazilissa* !

— S'il préfère le *Yazilissa,* libre à lui de voyager à son bord – dès lors qu'il a les moyens de se payer la traversée. Je viens de l'avertir qu'il ne doit plus compter sur moi pour financer ses promenades en palanquin, son voyage, ou… (Reith désigna les paquets du doigt)… ou toutes les fanfreluches qu'il t'a évidemment poussée à acheter. »

Ylin-Ylan rougit de colère. « Je ne t'aurais jamais imaginé aussi radin !

— L'alternative est pire encore. Dordolio…

— C'est son nom d'ami, fit-elle d'une voix lourde de sous-entendus. Tu serais bien avisé d'utiliser son nom de guerre, ou la formule de courtoisie : Noble Or et Cornaline.

— Quoi qu'il en soit, le *Vargaz* lève l'ancre demain. Soit tu seras à bord, soit tu restes à Coad – à ta guise. »

Reith regagna le hall. Les portefaix étaient partis, tout comme le porteur en chef. Dordolio se tenait sur la véranda. Les boucles précieuses qui serraient son pantalon aux genoux avaient disparu.

3

Le *Vargaz* – large de baux, l'étrave haute et effilée, échancré par le travers, le gaillard d'arrière surélevé – se balançait paresseusement à son poste d'amarrage. Comme toute chose sur Tschaï, il avait un aspect *exagéré*, dramatisé à l'extrême : la courbure de sa coque était excessive, son beaupré pointait vers le ciel, ses voiles ressemblaient au costume de quelque arlequin local.

La Fleur de Cath embarqua sur le navire sans desserrer les lèvres, en compagnie d'un porteur équipé d'un diable sur lequel s'empilaient les bagages de la jeune femme.

Une demi-heure plus tard, Dordolio arriva sur le quai. Il jaugea quelques instants le *Vargaz,* puis monta l'échelle de coupée. Après avoir échangé quelques mots avec le capitaine, il lança une bourse sur la table. Son interlocuteur fronça ses épais sourcils, comme plongé dans ses pensées ; puis il ouvrit la bourse, compta les sequins, fit remarquer au Yao qu'une telle somme ne lui suffisait pas. Dordolio plongea donc à contrecœur une main dans sa sacoche, pour en sortir le complément. Le capitaine lui désigna alors le gaillard d'arrière d'un signe du pouce.

Dordolio leva les yeux au ciel en tirant sur sa moustache. Il s'approcha de l'échelle de coupée pour faire signe à deux porteurs de monter ses propres bagages à bord. Puis, après s'être courtoisement incliné devant la Fleur de Cath, le Yao alla s'accouder au bastingage, où il s'abîma dans la contemplation morose du Dwan Zher.

Cinq autres passagers embarquèrent à leur tour : un petit marchand obèse, vêtu d'un caftan gris et coiffé d'un haut chapeau cylindrique ; un habitant des Îles des Nuages, accompagné de son épouse et de ses deux filles – de petites choses fragiles à la peau pâle et à la chevelure orangée.

Une heure avant midi, les voiles furent hissées, les amarres larguées, et le *Vargaz* prit le large. Les toits de Coad se résumèrent bientôt à des prismes marron foncé pailletant la colline. L'équipage brassa en pointe, réenroula les filins, puis mit en batterie une bombarde rudimentaire qui avait été hissée sur la plage avant.

« De quoi ont-ils peur ? demanda Reith à Anacho. Des pirates ?

— Simple précaution. Tant qu'il y a un canon en vue, les pirates ont tendance à garder leurs distances. Mais nous n'avons rien à craindre : on en voit rarement sur l'océan Draschade. La question de l'avitaillement me préoccupe bien davantage. Mais le capitaine m'a tout l'air d'être un bon vivant, ce qui est un signe encourageant. »

L'embarcation s'enfonça dans la brume de l'après-midi. La mer était calme et nacrée. Au nord, la côte finit par disparaître. Pas un navire à l'horizon. Avec la tombée du crépuscule, chatoiement feutré de bistre et de terre d'ombre brûlée, commença à souffler une brise fraîche qui fit naître des friselis autour de la proue renflée du bâtiment.

Le dîner, simple mais appétissant, se composait de tranches de viande séchée fortement épicée, d'une salade de crudités, d'un pâté d'insectes, de condiments, le tout arrosé d'un vin doux servi dans une bonbonne de verre teinté. Les passagers se restaurèrent en observant un silence circonspect : sur Tschaï, on se méfiait instinctivement des étrangers. Le capitaine n'avait cependant pas de telles inhibitions. Il mangeait et buvait avec entrain, régalant la compagnie de bons mots, de souvenirs de voyages, de piquantes suppositions sur les motifs qui avaient poussé les uns ou les autres à entreprendre la traversée – une prestation qui dégela peu à peu l'atmosphère. Ylin-Ylan mangeait fort peu ; elle ne quittait pas les deux jeunes filles aux cheveux orange des yeux, s'assombrissant à mesure qu'elle prenait conscience de leur séduisante fragilité. Dordolio, qui s'était quant à lui installé un peu à l'écart, prêtait peu d'attention aux propos du capitaine – ce qui ne l'empêchait nullement de lorgner de temps à autre du côté des deux sœurs, en lissant sa moustache. Le repas terminé, il se rendit à l'avant en compagnie d'Ylin-Ylan ; tous deux s'abîmèrent dans la contemplation des anguilles de mer phosphorescentes, qui filaient comme des flèches à l'approche de l'étrave. Les autres allèrent prendre place sur les bancs de la plage arrière, où ils se mirent à bavarder avec circonspection sous la lumière des deux lunes, qui venaient de se lever tour à tour dans le ciel, dardant les eaux de leurs reflets jumeaux.

L'un après l'autre, chaque passager regagna sa cabine ; le navire se retrouva bientôt aux seules mains du timonier et du matelot de vigie.

Les jours succédaient aux jours – des matins frais chargés de nappes de brume nacrées qui s'accrochaient à la mer ; des midis illuminés par Carina 4269 à son zénith ; des après-midi cuivrés, et des nuits silencieuses.

Le *Vargaz* fit deux brèves escales dans de petits ports de la côte d'Horasin, des villages noyés dans le feuillage d'un vert grisâtre d'arbres géants. Il déchargea des peaux et des ustensiles métalliques, embarqua des balles de noix, des blocs de gelée de fruits, d'admirables billes de bois rose et noir.

Une fois Horasin derrière lui, le navire vira plein est en longeant l'équateur, pour tirer parti du contre-courant et éviter les vents défavorables qui soufflaient au nord comme au sud.

Les vents étaient capricieux ; le *Vargaz* tanguait paresseusement sur l'océan agité d'imperceptibles roulis.

Les passagers se divertissaient comme ils le pouvaient. Heizari et Edwe, les filles aux cheveux orange, passaient leur temps à jouer aux palets ; à force de le taquiner, elles finirent par convaincre Traz de se joindre à elles.

Reith initia ses compagnons de voyage au jeu des galets, qu'ils adoptèrent avec enthousiasme. Palo Barba, le père des filles, s'étant présenté comme un maître d'armes expérimenté, il faisait de l'escrime une ou deux heures par jour en compagnie de Dordolio. Le Yao, torse nu, les cheveux maintenus par un ruban noir, battait du pied avec maestria en poussant des cris saccadés ; son partenaire faisait montre de moins de flamboyance et préférait s'en tenir à des postures plus classiques. Reith, qui venait parfois assister à leurs combats, accepta un jour de se mesurer avec Palo Barba. Il trouvait les épées longues et trop souples à son goût, mais s'en sortit néanmoins honorablement. Dordolio, ne put-il s'empêcher de remarquer, l'observait d'un œil critique – et ne manquait pas de faire part à Ylin-Ylan de ce que la technique du Terrien lui inspirait ; plus tard, Traz, qui avait surpris leur conversation, lui apprit que le Yao trouvait celle-ci aussi naïve qu'excentrique.

Reith haussa les épaules, tout sourire – il lui était impossible de prendre Dordolio au sérieux.

La vigie signala des bateaux à deux reprises. L'un d'eux, une grande galère à moteur intégralement noire, vira de bord d'inquiétante façon.

Reith l'examina à travers son sondoscope. Une douzaine d'hommes de haute taille, jaunes de peau, coiffés de complexes turbans noirs, observaient le *Vargaz*. Le Terrien alla en rendre compte au capitaine, qui lui répondit d'un geste désinvolte. « Des pirates. Ils ne nous chercheront pas noise – trop risqué. »

La galère coupa leur route à un kilomètre au sud, puis changea de cap et disparut en direction du sud-ouest.

Deux jours plus tard, une île apparut devant eux – un promontoire montagneux, avec une grève tapissée de grands arbres. « Gozed, répondit le capitaine à la question de Reith. On ne va y rester qu'un jour ou deux. Tu n'y as jamais mis les pieds ?

— Jamais.

— Eh bien, attends-toi à être surpris. À moins que… (Le marin le toisa alors des pieds à la tête.) Peut-être pas, finalement. Après tout, j'ignore tout des us et coutumes de ton pays… Mais peut-être est-ce également ton cas ? J'ai cru comprendre que tu étais amnésique. »

Reith fit un geste désapprobateur. « Je ne conteste jamais l'opinion qu'on peut se faire de moi.

— Une habitude des plus étrange, vraiment. Malgré tous mes efforts, je n'arrive pas à déterminer de quelle région tu es originaire. Je te trouve… singulier.

— Je suis un vagabond. Un nomade, si tu préfères.

— Eh bien, pour un vagabond, tu fais parfois preuve d'une curieuse ignorance ! Enfin bref, droit devant nous : Gozed. »

L'île grossissait peu à peu à l'horizon. À travers son sondoscope, Reith découvrit le long de son rivage une zone où les arbres avaient été défoliés et taillés de manière à pouvoir servir de pylônes, qui chacun accueillait jusqu'à trois huttes rondes. Celles-ci dominaient un sable gris parfaitement propre, soigneusement ratissé. Anacho colla à son tour ses yeux au sondoscope. « C'est à peu près ce à quoi je m'attendais.

— Tu connais Gozed ? Un lieu fort mystérieux, à en croire le capitaine.

— Il n'a rien de mystérieux. Ses habitants sont extrêmement religieux ; ils vénèrent les scorpions de mer qui vivent autour de l'île – je me suis laissé dire qu'ils étaient aussi gros qu'un homme, voire davantage.

— Alors pourquoi les cabanes sont-elles installées si haut ?

— Une fois la nuit tombée, les scorpions sortent de la mer pour se reproduire – en pondant des œufs dans le corps d'un animal, en général une femme laissée sur la plage à cette fin. Sitôt ceux-ci éclos, les larves se mettent à dévorer la "Mère des dieux". Dans les derniers instants, quand douleur et extase religieuse ont fini par produire un état psychologique altéré, la "Mère" descend la grève en courant et se jette dans les flots.

— Une religion fort troublante, ma foi. »

L'Homme-Dirdir ne se fit pas prier pour l'admettre. « Elle n'en paraît pas moins convenir au peuple de Gozed. Ils auraient pu en changer n'importe quand s'ils l'avaient voulu. Les sous-hommes sont notoirement sujets à des aberrations de ce genre. »

Reith ne put s'empêcher de sourire ; Anacho arqua un sourcil. « Puis-je te demander ce qui t'amuse ainsi ?

— Je viens de m'aviser que les rapports qu'entretiennent les Hommes-Dirdir avec les Dirdir ne sont pas sans évoquer ceux qui unissent le peuple de Gozed et ses scorpions.

— L'analogie m'échappe, lâcha Anacho d'un ton passablement guindé.

— C'est pourtant simple : tous deux sont victimes d'êtres non-humains qui utilisent les hommes pour satisfaire leurs besoins.

— Bah ! grommela Anacho. Sur bien des points, tu es décidément l'homme le plus mal avisé de cette planète. » Et, quittant le Terrien sans autre forme de procès, il alla se poster à l'arrière, la tête tournée vers le large. Ses certitudes en prenaient un sacré coup dans l'aile, songea le Terrien. Pas étonnant qu'il se sente si mal.

Le *Vargaz* s'approcha prudemment de la plage, puis jeta l'ancre derrière un éperon rocheux incrusté de bernacles. Le capitaine se rendit à terre à bord d'une chaloupe. Les passagers le virent parler avec un groupe d'hommes à la peau blanche et au visage austère, intégralement nus à l'exception de leurs sandales et des filets qui maintenaient leurs longs cheveux gris fer.

Un accord fut conclu, après quoi le capitaine regagna le *Vargaz*. Une demi-heure plus tard, deux barges furent mises à l'eau, un mât gréé, des ballots de tissu et des rouleaux de cordes transportés à bord, d'autres chargés dans les chalands. Deux heures après son arrivée à Gozed, le *Vargaz* remit les voiles, leva l'ancre et repartit vers le large.

Après dîner, les passagers allèrent s'installer sur le gaillard d'arrière, à la lueur d'une lanterne suspendue. La discussion dévia bientôt sur le peuple de Gozed, et sur sa religion. Val Dal Barba, épouse de Palo Barba, mère d'Heizari et d'Edwe, trouvait leurs rites parfaitement iniques :

« Pourquoi n'y a-t-il que des "Mères des dieux" ? Pourquoi ces hommes à tête de silex ne descendent-ils pas sur la plage pour devenir des "Pères des dieux" ? »

Le capitaine pouffa. « Pareil honneur est apparemment réservé aux dames.

— Ça ne se passerait jamais ainsi à Murgen, déclara le négociant avec véhémence. À part la dîme substantielle que nous versons aux prêtres pour les exhorter à apaiser Bisme, nous avons une religion dénuée de toute obligation.

— C'est là un système aussi raisonnable qu'un autre, admit Palo Barba. Cette année, nous avons adhéré à la Gnose Pansogmatique, une religion d'une grande vertu.

— Je la préfère de loin au Tutélamisme, fit Edwe. Une simple litanie à réciter le matin, et on est tranquille pour le reste de la journée.

— Le Tutélamisme était vraiment assommant, enchérit Heizari. Toutes ces choses à apprendre par cœur ! Et tu te souviens de cette horrible Convocation des âmes, durant laquelle les prêtres se montraient tellement familiers ? Je préfère de loin la Gnose Pansogmatique. »

Dordolio lâcha un rire indulgent. « Vous préférez éviter toute virulence excessive. C'est là une inclination que moi-même je partage. La doctrine yao, bien sûr, est dans une certaine mesure un syncrétisme – ou, pour être plus précis, tout au long du "rond", tous les aspects de l'Ineffable ont l'occasion de se manifester, de sorte qu'au fil du cycle il nous est donné à tous l'occasion d'expérimenter la théopathie. »

Anacho, encore blessé par les comparaisons du Terrien, se tourna vers ce dernier. « Eh bien, qu'en pense Adam Reith, notre éminent ethnologue ? De quelles lumières théosophiques peut-il nourrir la discussion ?

— D'aucune, répondit le Terrien. De bien modestes, en tout cas. J'estime pour ma part que l'homme et sa religion forment un tout. Que l'inconnu *existe*. Et chacun projette sur cette terre vierge l'image de sa propre conception du monde, et chacun confère à sa création ses propres désirs, son propre état d'esprit. Le croyant s'explique intrinsèquement en exposant sa cause. Un fanatique qu'on contredit a l'impression que c'est son existence même qui se retrouve menacée – ce qui le fait réagir avec violence.

— Voilà qui est intéressant ! s'exclama le gros marchand. Et que penser de l'athée ?

— Lui ne projette aucune image sur la vacuité. Il embrasse pleinement les mystères du cosmos, ne ressent nul besoin de plaquer dessus un masque plus ou moins humain. En dehors de cela, la corrélation est réelle entre l'homme et la forme dans laquelle il modèle l'inconnu pour le manier plus aisément. »

Le capitaine leva son verre devant la lumière de la lanterne, puis le porta à ses lèvres. « Peut-être as-tu raison, mais à ce compte personne ne changera jamais. J'ai connu bien des peuples. J'ai déambulé à l'ombre des tours dirdir, dans les jardins des Chasch bleus et dans les châteaux des Wankh. Ces gens-là, je les connais, eux et leurs changelins. J'ai visité les six continents de Tschaï ; je me suis lié d'amitié avec un millier d'hommes, j'ai caressé un millier de femmes, tué un millier d'ennemis. Je connais les Yao, les Binth, les Walalukians, les Shemoleï. Je connais aussi les nomades des steppes, les hommes des marais, les insulaires, les cannibales de Rakh et du Kislovan. Je perçois les différences comme les similitudes. Tous s'efforcent de tirer le maximum d'avantages de l'existence, et tous finissent par périr. Aucun d'eux ne semble mieux s'en porter. *Mon* dieu ? Mais c'est le bon vieux *Vargaz*, bien entendu ! Comme le soutient Adam Reith, ce bateau et moi ne formons qu'un. Quand il gémit dans la tempête, je frissonne et grince des dents. Quand nous glissons sur les eaux noires à la lumière des deux lunes, je joue du luth, ceins mon front d'un ruban rouge et bois du vin. Nous nous servons l'un l'autre. Le jour où il coulera au fond de l'océan, je sombrerai avec lui.

— Bravo ! s'exclama Palo Barba, l'escrimeur, qui lui aussi avait un peu trop poussé sur le vin. Sais-tu qu'il s'agit également de mon credo ? (Il dégaina son épée, la brandit si haut que la lumière de la lanterne fit miroiter la saignée de la lame.) Ce que le *Vargaz* représente aux yeux du capitaine, cette arme le représente aux miens !

— Père ! s'écria Edwe, sa fille aux cheveux orange. Et dire que tout ce temps, nous t'avons pris pour un raisonnable Pansogmatique !

— S'il te plaît, l'exhorta Val Dal Barba, range cette arme avant de t'énerver et de couper l'oreille de quelqu'un.

— Quoi ? Moi ? Un épéiste éprouvé ? Comment peux-tu imaginer une chose pareille ? Enfin, si ça peut te faire plaisir… Je vais troquer ma rapière contre un autre gobelet de vin. »

La discussion se poursuivit. Dordolio traversa en zigzaguant le pont pour aller se poster à côté du Terrien. « Quelle surprise de rencontrer un nomade aussi érudit, et enclin à de si subtils distinguos ! » lui lança-t-il bientôt, d'une voix passablement condescendante.

Reith adressa un large sourire à Traz. « Les nomades ne sont pas nécessairement des imbéciles.

— Vous me déconcertez, déclara Dordolio. Où se trouve au juste votre steppe natale ? À quelle tribu apparteniez-vous ?

— Ma steppe se trouve bien loin ; quant à ma tribu, elle s'est éparpillée un peu partout. »

Le Yao tripota sa moustache d'un air songeur. « L'Homme-Dirdir vous croit amnésique. Et d'après la princesse Jade bleu, vous avez donné à entendre que vous étiez originaire d'un autre monde. Ce jeune nomade, qui vous connaît mieux que quiconque, reste muet sur la question. Il s'agit peut-être là d'une curiosité importune de ma part, je suis tout à fait prêt à l'admettre.

— La curiosité est le signe d'un esprit actif, répliqua Reith.

— Oui, oui… mais laissez-moi vous poser une question dont je reconnais volontiers l'absurdité. (Dordolio jeta un regard appuyé au Terrien.) Pensez-vous vraiment être originaire d'un autre monde ? »

Reith éclata de rire, tout en cherchant une réponse à lui donner. « Je vois quatre possibilités. Si j'étais effectivement originaire d'un autre monde, je pourrais vous répondre soit par oui soit par non. *Idem* si tel n'était pas le cas. La première hypothèse serait source de bien des désagréments. Ma dignité souffrirait de la seconde. La troisième signifierait que je suis fou. La quatrième me semble être la seule que vous ne jugeriez pas anormale. C'est donc une question absurde, comme vous-même l'avez admis. »

Dordolio tirailla sa moustache avec irritation. « Seriez-vous par hasard membre du “culte” ?

— Probablement pas. De quel “culte” s'agit-il ?

— Les Ardents Attentistes, qui ont remonté le cycle pour détruire deux de nos splendides cités.

— J'avais pourtant cru comprendre qu'elles avaient été bombardées par une puissance inconnue.

— Peu importe ; c'est le “culte” qui a provoqué l'attaque ; ce sont *eux* les responsables. »

Reith secoua la tête. « Incompréhensible ! Un cruel ennemi anéantit vos villes, et ce n'est pas à *lui* que vous réservez votre rancune, mais à une partie de votre peuple – un groupe probablement aussi sincère que bienveillant. Moi, j'appelle ça un transfert émotionnel. »

Dordolio dévisagea froidement le Terrien. « Vos analyses confinent parfois à la causticité. »

Reith éclata de rire. « N'en parlons plus. J'ignore tout de votre “culte”. Quant à mon lieu de naissance… je préfère encore être amnésique.

— Une curieuse défaillance, alors que pour le reste vous semblez avoir des opinions bien tranchées.

— Je me demande pourquoi vous vous entêtez à ronger cet os, fit Reith d'une voix songeuse. Par exemple, que diriez-vous si je me prétendais originaire d'un monde lointain ? »

Dordolio pinça les lèvres, plissa les yeux en direction de la lanterne. « Je ne suis pas allé aussi loin dans mes réflexions. Bon, autant changer de sujet. D'autant que je trouve l'idée proprement effrayante… Un antique monde d'hommes !

— Effrayante ? Comment ça ? »

Dordolio éclata d'un rire embarrassé. « L'humanité possède une face obscure, à l'instar d'une pierre enfoncée dans l'humus. Sa face supérieure, exposée au soleil et à l'air, est d'une propreté éclatante. Mais faites basculer la pierre pour regarder en dessous : vous y verrez de la boue, et quantité d'insectes qui détalent dans toutes les directions… C'est là une chose que nous autres Yao connaissons bien : rien ne pourra jamais mettre fin à l'*awaïle.* Mais assez parlé de cela ! (Dordolio haussa les épaules, puis enchaîna de sa voix légèrement condescendante :) Vous êtes déterminé à venir à Cath ; que ferez-vous là-bas ?

— Je ne sais pas. Il me faut bien vivre quelque part ; pourquoi pas à Cath ?

— La vie n'y est pas particulièrement simple pour un étranger. S'affilier à une maison n'a rien d'aisé.

— Voilà une déclaration bien étrange ! La Fleur de Cath m'a affirmé que son père allait nous faire bon accueil au Palais du Jade bleu.

— Il fera forcément preuve d'une courtoisie d'usage, mais vous ne pourriez pas davantage résider au Palais du Jade bleu que séjourner au fond du Draschade sous prétexte qu'un poisson vous a invité à nager.

— Qu'est-ce qui m'en empêcherait ? »

Dordolio haussa les épaules. « Personne n'apprécie de se ridiculiser. Le maintien est la définition même de la vie. Et qu'est-ce qu'un nomade sait du maintien ? »

Une question à laquelle Reith ne sut quoi répondre. « La conduite d'un gentilhomme se définit par mille et un détails, reprit Dordolio. À l'académie, nous apprenons les convenances, les salutations, les régimes linguistiques – domaine dans lequel je me reconnais volontiers quelques insuffisances. On nous enseigne l'habileté à l'épée, les principes du duel, de la généalogie, de l'héraldisme, les subtilités de l'habillement, et bien d'autres choses encore. Peut-être trouvez-vous ces disciplines exagérément arbitraires ? »

Ce fut Anacho qui répondit : « "Frivoles" me semble un terme plus approprié. »

Reith s'attendait à une repartie glaciale, à un regard noir tout au moins, mais Dordolio se borna à hausser les épaules avec indifférence. « Peut-être, mais *votre* vie a-t-elle davantage de sens ? Ou celle du marchand, ou celle de l'escrimeur ? N'oubliez jamais ceci : les Yao sont une race pessimiste ! L'*awaïle* nous menace en permanence ; nous sommes peut-être même plus *sombres* qu'il n'y paraît. Conscients de la vanité fondamentale de l'existence, nous exaltons l'humble étincelle de vitalité que nous possédons. Nous extrayons aussi totalement que possible l'essence propre au moindre incident en usant systématiquement du formalisme approprié. Frivolité ? Décadence ? Qui peut faire mieux ?

— Tout cela est bel et bon, rétorqua le Terrien, mais pourquoi se vautrer ainsi dans le pessimisme ? Pourquoi ne pas élargir vos horizons ? Et cette façon d'accepter avec une telle nonchalance la destruction de vos cités ? La vengeance n'est pas la plus noble des activités, mais je trouve la résignation bien pire encore.

— Bah ! grommela Dordolio. Comment un barbare pourrait-il comprendre le désastre et ses répercussions ? Un grand nombre d'Ardents Attentistes s'étaient réfugiés dans l'*awaïle* ; leurs agissements, leurs expiations maintenaient notre contrée dans un état d'effervescence. Nous n'avions plus d'énergie pour autre chose. Si vous étiez de bonne caste, je vous transpercerais le cœur pour avoir osé porter contre nous une accusation aussi grossière. »

Reith éclata de rire. « Puisque la bassesse de ma caste me met à l'abri des représailles, laissez-moi vous poser une autre question : qu'est-ce que l'*awaïle* ? »

Le Yao leva les bras au ciel. « Un amnésique doublé d'un barbare ! Pourquoi devrais-je perdre mon temps à discuter avec vous ? Posez la question à l'Homme-Dirdir ; avec sa langue bien pendue, nul doute qu'il se fera un plaisir de vous répondre. » Et Dordolio s'en fut à grandes enjambées, en proie à une fureur mémorable.

« Quel déraisonnable étalage d'émotions, fit alors Reith d'une voix pensive. Je me demande de quoi il pense avoir été accusé.

— D'avoir *honte*, répondit Anacho. Les Yao sont aussi sensibles à la honte qu'un globe oculaire aux poussières. De mystérieux ennemis ont détruit leurs cités ; ils soupçonnent les Dirdir, mais n'osent se retourner contre eux – en conséquence de quoi ils se rongent d'une vaine fureur honteuse. C'est là leur nature profonde, qui les prédispose à l'*awaïle*.

— C'est-à-dire ?

— Le meurtre. La personne affligée – celui qui éprouve de la honte – tue autant de personnes que possible, quel que soit leur sexe, leur âge, ou les liens de parenté qui les unissent au meurtrier. Et quand celui-ci se retrouve dans l'incapacité d'en tuer davantage, il sombre dans l'apathie et la résignation. Son châtiment, horrible et hautement dramatique, illumine tous ceux qui se pressent sur le lieu du supplice. Chaque exécution possède une saveur particulière, un style singulier. Il s'agit fondamentalement d'une grande fête de la douleur, très spectaculaire, que la victime elle-même n'est pas à l'abri d'apprécier. Cette institution imprègne le quotidien même de Cath. C'est d'ailleurs sur cette base que les Dirdir considèrent tous les sous-hommes comme fous.

— Donc, grommela Reith, si nous nous rendons à Cath, nous risquons de nous y faire assassiner sans raison.

— Un risque limité. Après tout, de tels agissements ne sont pas monnaie courante. (Anacho jeta un coup d'œil autour de lui.) Mais il se fait tard. » Il souhaita bonne nuit à Reith et partit se coucher.

Le Terrien resta devant le bastingage, à contempler l'océan. Après l'effusion de sang qui avait marqué leur séjour à Pera, Cath lui avait paru être un havre de paix, un cadre civilisé au sein duquel il parviendrait *peut-être* à bricoler un astronef. Pareille perspective lui paraissait plus lointaine que jamais.

Quelqu'un s'approcha alors de lui – Heizari, l'aînée des sœurs aux cheveux orange. « Vous m'avez l'air tellement mélancolique, lui dit-elle. Qu'est-ce qui vous tracasse ? »

Reith posa son regard sur le pâle ovale du visage de la fille – un visage effronté qui, en cet instant, rayonnait d'une coquetterie innocente – à moins que… Il ravala les premiers mots qui lui montaient aux lèvres. La fille était indiscutablement séduisante. « Comment se fait-il que vous ne soyez pas au lit avec votre sœur Edwe ?

— Oh, c'est bien simple ! Elle non plus n'est pas couchée. Elle se trouve sur la plage arrière avec votre ami Traz, où elle s'amuse à l'enjôler et à le provoquer. Elle aime encore plus flirter que moi. »

Pauvre Traz, se dit Reith. « Et vos parents ? Cela ne les contrarie pas ?

— Qu'est-ce que ça peut leur faire ? Dans leur jeunesse, ils flirtaient avec autant d'ardeur que les autres ; n'était-ce pas là leur droit le plus strict ?

— Je suppose que oui. Les mœurs varient d'un pays à l'autre, vous ne l'ignorez pas.

— Et vous ? À quoi ressemblent les coutumes de votre peuple ?

— Elles sont… ambiguës, et passablement compliquées. Très différentes d'ici.

— C'est aussi le cas chez nous, sur les Îles des Nuages, fit-elle en se penchant un peu plus près. Nous *non plus*, nous ne tombons pas systématiquement amoureux. Mais une personne se retrouve parfois dans un certain… état d'esprit, qui n'est je pense qu'une conséquence de notre nature profonde.

— Je n'en disconviens pas. (Cédant à son désir, Reith posa un baiser sur le visage ensorcelant de la jeune femme.) Néanmoins, loi naturelle ou pas, je n'ai aucune envie de braquer votre père. C'est un redoutable épéiste.

— Ne vous inquiétez pas pour ça. Si vous avez besoin qu'il vous rassure, il est certainement encore debout.

— Je ne vois pas très bien ce que je pourrais lui demander. Enfin, tout bien considéré… » Tous deux se rendirent à l'avant d'un pas nonchalant, gravirent les marches sculptées de la proue ; ils se tournèrent alors vers le sud et se perdirent dans la contemplation de la mer. Az frôlait l'horizon à l'ouest ; son reflet faisait brasiller des prismes d'améthyste sur les flots. Une fille aux cheveux orange, une lune pourpre, un bateau de conte de fées voguant sur un océan lointain – Reith échangerait-il tout cela contre son retour sur la Terre ? Oui, forcément oui. Et pourtant…

pourquoi refuser la douceur de l'instant ? Il embrassa la jeune femme de plus belle, encore plus ardemment. Soudain, quelqu'un resté jusque-là invisible dans l'ombre du cabestan se redressa et s'éloigna précipitamment. À la lumière oblique de la lune, Reith reconnut Ylin-Ylan, la Fleur de Cath… ce qui éteignit ses ardeurs. Il se tourna piteusement vers la proue. Mais pourquoi se sentir coupable ? Cela faisait longtemps qu'Ylin-Ylan avait jeté dans les poubelles du passé leurs rapports de naguère. Le Terrien se retourna vers Heizari, la fille aux cheveux orange.

4

Au matin, pas un souffle de vent. Le soleil se leva dans un ciel évoquant un œuf d'oiseau : beige et gris colombe à l'horizon, gris bleuté au zénith.

Le petit-déjeuner se composait comme à l'ordinaire de pain grossier, de poisson salé, de fruits en conserve et d'un thé âcre. Les convives mangèrent en silence, chacun plongé dans ses pensées matinales.

La Fleur de Cath arriva en retard. Elle se glissa furtivement dans la salle à manger, s'installa à sa place avec un sourire poli à l'adresse de ceux qui l'entouraient et attaqua son repas dans une sorte de rêverie. Dordolio l'observait avec perplexité.

Le capitaine passa la tête dans l'entrebâillement de la porte. « La journée va être calme, annonça-t-il. Ce soir, il y aura des nuages et de l'orage. Demain ? Impossible à dire. C'est un temps vraiment étrange ! »

Reith s'obligeait tant bien que mal à se comporter comme à son ordinaire. Aucune raison de s'inquiéter : *lui* n'avait pas changé. C'était *Ylin-Ylan* qui agissait différemment. Même au paroxysme de leur relation, elle avait toujours gardé une partie d'elle-même secrète – une *persona* représentée par un autre de ses multiples noms, peut-être ? Le Terrien s'efforça de chasser la jeune femme de ses pensées.

Une fois son petit-déjeuner terminé, Ylin-Ylan sortit sans perdre de temps sur le pont, où Dordolio la rejoignit. Tous deux s'accoudèrent à la rambarde. La fille parlait avec une animation fébrile ; son compagnon avait bien du mal à glisser quelques mots dans la conversation – il se bornait surtout à tirer sur sa moustache.

Soudain, un matelot posté sur la plage avant poussa un cri et pointa un doigt vers la mer. Reith bondit aussitôt sur l'écoutille, d'où il aperçut à la surface des eaux une forme noire dotée d'une tête et d'étroites épaules – des traits humanoïdes qui la rendaient confusément perturbante. La créature sauta dans les airs, puis disparut sous les flots. Reith se tourna vers Anacho. « Qu'est-ce que c'était ?

— Un Pnume.

— Si loin de la terre ?

— Et alors ? Ils ont bien des points communs avec les Phung – et qui obligerait un Phung à rendre compte de ses faits et gestes ?

— Mais que fait-il ici, au beau milieu de l'océan ?

— Peut-être passe-t-il la nuit à se laisser flotter à la surface, pour contempler la course des lunes. »

Les heures passèrent. Traz jouait aux palets en compagnie des deux filles. Le marchand méditait devant un livre relié de cuir. Palo Barba et Dordolio firent un peu d'escrime. Aussi flamboyant qu'à son habitude, le Yao ne cessait de faire siffler sa lame dans l'air, de battre du pied, de brandir crânement son arme.

Son partenaire ne tarda pas à se fatiguer. Alors même que le Yao éprouvait la souplesse de sa lame, Ylin-Ylan vint s'asseoir sur l'écoutille. Son chevalier servant se tourna vers Reith. « Venez prendre un fleuret, nomade ; montrez-moi ce que valent les habitants de la steppe. »

Des mots qui éveillèrent instantanément la méfiance du Terrien. « Oh, nous ne sommes guère habiles – et qui plus est je manque d'entraînement. Un autre jour, peut-être. »

Les yeux du Yao étincelaient. « Allez, venez ! insista-t-il. J'ai entendu parler de votre adresse. Vous ne pouvez pas nous refuser une petite démonstration de votre technique !

— Toutes mes excuses, mais je ne suis pas d'humeur.

— Mais si, Adam Reith ! lui lança Ylin-Ylan. Ça nous décevra tous si tu n'acceptes pas ! »

Reith se tourna vers la jeune femme, l'étudia longuement. Ce visage tendu, blême et frémissant d'émotion, n'était pas celui de la jeune femme qu'il avait connue à Pera. Quelque chose avait changé en elle : devant lui s'affichaient les traits d'une étrangère.

Il reporta son attention sur Dordolio qui, de toute évidence, obéissait aux instructions de la Fleur de Cath. Quoi qu'ils aient comploté ensemble, ce n'était certainement pas à son avantage.

« Laissez ce garçon tranquille, intervint alors Palo Barba. Je vais encore faire quelques passes avec vous

– ça devrait vous procurer tout l'exercice dont vous semblez avoir besoin.

— Mais c'est à cet individu que je souhaite me mesurer, déclara le Yao. Je trouve son attitude exaspérante – une petite correction ne peut pas lui faire de mal.

— Si vous comptez lui chercher querelle, répliqua sèchement Palo Barba, c'est bien entendu votre affaire.

— Une querelle ? claironna Dordolio d'une voix légèrement nasillarde. Non, une simple *démonstration*. Cet individu me semble incapable de faire la différence entre la caste de Cath et les gens du commun. Or, les deux n'ont vraiment rien à voir, et j'aimerais le lui faire comprendre. »

Reith se leva avec lassitude. « Fort bien. Quelle arme avez-vous en tête pour votre petite démonstration ?

— Le fleuret, l'épée... comme vous voudrez. Puisque vous ignorez tout des rites de la chevalerie, nous ferons sans ; un simple “en garde” suffira.

— Et “stop” ? »

Dordolio ricana derrière sa moustache. « Il en ira selon les circonstances.

— Parfait. (Reith se tourna vers Palo Barba.) Laisse-moi jeter un coup d'œil sur tes armes, si ça ne te dérange pas. »

L'homme ouvrit son étui ; Reith y choisit une paire de lames courtes et légères.

Les sourcils de Dordolio se haussèrent aussitôt de dégoût. « Des armes d'enfant, pour l'entraînement des petits garçons ! »

Reith souleva l'une des épées, en éprouva la souplesse. « Elles me conviennent parfaitement. Si tel n'est pas votre cas, n'hésitez pas à en prendre une autre. »

Le Yao empoigna de mauvaise grâce la lame légère. « Elle n'a aucune vie ; ni ressort ni flexibilité… »

Reith leva son arme et, d'un petit geste agile, fit basculer le couvre-chef de Dordolio sur ses yeux. « Mais elle répond parfaitement au moindre de mes gestes, comme vous pouvez le voir. »

Dordolio remit son chapeau en place sans faire le moindre commentaire, puis retroussa les poignets de son blanc pourpoint de soie. « Prêt ?

— Dès que vous-même le serez. »

Dans un mouvement empreint de préciosité, le Yao salua de l'épée et s'inclina devant les spectateurs. Reith recula. « Je croyais qu'on avait décidé de passer outre le cérémonial ? »

Dordolio se borna à le gratifier d'un grand sourire lupin, puis de l'assaut sautillant dont il était coutumier. Reith para sans difficulté, déséquilibra son adversaire d'une feinte, et abattit son épée sur l'une des agrafes qui retenaient son pantalon.

Le Yao rompit, pour aussitôt repartir à l'attaque. Son rictus avait fait place à un sourire sinistre. Il matraqua la défense du Terrien, l'effleurant ici et là pour le tester ; Reith ne réagit que mollement. Dordolio feinta, écartant la lame de son opposant, se jeta en avant – mais Reith avait déjà fait un pas de côté ; l'épée du Yao ne rencontra donc que le vide. Le Terrien refrappa d'estoc sur l'agrafe, qui cette fois céda.

Dordolio recula, l'air mauvais. Reith fit un pas en avant et trancha net l'autre boucle : le pantalon du Yao se desserra autour de sa taille.

Il battit en retraite, rouge de fureur, et lança au loin son arme. « Quels jouets ridicules ! Prenez donc une véritable épée !

— Si une autre a votre préférence, n'hésitez surtout pas à en changer. Personnellement, je vais garder celle-là. Mais je vous conseille de commencer par rattacher votre pantalon, sans quoi la situation risque de devenir embarrassante – pour vous comme pour moi. »

Dordolio s'inclina sèchement. Il s'éloigna de quelques pas pour refixer son pantalon à sa ceinture à l'aide de lanières. « Je suis prêt. Puisque vous insistez, et que j'entends bien vous donner une bonne leçon, je vais me servir de mon arme habituelle.

— À votre guise. »

Le Yao sortit du fourreau sa longue lame souple, fit un moulinet au-dessus de sa tête ; puis, après un petit signe du menton à l'adresse du Terrien, passa à l'attaque. La pointe flexible oscilla de droite à gauche ; Reith para le coup et, négligemment, presque comme par mégarde, effleura du plat de son arme la joue de son adversaire.

Dordolio sourcilla, puis se lança dans un nouvel assaut furieux. Reith cédait du terrain ; le Yao le harcelait avec force contre-appels, feintes, coups d'estoc et de taille. Le Terrien profita d'une parade pour toucher l'autre joue de son adversaire, après quoi il rompit. « Je suis à bout de souffle ; peut-être avez-vous fait suffisamment d'exercice pour aujourd'hui ? »

Dordolio le foudroya du regard, comme pétrifié sur place. Ses narines dilatées, le souffle court, il se tourna vers la mer et poussa un grand soupir. « Oui, fit-il d'une voix sourde. Nous avons suffisamment fait d'exercice comme ça. » Le Yao baissa les yeux sur sa rapière incrustée de pierres précieuses – l'espace d'un instant, il parut sur le point de la lancer à l'eau. Au lieu de quoi il la remit dans son fourreau et s'inclina devant Reith. « Votre technique est excellente. Je vous suis redevable de cette démonstration. »

Palo Barba s'avança. « Bien parlé ! Vous êtes un véritable chevalier de Cath ! Bon, assez d'épées et de métal comme ça ; allons prendre une coupe de vin matinal ! »

Dordolio s'inclina. « Je vous rejoins. » Et il regagna sa cabine. La Fleur de Cath semblait comme pétrifiée sur place.

Heizari apporta à boire au Terrien. « J'ai eu une excellente idée.

— Mais encore ?

— Vous allez débarquer à Wyness, et venir à la Colline des Vergers seconder mon père à son académie d'escrime. Une vie agréable, sans soucis – vous n'aurez rien à redouter.

— Voilà une perspective fort séduisante, fit Reith. Je me laisserais bien tenter. Mais j'ai d'autres responsabilités.

— Oubliez-les ! Les responsabilités ont-elles tant d'importance lorsqu'on n'a qu'une seule vie à vivre ? Non, ne répondez rien. (Elle posa une main sur la bouche du Terrien.) Je sais ce que vous allez dire. Vous êtes un homme singulier, Adam Reith, en même temps si sombre et si flegmatique.

— À titre personnel, je ne me trouve pas du tout singulier – contrairement à Tschaï. Moi, je suis tout à fait ordinaire.

— Certainement pas ! s'esclaffa Heizari. Tschaï est… (Elle fit un geste vague.) Cette planète se révèle parfois terrible… mais étrange ? C'est le seul endroit que je connaisse. (Elle se leva.) Bon, je vais vous redonner du vin – et j'en profiterai peut-être pour m'en verser une coupe. Après tout, que faire d'autre par une si belle journée ? »

Le capitaine, qui passait par là, fit halte devant eux. « Profitez du calme tant que vous le pouvez ; les vents vont se lever. Regardez au nord. »

Un banc de nuages sombres barrait l'horizon ; la mer en dessous miroitait comme du cuivre. Une brise singulièrement fraîche vint soudain faire claquer les voiles du *Vargaz.* Les gréements se mirent à grincer.

Dordolio émergea alors de sa cabine. Il s'était changé : à présent, il portait un costume marron, des bottes de velours noir ainsi qu'un chapeau pointu assorti. Il se mit en quête d'Ylin-Ylan ; où était-elle ? De l'autre côté du bateau, accoudée à la rambarde du gaillard d'avant, les yeux perdus dans l'immensité bleue de la mer. Le Yao hésita, puis tourna lentement les talons. Palo Barba lui tendit une coupe de vin ; Dordolio alla silencieusement s'asseoir sous la haute lanterne de cuivre.

Les bancs de nuages glissaient vers le sud, relâchant de temps à autre un éclair pourpre. Bientôt, de sourds roulements de tonnerre parvinrent aux oreilles des passagers.

Les matelots ferlèrent les voiles latines en prévision de la tempête ; seul un petit foc assurait à présent la propulsion du navire.

Le coucher du soleil fut un spectacle impressionnant : l'astre brillait d'une lueur fauve derrière les nuages noirs. La Fleur de Cath quitta son poste d'observation ; entièrement nue, elle passa en revue les visages éberlués de ses compagnons de voyage.

Elle tenait un pistolet à dards dans l'une de ses mains, une dague dans l'autre. Un étrange sourire fixe lui barrait le visage. Reith, qui avait vu celui-ci dans bien d'autres circonstances, peinait à le reconnaître. Dans un beuglement inarticulé, Dordolio se précipita sur la jeune femme.

Qui pointa aussitôt son pistolet dans sa direction. Le Yao fit un écart ; le projectile passa en sifflant à quelques centimètres à peine de sa tête. Ylin-Ylan fouilla alors le pont du regard, sur lequel elle repéra Heizari ; elle se mit à marcher droit sur elle, l'arme prête à tirer. Dans un hurlement de terreur, la fille aux cheveux orange courut se réfugier derrière le mât principal. Des éclairs passaient de nuage en nuage, baignant la scène d'une lueur empourprée. Dordolio se rua sur la Fleur de Cath, qui l'accueillit d'un coup de dague ; le Yao recula en titubant, le cou ensanglanté. Ylin-Ylan braqua sur lui son pistolet – il se jeta aussitôt à plat ventre derrière l'écoutille. Heizari s'élança en direction de la plage avant, poursuivie par la Fleur de Cath. Un homme d'équipage sortit alors du gaillard ; il se figea sur place, pétrifié. Pour repartir trouver refuge au fond de la coursive lorsque Ylin-Ylan lui eut tailladé le visage.

Heizari se tenait derrière le mât avant. Un éclair embrasa le ciel, presque immédiatement suivi d'un coup de tonnerre.

Ylin-Ylan jouait habilement de sa lame tout autour du mât ; la fille aux cheveux orange porta la main à son flanc, abasourdie, fit quelques pas mal assurés. La Fleur de Cath leva son pistolet, mais Palo Barba se jeta alors sur elle, pour expédier son arme au loin d'un coup sec. Ylin-Ylan lui infligea une estafilade, en fit de même avec Reith qui s'efforçait de l'immobiliser, puis gravit précipitamment l'échelle du beaupré.

Les vagues secouaient le bâtiment ; le mât de beaupré ne cessait de se balancer d'avant en arrière. Le soleil sombra dans la mer ; la Fleur de Cath se tourna pour le regarder, cramponnée d'un bras à l'étai de misaine.

« Redescends ! l'implora Reith. Redescends ! »

Elle se tourna, fixa sur lui des yeux lointains. « Derl ! reprit le Terrien, Ylin-Ylan ! » Elle ne semblait même pas l'entendre. Reith essaya un autre nom : « Fleur de Jade bleu ! (Puis son nom de cour :) Shar Zarin ! »

Elle se borna à lui répondre d'un sourire plein de regret.

Pour tenter de l'amadouer, Reith l'appela par son nom d'enfant : « Zozi… Zozi… reviens ici ! »

L'expression de la jeune femme se modifia. Elle se colla littéralement au mât, l'étreignant de ses deux bras.

« Zozi ! Parle-moi, je t'en supplie ! Allez, sois une gentille fille et descends ! »

Mais l'esprit d'Ylin-Ylan était loin, très loin, là où le soleil se couchait.

Reith lui lança alors par son nom secret : « L'Iae ! Redescends, je t'en supplie ! C'est Ktan qui t'appelle, L'Iae ! »

Elle secoua de nouveau la tête, sans quitter un instant la mer des yeux.

Reith se résolut donc à l'appeler par son dernier nom – son nom d'amour –, mais le tonnerre empêcha la jeune femme de l'entendre. Le soleil se résumait désormais à un arc de cercle perdu dans une mer de couleurs estompées. La Fleur de Cath se détacha du mât et plongea dans une sifflante gerbe d'écume. L'espace d'un instant, Reith crut voir la spirale de sa noire chevelure. Puis la jeune femme disparut.

Plus tard, dans la soirée, alors que le *Vargaz* montait à l'assaut des lames pour retomber comme une masse dans le creux des rouleaux. « A-t-elle simplement perdu la raison ? demanda le Terrien à Ankhe at afram Anacho, l'Homme-Dirdir. Ou bien était-ce l'*awaïle* ?

— C'était l'*awaïle.* Le refuge contre la honte.

— Mais… » Et le Terrien se découvrit totalement incapable de s'exprimer.

« Tu as flirté avec la fille des Îles des Nuages, reprit Anacho, et son champion s'est couvert de ridicule. Elle était dès lors vouée à l'humiliation. Elle nous aurait tous tués, si elle en avait été capable.

— Je trouve ça totalement incompréhensible, marmonna le Terrien.

— Bien sûr : tu n'es pas un Yao. La pression était trop forte pour la princesse Jade bleu. Elle a eu de la chance. À Settra, on lui aurait infligé une spectaculaire séance de torture publique. »

Reith regagna tant bien que mal le pont. La lanterne de cuivre grinçait en se balançant. Il contempla la mer tumultueuse. Quelque part dans ses profondeurs, un corps blanc flottait dans les ténèbres.

5

D'étranges vents soufflèrent la nuit durant – tantôt rafales et tantôt soupirs, tantôt bourrasques et tantôt brises. L'aube apporta une brusque accalmie, et le *Vargaz* tanguait sur une mer troublée au lever du soleil.

À midi, une terrible bourrasque précipita le bâtiment vers le sud comme s'il s'agissait d'un simple jouet, sa haute proue barattant la mer écumeuse. Les passagers demeurèrent bien sagement dans le carré. Heizari, aussi pâle que bandée, ne quitta pas la cabine qu'elle partageait avec Edwe. Reith vint lui tenir compagnie une heure durant – elle ne pouvait parler de rien d'autre que de son atroce expérience de la veille. « Mais pourquoi a-t-elle commis un acte aussi épouvantable ?

— Apparemment, les Yao sont enclins à de tels agissements.

— C'est ce que j'ai entendu dire, oui ; mais même la folie a ses raisons.

— À en croire l'Homme-Dirdir, elle a été terrassée par la honte.

— Absurde ! Une fille d'une telle beauté ? Qu'est-ce qui a pu la pousser à une telle extrémité ?

— C'est là une question que je ne préfère pas approfondir », grommela le Terrien.

Les vagues devinrent bientôt de véritables collines qui soulevaient haut le *Vargaz*, dont la coque arrondie geignait et vibrait en dévalant leur versant. Enfin, un beau matin, le soleil se leva dans un ciel vierge de tout nuage. La mer demeura agitée encore une journée, puis s'apaisa progressivement ; toutes voiles dehors, l'embarcation poursuivit son chemin poussée par une brise favorable soufflant de l'ouest.

Trois jours plus tard apparut au sud un îlot noir aux contours mal définis, que le capitaine affirma être un repaire de corsaires ; posté dans le hunier, il ne le perdit pas des yeux jusqu'à ce que l'obscurité l'ait englouti.

Les jours se succédaient, uniformes, singulièrement aseptisés, assombris par un avenir incertain. Reith devenait de plus en plus nerveux. Comme ce qu'il avait vécu à Pera lui semblait loin ! Les événements d'alors lui paraissaient à présent d'une telle innocence, d'une telle simplicité ! À l'époque, Cath représentait pour lui la promesse d'un havre de sécurité et de civilisation ; nul doute que, par reconnaissance, le Seigneur Jade bleu ferait tout pour faciliter ses projets. Quelle naïveté de sa part !

Le *Vargaz* approchait de la côte de Kachan, où le capitaine espérait profiter des courants septentrionaux pour pénétrer dans le détroit de Parapan.

Un matin, en arrivant sur le pont, Reith découvrit à tribord une île d'aspect remarquable. D'une surface peu importante – moins de quatre cents mètres de diamètre –, elle était ceinturée au niveau du rivage par un mur en verre noir de trente mètres de haut, derrière lequel se dressaient une douzaine d'édifices de hauteur variable aussi massifs que disgracieux.

Anacho vint se poster à ses côtés, ses étroites épaules voûtées, son long visage renfrogné. « Voilà le bastion d'une race malfaisante : celle des Wankh.

— Malfaisante ? Parce qu'ils sont en guerre avec les Dirdir ?

— Parce qu'ils refusent de mettre fin à la guerre. Quel bénéfice l'une ou l'autre des parties a-t-elle à tirer d'une telle confrontation ? Les Dirdir ont proposé une cessation des hostilités ; les Wankh l'ont refusée. Ils forment un peuple brutal, totalement indéchiffrable !

— Je ne connais bien évidemment pas tous les tenants et les aboutissants. Pourquoi ce mur autour de l'île ?

— Pour intimider les Pnume, qui infestent Tschaï tels des rats. Les Wankh ne sont pas d'une nature sociable. En parlant de ça – jette donc un coup d'œil sous la surface. »

Reith distingua alors dans l'eau une sombre silhouette humaine, la taille enserrée par une étrange structure métallique, qui accompagnait le navire à dix ou quinze pieds de profondeur. Elle se déplaçait sans que ses membres fassent le moindre mouvement. Et puis la créature commença à se tortiller, pour bientôt partir de biais et disparaître dans les ténèbres.

« Les Wankh sont amphibies, poursuivit Anacho. Ils utilisent des propulseurs électriques pour leurs activités sous-marines. »

Reith porta de nouveau son sondoscope à ses yeux. Les tours de la ville, percées de fenêtres rondes plus noires que le noir, semblaient faites du même verre que les murs. De fragiles balcons cristallins se transformaient en passerelles, qui menaient aux bâtiments plus éloignés. Le Terrien détecta du mouvement – un couple de Wankh ? En regardant avec plus d'attention, il découvrit qu'il s'agissait d'hommes – d'Hommes-Wankh, sans aucun doute. Leur peau avait la blancheur de la farine, et leur crâne plat se hérissait de touffes noires. Quant à leur visage lisse, il arborait des traits taciturnes. Ils portaient un vêtement sombre d'une seule pièce, agrémenté d'une large ceinture de cuir noir à laquelle étaient suspendus de petits accessoires, des outils, des instruments. Alors même qu'ils pénétraient à l'intérieur de l'édifice, ils se tournèrent vers le *Vargaz*, ce qui permit à Reith de les voir de face un instant. D'un geste brusque, il colla le sondoscope à ses yeux.

Anacho lui lança un regard de côté. « Que t'arrive-t-il ?

— Je viens de voir deux Hommes-Wankh. Même toi, avec tes airs de mutant insolite, tu parais ordinaire en comparaison. »

L'Homme-Dirdir lui lança un sourire sardonique. « En réalité, ils ne diffèrent guère du sous-homme classique. »

Reith ne releva pas le propos ; en premier lieu parce qu'il était incapable de définir exactement ce qui l'avait frappé dans ces impénétrables masques blêmes. Il recolla ses yeux au sondoscope, mais les Hommes-Wankh avaient disparu. Dordolio, qui les avait rejoints, contemplait le sondoscope avec fascination. « C'est quoi, cet instrument ?

— Un dispositif optoélectronique, lui répondit laconiquement le Terrien.

— Je n'ai jamais rien vu de tel. (Dordolio se tourna vers Anacho.) S'agit-il d'une machine dirdir ?

— Je ne crois pas », fut la réponse sibylline de l'Homme-Dirdir.

Dordolio lança à Reith un regard intrigué. « Est-ce un objet chasch ? ou wankh ? (Il examina les caractères gravés sur la plaque.) Dans quelle langue est-ce écrit ? »

Anacho haussa les épaules. « Aucune que je sache lire. »

Dordolio se tourna vers Reith. « Et vous, vous pouvez déchiffrer ça ?

— Je pense que oui. » Et, poussé par une soudaine bouffée de malice, le Terrien s'y employa :

Agence Fédérale de l'Espace
Section Équipement et Matériel
Télescope Binoculaire à Photomagnification type Mark XI IX-1000x
Non-projectif, inutilisable dans l'obscurité totale
BAF-1303-K-29023

Utiliser exclusivement des blocs énergétiques de type D5. En cas de mauvaise lumière, mettre en marche le compensateur de couleurs. Ne pas regarder le soleil ou une source lumineuse trop intense ; des dommages oculaires pourraient résulter d'une défaillance du régulateur d'admission lumineuse automatique.

La bouche de Dordolio en béa. « Quel langage est-ce là ?

— L'un des nombreux dialectes humains.

— Mais de quelle région ? Les hommes parlent la même langue d'un bout à l'autre de Tschaï, que je sache.

— Je préfère ne rien dire plutôt que de vous embarrasser tous les deux. Continuez à me considérer comme un amnésique.

— Vous nous prenez pour des imbéciles ? gronda le Yao. Sommes-nous des enfants, pour voir nos questions ainsi éludées ?

— Parfois, fit Anacho sans s'adresser à personne, c'est faire preuve de sagesse que de sauvegarder un mythe. Trop de savoir peut devenir un fardeau. »

Dordolio se mordilla la moustache. Il jeta un ultime regard au sondoscope du coin de l'œil, puis s'éclipsa brusquement.

Trois îles supplémentaires étaient apparues devant leurs yeux, chacune entourée d'une muraille protégeant des bâtiments noirs à l'architecture excentrique. Une ligne sombre barrait l'horizon au-delà : le continent de Kachan.

Au fil de l'après-midi, l'ombre gagna en intensité et en détails, pour finalement prendre la forme de montagnes qui semblaient proprement jaillir de la mer. Le *Vargaz* suivit la côte en direction du nord, presque à l'ombre des montagnes. Des rapaces aux noires ailes en biseau voletaient autour de ses mâts en poussant de mornes hululements, accompagnés de cliquetis de mandibules. En fin d'après-midi, les éminences s'échancrèrent, révélant aux passagers une baie fermée. Une ville quelconque s'étendait au sud ; au nord, plantée sur un promontoire, se dressait une forteresse wankh évoquant une floraison anarchique de cristaux noirs. Un spatioport occupait la plaine qui s'étendait à l'est ; on y distinguait un grand nombre d'astronefs de tailles et de styles divers.

À travers son sondoscope, Reith examina le flanc de la montagne qui descendait en pente douce vers le spatiodrome. *Intéressant,* se dit-il pensivement. *Très intéressant*.

Le capitaine, qui passait par là, identifia le port comme celui d'Ao Hidis, un des centres wankh les plus importants. « Je n'avais pas l'intention de m'enfoncer si loin au sud mais, puisque nous sommes là, je vais essayer de leur vendre mes cuirs et mes bois de Grenie ; après quoi je ferai charger des produits chimiques wankh, pour les transporter jusqu'à Cath. Un mot d'avertissement pour ceux qui souhaiteraient s'encanailler à terre. Vous y trouverez deux villes : Ao Hidis proprement dite, la ville des hommes, et une autre au nom imprononçable – celle des Wankh. Dans la première vivent toutes sortes de gens, dont les Lokhars, mais surtout des Noirs et des Pourpres. Ils ne se mélangent pas ; seuls leurs congénères trouvent grâce à leurs yeux. Vous pourrez vous promener sans crainte dans les rues, faire des achats dans les boutiques ou les étals de votre choix – à condition qu'ils soient à l'air libre. N'entrez dans *aucun* endroit clos, magasin ou taverne, qu'il soit noir ou pourpre : vous risqueriez de ne jamais en ressortir. Il n'y a pas de lupanars publics en ces lieux. Si vous achetez quelque chose dans une boutique noire, ne vous arrêtez pas ensuite devant une boutique pourpre avec vos emplettes : ce ne serait guère apprécié, et vous risqueriez de vous faire insulter – voire de vous faire agresser. Même chose dans le cas inverse. Quant à la ville wankh, il n'y a rien à y faire à part observer les Wankh, qui soit dit en passant ne s'en offusquent nullement. Tout bien considéré, il s'agit là d'un port sinistre, qui n'offre que bien peu de divertissements. »

Le *Vargaz* accosta à un quai surmonté d'une oriflamme pourpre. « À mon dernier passage, ajouta alors le capitaine, j'ai eu recours aux services des Pourpres, qui ont impeccablement accompli leur tâche – et à un tarif raisonnable. Je ne vois aucune raison de m'adresser à quelqu'un d'autre. »

Des manutentionnaires pourpres, au visage rond, à la tête sphérique et à l'épiderme prune entreprirent d'arrimer le navire. Du quai voisin, des Noirs observaient la scène avec une animosité teintée de morgue. À part leur peau grise bizarrement mouchetée de taches noires, ils étaient morphologiquement très semblables aux Pourpres.

« Personne ne connaît la cause de cette disparité, lui expliqua le capitaine. La même mère peut enfanter un bébé pourpre et un autre noir. D'aucuns mettent ça sur le compte de la nourriture, d'autres accusent les drogues ; certains parlent d'une maladie qui s'attaquerait dans l'ovule maternel à la glande responsable de la couleur de la peau. Il n'en reste pas moins que les Wankh naissent noirs *ou* pourpres, et que les uns traitent les autres comme des parias, et inversement. Une union mixte s'avère stérile, si j'en crois ce qu'on m'a rapporté. De toute façon, cette simple idée les horrifie pareillement ; ils préféreraient s'accoupler avec des molosses nocturnes.

— Et l'Homme-Dirdir ? s'enquit Reith. Ne risque-t-il pas de se faire agresser ?

— Bah ! Les Wankh sont au-dessus de telles futilités. Les Chasch bleus sont réputés pour leur sadisme, et la rigueur des Dirdir échappe à toute prévision. Mais si j'en crois mon expérience, il n'y a pas sur Tschaï de peuple plus indifférent, plus *détaché* que les Wankh. Il est rare qu'ils cherchent des ennuis aux hommes. Peut-être font-ils leurs mauvais coups en secret, comme les Pnume ; personne ne le sait. Quant aux Hommes-Wankh, eh bien, c'est encore autre chose… Des êtres aussi froids que des goules, qu'il est fort imprudent de contrarier. Bon, nous voici amarrés. N'oublie pas mes avertissements si tu comptes descendre à terre : Ao Hidis est une ville dont il faut se méfier. Ignore aussi bien les Noirs que les Pourpres, ne parle à personne et ne te mêle de rien. Lors de ma dernière escale ici, j'ai perdu un matelot qui était allé boire du vin dans un troquet pourpre après avoir acheté un châle dans une boutique noire. Quand il est remonté à bord, il ne tenait plus sur ses jambes et de la mousse lui sortait des narines. »

Anacho choisit de rester sur le *Vargaz*. Ce ne fut donc qu'en compagnie de Traz que Reith descendit à terre. Après avoir traversé le quai, ils s'engagèrent dans une rue pavée de dalles de micaschiste. De chaque côté se dressaient des maisons de pierre et de bois sommairement construites, littéralement cernées par des détritus. Ils croisèrent quelques véhicules motorisés d'un modèle que le Terrien n'avait encore jamais vu nulle part – de fabrication wankh, conjectura-t-il.

Les tours qui bordaient le rivage s'étiraient vers le nord. L'astroport se trouvait dans la même direction.

Il n'y avait apparemment aucun moyen de transport public, aussi les deux hommes durent-ils faire le chemin à pied. Aux baraques succédèrent bientôt des habitations plus prétentieuses, au milieu desquelles Reith et Traz finirent par tomber sur une place entourée de boutiques et d'éventaires. Les passants étaient pour moitié des Noirs et pour moitié des Pourpres. Aucune des deux races ne prêtait attention à l'autre. Les Noirs achetaient chez les Noirs, les Pourpres allaient s'approvisionner dans les magasins pourpres. Noirs et Pourpres se bousculaient les uns les autres sans jamais s'excuser – à croire qu'ils ne se voyaient même pas. L'odeur de la haine empuantissait l'atmosphère.

Les deux compagnons poursuivirent leur chemin, toujours vers le nord. Après avoir traversé la place, ils empruntèrent une route cimentée qui les conduisit bientôt devant une palissade de hauts pieux en verre ceinturant le spatioport. Reith fit halte devant pour étudier les lieux.

« Je n'ai pas une âme de voleur, dit-il à son compagnon, mais jette un œil à ce petit astronef ! Je le confisquerais volontiers à son actuel propriétaire.

— C'est un appareil wankh, répliqua sombrement Traz. Tu ne saurais pas le piloter. »

Le Terrien acquiesça. « Exact. Mais si j'avais un peu de temps devant moi – une petite semaine, par exemple –, je pourrais *apprendre*. Les principes de l'astronavigation sont forcément les mêmes partout.

— Pense un peu aux côtés pratiques ! » le sermonna Traz.

Reith dissimula un sourire. Son compagnon retombait parfois dans la sévère personnalité d'Onmale, l'emblème quasi vivant que l'adolescent portait lors de leur première rencontre. Traz secoua dubitativement la tête. « Des engins de grande valeur, prêts à prendre l'air, laissés sans surveillance ? Guère vraisemblable !

— Il n'y a l'air d'avoir personne à bord du petit, rétorqua Reith. Même les vaisseaux cargos semblent vides. Pourquoi seraient-ils gardés ? Qui, en dehors d'un individu dans mon genre, aurait l'idée d'en subtiliser un ?

— Bon, supposons que tu arrives à t'introduire dans cet astronef. Avant même que tu ne parviennes à comprendre comment il fonctionne, tu te ferais prendre – et tuer.

— Un tel projet comporte assurément sa part de risques », convint Reith.

Ils regagnèrent le port. Le *Vargaz* leur parut être un havre de normalité une fois qu'ils furent remontés à son bord.

Les opérations de transbordement se poursuivirent la nuit durant. Au matin, une fois tous les passagers et l'équipage à bord, les amarres furent larguées, les voiles hissées, et le *Vargaz* repartit à l'assaut de l'océan.

Il remonta vers le nord en longeant la côte désolée de Kachan. Le premier jour, défilèrent devant les passagers une dizaine de châteaux wankh, que le brouillard engloutit l'un après l'autre derrière eux. Le second, le *Vargaz* passa au large de trois grands fjords. Du dernier émergea une galère motorisée, dont l'hélice brassait l'eau dans son sillage. Le capitaine envoya immédiatement deux hommes se poster derrière le canon. La galère manœuvra de manière à se retrouver derrière sa poupe ; la pièce fut aussitôt démasquée. Leur poursuivant vira de bord sans demander son reste, sous les huées de son équipage assourdies par le vent.

Une semaine plus tard, Dragan, la première des Îles des Nuages, apparut à bâbord ; le bâtiment pénétra le lendemain dans le port de Wyness, où Palo Barba, son épouse et ses deux filles débarquèrent. Traz suivit mélancoliquement celles-ci des yeux. Edwe se retourna, agita le bras dans sa direction, puis toute la famille disparut dans la mer de soie jaune et de lin blanc qui recouvrait le quai.

Le *Vargaz* resta deux jours à Wyness pour délivrer sa marchandise, se réapprovisionner et remplacer ses voiles. Puis les amarres furent larguées et le bâtiment reprit la mer.

Poussé par une vive brise qui soufflait de l'ouest, il franchit le détroit de Parapan. Un jour s'écoula, une nuit, puis encore une journée. La nervosité commençait à gagner les passagers ; tout le monde regardait vers l'est, s'efforçant d'apercevoir les hauteurs de Charchan. Le soir venu, le soleil sombra dans un chaos de bruns, de gris et d'orange bourbeux. Personne ne vint faire honneur au dîner, composé de fruits secs et de poisson en saumure – les voyageurs préféraient rester sur le pont. La nuit s'étira ; le vent finit par se calmer ; les uns après les autres, tous les passagers regagnèrent leurs cabines. Reith resta quant à lui accoudé au bastingage à méditer sur les aléas de l'existence. Au bout d'un long moment, parvint à ses oreilles une salve d'ordres lancés du haut de la passerelle. La grande vergue descendit en grinçant le long du mât, et le *Vargaz* se mit en panne. Le Terrien se tourna vers le large. Dans les ténèbres brillait un chapelet de lumières lointaines : le rivage de Cath.

6

L'aube leur révéla une côte sans relief, étendue noire se découpant sur le ciel sépia. La grand-voile fut hissée, de manière à profiter du vent matinal, et le *Vargaz* pénétra dans le port de Vervodeï.

Le soleil se leva enfin, dévoilant la cité endormie. Au nord, de hauts édifices aux façades plates dominaient les quais ; au sud s'entassaient magasins et entrepôts.

Le *Vargaz* jeta l'ancre ; ses voiles descendirent en grinçant le long du mât. Une pinasse vint l'aider à s'amarrer proue en avant dans un dock. Les fonctionnaires du port montèrent à bord, s'entretinrent avec le capitaine, échangèrent des saluts avec Dordolio, puis repartirent. Le voyage était arrivé à son terme.

Après avoir fait ses adieux au capitaine, Reith descendit à terre en compagnie de Traz et d'Anacho. Dordolio s'approcha d'eux sur le quai. « Il ne me reste plus qu'à prendre congé de vous, leur dit-il d'une voix brusque. Je pars séance tenante pour Settra.

— C'est bien à Settra que se trouve le Palais du Jade bleu ? s'enquit Reith, qui se méfiait des motivations du Yao.

— Oui, tout à fait. (Dordolio tirailla sa moustache.) Vous n'avez aucun souci à vous faire à ce sujet. Comptez sur moi pour transmettre au Seigneur Jade bleu toutes les informations nécessaires.

— Mais vous-même ne savez pas grand-chose, reprit Reith. Presque rien, en vérité.

— Les informations dont vous disposez ne lui seront pas non plus d'une grande consolation, répliqua Dordolio avec raideur.

— Peut-être. N'empêche qu'elles intéresseront sans doute le Seigneur Jade bleu. »

Le Yao secoua la tête, exaspéré. « Aberrant ! Vous ignorez tout du cérémonial ! Vous ne comptez quand même pas vous borner à vous rendre auprès du Seigneur pour lui débiter votre histoire ? Ce serait fort grossier. Et vos vêtements : tout à fait inappropriés ! Sans même parler de l'Homme-Dirdir marmoréen et du jeune nomade.

— Il nous faudra donc compter sur la courtoisie et la tolérance du Seigneur Jade bleu, rétorqua Reith.

— Bah, grommela Dordolio, ce n'est pas la honte qui vous étouffe ! (Le Yao s'attarda néanmoins, les yeux plissés en direction de la rue.) Si je comprends bien, vous avez décidé de vous rendre à Settra ?

— Oui, évidemment.

— En ce cas, laissez-moi vous donner un conseil. Ce soir, prenez une chambre dans l'une des auberges du coin – le *Dulvan*, par exemple –, puis allez voir demain ou après-demain un tailleur de bonne réputation. Une fois vêtus convenablement, vous pourrez *alors* venir à Settra. Il y a un établissement tout à fait confortable sur l'Ovale : l'*Hostellerie des Voyageurs*. Les choses étant ce qu'elles sont, peut-être pourriez-vous me rendre un petit service ? Figurez-vous que j'ai fait de mauvais placements, aussi vous serais-je obligé de me prêter une centaine de sequins pour me permettre de gagner Settra.

— Avec plaisir, répondit Reith. Mais nous allons nous y rendre tous ensemble. »

Dordolio eut un geste d'irritation. « Je suis pressé, et vos préparatifs vont prendre du temps.

— Nullement, rétorqua le Terrien. Nous nous en sommes déjà occupés. Après vous. »

Le Yao toisa son interlocuteur de la tête aux pieds, d'un air profondément écœuré. « Le moins que je puisse faire, dans notre intérêt mutuel, c'est de veiller à ce que vous soyez correctement habillés. Suivez-moi. » Reith, Traz et Anacho sur ses talons, Dordolio traversa donc l'esplanade en direction du centre-ville.

« Pourquoi nous faut-il supporter son arrogance ? s'exclama Traz, qui bouillait d'indignation.

— Les Yao sont de nature imprévisible, fit Anacho. Inutile de s'en offusquer. »

C'était au-delà du quartier des quais que la cité prenait tout son caractère. Les rues, larges et impersonnelles, longeaient des bâtiments aux façades planes construits en briques vernissées, coiffés de toits de tuiles brunes à la pente abrupte. La ville dégageait une impression de délabrement distingué. Aucun rapport avec le bouillonnement d'activité qui régnait à Coad ; les rares passants restaient sur leur réserve, manifestement soucieux de ne pas se faire remarquer. Certains arboraient des costumes sophistiqués – chemises de lin blanc, cravates tuyautées et crêpées. D'autres, appartenant visiblement à une classe inférieure, portaient des pantalons bouffants, verts ou jaunâtres, des vestes et des tuniques aux couleurs éteintes.

Dordolio les conduisit jusqu'à une boutique de confection, dans laquelle une nuée d'hommes et de femmes étaient occupés à coudre des vêtements. Après avoir fait signe aux trois compagnons de le suivre, il pénétra dans le magasin et alla s'adresser énergiquement au propriétaire des lieux, un vieillard chauve.

Puis il revint s'entretenir avec le Terrien. « Je lui ai expliqué ce dont vous aviez besoin ; il se fait fort de vous équiper à peu de frais. »

Trois garçons pâles apparurent alors, en poussant devant eux des présentoirs garnis de vêtements. Le tailleur en sélectionna promptement quelques-uns, qu'il étala devant Reith, Traz et Anacho. « Ceux-ci devraient je crois convenir à ces messieurs. S'ils souhaitent les essayer immédiatement, les cabines d'essayage sont à leur disposition. »

Reith les examina d'un œil critique. Les tissus semblaient un tantinet grossiers, les teintes passablement passées. Le sourire songeur qu'arborait Anacho ne fit que confirmer ses soupçons. « Vos propres vêtements sont immettables, dit-il à Dordolio. Pourquoi n'essayeriez-vous pas ceux-ci ? »

Les sourcils du Yao s'arquèrent ; il recula d'un pas. « Ce que je porte me satisfait entièrement. »

Le Terrien se débarrassa des costumes. « Cela ne va pas du tout, dit-il au fripier. Montre-moi ton catalogue, ou ce qui te sert d'échantillons.

— À votre guise. »

Après avoir feuilleté une bonne centaine de dessins en couleurs sous l'œil sévère d'Anacho, Reith désigna un modèle bleu foncé de coupe classique. « Celui-ci ? »

Dordolio émit un grognement impatient. « Un riche cultivateur pourrait porter ça à des obsèques intimes. »

Le Terrien lui indiqua un autre costume. « Et celui-là ?

— Encore moins adapté : c'est la mise décontractée d'un vieux philosophe qui passe quelques jours dans sa résidence secondaire.

— Hum. Dans ce cas… (Reith se tourna vers le tailleur.) Montre-moi le costume qui conviendrait à un philosophe un peu plus jeune, au goût irréprochable, qui voudrait faire une petite visite de la ville. »

Dordolio pouffa de rire. Il s'apprêta à dire quelque chose, se ravisa finalement, puis tourna le dos au Terrien. Le tailleur donna des ordres à ses assistants.

Reith examina Anacho de la tête aux pieds. « Pour ce monsieur, ce sera le costume de voyage d'un dignitaire de haute caste. (Il se tourna vers Traz.) Et pour celui-ci, on va rester sur une tenue décontractée. »

Les nouveaux habits que l'artisan sortit n'avaient rien de commun avec ceux que Dordolio avait commandés. Après que le trio fut allé se changer, le tailleur fit quelques petites retouches sous le regard de plus en plus impatient du Yao. Qui, n'y tenant plus, finit par lâcher : « Ce sont là des habits fort élégants, loin de moi l'idée de prétendre autre chose. Mais sont-ils vraiment appropriés ? Les gens ne vont pas manquer de s'interroger quand votre conduite démentira votre apparence.

— Vous ne voudriez quand même pas que nous arpentions Settra vêtus comme des péquenots ? rétorqua dédaigneusement Anacho. Les frusques que vous nous aviez choisies n'avaient rien de particulièrement flatteur.

— Quelle importance ? claironna Dordolio. Un Homme-Dirdir fugitif, un jeune nomade et un mystérieux étranger échappant à toute classification : n'est-il pas absurde de parer trois lascars pareils de costumes de gentilshommes ! »

Reith s'esclaffa ; Anacho claqua des doigts ; quant à Traz, il décocha à Dordolio un regard empreint d'un incommensurable dégoût. Le Terrien paya la note.

« Bon, grommela Dordolio, retournons à l'aéroport. Puisque vous exigez le meilleur, autant louer un aérocar.

— Pas si vite, répliqua Reith. Comme d'habitude, vous faites un mauvais calcul. Il y a forcément d'autres moyens, moins ostentatoires, de voyager jusqu'à Settra.

— Évidemment, lâcha Dordolio avec morgue. Mais quand on s'habille en grand seigneur, il faut se conduire comme tel.

— Nous sommes de grands seigneurs modestes. (Reith se tourna vers le marchand.) Comment fait-on généralement pour se rendre à Settra ?

— Je me targue pour ma part de ne pas tenir la "place[1]" en grande estime. J'utilise les transports publics. »

Reith se tourna vers Dordolio. « Si vous envisagez de louer un aéronef privé, c'est ici que nos routes se séparent.

— Avec plaisir ; pour peu que vous m'avanciez cinq cents sequins… »

Reith secoua la tête. « Il n'en est pas question.

— Je vais donc moi aussi emprunter les transports publics. »

À mesure qu'ils remontaient la rue à grands pas, Dordolio se fit passablement plus cordial. « Vous vous apercevrez bien vite que les Yao font le plus grand cas de la cohérence et de l'harmonie des attributs. Vous êtes vêtus comme des personnes de qualité – vous allez donc forcément vous comporter en conséquence. Les choses vont s'ajuster d'elles-mêmes. »

Au terminus des lignes intérieures, Dordolio alla acheter pour tous des places – de première classe,

---

1. Mot intraduisible désignant les qualités qu'un homme acquiert à un degré plus ou moins grand en vertu de son évolution au fil du « rond ». Un équilibre fragile, presque impossible à maintenir, entre un individu et ses pairs, qu'un soupçon de honte, d'humiliation ou d'embarras suffit à rompre sur-le-champ.

bien entendu. Une longue voiture vint bientôt s'immobiliser sur la plate-forme, ses deux grandes roues avant butant sur une cornière en béton. Tous quatre s'installèrent dans un compartiment équipé de banquettes recouvertes de peluche rouge. Dans un grincement, le véhicule partit en cahotant en direction du pays de Cath.

Reith le trouvait pour le moins intrigant. Ses moteurs étaient petits, puissants, ils reposaient sur une technologie sophistiquée. Mais pourquoi la voiture proprement dite était-elle si bizarrement conçue ? Quand elle atteignait sa vitesse de pointe – une centaine de kilomètres à l'heure –, ses coussins d'air lui permettaient de se déplacer sans la moindre secousse. Mais à chaque freinage elle se mettait à tressauter et à vibrer abominablement. Les Yao semblaient être de grands théoriciens, songea le Terrien, mais de bien piètres ingénieurs.

Le véhicule passa le long d'anciennes terres de culture, plus civilisées que tout ce que Reith avait vu depuis son arrivée sur Tschaï. La brume qui flottait dans les airs teintait la lumière du soleil de nuances vieil or ; les ombres étaient d'un noir intense. La voiture traversa une succession de forêts, longea des vergers plantés d'arbres noueux aux feuilles sombres, des parcs et des domaines, des murs de pierre tombant en ruine, des villages dont la moitié des maisons seulement paraissaient habitées. Après avoir escaladé un plateau marécageux, elle piqua vers l'est à travers des marécages et des affleurements de calcaire désagrégé. Nulle part il n'y avait d'humains visibles – Reith crut néanmoins distinguer à plusieurs reprises des châteaux délabrés dans le lointain.

« C'est un pays de fantômes, dit Dordolio. La lande d'Audan. Vous en avez déjà entendu parler ?

— Jamais, répondit le Terrien.

— Une région désolée, comme vous pouvez le voir. Et aussi un repaire de hors-la-loi – on y croise même des Phung, à l'occasion. Et des molosses nocturnes… »

À la lande d'Audan succéda une contrée pleine de charme, parsemée de lacs et de cours d'eau surplombés d'immenses arbres noir, brun et rouille. Sur de petites îles se dressaient de hautes maisons couronnées de pignons surhaussés, et ornées de balcons minutieusement travaillés. Dordolio désigna quelque chose à l'est. « Vous voyez cette résidence là-bas, à la lisière de la forêt ? C'est le palais d'Or et Cornaline, la maison de ma lignée. Au-delà – mais vous ne pouvez pas le voir – s'étend Halmeur, un faubourg de Settra. »

La forêt dans laquelle le véhicule pénétra laissa bientôt place à une région parsemée de fermes. Au loin se dessinaient les dômes et les tours de Settra. Enfin, la voiture s'arrêta à quai. Les passagers en descendirent et gagnèrent une terrasse. « À présent, dit alors Dordolio, je vais devoir prendre congé. Au bout de l'Ovale vous trouverez l'*Hostellerie des Voyageurs*, que je ne saurais trop vous recommander ; je vous y enverrai un messager avec le montant de ma dette. (Il s'interrompit, s'éclaircit la gorge.) Si par un caprice de la destinée nous nous croisons dans un autre lieu – je me rappelle en particulier votre ambition passablement irréaliste de faire connaissance avec le Seigneur Jade bleu –, il serait sans doute de notre intérêt mutuel de faire semblant de ne s'être jamais vus.

— Je ne vois vraiment pas pourquoi », répondit poliment Reith.

Le Yao lui décocha un regard noir, puis se fendit d'un salut guindé. « Je vous souhaite bonne chance. » Et sur ce, il s'en fut à grandes enjambées.

Reith se tourna vers Traz et Anacho. « Vous deux, allez retenir des chambres à l'*Hostellerie*. Moi, je vais me rendre au Palais du Jade bleu. Avec un peu de chance, j'y arriverai avant Dordolio, qui m'a paru *vraiment* très pressé. »

Le Terrien s'approcha des tricycles motorisés alignés le long de la terrasse, s'installa à bord du premier. « Au Palais du Jade bleu, lança-t-il au conducteur. Et le plus vite possible. »

L'engin s'élança vers le sud, se faufilant entre les bâtiments de briques vernissées garnis de vitres fumées. Après quoi il traversa un grand marché couvert, franchit un vieux pont de pierre, passa sous un portail qui donnait sur une vaste esplanade circulaire ceinturée d'éventaires, pour la plupart déserts. Au centre, un petit plan incliné conduisait à une plate-forme elle aussi circulaire, parsemée de bancs. L'échafaudage rectangulaire positionné à l'avant affichait des dimensions que le Terrien trouva empreintes d'une morbidité sous-jacente.

« De quoi s'agit-il ? » demanda-t-il au conducteur.

Celui-ci le regarda d'un air légèrement étonné. « Comme vous pouvez le voir, c'est le Cercle, le lieu de la Communion Pathétique. Mais peut-être n'êtes-vous pas de Settra ?

— Effectivement pas. »

Le conducteur consulta un programme imprimé sur un carton jaune. « La prochaine réunion aura lieu obledi. Un score de dix-neuf ! Voilà ce qu'il lui a fallu pour émerger de son terrible désespoir ! *Dix-neuf !* Jamais personne ne s'était approché autant du record du Seigneur Agate et Cristal, qui est de vingt-deux.

— Tu veux dire qu'il a tué *dix-neuf* personnes ?

— Naturellement ! Quatre étaient des enfants, mais ça n'en reste pas moins un exploit de nos jours, avec tous ces gens qui se méfient de l'*awaïle.* Tout Settra va assister à l'expiation. Si vous êtes encore en ville, je ne saurais trop vous conseiller d'en faire de même, dans l'intérêt même de votre âme.

— Pourquoi pas. Nous sommes encore loin du Palais du Jade bleu ?

— Il ne nous reste plus que Dalmere à traverser.

— Je suis pressé. Fais aussi vite que possible.

— Croyez-bien que je m'y emploie, mais imaginez que j'aie un accident ou que je blesse quelqu'un ? J'en éprouverais une honte extraordinaire, jusqu'au plus profond de mon âme – je ne tiens vraiment pas à me retrouver victime d'un tel accablement.

— Ça peut se comprendre. »

Le cyclomoteur emprunta un large boulevard parsemé de nids-de-poule, qui contraignaient le chauffeur à zigzaguer en tous sens. L'artère était bordée d'énormes arbres aux troncs noirs, au feuillage bistre ou d'un vert violacé, derrière lesquels s'alignaient des demeures à l'architecture extravagante. Le conducteur désigna quelque chose de la main. « Voilà le Palais du Jade bleu. En haut de cette colline. Quelle entrée préférez-vous ? » Il lança au Terrien un regard narquois.

« La principale, évidemment.

— À votre guise, votre seigneurie. Cela dit, les visiteurs qui entrent par la grande porte arrivent rarement à bord d'un cyclomoteur. »

Le tricycle fit bientôt halte devant une porte cochère. Après avoir payé la course, Reith mit pied à terre sur un tapis en soie que deux laquais s'étaient empressés de dérouler. Il franchit d'un bon pas une voûte ogivale qui donnait sur une pièce aux murs garnis de miroirs. Une multitude de prismes de cristal tintinnabulaient au bout des chaînettes d'argent auxquelles ils étaient suspendus. Un majordome vêtu d'une livrée en velours brun-roux s'inclina bien bas devant lui. « Sa Seigneurie se trouve chez elle. Peut-être désirez-vous vous reposer un peu, ou déguster un cordial avant de le rencontrer ? Mais sachez ceci : le Seigneur Cizante attend avec impatience d'avoir le privilège de vous accueillir.

— Je préfère le voir tout de suite. Mon nom est Adam Reith.

— Seigneur de quel domaine ?

— Dis au Seigneur Cizante que je suis porteur d'importantes nouvelles. »

Le majordome lança à Reith un regard mal assuré ; une bonne douzaine d'émotions subtiles se succédèrent sur son visage. Le Terrien comprit qu'il avait déjà commis quelques impairs. *Tant pis !* songea-t-il. *Le Seigneur Jade bleu va devoir se faire une raison.*

« Si vous voulez bien avoir la bonté de me suivre… » fit le laquais avec un peu moins d'obséquiosité.

Il conduisit Reith dans une petite cour intérieure, où murmurait une cascade d'un lumineux liquide vert.

Deux minutes s'écoulèrent. Un jeune homme élégamment vêtu apparut alors. Son visage était d'une pâleur de cire, comme s'il n'avait jamais vu la lumière du soleil ; il avait un regard soucieux, presque mélancolique. Un chapeau de velours vert pâle à quatre pointes dissimulait en partie une chevelure d'un noir de jais. Un fort bel homme, dont il émanait un étonnant mélange de langueur et d'efficacité. Après avoir étudié Reith d'un œil critique, il lui demanda d'une voix sèche : « Vous affirmez détenir des informations susceptibles d'intéresser le Seigneur Jade bleu, monsieur ?

— En effet. Est-ce à lui que j'ai présentement l'honneur de parler ?

— Je suis son conseiller ; vous pouvez donc m'en faire part en toute confiance.

— Elles concernent le sort de sa fille – je préférerais donc parler au Seigneur Jade bleu en personne. »

Le conseiller fit un geste singulier de la main – comme s'il hachait de la viande –, puis s'éclipsa. Il ne tarda pas à réapparaître. « Quel est votre nom, monsieur ?

— Adam Reith.

— Si vous voulez bien m'accompagner… »

Il fit entrer le Terrien dans une salle aux lambris d'ivoire rouge qu'éclairaient une dizaine de prismes lumineux. Tout au fond, le sourcil froncé, se tenait un homme d'aspect frêle vêtu d'un extravagant costume huit pièces de soie noir et pourpre. Il avait la tête ronde, et la frange de cheveux noirs qui ombrait son front lui donnait des faux airs d'elfe. Ses yeux noirs très écartés avaient tendance à partir chacun de leur côté. Le visage d'un homme secret, *méfiant*, s'avisa Reith. Les lèvres serrées, il toisa son visiteur.

« Seigneur Cizante, fit le conseiller, voici le gentilhomme Adam Reith, qui vous était inconnu jusqu'ici.

Alors qu'il passait par hasard dans la région, il a eu la joie d'apprendre que vous vous trouviez dans les parages. »

Un silence lourd d'attente succéda à ces paroles ; le protocole, comprit le Terrien, exigeait une réponse rituelle de sa part. « Je suis bien évidemment ravi de trouver le Seigneur Cizante à son domicile. Je suis arrivé de Kotan il y a à peine une heure. »

Les lèvres de Cizante se serrèrent davantage ; Reith comprit aussitôt qu'il avait encore commis une maladresse.

« Vraiment ? lâcha l'aristocrate d'une voix tranchante. Vous avez des nouvelles de Dame Shar Zarin ? »

C'était là le nom de cour de la Fleur de Cath. « Oui, lui répondit Reith sur un ton tout aussi glacial. Je peux vous relater en détail tout ce qui lui est arrivé, et les tristes circonstances de son trépas. »

Le Seigneur Jade bleu leva les yeux au plafond « Et bien évidemment, reprit-il sans les baisser, vous revendiquez la récompense ? »

Le majordome apparut. Il alla chuchoter quelque chose à l'oreille du conseiller, qui s'empressa d'aller en faire part au Seigneur Cizante.

« Voilà qui est curieux ! s'exclama celui-ci. L'un des rejetons de la famille Or et Cornaline, un certain Dordolio, réclame lui aussi la récompense.

— Renvoyez-le, fit Reith. Ce qu'il sait de cette affaire est au mieux superficiel, comme vous allez vous en rendre compte.

— Ma fille est morte ?

— Je suis au regret d'avoir à vous annoncer qu'elle s'est noyée, après une crise de nature psychique. »

Les sourcils du Seigneur Cizante s'arquèrent davantage encore. « Se serait-elle livrée à l'*awaïle* ?

— C'est ce que j'ai cru comprendre, oui.

— Où et quand la chose s'est-elle produite ?

— À bord du *Vargaz*, au milieu de l'océan Draschade, il y a trois semaines. »

Le Seigneur Cizante se laissa choir dans un fauteuil. Reith attendit un instant d'être invité à faire de même, puis préféra finalement prendre la liberté de s'asseoir sans y être prié. « Elle avait manifestement enduré une sévère humiliation, enchaîna Cizante d'une voix toujours aussi sèche.

— Je ne saurais vous le dire. Après l'avoir aidée à échapper aux prêtresses du Mystère féminin, je l'ai pour ainsi dire prise sous ma protection. Elle était impatiente de revenir à Cath, et m'a convaincu de l'accompagner, m'assurant de votre amitié et de votre gratitude. Mais, à peine étions-nous partis vers l'est qu'elle a sombré dans la mélancolie, pour, au bout du compte, se jeter dans les flots au beau milieu de l'océan. »

Le visage de Cizante était passé par toute une succession d'émotions diverses pendant que Reith parlait. « Donc, lança-t-il avec raideur, maintenant que ma fille est morte, à la suite de circonstances que je n'ose imaginer, vous vous précipitez chez moi pour réclamer la récompense.

— J'ignorais tout de cette "récompense" à l'époque – et je n'en sais pas plus sur elle aujourd'hui. Plusieurs raisons m'ont poussé à venir à Cath, dont la moindre était de faire votre connaissance. Mais vu votre mépris manifeste pour ce que j'estime être les règles de base de la courtoisie, il ne me reste plus qu'à prendre congé. » Reith salua Cizante d'une brève inclinaison de la tête, puis prit la direction de la porte. Avant de l'atteindre, il se retourna. « Si vous souhaitez des détails complémentaires sur ce qui est arrivé à votre fille, adressez-vous à Dordolio, que nous avons trouvé coincé à Coad. »

Et sur ces mots, il sortit. La voix nasillarde du Seigneur Jade bleu parvint néanmoins à ses oreilles : « Quel malappris ! »

Dans le vestibule attendait le majordome, qui l'accueillit d'un vague sourire et lui indiqua un couloir assez mal éclairé peint en rouge et bleu. « Par ici, monsieur. »

Ignorant l'invite, le Terrien traversa le vestibule d'honneur et sortit par où il était entré.

7

Sur la route qui le reconduisait à l'Ovale, Reith médita sur la cité de Settra et le curieux tempérament de ses habitants. Force lui était d'admettre que son projet de construire un petit astronef, qui dans la lointaine Pera lui avait paru au moins *faisable*, semblait désormais irréalisable. Il avait espéré de la reconnaissance, de l'amitié de la part du Seigneur Jade bleu ; il n'avait eu droit qu'à son hostilité. Quant aux compétences techniques des Yao, elles ne l'incitaient guère à l'optimisme. Le Terrien se mit à prêter attention aux véhicules qui circulaient dans la rue. Ils semblaient fonctionner correctement, mais donnaient l'impression que leurs concepteurs avaient privilégié les considérations esthétiques à l'efficacité. Ils tiraient leur énergie de cellules multiusages dirdir, et leurs suspensions étaient incroyablement bruyantes – preuve soit de la négligence, soit de l'incompétence des ingénieurs. Et il n'y en avait pas deux pareils : chacun avait l'air d'être un modèle unique.

La technologie yao, estimait-il, ne suffirait pas à mener ses plans à bien. Faute de pièces standard, de circuits intégrés, de matrices structurales, d'analyseurs Fourier, de générateurs à macro-gauss et de mille autres accessoires – instruments, outils, calibres, jauges, sans même parler d'un personnel technique capable et diligent –, la construction d'un astronef, si rudimentaire soit-il, représentait une tâche gigantesque. Une vie entière n'y suffirait pas... Reith atteignit finalement un parc circulaire parsemé de grands arbres à l'écorce noire et rugueuse, aux feuilles rousses et parcheminées. En son centre se dressait un imposant monument : une douzaine de silhouettes masculines, chacune équipée d'un instrument ou d'un outil, dansaient une sinistre farandole rituelle autour d'une sculpture indubitablement féminine, qui se tenait les bras levés, le visage tourné vers le ciel empreint d'une expression d'extase. Reith n'aurait su dire quelle émotion l'habitait – allégresse ? souffrance ? chagrin ? béatitude ? Quoi qu'il en soit, le Terrien trouvait cet édifice troublant – il remuait quelque chose dans les profondeurs de son esprit, comme un rat rongeant une poutre de l'intérieur. Le monument paraissait très ancien – des millénaires, peut-être. Une fillette et un gamin encore plus jeune passèrent alors par là. Ils firent halte devant, d'abord pour observer Reith, puis pour s'abandonner à la contemplation des statues étincelantes et de leurs macabres accessoires. Le Terrien, d'humeur maussade, poursuivit son chemin. Ni Traz ni l'Homme-Dirdir ne se trouvaient à l'*Hostellerie*, mais ils avaient retenu un appartement de quatre pièces donnant sur l'Ovale.

Reith se baigna, passa du linge frais. Le crépuscule s'était abattu sur l'Ovale à son retour dans le vestibule ; tout autour de l'esplanade scintillaient de grandes sphères lumineuses aux tonalités pastel. Traz et Anacho apparurent alors de l'autre côté de la place ; le Terrien les regarda s'approcher avec un sourire en coin. Tous deux étaient tellements différents – autant que chat et chien. Et pourtant, quand les circonstances les rapprochaient, ils se comportaient avec toutes les apparences d'une prudente camaraderie.

Ses compagnons lui racontèrent qu'ils étaient tombés sur un endroit appelé le « mail », où les gentilshommes de Cath réglaient leurs affaires d'honneur ; ils avaient assisté à pas moins de trois passes d'armes au cours de l'après-midi. Le sang n'avait guère coulé, précisa Traz avec un reniflement dédaigneux. « Le cérémonial épuise leur énergie, enchérit Anacho. Après les politesses et les simagrées d'usage, il ne reste plus beaucoup de temps pour le combat.

— Je trouve pour ma part les Yao bien plus bizarres que les Hommes-Dirdir, fit Reith.

— Ah ah ! Je m'inscris en faux devant pareille assertion ! Tu ne connais qu'un *seul* Homme-Dirdir. Je peux t'en montrer mille, et te plonger dans une totale confusion. Mais venez ; le réfectoire se trouve juste au coin de la rue. On peut au moins reconnaître ça aux Yao : leur cuisine est acceptable. »

Ils dînèrent dans une grande pièce aux murs tendus de tapisseries. Comme d'habitude, Reith fut bien en peine d'identifier ce qu'il mangeait –

et comme d'habitude il préféra ne pas pousser plus loin ses investigations sur la question. On leur servit un potage jaunâtre au goût légèrement douceâtre, dans lequel flottaient des fragments d'écorce salée, des tranches d'une viande pâle enrobée de pétales, une sorte de céleri piqué de lamelles de condiments terriblement épicés, des galettes relevées de musc et de résine, des mûres noires qui sentaient le marais, le tout accompagné d'un vin transparent légèrement piquant en bouche.

Tous trois allèrent ensuite prendre un digestif dans une taverne voisine. La clientèle comptait beaucoup de non-Yao, qui se servaient apparemment de l'établissement comme d'un lieu de rendez-vous. L'un d'eux, un grand vieillard coiffé d'un bonnet de cuir qui semblait passablement porté sur le vin, vint se poster presque sous le nez du Terrien. « Ma foi, dit-il, je me suis trompé. Je t'ai pris tout d'abord pour un Vect de Holangar. Et puis, je me suis demandé : “Où sont ses pinces à glace ?” Du coup, je me suis dit : “Non, c'est encore un de ces Anomes qui se faufilent dans l'*Hostellerie des Voyageurs* pour y apercevoir des congénères. »

— Des congénères, fit Reith, rien ne me ferait plus plaisir que d'en apercevoir.

— Ah bon ? Ce n'est donc pas le cas ? Mais qu'es-tu donc, dans ce cas ? Je n'arrive pas à te situer.

— Un voyageur originaire d'une lointaine contrée.

— Moins lointaine que la mienne, la lointaine côte de Vord, là où le cap de la Terreur se dresse contre l'océan Schanizade. C'est que j'en ai vu des choses, croyez-moi ! Des raids sur Arkady, des batailles avec les peuples de la mer ! Une fois, je m'en souviens, nous sommes allés dans les montagnes massacrer des bandits… J'étais jeune, à l'époque, un fier guerrier. À présent, je travaille dur pour assurer le bien-être des Yao, qui en retour financent le mien. Et ce n'est pas une vie si pénible.

— J'imagine que non. Tu es un technicien ?

— Rien d'aussi prestigieux. J'inspecte des roues à la cour de triage.

— Il y a beaucoup de techniciens étrangers employés à Settra ?

— Tout à fait. Cath est assez agréable, pour peu qu'on fasse abstraction des lubies des Yao.

— Et des Hommes-Wankh ? Y en a-t-il à Settra ?

— Qui y travaillent ? Jamais ! Quand j'ai séjourné à Ao Zalil, à l'est du lac Falas, j'ai *vu* comment les choses se passaient. *Jamais* les Hommes-Wankh ne travaillent, pas même pour les Wankh. Ils se fatiguent suffisamment à prononcer les harmoniques wankh – quand bien même ils se servent généralement de remarquables petits instruments pour jouer les accords.

— Qui travaille dans les ateliers wankh ? Des Noirs et des Pourpres ?

— Bah ! Ça les obligerait à manipuler des objets touchés par l'autre couleur. Ce sont surtout des Lokhars de l'arrière-pays qui travaillent dans les manufactures. Ils s'y échinent pendant dix ou vingt ans, voire davantage, pour ensuite retourner dans leurs villages une fois fortune faite. Des Hommes-Wankh employés dans les ateliers ? Quelle plaisanterie ! Ils sont aussi orgueilleux que les Hommes-Dirdir Immaculés ! Je vois d'ailleurs un Homme-Dirdir à tes côtés, ce soir.

— Oui, c'est mon ami.

— Ce n'est pas souvent qu'on en croise un aussi simple ! s'étonna le vieux. Je n'en ai jusqu'ici rencontré que trois, et tous m'ont traité comme un moins que rien. (Il vida son verre, le reposa d'un geste sec sur la table.) Bon, il faut que je file ; je vous souhaite à tous une excellente nuit, même à l'Homme-Dirdir. »

Et le vieillard s'en fut. Presque aussitôt entra un jeune homme au teint pâle et aux cheveux noirs, vêtu d'un discret costume bleu sombre en drap fin. Reith avait l'impression de l'avoir déjà vu quelque part. Et récemment… Mais où ? Le nouveau venu s'approcha lentement, presque distraitement, du comptoir, où il se fit servir une coupe de sirop âcre. Son regard croisa celui de Reith quand il se retourna ; il le salua courtoisement d'un petit hochement de tête, puis, après un instant d'hésitation, s'approcha de lui. Le Terrien le reconnut alors : c'était le jeune conseiller blafard de Cizante.

« Bonsoir, fit le nouveau venu. Peut-être me reconnaissez-vous ? Helsse d'Izam, membre de la Maison du Seigneur Jade bleu. Nous nous sommes rencontrés aujourd'hui, si je ne m'abuse.

— J'ai effectivement eu un entretien avec votre maître. »

Helsse sirota une gorgée de son breuvage, puis reposa son gobelet avec une petite grimace. « Allons discuter dans un endroit plus tranquille. »

Reith échangea quelques mots avec Traz et Anacho, puis revint au conseiller. « Je vous suis. »

Helsse jeta un coup d'œil désinvolte à l'entrée principale, mais décida finalement de passer par la salle du restaurant pour sortir. Alors même qu'ils partaient, Reith aperçut un homme qui se frayait un chemin dans la taverne, pour faire le tour de la salle d'un regard furieux : Dordolio.

Helsse ne semblait pas l'avoir remarqué. « Je connais une petite brasserie tout près d'ici – elle n'est pas d'un raffinement extrême, mais nous y serons aussi bien qu'ailleurs pour discuter. »

L'établissement se résumait à une longue pièce basse de plafond, avec tout autour des box peints en bleu éclairés par des lampes rouges et azur. Parmi les nombreux musiciens qui étaient installés sur l'estrade, deux frappaient sur des gongs et des tambours, pour donner le rythme au danseur qui s'y trémoussait. Helsse choisit un box près de la porte, aussi loin que possible de l'orchestre ; tous deux prirent place sur des coussins bleus. Le conseiller commanda deux petits verres de « teinture de bois sauvage », qui leur furent rapidement servis.

Sitôt que le danseur se fut éclipsé, les musiciens entamèrent un nouveau morceau, avec des instruments rappelant respectivement un hautbois, une flûte, un violoncelle et une timbale. Reith écouta quelques instants, dérouté par les grinçantes sonorités plaintives, les cognèments sourds de la timbale, les trilles soudainement fiévreuses de la flûte.

Helsse se pencha obligeamment en avant. « Vous n'êtes pas familier avec la musique yao ? C'est bien ce que je pensais. C'est là une de ses formes traditionnelles : une complainte.

— Aucun risque qu'on la prenne pour une composition joyeuse.

— C'est juste une question de degré. (Le conseiller entreprit alors de lui énumérer toute une liste de formes musicales, dont l'optimisme allait decrescendo.) Loin de moi l'idée d'insinuer que les Yao forment un peuple austère ; il suffit d'assister à la saison des bals pour se convaincre du contraire.

— Je doute fort qu'on m'y invite un jour. »

L'orchestre passa à un autre morceau – une succession de phrases passionnées reprises à tour de rôle par chacun des instruments, qui s'acheva par un interminable trille échevelé. Par une espèce d'association d'idées, Reith se remémora le monument du parc circulaire. « Cette musique entretient-elle quelque rapport avec votre rituel expiatoire ? »

Helsse sourit avec hauteur. « J'ai entendu dire que l'esprit de la Communion Pathétique imprégnait toute la psyché des Yao.

— Intéressant. » Reith attendit la suite ; Helsse ne l'avait pas fait venir ici pour discuter musique.

« J'espère que les événements de cet après-midi ne vous ont pas causé de désagréments ? finit par reprendre le jeune homme.

— Absolument pas. Juste un peu d'irritation.

— Vous ne vous attendiez pas à toucher la récompense ?

— Pour tout vous dire, je n'en avais même pas entendu parler. Je m'attendais par contre à être traité avec un minimum de respect. L'accueil du Seigneur Cizante me semble rétrospectivement bien singulier. »

Helsse hocha sagement la tête. « *C'est* un homme singulier. Mais il se trouve actuellement dans une position délicate. Juste après votre départ, le cavalier Dordolio s'est présenté à lui pour vous accuser d'être un imposteur, et réclamer la récompense pour lui-même. En toute franchise, et tout bien considéré, répondre à ses exigences mettrait le Seigneur Cizante dans l'embarras. Peut-être ignorez-vous que le Jade bleu et l'Or et Cornaline sont deux maisons rivales.

Le Seigneur Cizante soupçonne Dordolio de vouloir utiliser cette récompense pour humilier le clan du Jade bleu, ce qui aurait des conséquences imprévisibles.

— En quoi consistait exactement cette récompense ? s'enquit Reith.

— L'émotion a eu raison de sa réserve, répondit Helsse. Voilà ce qu'il a déclaré : "Quiconque me ramènera ma fille, ou au moins m'apportera de ses nouvelles, pourra me demander ce qu'il voudra ; je ferai de mon mieux pour exaucer ses vœux." De fortes paroles, n'est-il pas, uniquement destinées aux oreilles des membres de la Maison du Jade bleu. Mais la rumeur s'est répandue.

— Il semble donc que je lui rende service en acceptant sa générosité.

— C'est ce dont nous souhaitons nous assurer, répondit Helsse avec circonspection. Dordolio a formulé un certain nombre de propos outrageants à votre sujet. Il vous a traité de barbare superstitieux, résolu à ressusciter le "culte". Si vous exigiez du Seigneur Cizante qu'il transforme son palais en temple, et qu'il se convertisse, il risque fort de préférer les conditions de Dordolio.

— Alors même que je suis arrivé chez lui en premier ?

— Dordolio vous accuse d'avoir usé de fourberie. Il est très remonté contre vous. Cela étant dit, que pourriez-vous bien réclamer au Seigneur Cizante dans de telles conditions ? »

Reith y réfléchit un instant. Il ne pouvait malheureusement pas s'offrir le luxe d'un orgueilleux refus. « Bonne question. Un avis désintéressé me serait bien utile, mais je ne sais pas à qui m'adresser.

— Pourquoi pas à moi ?

— J'ai quelques doutes quant à votre impartialité.

— Vous pourriez être surpris. »

Reith scruta le visage blafard de son interlocuteur, ses indéchiffrables yeux noirs. Ce Helsse était décidément un homme déroutant, en raison même de son impersonnalité : il ne faisait pas davantage preuve de cordialité que de froideur. Il parlait avec une sincérité manifeste, mais faisait en sorte qu'absolument rien ne vienne trahir ses sentiments profonds.

Les musiciens s'étaient retirés. Sur l'estrade monta un homme passablement obèse, vêtu d'une longue robe marron. Une femme à la longue chevelure brune vint prendre place derrière lui, un luth à la main. L'homme produisit alors une sorte de hululement plaintif, avec des paroles à moitié articulées que Reith ne parvint pas à comprendre. « Une autre mélodie traditionnelle ? » s'enquit-il.

Helsse haussa les épaules. « Une technique de chant particulière. Qui n'est pas du tout sans intérêt, soit dit en passant. Si tout le monde se donnait autant de peine, il y aurait bien moins d'*awaïle*. »

Reith tendit l'oreille. « Jugez-moi sévèrement, maugréait le chanteur. J'ai commis un crime épouvantable ; mon désespoir en est la cause.

— A priori, fit le Terrien, il me semble assez absurde de discuter de ce qui m'oppose au Seigneur Cizante avec *son* conseiller.

— Ah, mais vos intérêts ne sont pas forcément contraires à ceux du Seigneur Cizante ! Le cas de Dordolio est différent.

— Le Seigneur Cizante ne s'est pas montré particulièrement courtois avec moi, fit le Terrien d'une voix songeuse. Ça ne m'incite guère à lui faire une faveur.

D'un autre côté, je ne tiens pas non plus à faciliter la vie de Dordolio, qui me traite de barbare superstitieux.

— Les nouvelles que vous lui avez apportées l'ont peut-être bouleversé, suggéra Helsse. Quant aux accusations de Dordolio, elles sont à l'évidence sans fondement – il n'y a donc plus lieu d'y revenir. »

Reith se fendit de son plus beau rictus. « Lui et moi nous connaissons depuis un mois ; pouvez-vous vraiment contester ses affirmations sur une base aussi limitée ? »

S'il avait espéré désarçonner son interlocuteur, Reith en fut pour ses frais. Helsse le gratifia du plus aimable des sourires. « Je me trompe rarement dans mes appréciations.

— Supposons que je me mette à affirmer des choses apparemment délirantes : que Tschaï est plate, que les dogmes du "culte" sont exacts, que les hommes peuvent vivre sous l'eau – quel effet cela aurait-il sur vos opinions ?

— Il s'agit chaque fois de cas d'espèce, répondit Helsse après mûre réflexion. Si vous me souteniez que Tschaï est plate, je réviserais certainement mon jugement. Si vous défendiez le credo du "culte", je le suspendrais et écouterais ce que vous avez à dire, car il s'agit là d'une question de point de vue pour lequel il n'existe aucune preuve, à ma connaissance tout au moins. Si vous déclariez que les hommes peuvent vivre sous l'eau, j'inclinerais peut-être à accepter cette assertion comme, disons, une hypothèse de travail. Après tout, les Pnume pratiquent la plongée sous-marine, de même que les Wankh. Pourquoi des hommes n'en feraient-ils pas autant avec un équipement adapté ?

— Tschaï n'est pas plate. Les hommes peuvent vivre sous l'eau pendant de courtes périodes en utilisant des branchies artificielles. J'ignore tout du "culte" et de sa doctrine. »

Helsse porta son verre à ses lèvres. Le chanteur s'était éclipsé pour laisser place à une troupe de danseurs – des hommes à la poitrine nue, aux bras et aux jambes enveloppés d'étoffes noires. Reith les observa quelques instants, fasciné, puis détourna le regard.

« Des danses traditionnelles, lui expliqua Helsse, ayant trait à la Communion Pathétique. Celle-ci s'appelle le "Mouvement Précurseur des Officiants à l'adresse de l'Expiateur".

— Les "officiants" sont donc des tortionnaires ?

— Ce sont eux qui rendent possible l'expiation absolue. Beaucoup parmi eux deviennent des héros populaires, en raison de leurs techniques ferventes. (Helsse se leva.) Venez. Vous avez fait montre d'un minimum de curiosité à l'égard du "culte". Il se trouve que je connais leur lieu de rendez-vous. Ce n'est pas loin d'ici. Si ça vous intéresse, je suis prêt à vous y conduire.

— À condition que cette visite ne viole aucune des lois de Cath.

— N'ayez crainte. Cath n'a pas de lois, juste des coutumes – ce qui semble fort bien convenir aux Yao.

— Étrange. Même le meurtre n'est pas interdit ?

— Il enfreint la coutume – dans certains cas du moins. Les Assassins professionnels de la Guilde exercent malgré tout leur métier sans susciter la moindre réprobation publique. En général, les gens de Cath font ce qu'ils estiment opportun de faire, quitte à subir plus ou moins d'opprobre. Aussi vous est-il loisible de rendre visite aux membres du “culte” en risquant, au pire, de vous faire injurier. »

Reith se leva à son tour. « Très bien. Montrez-moi le chemin. »

Ils traversèrent l'Ovale, puis descendirent une ruelle sinueuse qui débouchait sur une avenue mal éclairée. Les formes excentriques des maisons se découpaient contre le ciel, où rôdaient tant la lune rose que la bleue. Helsse frappa à une porte qui émettait une pâle phosphorescence bleutée. Elle s'entrebâilla au bout de quelques instants, laissant pointer dehors une tête précédée d'un nez démesuré.

« Nous sommes des visiteurs, annonça Helsse. Pouvons-nous entrer ?

— Vous êtes affiliés ? Je me dois de vous informer qu'ici, vous vous trouvez au siège de quartier de la Société des Ardents Attentistes.

— Nous ne sommes pas affiliés, non. Ce gentilhomme est un étranger, qui souhaite en apprendre davantage sur le “culte”.

— Vous êtes tous deux les bienvenus, vu que vous ne semblez guère vous soucier de “place”.

— Absolument pas.

— Ce qui fait de vous soit des membres de l'élite, soit des rebuts de Tschaï. Dans les deux cas, nos portes vous sont ouvertes. Nous avons peu de divertissements à vous offrir – des convictions, quelques théories, et encore moins de faits. (L'Attentiste écarta un rideau.) Entrez. »

Helsse et Reith pénétrèrent dans une vaste pièce basse de plafond. D'un côté, un peu perdus dans un si immense espace, deux couples buvaient du thé dans des gobelets de fer.

L'Attentiste fit un geste mi-obséquieux, mi-sardonique. « Nous y voici : contemplez par vous-mêmes les horreurs du “culte”. Vous est-il jamais arrivé de voir quoi que ce soit de moins turbulent ?

— Le “culte”, fit Helsse d'une voix quelque peu sentencieuse, n'est pas méprisé à cause de l'apparence de ses cénacles, mais des hypothèses provocatrices qu'il professe.

— Des hypothèses, bah ! protesta l'Attentiste d'une voix geignarde. Tout le monde nous persécute, mais nous avons été *choisis* pour recevoir la Connaissance.

— Qu'affirmez-vous au juste ? s'enquit Reith.

— Que les hommes ne sont pas originaires de Tschaï.

— Comment pouvez-vous le savoir ? s'insurgea Helsse. L'histoire humaine se perd dans les ténèbres.

— C'est une Vérité intuitive. Nous sommes pareillement persuadés qu'un jour, les Mages humains finiront par rappeler leurs descendants à leur côté ! Quel bonheur ce sera à ce moment-là ! Le Monde natal est une planète d'abondance, où l'air réjouit les poumons comme le vin d'Iphthal enchante nos palais ! Sur le Monde natal s'élèvent des montagnes d'or couronnées d'opale, s'étendent des forêts de rêves ! La mort y est un accident étrange, pas une fatalité ; tous les hommes s'y promènent avec la joie et la paix pour compagnes, et partout il y a pléthore de mets succulents !

— Une vision délicieuse, fit Helsse, mais ne la trouvez-vous pas quelque peu conjecturale ? Ou, plus exactement, *dogmatique* ?

— Possible, déclara l'Attentiste entêté. Mais un dogme n'est pas nécessairement un mensonge. Il existe des vérités révélées. Et regardez ! Voici l'image révélée du Monde natal ! » Il tendit le doigt vers une mappemonde d'un mètre de diamètre, suspendue à la voûte.

Reith s'approcha du globe pour l'inspecter, inclinant la tête dans tous les sens pour tenter d'identifier les contours d'une mer, d'un littoral, y trouvant ici de troublantes analogies, là de totales disparités. Helsse vint se poster près de lui. « Qu'est-ce que cela vous évoque ? demanda-t-il d'une voix insouciante, presque dégagée.

— Rien de particulier. »

Le conseiller poussa un léger soupir, dans lequel Reith crut percevoir du soulagement, et peut-être un peu de déception.

L'une des femmes souleva son corps obèse du banc et s'approcha d'eux. « Pourquoi n'adhéreriez-vous pas à notre Société ? fit-elle d'une voix enjôleuse. Nous avons besoin de nouveaux visages, de sang neuf, pour grossir l'immense marée à venir. Pourquoi ne pas nous aider à entrer en contact avec le Monde natal ? »

Reith éclata de rire. « N'existe-t-il pas de méthode pratique pour ce faire ?

— Mais bien sûr ! La télépathie ! En vérité, c'est là notre seul recours.

— Et pourquoi pas un vaisseau spatial ? »

Remarque qui parut désorienter la femme ; elle dévisagea longuement le Terrien pour s'assurer qu'il parlait sérieusement. « Où pourrions-nous en trouver un ?

— On ne peut donc en acheter nulle part ? Pas même un petit ?

— À ma connaissance, ça n'est jamais arrivé.

— À la mienne non plus, commenta sèchement Helsse.

— Et pour aller où ? reprit-elle avec une pointe d'agressivité. Le Monde natal se trouve dans la constellation de Clari. Mais l'espace est vaste ; nous errerions jusqu'à la fin des temps.

— Ça pose pas mal de problèmes, convint Reith. Mais à supposer que vos prémisses soient exactes…

— "Supposer" ? "Prémisses" ? s'emporta la grosse femme. C'est de "révélation" dont il est question ici ! »

— Peut-être bien, mais le mysticisme ne sert pas à grand-chose pour voyager dans l'espace. Admettons que, d'une façon ou d'une autre, vous vous retrouviez aux commandes d'un astronef – il vous serait alors très facile de vérifier le bien-fondé de votre croyance. Il vous suffirait de mettre le cap sur la constellation de Clari, et de vous arrêter à intervalles réguliers pour essayer de capter d'éventuels signaux radio. Si ce Monde natal existe, un instrument approprié les détectera certainement.

— Intéressant, fit Helsse. Vous postulez donc qu'un tel monde, s'il existe, serait suffisamment avancé pour émettre ces signaux ? »

Reith haussa les épaules. « Dans la mesure où l'on postule son existence, pourquoi ne pas également postuler celle desdits signaux ? »

Helsse ne trouva rien à y répondre. « Ingénieux mais superficiel ! lança l'Attentiste. Comment, par exemple, ferions-nous pour nous procurer un astronef ?

— Avec les capitaux et les moyens techniques voulus, vous pourriez en construire un petit.

— Pour commencer, nous ne disposons pas de tels fonds.

— C'est là la moindre des difficultés, me semble-t-il, murmura Helsse.

— Il y a une autre possibilité : acheter un petit appareil à l'un des peuples qui maîtrisent la navigation spatiale – les Dirdir, les Wankh, peut-être même les Chasch bleus.

— Encore et toujours une question de sequins, répliqua l'Attentiste. Combien coûterait un astronef ? »

Reith se tourna vers Helsse, qui pinça les lèvres. « Un demi-million de sequins, à condition de trouver un vendeur… ce qui me semble fort improbable.

— La troisième possibilité est aussi la plus directe, reprit Reith. En confisquer un, purement et simplement.

— En confisquer un ? À qui ? Être membres du "culte" ne fait pas de nous des fous pour autant. »

L'obèse laissa échapper un reniflement désapprobateur. « Cet homme est un incurable romantique.

— Ce serait avec joie que nous ferions de vous des Affiliés, dit l'Attentiste d'une voix douce, mais il vous faut pour cela découvrir la méthodologie orthodoxe. Nous proposons des cours de contrôle de la pensée et de télépathie projective deux fois par semaine, l'ilsdi et l'azdi. Si vous avez envie d'y assister…

— Cela m'est impossible, j'en ai bien peur. Mais votre programme est intéressant, et je vous souhaite des résultats fructueux. »

Helsse salua courtoisement, et tous deux prirent congé.

Ils descendirent sans mot dire l'avenue silencieuse. « Et maintenant, s'enquit Helsse à brûle-pourpoint, que pensez-vous de tout ça ?

— La situation parle d'elle-même.

— Vous êtes donc convaincu de l'invraisemblance de leur doctrine ?

— Je n'irais certainement pas jusque-là. Les scientifiques ont trouvé d'indiscutables liens biologiques entre les Pnume, les Phung, les molosses nocturnes et d'autres créatures indigènes. Les Chasch bleus, les Chasch verts et les Vieux Chasch sont pareillement apparentés entre eux, comme le sont toutes les races humaines. Mais Pnume, Wankh, Chasch, Dirdir sont biologiquement distincts des hommes. Quelle conclusion en tirez-vous ?

— C'est là une chose troublante, je dois le reconnaître. Sauriez-vous par hasard l'expliquer ?

— Je pense qu'il nous faudrait davantage de faits. Les Ardents Attentistes vont peut-être devenir télépathes, et tous nous surprendre. »

Helsse continua à marcher sans rien dire. Alors qu'ils tournaient au coin d'une rue, Reith le força à s'arrêter. « Silence ! »

Un bruit de pas précipités leur parvint ; une silhouette noire apparut à son tour à l'angle de la rue. Reith se jeta sur l'inconnu, puis le fit pivoter pour lui faire subir une clé de bras doublée d'une prise au cou. « Éclairez-nous, lança-t-il au conseiller. Voyons à qui nous avons affaire. Ou à quoi. »

Le conseiller sortit de sa poche un globe lumineux, qu'il tendit à bout de bras. Leur captif ne cessait de se tortiller, de ruer, de remuer ; Reith serra davantage sa prise, sentit un os craquer – mais la créature le déséquilibra en s'affaissant. De sa bouche invisible jaillit un sifflement de triomphe lorsqu'elle se libéra d'un geste sec – un sifflement qui se transforma aussitôt en gémissement de souffrance.

Hesse leva sa lampe, arracha sa dague du dos de la forme agitée de mouvements spasmodiques – sous le regard désapprobateur du Terrien. « Vous n'y allez pas de main morte avec votre lame. »

Le conseiller haussa les épaules. « Cette engeance dispose de dards. » Il retourna le cadavre du bout du pied ; une aiguille de verre tomba sur le pavé, produisant un tintement presque imperceptible.

Tous deux examinèrent avec curiosité le visage blafard, à moitié dissimulé sous un capuchon noir d'une ampleur extravagante.

« Il s'encapuchonne comme un Pnumekin, dit Helsse, et il est aussi pâle qu'un fantôme.

— Ou qu'un Homme-Wankh.

— Mais quelque chose, je ne saurais dire quoi, le distingue de ces deux races. Peut-être s'agit-il d'un hybride, d'un métis – on dit qu'ils font les meilleurs espions. »

Reith décoiffa le mort, révélant ainsi un crâne parfaitement chauve. La tête possédait une fine ossature, une musculature quelque peu flasque. Le nez, mince et souple, s'achevait par une protubérance. Les yeux, entrouverts, paraissaient noirs. Reith se pencha davantage ; le crâne semblait avoir été rasé.

Helsse scrutait la rue avec une certaine inquiétude. « Venez, il faut filer au plus vite, avant que la patrouille ne nous trouve et n'ouvre une enquête.

— Pas si vite, dit Reith. Il n'y a personne à proximité. Éteignez votre lumière, et allez vous positionner là-bas, où vous aurez une vue sur les deux côtés de la rue. » Helsse obéit à contrecœur, se postant en un lieu où le Terrien pouvait garder un œil sur lui tout en fouillant le cadavre. Ses vêtements dégageaient une étrange odeur musquée ; Reith faillit vomir à plusieurs reprises en s'acquittant de sa tâche. Dans une poche intérieure de la cape, il tomba sur une liasse de papiers. À la ceinture pendait une bourse de cuir souple, qu'il entreprit de détacher.

« Venez ! siffla le conseiller. On ne doit pas se faire prendre, sous peine de perdre notre "place". »

Ils reprirent donc le chemin de l'*Hostellerie*, marquant une pause sous l'arcade qui en surplombait l'entrée. « Ce fut une intéressante soirée, dit Reith. J'ai beaucoup appris.

— J'aimerais pouvoir en dire autant, fit l'autre. Qu'avez-vous trouvé sur le corps ? »

Le Terrien lui montra la bourse, qui contenait une poignée de sequins. Il en sortit une petite liasse de papiers, que les deux examinèrent à la lumière de l'auberge. Les feuillets étaient recouverts d'une écriture des plus singulière : une série de rectangles diversement ombrés, d'une taille variable.

Helsse dévisagea Reith. « Reconnaissez-vous ces caractères ?

— Non. »

Le conseiller eut un petit rire sec. « C'est du wankh.

— Hum… Et que doit-on en conclure ?

— Que le mystère s'épaissit encore un peu plus. Settra est un nid d'intrigues. Il y a des espions partout.

— Et des mouchards ? Des micros ? Des cellules photoélectriques ?

— Mieux vaut partir de ce principe.

— Et présumer que le siège des Ardents Attentistes était lui aussi truffé de dispositifs d'écoute… J'ai peut-être eu la langue trop bien pendue.

— Si l'homme que j'ai tué était l'opérateur, vos paroles sont désormais perdues. Mais laissez-moi m'occuper de ses notes. Je vais les faire traduire.

Il y a une colonie de Lokhars près d'ici, et certains d'entre eux ont des notions de wankh.

— Je vous accompagnerai. Demain, par exemple ?

— Parfait, répondit Helsse d'une voix morose. (Il regarda de l'autre côté de l'Ovale.) Bon, que dois-je dire au Seigneur Cizante à propos de la récompense ?

— Je ne sais pas. J'aurai une réponse demain.

— Nous n'allons peut-être pas avoir à attendre aussi longtemps. Voici Dordolio. »

Reith fit volte-face. L'intéressé s'approchait d'eux à grands pas, suivi de deux cavaliers débonnaires – et semblait visiblement de fort méchante humeur. Faisant halte à moins d'un mètre du Terrien, il leva le menton et lâcha de but en blanc : « Vous m'avez ruiné avec vos manigances scélérates ! Ne connaissez-vous donc pas la honte ? » Il ôta son chapeau et le jeta à la figure de Reith. Celui-ci fit un pas de côté, laissant le couvre-chef poursuivre son vol.

Dordolio agita un doigt devant le visage du Terrien, qui recula d'un pas. « Vous allez le payer de votre vie ! beugla-t-il. Mais sans avoir l'honneur de périr par mon épée ! Des assassins de basse caste vous noieront dans du purin ! Vingt parias étrilleront votre cadavre ! Un clébard traînera votre tête dans les rues par la langue ! »

Reith parvint tant bien que mal à sourire. « Je prierai Cizante de vous rendre la pareille. C'est une récompense qui en vaut bien une autre.

— Cizante, bah ! Un parvenu corrompu, un rabat-joie d'inverti ! Du Jade bleu, il ne va rien rester ; la chute de cette Maison s'achèvera par le “rond” ! »

Helsse s'avança presque imperceptiblement. « Avant que vous ne développiez plus avant ces incroyables assertions, sachez que je représente la

Maison du Jade bleu, et que je serai contraint de rapporter la teneur de vos propos à Son Excellence le Seigneur Cizante.

— Ne m'ennuyez pas avec ces futilités ! s'emporta Dordolio, qui adressa au Terrien un geste courroucé. Allez me chercher mon chapeau, sans quoi attendez-vous à recevoir dès demain la première des Douze Touches !

— Une petite concession, fit Reith, si elle m'assure de votre départ. (Il alla donc ramasser le chapeau, le secoua une ou deux fois, puis le tendit à son propriétaire.) Même si ce n'est pas moi qui l'ai lancé sur l'esplanade. » Il contourna Dordolio, pénétra dans le vestibule de l'*Hostellerie*. Le Yao lâcha un rire croassant sous cape, frappa son chapeau sur sa cuisse, puis fit signe à ses deux compagnons de le suivre.

« En quoi consistent ces "Douze Touches" ? s'enquit le Terrien une fois les deux hommes retournés à l'auberge.

— À intervalles réguliers – un jour, parfois deux –, un Assassin vient piquer la victime désignée à douze reprises avec un aiguillon. La douzième est fatale – que ce soit par l'accumulation du poison, par une ultime dose létale ou par quelque suggestion morbide, seule la Guilde des Assassins le sait. Il me faut à présent retourner au Palais du Jade bleu. Mon compte rendu ne manquera pas d'intéresser le Seigneur Cizante.

— Qu'avez-vous l'intention de lui dire ? »

Le conseiller se borna à éclater de rire. « C'est *vous*, le plus secret des hommes, qui me demandez ça ? Bon, je ne manquerai pas d'informer Cizante de votre accord à propos de la récompense ; je lui parlerai également de votre intention de bientôt quitter Cath…

— Je n'ai rien dit de tel !

— Ça n'en fera pas moins partie de mon rapport. »

8

Un jour tamisé filtrait à travers les vitres fumées quand Reith s'éveilla. Allongé sur ce lit tout sauf familier, il s'efforça de renouer les fils épars de son destin – et eut bien du mal à ne pas laisser un profond découragement l'envahir. Le pays de Cath, où il avait espéré trouver une société avancée, voire de l'aide, se révélait être un milieu à peine moins féroce que la steppe d'Aman. Son rêve de construire un astronef à Settra relevait manifestement de la pure folie.

Le Terrien se redressa. Il avait connu l'horreur, le chagrin, la déception, mais aussi des moments de triomphe et d'espoir, voire quelques rares instants de joie. S'il devait mourir demain – ou dans douze jours, après les « Douze Touches » –, il aurait déjà vécu une vie miraculeuse. Eh bien soit ! Il allait tenter le sort. Helsse avait prédit son départ de Cath. Le conseiller de Cizante avait déchiffré l'avenir – ou la personnalité – du Terrien avec une perspicacité dont lui-même manquait.

Tout en prenant le petit-déjeuner, il relata ses aventures de la veille à Traz et à Anacho. L'Homme-Dirdir les trouva quelque peu inquiétantes. « Cette société marche sur la tête ; l'étiquette la réprime comme une coquille qui contiendrait un œuf pourri. Quels que soient tes desseins – et je me demande parfois si tu n'es pas le plus dément de tous –, ce n'est pas ici que tu les réaliseras.

— J'en conviens.

— Bon, fit Traz, qu'est-ce qu'on fait maintenant ?

— J'ai un plan. Dangereux. Peut-être même complètement délirant. Mais je ne vois pas d'alternative. Je vais demander de l'argent à Cizante. Dès qu'on se le sera partagé, le mieux sera, je crois, qu'on se sépare. Toi, Traz, tu ferais bien de retourner à Wyness, et d'y vivre l'existence de ton choix. Peut-être qu'Anacho en fera autant. Aucun de vous ne gagnerait quoi que ce soit à venir avec moi ; ce serait même tout l'opposé. »

Le regard d'Anacho alla se perdre de l'autre côté de l'esplanade. « Jusqu'à présent, tu as réussi à survivre, tant bien que mal. J'avoue être curieux de découvrir comment tu comptes atteindre tes objectifs. Avec ta permission, je vais me joindre à ton expédition, que je soupçonne d'être bien moins désespérée que tu ne veux bien le prétendre.

— J'ai l'intention de m'emparer d'un astronef wankh au spatioport d'Ao Hidis. Ou ailleurs, si cela me paraît plus commode. »

Anacho leva les bras au ciel. « C'est bien ce que je craignais ! » Et l'Homme-Dirdir de soulever une bonne centaine d'objections, que Reith ne prit même pas la peine de réfuter.

« Tu as raison sur toute la ligne, convint-il ensuite. Je vais finir mes jours au fond d'une oubliette wankh, ou dans le ventre d'un molosse nocturne ; mais je n'en compte pas moins tenter le coup. *Vous deux*, par contre, je vous conseille vivement de partir pour les Îles des Nuages, et d'y vivre une existence aussi paisible que possible.

— Bah ! grogna Anacho, pourquoi n'essaierais-tu pas d'accomplir un exploit raisonnable… exterminer les Pnume, par exemple, ou apprendre aux Chasch à chanter ?

— J'ai d'autres ambitions.

— Bien sûr, bien sûr… ta lointaine planète, le berceau de l'humanité. J'ai bien envie de t'aider, ne serait-ce que pour faire la démonstration de ta démence.

— Quant à moi, intervint Traz, je suis curieux de découvrir ce monde étranger. Je sais qu'il existe, parce que j'ai vu de mes yeux le vaisseau dans lequel Adam Reith est arrivé. »

Anacho haussa les sourcils en direction de l'adolescent. « Tu ne m'as jamais parlé de cela auparavant.

— Tu ne m'as jamais posé la question.

— Comment pareille absurdité aurait-elle pu me venir à l'esprit ?

— Qualifier les faits d'absurdités occasionne souvent des surprises, répliqua Traz.

— Au moins Reith a-t-il organisé les relations cosmiques en catégories – ce qui le distingue à la fois des animaux et des sous-hommes.

— Il suffit ! intervint alors le Terrien. Puisque vous semblez tous deux avoir des dispositions suicidaires, concentrons-nous plutôt sur la tâche qui nous attend. Aujourd'hui, on fait en sorte d'obtenir des renseignements. Voici d'ailleurs Helsse, qui nous apporte des nouvelles importantes, à en juger par sa mine. »

Helsse s'approcha d'eux, les salua poliment. « Hier soir, comme vous pouvez l'imaginer, j'ai eu bien des choses à relater au Seigneur Cizante. Il vous exhorte à lui présenter une demande raisonnable, qu'il sera heureux de satisfaire. Il préconise en outre de détruire les documents que nous avons trouvés sur l'espion – ce qui ne me semble pas être une mauvaise idée. Si vous acceptez son offre, je le crois prêt à faire de plus larges concessions encore.

— De quelle nature ?

— Il ne l'a pas précisé, mais je le soupçonne d'avoir en tête un certain assouplissement du protocole concernant votre présence au Palais du Jade bleu.

— Le Seigneur Cizante m'intéresse moins que ces documents. S'il veut me voir, il peut toujours venir à l'auberge. »

Helsse lâcha un petit rire narquois. « Votre réaction ne me surprend guère. Si vous êtes prêt, je vais vous conduire à Ebron Sud, où nous trouverons un Lokhar.

— Il n'y a donc pas de Yao assez instruit pour lire le wankh ?

— Une telle science serait bien vaine !

— Sauf si l'on veut traduire un document ! »

Helsse eut un geste désinvolte. « À ce stade du “rond”, l'Utilitarisme n'est qu'une philosophie… exotique. Le Seigneur Cizante, par exemple, trouverait vos arguments non seulement incompréhensibles, mais aussi répugnants.

— Nous n'aurons jamais l'occasion de débattre de la question », rétorqua calmement le Terrien.

Helsse était arrivé dans le plus élégant des trains d'équipage : un carrosse bleu muni de six roues écarlates, orné d'une profusion de guirlandes dorées. Et l'intérieur n'était pas en reste : un luxueux salon aux lambris d'un vert tirant sur le gris, avec un plancher recouvert d'une moquette gris pâle et un plafond voûté tapissé de soie verte. Les sièges étaient confortablement rembourrés ; sur le côté, sous les vitres vert pâle, se trouvait un buffet recouvert de friandises. Helsse invita ses hôtes à monter en faisant preuve d'une extrême courtoisie ; il portait ce jour-là un costume pâle gris et vert – à croire qu'il s'était sciemment assorti à la décoration du véhicule.

Sitôt tout le monde installé, il appuya sur un bouton pour refermer la porte et escamoter le marchepied. « Le Seigneur Cizante se gausse peut-être de l'utilitarisme comme doctrine, fit remarquer Reith, mais il ne méprise apparemment pas ses applications.

— Vous faites allusion à la commande de fermeture de la portière ? Il ne sait même pas qu'elle existe. Il y a toujours quelqu'un pour appuyer dessus à sa place. À l'instar de ses pairs, il ne touche des objets que par jeu ou par plaisir. Vous trouvez ça étrange ? Peu me chaut. Il vous faut accepter l'aristocratie yao telle qu'elle est.

— Vous-même ne vous considérez manifestement pas comme un membre de cette élite. »

Helsse éclata de rire. « Peut-être aurait-il été plus diplomate de votre part d'émettre l'hypothèse que j'aime ce que je fais. (Il approcha ses lèvres d'un orifice grillagé.) Au foirail d'Ebron Sud. »

Le carrosse s'ébranla. Helsse remplit des verres de sirop et proposa des amuse-gueule. « Vous allez visiter notre quartier commercial – la source de notre richesse, en vérité, quand bien même il est jugé vulgaire d'en parler.

— Étrange, s'étonna Anacho. Les Dirdir, même au plus haut niveau, ne se comportent jamais de façon si prétentieuse.

— Ce n'est pas la même race, fit Helsse. Je ne suis pas convaincu qu'elle soit supérieure. En aucun cas les Wankh ne l'admettraient, à supposer qu'ils se donnent la peine d'étudier le problème. »

Anacho haussa dédaigneusement les épaules, mais ne répliqua point.

Le carrosse traversa un marché, s'enfonça dans un quartier de petites maisons d'une extraordinaire diversité architecturale, puis s'immobilisa devant un ensemble de tours trapues construites en brique. Helsse leur indiqua du doigt un jardin tout proche, dans lequel étaient assis une douzaine d'hommes à l'aspect franchement spectaculaire. Ils portaient des chemises et des pantalons blancs ; Leur longue et abondante chevelure, pareillement blanche, offrait un contraste saisissant avec la noirceur mate de leur peau. « Des Lokhars, dit Helsse. Des mécaniciens originaires des plateaux septentrionaux du lac Falas, dans le Kislovan central. Leur aspect n'a rien de naturel ; ils se décolorent les cheveux et se teignent la peau. D'aucuns prétendent qu'il s'agit d'une coutume imposée par les Wankh il y a des milliers d'années pour les différencier des Hommes-Wankh qui, comme vous le savez, ont la peau blanche et les cheveux noirs. Toujours est-il qu'ils vont et viennent, en vendant leurs services au plus offrant – car il s'agit là d'un peuple extraordinairement âpre au gain. Certains ont émigré au pays de Cath après avoir travaillé dans les ateliers wankh. Parmi eux, quelques-uns ont de vagues notions de wankh, et sont même parfois capables de déchiffrer des documents écrits dans cette langue. Vous voyez le vieillard qui joue avec un enfant, là-bas ? Son expertise en la matière est partout reconnue. Il va exiger de vous une somme considérable – mieux vaut par conséquent que j'aille marchander avec lui pour prévenir des demandes plus exorbitantes encore à l'avenir. Si vous avez la bonté d'attendre, je vais de ce pas entamer les négociations.

— Un instant ! fit Reith. À un niveau conscient, je ne doute nullement de votre intégrité, mais je ne suis pas maître de mes soupçons instinctifs. J'aimerais assister à la transaction.

— À votre guise, dit courtoisement Helsse. Je vais envoyer le chauffeur chercher notre gaillard. » Il lui adressa quelques mots à travers l'orifice grillagé.

« Rien de plus facile que d'endormir les soupçons d'un naïf s'il y a déjà eu une entente à l'avance », murmura Anacho.

Helsse hocha judicieusement la tête. « Je crois pouvoir dissiper vos craintes. »

Quelques minutes plus tard, le vieillard s'approcha du carrosse d'un pas nonchalant.

« Monte, s'il te plaît », lui ordonna Helsse.

L'autre glissa une tête surmontée d'une crinière blanche à l'intérieur. « Mon temps est précieux. Que voulez-vous ?

— Te faire gagner de l'argent.

— De l'argent, hein ? Je peux au moins vous écouter. » Il monta dans la voiture, s'y installa avec un grognement de bien-être. Une odeur de pommade, épicée et vaguement rance, envahit aussitôt l'habitacle. Helsse alla se planter devant le Lokhar. « Notre accord est annulé, lui dit-il avec un petit regard de biais en direction de Reith. Ne tiens pas compte de mes instructions.

— Un accord ? Des instructions ? Mais de quoi parlez-vous ? Vous devez me prendre pour quelqu'un d'autre. Je m'appelle Zarfo Detwiler. »

Helsse balaya les protestations du Lokhar d'un geste désinvolte. « Qu'importe – nous voudrions que tu nous traduises un document wankh, qui indique l'emplacement d'un trésor. Traduis-le correctement, et tu auras ta part du butin.

— Non, non, certainement pas. (Detwiler agita un doigt noir.) J'aurai grand plaisir à le partager avec vous, mais je veux cent sequins supplémentaires – et l'assurance qu'on ne me reprochera rien si j'échoue dans ma tâche.

— Pas de reproches, d'accord. Mais cent sequins, peut-être pour rien ? Ridicule. Tiens : en voilà cinq – et mange ton content de ces friandises onéreuses.

— Ça, je l'aurais fait de toute façon ; ne suis-je pas votre hôte ? (Zarfo Detwiler se fourra dans la bouche une poignée de friandises.) Si je me contentais de cinq malheureux sequins, vous me prendriez pour un imbécile. Il n'y a pas plus de trois personnes à Settra qui savent dans quel sens se lit un idéogramme wankh. Et parmi elles, je suis le seul capable d'en déchiffrer le sens, grâce aux trente années que j'ai passées à m'échiner dans les ateliers d'Ao Hidis. »

Le marchandage se poursuivit, jusqu'à ce que Zarfo Detwiler accepte finalement de se contenter de cinquante sequins et du dixième du butin escompté. Helsse fit alors signe à Reith, qui sortit les papiers.

Le Lokhar les prit, plissa les yeux, fronça les sourcils, passa ses doigts dans sa tignasse blanche. Il leva les yeux, puis se mit à parler d'une voix quelque peu ampoulée : « Je vais vous enseigner gratuitement le mode de communication wankh. Ils forment un peuple particulier, absolument unique. Leur cerveau fonctionne par impulsions. Ils voient en impulsions, *pensent* en impulsions. Leurs paroles mêmes se composent d'impulsions, de multiples vibrations qui ensemble forment la signification d'une phrase. Chaque idéogramme correspond à une harmonique, c'est-à-dire à une unité de signification. Lire du wankh est donc autant une affaire de divination que de logique ; il faut traduire un idéogramme par l'intégralité d'un élément signifiant. Les Hommes-Wankh eux-mêmes échouent parfois à se montrer suffisamment précis. Bon… Passons à votre document. Laissez-moi regarder. Cette première harmonique… hum. Remarquez cette crête. Elle représente généralement une équivalence, une identité. Cette partie ombrée, là, à droite, peut vouloir dire "vérité", ou "perception vérifiée", ou encore "situation", voire "état actuel du cosmos". Quant à ces signes… je ne sais pas. Ces hachures… je pense qu'il s'agit d'une espèce de discours. Le fait qu'elles se trouvent en bas de page indique un accord de base dans les graves. Et il semblerait que – oui, ce petit crochet indique une volonté positive. Ces symboles… hum. Oui, ce sont des ordonnateurs, qui précisent la disposition générale et soulignent certains éléments. Mais je ne les comprends pas ; il m'est juste possible d'en deviner le sens global. Quelque chose comme : "Je souhaite signaler que les conditions demeurent inchangées." Ou bien : "Une personne tient à préciser que le cosmos reste stable." Quelque chose dans le genre. Vous êtes sûrs qu'il s'agit bien de renseignements relatifs à un trésor ?

— C'est ce que l'on nous a affirmé en nous vendant le document.

— Hum. » Zarfo tirailla sur son grand nez noir. « Voyons voir. Le second symbole… vous voyez cette hachure, et cette légère inclinaison ? La première signifie "vision", la seconde "négation". Les ordonnateurs m'échappent, mais on pourrait traduire cela par "cécité" ou "invisibilité"… »

Zarfo poursuivit ses élucubrations, étudiant de près chaque idéogramme, y trouvant à l'occasion un fragment de sens, mais s'avouant le plus souvent vaincu. Il devenait de plus en plus nerveux. « On vous a trompés, finit-il par dire. Je suis sûr et certain qu'il n'est question ni d'argent ni de trésor là-dedans. Je crois qu'il s'agit d'un simple rapport commercial. Pour ce que j'en comprends, ça signifie à peu près : "Je tiens à préciser que les conditions restent les mêmes." Ensuite, quelque chose à propos de désirs, ou d'espoirs, ou de volontés spécifiques. "J'aurai bientôt une entrevue avec l'homme dominant, le chef de notre groupe." Ensuite, je ne sais pas trop. "Le chef n'apporte rien d'utile", ou peut-être : "se tient à l'écart". "Le chef se transforme – ou se métamorphose – lentement en ennemi." Ou peut-être : "Le chef se rapproche lentement de nos ennemis." Une idée d'évolution, en tout cas… je ne comprends pas. "Je veux davantage d'argent." Quelque chose concernant l'arrivée d'un nouveau venu ou d'un étranger "de la plus haute importance". Et c'est à peu près tout. »

Helsse parut aussitôt se détendre presque imperceptiblement – du moins Reith en eut-il l'impression.

« Nous ne sommes guère plus avancés, fit brusquement le conseiller. Enfin, tu as fait de ton mieux. Voilà tes vingt sequins.

— Vingt sequins ! rugit Zarfo Detwiler. Nous étions tombés d'accord sur cinquante ! Comment vais-je pouvoir me payer ma petite prairie si l'on ne cesse de m'escroquer ?

— Oh, d'accord, si tu préfères jouer les pingres…

— Les pingres ? Absolument ! La prochaine fois, vous pourrez lire vos messages vous-mêmes.

— J'aurais mieux fait, vu l'aide que tu m'as apportée…

— On s'est joué de vous. Ceci n'a rien d'une carte au trésor.

— Apparemment pas. Eh bien, bonne journée à toi en tout cas. »

Reith suivit Zarfo à l'extérieur du carrosse. Il se retourna vers Helsse. « Je vais rester ici, pour échanger quelques mots avec ce monsieur. »

Chose qui ne semblait guère réjouir le conseiller. « Nous avons d'autres questions à régler. Le Seigneur Jade bleu attend toujours votre réponse.

— Il l'aura sans faute cet après-midi. »

Helsse hocha sèchement la tête. « À votre guise. »

Le carrosse s'éloigna, laissant Reith et le Lokhar dans la rue.

« Y a-t-il une auberge près d'ici ? s'enquit le Terrien. Nous pourrions bavarder devant une bouteille.

— Je suis un Lokhar, grogna le vieil homme à la peau sombre. Je ne me liquéfie pas le cerveau dans la boisson, pas plus que je ne m'y vide les poches. Pas avant midi, en tout cas. Mais que cela ne vous empêche pas de me payer une belle saucisse de Zam ou un morceau de fromage de tête.

— Avec plaisir. »

Zarfo emmena Reith dans une boutique d'alimentation ; les deux hommes allèrent ensuite s'installer en terrasse avec leurs victuailles.

« Votre science du déchiffrement des idéogrammes me stupéfie, commença le Terrien. Où avez-vous appris à lire le wankh ?

— À Ao Hidis. J'y ai travaillé comme teinturier auprès d'un vieux Lokhar – un vrai génie, celui-là ! Il m'a appris à reconnaître quelques harmoniques, et m'a montré là où les hachures correspondaient à l'intensité vibratoire, la sonorité à la forme, où les divers éléments d'un accord équivalaient à la texture et à la gradation. Une fois accordés l'œil et l'oreille, les harmoniques comme les idéogrammes deviennent un jeu d'enfant à comprendre. C'est la modulation qui reste difficile. (Zarfo s'octroya une impressionnante bouchée de saucisse.) Il va sans dire que les Hommes-Wankh n'encouragent guère ce genre d'études. S'ils soupçonnent un Lokhar de s'y pencher sérieusement, ils s'empressent de le renvoyer. Oh, ce sont des malins ! Ils s'accrochent jalousement à leur rôle d'intermédiaires entre les Wankh et les autres hommes. Quel peuple perfide ! Leurs femmes sont étrangement belles – de véritables perles noires, mais aussi cruelles que glaciales ! Pas question de leur conter fleurette…

— Les Wankh payent-ils correctement ?

— Le moins possible, comme tout le monde. Mais nous sommes bien obligés de faire des concessions. Si le prix du travail augmentait, ils n'hésiteraient pas à nous réduire en esclavage, ou à nous remplacer par des Noirs ou des Pourpres – l'un comme l'autre leur conviendraient certainement. On perdrait alors nos emplois, voire peut-être notre liberté. Du coup, nous trimons sans trop nous plaindre, et tâchons de dénicher ailleurs un emploi mieux rémunéré sitôt que nous sommes qualifiés.

— Selon toute vraisemblance, fit Reith, Helsse, le Yao habillé de gris et de vert, va vouloir savoir de quoi nous avons parlé. Peut-être même te proposera-t-il de l'argent. »

Zarfo mordit dans sa saucisse. « S'il me paie suffisamment, je n'hésiterai bien évidemment pas à tout lui dévoiler.

— Dans ce cas, nous allons en rester à des banalités, dont aucun de nous deux ne tirera profit. »

Le Lokhar mâchonna pensivement. « Quel genre de profit avez-vous en tête ?

— Je me garderai bien d'énoncer un chiffre précis, car tu t'empresserais de réclamer davantage à Helsse, ou d'essayer de nous en soutirer autant à l'un comme à l'autre. »

Zarfo poussa un soupir lugubre. « Vous avez une bien piètre opinion des Lokhars. Notre parole est sacrée ; une fois qu'on a passé un marché, on s'y tient à la lettre. »

Le marchandage se prolongea, plus ou moins cordial, jusqu'à ce que Zarfo finisse par accepter, moyennant vingt sequins, de garder pour lui la teneur de leur conversation – comme s'il s'agissait de l'emplacement de quelque trésor caché. La somme changea de main.

« Revenons un instant au message wankh, fit alors le Terrien. Il y était question d'un “chef”. Y as-tu vu le moindre indice qui nous permettrait de l'identifier ? »

Les lèvres de Zarfo se pincèrent. « Il y a une note grave indiquant un haut lignage ; puis une honorifique pouvant signifier quelque chose comme “une personne de grande qualité", ou "à votre image" ou "de votre espèce". C'est très difficile. Un Wankh qui lirait cet idéogramme percevrait une harmonique porteuse d'une image visuelle intégrale, avec tous ses détails essentiels. Ça lui permettrait de visualiser mentalement la personne en question – quelqu'un dans mon genre ne peut malheureusement y discerner qu'une silhouette grossière. Je suis incapable de vous en dire davantage.

— Tu travailles à Settra ?

— Hélas ! Un homme de mon âge, sans le sou – quelle tristesse, pas vrai ? Mais j'approche de mon but, et alors… je retournerai à Smargash, dans le pays lokhara, pour y trouver un bout de prairie, une jeune épouse, et y passer mes journées devant ma cheminée, installé dans un fauteuil confortable.

— Tu as travaillé aux chantiers spatiaux d'Ao Hidis ?

— Oui. Après avoir trimé dans une fabrique d'outils. J'étais chargé de réparer et d'installer les purificateurs d'air.

— Les mécaniciens lokhars doivent donc être fort habiles.

— Je ne vous le fais pas dire.

— Certains d'entre eux se spécialisent-ils dans, disons, la pose de commandes et d'instruments ?

— Bien sûr. Des tâches complexes, l'une comme l'autre.

— De tels spécialistes ont-ils émigré à Settra ? »

Zarfo jeta à Reith un coup d'œil calculateur. « Quelle valeur ce renseignement a-t-il pour vous ?

— Modère ton avarice : tu n'auras pas un sou de plus aujourd'hui. Mais je veux bien t'offrir une autre saucisse, si ça te fait plaisir.

— Plus tard, peut-être. Pour en revenir aux mécaniciens : il y en a des dizaines à Smargash, des *centaines*, même, qui y ont pris leur retraite après toute une vie de labeur.

— Serait-il possible de les… inciter à prendre part à une entreprise un tant soit peu risquée ?

— Sans aucun doute, pour peu que lesdits risques soient limités et le profit élevé. Que vous proposez-vous d'accomplir ? »

Reith renonça à la prudence : « Supposons que quelqu'un veuille s'emparer d'un astronef wankh et partir pour une destination non spécifiée : combien de techniciens cela nécessiterait-il, et combien lui en coûterait-il de les embaucher ? »

Au grand soulagement du Terrien, Zarfo n'écarquilla nullement les yeux de stupéfaction. Il se contenta de mâchonner ce qui restait de sa saucisse. Et puis, après un rot sonore : « Je présume que vous voulez savoir si un tel exploit me semble faisable. C'est une question dont nous avons souvent discuté sur le ton de la plaisanterie. De fait, les vaisseaux ne font pas l'objet d'une stricte surveillance. Oui, c'est faisable. Mais pourquoi vous faudrait-il un vaisseau spatial ? Je n'ai aucune envie d'aller rendre visite aux Dirdir sur Sibol, ou même de vérifier par moi-même que l'univers est infini.

— Je ne peux pas parler de la destination.

— Alors combien d'argent proposez-vous, dans ce cas ?

— Mes plans ne sont pas aussi avancés. À combien évaluerais-tu des honoraires convenables ?

— Pour risquer sa vie et sa liberté ? Je ne bougerais pas le petit doigt à moins de cinquante mille sequins. »

Reith se leva. « Tu as tes vingt sequins, moi mon renseignement. J'ose espérer que tu garderas mon secret pour toi. »

Le Lokhar se laissa aller contre le dossier de son siège. « Allons, allons, pas si vite ! Je me fais vieux, après tout, ma vie ne vaut peut-être pas tant que ça finalement. Trente mille ? Vingt mille ? Dix mille ?

— Bon, on en arrive enfin à des chiffres un peu plus réalistes. De combien d'hommes aurons-nous besoin ?

— Quatre ou cinq, peut-être six. Vous envisagez un long voyage ?

— Je vous révélerai notre destination dès que nous serons dans l'espace. Ces dix mille sequins ne constituent qu'un paiement préalable. Ceux qui m'accompagneront reviendront avec des richesses dépassant tous leurs rêves. »

Zarfo se leva à son tour. « Quand comptez-vous partir ?

— Le plus rapidement possible. Encore une chose : Settra fourmille d'espions. Il importe de ne pas attirer l'attention. »

Le Lokhar éclata d'un rire rauque. « Et donc, ce matin, vous m'avez abordé dans un carrosse valant des milliers de sequins ! Un homme nous surveille en ce moment même.

— Je l'ai remarqué, oui. Mais il ne me semble pas assez discret pour être un espion. Bon, où et quand aura lieu notre prochaine rencontre ?

— Demain, quand sonnera le mi-matin, dans la boutique d'Upas, le marchand d'épices du foirail. Assurez-vous de ne pas être suivi. À en juger par son costume, ce type là-bas est certainement un Assassin. »

L'homme s'approcha alors de leur table. « Vous êtes Adam Reith ?

— Oui.

— Je suis au regret de vous avertir que la Compagnie Assassinat et Sécurité a accepté un contrat à votre nom – la Mort des Douze Touches. Je vais à présent vous administrer la première inoculation. Auriez-vous s'il vous plaît l'obligeance de retrousser votre manche ? Je vais juste vous faire une petite piqûre avec cet aiguillon. »

Reith recula d'un pas. « Il n'en est pas question.

— Dégage ! lança Detwiler à l'Assassin. Vivant, cet homme représente pour moi dix mille sequins ; mort, il ne vaut plus rien. »

Ignorant le Lokhar, l'autre reprit à l'adresse du Terrien : « Abstenez-vous je vous en prie de faire preuve d'indignité ; cela ne ferait que retarder les choses, et les rendre plus pénibles pour tout le monde. Si vous voulez bien…

— Va-t'en ! rugit Zarfo. Ne t'ai-je pas averti ? » Le Lokhar empoigna une chaise, dont il se servit pour mettre l'Assassin à terre. Mais cela ne suffit manifestement pas à le satisfaire : il s'empara de l'aiguillon et l'enfonça dans la fesse de sa victime, à travers le pantalon de velours prune.

« Arrête ! gémit l'Assassin. C'est l'inoculation n° 1 ! »

Zarfo s'empara d'une poignée d'aiguillons dans sa trousse ouverte. « Et voilà celles de 2 à 12 ! » rugit-il. Tout en l'immobilisant d'un pied écrasé sur sa nuque, il les enfonça d'un coup dans ses fesses trémoussantes. « Te voilà servi, espèce de canaille ! Tu veux la série suivante, de 13 à 24 ?

— Non, non, laisse-moi ! Je suis un homme mort à présent !

— Dans le cas contraire, ça fera de toi un escroc en plus d'un Assassin. »

Des passants s'étaient arrêtés pour observer la scène. Une femme bien en chair toute vêtue de soie rose se précipita bientôt sur eux. « Mais qu'est-ce que vous faites à ce malheureux Assassin, espèce d'horrible gredin poilu ! Il ne fait que son métier, le pauvre ! »

Zarfo se saisit du bordereau de commandes de l'Assassin. « Hum, fit-il après l'avoir parcouru. Comme c'est étrange : votre mari est le prochain sur la liste. »

La femme braqua des yeux exorbités en direction de l'Assassin, qui tentait tant bien que mal de prendre la poudre d'escampette.

« C'est le moment de nous éclipser », murmura Reith.

De ruelle en ruelle, les deux hommes gagnèrent un petit appentis dissimulé aux regards par une palissade de cannisses. « C'est une dépendance de la morgue, dit Zarfo. Personne ne viendra nous déranger ici. »

Reith y entra, contempla avec circonspection les tables de pierre sur l'une desquelles gisait la carcasse d'un petit animal.

« Bon, fit le Lokhar, qui est votre ennemi ?

— Mes soupçons se portent sur un certain Dordolio – mais je n'ai aucune certitude. »

Zarfo étudia le bordereau. « Ma foi, voyons cela. "Adam Reith, *Hostellerie des Voyageurs*. Contrat n° 2305, Style 18, payé d'avance." Daté d'aujourd'hui, avec une surtaxe d'urgence. Prépayé, hein ? Eh bien, on va essayer un stratagème. Venez chez moi. »

Il conduisit Reith jusqu'à l'une des tours en brique, dans laquelle tous deux pénétrèrent par une porte cintrée. Sur une table était posé un téléphone. Zarfo décrocha d'un geste circonspect. « Passez-moi la Compagnie Assassinat et Sécurité. »

Une voix grave s'éleva dans l'appareil : « Que pouvons-nous faire pour votre service ?

— Je vous appelle au sujet du contrat n° 2305, relatif à un dénommé Adam Reith. Je voudrais vous régler, mais je n'arrive pas à remettre la main sur le devis.

— Un instant, monseigneur. »

Son correspondant reprit bientôt la ligne : « Le contrat a été réglé d'avance, monseigneur. Son exécution est prévue pour ce matin.

— Réglé d'avance ? Impossible. Je n'ai rien prépayé. Quel nom figure sur le reçu ?

— Helsse Izam. Il n'y a pas d'erreur, monsieur, j'en suis certain.

— Peut-être pas. Je ne manquerai pas d'en parler à l'intéressé.

— Merci de votre confiance, monsieur. »

9

Reith était en proie à une certaine agitation quand il pénétra dans le hall l'*Hostellerie*, où il trouva Traz. « Il s'est passé quelque chose, ici ? »

Traz, le plus lucide et résolu des hommes, se révélait beaucoup moins à l'aise quand il s'agissait de partager un état d'esprit. « Le Yao – Helsse, c'est bien son nom ? – a sombré dans le silence quand tu as quitté le chariot. Peut-être nous trouvait-il de mauvaise compagnie. Il nous a dit qu'il dînerait ce soir avec le Seigneur Jade bleu, et qu'il passerait demain à la première heure nous donner des instructions en bonne et due forme. Et puis il est reparti dans son carrosse. »

Une bien troublante série d'événements, songea Reith. Un point intéressant, néanmoins : le contrat précisait que l'exécution devait avoir lieu par le procédé des Douze Touches. Si son ennemi avait tellement hâte de se débarrasser de lui, un couteau, une balle, un faisceau énergétique aurait parfaitement fait l'affaire. Mais ces injections ? Était-ce un moyen de le pousser à la panique ?

« Les choses se précipitent, dit-il à son ami. Et je ne prétends nullement les comprendre.

— Plus vite nous quitterons Settra et mieux cela vaudra, répliqua Traz d'une voix lugubre.

— Je suis d'accord. »

Anacho, l'Homme-Dirdir, apparut, rasé de frais et vêtu d'un superbe pourpoint noir à hausse-col, d'un pantalon bleu pâle et de babouches écarlates à la poulaine. Reith les emmena tous deux dans un box isolé, pour leur décrire par le menu tout ce qui s'était passé dans la journée. « À présent, conclut-il, il ne nous manque plus que de l'argent, et j'espère en soutirer ce soir au Seigneur Cizante. »

L'après-midi s'étira lentement. Enfin arriva Helsse, vêtu d'un élégant costume de velours jaune canari. Il salua Reith et ses compagnons avec civilité. « Êtes-vous satisfaits de votre séjour à Cath ?

— Très satisfaits, fit le Terrien. Je ne me suis jamais senti aussi détendu. »

Helsse ne broncha même pas. « Parfait. Bon, venons-en à la soirée. Le Seigneur Cizante redoute que vous et vos amis ne trouviez quelque peu ennuyeux un dîner protocolaire ; il aurait donc tendance à privilégier une petite collation sans formalités, à l'heure qui vous conviendra – tout de suite, si vous le désirez.

— Nous sommes prêts. Mais, afin d'éviter tout malentendu, n'oubliez pas que nous tenons à être reçus dignement. Il n'est pas question de passer par la porte de service. »

Helsse eut un geste plein de rondeur. « À occasions informelles, protocole informel. C'est là notre règle.

— Je serai donc plus explicite : notre “place” exige que nous entrions par la grande porte. Si le Seigneur Cizante s'y oppose, il lui faudra alors nous rencontrer ailleurs. Dans la taverne de l'Ovale, par exemple. »

Helsse éclata d'un rire incrédule. « Il préférerait encore enfiler un bonnet de bouffon et cabrioler sur les manèges ! (Le conseiller secoua tristement la tête.) Eh bien, soit : pour éviter le moindre problème, nous passerons par l'entrée principale – qu'est-ce que ça change, après tout ? »

Reith s'esclaffa à son tour. « Surtout si Cizante a ordonné que nous passions par l'arrière-cuisine, et qu'il s'attend à nous voir arriver par là… Ma foi, c'est là un honnête compromis. Allons-y. »

Ils gagnèrent le Palais du Jade bleu dans un landau noir profilé qui, conformément aux instructions de Helsse, s'arrêta devant l'entrée cérémoniale. Après avoir mis pied à terre, le conseiller jeta un coup d'œil songeur sur la façade, puis fit entrer les trois étrangers dans le vestibule principal. Au terme d'un court échange avec un valet de pied, il leur fit gravir quelques marches et les introduisit dans un salon vert et or donnant sur la cour d'honneur.

Le maître des lieux n'était nulle part en vue.

« Veuillez vous asseoir, fit Helsse d'une voix affable. Le Seigneur Cizante ne va pas tarder à vous rejoindre. » Et, sur un signe de tête, il s'éclipsa.

Cizante débarqua au bout de quelques minutes, vêtu d'une longue robe blanche, chaussé de babouches tout aussi blanches et coiffé d'une calotte noire. L'air irrité, morose, il toisa les visiteurs un à un. « Lequel d'entre eux est l'homme avec qui j'ai déjà eu l'occasion de discuter ? »

Helsse lui murmura quelque chose à l'oreille ; il se tourna aussitôt face à Reith. « Je vois. Eh bien, mettez-vous à votre aise. Helsse, vous avez commandé des rafraîchissements ?

— Tout à fait, Excellence. »

Un laquais arriva alors avec une table roulante chargée de gaufrettes, d'écorces marinées, de cubes de viande en saumure, de carafes de vin et de flacons de sirop. Reith prit du vin, Traz du sirop et Anacho une coupe d'essence d'écorces verte. Le Seigneur Cizante choisit un bâtonnet d'encens qu'il se mit à agiter dans l'air tout en faisant les cent pas. « J'ai de mauvaises nouvelles pour vous, dit-il brusquement. J'ai décidé de revenir sur tous mes engagements. En d'autres termes, n'espérez aucune récompense de ma part. »

Reith but une gorgée de vin pour se donner le temps de réfléchir. « Vous faites donc droit aux prétentions de Dordolio ?

— Je n'ai rien à ajouter sur la question. Ma déclaration doit être interprétée dans son sens le plus général.

— Sachez au moins qu'à titre personnel, je ne vous réclame rien. Si je suis venu ici hier, c'était uniquement pour vous informer du sort de votre fille. »

Le Seigneur Cizante huma son bâtonnet d'encens. « Cette affaire a cessé de m'intéresser. »

Anacho émit alors une espèce de croassement quelque peu surprenant. « C'est bien compréhensible ! Le contraire vous contraindrait à honorer vos engagements !

— Absolument pas, rétorqua Cizante. Mes paroles s'adressaient exclusivement au personnel de ma Maison.

— Ah ! ah ! Qui va croire une chose pareille, maintenant que vous avez engagé des Assassins pour exécuter mon ami ? »

Cizante s'immobilisa, son bâtonnet d'encens à la main. « Comment ça, des Assassins ?

— Votre conseiller… (Reith désigna Helsse du doigt)… a signé un contrat de type 18 à mon encontre. J'ai bien l'intention de mettre Dordolio en garde : votre indigence sent l'arnaque à plein nez. »

Cizante jeta un coup d'œil glacial à Helsse. « De quoi parle-t-il ? »

Le conseiller haussa les sourcils avec agitation. « Je me suis simplement efforcé d'exécuter les devoirs de ma charge.

— Un zèle déplacé ! Vous voulez donc ridiculiser la Maison du Jade bleu ? Si jamais cette sordide histoire venait à s'éventer… » Le Seigneur Cizante n'acheva pas sa phrase. Helsse haussa les épaules et se servit une coupe de vin.

Reith se leva. « Il semble que nous n'ayons plus rien à nous dire.

— Un instant, dit sèchement Cizante. Laissez-moi réfléchir… Vous avez bien conscience que ce prétendu Assassinat n'était qu'une fumisterie ? »

Adam Reith secoua lentement la tête. « Vous avez trop souvent soufflé le chaud et le froid avec moi. Mon scepticisme est total. »

Cizante fit volte-face. Le bâton d'encens tomba sur le tapis, où il commença à se consumer. Reith le ramassa pour le poser sur le plateau. « Pourquoi vous donner cette peine ? lui demanda Helsse d'une voix sardonique.

— Vous allez devoir le deviner tout seul. »

Cizante se retira alors dans un coin de la pièce. Il fit signe à son conseiller de venir l'y rejoindre, fit quelques messes basses avec lui, puis ressortit.

Helsse se tourna vers Reith. « Le Seigneur Cizante m'a autorisé à vous verser une somme de dix mille sequins – à condition que vous preniez le premier bateau en partance pour le Kotan.

— Le Seigneur Cizante est d'une stupéfiante présomption !

— Jusqu'où est-il disposé à faire monter les enchères ? s'enquit nonchalamment Anacho.

— Il n'a pas spécifié de somme précise, admit Helsse. La seule chose qui l'intéresse, c'est de vous voir partir dans les meilleurs délais – ce qu'il compte bien faciliter dans toute la mesure de ses moyens.

— Dans ce cas, fit l'Homme-Dirdir, ça lui en coûtera un *million* de sequins. S'il nous faut consentir à une transaction aussi humiliante, autant en tirer un maximum.

— C'est beaucoup trop. Vingt mille me semblent plus raisonnables.

— Certainement pas, fit Reith. Il nous en faut plus, *beaucoup* plus. »

Helsse dévisagea les trois compagnons sans mot dire. Et puis, finalement : « Histoire d'éviter de perdre du temps, je vais vous révéler la somme maximale que le Seigneur Cizante est disposé à accepter : cinquante mille sequins, ce que j'estime pour ma part extrêmement généreux – plus le transport jusqu'au port de Vervodeï.

— C'est d'accord, fit Reith. Mais inutile de dire qu'il vous faut par ailleurs résilier le contrat que vous avez passé avec la Compagnie Assassinat et Sécurité. »

Helsse eut un petit sourire hésitant. « J'ai déjà reçu des directives à ce propos. Et quand allez-vous quitter Settra ?

— Sans doute demain. »

Reith et ses amis quittèrent le palais avec cinquante rubans de sequins pourpres ; ils remontèrent dans le landau noir, qui attendait leur retour. Helsse ne les reconduisit pas.

Le véhicule s'éloigna vers l'est à travers le crépuscule couleur cannelle, sous des luminaires encore éteints. Au fond des parcs, dans les palais et résidences, scintillaient des lumières hésitantes ; une fête battait son plein dans un vaste jardin.

Le landau franchit à grand fracas un pont de bois sculpté hérissé de lanternes, pour pénétrer dans un quartier noir de monde, bourré de cafés et de salons de thé qui débordaient sur la rue. Il traversa ensuite une zone sinistre d'immeubles à moitié inoccupés. Enfin, ils atteignirent l'Ovale.

Reith mit pied à terre. Traz le dépassa d'un bond et se jeta sur une sombre silhouette silencieuse. Un scintillement métallique poussa le Terrien à se plaquer au sol ; un rayon brûlant d'un blanc violacé ne l'en atteignit pas moins à la tête. Il gisait à plat ventre, à moitié étourdi, apercevant d'un œil son compagnon qui luttait avec son agresseur. Anacho fit un pas en avant, tira un dard en plein dans l'épaule de l'inconnu. Le pistolet tomba sur le pavé.

Reith se releva tant bien que mal. Tout un côté de son visage le piquait, comme sous l'effet d'une brûlure ; une odeur d'ozone et de cheveux roussis emplissait ses narines. Il s'approcha en titubant de Traz qui, d'une clé au bras, immobilisait un personnage encapuchonné qu'Anacho était en train de désarmer. Le Terrien lui ôta son couvre-chef, pour découvrir dessous, à sa grande stupéfaction, l'Attentiste avec qui il s'était entretenu la veille.

Des passants, qui au début s'étaient tenus à l'écart, commençaient à s'attrouper autour d'eux. Les perçants coups de sifflet de la patrouille leur parvinrent alors. L'Attentiste se débattit pour se libérer. « Relâchez-moi ; ils vont faire de moi un terrible exemple !

— Pourquoi avez-vous essayé de me tuer ? s'enquit Reith.

— Avez-vous vraiment besoin de le demander ? Laissez-moi partir, je vous en supplie !

— Pourquoi devrais-je faire une chose pareille ? Vous venez d'attenter à ma vie ! Je ne vois pas pourquoi je les empêcherais de vous arrêter.

— Non ! Notre Confrérie en subirait les conséquences !

— Alors, pourquoi avez-vous cherché à me tuer ?

— Parce que vous êtes dangereux ! Vous ne manqueriez pas de nous diviser ! Des dissensions ont déjà commencé à se faire jour ! Il y a quelques âmes faibles parmi nous, qui ne partagent pas notre foi ; elles veulent trouver sur un astronef et partir dans l'espace ! Quelle folie ! La seule voie possible est celle de l'orthodoxie. Vous représentez un danger mortel, une hérésie, qu'il m'a paru préférable d'éliminer. »

Reith poussa un lourd soupir d'exaspération. La patrouille était presque sur eux. « Nous quittons Settra demain ; vous vous êtes donné du mal pour rien ! » Et il repoussa l'Attentiste d'une bourrade, assez forte pour le faire trébucher ; l'homme porta la main à son épaule en poussant un cri de douleur. « Réjouissez-vous d'être tombé sur des hommes miséricordieux ! »

L'Attentiste se perdit dans l'obscurité. La patrouille arriva en courant – des hommes de haute taille à l'uniforme rayé noir et rouge, qui brandissaient des matraques à l'extrémité incandescente. « Que se passe-t-il, ici ?

— Un voleur a tenté de nous détrousser, leur répondit Reith. Il a filé derrière ces bâtiments. »

La patrouille s'y précipita aussitôt ; le trio en profita pour retourner à l'auberge. Pendant le dîner, Reith détailla à ses amis l'accord qu'il avait conclu avec Zarfo Detwiler. « Si tout va bien, nous quitterons Settra demain.

— Pas trop tôt ! murmura Anacho d'une voix aigre.

— À qui le dis-tu. J'ai été espionné par les Wankh, persécuté par l'aristocratie, le “culte” m'a fait tirer dessus. Mes nerfs n'en supporteront pas davantage. »

Un garçon revêtu d'une livrée rouge foncé s'approcha de leur table. « Adam Reith ?

— Qui le demande ? s'enquit le Terrien, méfiant.

— J'ai un message pour vous.

— Donne-le-moi. » Reith déchira le pli cacheté, entreprit de déchiffrer les caractères tarabiscotés inscrits dessus :

La Compagnie Assassinat et Sécurité vous adresse ses compliments. Il appert que vous-même, Adam Reith, vous êtes attaqué à un de nos employés dans l'exercice légitime de ses fonctions ; vous lui avez dérobé son matériel, avez porté atteinte à son intégrité physique et morale. Nous exigeons par conséquent de vous une indemnité compensatrice de dix-huit mille sequins. Si cette somme n'est pas immédiatement versée à notre siège central, vous serez tué par une combinaison de plusieurs méthodes. Votre prompte coopération sera appréciée. N'essayez ni de quitter Settra ni de vous opposer à nous de quelque façon que ce soit, sous peine de voir amplifiées les sanctions dont vous êtes passible.

Reith lança la missive sur la table. « Dordolio, les Wankh, le Seigneur Cizante, Helsse, le “culte”, la Compagnie Assassinat et Sécurité… qui encore ?

— Demain, soupira Traz, ça risque d'être déjà trop tard. »

10

Le lendemain matin, Reith appela le Palais du Jade bleu au moyen d'un des étranges téléphones yao, et demanda à parler à Helsse. « Vous avez bien annulé votre contrat avec la Compagnie Assassinat et Sécurité ?

— J'ai fait le nécessaire, oui. Mais j'ai cru comprendre qu'ils avaient décidé d'entreprendre une action indépendante. À vous, naturellement, d'y répondre par les moyens que vous jugerez appropriés.

— C'est bien mon intention. Nous allons quitter la ville sans tarder, aussi acceptons-nous l'assistance que le Seigneur Cizante nous a proposée. »

Helsse poussa un borborygme sibyllin. « Quels sont vos plans ?

— Avant tout, nous échapper vivants de Settra.

— Je vous rejoins incessamment pour vous conduire à une station de transports publics, en périphérie. Des navires quittent quotidiennement Vervodeï pour toutes les destinations possibles ; vous ne devriez guère avoir de mal à en dénicher un qui conviendra à vos besoins.

— Nous serons prêts à midi. Peut-être même plus tôt. »

Reith se rendit à pied au foirail, en prenant toutes les précautions possibles ; il arriva donc au lieu de rendez-vous avec la certitude raisonnable de ne pas avoir été suivi. Zarfo l'attendait, ses cheveux blancs cachés sous un bonnet aussi noir que son visage. Il le conduisit aussitôt dans le sous-sol d'une brasserie. Les deux hommes s'installèrent à une table de pierre ; le Lokhar fit signe au garçon, qui leur apporta bientôt deux lourdes chopes de grès remplies d'une bière amère à la couleur terreuse.

Zarfo entra aussitôt dans le vif du sujet : « Avant de me compliquer la vie ne serait-ce qu'en bougeant le petit doigt, je veux voir la couleur de votre argent. »

Sans mot dire, Reith posa sur la table dix étincelants rouleaux de sequins pourpres.

« Quelle beauté ! exulta Zarfo. Ils sont pour moi ? Je vais les prendre séance tenante en dépôt, et veillerai sur eux comme sur la prunelle de mes yeux.

— Et toi, qui va *te* surveiller ?

— Bla bla bla, se moqua l'autre. Si des camarades ne peuvent pas se faire confiance bien au frais dans une brasserie, qu'adviendra-t-il face à l'adversité ? »

Reith rempocha ses sequins. « Ladite adversité est *déjà* là. Les Assassins n'ont guère goûté tes exploits d'hier. Plutôt que de se venger sur toi, c'est *moi* qu'ils prennent pour cible.

— Oui, ce sont des gens déraisonnables. Si jamais ils vous réclament de l'argent, n'hésitez pas à les défier. Un homme doit toujours vendre chèrement sa vie.

— On m'a averti de ne pas quitter Settra avant l'heure qu'ils ont choisie pour me tuer. Je me propose néanmoins de partir, et le plus vite possible.

— Cela me semble la meilleure chose à faire, oui. (Zarfo vida sa chope d'un trait et la reposa bruyamment sur la table.) Mais comment échapperez-vous aux Assassins ? Ils ne vont pas manquer d'épier le moindre de vos faits et gestes. »

Un bruit fit sursauter le Terrien – mais ce n'était que le serveur, venu remplir la chope de Zarfo. Le Lokhar tira sur son long nez pour dissimuler un sourire. « Les Assassins sont opiniâtres, mais nous allons leur damer le pion, d'une façon ou d'une autre. Repartez faire vos préparatifs à votre hôtel. Je viendrai vous retrouver à midi, et on verra ce qu'on verra.

— À midi ? Si tard ?

— Une heure ou deux, je ne vois pas ce que ça change. J'ai des affaires à régler. »

Reith retourna à l'*Hostellerie*. Le landau de Helsse était déjà garé devant. L'atmosphère était tendue ; à la vue du Terrien, le conseiller bondit littéralement sur ses pieds. « Le temps nous est compté, et vous nous faites attendre ! Il nous en reste tout juste assez pour prendre la première voiture en partance pour Vervodeï cet après-midi !

— N'est-ce pas justement ce à quoi s'attendent les Assassins ? Ce plan me semble pécher par manque d'imagination. »

Le conseiller eut un haussement d'épaules irrité. « Vous avez une meilleure idée ?

— Malheureusement pas.

— Le Seigneur Cizante possède-t-il un aéronef ? intervint alors Anacho.

— Il ne fonctionne pas.

— Y aurait-il moyen d'en trouver un autre ?

— Pour un but pareil ? Ça m'étonnerait fort. »

Cinq minutes s'écoulèrent. « Plus nous attendons, finit par reprendre Helsse avec douceur, et moins il vous reste de temps. (Il lui désigna quelque chose de l'autre côté de la fenêtre.) Vous voyez ces deux hommes coiffés de chapeaux ronds ? Ils guettent votre sortie. On ne peut même plus se servir de la voiture, maintenant.

— Allez donc leur dire de partir », lui suggéra Reith.

Helsse éclata de rire. « Moi ? Certainement pas. »

Une demi-heure plus tard, Zarfo fit dans le hall une entrée tout sauf discrète. Il salua le petit groupe d'un grand geste du bras. « Tout est prêt ? »

Reith désigna du doigt les Assassins postés sur la place. « Ils nous attendent.

— Quelles créatures détestables, maugréa Zarfo. Cath est bien le seul endroit où l'on tolère leur présence. (Il jeta un regard en coin à Helsse.) Qu'est-ce qu'il fait là, celui-là ? »

Reith lui exposa la situation ; quand il en eut fini, Zarfo lança un coup d'œil vers l'Ovale par la fenêtre.

« La voiture noire avec l'aileron bleu et argent – c'est bien le véhicule en question ? Dans ce cas, rien de plus simple : nous allons la réquisitionner.

— Il n'en est pas question, trancha Helsse.

— Pourquoi ? s'enquit le Terrien.

— Le Seigneur Cizante ne tient nullement à être mêlé à cette histoire – et moi non plus. Dans le meilleur des cas, la Compagnie s'empresserait de m'inclure dans le contrat. »

Reith éclata d'un rire amer. « Et qui a fait appel à eux en premier lieu ? En voiture, et conduisez-nous loin de cette cité de fous ! »

Après quelques instants d'incrédulité, Helsse prit un air dédaigneux et acquiesça sèchement. « À votre guise. »

Une fois tout le monde sorti de l'*Hostellerie*, les Assassins s'approchèrent. « Vous êtes bien Adam Reith, monsieur ?

— C'est à quel sujet ?

— Verriez-vous un inconvénient à nous dire où vous vous rendez ?

— Au Palais du Jade bleu.

— Exact, monsieur ? (La question s'adressait à Helsse.)

— Exact, lui répondit le conseiller d'une voix sans timbre.

— Vous connaissez nos règlements et notre liste de sanctions ?

— Bien entendu. »

Les Assassins firent quelques messes basses, puis : « Dans ce cas, déclara l'un d'eux, nous estimons plus sage de vous accompagner.

— Il n'y a pas de place », fit Helsse d'une voix glaciale.

Les Assassins n'y prêtèrent aucune attention. L'un s'apprêta à monter dans la voiture ; Zarfo le tira aussitôt en arrière. « Prends garde ! lui lança alors l'homme en regardant par-dessus son épaule. Je suis membre de la Guilde !

— Et moi, je suis un Lokhar. » Ce disant, Zarfo administra à l'homme une énorme gifle qui l'envoya rouler à terre. Le deuxième Assassin en resta un instant abasourdi, puis sortit un pistolet. Anacho fit aussitôt feu – son dard alla se ficher dans la poitrine de sa victime. Le premier en profita pour tenter de s'éloigner en rampant ; Zarfo lui flanqua un phénoménal coup de pied dans le menton, qui l'assomma pour le compte. « En voiture. Il est temps de partir.

— Quel fiasco, soupira Helsse. Je suis un homme fini.

— Quittons la ville ! s'écria Zarfo. Par le chemin le moins évident ! »

Le landau sillonna une série de ruelles étroites, pour bientôt se retrouver en rase campagne.

« Où nous conduisez-vous ? voulut savoir Reith.

— À Vervodeï.

— Ridicule ! grogna Zarfo. Partons pour l'est, dans l'arrière-pays. Il faut rejoindre le fleuve Jinga et le descendre jusqu'à Kabasas, sur le Parapan.

— À l'est, il n'y a que le désert, tenta de le raisonner Helsse. Le landau va finir par tomber en panne, et nous n'avons pas de cellules énergétiques de rechange.

— Aucune importance !

— Peut-être pas pour vous. Mais moi, comment vais-je faire pour retourner à Settra ?

— C'est là votre intention, après tout ce qui s'est passé ? »

Helsse grommela quelque chose dans sa barbe. « Je suis un homme fini. Ils vont me réclamer cinquante mille sequins, que je suis bien incapable de payer – et tout ça à cause de vos manipulations insensées !

— Si ça peut vous faire plaisir. Mais continuez vers l'est, jusqu'à ce que la voiture s'arrête ou que la route s'achève – on verra bien ce qui arrivera en premier. »

Helsse eut un geste fataliste.

La route leur fit traverser une plaine d'une étrange beauté, striée de ruisseaux paresseux et ponctuée d'étangs un peu partout. Le feuillage tabac des sombres arbres pleureurs trempait littéralement dans l'eau. Reith ne cessait de regarder derrière eux, sans jamais y découvrir le moindre signe de poursuite. Settra finit par se perdre dans les ténèbres lointaines.

Helsse avait semblait-il cessé de bouder ; il regardait la route avec ce qui ressemblait presque à de l'impatience – ce qui ne manqua pas d'éveiller les soupçons de Reith. « Arrêtez un instant ! »

Le conseiller jeta un coup d'œil à la ronde. « Pourquoi ça ?

— Qu'y a-t-il devant nous ?

— Les montagnes.

— Comment se fait-il que la route soit en si bon état ? À croire que personne ou presque ne l'emprunte.

— Oh ! croassa Zarfo. Le camp des fous ! Il est sûrement là-bas, dans la montagne ! »

Helsse s'autorisa un sourire mielleux. « Vous m'avez dit de vous conduire jusqu'au bout de la route ; vous n'avez pas stipulé que je devais éviter de vous emmener à l'asile.

— Eh bien, fit Reith, c'est chose faite à présent. Et s'il vous plaît, plus de petites erreurs innocentes de ce genre à l'avenir. »

Helsse pinça les lèvres se remit à ruminer. À une intersection, il mit le cap au sud ; la route commença bientôt à monter. « Qu'y a-t-il par là ? s'enquit le Terrien.

— D'anciennes mines de mercure, des chalets et quelques fermes. »

La voiture s'enfonça dans une forêt tapissée de mousse noire. La pente se faisait de plus en plus raide. Un nuage masqua le soleil ; le sous-bois s'assombrit, pour bientôt laisser place à une prairie noyée de brouillard.

Helsse jeta un coup d'œil sur un cadran. « Il nous reste encore une heure d'énergie.

— Qu'est-ce qu'il y a de l'autre côté ? s'enquit Reith en désignant du doigt les sommets montagneux.

— Une contrée sauvage, les tribus des Hoch Hars, le lac de la Montagne noire et les sources du Jinga. La route n'est ni sûre ni facile. Elle n'en demeure pas moins un bon moyen de sortir de Cath. »

Ils traversèrent la prairie, où se dressaient ici et là des arbres au tronc massif dont les feuilles ressemblaient à des champignons jaunes.

La route devenait de plus en plus mauvaise ; des branches tombées venaient même l'obstruer par endroits. Devant eux s'élevait un haut promontoire rocheux.

Alors même qu'elle aboutissait à une mine abandonnée, l'indicateur de puissance tomba à zéro. Le véhicule tressaillit, puis s'immobilisa dans un bruit sourd ; seul le murmure du vent venait à présent briser le silence.

Le petit groupe mit pied à terre avec ses maigres biens. Le brouillard s'était dissipé. Un soleil froid filtrait à travers les nuages, baignant le paysage de sa lumière couleur de miel.

Reith examina le versant, en quête d'un sentier menant jusqu'à la crête. Il se tourna vers Helsse. « Bon, qu'est-ce qu'on fait ? On continue jusqu'à Kabasas, ou on retourne à Settra ?

— Settra, bien sûr. » Le conseiller regardait la voiture d'un air abattu. « À pied ?

— Je ne nous vois pas faire le trajet ainsi jusqu'à Kabasas.

— Et les Assassins ?

— Je vais devoir prendre le risque. »

Reith sortit son sondoscope, le pointa sur le chemin par lequel ils étaient arrivés. « Aucun signe de poursuite. Vous… » Il s'interrompit, surpris par l'expression de Helsse.

« À quoi sert cet objet ? » s'enquit celui-ci.

Le Terrien le lui expliqua.

« Dordolio n'a donc pas menti ! s'exclama le conseiller d'une voix chargée d'étonnement. Il disait vrai !

— Je ne sais pas ce que Dordolio vous a raconté, à part que nous étions des barbares, répliqua un Reith mi-amusé, mi-énervé. Sur ce, adieu ! Vous saluerez le Seigneur Cizante de ma part.

— Un instant. (Le conseiller lançait des regards hésitants à l'ouest, en direction de Settra.) Kabasas sera peut-être plus sûr pour moi, après tout. Les Assassins me considèrent certainement comme votre complice. (Il balaya la montagne des yeux, poussa un soupir lugubre.) C'est de la pure folie, bien sûr.

— Ce n'est *pas* de notre plein gré que nous sommes venus ici, répliqua le Terrien, inutile j'imagine de vous le rappeler. Alors... on ferait bien d'y aller. »

Ils escaladèrent les terrils situés face à la mine, jetèrent un coup d'œil à l'intérieur du tunnel, d'où suintait une vase rougeâtre. Des traces de pas s'y enfonçaient, d'une taille à peu près humaine, mais d'une forme qui évoquait celle d'une gourde ; à cinq centimètres de son extrémité se trouvaient trois échancrures évoquant des orteils. Penché sur ces empreintes, Reith sentit ses cheveux se hérisser sur sa nuque. Il tendit l'oreille mais aucun son ne sortait du tunnel. « À qui – ou quoi – appartiennent ces empreintes ? demanda-t-il à Traz.

— Ce sont peut-être celles d'un Phung qui marchait pieds nus – un petit, dans ce cas. Plus vraisemblablement celles d'un Pnume. Elles sont fraîches. Il guettait notre approche.

— Ne restons pas là », murmura le Terrien.

Ils atteignirent la crête une heure plus tard, et y firent halte pour contempler le panorama. À l'ouest, la plaine se perdait dans la grisaille du crépuscule naissant ; Settra se résumait désormais à une tache incolore, qui évoquait une ecchymose. À l'est scintillait le lac de la Montagne noire.

Les voyageurs passèrent une nuit d'effroi à l'orée d'une forêt bruissante de sons énigmatiques : un hurlement aussi ténu qu'inquiétant, une série de coups secs qu'aurait pu produire un marteau en s'abattant sur un épais billot de bois, le hululement cauteleux des molosses nocturnes…

L'aube pointa enfin. Après un triste petit-déjeuner à base de cosses d'herbe à pèlerin, les cinq compagnons entreprirent de descendre une muraille de basalte pour gagner le fond d'une vallée boisée. Devant eux, calme et immobile, brillait le lac de la Montagne noire. Une barque de pêche y glissait lentement ; elle ne tarda pas à disparaître derrière une saillie de rochers. « Des Hoch Hars, dit Helsse. D'anciens ennemis des Yao. Ils restent terrés au-delà des montagnes, désormais. »

Traz désigna quelque chose du doigt. « Un sentier.

— Je ne le vois pas, fit Reith.

— Il n'en est pas moins là-bas – et je sens une odeur de fumée, à environ cinq kilomètres. »

Le jeune homme fit un geste soudain quelques minutes plus tard. « Des hommes approchent. Plusieurs. »

Reith ouvrit grand ses oreilles – en vain. Mais trois hommes ne tardèrent effectivement pas à apparaître devant eux. Très grands, la taille épaisse, les membres fuselés, ils portaient des jupons crasseux qui jadis avaient dû être blancs et de courtes capes tissées à partir d'une fibre similaire. Ils s'arrêtèrent net à la vue des voyageurs, puis firent volte-face et rebroussèrent chemin en jetant des regards anxieux derrière eux.

Au bout de quelques centaines de mètres, la piste quittait la jungle pour longer le bord marécageux du lac. Le village hoch har, bâti sur pilotis, s'achevait par un appontement auquel une douzaine de barques étaient amarrées. Une vingtaine d'hommes faisaient belliqueusement les cent pas sur le rivage, un couteau de brousse ou un arc à la main.

Les voyageurs s'approchèrent.

« Qui êtes-vous ? lança alors le plus grand et le plus robuste des Hoch Hars, d'une voix ridiculement stridente.

— Des voyageurs en route pour Kabasas. »

Il les regarda avec incrédulité, puis revint à la piste qui menait vers les montagnes. « Où est le reste de votre bande ?

— Il n'y a personne à part nous. Pourriez-vous nous vendre un bateau et un peu de nourriture ? »

Les Hoch Hars mirent leurs armes de côté. « La nourriture se fait rare, grommela leur porte-parole. Et nos barques sont notre bien le plus précieux. Qu'avez-vous à nous proposer en échange ?

— Seulement quelques sequins.

— À quoi bon des sequins s'il faut se rendre au pays de Cath pour les dépenser ? »

Helsse murmura quelques mots à l'oreille de Reith, qui reprit à l'adresse des Hoch Hars : « Fort bien, nous allons donc poursuivre notre route. J'ai cru comprendre qu'il y avait d'autres villages autour du lac.

— Quoi ? Vous feriez affaire avec des voleurs de seconde zone, des fraudeurs notoires ? Car c'est tout ce qu'ils sont, croyez-moi ! Bon… Dans l'unique but de vous sauver de votre folie, nous allons faire un effort pour trouver un arrangement. »

Au bout du compte, Reith obtint, moyennant deux cents sequins, une embarcation en bon état et assez de provisions – à en croire les affirmations du chef des Hoch Hars – pour atteindre Kabasas : quelques caisses de poisson sec, des sacs de tubercules, des rouleaux d'écorce à poivre, des fruits frais et en conserve. Contre un supplément de trente sequins, il loua en outre les services d'un guide, prénommé Tsutso – un garçon au visage lunaire assez corpulent, dont le sourire affable révélait des dents solides. Les premières étapes du voyage, leur déclara-t-il, allaient être les plus dangereuses : « D'abord, les rapides. Ensuite, la Grande Pente. Après quoi il suffit de se laisser porter par le courant jusqu'à Kabasas. »

À midi, le petit bateau leva l'ancre, toutes voiles dehors. Tout au long de l'après-midi, il navigua plein sud en direction des deux falaises escarpées qui marquaient la rupture entre le lac et le fleuve Jinga, pour passer entre elles au coucher du soleil. L'une comme l'autre étaient couronnées de noires ruines qui se découpaient contre le ciel de cendre. Au pied de celle de droite se trouvait une petite crique abritant une plage. Reith proposa d'y établir le camp pour la nuit, mais Tsutso ne voulut rien savoir : « Les châteaux sont hantés. À minuit, les fantômes de l'antique Tschaï viennent arpenter leurs pavés. Tu ne voudrais quand même pas qu'on se retrouve tous contaminés ?

— Tant qu'ils ne quittent pas leurs châteaux, je ne vois pas ce qui pourrait nous empêcher de nous installer sur la crique. »

Après avoir jeté au Terrien un coup d'œil réprobateur, Tsutso opta pour maintenir l'esquif au milieu du courant, à égale distance des deux châteaux en ruine. Quelque quinze cents mètres plus loin, le Jinga se scindait en deux autour d'un îlot rocheux, vers lequel le jeune homme s'empressa de mettre le cap. « Ici, nous n'aurons rien à craindre des habitants de la forêt. »

Après s'être restaurés, les voyageurs s'étendirent autour du feu ; rien ne vint troubler leur sommeil, sinon les sifflements modulés qui leur parvenaient de la jungle – et, à une occasion, le glapissement lointain des molosses nocturnes.

Le lendemain, ils descendirent quinze kilomètres de violents rapides, durant lesquels leur guide mérita bien dix fois son salaire. La forêt s'était entretemps réduite à quelques bouquets d'arbustes épineux, qui peinaient à recouvrir les rives. Un bruit étrange leur parvint bientôt de l'amont – un grondement sifflant qui se propageait dans toutes les directions. « La Grande Pente », expliqua Tsutso. Une centaine de mètres plus loin, le fleuve basculait dans le vide, comme tranché net. Avant même que Reith et ses compagnons n'aient eu le temps de protester, l'embarcation avait commencé à dévaler la cascade.

« Tout le monde sur ses gardes, lança le Hoch Har. Nous avons atteint la Grande Pente. Cramponnez-vous ferme ! »

Le rugissement des flots noyait presque sa voix. L'esquif pénétra à l'intérieur d'une gorge obscure, dont les parois défilaient à une vitesse stupéfiante ; le fleuve n'était plus qu'une surface noire bouillonnante qui écumait autour de la coque. Les voyageurs, recroquevillés sur eux-mêmes, faisaient mine d'ignorer le sourire condescendant de Tsutso. La course folle se poursuivit de longues minutes. Enfin, après avoir franchi un véritable champ d'écume, la barque retrouva des eaux plus calmes.

D'abruptes falaises hautes de trois cents mètres bordaient le fleuve – une muraille de grès brunâtre à laquelle s'accrochaient tant bien que mal des touffes de buissons noirs. Tsutso mouilla le long d'une plage de galets. « C'est ici que je vous abandonne.

— Ici ? s'exclama un Reith médusé. Au fond de ce canyon ? »

Le guide leva le bras, désignant une piste qui serpentait le long de la falaise. « Mon village n'est qu'à huit kilomètres.

— Dans ce cas, adieu. Et tous nos remerciements.

— Il n'y a vraiment pas de quoi, fit Tsutso avec un geste indulgent. Les Hoch Hars sont un peuple généreux, sauf pour tout ce qui implique les Yao. Les choses ne se seraient pas passées aussi bien si vous en aviez été. »

Reith regarda du côté de Helsse, qui ne desserrait pas les lèvres. « Les Yao sont vos ennemis ?

— Ce sont nos persécuteurs. Ils ont jadis détruit l'ancien empire des Hoch Hars. À présent ils restent de *leur* côté de la montagne – à raison, vu que nous pouvons les reconnaître à leur odeur, comme du poisson avarié. (Il sauta lestement à terre.) Devant vous s'étendent les marécages. À moins de vous perdre, ou d'énerver les hommes des marais, c'est comme si vous vous trouviez déjà à Kabasas. » Et, levant la main en un dernier geste d'adieu, Tsutso s'éloigna le long du sentier.

Le bateau glissait dans une pénombre sépia, sous un ciel évoquant un ruban de soie moiré. Les parois du canyon s'évasèrent au fil de l'après-midi. Au crépuscule, les voyageurs établirent leur camp sur une petite plage, où ils passèrent une nuit empreinte d'un singulier silence.

Le lendemain, le fleuve émergea dans une vaste vallée tapissée de hautes herbes jaunes. Les collines s'éloignèrent ; la végétation qui poussait le long des rives se fit plus épaisse, plus dense. Elle grouillait de petites créatures, moitié araignées et moitié singes, qui glapissaient plaintivement en soufflant des jets de liquide miasmatique en direction du bateau. Des affluents venaient grossir le Jinga, le rendant progressivement de plus en plus placide. Le jour suivant apparurent le long des rives des arbres d'une hauteur considérable, qui formaient d'improbables silhouettes contre le ciel bistre. À midi, l'embarcation s'était enfoncée dans une véritable jungle ; sa voile pendait, flasque, l'air était lourd d'une odeur de bois humide et de pourriture. De bondissantes créatures arboricoles ne cessaient de passer d'une cime à l'autre ; plus bas, dans la pénombre, voletaient des papillons-mousseline, des insectes suspendus à des sphères pâles, des créatures aviaires qui semblaient nager dans les airs avec leurs quatre ailes soyeuses. À une occasion, les voyageurs entendirent de puissants grondements accompagnés de bruits de piétinement ; une autre fois, un sifflement féroce suivi de couinements stridents, émis par quelque créature invisible.

Le Jinga s'élargit peu à peu, jusqu'à devenir un large cours d'eau placide, émaillé de dizaines de petites îles qui disparaissaient sous une végétation hérissée de frondes, de plumets, de dendrons en éventail. Une fois, Reith crut apercevoir du coin de l'œil une pirogue transportant trois adolescents intégralement vêtus de robes en plumes ; mais le Terrien ne vit qu'un îlot lorsqu'il tourna la tête dans leur direction, et ne sut jamais s'il avait été ou non victime d'une illusion. Plus tard dans la journée, un monstre reptilien de six mètres de long se lança à leur poursuite ; à une quinzaine de mètres de l'embarcation, cependant, il parut perdre tout intérêt pour cette proie éventuelle, et disparut dans les profondeurs.

Au coucher du soleil, les voyageurs établirent leur camp sur la plage d'une petite île. Au bout d'une demi-heure, Traz commença à faire montre d'une certaine nervosité ; il donna un petit coup de coude au Terrien et lui montra le taillis du doigt. Un bruissement furtif leur parvint, presque aussitôt suivi d'une odeur lourde. Un instant plus tard, le monstre aquatique qui les avait poursuivis se précipita sur eux en beuglant. Reith lui tira une de ses cartouches explosives en pleine gueule ; le crâne de l'animal explosa littéralement, son corps partit dans une folle farandole avant de couler à pic.

Tous les cinq se rassirent autour du feu. Voyant Reith ranger son arme dans sa sacoche, Helsse, incapable de maîtriser plus longtemps sa curiosité, lui demanda : « J'aimerais savoir où vous vous êtes procuré cet instrument.

— J'ai appris à mes dépens les inconvénients d'une trop grande franchise, répondit le Terrien. Votre ami Dordolio me prend pour un fou. Anacho, l'Homme-Dirdir, préfère le terme d'amnésique. Alors, pensez ce que bon vous semble.

— Quelles singulières histoires nous pourrions tous raconter si la franchise était effectivement de mise, murmura Helsse comme pour lui-même.

— La franchise ? s'esclaffa Zarfo. Quel intérêt ? Personnellement, tant que j'ai des oreilles attentives, je suis prêt à raconter mille et une histoires singulières.

— Je n'en doute pas, rétorqua Helsse, mais des gens aux objectifs insensés se doivent de garder leurs secrets pour eux. »

Traz, qui détestait Helsse, se détourna avec un reniflement méprisant. « À qui fait-il allusion ? Je n'ai ni secrets ni objectifs insensés. »

Zarfo lui adressa un clin d'œil. « Il doit s'agir de l'Homme-Dirdir. »

Anacho secoua la tête. « Des secrets ? Non. Juste des réticences. Des objectifs insensés ? Je voyage avec Adam Reith uniquement parce que je n'ai rien de mieux à faire. Je suis un proscrit parmi les sous-hommes. Mon unique objectif est de survivre.

— *Moi*, j'ai un secret, fit alors Zarfo. L'emplacement de ma modeste réserve de sequins. Mes buts ? Ils sont tout aussi modestes : quelques hectares de prairie en bordure de rivière au sud de Smargash, une maisonnette au milieu d'un verger, une donzelle prévenante pour préparer mon thé. Vous feriez bien de vous en inspirer. »

Helsse, les yeux fixés sur les flammes, eut un petit sourire. « Que je le veuille ou non, toutes mes pensées demeurent secrètes. Quant à mes objectifs… si je retourne à Settra, et que je parviens je ne sais trop comment à calmer la Compagnie Assassinat et Sécurité, ça suffira à mon bonheur. »

Reith leva les yeux en direction du ciel. Les nuages qui s'y amoncelaient leur dissimulaient les étoiles. « Pour ma part, je me réjouirai déjà de passer la nuit au sec. »

Ils tirèrent leur bateau sur la plage, le retournèrent, transformèrent la voile en un abri de fortune. La pluie commença à tomber, éteignant le feu et formant de petites mares.

Enfin, l'aube se leva, trouble et grise. Une fois les nuages disparus, aux environs de midi, les voyageurs remirent le bateau à l'eau, y rechargèrent leurs provisions et repartirent vers le sud.

Le fleuve s'élargit jusqu'à ce que ses berges se résument à deux traits sombres. Le crépuscule succéda finalement à l'après-midi – un gigantesque chaos d'ors, de noirs et de bistres. Enveloppés par la pénombre, les voyageurs se mirent en quête d'un endroit où débarquer. La rive semblait se résumer à une plaine vaseuse – mais finalement, alors que le crépuscule brun-pourpre laissait place à l'obscurité, apparut devant eux une langue de sable, qui leur servit de refuge pour la nuit.

Le lendemain, ils pénétrèrent dans les marais. Le Jinga s'y ramifiait en une douzaine de bras au cours paresseux qui serpentaient parmi des îlots recouverts de joncs ; les cinq compagnons n'eurent d'autre choix que de passer la nuit dans leur étroite embarcation. Vers la fin de la journée suivante, ils arrivèrent en vue d'une sorte de digue inclinée en schiste gris, qui formait une chaîne d'îlots rocheux à travers le marécage. Dans un passé immensément lointain, l'une ou l'autre des peuplades de l'antique Tschaï avait utilisé ceux-ci pour étayer une chaussée de béton noir, à présent effondrée. Après avoir dressé leur camp sur le plus grand d'entre eux, les voyageurs dînèrent du poisson séché et des lentilles à moitié moisies que leur avaient fournis les Hoch Hars.

Traz ne tenait pas en place. Il fit le tour de l'îlot, grimpa jusqu'à son point le plus élevé, y observa longuement la ligne formée par l'ancienne jetée. Reith, troublé par l'inquiétude manifeste de l'adolescent, ne tarda pas à se joindre à lui. « Tu vois quelque chose ?

— Non, rien. »

Le Terrien regarda tout autour de lui. L'eau reflétait le mauve sombre du ciel, la masse des îlots alentour. Tous deux retournèrent au feu de camp, où Reith organisa des tours de garde. À son réveil, à l'aube, il s'avisa aussitôt que personne n'était venu lui demander de prendre la relève. Remarquant alors que le bateau avait disparu, il secoua Traz, à qui avait été attribuée la première veille. « Qui t'a relevé, cette nuit ?

— Helsse.

— Il ne m'a pas appelé. Et la barque a disparu.

— Tout comme lui », murmura Traz.

Reith s'avisa alors que tel était bien le cas.

Traz leva le menton vers l'îlot le plus proche, à une quarantaine de mètres d'eux. « Le bateau est encore là. Il a dû aller faire une petite promenade nocturne. »

Le Terrien se rapprocha de la rive. « Helsse ! Helsse ! »

Aucune réponse. Et Helsse n'était nulle part en vue.

Reith considéra la distance qui le séparait de l'embarcation. L'eau était aussi opaque, aussi lisse que de l'ardoise. Il secoua la tête. L'embarcation lui semblait trop proche, trop en évidence : un piège ? De sa sacoche, il sortit le rouleau de corde qui se trouvait à l'origine dans son kit de survie, et attacha une pierre à son extrémité. Reith lança celle-ci en direction de la barque – trop court. Quand il la ramena, elle se raidit un instant, puis se mit à frémir, comme accrochée à quelque créature vivante.

Le Terrien grimaça. Il renouvela l'opération ; cette fois, l'extrémité lestée du filin s'accrocha à l'intérieur de l'esquif, qui s'ébranla lorsqu'il se mit à tirer.

Reith retourna sur l'îlot voisin en compagnie de Traz, pour n'y trouver aucune trace de Helsse. Sous une saillie rocheuse, il y découvrit néanmoins un trou qui s'enfonçait en pente douce dans le sol. Traz y plongea la tête, écouta, renifla, puis fit signe à son compagnon de l'imiter. Le Terrien perçut là une odeur fétide, guère éloignée de celle des vers de terre. « Helsse ! lança-t-il d'une voix étouffée. (Pour recommencer aussitôt, plus fort :) *Helsse !* » En vain.

Tous deux rejoignirent donc leurs compagnons. « Ça ressemble à un mauvais tour des Pnume », grommela alors Reith.

Ils petit-déjeunèrent en silence, attendirent fébrilement qu'une longue heure s'écoule. Puis rechargèrent sans hâte le bateau et levèrent l'ancre. Tourné vers l'arrière, Reith scruta l'îlot à travers son sondoscope jusqu'à ce qu'il soit hors de vue.

11

Les bras du Jinga finirent par se rejoindre, et le marais devint jungle. Frondes et lianes se balançaient au-dessus des eaux noires ; des papillons géants venaient flotter autour d'eux comme des fantômes. La strate supérieure de la forêt était un univers à part – des rubans roses et jaune pâle se tortillant dans les airs comme des anguilles, des globes noirs duveteux dotés de six longs bras blancs qui bondissaient prestement de branche en branche... Une fois, presque à l'horizon, Reith aperçut une concentration de grandes huttes de joncs entrelacés nichées dans les ramures ; un peu plus tard, l'embarcation passa sous une passerelle constituée de branchages et de cordages rudimentaires. Trois hommes entièrement nus s'apprêtaient à la traverser au moment même où l'esquif s'en approchait – graciles, fluets, la peau parcheminée. La vue du bateau les figea un instant sur place – après quoi ils franchirent le pont de fortune au pas de course et se perdirent dans la forêt.

Pendant toute une semaine, les voyageurs voguèrent sans encombre sur les eaux du Jinga, qui ne cessait de s'élargir. Un jour, ils croisèrent un canot depuis lequel un vieillard pêchait au filet ; passèrent le lendemain devant un village, et se virent dépasser le surlendemain par un bateau à moteur vrombissant. La nuit suivante, ils firent halte dans une bourgade, où ils passèrent la nuit dans une auberge sur pilotis.

Pendant deux jours supplémentaires ils descendirent le cours d'eau, poussés par une brise vivifiante. Le fleuve était devenu aussi large que profond ; le vent y creusait des vagues de bonne taille, ce qui rendait à présent la navigation malaisée. Aux abords du village suivant, ils avisèrent un bateau prêt à prendre le départ ; abandonnant leur barque, ils montèrent à son bord pour se rendre à Kabasas sur le Parapan.

Trois jours durant, ils jouirent du confort des hamacs et d'une nourriture fraîche. Le quatrième, à midi, alors que le fleuve s'était élargi au point qu'on ne voyait plus ses rives, ils distinguèrent à l'ouest les dômes bleus de Kabasas.

Kabasas, comme Coad, servait de dépôt commercial pour de vastes zones de l'arrière-pays. Et tout comme Coad, elle leur donna l'impression d'être un véritable nid d'intrigues. Les quais étaient bordés de magasins et d'entrepôts ; derrière, des rangées de bâtiments à arcades et colonnades, aux façades de plâtre beiges, grises, blanches ou bleu foncé, partaient à l'assaut des collines. Pour des raisons qu'Adam Reith ne parviendrait jamais à s'expliquer, tous ces édifices possédaient un mur incliné, vers l'extérieur ou l'intérieur, ce qui conférait à la cité un aspect curieusement irrégulier – en parfaite harmonie, soit dit en passant, avec le comportement de sa population. Les habitants de Kabasas étaient des gens minces et alertes, à la longue chevelure châtain, aux pommettes larges et aux yeux noirs étincelants. Les femmes étaient d'une beauté remarquable ; Zarfo s'empressa de mettre ses compagnons en garde : « Si vous attachez quelque valeur à votre vie, ne leur prêtez aucune attention ! Ne vous avisez même pas de les *regarder*, dussent-elles vous provoquer et vous aguicher ! Ici, à Kabasas, elles mènent un jeu bizarre. Au moindre soupçon d'admiration, elles se mettent à pousser des cris hystériques – et une centaine d'autres femmes enragées se précipitent aussitôt pour étriper le misérable.

— Hum, maugréa Reith. Et les hommes ?

— Si ça leur est possible, ils viennent à votre rescousse et rouent de coups ces mégères, à la plus grande satisfaction de tous, car c'est en vérité leur façon de se faire la cour. Un homme qui s'éprend d'une fille *commence* par la rosser, sans qu'il ne vienne à personne l'idée de s'en mêler. Si elle le trouve à son goût, elle revient le voir pour en redemander – et s'abandonner à lui quand il s'apprête à la retabasser. Telles sont les tristes règles de la galanterie en vigueur chez les Kabs.

— Je les trouve passablement contraignantes, fit le Terrien.

— Pour le moins. Et perverses, qui plus est. Mais ainsi vont les affaires de cœur à Kabasas. Je ne saurais trop vous conseiller de vous en remettre à moi pendant notre séjour. Pour commencer, permettez-moi de choisir l'auberge du *Dragon des mers* comme base d'opérations.

— Nous n'allons pas nous éterniser ici. Pourquoi ne pas aller directement au port, nous mettre en quête d'un navire susceptible de nous faire franchir le détroit de Parapan ? »

Zarfo tira sur son long nez noir. « Les choses ne sont jamais si simples ! À quoi bon nous priver du confort de l'auberge du *Dragon des mers* ? On pourrait y rester une semaine ou deux ?

— Tu comptes bien évidemment payer ta part, n'est-ce pas ? »

Les sourcils blancs de Zarfo se froncèrent brusquement. « Je n'ai guère de fortune, vous ne l'ignorez pas. Le moindre de mes sequins m'a coûté un dur labeur. Une fraternelle générosité devrait sceller le socle de l'entreprise commune qui est la nôtre.

— Nous allons passer la nuit à l'auberge du *Dragon des mers*, transigea Reith. Et quitter Kabasas demain. »

Le Lokhar émit un grognement lugubre. « Ma “place” m’interdit d’aller à l’encontre de vos désirs. Humph. Si je comprends bien, vous comptez vous rendre à Smargash, recruter sur place une équipe de techniciens, et poursuivre ensuite votre route jusqu’Ao Hidis ?

— Exactement.

— Eh bien, il va falloir agir avec prudence ! Je suggère de prendre un bateau pour traverser le Parapan ; une fois à Zara, il ne vous restera plus qu’à remonter le fleuve Ish. Vous n’avez pas perdu votre argent ?

— Certainement pas.

— Prenez-en bien soin. Les voleurs de Kabasas sont connus pour leur habilité ; ils se servent de lanières qui atteignent les neuf mètres de long. Vous voyez l’édifice qui domine la plage ? C’est l’auberge du *Dragon des mers* ! »

Ladite auberge était en vérité un établissement de prestige, avec de vastes salons et de belles chambres confortables. La décoration du restaurant évoquait un jardin sous-marin, même dans les grottes obscures où l’on servait les adeptes d’une secte locale qui refusaient de se montrer en public pendant l’acte de déglutition.

Reith commanda du linge frais au magasin de l’établissement, puis descendit prendre un bain dans la grande baignoire en terrasse. Quand il se fut bien récuré, on vint l’asperger de liquide tonifiant et le masser avec de la mousse parfumée. Après quoi il revêtit un peignoir de lin blanc et remonta dans sa chambre.

Sur son lit était assis un homme vêtu d’un costume bleu en bien piteux état. Reith écarquilla les yeux.

Helsse lui rendit son regard avec une expression indéchiffrable. Il ne faisait pas un mouvement, ne prononçait pas le moindre mot.

Un ange passa, en prenant son temps.

Reith recula lentement jusqu'au balcon, sur lequel il se tint fébrilement. Son cœur lui martelait la poitrine comme s'il avait vu un fantôme. Zarfo apparut alors, ses blancs cheveux flottant dans son dos ; il se dirigeait vers sa propre chambre.

Le Terrien lui fit signe d'approcher. « Viens, j'aimerais te faire voir quelque chose. » Il conduisit le Lokhar jusqu'à sa porte, qu'il entrebâilla, s'attendant à moitié à trouver la pièce vide. Mais Helsse n'avait pas bougé d'un pouce. « Serait-il fou ? s'enquit Zarfo dans un souffle. Il nous regarde en se moquant de nous, mais n'ouvre pas la bouche !

— Que faites-vous ici, Helsse ? lui demanda le Terrien. Que vous est-il arrivé ? »

Le conseiller se leva. Reith et Zarfo eurent un geste de recul involontaire. Il les regarda, l'ébauche d'un sourire sur ses lèvres, puis gagna le balcon et descendit l'escalier à pas lents. Helsse tourna alors la tête, leur révélant l'ovale blafard de son visage ; puis disparut, tel quelque spectre.

« Qu'est-ce que cela signifie ? » demanda Reith d'une voix éraillée.

Zarfo secoua la tête, pour une fois dépassé. « Encore un sale tour des Pnume.

— Peut-être aurions-nous dû le retenir ?

— Il serait resté s'il l'avait voulu.

— Mais je doute qu'il ait toute sa raison. »

Pour toute réponse, Zarfo se borna à hausser les épaules.

Reith s'approcha de la balustrade, embrassa la ville du regard. « Les Pnume savent donc précisément quelles chambres nous ont été attribuées !

— Tout voyageur qui descend le Jinga aboutit forcément à Kabasas, dit Zarfo avec irritation. S'il a deux sous de jugeote, il viendra en prendre une à l'auberge du *Dragon des mers*. Ça n'a rien d'une déduction particulièrement difficile. Voilà à quoi se résume l'omniscience des Pnume. »

Le lendemain, Zarfo quitta l'auberge seul, pour bientôt y revenir accompagné d'un individu courtaud au teint d'acajou qui boitillait d'une démarche arrogante, comme s'il portait des chaussures trop petites. Il avait un visage aussi torve que ridé, de petits yeux nerveux affublés d'un strabisme divergent. « Et voilà, déclara Zarfo avec grandiloquence, je mets à votre disposition le commodore Dobagq Hrostilfe, un homme sagace qui ne manquera pas de tout arranger. »

Jamais de toute sa vie le Terrien n'avait vu une aussi belle tête de vaurien.

« Hrostilfe est le commandant du *Pibar*, poursuivit Zarfo. Pour une somme dérisoire, il nous conduira à notre destination, fût-elle la lointaine côte de Vord.

— Combien demande-t-il pour traverser le détroit de Parapan ?

— Pas plus de cinq mille sequins… Incroyable, pas vrai ? » s'exclama le Lokhar.

Reith eut un rire dédaigneux. « Je n'ai plus besoin de ton aide, Zarfo. Il ne vous reste plus qu'à trouver une autre dupe, ton ami Hrostilfe et toi.

— Quoi ? Après toutes les épreuves qu'il m'a fallu endurer ? Alors que j'ai failli laisser ma vie dans cette cascade infernale ? »

Mais Reith avait déjà commencé à s'éloigner. Zarfo se mit à lui courir après, passablement déçu. « Vous avez commis une grave erreur, Adam Reith.

— Oui ! acquiesça le Terrien, la mine sévère. En faisant appel à tes services au lieu d'engager quelqu'un d'honnête.

— Qui ose mettre ainsi mon honnêteté en doute ? s'écria Zarfo, ivre d'indignation.

— Moi. Hrostilfe m'aurait loué son bateau pour cent sequins. Il t'en a demandé cinq cents, et tu lui as dit : "Pourquoi n'en tirerions-nous pas tous les deux profit ? Adam Reith est un homme crédule. Je lui donnerai un prix, et tout me reviendra au-delà de mille sequins." Alors : du balai. »

Le Lokhar se tordit tristement le nez. « Vous me causez un préjudice considérable. Je viens justement de faire la morale à Hrostilfe, qui m'a avoué son escroquerie. À présent, il demande pour son bateau… (Zarfo s'éclaircit la gorge)… douze cents sequins.

— Trois cents, et c'est mon dernier mot. »

Zarfo leva les bras au ciel et s'éloigna à grands pas. Quelques instants plus tard, Hrostilfe vint prier Reith d'aller inspecter le bateau avec lui. Le *Pibar* était un sémillant navire de douze mètres de long, propulsé par un réacteur électrostatique. La jouant à l'esbroufe, Hrostilfe accompagnait la visite de commentaires mi-menaçants, mi-plaintifs : « Un bâtiment en excellent état, et rapide avec ça ! Le prix que vous me proposez est ridicule. Que faites-vous de mes compétences, de mon *expérience* ? Vous avez la moindre idée du coût de l'énergie ? La traversée va mettre à plat une cellule énergétique – cent sequins que je ne peux pas me permettre de perdre. Vous allez devoir payer pour l'énergie et les vivres supplémentaires. J'ai beau être un homme généreux, je ne suis nullement en mesure de vous subventionner. »

Reith convint de prendre à sa charge la dépense en énergie, ainsi qu'une part raisonnable des frais de bouche, mais il refusa de payer pour l'installation de nouvelles citernes, d'un dispositif supplémentaire d'évacuation des eaux usées et de fétiches porte-bonheur de proue ; il insista en outre pour appareiller dès le lendemain, ce qui tira à Hrostilfe un gloussement méprisant. « Et pan dans l'œil du vieux Lokhar ! Il comptait bien tirer sa flemme une semaine ou davantage au *Dragon des mers*.

— Il peut y rester aussi longtemps qu'il le voudra, du moment qu'il paye. »

Hrostilfe pouffa de plus belle. « Voilà qui ne risque guère d'arriver. Bon, comment procède-t-on pour les provisions ?

— Je te charge de les acheter. Mais tu me présenteras une facture, que je ne manquerai pas de vérifier en détail.

— J'ai besoin d'une avance… Disons cent sequins.

— Me prendrais-tu pour un imbécile ? N'oublie pas que nous levons l'ancre demain !

— Le *Pibar* sera prêt », grommela le capitaine d'une voix morose.

Reith retourna à l'auberge, où il trouva Anacho sur la terrasse. Du doigt, l'Homme-Dirdir lui désigna une silhouette aux cheveux noirs adossée à la digue. « Helsse. Je l'ai appelé par son nom. Il n'a même pas paru m'entendre. »

Le conseiller tourna alors la tête ; son visage était d'une lividité cadavérique. Il regarda un instant les deux hommes, puis refit volte-face et s'éloigna d'un pas nonchalant.

Les voyageurs embarquèrent à midi. Hrostilfe les accueillit avec une certaine sécheresse. Le Terrien, sceptique, regarda autour de lui en se demandant ce qui pouvait bien donner au capitaine l'impression d'avoir pris le dessus sur lui. « Où sont les provisions ?

— Dans le carré principal. »

Reith alla examiner les colis et les caisses, pointa la facture, mais force lui fut de reconnaître que Hrostilfe ne l'avait pas volé sur la qualité de la marchandise, et ce à un prix raisonnable. Mais pourquoi n'avait-il pas entreposé le tout dans la cambuse ? Le Terrien essaya d'en ouvrir la porte, pour la découvrir verrouillée.

Intéressant... Il appela Hrostilfe. « Il vaudrait mieux les ranger dans la cambuse avant que ça commence à tanguer.

— Chaque chose en son temps ! répliqua le capitaine. Notre priorité, dans l'immédiat, c'est de tirer le meilleur parti des courants matinaux !

— Mais cela ne prendra qu'un instant ! Allez, ouvre la porte ; je vais m'en occuper moi-même. »

Hrostilfe fit un geste facétieux. « Il n'existe pas de marin plus méticuleux que moi. Tout doit être fait dans les règles. »

Zarfo, tout juste arrivé dans le carré, considéra la porte d'un air songeur. « Parfait, fit Reith. Agis donc à ta guise. » Le Lokhar s'apprêta à rétorquer quelque chose, mais le regard que lui jeta le Terrien lui clôt aussitôt les lèvres ; il se borna à hausser les épaules.

Hrostilfe sautillait agilement ici et là ; il largua les amarres, mit le propulseur en marche, et finit par s'installer aux commandes du navire. Le *Pibar* ne tarda pas à prendre la direction du large.

Reith discuta un instant avec Traz, qui alla se poster derrière Hrostilfe. L'adolescent souleva ostensiblement sa catapulte, y engagea un carreau, arma l'instrument, puis le réaccrocha nonchalamment à sa ceinture.

Hrostilfe grimaça. « Attention, mon garçon ! Ce n'est guère prudent de tenir ainsi une catapulte ! »

Mais Traz ne parut pas l'entendre.

Après avoir échangé quelques mots avec Zarfo et Anacho, Reith se rendit sur le pont avant, où il mit le feu à de vieux chiffons qu'il introduisit dans le conduit de ventilation de façon à enfumer la cambuse.

« Mais qu'est-ce que vous fabriquez ! s'emporta Hrostilfe. Vous voulez mettre le feu au bateau ? »

Reith fourra d'autres chiffons embrasés dans le ventilateur. Des profondeurs leur parvinrent une toux étouffée, des grommellements, puis des bruits de pas. Hrostilfe porta la main à sa sacoche – puis remarqua le regard acéré de Traz, et sa catapulte prête à tirer.

Reith les rejoignit d'un pas nonchalant. « Son arme se trouve dans sa sacoche », le prévint Traz.

Hrostilfe en demeura un instant pétrifié. Puis il fit un mouvement brusque, auquel Traz mit fin en levant promptement sa catapulte dans sa direction. Reith le soulagea de sa sacoche, qu'il tendit à l'adolescent, puis entreprit de fouiller le capitaine – récupérant ainsi deux dagues et un poignard dissimulés en divers endroits de sa personne. « Descends ouvrir la cambuse, lui dit-il. Tu diras à tes amis de sortir un par un. »

Pâle de rage, Hrostilfe échangea quelques menaces avec Reith, puis se résolut à descendre d'un pas claudiquant ouvrir la porte. Anacho et Zarfo désarmèrent les six ruffians qui sortirent un à un de la pièce, puis les firent monter sur le pont – où le Terrien les balança par-dessus bord.

La cambuse était enfin vide, abstraction faite de la fumée. Hrostilfe fut conduit sur le pont sans ménagement, où il se fit tout miel. « Tout ça peut s'expliquer ! C'est un stupide malentendu ! » Mais Reith refusa de l'écouter ; le capitaine rejoignit bientôt ses comparses par-dessus bord. Agitant le poing, beuglant des obscénités en direction des visages souriants qui le regardaient depuis le *Pibar*, il partit à la nage vers le rivage.

« Un poste de navigateur vient tout juste de se libérer, dit Reith. Dans quelle direction se trouve Zara ? »

Zarfo, bien moins bravache désormais, tendit un noir doigt noueux. « Par là, je pense. (Il se tourna vers la poupe, pour contempler les sept têtes qui s'agitaient à la surface de l'eau.) La cupidité des hommes, leur âpreté au gain – tout cela me dépasse. Voilà à quoi mène l'avarice ! (Il fit claquer sa langue, l'air moralisateur.) Enfin, ce fut là un regrettable incident, qui heureusement appartient désormais au passé. Et nous voilà aux commandes du *Pibar* ! En avant vers Zara, le fleuve Ish et Smargash ! »

12

La mer fut sereine tout au long de la première journée. Le temps fraîchit le lendemain, et le *Pibar* commença à danser sur les vagues. Le troisième jour, de sombres nuages s'amoncelèrent à l'ouest, d'où s'échappaient d'immenses éclairs. Le vent se mit à souffler en bourrasques. Deux heures durant, le navire roula, tangua ; puis la tempête s'éloigna, et le *Pibar* retrouva des eaux plus clémentes.

Le quatrième jour, la côte de Kachan se profila devant eux. Reith barra le *Pibar* de manière à le porter à la hauteur d'une barque de pêche, et Zarfo demanda à son occupant dans quelle direction se trouvait Zara. Le pêcheur, un vieil homme noueux aux oreilles ornées d'anneaux d'acier, la lui désigna sans prononcer un mot. Le *Pibar* reprit sa route, pénétrant dans l'estuaire de l'Ish au crépuscule. Les lumières de Zara scintillaient sur la rive occidentale, mais, sans raison de s'y arrêter, le navire continua de remonter le fleuve vers le sud.

Az la rose se reflétait sur l'eau ; la nuit durant le *Pibar* poursuivit sa route. L'aube dévoila à ses passagers des rives florissantes, le long desquelles se dressaient des rangées de majestueux arbres ocre. Puis la contrée se fit de plus en plus aride, et pendant quelque temps le fleuve serpenta à travers un chaos de flèches d'obsidienne. Le lendemain, un groupe apparut sur la rive, des hommes de haute taille revêtus de longues capes noires que Zarfo identifia comme étant des membres de la tribu des Niss. Ils regardèrent passer le *Pibar* sans faire le moindre mouvement. « Une sale engeance, fit le Lokhar. Ils vivent dans des trous comme des molosses nocturnes – et d'aucuns considèrent ces derniers comme plus miséricordieux ! »

Vers la fin de l'après-midi, des dunes de sable se rapprochèrent dangereusement du cours d'eau ; Zarfo insista pour jeter l'ancre en eau profonde pour la nuit. « Devant nous, ce n'est que bancs de sable et hauts-fonds. On ne manquerait pas de s'échouer – alors que les Niss nous ont presque certainement suivis. Ils en profiteraient pour nous arraisonner.

— Ne vont-ils pas nous attaquer si nous restons à l'ancre ?

— Non. Ils craignent les eaux profondes et ne se servent jamais d'embarcations. Une fois à l'ancre, nous serons autant en sécurité que si nous nous trouvions déjà à Smargash. »

La nuit était claire ; Az comme Braz traversaient lentement le ciel de l'antique Tschaï. Sur la berge, les Niss allumèrent hardiment des feux et y firent cuire leur repas ; plus tard s'éleva de leur camp un concert sauvage de violons et de tambourins. Des heures durant, les voyageurs observèrent leurs silhouettes agiles danser autour des brasiers. Bras ballants, les sauvages ne cessaient de bondir, la tête tantôt levée tantôt baissée, de se balancer, de tourbillonner en tapant du pied.

Au matin, tous avaient disparu. Le *Pibar* traversa sans incidents les hauts-fonds, pour atteindre en fin de journée un village protégé des intrusions des Niss par un alignement de pieux à chacun desquels était enchaîné un squelette enveloppé dans une cape noire pourrissante. Zarfo déclara alors qu'ils ne pouvaient voyager plus loin par le fleuve. Smargash se trouvait encore à quelque cinq cents kilomètres plus au sud, et, pour y parvenir, il fallait franchir une région désertique constellée de montagnes escarpées et de ravins. « À partir de là, on va devoir voyager en caravane, et emprunter la vieille route de Sarsazm jusqu'à Hamil Zut, au pied des plateaux de Lokhara. Ce soir, j'irai à la chasse aux informations, pour trouver la solution la plus avantageuse. »

Il resta toute la nuit à terre, ne réembarquant que le lendemain matin pour aussitôt annoncer qu'à la suite d'un intense marchandage, il avait troqué le *Pibar* contre des places de première classe dans la caravane qui se rendait à Hamil Zut.

Reith se livra à un bref calcul. Cinq cents kilomètres ? Deux cents sequins par personne au maximum… soit huit cents pour eux quatre. Le *Pibar* en valait dix mille, même à un prix bradé. Il dévisagea Zarfo, qui lui rendit candidement son regard. « Tu te rappelles le différend que nous avons eu à Kabasas ?

— Bien sûr ! Depuis ce jour, l'injustice de vos sous-entendus ne cesse de me ronger.

— Eh bien, en voici un de plus ! Quel supplément as-tu demandé – et reçu – pour le *Pibar* ? »

Zarfo eut une grimace attristée. « J'avais bien évidemment gardé cette bonne nouvelle pour la fin.

— Combien ?

— Trois mille sequins, grommela le Lokhar. Ni plus, ni moins. Je considère ça comme une somme honnête dans le coin. C'est loin d'être une fortune. »

Reith ne cilla pas. « Où est l'argent ?

— Le règlement aura lieu quand nous serons descendus à terre.

— Et quand la caravane doit-elle partir ?

— Incessamment. D'ici un jour ou deux. Je connais une auberge correcte où nous pourrons passer la nuit.

— Fort bien ; partons tout de suite récupérer l'argent. »

À la grande surprise de Reith, le sac que l'aubergiste remit à Zarfo contenait exactement trois mille sequins. Le Lokhar renifla avec amertume, puis alla commander un pot de bière dans la taverne.

Trois jours plus tard, la caravane – un convoi de douze chariots motorisés, dont quatre équipés de gicle-sable – partit en direction du sud. La route de Sarsazm traversait un paysage impressionnant : des gorges et de profonds précipices, le lit d'une ancienne mer à sec, de hautes montagnes au loin, de bruissantes forêts de pourpriers et de fougères noires. Des Niss se montraient à l'occasion, mais ils gardaient leurs distances. Au soir du troisième jour, la caravane s'installa aux abords de Hamil Zut, une sinistre petite agglomération composée d'une centaine de huttes en torchis et d'une douzaine de tavernes.

Le lendemain matin, après que Zarfo eut loué des bêtes de trait, du matériel, et recruté deux guides, les voyageurs s'engagèrent sur la piste qui montait à l'assaut des plateaux de Lokhara.

« Nous allons traverser une région sauvage, les prévint-il. On y rencontre des bêtes dangereuses à l'occasion, donc gardez vos armes à portée de main. »

La piste était escarpée, et le terrain effectivement sauvage. À plusieurs reprises, ils aperçurent des karyans dans les rochers, parfois debout sur deux pattes, parfois affalés sur les six qu'ils possédaient. En une occasion, ils croisèrent la route d'un reptile à tête de tigre, tellement occupé à dévorer une carcasse qu'il les laissa passer sans les attaquer.

Trois jours après avoir quitté Hamil Zut, les voyageurs pénétrèrent en pays lokhara, un gigantesque haut plateau ; Smargash leur apparut au beau milieu de l'après-midi. Zarfo se tourna alors vers Reith. « Il m'apparaît, comme certainement à vous, que nous nous sommes lancés dans une entreprise pour le moins délicate.

— C'est bien mon opinion.

— Les gens du coin ne sont guère hostiles aux Wankh, un étranger pourrait facilement avoir la langue un peu trop bien pendue.

— Et donc ?

— Je ferais peut-être mieux de me charger de la sélection du personnel.

— Entendu. Mais tu me laisses m'occuper des questions financières.

— À votre guise », grommela Zarfo.

La région était à présent devenue une terre opulente, bien irriguée, et peuplée de paysans. À l'instar de Zarfo, les hommes avaient la peau teinte en noir ou tatouée, et une crinière de cheveux blancs. L'épiderme des femmes, en revanche, était d'une blancheur de craie, et leur chevelure intégralement noire. Celle des enfants était soit blanche soit noire, en fonction de leur sexe, mais leur peau avait uniformément la teinte de la poussière dans laquelle ils jouaient.

La route qui longeait la rive sous d'antiques pourpriers majestueux était bordée de petites maisons nichées au milieu de la végétation. Zarfo poussa un interminable soupir. « Regardez-moi : le travailleur émigré est de retour chez lui ! Mais avec quelle fortune ? Comment pourrais-je acheter ma petite maison au bord du fleuve ? La pauvreté m'a contraint à emprunter de bien étranges détours ; il m'a fallu m'associer avec un fanatique au cœur de pierre, qui prend plaisir à contrarier les espoirs d'un aimable vieillard ! »

Reith ne prêta aucune attention à ses jérémiades ; et bientôt, ils entrèrent dans Smargash.

13

Reith s'était installé dans le petit salon de la maisonnette cylindrique qu'il avait louée ; celui-ci donnait sur la grand-place de Smargash, où les jeunes passaient une bonne partie de leur temps à danser.

Face à lui, installés dans des fauteuils en osier, se trouvaient cinq hommes de Smargash à la crinière blanche – les rescapés des vingt candidats que Zarfo avait passés au crible. En ce milieu d'après-midi, des danseurs sautillaient à l'extérieur, virevoltaient au rythme des bandonéons, des clochettes et des tambourins.

Le Terrien n'expliqua à ses hôtes qu'une partie de ses projets – il n'osait tout leur dévoiler : « Vous vous trouvez ici, messieurs, parce que vous pouvez peut-être m'apporter votre concours pour l'entreprise risquée que j'ai en tête. Zarfo Detwiler vous a laissé entendre qu'il y avait une importante somme d'argent en jeu ; c'est la vérité, quand bien même nous échouerions. Dans le cas contraire – et j'estime assez bonnes nos chances de réussir –, vous attend une fortune suffisante pour tous vous satisfaire.

Ce sera dangereux, vous pouvez vous en douter, mais nous ferons en sorte de réduire les risques au minimum. Si quiconque parmi vous préfère ne pas tenter une telle aventure, c'est le moment pour lui de partir. »

Le plus âgé du groupe, un dénommé Jag Jaganig, spécialiste des systèmes de commande, prit alors la parole : « On aurait bien du mal à vous répondre par oui ou par non pour l'instant. Aucun de nous ne refuserait de ramener chez lui un sac rempli de sequins, mais on ne voudrait pas non plus se lancer dans une entreprise impossible sans un minimum de garanties.

— Vous voulez davantage d'informations ? (Reith dévisagea ses interlocuteurs.) C'est parfaitement naturel. Mais je refuse de mettre dans la confidence de simples curieux. Que tous ceux qui ne sont *vraiment* pas disposés à participer à une aventure périlleuse, mais aucunement désespérée, se fassent connaître. »

Un léger malaise parcourut le groupe qui lui faisait face, mais personne ne dit mot.

Reith attendit quelques instants avant de poursuivre : « Parfait ; vous devez vous engager à garder le secret. »

Les hommes de Smargash prononcèrent alors le terrible serment des Lokhars. Zarfo leur arracha à chacun un cheveu, s'en servit pour confectionner une tresse qu'il s'empressa d'enflammer. Chacun inspira la fumée. « Nous voilà tous liés, nous ne formons plus qu'un ; si l'un de nous trahit son serment, les autres lui régleront son compte. »

Impressionné par un tel rituel, Reith n'eut dès lors plus le moindre scrupule à aller droit au but.

« Je connais l'emplacement exact d'une véritable fortune, ailleurs que sur la planète Tschaï. Nous avons besoin d'un astronef et d'un équipage capable de le piloter. Je me propose d'en réquisitionner un à la base spatiale d'Ao Hidis ; et vous, messieurs, en serez l'équipage. Pour vous convaincre de ma santé mentale et de ma bonne foi, je verserai à chacun d'entre vous cinq mille sequins le jour du départ. Et vous toucherez tous une somme identique en cas d'échec.

— Ce seront les survivants qui la toucheront, maugréa Jag Jaganig.

— Si nous réussissons, enchaîna Reith, dix mille sequins vous feront l'effet de dix clairs. Voilà le genre d'aventure dont je parle ici. »

Les Lokhars s'agitèrent dubitativement dans leurs fauteuils. Jag Jaganig se fit de nouveau le porte-parole de ses compagnons : « À nous cinq, nous formons certes le noyau d'un équipage compétent, au moins pour un Zeno, ou un Kud, voire un petit Kadant. Mais se mesurer aux Wankh n'est pas une mince affaire.

— Ou, pis encore, aux Hommes-Wankh, grommela Zorofim.

— Pour autant que je m'en souvienne, fit pensivement Thadzeï, la sécurité est assez lâche. Si surprenant soit-il, ce plan me semble réalisable – à condition que le vaisseau en question soit en état de marche.

— Ah ! s'exclama Belje. Dans ce “à condition” réside la clé de notre succès ou de notre échec !

— Il y a un risque, bien sûr, le railla Zarfo. Vous n'espérez quand même pas empocher la mise pour rien ?

— L'espoir fait vivre…

— Supposons que nous parvenions à nous emparer de cet astronef, fit Jag Jaganig. Faut-il s'attendre à d'autres périls ensuite ?

— Aucun.

— Qui sera le navigateur ?

— Moi, répondit Reith.

— Sous quelle forme se présente ce trésor ? s'enquit Zorofim. S'agit-il de joyaux ? De sequins ? De métaux précieux ? D'antiquités ? D'essences précieuses ?

— Je préfère ne pas entrer dans les détails. Tout ce que je peux vous assurer, c'est que vous ne serez pas déçus. »

La discussion se poursuivit, abordant sans ambages tous les aspects de l'aventure. Des solutions alternatives furent proposées, débattues – et repoussées. Personne ne semblait considérer les risques comme excessifs, ni douter de l'aptitude du groupe à manœuvrer un astronef. Mais personne ne faisait non plus preuve d'enthousiasme. Ce fut encore à Jag Jaganig de faire le point sur la situation : « Nous sommes perplexes, dit-il à Reith. Nous ne comprenons pas ce que vous cherchez à accomplir. Ces trésors sans limites nous laissent sceptiques. »

— Écoutez-moi bien, intervint alors Zarfo. Adam Reith a ses défauts, ce n'est pas moi qui prétendrai le contraire. Il est entêté, maladroit, aussi rusé qu'un Zut – et peut se montrer impitoyable lorsqu'on se dresse contre lui. Mais c'est un homme de parole. S'il affirme qu'il existe quelque part un trésor à notre portée, il n'y a pas à discuter là-dessus. »

Au bout d'un moment, Belje grommela : « C'est sans espoir ! *Sans espoir !* Qui voudrait connaître la vérité des boîtes noires ?

— Non, répliqua Thadzeï, ça n'a rien d'infaisable. C'est risqué, assurément – mais que les démons emportent les boîtes noires !

— Je suis prêt à courir ce risque, trancha Zorofim.

— Moi aussi, dit Jag Jaganig. Personne n'est immortel, pas vrai ? »

Belje finit par céder à son tour, et par se déclarer partant. « Quand allons-nous nous mettre en route ?

— Dès que possible, répondit Reith. L'attente a tendance à me rendre nerveux.

— Et à augmenter les chances que quelqu'un d'autre ne s'empare du trésor avant nous, hein ? s'exclama Zarfo. Ce qui serait fort dommage !

— Accordez-nous trois jours pour mettre l'affaire au point, fit Jag Jaganig.

— Et les cinq mille sequins ? demanda Thadzeï. Pourquoi ne pas distribuer l'argent tout de suite ? Nous en aurons peut-être l'usage. »

L'hésitation de Reith ne dura pas plus d'un dixième de seconde. « Dans la mesure où je vous demande de me faire confiance, je dois moi aussi me fier à vous. » Et à la stupéfaction des Lokhars, il leur donna à chacun cinquante sequins pourpres d'une valeur unitaire de cent sequins blancs.

« Parfait ! s'écria Jag Jaganig. Et n'oubliez pas : la discrétion la plus absolue s'impose ! Il y a des espions partout. Je me méfie en particulier d'un mystérieux étranger vêtu comme un Yao qui réside à l'auberge.

— Quoi ? s'exclama Reith. S'agit-il d'un jeune homme brun très élégant ?

— Précisément. Il contemple la piste de danse sans prononcer un seul mot. »

Reith, Zarfo, Anacho et Traz se rendirent à l'auberge. Dans la pénombre de la pièce commune se trouvait Helsse, qui regardait sombrement droit devant lui ; à l'extérieur, de jeunes garçons à la peau noire et aux cheveux blancs caracolaient sous la lumière fauve du soleil en compagnie de jeunes filles à la peau blanche et aux cheveux noirs.

« Helsse ! » lui lança Reith.

L'interpellé ne tourna même pas la tête.

Le Terrien s'approcha de lui. « Helsse ! »

Le conseiller tourna enfin lentement la tête ; ses yeux ressemblaient à des lentilles de verre noir.

« Dites quelque chose, le pressa Reith. Parlez-moi, Helsse ! »

L'autre ouvrit la bouche, poussa une espèce de croassement sinistre. Le Terrien recula. Helsse le toisa avec indifférence, puis retourna à sa contemplation de la piste de danse et des collines indistinctes au-delà.

Reith rejoignit ses compagnons ; Zarfo lui remplit une pinte de bière. « Alors, c'est quoi son problème, au Yao ? Est-il devenu fou ?

— Je l'ignore. Peut-être simule-t-il la folie. À moins qu'il ne soit sous hypnose. Ou qu'on l'ait drogué. »

Zarfo s'octroya une généreuse rasade de bière, puis essuya la mousse qui s'était déposée sur son nez. « Le Yao nous en serait peut-être reconnaissant si on réussissait à le guérir.

— Certainement, dit Reith. Mais comment faire ?

— Pourquoi ne pas faire appel aux services d'un rebouteux dugbo ?

— Je te demande pardon ? »

Zarfo braqua son pouce en direction de l'est. « Il y a un camp dugbo à la périphérie de la ville – un peuple paresseux, vêtu de loques et de haillons, qui s'adonne au vol et au vice. Ainsi qu'à la musique, par-dessus le marché. Ils vénèrent des démons, et leurs rebouteux accomplissent des miracles.

— Tu penses donc qu'ils pourraient guérir Helsse ? »

Zarfo finit sa bière. « S'il simule, je vous garantis que ça ne durera pas longtemps. »

Reith haussa les épaules. « Nous n'avons rien de mieux à faire pendant un jour ou deux.

— Tu m'ôtes les mots de la bouche. »

Le rebouteux était un petit bonhomme grêle, vêtu de haillons bruns, chaussé de bottes en cuir non traité. Il arborait des yeux noisette lumineux, et des cheveux roux tressés en trois chignons graisseux. Les pâles cicatrices qui striaient ses joues semblaient danser lorsqu'il parlait. Si les besoins de Reith ne parurent nullement le surprendre, il examina avec une curiosité clinique l'indifférence sardonique de Helsse, qui s'était affalé dans un fauteuil de rotin.

Le Dugbo examina ses yeux, ses oreilles, hocha la tête comme si ce qu'il avait vu confirmait ses soupçons. Après avoir adressé un signe à l'adolescent obèse qui lui servait d'assistant, il posa ses mains ici et là sur le corps de Helsse, tandis que le garçon tenait sous son nez un flacon rempli d'une essence noire. Le corps de l'ex-conseiller ne tarda pas à se relâcher dans le fauteuil. Le rebouteux alluma de l'encens, dont il agita la fumée devant les narines de son sujet. Accompagné d'un air de flûte nasillard joué par son assistant, il entonna ensuite à l'oreille de Helsse une mélopée pleine de mots secrets. Après quoi il glissa une boulette d'argile dans sa main ; l'envoûté se mit à la pétrir fébrilement, puis commença à grommeler quelques paroles indistinctes.

Le Dugbo se tourna vers Reith. « Un simple cas de possession. Vois comme les démons s'échappent de ses doigts pour pénétrer dans l'argile. Tu peux lui parler, si tu veux. Doucement, mais avec autorité. Il te répondra.

— Helsse, fit le Terrien, décris-moi tes rapports avec Adam Reith.

— Adam Reith est venu à Settra, lui répondit l'ancien conseiller d'une voix égale. Des rumeurs l'avaient précédé, mais elles se sont révélées bien éloignées de la vérité. Un heureux hasard a voulu qu'il vienne au Palais du Jade bleu, mon poste d'observation personnel, où je l'ai pour la première fois rencontré. Et puis Dordolio est arrivé, il s'est mis dans une fureur noire, il a calomnieusement accusé Adam Reith d'appartenir à un "culte", de s'imaginer originaire du lointain Monde originel. J'en ai discuté avec Adam Reith, pour n'en tirer que des propos confus. Pour les éclairer par "acquiescement", la troisième des Dix Techniques, je l'ai conduit au quartier général du "culte", pour m'y retrouver contredit. Un courrier nous a alors pris en filature – un nouveau venu à Settra. Je n'ai malheureusement pas pu exécuter la "diversion dramatique", la sixième des Dix Techniques. Adam Reith l'a tué, puis s'est emparé d'un message d'importance inconnue – il ne m'a pas laissé l'examiner, et il aurait été malvenu d'insister. Je l'ai alors adressé à un Lokhar, toujours en vertu de la technique d'"éclaircissement par acquiescement" – qui s'est révélée un fort mauvais choix : le Lokhar a déchiffré une bonne partie du message. C'est moi qui ai ordonné l'Assassinat de Reith. La tentative a échoué. Reith et sa bande sont partis au sud. J'ai reçu pour instructions de l'accompagner et de découvrir ses mobiles. Nous avons fini par atteindre le fleuve Jinga, qu'on a descendu à bord d'un bateau. Sur une île… » Helsse poussa un cri étranglé et s'écroula en arrière, le corps rigide secoué de convulsions.

Le rebouteux agita de la fumée devant son visage et lui pinça le nez. « Reviens à l'état de “calme”, et restes-y tant que je te tiendrai le nez ; c'est là une injonction absolue. Bon, réponds aux questions qu'on te pose, à présent.

— Pourquoi espionnes-tu Adam Reith ? lui demanda le Terrien.

— J'y suis contraint ; mais ça ne m'empêche nullement d'apprécier ma tâche.

— Qu'est-ce qui t'y contraint ?

— Tous les Hommes-Wankh doivent servir la Destinée.

— Oh ! Tu es un Homme-Wankh ?

— Oui. »

Reith s'étonna de ne pas y avoir pensé plus tôt. Tsutso et les Hoch Hars ne s'y étaient quant à eux pas trompés. *« Si vous aviez été des Yao*, lui avait dit Tsutso, *les choses ne se seraient pas passées aussi bien. »*

Le Terrien considéra ses compagnons d'un air lugubre, puis poursuivit l'interrogatoire : « Pourquoi les Hommes-Wankh ont-ils des espions au pays de Cath ?

— Ils surveillent le cycle du “rond” ; ils se méfient d'une éventuelle résurrection du “culte”.

— Pourquoi ?

— C'est une affaire de stase. Les conditions actuelles sont optimales. Tout changement ne pourrait que dégrader les choses.

— Tu as accompagné Adam Reith jusqu'à une île des marais. Qu'est-il arrivé là-bas ? »

Helsse laissa échapper un nouveau croassement, puis retomba en transe. Le rebouteux lui tordit le nez.

« Comment as-tu fait pour te rendre à Kabasas ? » insista Reith.

Mais l'ex-conseiller était redevenu inerte. Le Terrien lui tortilla lui-même le nez. « Explique-nous pourquoi tu ne peux pas répondre à ces questions. »

Helsse demeura silencieux. Il semblait pourtant conscient. Le rebouteux lui souffla de la fumée au visage ; Reith lui tordit une fois encore le nez – ce faisant, il remarqua que ses yeux partaient dans des directions opposées. Le Dugbo se leva, commença à ranger son matériel. « C'est fini. Il est mort. »

Le regard de Reith passa successivement du praticien à Helsse. « À cause de l'interrogatoire ?

— La fumée pénètre à l'intérieur de la tête. Parfois, le sujet survit – souvent, à vrai dire. Celui-ci est mort rapidement ; vos questions ont fait éclater son sensorium. »

Le soir suivant était clair et venteux ; des nuages de poussière tourbillonnaient au-dessus de l'aire de danse abandonnée. Des hommes enveloppés de capes grises entrèrent dans la maisonnette que Reith avait louée. Des lampes tamisées éclairaient faiblement la pièce, dont les fenêtres avaient été obturées ; la conversation se déroula à voix contenues. Zarfo déploya une vieille carte sur la table, posa un épais doigt noir dessus. « On peut rejoindre la côte et la suivre vers le sud, mais on se retrouvera alors en plein territoire niss. On peut aussi contourner Sharf par l'est jusqu'au lac Falas, mais ça rallongerait considérablement le trajet. Ou alors on peut mettre directement le cap au sud, traverser les Provinces Perdues, franchir les monts Infnets et poursuivre jusqu'à Ao Hidis. C'est la route la plus directe – et la plus logique.

— Il n'y a aucun moyen de dénicher un aéroglisseur ? » s'enquit Reith.

Belje, le moins enthousiaste de tous les aventuriers, secoua la tête. « Les choses ne sont plus ce qu'elles étaient du temps de ma jeunesse. À l'époque, tu aurais pu faire ton choix entre une demi-douzaine de modèles. Il n'y en a plus un seul à présent. Sequins et aéroglisseurs sont tout aussi difficiles à obtenir l'un que l'autre. Mais bon, tant que les premiers nous font défaut, nous n'avons pas l'usage des seconds.

— Comment allons-nous voyager ?

— Nous allons prendre un chariot motorisé jusqu'à Blalag, où il nous sera peut-être possible de louer un moyen de transport quelconque pour rallier les monts Infnets. Ensuite, nous n'aurons d'autre choix que de continuer à pied. Les anciennes routes méridionales ont été détruites et oubliées. »

14

Blalag, l'antique capitale lokhar, se trouvait à trois jours de Smargash. Après avoir traversé une plaine aussi venteuse que désolée, les voyageurs trouvèrent refuge dans une auberge crasseuse, où ils parvinrent à dénicher un moyen de transport jusqu'à une bourgade de montagne, Derduk, située au cœur des Infnets. Le trajet leur prit près de deux jours, dans des conditions pour le moins précaires. À Derduk, on ne put mettre à leur disposition qu'une baraque délabrée, au grand dam des Lokhars. Mais le tenancier, un vieillard à la langue bien pendue, mit à cuire une grande marmite pleine de venaison et de baies sauvages, ce qui apaisa les esprits.

À partir de là, la route se résumait à une piste désaffectée. Aux aurores, ce fut un groupe passablement maussade qui repartit à pied. La journée durant, ils progressèrent dans une contrée d'arêtes rocheuses, de champs de décombres et d'éboulis. Un vent glacé se mit à souffler au coucher du soleil, au moment où ils atteignirent un petit lac de montagne au bord duquel ils passèrent la nuit. L'étape du lendemain s'acheva devant un immense ravin, qui leur coûta toute la journée suivante. Ils campèrent sur la rive de la rivière Desidea, qui se jetait plus loin à l'est dans le lac Falas ; leur sommeil fut troublé par d'inquiétants glapissements et des cris presque humains, dont les rochers répercutaient l'écho.

Au matin, plutôt que d'entreprendre l'ascension de la face sud du ravin, ils suivirent la rivière Desidea – pour bientôt tomber sur une brèche au-delà de laquelle se déployait une haute savane.

Pendant deux jours encore, les aventuriers poursuivirent en direction du sud, jusqu'à enfin atteindre les ultimes remparts des Infnets. Au tomber de la nuit, des lumières se mirent à scintiller au loin. « Ao

Hidis ! » s'écrièrent les Lokhars, avec un soulagement mêlé d'appréhension.

Cette nuit-là, autour du minuscule feu de camp, on parla longuement des Wankh et des Hommes-Wankh. Les Lokhars tenaient unanimement les seconds en horreur. « Même les Hommes-Dirdir, malgré toute leur érudition et leurs rodomontades, ne se montrent jamais aussi jaloux de leurs prérogatives », déclara Jag Jaganig.

Anacho éclata d'un rire désinvolte. « Du point de vue des Hommes-Dirdir, les Hommes-Wankh sont à peine supérieurs aux autres sous-races, quelles qu'elles soient.

— Il faut quand même reconnaître quelque chose à ces gredins, fit Zarfo, ils comprennent les harmoniques wankh. Je suis moi-même un homme plein de ressources, plutôt perspicace ; pourtant, en vingt-cinq ans, je n'ai réussi à apprendre que les accords signifiant “oui”, “non”, “stop”, “en avant”, “vrai”, “faux”, “bon” et “mauvais”. C'est là une véritable prouesse de leur part, je dois bien l'admettre.

— Allons donc ! grommela Zorofim. Ils sont nés comme ça, voilà tout. Ils entendent des harmoniques dès l'instant où ils viennent au monde ; ça n'a rien d'une prouesse extraordinaire.

— N'empêche qu'ils en tirent le meilleur parti, répliqua Belje avec une nuance d'envie dans la voix. Rendez-vous compte : ils ne travaillent pas, ils n'ont pas de responsabilités sinon de servir d'intermédiaires entre les Wankh et le monde de Tschaï, et ils vivent dans l'opulence et le confort.

— Et Helsse ? lança le Terrien, visiblement perplexe. Un Homme-Wankh passant sa vie à espionner…

Qu'espérait-il accomplir ? Quels intérêts wankh était-il chargé de protéger à Cath ?

— Des intérêts wankh ? Aucun. Mais rappelle-toi : les Hommes-Wankh sont opposés au changement, car une quelconque modification du *statu quo* ne pourrait se faire qu'à leur désavantage. Quand un Lokhar commence à comprendre les harmoniques wankh, on s'empresse de le renvoyer. Qui sait ce que les Hommes-Wankh redoutent au pays de Cath ? » Et sur ce, Zarfo approcha ses mains des flammes pour les réchauffer.

La nuit s'écoula lentement ; à l'aube, Reith braqua son sondoscope en direction d'Ao Hidis, mais le brouillard rendait la visibilité presque nulle.

Rendus maussades par la tension et le manque de sommeil, les voyageurs reprirent leur route vers le sud, en se tenant autant à couvert que possible.

La cité se révéla peu à peu à leurs yeux. Reith repéra le quai où le *Vargaz* avait déchargé sa cargaison – comme cela lui semblait loin ! Il localisa également la route qui traversait le marché, pour ensuite longer le spatiodrome au nord. Depuis son éminence, la ville lui paraissait tranquille, presque sans vie. Les hautes tours noires des Hommes-Wankh se miraient sombrement dans les eaux. Cinq astronefs trônaient sur l'aire de décollage, à la vue de tous.

À midi, l'expédition atteignit la crête qui dominait Ao Hidis. À travers son sondoscope, le Terrien étudia le spatiodrome avec le plus grand soin, qui se trouvait à présent directement sous ses pieds. À gauche étaient regroupés les ateliers de réparation, près desquels se trouvait la carcasse d'un astronef délabré, toute sa machinerie à nu, entourée d'échafaudages.

Un autre vaisseau, le plus proche d'eux, se résumait apparemment à une coque vide abandonnée. Quant aux trois autres astronefs, il était impossible de se faire une idée de leur état, mais les Lokhars les estimèrent tous utilisables. « C'est une simple question d'habitude, dit Zorofim. Quand un vaisseau est désarmé pour une révision, on le déplace à proximité des ateliers. Ces trois unités sont en simple transit dans la "zone de chargement".

— Il y aurait donc potentiellement trois astronefs susceptibles de prendre l'air ? »

Les Lokhars en doutaient fort.

« Parfois, lui expliqua Belje, on effectue des réparations mineures dans la "zone de chargement".

— Tu vois le fourgon technique à côté de la rampe d'accès ? demanda Thadzeï. Il est chargé de pièces et de caisses, qui doivent certainement provenir d'un des trois astronefs de la "zone de chargement". »

Il s'agissait de deux petits appareils commerciaux et d'un vaisseau de ligne. Les Lokhars penchaient pour les premiers, qui leur étaient plus familiers. Reith, pour sa part, estimait l'autre plus adapté à ses desseins. Les Lokhars commencèrent à se disputer à son sujet, Zorofim et Thadzeï y voyant un astronef standard équipé d'une coque spécialisée, Jag Jaganig et Belje ayant pour leur part la conviction qu'il s'agissait soit d'un nouveau modèle, soit d'un astronef standard considérablement modifié : dans les deux cas, cela ne manquerait pas d'occasionner diverses difficultés.

Le groupe passa le reste de la journée à étudier le spatiodrome, à observer l'activité des ateliers et la circulation sur la route. Au milieu de l'après-midi, une aéromobile noire vint se poser devant le vaisseau de ligne – manifestement pour une opération de transbordement. Un peu plus tard, des mécaniciens lokhars montèrent à bord avec une caisse de tubes énergétiques – signe évident, à en croire Zarfo, que l'appareil s'apprêtait à décoller.

Le soleil s'enfonça dans la mer. Les voyageurs contemplaient en silence les astronefs qui se trouvaient à moins de quatre cents mètres d'eux, presque à portée de main. Mais la question demeurait : lequel des trois vaisseaux de la « zone de chargement » leur offrait-il le maximum de chances de réussite ? Un consensus se forma autour des astronefs marchands – seul Jag Jaganig afficha sa préférence pour le vaisseau de ligne.

Les nerfs de Reith étaient à présent tendus à se rompre. Son sort allait se décider dans les quelques heures à venir, et *beaucoup* trop de paramètres échappaient à son contrôle. Vraiment curieux, que ces astronefs bénéficient d'une surveillance aussi lâche ! D'un autre côté, dans quel cerveau malade l'idée d'en voler un aurait-elle pu germer ? Cela faisait sans doute plus d'un millénaire que personne ne s'y était essayé – pour peu que cela soit jamais arrivé.

Le crépuscule tomba sur le paysage ; le petit groupe entreprit de descendre le flanc de la montagne. Des projecteurs illuminaient les magasins, l'atelier de réparation, le dépôt situé à l'arrière de la zone de chargement. Le reste du terrain demeurait plus ou moins dans l'ombre.

Le groupe se précipita au pied de la colline, traversa une zone marécageuse et atteignit l'enceinte du spatiodrome, où ils attendirent cinq bonnes minutes, tous les sens aux aguets. Un silence de mort régnait dans les magasins. Quelques ouvriers travaillaient encore dans l'atelier.

Reith, Zarfo et Thadzeï partirent en reconnaissance. Pliés en deux, ils coururent jusqu'à la coque laissée à l'abandon, pour se dissimuler dans l'ombre qu'elle projetait.

Des machines vrombissaient dans l'atelier. Une voix cria quelque chose d'inintelligible dans le dépôt. Les trois compagnons attendirent dix minutes supplémentaires. De longs écheveaux de lumière étaient apparus dans la ville derrière le spatioport ; quelques reflets jaunes scintillaient dans les tours des Hommes-Wankh, de l'autre côté du port.

Le silence finit par se faire dans l'atelier ; apparemment, les ouvriers étaient sur le point de partir. Reith, Zarfo et Thadzeï traversèrent le terrain en évitant les zones éclairées. Ils refirent halte une fois devant le premier des petits vaisseaux marchands, tous les sens aux aguets ; pas un bruit, pas la moindre sonnerie d'alarme. Zarfo et Thadzeï allèrent ouvrir l'écoutille d'accès et s'introduisirent à l'intérieur, tandis que Reith montait la garde, le cœur battant.

Dix interminables minutes s'égrenèrent. De l'intérieur de l'appareil lui parvenaient des bruits furtifs, et à une ou deux reprises il y distingua une lueur fugitive, ce qui ne fit qu'accroître sa nervosité.

Les Lokhars réapparurent enfin. « Rien à faire, grogna Zarfo. Pas d'air, pas d'énergie. Essayons l'autre. »

Tous trois franchirent en hâte les bandes d'ombre et de lumière qui les séparaient du second astronef ; une fois encore, Zarfo et Thadzeï montèrent à bord en laissant Reith jouer les sentinelles. Les Lokhars revinrent presque aussitôt. « Il est en cours de réparation, rapporta Zarfo d'une voix lugubre. C'est de ses cales que provenaient les caisses de pièces détachées. »

Ils se tournèrent vers le vaisseau de ligne. « Ce n'est pas un modèle standard, grommela Zarfo. Mais les instruments – et leur agencement – nous seront peut-être familiers.

— Allons jeter un coup d'œil à l'intérieur », dit Reith. Soudain, une intense lumière se répandit sur le terrain. La première pensée de Reith fut qu'on les avait découverts, mais le faisceau se braqua sur le vaisseau de ligne. À l'entrée du terrain apparut un véhicule surbaissé, qui vint lentement s'immobiliser devant l'astronef ; de nombreuses silhouettes sombres mirent alors pied à terre. L'éclat aveuglant empêcha le Terrien de déterminer précisément leur nombre. Sans crier gare, les silhouettes s'engouffrèrent alors à l'intérieur du vaisseau d'un pas lourd.

« Des Wankh, murmura Zarfo. Ils sont en train d'embarquer.

— Le vaisseau doit donc être prêt à partir, fit le Terrien. Une chance qu'on ne peut pas se permettre de louper !

— C'est une chose de voler un astronef vide, objecta le Lokhar. C'en est une autre d'affronter une demi-douzaine de Wankh, et peut-être aussi des Hommes-Wankh.

— Qu'est-ce qui te fait dire qu'il y a des Hommes-Wankh à bord ?

— Les lumières. Les Wankh projettent des radiations, et se servent de l'écho qui leur revient pour se guider. »

Un léger bruit s'éleva dans leur dos. Reith fit aussitôt volte-face, pour y découvrir Traz. « On commençait à s'inquiéter, fit l'adolescent. Ça fait un sacré moment que vous êtes partis.

— Retourne chercher les autres. Si jamais l'occasion se présente, nous allons monter à bord du vaisseau de ligne. C'est le seul astronef en état de marche. »

Traz disparut dans les ténèbres. Cinq minutes plus tard, le groupe au grand complet s'était réuni dans l'ombre du vaisseau.

Une demi-heure s'écoula. Des silhouettes se déplaçaient en ombres chinoises à l'intérieur de l'astronef, s'y livrant à des activités dont le sens échappait totalement aux hommes fébriles occupés à débattre à voix basse des possibilités qui leur étaient offertes. Fallait-il tenter de prendre d'assaut le vaisseau immédiatement ? Il semblait vraiment sur le point de décoller. Pareille action ressemblait néanmoins par trop à une manœuvre désespérée ; il fut donc décidé de s'en tenir à la prudence, et de retourner dans les montagnes jusqu'à ce qu'une occasion plus propice se présente. Au moment même où le groupe se préparait à repartir, plusieurs Wankh émergèrent du vaisseau et retournèrent d'un pas chaloupé à leur véhicule, qui démarra presque aussitôt. La lumière brillait toujours à l'intérieur de l'astronef, mais plus rien n'y bougeait.

« Je vais aller y jeter un coup d'œil », déclara Reith. Il s'élança au pas de course, suivi de ses compagnons. Ils gravirent la rampe d'accès, pénétrèrent par une écoutille dans le carré principal, qu'ils découvrirent inoccupé. « Tout le monde à son poste, ordonna Reith. Décollage immédiat !

— Si on y arrive », grommela Zorofim.

Traz poussa soudain un cri d'avertissement. Reith se retourna : un Wankh était entré dans le carré – et leur jetait des regards aussi stupéfaits que désapprobateurs. C'était une créature à la peau noire, un peu plus grande qu'un homme, au torse massif, à la tête ramassée affublée de deux lentilles noires qui clignotaient plusieurs fois par seconde. Ses jambes courtaudes s'achevaient par des pieds palmés ; elle n'avait ni armes ni le moindre instrument ; à dire vrai, elle ne portait *rien* – aucun vêtement, aucun harnachement. D'un organe situé à la base de son crâne fusèrent quatre accords résonnants qui, considérant les circonstances, semblaient plutôt mesurés. Reith avança d'un pas, lui désigna un canapé d'un geste impératif ; le Wankh demeura immobile, les yeux braqués sur les Lokhars qui s'activaient à vérifier les moteurs, les réserves énergétiques, la soute à vivres, l'oxygène – puis parut finalement comprendre de quoi il retournait. Il fit un pas en direction du sas de sortie ; Reith lui barra le chemin et tendit à nouveau un doigt vers le siège. Le Wankh le dominait de toute sa taille ; ses yeux vitreux ne cessaient de clignoter. De nouveau s'élevèrent des harmoniques, plus péremptoires que jamais.

Zarfo fit son retour dans le carré. « Tout est en ordre de marche. Mais, ainsi que je le craignais, il s'agit d'un modèle qui sort de l'ordinaire.

— Est-ce qu'on pourra décoller ?

— Il va d'abord falloir s'assurer qu'on sait ce qu'on fait – ce qui peut prendre plusieurs minutes, comme plusieurs heures.

— On ne peut donc pas laisser le Wankh partir.

— Ennuyeux », fit Zarfo.

Le Wankh bondit brusquement en avant. Reith le repoussa, lui montra son pistolet. La créature poussa un son grave, auquel Zarfo répondit par une espèce de gazouillis ; elle battit aussitôt en retraite.

« Qu'est-ce que tu lui as dit ? s'enquit Reith.

— J'ai juste produit le son signifiant "danger". Il a l'air d'avoir compris.

— Je préférerais qu'il s'asseye. Ça me rend nerveux de le voir debout.

— Les Wankh ne s'assoient pratiquement jamais », rétorqua Zarfo, qui se mit en devoir de refermer le sas.

L'attente se prolongea. De divers endroits du vaisseau leur parvenaient des appels et des exclamations proférés par les Lokhars. Sur les conseils du Terrien, Traz alla prendre place dans le dôme d'observation, pour surveiller les alentours. Le Wankh demeurait parfaitement impassible, ignorant apparemment quelle attitude adopter.

L'astronef se mit à vibrer ; les lumières vacillèrent, faiblirent, puis retrouvèrent tout leur éclat. Zarfo vint jeter un nouveau coup d'œil dans le carré. « On a réussi à mettre les machines en marche. Si maintenant Thadzeï parvient à comprendre la configuration des commandes…

— La voiture est de retour, le coupa la voix de Traz. Les projecteurs viennent d'être rallumés, pour éclairer le terrain. »

Thadzeï traversa le carré au pas de course, s'empressa de s'installer devant le pupitre de commande. Il en examina jusqu'aux derniers recoins, sous les exhortations de Zarfo à se hâter. Après avoir confié à Anacho la tâche de surveiller le prisonnier, Reith alla rejoindre Traz dans le dôme d'observation. La voiture, qui avait ralenti, s'arrêta devant le vaisseau.

Zarfo désignait successivement divers cadrans sur le tableau de bord. Thadzeï hocha dubitativement la tête, puis poussa une série de pistons. Dans un concert de vibrations, l'astronef commença à s'élever dans les airs ; Reith sentit l'accélération sous ses pieds. Il allait *enfin* quitter Tschaï ! Thadzeï effectua quelques réglages ; le vaisseau piqua aussitôt du nez, obligeant le Terrien à se cramponner à une épontille ; le Wankh perdit quant à lui l'équilibre et s'affala sur le canapé, où il demeura prudemment. Des profondeurs de l'engin montaient les jurons tonitruants des Lokhars.

Sitôt revenu sur la passerelle, Reith vint se poster aux côtés de Thadzeï, qui testait éperdument toutes les commandes les unes après les autres. « Est-ce qu'il est équipé d'un système de pilotage automatique ?

— Il doit y en avoir un, quelque part. Je n'arrive pas à localiser le système d'engagement. Ce ne sont pas *du tout* des commandes standard.

— Tu sais ce que tu fais, au moins ?

— Non. »

Reith laissa son regard errer sur la sombre face de Tschaï. « Aussi longtemps qu'on *monte*, ça devrait aller.

— Si j'avais une heure devant moi, gémit Thadzeï. Rien qu'une heure ! Je pourrais identifier les circuits. »

Jag Jaganig surgit alors dans le carré sans crier gare, pour aussitôt se mettre à protester avec véhémence. « Je fais de mon mieux ! rétorqua Thadzeï.

— Eh bien, ça ne suffit pas ! Nous allons nous écraser !

— Pas encore, répondit Thadzeï d'une voix empreinte de gravité. Je vois là un levier que je n'ai pas encore essayé. » Il le tira ; l'astronef fit une embardée inquiétante, puis fila à toute vitesse en direction de l'est. Les Lokhars poussèrent de nouveau cris d'angoisse. Thadzeï poussa le levier dans sa position originelle ; le vaisseau retrouva un équilibre précaire. « Je n'ai jamais rien vu de tel ! » grommela Thadzeï d'une voix tremblante.

Reith colla ses yeux au sabord, pour n'y voir que les ténèbres. « Mille pieds… fit Zarfo d'une voix calme. Neuf cents… »

Thadzeï s'acharnait sur les commandes avec l'énergie du désespoir. Le vaisseau fit une nouvelle embardée, puis fila en direction de l'est. « Remonte ! hurla Zarfo. Remonte ! On va s'écraser ! »

La descente s'interrompit. « Ma foi, fit Thadzeï, cette manette doit certainement activer les répulseurs. » Il tira dessus. De l'arrière leur parvint un craquement sinistre, suivi d'une explosion assourdie. Les Lokhars poussèrent un gémissement plaintif. Zarfo ne quittait pas l'altimètre des yeux. « Cinq cents pieds… quatre cents… trois cents… deux cents… cent… »

Contact : un bruit d'éclaboussures, des mouvements de roulis, puis le silence. L'astronef flottait, apparemment intact, sur des eaux inconnues. Le détroit de Parapan ? L'océan Schanizade ? Reith leva les bras au ciel en un geste fataliste. Il était de nouveau captif de Tschaï.

Il se précipita dans le carré. Le Wankh se tenait immobile, telle une statue. Rien ne trahissait les émotions qui l'agitaient – si tant est qu'il en éprouvât.

Le Terrien se rendit dans la salle des machines. Jag Jaganig et Belje contemplaient un panneau carbonisé d'un air abattu. « Il y a eu une surtension, expliqua le second. Les circuits ont sûrement fondu, de même que les redresseurs.

— C'est réparable ? »

Belje eut un soupir lugubre. « Oui… à condition d'avoir à bord des outils et des pièces de rechange.

— Et de disposer d'assez de temps », ajouta Jag Jaganig.

De retour dans le carré, Reith se laissa tomber sur un canapé et contempla sombrement le Wankh. Son plan avait presque réussi… *presque*. Il se sentait anéanti, ivre de fatigue – et ses compagnons devaient certainement éprouver la même chose. S'obstiner sans prendre un peu de repos ne leur servirait à rien. Il se leva, rassembla tout le monde. Des tours de garde furent établis ; ceux qui n'étaient pas de faction s'affalèrent sur les canapés pour essayer de dormir un peu.

Az traversa le ciel nocturne, poursuivie par Braz. L'aube leur révéla un plan d'eau placide, que Zarfo identifia comme étant le lac Falas. « Et jamais il n'aura été plus utile ! » s'exclama-t-il.

Reith sortit sur le dos de l'épave pour examiner les alentours à travers son sondoscope. Au sud, à l'est comme à l'ouest s'étendaient des eaux brumeuses. Au nord, par contre, le Terrien distingua une côte basse vers laquelle se dirigeait justement l'astronef, poussé par une petite brise du sud. Le Terrien redescendit à l'intérieur. Les Lokhars, qui avaient soulevé un panneau technique, discutaient sans enthousiasme entre eux des dégâts que l'appareil avait subis. Leur attitude donnait à Reith toutes les informations dont il avait besoin.

Dans le carré, il trouva Anacho et Traz occupés à ronger des boules de pâte noire entourées d'une croûte blanche qu'ils avaient dénichées dans un placard. Reith en proposa une au Wankh, qui ne réagit pas. Il se résolut donc à la goûter lui-même, lui trouvant un goût de fromage. Zarfo ne tarda pas à le rejoindre, et à confirmer ses appréhensions : « Ce n'est pas réparable. Toute une batterie de cristaux a été détruite. Et il n'y a pas de pièces de rechange à bord. »

Reith hocha tristement la tête. « Je m'y attendais.

— Qu'est-ce qu'on va faire ?

— Dès que les vents nous auront poussés jusqu'au rivage, nous retournerons à Ao Hidis pour faire une nouvelle tentative.

— Et le Wankh ?

— On va lui rendre sa liberté. Il n'est pas question de l'assassiner.

— C'est une erreur, grommela Anacho. Mieux vaudrait tuer cette bête répugnante.

— Pour votre information, intervint Zarfo, la principale citadelle wankh, Ao Khaha, borde le lac Falas. On ne doit pas en être très loin. »

Le Terrien ressortit de l'épave. Le rivage se trouvait à moins d'un kilomètre. Derrière la première bande de végétation s'étendait un marécage. Mettre pied à terre dans ce bourbier ne les avancerait guère – il se réjouit donc de constater que le vent avait tourné : il poussait à présent l'astronef vers l'ouest, peut-être aidé par des courants paresseux. Tournant son sondoscope en direction de la côte, il y distingua une série de promontoires et de saillies irrégulières.

De l'intérieur lui parvint un bruit de protestations, suivi par un martèlement de pas pesants. Le Wankh émergea du sas, Anacho et Traz sur ses talons. Il fixa Reith une demi-seconde de ses yeux clignotants, le temps d'enregistrer son image, puis se tourna progressivement vers l'horizon. Sans même laisser au Terrien le temps de l'en empêcher – pour peu qu'il en fût capable –, il se mit à courir de sa démarche caractéristique, s'approcha du bord et plongea. Reith eut une vision fugitive de sa sombre peau humide, puis le Wankh disparut dans les profondeurs du lac.

Le Terrien eut beau longuement scruter la surface, jamais la créature ne s'y montra à nouveau. Une heure plus tard, alors qu'il vérifiait l'avancée des travaux sur la coque, il braqua une fois encore son sondoscope en direction de la côte ; à sa grande consternation, il comprit alors que ce qu'il avait pris pour des rochers escarpés était en réalité les tours de verre noir d'une imposante cité-forteresse wankh. De désespoir, il pointa l'instrument sur les marécages qui s'étendaient au nord.

Des touffes d'herbe blanche se dressaient, semblables à des verrues, sur la vase noire des flaques stagnantes. Reith sortit chercher de quoi construire un radeau, sans rien trouver d'utile. Les canapés étaient scellés à l'infrastructure, leur rembourrage s'effritait lorsqu'on essayait de l'arracher – et il n'y avait aucun canot de sauvetage à bord. Reith retourna donc sur le pont, en s'interrogeant sur la suite à donner aux événements. Les Lokhars le rejoignirent, mornes silhouettes engoncées dans leurs sarraus couleur de blé. Le vent repoussait en arrière leurs cheveux blancs, révélant des visages noirs aux méplats accusés.

Reith se tourna vers Zarfo. « Tu sais de quelle ville il s'agit, là-bas ?

— Ce doit être Ao Khaha.

— Quel sort nous y attend, si jamais on nous capture ?

— La mort. »

La matinée s'écoula ; vers midi, le soleil dissipa enfin la brume qui dissimulait l'horizon, et les tours d'Ao Khaha apparurent distinctement.

Le vaisseau ne passa pas inaperçu. Sur les eaux bordant la cité apparut une chaloupe, qui s'en approcha en tissant derrière elle un blanc sillage d'écume. Reith l'observa au sondoscope. Une douzaine d'Hommes-Wankh, étrangement semblables, se tenaient sur le pont – minces, aussi pâles que des cadavres, la mine sévère, voire pour certains ascétique. Le Terrien envisagea un instant de leur opposer une farouche résistance – voire d'essayer de s'emparer de l'embarcation. Pour finalement renoncer à pareille tentative, presque certainement vouée à l'échec.

Les Hommes-Wankh arraisonnèrent l'épave. Sans prêter la moindre attention à Reith, Traz ou Anacho, ils s'adressèrent directement aux Lokhars : « Tout le monde dans la chaloupe. Est-ce que vous transportez des armes ?

— Non, grommela Zarfo.

— Alors, dépêchez-vous. (Ils remarquèrent alors Anacho.) Quoi ? Un *Homme-Dirdir* ? (Ils poussèrent de petits gloussements de surprise. Vint ensuite le tour de Reith.) Et celui-ci ? À quelle race appartient-il ? En voilà un équipage hétéroclite ! Bon, tout le monde dans la chaloupe ! »

Les Lokhars s'exécutèrent les premiers, l'échine basse, conscients de ce qui les attendait. Reith, Traz et Anacho leur emboîtèrent le pas.

« Vous tous ! Alignez-vous sur le plat-bord, le dos tourné. » Et les Hommes-Wankh produisirent leurs armes de poing.

Les Lokhars se résolurent à obéir. Reith ne s'était pas attendu à une exécution générale aussi sommaire. Furieux d'avoir renoncé à résister, il s'écria : « Allons-nous les laisser nous tuer si facilement ? Vendons chèrement notre peau !

— Plus vite que ça ! ordonnèrent sèchement les Hommes-Wankh. Sans quoi nous vous réservons un sort plus terrible encore ! Tout le monde sur le plat-bord ! »

L'eau se mit à écumer à proximité de la chaloupe. Une silhouette noire déchira paresseusement la surface et émit quatre harmoniques plaintives. Les Hommes-Wankh se raidirent ; des rictus de mécontentement leur déformaient les traits. Ils firent signe aux prisonniers. « Demi-tour. Retournez dans le cockpit. »

La chaloupe repartit en direction de la forteresse noire, bruissant des grommellements des Hommes-Wankh. Elle passa derrière un brise-lames, s'amarra magnétiquement à un quai. Une fois les captifs descendus à terre, le groupe franchit la poterne d'Ao Khaha.

15

Des surfaces de verre noir, des murs nus, des angles, des blocs, des masses de ciment noir : la négation de toute forme organique. Pareille architecture ne manquait pas d'étonner le Terrien par son abstraction et sa sévérité extraordinaires. Les prisonniers furent parqués dans un cul-de-sac fermé sur trois côtés par de noires murailles. « Halte ! ordonnèrent les Hommes-Wankh. Restez là où vous êtes ! »

Les captifs n'eurent d'autre choix que de s'exécuter : de mauvaise grâce, ils firent halte et s'alignèrent.

« Vous boirez à ce robinet, et ferez vos besoins dans cette bassine. Ne faites pas de bruit, et tenez-vous tranquilles. » Puis les Hommes-Wankh s'éloignèrent, les laissant sans surveillance.

« Ils ne nous ont même pas fouillés ! s'exclama Reith avec stupéfaction. J'ai encore mes armes.

— La poterne n'est pas loin, fit Traz. Rien ne nous oblige à attendre qu'ils reviennent nous exécuter.

— Jamais nous ne l'atteindrons, soupira Zarfo.

— Il faudrait donc rester là, docilement, comme du bétail ?

— C'est exactement ce que je compte faire, lança Belje tout en jetant un regard mauvais au Terrien. Jamais plus je ne reverrai Smargash, mais je peux encore espérer garder la vie sauve. »

Zorofim éclata d'un rire épais. « Dans les mines ?

— Je ne les connais que par ouï-dire.

— Personne n'en revient jamais. Les Pnume et les Pnumekin s'amusent à y tendre des embuscades, à y jouer d'horribles tours aux malheureux qui s'avisent d'y mettre les pieds. Si on ne nous exécute pas d'emblée, nous finirons de toute façon dans les mines.

— Voilà où mènent cupidité et déraison ! se lamenta Belje. Je te tiens pour unique responsable de notre sort, Adam Reith !

— Silence, poltron, lui lança Zarfo d'une voix sans chaleur. Personne ne t'a obligé à venir. La faute nous incombe – nous devrions même lui présenter nos plus plates excuses. Il a cru pouvoir compter sur notre savoir ; nous avons surtout fait étalage de notre incompétence.

— Nous avons tous fait de notre mieux, rétorqua le Terrien. L'opération était risquée, nous avons échoué ; c'est aussi simple que ça. Quant à tenter de s'évader… Je doute fort qu'ils nous laissent sans surveillance, libres d'aller et venir où nous voulons. »

Jag Jaganig poussa un petit grognement maussade. « N'en soyez pas si sûr ; les Hommes-Wankh nous considèrent comme des animaux. »

Reith se tourna vers Traz, dont la sagacité ne manquait pas de l'étonner à l'occasion. « Serais-tu capable de retrouver le chemin de la poterne ?

— Je ne sais pas. Nous n'avons pas suivi une route directe. Il y a eu beaucoup de tours et de détours. Et tous ces édifices me désorientent.

— Alors, mieux vaut rester là… À force d'argumenter, il nous reste une minuscule chance de nous sortir de ce pétrin. »

L'après-midi finit par céder la place à une nuit interminable, qu'Az et Braz peuplèrent de formes et d'ombres fantasmagoriques. L'aube glaciale trouva les prisonniers ankylosés et affamés. L'indifférence de leurs geôliers ne faisait qu'accroître leur nervosité ; même les plus craintifs des Lokhars lançaient des coups d'œil hors de l'impasse et s'interrogeaient sur l'emplacement de la poterne qui s'ouvrait dans le rempart de verre noir.

Reith persistait à prêcher la patience : « Nous n'y arriverons jamais. Tel que je vois les choses, notre seul espoir réside dans une improbable clémence des Wankh à notre égard.

— Pourquoi devraient-ils se montrer indulgents ? ricana Thadzeï. Ils pratiquent une justice expéditive – la même que nous réservons aux insectes nuisibles. »

Jag Jaganig n'était pas moins pessimiste : « Jamais nous ne nous retrouverons en présence des Wankh. S'ils épargnent les Hommes-Wankh, c'est uniquement parce qu'ils leur servent d'intermédiaires avec le reste de Tschaï.

— Nous verrons bien », rétorqua Reith.

Les heures passèrent. Les Lokhars restaient prostrés contre le mur, apathiques. Traz, comme d'habitude, gardait un sang-froid impressionnant. Reith, qui l'observait, ne pouvait s'empêcher de se demander où il puisait une telle force d'âme. Était-ce un trait de caractère inné ? Du fatalisme ? Ou bien la personnalité d'Onmale, l'emblème qu'il avait si longtemps arboré, avait-elle à jamais gravé son empreinte dans l'âme du jeune homme ?

Mais d'autres problèmes se posaient avec davantage d'urgence. « Cette attente n'est certainement pas fortuite, lança à Anacho un Reith rongé par l'inquiétude. Elle a forcément un objectif. Est-ce qu'ils cherchent à nous démoraliser ?

— Je connais des moyens plus efficaces d'y parvenir, dit l'Homme-Dirdir, aussi maussade que le reste de ses compagnons d'infortune.

— Est-ce qu'ils attendent un fait nouveau ? Lequel ? »

Une question à laquelle Anacho ne sut que répondre.

Trois Hommes-Wankh apparurent un peu plus tard dans l'après-midi. L'un d'eux, affublé de jambières d'argent et d'un médaillon étincelant qui pendait à son cou au bout d'une chaîne, avait l'air d'être un personnage important. Sourcils levés, il considéra les captifs avec un mélange d'amusement et de désapprobation, comme s'il avait affaire à des enfants désobéissants. « Qui parmi vous fait office de chef ? » demanda-t-il d'une voix autoritaire.

Reith s'avança, avec autant de dignité qu'il pouvait en rassembler. « C'est moi.

— Toi ? Mais tu n'es pas un Lokhar ! Qu'espérais-tu donc accomplir ?

— Puis-je demander qui va juger notre délit ? »

La question prit l'Homme-Wankh au dépourvu. « Un jugement ? Qu'est-ce qui mériterait d'être jugé ? La seule question qui se pose – et elle est mineure – a trait à vos mobiles.

— Je ne puis te suivre sur ce terrain, rétorqua Reith d'une voix raisonnable. Nous ne sommes coupables que d'un simple vol ; c'était par *accident* que le Wankh se trouvait à bord.

— Un Wankh ! Sais-tu de *quel* Wankh il s'agit ? Non, bien sûr ! C'est un savant du niveau le plus élevé, un Maître originel.

— Et il veut savoir pourquoi nous nous sommes emparés de son astronef ?

— Et alors ? Cela ne te regarde pas. Contente-toi de me le dire, et je lui transmettrai l'information ; car telle est ma fonction.

— Je serai ravi de le faire – en sa présence, et, je l'espère, dans un lieu plus approprié que cette impasse.

— *Zff !* Quelle insolence ! Réponds-tu au nom d'Adam Reith ?

— En effet.

— Et tu as récemment visité Settra, au pays de Cath, où tu as rejoint la secte dite des "Ardents Attentistes" ?

— Tes renseignements sont inexacts.

— Peut-être, mais nous voulons quand même savoir pourquoi tu as volé un astronef.

— Reste dans le coin quand je discuterai avec le Maître originel. C'est une affaire complexe, et je ne doute pas qu'il me posera des questions auxquelles je ne pourrai répondre à la légère. »

L'Homme-Wankh tourna les talons, écœuré.

« Il a raison, marmonna Zarfo, tu ne manques pas d'aplomb ! Mais que gagnerais-tu à discuter avec le Wankh ?

— Je n'en sais rien, mais ça vaut le coup d'essayer. Je soupçonne les Hommes-Wankh de ne leur rapporter que ce qui sert leurs objectifs.

— Ce n'est un secret pour personne, sauf pour les Wankh.

— Comment est-ce possible ? Est-ce de la naïveté de leur part ? ou du détachement ?

— Ni l'un ni l'autre. Ils n'ont pas d'autres sources d'information, et les Hommes-Wankh s'arrangent pour maintenir ce *statu quo*. Les Wankh s'intéressent fort peu aux affaires de Tschaï ; ils sont simplement là pour contrer la menace dirdir.

— Bah, fit Anacho, cette "menace" n'est qu'un mythe. Ça fait des millénaires que les Expansionnistes ont disparu.

— Alors, pourquoi les Wankh ont-ils toujours peur des Dirdir ? demanda Zarfo.

— Une méfiance mutuelle ; quoi d'autre ?

— Une antipathie naturelle. Les Dirdir sont des êtres insupportables. »

Anacho, vexé, s'écarta du groupe. Zarfo éclata de rire. Reith secoua la tête d'un air désapprobateur.

« Je vais te donner un conseil, Adam Reith, reprit le Lokhar. Ne braque pas les Hommes-Wankh, car tu ne t'en sortiras pas sans leur concours. Lèche-leur les bottes, aplatis-toi devant eux, courbe l'échine – au moins t'épargneras-tu ainsi quelque malveillance de leur part.

— Je ne suis pas assez fier pour refuser de me soumettre – mais je doute fort que ça puisse servir à quoi que ce soit dans pareilles circonstances. Notre seul espoir, c'est de forcer notre chance… et il m'est venu une idée ou deux susceptibles de nous tirer d'affaire, pour peu que je puisse parler avec le Wankh.

— Ce n'est pas de cette manière que tu triompheras des Hommes-Wankh, soupira Zarfo. Ils ne diront au Wankh que ce qu'ils jugent bon de lui dévoiler – et tu ne t'en rendras même pas compte.

— Ce que j'aimerais, c'est aboutir à une situation où seule la vérité fera sens, où toute autre affirmation apparaîtra clairement comme un mensonge. »

Zarfo secoua la tête avec perplexité, puis alla boire au robinet. Cela faisait près de deux jours que personne n'avait rien mangé, se rappela alors le Terrien ; rien d'étonnant à ce que ses compagnons soient apathiques, irascibles.

Trois Hommes-Wankh apparurent alors. Le dignitaire qui s'était précédemment entretenu avec Reith ne se trouvait pas parmi eux. « Suivez-nous, et en ordre ; formez une ligne parfaite.

— Où allons-nous ? » voulut savoir le Terrien. Sans obtenir la moindre réponse.

Le groupe marcha cinq bonnes minutes dans des rues tortueuses, traversa des cours irrégulières hérissées d'angles tantôt aigus tantôt obtus, passa devant des saillants inattendus ; les rares percées ne leur permettaient de voir que des ombres épaisses, ou, parfois, l'éclat évanescent de Carina 4269. Enfin, ils entrèrent dans le rez-de-chaussée d'une tour, où ils empruntèrent un ascenseur qui les mena trente mètres plus haut, dans une vaste salle octogonale.

La pénombre y régnait. Au plafond était suspendu un volumineux renflement lenticulaire rempli d'une eau brassée par un ventilateur ; le liquide en mouvement faisait vibrer la lumière sur les murs. Des sonorités tremblantes s'élevaient ici et là, à peine audibles – des arpèges soupirants, des dissonances complexes n'ayant qu'un lointain rapport avec la musique. Les murs étaient tachés, décolorés, ce que Reith trouva étrange – jusqu'au moment où, regardant plus attentivement ces traces, il s'avisa qu'il s'agissait d'idéogrammes wankh fourmillant de détails. Chacun d'eux, songea-t-il, représentait une harmonique – et chaque harmonique constituait l'équivalent sonore d'une image visuelle. Quel art hautement abstrait !

La salle était vide. Le groupe attendit en silence que les accords presque inaudibles aient fini d'arpenter leur conscience sous le ruissellement ambré des reflets réfractés du soleil.

Le Terrien entendit Traz émettre un hoquet de surprise ; ce n'était guère dans ses habitudes. Il se retourna. L'adolescent désignait quelque chose du doigt. « Regarde là-bas ! »

Posté dans une alcôve se trouvait Helsse, la tête penchée en une attitude de sombre rêverie. Son aspect avait radicalement changé : il portait le noir costume des Hommes-Wankh, et ses cheveux étaient coupés ras. Où était passé le suave jeune homme dont Reith avait fait la connaissance au Palais du Jade bleu ? Le Terrien dévisagea Zarfo. « Tu m'as dit qu'il était mort !

— Parce que j'en étais persuadé ! Nous avons déposé son corps dans le funérarium – dont il avait disparu le lendemain matin. On a cru qu'il avait reçu une petite visite des molosses nocturnes.

— Helsse ! s'écria Reith. Par ici ! C'est Adam Reith ! »

Helsse tourna la tête dans sa direction ; le Terrien se demanda comment il avait bien pu le prendre pour autre chose qu'un Homme-Wankh. L'ancien conseiller de Cizante s'avança à pas lents, un vague sourire aux lèvres. « Et voici le triste dénouement de vos exploits, dit-il.

— La situation n'est pas encourageante, reconnut Reith. Pouvez-vous nous aider ? »

Helsse haussa les sourcils. « Pourquoi ferais-je une chose pareille ? Je vous trouve personnellement déplaisant, dépourvu d'humilité ou d'élégance. Vous m'avez infligé un *millier* d'affronts. Votre attachement au "culte" est répugnant ; et le fait d'avoir volé un vaisseau spatial avec un Originel à bord suffit à rendre votre requête absurde. »

Reith l'étudia quelques secondes. « Puis-je vous demander pour quelle raison vous vous trouvez ici ?

— Bien sûr. Pour fournir à qui de droit des informations sur votre compte – et sur vos activités. »

Le Terrien le considéra un instant. « Nous sommes donc à ce point importants ?

— Apparemment », répondit Helsse avec indifférence.

Quatre Wankh pénétrèrent dans la pièce, silhouettes massives et noires, et allèrent s'aligner contre le mur du fond. Helsse se redressa ; les autres Hommes-Wankh se turent. Il était évident que, quelle que soit leur attitude générale à l'endroit des Wankh, ils éprouvaient pour eux un profond respect.

Les prisonniers furent poussés en avant, alignés devant les Wankh. Une minute s'écoula, durant laquelle rien ne se produisit. Puis les Wankh échangèrent des harmoniques – de frêles sonorités étouffées qui se succédaient à une demi-seconde d'intervalle, apparemment inintelligibles même pour les Hommes-Wankh. Après un nouveau silence, les Wankh adressèrent à ces derniers de rapides triades de notes, qui évoquaient les trilles d'un xylophone – un langage simplifié, apparemment.

Le plus vieux des Hommes-Wankh fit un pas en avant, écouta, puis se tourna vers les prisonniers. « Lequel d'entre vous est le chef des pirates ?

— Personne, lui répondit Reith. Nous ne sommes pas des pirates. »

L'un des Wankh émit quelques harmoniques interrogatrices ; Adam Reith crut reconnaître en lui le Maître originel. L'Homme-Wankh, visiblement réticent, sortit un petit instrument à touches qu'il se mit à manipuler avec une stupéfiante dextérité.

« Dis-lui que nous regrettons les désagréments que nous lui avons causés, reprit le Terrien. Ce sont les circonstances qui nous ont contraints à le kidnapper.

— Tu n'es pas ici pour discuter, fit l'Homme-Wankh, mais pour nous fournir des renseignements. Après quoi aura lieu la procédure habituelle. »

Le Maître émit de nouvelles harmoniques, qui obtinrent réponse. « Qu'est-ce qu'il dit ? s'enquit Reith. Et qu'est-ce que tu lui as dit ?

— Ne parle que lorsqu'on s'adresse directement à toi. »

Ce fut au tour de Helsse de venir longuement jouer de son propre clavier. Reith sentait un mélange d'inquiétude et de frustration l'envahir. La situation lui échappait. « Qu'est-ce qu'il est en train de dire ?

— Silence.

— Informe au moins les Wankh que nous avons des arguments à présenter.

— Tu en seras informé si une déposition de ta part se révèle nécessaire. L'audience est presque terminée.

— Mais nous n'avons même pas eu l'occasion de nous expliquer !

— Silence ! Ton insistance nous offense ! »

Reith se tourna vers Zarfo. « Dis-lui quelque chose. N'importe quoi ! »

Le Lokhar gonfla ses joues. Tout en pointant les Hommes-Wankh du doigt, il émit à son tour une série de gazouillis. « Tais-toi ! lui ordonna sévèrement l'interprète. Cesse de nous interrompre.

— Qu'est-ce que tu lui as dit ? s'enquit Reith.

— J'ai crié : “Faux, faux, faux !” C'est tout ce que je sais dire. »

Le Maître se mit à pépier en désignant Reith et Zarfo. Le vieil Homme-Wankh, visiblement exaspéré, se résolut à traduire ses gazouillis : « Le Wankh veut savoir où vous comptiez commettre vos actes de piraterie – ou, plutôt, où vous aviez l'intention de vous rendre avec le vaisseau spatial.

— Tu ne traduis pas correctement, protesta Reith. Tu lui as bien précisé que nous n'étions pas des pirates ? »

Zarfo répéta les sons signifiant « Faux, faux, faux ! »

« Vous êtes à l'évidence des pirates, répliqua l'Homme-Wankh, ou des fous. » Il se tourna à nouveau vers le Maître et se remit à tapoter sur son clavier.

Reith, persuadé qu'il déformait ses propos, se tourna vers Helsse. « Qu'est-ce qu'il raconte ? Que nous ne sommes pas des pirates ? »

L'espion l'ignora ostensiblement.

Zarfo éclata alors d'un gros rire, à la stupéfaction de tous les présents. « Tu te souviens du rebouteux dugbo ? souffla-t-il à l'oreille de Reith. Pince-lui le nez !

— Helsse », fit le Terrien.

Celui-ci lui retourna un regard sévère. Reith s'avança pour lui tordre le nez. Le conseiller parut littéralement se *rigidifier*. « Dis au Wankh que je suis un homme de la Terre, le berceau de l'humanité, et que c'est uniquement pour rentrer chez moi que j'ai volé l'astronef. »

Helsse, en transe, joua une série de trilles sur son instrument, ce qui sema aussitôt le trouble parmi les Hommes-Wankh – preuve de la fidélité de sa traduction. Ses congénères commencèrent à protester, à noyer son discours sous leurs propres accords. Le Maître les réduisit au silence d'un trille bourdonnant.

Enfin, Helsse en termina.

« Dis-lui aussi que les Hommes-Wankh ont dénaturé mes paroles, lui ordonna alors Reith, qu'ils les falsifient délibérément afin de protéger leurs propres intérêts. »

Helsse se remit à pianoter sur son clavier. Les autres Hommes-Wankh se remirent à élever de bruyantes protestations – pour se faire une fois encore rabrouer.

Reith, qui s'animait de plus en plus, se décida à formuler l'une de ses conjectures, se jetant témérairement dans l'inconnu : « Dis-leur que les Hommes-Wankh ont détruit mon vaisseau spatial, tuant tout l'équipage à l'exception de moi-même. Dis-leur que notre mission n'avait rien d'hostile, que nous étions venus enquêter sur des signaux radio émis il y a cent cinquante années de Tschaï. À cette époque, les Hommes-Wankh ont bombardé les villes de Settra et de Ballisidre, desquelles émanaient lesdits signaux. L'opération s'est soldée par de lourdes pertes en vies humaines – et tout cela pour la même raison : empêcher l'émergence d'une nouvelle situation, qui aurait risqué de perturber le *statu quo* entre les Wankh et les Dirdir. »

Les clameurs des Hommes-Wankh suffirent à convaincre Reith que ses accusations avaient porté. Une fois encore, ils furent réduits au silence. Helsse arborait quant à lui l'air d'un homme estomaqué par ses propres actes.

« Dis-leur que les Hommes-Wankh se sont systématiquement employés à déformer la vérité. Qu'ils ont délibérément prolongé la guerre contre les Dirdir. Rappelle-toi : si le conflit avait pris fin, les Wankh seraient retournés sur leur planète natale, ce qui aurait laissé les Hommes-Wankh livrés à eux-mêmes. »

Helsse, livide, s'efforçait de lâcher son instrument, mais ses doigts refusaient de lui obéir. Il continua donc de jouer. Les autres Hommes-Wankh observaient à présent un silence de mort. C'était là l'accusation la plus révélatrice de toutes. « L'entrevue est terminée ! hurla leur porte-parole. Prisonniers, formez les rangs ! En avant, marche !

— Demande aux Wankh de leur ordonner de partir, souffla le Terrien à l'ex-conseiller, de sorte qu'on puisse communiquer sans interruption. »

Les traits du conseiller tressaillirent. Son front dégoulinait de sueur.

« Traduis mon message ! »

Helsse obtempéra.

Et le silence retomba. Les Hommes-Wankh contemplaient les Wankh avec appréhension.

Le Maître émit deux harmoniques.

Les Hommes-Wankh s'entretinrent à voix basse, pour finalement parvenir à une terrible décision : ils sortirent leurs armes et les braquèrent, non pas sur les captifs, mais sur les quatre Wankh. Reith et Traz se jetèrent sur eux, imités par les Lokhars, afin de les désarmer.

Le Maître produisit deux arpèges feutrés.

Helsse écouta, puis se tourna lentement vers Reith. « Il t'ordonne de me remettre l'arme que tu portes. »

Reith lui tendit son pistolet. Helsse le pointa sur les trois Hommes-Wankh, appuya sur la détente. Les trois hommes s'écroulèrent, la tête littéralement éclatée.

Les Wankh gardèrent un long moment le silence, le temps d'évaluer la situation. Puis ils quittèrent la salle, y laissant les ex-prisonniers, Helsse et les cadavres. Le Terrien ôta le pistolet des doigts froids de l'ancien conseiller avant qu'il ne s'avise de le réutiliser.

La pénombre s'épaississait à mesure que tombait le crépuscule. Reith scrutait Helsse en se demandant combien de temps son état d'hypnose allait persister. « Conduis-nous hors de la ville, lui ordonna-t-il.

— Venez. »

À travers la cité noire et grise, il les conduisit jusqu'à une petite porte d'acier, qu'il s'empressa de déverrouiller. Derrière se trouvait une arête rocheuse qui reliait la ville à l'arrière-pays.

Sitôt les fugitifs à l'air libre, Reith se tourna vers Helsse. « Je vais te toucher l'épaule. Dans dix minutes, tu retrouveras ton état normal – et tu ne te rappelleras rien de ce qui s'est passé au cours de l'heure écoulée. Tu as compris ?

— Oui. »

Le Terrien lui toucha l'épaule ; le groupe s'enfonça en hâte dans la pénombre. Juste avant qu'un pan de rocher ne les dissimule à la vue d'éventuels poursuivants, le Terrien jeta un coup d'œil par-dessus son épaule. Helsse, qui n'avait pas bougé de l'endroit où ils l'avaient laissé, les regardait partir avec dans les yeux un semblant de mélancolie.

16

Le groupe s'écroula dans une épaisse parcelle de forêt, totalement épuisé. Leurs estomacs criaient famine. À la lueur des deux lunes, Traz alla fouiller l'humus et finit par y découvrir une touffe d'herbe à pèlerin, dont ils firent leur premier repas en deux jours. Un peu revigorés, les fugitifs se remirent en marche à travers l'obscurité. Au terme d'une interminable ascension, ils atteignirent le faîte d'un promontoire, où ils se retournèrent pour contempler la masse lugubre d'Ao Khaha qui se découpait contre le ciel au clair des lunes. Ils demeurèrent ainsi quelques minutes, chacun plongé dans ses pensées, puis repartirent vers le nord.

Le lendemain matin, après un petit-déjeuner de champignons grillés, Reith ouvrit sa sacoche. « Notre expédition s'est soldée par un échec. Comme promis, je vais remettre à chacun de vous cinq mille sequins supplémentaires. Les voici, avec toute ma gratitude pour votre loyauté. »

Zarfo saisit précautionneusement les rouleaux scintillants pour les soupeser entre ses doigts. « Avant tout, je suis un honnête homme – et puisque telle était la base de notre contrat, je vais accepter l'argent.

— Je voudrais vous poser une question, Adam Reith, fit Jag Jaganig. Vous avez dit aux Wankh que vous veniez d'un monde lointain, qui serait le berceau de l'humanité. Est-ce la vérité ?

— C'est effectivement ce que je leur ai déclaré.

— Vous êtes donc bel et bien originaire de cette planète ?

— Oui. Anacho l'Homme-Dirdir a beau s'en gausser, c'est la vérité.

— Parlez-nous de ce monde. »

Reith s'y employa une heure durant ; ses compagnons l'écoutèrent religieusement, leurs yeux fixés sur le feu.

Anacho s'éclaircit la voix quand il en eut fini. « Je ne mets pas en doute ta sincérité – mais, comme tu le dis toi-même, l'histoire de la Terre est courte comparée à celle de Tschaï. De toute évidence, les Dirdir ont visité la Terre dans un passé reculé et y ont laissé une colonie d'Hommes-Dirdir, dont tous les Terriens descendent.

— J'aurais pu te prouver le contraire si notre aventure avait été couronnée de succès – et si nous étions tous partis pour la Terre. »

Anacho tisonna le feu avec une branche. « Intéressant... Bien sûr, jamais les Dirdir n'accepteraient de te céder un astronef, et ce serait impossible d'en voler un comme nous l'avons fait avec celui des Wankh. Il n'en demeure pas moins qu'on peut se procurer à peu près n'importe quel composant aux chantiers astronautiques du Grand Sivishe – en les achetant, ou de manière plus... *discrète*. Il suffit pour cela d'avoir des sequins. En quantité considérable, il est vrai.

— Combien ? demanda Reith.

— Cent mille feraient des miracles.

— Je n'en doute pas un instant. Le problème, c'est que je n'en ai pas le centième pour l'instant. »

Zarfo lui lança ses cinq mille sequins. « Tenez ! Ça me fait aussi mal que de perdre un œil, mais considérez-les comme les premières pièces de notre cagnotte. »

Reith lui rendit son argent. « Pour l'instant, elles ne rendraient qu'un triste son creux. »

Treize jours plus tard, le groupe sortit de la chaîne des Infnets et regagna Blalag, où il emprunta un chariot motorisé qui se rendait à Smargash.

Trois jours durant, Reith, Anacho et Traz ne firent que manger, dormir et regarder les jeunes danser.

Le soir du troisième, Zarfo vint les rejoindre dans la taverne. « Eh bien dites-moi, on se laisse vivre, à ce que je vois. Vous avez entendu les nouvelles ?

— Quelles nouvelles ?

— Premièrement, j'ai fait l'acquisition d'une ravissante propriété sur un méandre de la rivière Whisfer, avec cinq superbes pourpriers, trois psillas et un asponistra, sans même parler des platiers. C'est là que je finirai mes jours – à condition que ta langue bien pendue ne m'entraîne pas dans une nouvelle aventure insensée. En second lieu, deux techniciens d'Ao Hidis sont arrivés ce matin à Smargash. Il y a de grands changements dans l'air ! Les Hommes-Wankh sont en train de quitter la forteresse. Ils en ont été chassés, et vivent à présent dans des cabanes avec les Noirs et les Pourpres. Il semblerait que les Wankh ne tolèrent plus leur présence. »

Reith ne put s'empêcher de glousser. « À Dadiche, nous avons trouvé une race étrangère qui exploitait des hommes. À Ao Hidis, c'étaient des hommes qui exploitaient une race étrangère. Mais tout cela appartient au passé, désormais. Anacho, aimerais-tu être libéré de ta philosophie avilissante, et devenir un homme sensé ?

— Les mots ne m'intéressent pas – ce sont des *preuves* que je veux. Emmène-moi sur Terre.

— On va avoir du mal à y aller à pied.

— Les chantiers astronautiques du Grand Sivishe abritent une douzaine d'astronefs, qu'il suffit d'acheter et d'assembler.

— D'accord, mais où trouver les sequins nécessaires ?

— Je ne sais pas, répondit Anacho.

— Moi non plus », soupira Traz.

Le Wankh

Le Dirdir

CAZA
83

I

L'étoile Carina 4269 était entrée dans la constellation de Tartusz, marquant ainsi l'ouverture du Balul Zac Ag, le « temps du rêve factice », période durant laquelle massacres, rapts d'esclaves, pillages et incendies criminels cessaient provisoirement sur tous les hauts plateaux du pays Lokhar. Lors de Balul Zac Ag se tenait la Grande Foire de Smargash – à moins, peut-être, que la Grande Foire ne soit apparue en premier, pour donner naissance à Balul Zac Ag au bout de quelques siècles. Venus d'un peu partout, Xars, Zhurvegs, Serafs, Niss et d'autres peuplades encore convergeaient à Smargash pour s'y mêler et y faire commerce, régler de vieilles querelles, recueillir des renseignements. La haine imprégnait l'air comme un remugle nauséabond ; regards furtifs, malédictions et grondements de colère contenue accentuaient encore l'agitation colorée qui régnait dans le bazar. Seuls les Lokhars arboraient un air de détachement placide.

Le second jour de Balul Zac Ag, alors qu'Adam Reith se promenait dans le bazar, il prit conscience à son grand dam d'être filé. Sur Tschaï, faire l'objet d'une surveillance n'était *jamais* bon signe.

Mais peut-être se trompait-il. Le Terrien comptait des dizaines d'ennemis, et pour bien d'autres il représentait une véritable catastrophe idéologique. Mais comment ses adversaires auraient-ils pu retrouver sa piste jusqu'à Smargash ? Il continua donc de déambuler à travers les allées bondées du bazar, s'arrêtant de temps à autre devant les échoppes pour regarder par-dessus son épaule. Mais son poursuivant, pour peu qu'il existât ailleurs que dans son imagination, s'était perdu dans la foule. Il y avait là des Niss dépassant les deux mètres, vêtus de longues robes noires, qui lui évoquaient des rapaces sur échasses ; il y avait des Xars, des Serais et des Dugbo nomades accroupis autour de leurs feux, des Choses Humaines au masque de terre cuite dénué d'expression, des Zhurvegs emmitouflés dans des caftans couleur café, et bien évidemment des habitants de Smargash – des Lokhars noir et blanc. Il y avait d'étranges bruits saccadés – le martèlement du fer, le crissement du cuir, des cris gutturaux, des appels stridents, des gémissements, des raclements, sans compter la cacophonie des instruments de musique dugbo. Il y avait les odeurs : des effluves de fougères aromatiques, de sécrétions glandulaires, de mauvais musc, des senteurs de poussière tourbillonnante, des fragrances âcres de noix piquées, des fumets de viandes grillées, les parfums des Serais. Il y avait les couleurs : des noirs, des bruns ternes, des oranges, des écarlates affadis, des bleus sombres, des ors éteints. Au sortir du bazar, Reith traversa le terre-plein réservé à la danse – pour s'y arrêter net, ayant aperçu du coin de l'œil une silhouette qui se glissait derrière une tente.

Songeur, il regagna la taverne où, dans un angle de la salle commune, Traz et Ankhe at afram Anacho, l'Homme-Dirdir, étaient en train de faire un repas de viande et de pain. Ils mangeaient en silence, ces deux êtres disparates qui se trouvaient mutuellement incompréhensibles. Anacho, grand, maigre et blafard comme tous ses congénères, était totalement chauve – une caractéristique qu'il dissimulait présentement avec plus ou moins de réussite sous une casquette à pompons à la mode yao. Sa personnalité était imprévisible ; il avait tendance à se montrer bavard et facétieux, mais parfois irascible. Traz, un solide gaillard aussi sombre que franc du collier, était sur bien des aspects sa parfaite antithèse. Il jugeait l'Homme-Dirdir vaniteux, trop raffiné, trop *civilisé* ; Anacho le trouvait quant à lui dénué de tact, austère, et exagérément prosaïque. Le fait que ces deux-là parviennent néanmoins à entretenir d'assez bonnes relations laissait Reith passablement perplexe.

Le Terrien alla s'installer à leur table. « Je crois qu'on me surveille », annonça-t-il aussitôt.

Anacho, consterné, se laissa aller contre le dossier de son siège. « Dans ce cas, nous devons nous préparer à affronter un désastre – ou à fuir.

— Je préfère la fuite, fit Reith, avant de s'emparer d'un cruchon de bière.

— Tu comptes toujours prendre l'espace pour rejoindre ta planète mythique ? » Anacho avait parlé du ton qu'on emploie pour raisonner un enfant entêté.

« Bien sûr que oui.

— Bah, tu es victime d'un canular, ou de ta propre obsession. Ne parviendras-tu donc jamais à en guérir ? Il est plus facile de *parler* de ton projet que de le mettre en œuvre. Les astronefs ne sont pas des coupe-verrues : on n'en trouve pas dans toutes les boutiques du bazar.

— Je ne le sais que trop bien, fit tristement Reith.

— Je te suggère à nouveau de t'adresser aux chantiers astronautiques de Grand Sivishe, enchaîna Anacho avec désinvolture. Comme je te l'ai dit, on peut s'y procurer à peu près n'importe quoi, pour peu qu'on possède suffisamment de sequins.

— Ce qui hélas n'est pas mon cas.

— Il ne te reste donc plus qu'à te rendre aux Carabas. Les sequins s'y ramassent à la pelle. »

Traz poussa un grognement méprisant. « Tu nous prends pour des fous ?

— Où se trouvent les Carabas ? voulut savoir Reith.

— Dans la réserve de chasse des Dirdir, au nord du Kislovan. Les chanceux aux nerfs solides parviennent parfois à y prospérer.

— Des cinglés, tu veux dire, grommela Traz. Des flambeurs ou des meurtriers.

— Mais comment ces gens-là, quelle que soit leur nature, s'y prennent-ils pour obtenir des sequins ?

— Par la méthode habituelle, lui répondit Anacho d'une voix désinvolte. En cueillant des bulbes de chrysospines. »

Reith se frotta le menton. « C'est donc de là que proviennent les sequins ? Je croyais que les Dirdir les frappaient pour battre monnaie – eux ou un autre peuple.

— Ton ignorance est vraiment digne d'un homme d'une autre planète ! »

Une grimace lugubre plissa les lèvres du Terrien. « Je vois mal comment il pourrait en aller autrement.

— La chrysospine, poursuivit Anacho, ne pousse que dans la Zone Noire, c'est-à-dire les Carabas, là où le sol contient des composés d'uranium. Un bulbe entier donne deux cent quatre-vingt-deux sequins, d'une couleur ou d'une autre. Un sequin pourpre vaut cent clairs, un écarlate cinquante et ainsi de suite pour les sequins émeraude, les bleus, les sardoines et les laiteux. Même Traz n'est pas sans l'ignorer. »

L'intéressé lui retourna aussitôt un rictus tout sauf amical. « Comment ça, "même Traz" ? »

L'Homme-Dirdir ne prêta pas la moindre attention à son interruption. « Cela étant dit, nous n'avons aucune preuve tangible d'être surveillés. Adam Reith peut fort bien s'être trompé.

— Adam Reith ne s'est pas trompé, rétorqua le jeune homme. "Même Traz", pour reprendre tes mots, sait à quoi s'en tenir. »

Anacho haussa des sourcils inexistants. « Comment cela ?

— Tu as vu l'homme qui vient d'entrer ?

— Le Lokhar ? Qu'est-ce qu'il a de particulier ?

— Ce n'est pas un Lokhar. Et il ne nous lâche pas des yeux. »

La mâchoire d'Anacho s'affaissa imperceptiblement.

Reith étudia l'individu à la dérobée ; il lui semblait effectivement moins corpulent, moins… gauche qu'un Lokhar de base. « Le garçon a raison, fit Anacho d'une voix étouffée. Regarde de quelle manière il boit sa bière, la tête baissée plutôt que rejetée en arrière. C'est… troublant.

— Qui pourrait s'intéresser à nous ? » marmonna Reith.

Anacho lâcha un ricanement caustique. « Tu crois vraiment que nos exploits sont passés inaperçus ? Les événements d'Ao Hidis ont éveillé l'attention partout.

— Et donc, cet homme… pour qui travaille-t-il ? »

L'Homme-Dirdir haussa les épaules. « Avec son épiderme teint en noir, je ne suis même pas capable de deviner sa race.

— On ferait bien d'obtenir quelques informations. (Reith réfléchit un instant.) Je vais traverser le bazar, puis faire le tour de la Vieille Ville. Si d'aventure il me suit, laissez-lui prendre un peu d'avance et prenez-le en filature. S'il ne bouge pas, l'un de vous restera sur place et l'autre viendra me rejoindre. »

Le Terrien se rendit donc dans le bazar, où il fit halte devant un pavillon zhurveg pour examiner un étalage de tapis, tissés, à en croire la rumeur, par des enfants cul-de-jatte kidnappés et mutilés par les Zhurvegs eux-mêmes. Reith jeta un coup d'œil par-dessus son épaule. Personne ne semblait le suivre. Il se remit en marche, pour refaire halte un peu plus loin, à côté de stands tenus par de hideuses femmes niss qui proposaient aux chalands des rouleaux de corde en cuir tressé, des harnais pour chevaux-sauteurs, des récipients d'argent d'une beauté primitive. Toujours personne sur ses talons. Le Terrien traversa le passage pour jeter un œil sur une échoppe dugbo d'instruments de musique. S'il pouvait rapporter sur Terre toute une cargaison de tapis zhurvegs, d'orfèvrerie niss et d'instruments dugbo, songea-t-il, sa fortune serait faite. D'un regard par-dessus son épaule, il vit qu'Anacho musardait une cinquantaine de mètres derrière lui. L'Homme-Dirdir n'avait décidément rien appris.

Reith se remit à marcher d'un pas nonchalant, pour s'arrêter à la vue d'un nécromancien dugbo – un vieillard contrefait accroupi derrière des plateaux chargés de bouteilles biscornues, de pots d'onguents, de pierres de contact censées stimuler la télépathie, de bâtonnets d'amour, de malédictions calligraphiées sur des liasses de feuillets rouges ou verts. Au-dessus de sa tête se balançaient une douzaine de cerfs-volants aux formes fantastiques, que le vieux Dugbo manipulait pour produire une faible musique plaintive. Il tendit une amulette au Terrien, qui refusa d'en faire l'acquisition – le nécromancien lui cracha des injures, si fort que ses cerfs-volants s'envolèrent en émettant de stridentes dissonances.

Reith poursuivit son chemin en direction du camp dugbo proprement dit. Des jeunes filles affublées d'écharpes et de jupes à volants multicolores – noirs, vieux rose et ocre – y racolaient Zhurvegs, Lokhars et Serais, mais elles accablaient de sarcasmes les prudes Niss qui le traversaient d'un pas raide, muets, le menton levé, leur nez pareil à une lame de faux en os poli. Derrière le campement se déployait la plaine, cernée de lointaines montagnes noires que doraient les feux de Carina 4269.

Une fille s'approcha du Terrien, bruissante des breloques d'argent accrochées à sa ceinture, et lui adressa un sourire édenté. « Qu'est-ce que tu cherches ici, mon ami ? Tu es las ? Voici ma tente ; entre donc t'y reposer un peu. »

Le Terrien déclina son invitation, reculant d'un pas avant que ses doigts – ou ceux de ses jeunes sœurs – n'aient le temps de s'en prendre à sa sacoche.

« Pourquoi renâcles-tu ainsi ? reprit-elle d'une voix chantante. Regarde-moi ! Ne suis-je pas splendide ? J'ai rasé mes jambes avec de la cire seraf ; je me suis parfumée d'eau de brume – tu pourrais tomber sur bien pire !

— Je n'en doute pas un seul instant. Il n'en reste pas moins…

— Nous pourrions bavarder, Adam Reith ! Nous raconter des tas de choses étranges.

— Comment connais-tu mon nom ? »

Elle agita son fichu en direction de ses sœurs, comme s'il s'était agi d'insectes. « Qui à Smargash ne connaît pas Adam Reith, qui parcourt la ville à la manière d'un prince ilanth, l'esprit toujours rempli de pensées ?

— Je suis donc une célébrité ?

— Oh, bien sûr. Faut-il vraiment que tu partes ?

— Oui, j'ai un rendez-vous. » Et il reprit sa route. La fille le suivit des yeux, les lèvres étirées en un étrange demi-sourire que Reith, qui lui lança un ultime regard par-dessus son épaule, trouva des plus troublant.

Anacho émergea d'une ruelle latérale quelques centaines de mètres plus loin. « L'homme fardé comme un Lokhar est resté à l'auberge. Pendant un moment, une jeune femme vêtue comme une Dugbo t'a suivi – pour cesser sa filature après t'avoir accosté dans le camp.

— Étrange », grommela Reith. Il scruta les deux côtés de la rue. « Et plus personne ne nous suit maintenant ?

— Personne de *visible*. Mais il se pourrait bien qu'on soit quand même sous surveillance. Tourne-toi, s'il te plaît. »

De ses longs doigts blancs, Anacho entreprit de palper la veste de son compagnon. « C'est bien ce que je pensais. (Il lui montra un petit bouton noir.) Bon, au moins nous savons qui te suit, à présent. Tu reconnais ceci ?

— Non, mais je devine de quoi il s'agit : d'un traceur.

— Un accessoire de chasse dirdir, dont se servent les plus jeunes ou les vieillards pour repérer le gibier.

— Ainsi donc les Dirdir s'intéressent à moi. »

Le visage d'Anacho se pinça, comme s'il avait goûté quelque chose d'amer. « Les événements d'Ao Khaha auront forcément attiré leur attention.

— Qu'est-ce qu'ils peuvent bien me vouloir ?

— Les motivations des Dirdir sont rarement subtiles. Ils désirent sans doute te poser quelques questions avant de te tuer.

— On ferait donc bien de déguerpir au plus vite. »

Anacho leva les yeux en direction du ciel. « Il est trop tard pour ça. Quelque chose me dit qu'un aéroglisseur dirdir ne va pas tarder à arriver… Donne-moi le bouton. »

Un Niss marchait dans leur direction, sa robe noire claquant à chacune de ses enjambées. Anacho fit un pas en avant, tendit promptement la main vers le sombre vêtement. Le Niss pivota sur lui-même avec un grondement menaçant. L'espace d'un instant, il parut sur le point d'enfreindre les interdits contre nature de Balul Zac Ag – mais finit par reprendre sa route.

Anacho lâcha un léger gloussement flûté. « Les Dirdir n'en reviendront pas, quand ils s'aviseront qu'Adam Reith est un Niss !

— Nous ferions mieux d'être loin avant qu'ils ne découvrent le pot aux roses.

— D'accord, mais comment ?

— Je propose d'aller demander conseil au vieux Zarfo Detwiler.

— Par chance, nous savons où le trouver. »

Ils se rendirent directement à la brasserie, une bâtisse délabrée faite de pierres et de planches battues par les éléments. Zarfo s'y était réfugié pour fuir la poussière et la cohue du bazar. Un cruchon de bière masquait presque entièrement son visage teint en noir. Il était habillé avec une élégance inhabituelle : des bottes noires parfaitement polies, une cape marron, un tricorne noir qui recouvrait à moitié sa blanche chevelure flottante. Il était un peu ivre, et donc encore plus loquace que d'ordinaire. Non sans mal, Reith lui exposa la situation. Enfin, Zarfo éclata : « C'est donc au tour des Dirdir, maintenant ! Et pendant Balul Zac Ag ! Quelle abomination ! Ils feraient bien de maîtriser leur arrogance, sans quoi la colère des Lokhars va s'abattre sur eux !

— Tout ceci mis à part, fit Reith, comment allons-nous faire pour quitter rapidement Smargash ? »

Les yeux plissés, Zarfo plongea la louche dans la cruche de bière. « Il faut d'abord me dire où vous souhaitez aller.

— Aux Îles des Nuages. Ou peut-être aux Carabas. »

Zarfo en laissa tomber sa louche. « Nul peuple n'est plus âpre au gain que les Lokhars, et pourtant ils sont fort rares à s'être risqués dans les Carabas ! Et combien en sont revenus fortunés ? Tu as remarqué le grand manoir à l'est, celui dont la charmille est entourée d'une chaîne d'ivoire sculpté ?

— Je l'ai vu, oui.

— C'est le seul du genre aux environs de Smargash, fit Zarfo d'une voix sinistre. Tu comprends ce que cela signifie ? (Il tapa sur le banc pour appeler le serveur.) Garçon ! Encore de la bière !

— J'ai également mentionné les Îles des Nuages, fit Reith.

— Tusa Tala, sur le Draschade, me semble plus approprié. Mais comment faire pour s'y rendre ? Le fourgon motorisé ne dépasse pas Siadz, en bordure des montagnes. Je ne connais aucune route qui mène à l'océan en passant par les gouffres. La caravane pour Zara est partie il y a deux mois. Un aéroglisseur me semble être le seul moyen de transport envisageable.

— Et où pouvons-nous nous en procurer un ?

— Inutile de vous adresser aux Lokhars : nous n'en avons aucun. Mais regarde là-bas, celui du groupe de riches Xars ! Ils ont l'air sur le départ – peut-être se rendent-ils à Tusa Tala. Allons nous renseigner.

— Pas si vite. Il faut que quelqu'un aille prévenir Traz. » Reith appela le serveur, qu'il chargea d'aller au plus vite à l'auberge.

Zarfo entreprit ensuite de traverser la place, suivi du Terrien et d'Anacho. Cinq Xars se tenaient devant leur vieil aéroglisseur – courts sur pattes, une encolure de taureau, le teint congestionné. Ils portaient de somptueuses robes gris et vert ; leurs cheveux noirs étaient tirés en deux hauts chignons raides de laque, qui s'élevaient telles des tours miniatures de chaque côté de leur crâne.

« Vous quittez déjà Smargash, amis Xars ? » leur lança joyeusement Zarfo.

Les Xars conférèrent un instant à voix basse, puis lui tournèrent le dos.

Le Lokhar fit mine d'ignorer leur impolitesse. « Et où vous rendez-vous ?

— Au lac Falas, bien sûr ! déclara le plus vieux. Nous avons réglé nos affaires – en nous faisant rouler, comme d'habitude. Nous avons hâte de retrouver nos marais.

— Parfait. Ces trois messieurs vont plus ou moins dans la même direction que vous, et ils ont besoin d'un moyen de transport. Ils m'ont demandé s'ils devaient vous proposer de vous dédommager. "Bien sûr que non ! leur ai-je répondu. Les Xars sont notoirement d'une générosité princière…"

— Attends ! le coupa sèchement le Xar. J'ai au moins trois remarques à faire. Premièrement, il n'y a pas de place dans notre glisseur. Deuxièmement : *oui*, nous sommes généreux, dès lors que ça ne nous fait pas perdre de sequins. Troisièmement, ces deux énergumènes arborent un air impudent, vaguement farouche, qui n'a vraiment rien de rassurant. C'est *lui*, le troisième ? (Sa question se référait à Traz, qui venait d'arriver.) Ce n'est qu'un gamin, mais il n'en est pas moins louche.

— Encore deux questions, intervint un autre Xar. Combien peuvent-ils payer ? Et où souhaitent-ils aller ? »

Reith considéra sa sacoche, cruellement légère. « Une centaine de sequins, grand maximum ; et nous voulons nous rendre à Tusa Tala. »

Les Xars levèrent les bras au ciel avec indignation. « Tusa Tala ? À mille cinq cents kilomètres au nord-ouest ! Alors que nous partons pour le lac Falas, au sud-est ! Et cent sequins ? Est-ce là une mauvaise plaisanterie ? Espèces de charlatans ! Hors de notre vue, tous autant que vous êtes ! »

Zarfo fit un pas menaçant en avant. « Tu m'as traité de *charlatan* ? Si ce n'était pas Balul Zac Ag, le "temps du rêve factice", je tordrais jusqu'au dernier de vos longs nez ridicules ! »

Les Xars crachotèrent entre leurs dents, montèrent à bord de leur glisseur et s'en furent.

Zarfo suivit l'engin des yeux, puis poussa un soupir. « Comme de bien entendu… Mais bon, tous ne se montreront peut-être pas aussi discourtois. Regardez, un autre glisseur arrive dans le ciel ; on va réessayer avec ceux qui se trouvent à bord – en dernier ressort, il nous reste toujours l'alternative de les saouler et d'emprunter leur appareil. C'est là un bien bel appareil ; sûr que… »

Anacho poussa un cri étranglé. « Un aéro dirdir ! Ils n'ont pas perdu de temps ! Vite, allons nous cacher – sauve qui peut ! »

Reith lui saisit le bras pour l'empêcher de détaler. « Ne cours pas ; est-ce vraiment la peine d'éveiller leurs soupçons plus que de nécessaire ? (Il se tourna vers Zarfo.) Où peut-on se cacher ?

— Dans la réserve de la brasserie – mais n'oublie pas dans quelle ville nous nous trouvons ! Jamais les Dirdir n'oseraient user de violence à Balul Zac Ag.

— Bah, grogna Anacho. Que connaissent-ils de vos coutumes ? Et pourquoi s'en soucieraient-ils ?

— Je vais tout leur expliquer », déclara le Lokhar. Il les guida tous trois jusqu'à un appentis attenant à la brasserie et les poussa à l'intérieur. Reith, l'œil collé à une fissure dans la planche, observa l'atterrissage du glisseur. Une intuition soudaine le fit se retourner vers Traz, dont il s'empressa de palper les vêtements – pour y découvrir à son grand dam un petit disque noir.

« Vite, fit Anacho. Donne-le-moi. » L'Homme-Dirdir s'éclipsa, entra dans la brasserie – pour en ressortir une minute plus tard. « Un vieux Lokhar sur le point de rentrer chez lui vient d'hériter du mouchard. (Il alla scruter la place à travers une fissure.) Pas d'erreur, ce sont bien des Dirdir ! Comme toujours dans ce genre de mauvais coups ! »

Le glisseur, parfaitement immobile, ne ressemblait à aucun des engins que Reith avait pu voir depuis son arrivée sur Tschaï : c'était le produit d'une technologie de pointe sûre d'elle-même. Cinq Dirdir en descendirent, d'impressionnantes créatures sévères, changeantes, *résolues*. D'une taille similaire à celle d'un homme, ils se déplaçaient avec une rapidité sinistre, comme des lézards un jour de canicule. Leur épiderme ressemblait à de l'os poli, leur crâne s'achevait par une crête acérée dont la partie postérieure était flanquée d'antennes incandescentes. Leur faciès avait quelque chose d'étonnamment humain, malgré leurs yeux profondément enfoncés et la crête qui s'y prolongeait pour y former une espèce d'arête nasale. Ils bondissaient à moitié en marchant, tels des léopards dressés sur deux pattes. Il n'était nullement difficile de voir en eux les créatures sauvages qui arpentaient jadis les plaines torrides de Sibol en quête de gibier.

Trois personnages vinrent alors à leur rencontre : le faux Lokhar, la fille dugbo, ainsi qu'un homme affublé de vêtements gris parfaitement banals. Après avoir discuté quelques minutes avec eux, les Dirdir sortirent des instruments qu'ils pointèrent dans diverses directions. « Ils localisent les traceurs, siffla Anacho. Et Zarfo se trouve encore dans la brasserie, à boire tranquillement sa bière !

— Aucune importance, répliqua Reith. L'endroit en vaut un autre. »

Les Dirdir s'approchèrent de la brasserie de leur curieuse démarche féline, les trois espions sur leurs talons.

Zarfo choisit cet instant pour sortir de l'établissement d'un pas mal assuré. Les Dirdir l'examinèrent avec perplexité, puis s'approchèrent de lui à grands pas bondissants. Il recula aussitôt, sur le qui-vive. « Mais qu'avons-nous là ? Des Dirdir ? Laissez-moi tranquille !

— Connais-tu un homme répondant au nom d'Adam Reith ? s'enquit l'un des Dirdir d'une voix sifflante qui indiquait une absence de larynx.

— Certainement pas ! Écartez-vous ! » Zarfo bondit littéralement en avant. « Et même si je le connaissais, je ne saurais pas ce que vous lui voulez.

— Savoir où il est.

— Pourquoi ça ? »

Le faux Lokhar vint murmurer quelque chose à l'oreille du Dirdir, qui reprit aussitôt : « Alors tu le connais ?

— Pas si bien que ça. Mais si vous avez de l'argent à lui remettre, n'hésitez pas à me le confier ; c'est certainement ce qu'il voudrait.

— Où est-il ? »

Zarfo leva les yeux en direction du ciel. « Tu as vu le glisseur qui partait alors même que vous arriviez ?

— Oui.

— Il se pourrait bien qu'il se soit trouvé à son bord avec ses amis.

— Tu en es sûr ?

— Certes pas, fit Zarfo. C'est juste une suggestion de ma part.

— Moi non plus, déclara le vieux Lokhar, qui avait suivi la discussion.

— Quelle direction ont-ils prise ?

— Peuh ! ricana Zarfo. Les grands limiers, c'est vous ! À quoi bon demander ça aux pauvres innocents que nous sommes ? »

Les Dirdir battirent aussitôt en retraite ; leur glisseur ne tarda pas à s'élever dans les airs.

Zarfo alla faire face aux trois espions à leur solde ; un sourire malveillant déformait son gros visage. « Alors comme ça, vous venez à Smargash pour en violer les lois. Personne ne vous a donc dit qu'on était en plein Balul Zac Ag ?

— Nous n'avons perpétré aucun acte de violence, rétorqua le faux Lokhar. On a juste fait notre travail.

— Un sale travail, propice à la violence ! Vous serez fouettés pour ça. Où sont les prévôts ? Mettez-moi ces trois lascars en prison ! »

Les trois espions furent emmenés sans ménagement, dans un concert de protestations, de clameurs et de récriminations.

Zarfo rejoignit le hangar. « Mieux vaudrait que vous partiez séance tenante, dit-il à Reith. Les Dirdir ne vont pas tarder à revenir. » Il leur désigna l'autre côté de l'esplanade. « Le chariot pour l'ouest est prêt au départ.

— Où va-t-il nous conduire ?

— Dans les montagnes, à la lisière des gouffres ! Un territoire des plus sinistre, mais les Dirdir ne manqueront pas de vous capturer si vous restez à Smargash. Balul Zac Ag ou pas. »

Reith laissa son regard errer sur le terre-plein, les maisons de pierre et de bois incrustées de poussière, les Lokhars noir et blanc, la vieille auberge délabrée. C'était à Smargash que, pour la première fois depuis son arrivée sur Tschaï, il avait connu un minimum de paix et de sécurité ; et voilà que la tournure des événements l'obligeait une fois encore à plonger dans l'inconnu. « Nous avons besoin d'un quart d'heure pour rassembler nos affaires, fit-il d'une voix blanche.

— Pas davantage.

— Cette situation ne concorde pas avec mes espérances, fit Anacho d'une voix lugubre. Mais il faut que j'en tire le meilleur parti. Tschaï est un monde angoissant. »

2

Zarfo entra dans l'auberge, chargé de robes serafs et de casques à cimier. « Enfilez ces vêtements. Ça vous fera peut-être gagner une heure ou deux. Et ne traînez pas… le char est prêt à partir.

— Un moment. (Reith inspecta l'esplanade.) Qui sait s'il n'y a pas d'autres espions à l'affût du moindre de nos mouvements ?

— Passons par la ruelle derrière, dans ce cas. On ne peut pas tout prévoir, après tout. »

Reith ne fit pas d'autres commentaires ; Zarfo commençait à devenir irascible – il avait manifestement hâte de voir le trio quitter Smargash, et peu lui importait où ils allaient se rendre.

Ils se dirigèrent en silence vers le véhicule, chacun plongé dans ses pensées. « Ne dites rien à personne, finit par reprendre Zarfo. Faites semblant de méditer :

c'est ainsi que se comportent les Serafs. Au coucher du soleil, tournez-vous vers l'est et hurlez "Ah-ootcha !" à pleins poumons. Personne ne sait ce que ça veut dire, mais… c'est ainsi que se comportent les Serafs. Si on vous harcèle de questions, répondez que vous venez acheter des essences. Bon, tout le monde dans le chariot à présent ! Puissiez-vous échapper aux Dirdir, et connaître le succès dans toutes vos entreprises. Sinon, rappelez-vous qu'on ne meurt qu'une fois !

— Quelle consolation », ironisa Reith.

Le chariot motorisé s'ébranla sur ses huit roues ; sitôt sorti de la ville, il s'enfonça dans la plaine en direction de l'ouest. Reith, Anacho et Traz étaient seuls dans le compartiment arrière.

L'Homme-Dirdir faisait preuve d'un optimisme pour le moins mesuré : « Les Dirdir ne seront pas longtemps dupes de notre subterfuge. Les difficultés ne feront qu'attiser leur ardeur. Sais-tu que leurs jeunes sont de véritables bêtes sauvages ? Il faut d'abord les *dompter* avant de pouvoir les instruire. L'esprit des Dirdir demeure farouche, gorgé d'un irrésistible instinct de chasse.

— Moi, répliqua Reith, j'ai surtout celui de la survie. »

Le soleil disparut derrière l'horizon ; un crépuscule gris-brun recouvrit peu à peu le paysage. Le chariot fit halte dans un petit village lugubre ; les passagers en profitèrent pour se dégourdir les jambes, boire de l'eau saumâtre à un puits et marchander des galettes avec une vieille commère racornie qui en demandait un prix extravagant et se bornait à rire bruyamment de toutes leurs contre-propositions.

Le véhicule finit par repartir, laissant la vieille grommeler à côté de son chariot.

À la pénombre terre de Sienne succédèrent les ténèbres. Un hululement fantomatique balaya l'étendue désolée : l'appel des molosses nocturnes. Az, la lune rose, se leva à l'est, précédant de peu Braz, la bleue. Devant eux finit par se dresser un piton rocheux, que Reith présuma être une ancienne cheminée volcanique. Trois pâles lueurs jaunes scintillaient à son sommet. Le Terrien braqua dessus son sondoscope : c'étaient les ruines d'un château. Il fit un somme d'une heure ; à son réveil, le véhicule longeait la berge sablonneuse d'une rivière. Sur la rive opposée, des psillas se découpaient sur le ciel au clair des lunes. Les voyageurs passèrent bientôt devant un manoir hérissé de coupoles, apparemment inhabité – et, semblait-il, sur le point de s'écrouler.

Une demi-heure s'écoula encore. Il était minuit quand le chariot s'arrêta pour la nuit sur la place d'un gros bourg. Les voyageurs s'installèrent pour dormir, qui sur leur banc, qui sur le toit du véhicule.

Enfin Carina 4269 se leva, un disque d'ambre à l'éclat froid qui dissipa peu à peu la brume matinale. Des marchands ambulants vinrent proposer aux passagers des plateaux de viandes marinées, de boulettes, de morceaux d'écorce bouillie, de gousses d'herbe à pèlerin grillées, dont ils firent leur petit-déjeuner.

Le véhicule repartit ensuite vers l'ouest en direction des monts de la Bordure, dont les cimes semblaient à présent vouloir conquérir le ciel. Reith scrutait régulièrement celui-ci au sondoscope, sans jamais y trouver le moindre signe de poursuite.

« C'est encore trop tôt, fit Anacho d'une voix morne. N'aie crainte, ils viendront. »

À midi, le chariot atteignit Siadz, son terminus : une douzaine de cabanes de pierres rondes ceinturant un puits.

Au grand dam de Reith, il s'avéra impossible d'y trouver un quelconque moyen de transport, chariot motorisé ou cheval-sauteur, pour franchir la chaîne.

« Tu ne sais donc pas ce qui se trouve de l'autre côté ? s'exclama l'Ancien du village. Les gouffres !

— Aucune piste ne les traverse, aucune route commerciale ?

— Qui oserait pénétrer dans le pays des gouffres, même pour le négoce ? Quelle sorte de voyageurs êtes-vous donc ?

— Des Serafs en quête de racines d'asofa, répondit Anacho.

— Ah ! Les Serafs et leurs parfums ! J'ai entendu parler de vous. Eh bien, ne vous avisez pas de pratiquer sur nous vos bouffonneries immorales ; nous sommes des gens simples. De toute façon, il ne pousse pas d'asofa dans les gouffres – juste des prurigons, des mousselus et des craque-boyaux.

— Sait-on jamais : nous allons quand même tenter notre chance.

— Faites donc. Une ancienne route passe paraît-il au nord, mais je ne connais personne qui l'ait déjà vue.

— Comment sont les gens qui habitent les gouffres ? Hospitaliers ?

— Des *gens* ? Tu veux rire ! Quelques pysantillas, des kors rouges sous chaque rocher, des oiseaux-présages. Et avec beaucoup de malchance, vous risquez même de tomber sur un sauvruel.

— Il s'agit là d'une région sinistre, à t'entendre.

— Et comment ! Mille kilomètres de chaos ! Et pourtant, qui sait ? Là où le lâche n'ose s'aventurer, le héros peut trouver la gloire. C'est peut-être ce qui vous arrivera avec vos parfums. Allez plein nord, et cherchez-y l'ancienne route qui rejoint la côte – attention, il ne doit plus en rester qu'une trace à peine visible. Et n'oubliez pas de vous mettre à l'abri au crépuscule ; des molosses nocturnes hantent cette terre désolée !

— Tu nous as convaincus, dit Reith. Nous allons repartir vers l'est avec notre chariot motorisé.

— Une sage décision ! Après tout, Serafs ou pas, à quoi bon courir au suicide ? »

Le Terrien et ses compagnons rebroussèrent donc chemin à bord du véhicule – pour sauter discrètement à terre un bon kilomètre plus loin. Le chariot poursuivit sa route cahotante en direction de l'est, et ne tarda pas à disparaître dans les ténèbres ambrées.

Le silence régnait tout autour d'eux. Sur le sol gris granuleux qu'ils foulaient poussaient ici et là des fétus d'épineux couleur saumon, et plus rarement encore des touffes d'herbe à pèlerin dont la vue emplit Reith d'une satisfaction ironique. « Tant qu'il y aura de l'herbe à pèlerin, on ne mourra pas de faim. »

Traz lâcha un grognement dubitatif. « On ferait bien d'atteindre les montagnes avant la nuit. En plaine, trois hommes n'ont aucune chance contre les molosses nocturnes.

— Je vois une raison encore meilleure de nous hâter, enchérit Anacho. Les Dirdir ne se laisseront pas berner très longtemps. »

Reith scruta le ciel vide, le paysage mauvais. « Ils finiront peut-être par se décourager.

— Jamais ! La contrariété ne fait que les exciter davantage, elle les enivre d'une ardeur farouche.

— Nous ne sommes pas loin des montagnes. On pourra s'y cacher à l'ombre des rochers, ou dans un des ravins. »

Cela leur prit une heure de marche pour parvenir à la muraille de basalte croulante. Traz fit soudain halte, huma l'air alentour. Si Reith n'y percevait quant à lui aucune odeur, il avait depuis longtemps appris à s'en remettre à l'acuité sensorielle du jeune homme.

« Des fientes de Phung, fit celui-ci. Vieilles d'environ deux jours. »

Le Terrien inspecta son pistolet avec nervosité. Il lui restait huit projectiles explosifs. Une fois ceux-ci utilisés, l'arme deviendrait totalement inutile. Sa chance était-elle en train de l'abandonner ? « Tu le soupçonnes d'être dans le coin ? »

Traz haussa les épaules. « Les Phung sont des créatures démentes. Pour ce que j'en sais, il pourrait bien y en avoir un derrière ce bloc de roche. »

Reith et Anacho regardèrent nerveusement autour d'eux. « Ce sont des Dirdir qu'il faut avant tout nous méfier, finit par dire Anacho. La phase critique a débuté. À l'heure qu'il est, ils doivent avoir relevé les traces de notre présence à bord du chariot ; ils peuvent facilement nous suivre jusqu'à Siadz. Notre situation n'est cependant pas totalement désespérée, surtout s'ils n'ont pas pris leurs repéreurs de gibier.

— Comment fonctionnent-ils ? s'enquit Reith.

— Ils détectent l'odeur humaine ou le rayonnement thermique. Certains repèrent la chaleur résiduelle des empreintes de pas, d'autres captent les émissions de dioxyde de carbone, ce qui permet de localiser une proie dans un rayon de huit kilomètres.

— Et qu'est-ce qu'ils font une fois qu'ils l'ont capturée ?

— Les Dirdir sont des êtres conservateurs. Ils n'admettent pas le changement. La chasse ne leur est nullement nécessaire, mais une force intérieure les pousse à s'y adonner. Ils se considèrent comme des prédateurs, et ne s'imposent aucune retenue.

— Autrement dit, fit Traz, ils nous dévoreront. »

Reith garda un silence lugubre. Enfin, il murmura : « Eh bien, on ne doit pas se faire capturer.

— Pour citer Zarfo le Lokhar, on ne meurt qu'une fois.

— Regarde cette brèche, reprit l'adolescent en désignant la paroi. Si jamais une route existe, elle doit passer par là. »

Ruisselants de sueur, les yeux constamment braqués sur le ciel, les trois hommes pressèrent le pas, à travers d'arides monticules de terre grise compactée, des taillis d'épineux et des champs d'éboulis. Enfin ils atteignirent la trouée – pour n'y trouver aucune trace de la route. S'il en avait un jour existé une, les dépôts détritiques et l'érosion l'avaient effacée depuis longtemps.

« Le glisseur ! s'exclama soudain Anacho, d'une voix empreinte de désespoir. Il arrive. La chasse a commencé. »

Refoulant la vague de panique qui commençait à s'emparer de lui, Reith entreprit d'examiner la brèche. En son centre s'écoulait un petit ruisseau, qui aboutissait une mare stagnante. À droite s'élevait un à-pic. À gauche, un contrefort massif qui surplombait une zone plongée dans la pénombre, au fond de laquelle se trouvait une surface plus noire encore : l'entrée d'une grotte.

Tous trois se tapirent derrière les éboulis qui obstruaient à moitié le ravin. Au-dessus de la plaine, l'appareil dirdir fonçait en direction de Siadz avec une résolution glaçante.

« Ils ne peuvent pas détecter notre rayonnement thermique à travers les rochers, fit le Terrien d'une voix égale. Le dioxyde de carbone s'élève au-dessus de la trouée. » Il se retourna pour inspecter la vallée.

« Inutile de fuir, fit Anacho. Il n'y a nulle part où se réfugier. S'ils nous ont suivis aussi loin, rien ne pourra les faire renoncer. »

Le glisseur revint de Siadz cinq minutes plus tard, en suivant la route est à deux ou trois cents pieds d'altitude. Il fit une soudaine embardée et se mit à décrire des cercles. « Ils ont retrouvé notre piste », annonça un Anacho toujours aussi défaitiste.

L'appareil coupa à travers la plaine, pour se diriger droit sur eux. Reith empoigna son pistolet. « Il me reste huit dards. De quoi réduire huit Dirdir en poussière.

— Pas même un seul ! Ils disposent de boucliers contre ce genre de projectile. »

Encore une trentaine de secondes, et le glisseur serait au-dessus de leurs têtes. « Le mieux serait de nous réfugier dans la grotte, suggéra Traz.

— C'est à l'évidence un repaire de Phung, grommela Anacho, ou une galerie d'accès des Pnume. Mourons proprement, à l'air libre. »

Mais Traz insista : « On pourrait traverser l'étang et aller se poster sous le surplomb. Ça brouillerait notre piste, et peut-être qu'ils suivraient le ruisseau jusqu'à la vallée.

— Si nous restons ici, approuva le Terrien, c'en est fini de nous. »

Ils traversèrent donc la mare au pas de course, Anacho surveillant attentivement leurs arrières, et allèrent se blottir sous l'avancée rocheuse. L'odeur de Phung y était lourde, pénétrante.

Le glisseur surgit au-dessus de l'épaulement opposé. « Ils vont nous voir ! lança Anacho d'une voix blanche. Nous sommes à découvert !

— La grotte ! siffla Reith. Au fond… tout au fond !

— Les Phung…

— Rien ne prouve qu'il y en ait. Les Dirdir, eux, sont une réalité ! » Et le Terrien s'enfonça dans l'obscurité, bientôt imité par Traz, puis finalement par Anacho. L'ombre du glisseur passa au-dessus de la mare, pour ensuite s'éloigner vers la vallée.

Reith braquait sa lampe un peu partout. Ils se trouvaient dans une vaste caverne irrégulière, dont l'autre bout disparaissait dans les ténèbres. Le sol était couvert de nodules et de flocons marron clair, les parois incrustées d'hémisphères rugueux de la grosseur d'un poing.

« Des larves de molosses nocturnes », chuchota Traz.

Ils en restèrent cois un moment.

Anacho s'approcha de l'entrée, jeta un coup d'œil prudent à l'extérieur. Et recula précipitamment. « Ils ont perdu notre piste. Ils tournent en rond. »

Reith éteignit sa lampe, puis se tourna vers l'entrée de la grotte. L'aéroglisseur était en train d'atterrir à moins d'une centaine de mètres, aussi silencieux qu'une feuille morte. Cinq Dirdir mirent pied à terre dès qu'il se fut posé. Après un bref conciliabule, ils pénétrèrent dans la brèche, chacun muni d'un long bouclier transparent. Comme s'ils répondaient à quelque signal, deux d'entre eux bondirent en avant tels des léopards argentés pour en scruter le sol. Deux autres leur emboîtèrent le pas en sautillant, leur arme prête à faire feu ; le cinquième demeura à l'arrière-garde.

Les Dirdir de tête s'arrêtèrent net, pour échanger quelques couinements et grognements singuliers. « Leur langage de chasse, grommela Anacho. Il remonte à l'époque où ils étaient encore des bêtes fauves.

— Ils n'ont guère changé. »

Les Dirdir s'immobilisèrent devant la mare, tous les sens aux aguets. Ils savaient manifestement leurs proies toutes proches.

Reith braqua son pistolet, mais les mouvements incessants des boucliers dirdir l'empêchaient d'avoir une bonne fenêtre de tir.

L'un d'eux examinait la vallée à travers des jumelles ; l'autre tenait un instrument noir devant ses yeux. Quelque chose éveilla soudain son intérêt ; d'un seul bond puissant, il atteignit l'endroit où le trio avait fait halte avant d'aller se réfugier dans la grotte. Les yeux collés à son noir instrument, il remonta la piste jusqu'au plan d'eau, puis inspecta la bande de terrain située sous la corniche. Il produisit une série de couinements et de grognements ; les boucliers tressaillirent.

« Ils ont vu la caverne, grommela Anacho. Ils savent où nous sommes. »

Reith se tourna vers les obscures profondeurs de leur abri.

« Il y a un Phung là-dedans, dit Traz d'une voix sans émotion. Ou alors il vient d'en partir.

— Comment le sais-tu ?

— Je flaire son odeur. Je sens la pression. »

Le Terrien revint aux Dirdir. Qui approchaient pas à pas, un halo d'étincelles crépitant autour de leur crâne. « Tout le monde au fond ! lança-t-il d'une voix catastrophée à ses compagnons. Peut-être va-t-on pouvoir leur tendre une espèce d'embuscade. »

Anacho laissa échapper un grognement étouffé ; Traz garda le silence. Tous trois battirent en retraite dans l'obscurité, à travers la litière de granules cassants. Traz vint toucher le bras de Reith. « Tu vois cette lumière derrière nous ? lui souffla-t-il à l'oreille. Le Phung est tout près. »

Le Terrien s'immobilisa, s'efforçant d'accoutumer sa vision aux ténèbres. Aucune lumière. Un silence oppressant.

Il avait à présent l'impression d'entendre un infime crissement. À pas de loup, il retourna se réfugier dans l'obscurité, son pistolet au poing. Pour cette fois y percevoir une lueur, un reflet jaune fluctuant qui se reflétait contre la paroi de la caverne. Les bruits de grattement se firent plus distincts. Avec la plus grande prudence, Reith jeta un coup d'œil de l'autre côté d'un pan de rocher – pour y découvrir un Phung assis dans une chambre secondaire, occupé à polir ses plaques brachiales à l'aide d'une lime. Une lampe à huile projetait une lueur jaunâtre ; sur le côté, accrochés à un piton, pendaient un chapeau noir à bord large ainsi qu'une cape.

Quatre Dirdir étaient massés devant l'entrée de la caverne, protégés par leurs boucliers. En guise de lumière, ils ne pouvaient compter que sur les hautes gerbes d'étincelles qui s'échappaient de leur crâne.

Traz arracha du mur l'une des boules rugueuses et la lança en direction du Phung, qui émit un caquètement de surprise. Le jeune nomade poussa ensuite ses compagnons derrière le pan de rocher.

Le Phung émergea de sa retraite ; la lampe plaquait son ombre vacillante contre la paroi. Il retourna dans la chambre, revint presque aussitôt, cette fois affublé de sa cape et de son bonnet.

Il resta quelques instants immobile, parfaitement silencieux, à deux mètres à peine de Reith ; à coup sûr, la créature devait *entendre* le martèlement de son cœur.

Les Dirdir firent trois bonds en avant, leurs nimbes illuminant faiblement la salle de leur éclat blanc. Le Phung, enveloppé dans sa cape, ressemblait à une statue haute de presque deux mètres. Après avoir poussé quelques gloussements dépités, il accomplit une soudaine série de petits sauts virevoltants en direction des Dirdir. Pendant un court instant tendu, les deux parties se toisèrent. Puis le Phung balança ses bras, empoigna deux des Dirdir et les broya l'un contre l'autre. Les survivants reculèrent en silence, brandirent leurs armes. Le Phung se rua aussitôt sur eux pour les en délester d'un geste sauvage, puis s'attaqua à la tête d'un de ses adversaires ; l'autre s'empressa de prendre la fuite, en compagnie du cinquième Dirdir resté dehors pour monter la garde. Tous deux s'élancèrent à travers la mare ; le Phung exécuta une improbable gigue circulaire, puis bondit à leur poursuite – un unique saut lui suffit à les dépasser. Dans un geyser d'éclaboussures, il enfonça la tête d'un des fuyards, pour l'y maintenir jusqu'à ce que son propriétaire s'immobilise. Puis il partit à la poursuite de l'autre, qui avait pris ses jambes à son cou dans la vallée.

Les trois hommes jaillirent hors de la caverne et s'élancèrent en direction du glisseur. Le Dirdir survivant les aperçut, poussa un terrible cri de désespoir – qui détourna un instant l'attention du Phung et lui donna le temps d'aller se réfugier derrière un rocher. Filant comme un dératé, il passa devant son poursuivant, s'empara d'une des armes tombées par terre, et tira. Le Phung s'effondra, une jambe complètement calcinée.

Reith, Traz et Anacho se précipitèrent quant à eux à bord du glisseur, aux commandes duquel Anacho s'installa. Le Dirdir poussa un hurlement sauvage et s'élança en courant vers l'appareil. Mais le Phung fit alors un bond prodigieux, pour s'abattre sur lui dans un grand battement de cape. Une fois le Dirdir réduit à un monceau d'os et de peau, il sautilla jusqu'à la mare, au centre de laquelle il s'immobilisa tel un héron, ses yeux tristement posés sur son unique jambe.

3

Sous leurs pieds se déployaient les gouffres, séparés par des falaises de pierre aussi acérées que des couteaux – une succession d'entailles parallèles, noires et béantes. Devant pareil spectacle, Reith se demanda s'ils auraient vraiment pu atteindre vivants le Draschade. Probablement pas. Ces précipices abritaient-ils une forme quelconque de vie ? Le vieux de Siadz avait parlé de pysantillas et de sauvruels. Comment savoir quelles autres créatures pouvaient hanter ces abîmes insondables ? Le Terrien remarqua alors, coincé dans une crevasse qui séparait deux pitons, un enchevêtrement de masses anguleuses semblable à une efflorescence de la roche-mère – un village, apparemment humain, quand bien même aucun homme n'était visible. Où ces gens trouvaient-ils de l'eau ? Au fond du gouffre ? Et comment se procuraient-ils leur nourriture ? Pourquoi avaient-ils élu domicile dans un tel nid d'aigle ? Autant de questions vouées à demeurer sans réponse ; l'obscurité ne tarda pas à engloutir le petit hameau perché.

Une voix vint interrompre la rêverie de Reith – chuintante, nasillarde et grinçante. Le Terrien ne comprenait pas ce qu'elle disait.

Anacho effleura un bouton ; elle se tut aussitôt. L'Homme-Dirdir ne semblait pas s'en inquiéter, aussi Reith se retint-il de lui poser la moindre question.

Vers la fin de l'après-midi, les gouffres s'évasèrent pour former des gorges ténébreuses, tandis que les crêtes qui les encadraient s'ourlaient d'or sombre. Cette région, songea Reith, était aussi lugubre et désolée qu'une tombe. Au souvenir du village, si loin derrière eux à présent, il sentit la mélancolie l'envahir.

L'enfilade des pics s'interrompit brutalement, pour former un gigantesque escarpement ; les cuvettes se rejoignirent en une vaste dépression. Au-delà s'étendait l'océan Draschade. Carina 4269 était en train d'y sombrer, traçant sur ses flots plombés un sillage topaze.

Le promontoire qui s'avançait dans la mer abritait une douzaine de bateaux de pêche hauts de proue comme de poupe. Dans les quelques maisons éparpillées le long du rivage, des lumières s'efforçaient déjà de combattre le crépuscule.

Anacho tourna lentement en rond au-dessus de l'agglomération. « Tu vois ce bâtiment de pierre surmonté de deux coupoles… avec les lumières bleues ? C'est une taverne, ou peut-être une auberge. Je suggère d'y descendre pour nous rafraîchir un peu. La journée a été éprouvante.

— Exact, mais les Dirdir ne risquent-ils pas d'en profiter pour nous retrouver ?

— Ça m'étonnerait lourdement. Ils n'ont aucun moyen d'y parvenir depuis que j'ai isolé le cristal d'identification. Et ce n'est pas leur route, de toute façon. »

Traz jeta un coup d'œil suspicieux au village. Fils des steppes intérieures, il se méfiait de la mer et des marins, les jugeant aussi incontrôlables qu'énigmatiques. « Les villageois peuvent fort bien se révéler hostiles, et s'en prendre à nous.

— J'en doute fort, rétorqua Anacho de cette voix dédaigneuse qui irritait immanquablement le jeune homme. En premier lieu, parce que nous nous trouvons à la limite du territoire wankh ; ces habitants doivent donc avoir l'habitude de voir des étrangers. Et deuxièment, parce qu'une auberge de cette importance suppose un certain niveau d'hospitalité. De toute façon, il va bien nous falloir atterrir tôt ou tard pour boire et manger. Pourquoi pas ici ? Ce n'est pas plus risqué que dans n'importe quelle autre auberge de Tschaï. Enfin, nous n'avons ni plan ni destination. Ce serait à mon avis plus que déraisonnable de voler sans but en pleine nuit. »

Reith éclata de rire. « Tu m'as convaincu. Descendons. »

Traz secoua amèrement la tête, mais ne souleva pas d'autres objections.

Anacho posa le glisseur dans un champ voisin de l'auberge, à l'abri d'une rangée de grands chymax noirs qui oscillaient sous la froide caresse de la brise marine. Ce fut avec prudence que le trio mit pied à terre, mais son arrivée n'attira guère l'attention. Deux hommes qui avançaient tête baissée emmitouflés dans leur cape, s'arrêtèrent un instant pour inspecter l'appareil, puis se remirent en marche en se bornant à échanger à mi-voix quelques vagues commentaires sans intérêt.

Rassurés, les trois compagnons marchèrent jusqu'à l'auberge, dont ils poussèrent la lourde porte de bois – pour se retrouver dans une vaste salle occupée par une demi-douzaine d'hommes aux cheveux blonds clairsemés et au visage blafard, qui se tenaient tous devant la cheminée, un pot d'étain à la main. Ils portaient des vêtements rêches en futaine grise et marron, et des bottes bien graissées qui remontaient jusqu'à leurs genoux. Des pêcheurs, supposa le Terrien. Les conversations s'interrompirent ; tous les regards se tournèrent vers les nouveaux venus, pour finalement revenir au feu et aux boissons ; la discussion laconique ne tarda pas à reprendre.

Une femme trapue affublée d'une vieille robe noire sortit alors de l'arrière-salle. « Qui êtes-vous ?

— Des voyageurs. Pouvez-vous nous servir à manger et nous loger pour la nuit ?

— D'où venez-vous ? Êtes-vous des hommes des fjords ? Ou des Rabs ?

— Ni l'un ni l'autre.

— Les voyageurs sont souvent des gens bannis de leur pays en raison des méfaits qu'ils y ont perpétrés.

— C'est souvent le cas, j'en conviens.

— Hum. Que voulez-vous manger ?

— Qu'est-ce qu'il y a au menu ?

— Du pain et de l'anguille fumée garnie d'hilks.

— Il faudra bien s'en contenter. »

La femme grommela de plus belle, s'en fut – mais leur apporta néanmoins en complément une salade de lichens doux et un plateau de condiments. L'auberge, apprit-elle alors à ses hôtes, avait jadis servi de résidence aux rois-pirates foglars ; leur trésor était disait-on enterré sous les oubliettes. « Mais ceux qui s'avisent de creuser n'y découvrent qu'un amoncellement d'ossements, certains brisés, d'autres brûlés. Ce n'étaient pas des gens commodes, ces Foglars ! Bon, est-ce que vous prendrez du thé ? »

Les trois compagnons allèrent s'asseoir devant le feu. À l'extérieur, le vent rugissait en passant dans les chéneaux. La patronne vint tisonner les braises. « Les chambres se trouvent au fond du couloir. Si vous voulez des femmes, il va falloir que j'en fasse venir – moi-même, je ne suis plus bonne à rien avec mes douleurs dans le dos. Mais ça entraînera un supplément.

— Ne vous dérangez pas pour ça, lui répondit Reith. Des lits propres suffiront à notre bonheur.

— D'étranges voyageurs qui arrivent dans un splendide glisseur. Toi… (elle tendit un doigt vers

Anacho)... tu pourrais fort bien être un Homme-Dirdir. Est-ce un glisseur dirdir ?

— Il se pourrait que je sois un Homme-Dirdir, et qu'il s'agisse d'un glisseur dirdir. Et il se pourrait *aussi* que nous soyons engagés dans une entreprise d'importance, qui nécessite une discrétion absolue.

— Tiens donc, vraiment ! (Sa mâchoire en béa.) Une entreprise ayant trait aux Wankh, pour sûr ! Savez-vous qu'il y a eu de grands changements dans le Sud ? Les Hommes-Wankh et les Wankh sont à couteaux tirés !

— Nous sommes au courant. »

Elle se pencha en avant. « Le bruit court que les Wankh seraient en passe de se retirer. Est-ce la vérité ?

— J'en doute fort, fit Anacho. Tant que les Dirdir resteront à Haulk, les Wankh ne quitteront pas leurs forteresses du Kachan, et les Chasch bleus tiendront prêts leurs silos à torpilles.

— Et nous, s'écria-t-elle, pauvres humains misérables ! Nous sommes les jouets des puissants, des girouettes qui tournent à tous les vents ! Moi, *voilà* ce que je dis : que Bevol les emporte tous – et bon vent ! »

La femme secoua un poing en direction du sud, du sud-ouest et du nord-ouest – directions dans lesquelles se trouvaient ses principaux ennemis ; sur quoi elle sortit de la salle.

Anacho, Traz et Reith restèrent à contempler les flammes qui dansaient dans la cheminée.

« Bon, murmura le premier. Qu'allons-nous faire demain ?

— Je m'en tiens à mes projets, répondit Reith. Retourner sur Terre. D'une manière ou d'une autre, il faut que j'entre en possession d'un vaisseau spatial.

Un tel programme ne concerne aucun de vous deux ; vous devriez vous trouver un endroit sûr – les Îles des Nuages, par exemple, à moins que vous ne préfériez retourner à Smargash. Nous irons là où vous le déciderez. Ensuite, peut-être accepterez-vous de me laisser le glisseur. »

Une expression presque compassée se peignit sur le long visage arlequin d'Anacho. « Et toi, où comptes-tu aller ?

— Tu as mentionné les Chantiers Astronautiques de Sivishe ; voilà quelle sera ma destination.

— Et l'argent ? Il va t'en falloir beaucoup, presque autant que de subtilité et – surtout – de chance.

— Pour l'argent, il y a toujours la solution des Carabas. »

Anacho hocha la tête. « Tous les desperados de Tschaï te diront la même chose. Mais on ne peut pas faire fortune sans prendre d'énormes risques. Les Carabas se trouvent à l'intérieur de la réserve de chasse des Dirdir ; tous ceux qui y pénètrent deviennent du gibier potentiel. Et en admettant que tu échappes aux Dirdir, il y a encore Buszli le bandit, la Bande bleue, les femmes-vampires, les joueurs, les crocheteurs… Pour *un* homme qui revient avec une poignée de sequins, trois autres y laissent leur peau ou finissent dans la panse des Dirdir. »

Reith fit une grimace dépourvue de gaieté. « Je vais devoir prendre le risque. »

Tous trois fixèrent un instant le feu sans rien dire. Puis Traz commença à s'agiter. « Il y a bien longtemps, je portais Onmale, et jamais je ne me suis totalement libéré de son emprise. Parfois, je l'entends m'appeler depuis les profondeurs du sol. Au début, c'est lui qui m'a ordonné de laisser la vie sauve à Adam Reith ; maintenant, par crainte d'Onmale, je ne pourrais l'abandonner même si je le souhaitais.

— Je suis un fugitif, dit alors Anacho. Je n'ai pas de vie à moi. Nous avons anéanti la première Initiative[1], mais tôt ou tard il y en aura une deuxième. Les Dirdir sont des créatures opiniâtres. Tu sais où on pourrait trouver le plus de sécurité ? À Sivishe, au pied de la cité des Dirdir. Quant aux Carabas… (Il poussa un soupir lugubre.) Adam Reith semble avoir un don pour survivre. N'ayant rien de mieux à faire, je prendrai donc moi aussi le risque.

— Je ne sais quoi dire, fit le Terrien. Votre présence m'est précieuse. »

Tous trois se perdirent à nouveau dans la contemplation des flammes. À l'extérieur, un vent sifflant soufflait en rafales. « Bon, reprit enfin Reith, en route pour les Carabas. Pourquoi donc le glisseur ne nous conférerait-il pas un avantage ? »

Les doigts d'Anacho se mirent à voleter. « Pas dans la Zone Noire. Les Dirdir ne manqueraient pas de le repérer, et ils nous tomberaient instantanément dessus.

— Il doit *forcément* exister un moyen quelconque de limiter le danger », insista Reith.

L'Homme-Dirdir poussa un gloussement lugubre. « Tous ceux qui se rendent dans la Zone ont leur méthode bien à eux. Certains s'y introduisent de nuit, d'autres portent des tenues de camouflage, et

1. Traduction inexacte du mot *tsau'gsh* : il s'agit plus précisément d'un groupe de chasseurs résolus qui ont revendiqué le droit d'accomplir une quête ou une tâche de manière à gagner en statut et en réputation.

des bottes matelassées pour étouffer le bruit de leurs pas. D'aucuns forment des groupes pour s'y rendre, d'autres se sentent moins vulnérables seuls. Les uns partent de Zimle, les autres de Maust. Mais, en général, ça finit toujours de la même manière. »

Reith se frotta le menton d'un air pensif. « Les Hommes-Dirdir participent-ils aux battues ? »

Anacho sourit aux flammes. « Les Immaculés sont connus pour chasser. Mais cette idée ne te mènera à rien. Aucun de nous trois ne réussirait à se faire passer pour un Immaculé. »

Du feu, il ne resta bientôt plus que des braises. Les trois compagnons regagnèrent leurs chambres mal éclairées, s'endormirent sur des matelas durs, entre des draps imprégnés d'une odeur marine. Le lendemain matin, ils firent un petit-déjeuner de biscuits salés accompagnés de thé, réglèrent leur note et quittèrent l'auberge.

Le temps était maussade. De froids tentacules de brouillard s'entrelaçaient aux branches des chymax. Les trois amis montèrent à bord du glisseur, qui s'éleva presque aussitôt dans le ciel nuageux, pour bientôt retrouver la pâle lumière ambrée du soleil. Ils mirent le cap à l'ouest, au-dessus de l'océan Draschade.

4

Le Draschade ondulait sous leurs pieds – l'océan gris que Reith avait traversé – des siècles plus tôt, du moins en avait-il l'impression – à bord du *Vargaz*. Anacho maintenait le glisseur au ras des flots, de manière à minimiser les risques de détection par les écrans sondeurs des Dirdir. « Nous avons des décisions importantes à prendre, annonça-t-il. Les Dirdir sont des chasseurs ; nous sommes devenus leur gibier. Une fois commencée, toute chasse doit en principe être menée jusqu'à son terme. Mais contrairement aux Wankh, les Dirdir manquent d'esprit de cohésion ; leurs entreprises résultent d'initiatives individuelles – on appelle cela le *zhna-dih*, qui pourrait se traduire par "grand bond fougueux laissant derrière lui des étincelles aussi intenses que des éclairs". Le zèle qu'ils mettront à nous traquer dépend d'une chose : le chef de chasse – celui qui a accompli le *zhna-dih* originel – se trouvait-il à bord du glisseur ? Si tel était le cas, il est mort désormais, ce qui diminuera considérablement les risques, à moins qu'un autre Dirdir ne décide de revendiquer le *h'so* – un mot signifiant "merveilleuse dominance" – et organise un nouveau *tsau'gsh*, auquel cas nous nous retrouverons dans la même situation qu'avant. Si le chef de chasse est encore de ce monde, nous pouvons désormais le compter parmi nos ennemis mortels.

— Parce qu'il était *quoi*, avant ? » s'étonna le Terrien.

Anacho ignora sa remarque. « Le chef de chasse a toute la force de la communauté à sa disposition – mais il impose son *h'so* plus efficacement en pratiquant le *zhna-dih*. Toutefois, s'il nous soupçonne d'arriver en aéroglisseur, il peut fort bien ordonner une surveillance par écrans sondeurs. (D'un doigt désinvolte, Anacho désigna un disque de verre gris fixé sur le côté du tableau de commande.) Si jamais un écran de recherche nous détecte, vous verrez apparaître dessus un réseau de lignes orange. »

Les heures s'égrenaient. Avec un soupçon de condescendance, Anacho expliqua à ses compagnons le fonctionnement de l'appareil ; Reith et Traz se familiarisèrent avec les instruments de bord. Carina 4269 prit possession du ciel, finit par les rattraper, puis entama sa lente descente vers l'ouest. Le Draschade moutonnait sous leurs pieds, mystérieuse étendue gris-brun qui, au loin, se confondait avec la voûte céleste.

Anacho se mit à parler des Carabas : « Presque tous les cueilleurs de sequins partent de Maust, à quatre-vingts kilomètres au sud de la Première Mer. On y trouve les magasins d'équipement les mieux achalandés, les cartes les plus précises et les meilleurs manuels, et bien d'autres services encore. Si vous voulez mon avis, Maust est une destination qui en vaut bien une autre.

— Où se trouvent les bulbes, en général ?

— Partout dans les Carabas. Il n'y a pas de règles pour les découvrir, pas de système. Ils se font naturellement plus rares là où beaucoup de gens en cherchent.

— Pourquoi ne pas choisir une entrée moins courue, dans ce cas ?

— Maust doit sa popularité à toutes les commodités qu'elle offre aux chercheurs de sequins. »

Le regard de Reith se tourna vers la côte encore invisible du Kislovan, là où se jouerait son destin. « Et si nous n'empruntions aucune de ces entrées ? Si nous choisissions un lieu *entre* les deux ?

— Qu'y gagnerait-on ? La Zone est partout identique.

— Il doit exister un moyen de minimiser les risques et de maximiser nos gains. »

Anacho eut un hochement de tête méprisant. « Tu es décidément un homme aussi étrange qu'obstiné ! Pareille attitude ne confine-t-elle pas à une forme d'arrogance ?

— Non, fit le Terrien, je ne pense pas.

— Alors comment espères-tu réussir si facilement là où tant d'autres ont échoué ? »

Reith sourit. « Il n'y a rien d'arrogant à se demander pourquoi ils ont échoué.

— L'une des vertus des Dirdir est le *zs'hanh*. Ça signifie "indifférence dédaigneuse envers les activités d'autrui". Il existe vingt-huit castes de Dirdir, dont je vais t'épargner l'énumération, et quatre d'Hommes-Dirdir : les Immaculés, les Intensifs, les Estranes et les Clutes. Le *zs'hanh* est un attribut des Dirdir du quatrième au treizième grade. Les Immaculés le pratiquent également. Le *zs'hanh* est une noble doctrine. »

Reith secoua la tête d'étonnement. « Comment les Dirdir sont-ils parvenus à créer une civilisation technique cohérente avec toute cette cacophonie de volontés contradictoires ?

— Tu ne comprends pas, fit Anacho de sa voix la plus nasillarde. La situation est bien plus complexe que ça. Pour s'élever dans leur société, un Dirdir doit être *accepté* par les membres de la caste supérieure – une acceptation qu'il obtient par ses accomplissements, pas en provoquant des conflits. Le *zs'hanh* ne convient pas toujours aux basses castes, ou à celles parmi les plus élevées qui professent la doctrine du *pn'hanh*, la "sagacité corrosive ou explosive".

— Il faut que j'appartienne à une caste élevée, rétorqua Reith. J'ai bien l'intention de faire appel au *pn'hanh* plutôt qu'au *zs'hanh* – je veux tirer parti du moindre avantage à ma portée, et éviter tous les risques possibles. »

Du coin de l'œil, il regarda le long visage revêche de l'Homme-Dirdir, et pouffa en son for intérieur. *Il veut souligner le fait que je suis d'une caste trop basse pour afficher de telles prétentions, mais il sait que je lui rirais au nez.*

Le soleil déclinait avec une détermination anormale, la progression du glisseur vers l'ouest ralentissant sa marche. En fin d'après-midi, une masse d'un violet tirant sur le gris surgit à l'horizon, pour monter à l'assaut du disque marron clair. C'était l'île de Leumé, toute proche du continent de Kislovan.

Anacho fit légèrement virer le glisseur en direction du nord, et se posa aux abords d'un village crasseux situé à la pointe septentrionale de l'île. Le trio passa la nuit à l'*Auberge du Souffleur de Verre*, une bâtisse édifiée à partir des bouteilles et bocaux dont les commerçants se débarrassaient dans des fosses creusées à même le sable derrière l'agglomération. C'était un établissement sombre et humide, imprégné d'une odeur particulièrement âcre – que les trois compagnons retrouvèrent dans le dîner qu'on leur servit dans de lourdes soupières de verre. Le Terrien s'en ouvrir à Anacho, qui appela la servante, une Grise, pour l'interroger d'une voix hautaine. Elle désigna du doigt un gros insecte noir qui détalait sur le plancher. « Oui, les skarats sont *effectivement* des créatures puantes, un fléau dont Bevol nous a jadis fait cadeau. Et puis, un jour, on s'est rendu compte de leur valeur nutritive – on n'arrive plus à en capturer suffisamment, à présent. »

Reith s'était depuis longtemps fait une règle de ne jamais poser de questions sur la nourriture qui lui était présentée ; cette fois, néanmoins, il considéra la soupière d'un œil soupçonneux. « Tu veux dire que… que cette soupe… ?

— Bien sûr, répondit la servante. La soupe, le pain, les condiments – tout est aromatisé au skarat. De toute façon, nous serions pareillement infestés si on ne s'en servait pas ainsi. Aussi faisons-nous de nécessité vertu – et puis, ça relève agréablement le goût de la nourriture, pas vrai ? »

Si Reith eut un mouvement de recul devant le potage, Traz l'attaqua impassiblement, tout comme Anacho – après néanmoins un petit reniflement acerbe. Le Terrien s'avisa alors que personne ne faisait jamais la fine bouche sur Tschaï. Il poussa un lourd soupir et, faute d'un autre plat sur la carte, ingurgita le brouet fétide.

Ce fut encore de la soupe qui leur fut servie en guise de petit-déjeuner, accompagnée d'une garniture de plantes marines. Dès la dernière bouchée avalée, les trois compagnons remontèrent dans le glisseur et prirent la direction du nord-ouest, pardessus le golfe de Leumé et les plaines désolées du Kislovan.

Anacho, d'ordinaire si flegmatique, commençait à se montrer nerveux. Il scrutait le ciel, fouillait du regard l'étendue rocailleuse, inspectait la moindre protubérance, la plus petite bulle, toutes les pastilles de fourrure marron et de velours vermillon, les miroirs frémissants qui servaient d'instruments de bord. « Nous approchons du territoire des Dirdir, annonça-t-il. Nous allons piquer au nord droit sur la Première Mer, puis nous mettrons le cap à l'ouest en direction de Khoraï. Là, nous devrons abandonner le glisseur et traverser le *Zoga'ar zum Fulkash am*[1] jusqu'à Maust. Ensuite… en route pour les Carabas ! »

5

L'aéroglisseur filait au-dessus du Grand Désert de pierres, parallèlement aux pics noir et rouge massifs de la chaîne du Zopal. Sous leurs pieds défilaient des terrasses poudreuses et desséchées, des champs d'éboulis, des dunes de sable rose sombre, parfois une oasis solitaire que ceinturaient les blanches aigrettes des arbres-fumée.

Une tempête se leva en fin d'après-midi, soulevant des tourbillons de poussière qui submergèrent Carina 4269 dans la grisaille. Anacho mit le cap au nord ; bientôt une ligne bleu foncé barra l'horizon – la Première Mer.

L'Homme-Dirdir atterrit aussitôt dans le désert, à une quinzaine de kilomètres de la côte.

« Nous sommes encore à plusieurs heures de Khoraï. Mieux vaut ne pas y arriver de nuit. Les Khors sont des gens méfiants. Un mot plus haut que l'autre, et ils tirent leurs poignards. Une fois la nuit tombée, ils frappent sans même avoir été provoqués.

— Et c'est à eux que nous allons confier la garde du glisseur ?

1. Littéralement : la voie des têtes de mort aux étincelantes orbites pourpres.

— Quel voleur serait assez fou pour chercher des histoires aux Khors ? »

Reith examina l'étendue désolée. « Je préfère dîner à l'*Auberge du Souffleur de verre* plutôt que rien du tout.

— Ha ! ricana Anacho. Dans les Carabas, tu te remémoreras avec nostalgie le silence et la paix de cette nuit. »

En guise de lits, ils se creusèrent des trous dans le sable. Des étoiles scintillaient de toute part dans la nuit noire. Juste au-dessus de leur tête flamboyait la constellation de Clari, au cœur de laquelle, invisible à l'œil nu, scintillait le Soleil. Et Reith de se demander s'il allait un jour revoir la Terre. Auquel cas scruterait-il souvent le ciel nocturne en quête d'une invisible étoile bistre située dans la constellation d'Argo Navis, et de l'obscure planète qui orbitait autour ?

Un scintillement à l'intérieur du glisseur attira son attention ; il y découvrit un réseau de lignes orangées fluctuantes sur l'écran radar.

Elles disparurent cinq minutes plus tard, laissant Reith submergé d'une sensation de froid et de désolation.

L'aube finit par pointer ; le soleil surgit à l'horizon de la plaine dans un ciel si clair, si *limpide* que le moindre accident de terrain, le moindre caillou, projetait derrière lui une longue ombre noire. Anacho fit décoller l'appareil et repartit en rase-mottes ; lui aussi avait remarqué le scintillement orange. Le paysage se fit peu à peu moins rébarbatif ; des bouquets d'arbres-fumée rabougris se dressaient ici et là, bientôt rejoints par de noires dendrites et des buissons d'urticules.

Sitôt l'appareil à l'aplomb de la Première Mer, Anacho obliqua vers l'ouest pour suivre le rivage. Ils survolèrent des villages – de petits regroupements de bâtisses en briques brun terne, surmontées de noirs toits de fer coniques, érigées au voisinage de bosquets d'énormes dyans – l'Homme-Dirdir identifia ceux-ci comme étant des bosquets sacrés. Des appontements branlants s'avançaient dans les eaux noires tels des cadavres de mille-pattes. Des barques de bois sombre, effilées aux deux extrémités, étaient échouées sur la plage. À travers son sondoscope, Reith vit des hommes et des femmes à la peau jaune moutarde affublés de capes et de hauts bonnets noirs, qui levèrent des yeux inamicaux au passage du glisseur.

« Des Khors, déclara Anacho. Un peuple étrange, aux mœurs secrètes. Ils changent du tout au tout une fois la nuit tombée – c'est du moins ce que prétend la rumeur. Chaque individu possède deux âmes, qui alternent à l'aube et au coucher du soleil, de sorte qu'ils sont tous deux personnes en une. On raconte des choses singulières sur leur compte. Regarde le littoral, ajouta-t-il en levant le bras. Là où il forme un entonnoir. »

Le Terrien se tourna dans la direction indiquée ; il y découvrit un bosquet de dyans – un spectacle désormais familier – ainsi qu'une petite agglomération de cabanes brunes surmontées de toits en fer noir. La route qui en partait s'enfonçait à travers les collines en direction du sud. Des Carabas…

« Devant toi s'étend le bois sacré des Khors, enchaîna Anacho, dans lequel, dit-on, ils procèdent à l'échange des âmes. Plus loin, tu peux voir le relais des caravanes et la route de Maust. Je n'ose faire voler le glisseur plus loin. Nous allons donc nous poser, et nous rendre à Maust comme de banals chercheurs de sequins – ce qui ne sera pas forcément un inconvénient.

— Et le glisseur sera encore là à notre retour ? »

Anacho désigna le port du doigt. « Tu vois ces bateaux à l'ancre ? »

Portant son sondoscope à ses yeux, Reith distingua une petite cinquantaine d'embarcations de tous modèles.

« Ces bateaux ont amené à pied d'œuvre des chercheurs de sequins venus de Coad, d'Aig-Hedaïjha, des Îles Basses, de la Deuxième et de la Troisième Mer. S'ils reviennent dans l'année, leurs propriétaires les reprennent et peuvent rentrer chez eux. Passé ce délai, par contre, les bateaux deviennent la propriété du capitaine du port. Nul doute que nous allons pouvoir bénéficier de telles dispositions. »

Comme Reith n'élevait pas d'objection, Anacho fit descendre l'appareil en direction de la plage.

« Et n'oublie pas, l'avertit l'Homme-Dirdir, les Khors ont tendance à être susceptibles. Ne leur adresse pas la parole. Fais comme si tu ne les voyais pas, sauf en cas d'absolue nécessité – mais montre-toi dans ce cas aussi bref que possible. Ils considèrent la loquacité comme un crime contre nature. Ne te tiens pas dans le vent d'un Khor – à contre-vent non plus si possible : c'est pour eux un signe d'hostilité. Ne prête pas attention aux femmes et ne regarde pas les enfants : on te soupçonnerait de leur jeter un sort. Et par-dessus tout, garde-toi bien de t'intéresser au bois sacré. Les Khors ont pour arme traditionnelle un aiguillon de fer, qu'ils lancent avec une précision stupéfiante. Ce sont des gens dangereux.

— J'espère ne rien oublier », fit Reith.

Le glisseur se posa au sec sur le caillebotis. Quelques secondes à peine après l'atterrissage, un individu de haute taille, maigre et basané, les yeux profondément enfoncés dans les orbites, les joues hâves, le nez en bec d'aigle, les rejoignit au pas de course. Sa tunique de grossière étoffe brune flottait sur ses jambes. « Vous vous rendez aux Carabas ? leur demanda-t-il. Aux *terribles* Carabas ? »

Reith acquiesça avec circonspection. « C'est notre intention, oui.

— Vendez-moi votre glisseur ! *Quatre* fois j'ai pénétré dans la Zone, en me faufilant d'un rocher à l'autre ; j'ai enfin fait mon plein de sequins. Vendez-moi votre glisseur, que je puisse retourner à Holangar.

— Nous en aurons malheureusement besoin à notre retour, répondit le Terrien.

— Je vous donnerai des sequins en échange… des sequins pourpres !

— Cela ne nous intéresse pas ; nous allons en trouver nous-mêmes. »

L'homme fit un geste chargé d'une émotion trop violente pour être exprimée par des mots, puis s'éloigna à grandes enjambées en direction du rivage. Deux Khors apparurent à leur tour – des hommes sveltes, au physique délicat, vêtus d'une tunique noire et d'un bonnet cylindrique qui augmentait visuellement leur taille. Ils arboraient un visage jaune moutarde aussi grave que figé, un petit nez effilé et des oreilles pareilles à deux fragiles coquillages. Leurs beaux cheveux bruns poussaient littéralement vers le *haut*, pour s'y retrouver emprisonnés par leur haut chapeau. Aux yeux de Reith, ils semblaient appartenir à une lignée humaine aussi divergente que celle des

Hommes-Wankh – peut-être même constituaient-ils une espèce distincte.

« Pourquoi êtes-vous venus à Khoraï ? demanda le plus âgé des deux dans un filet de voix.

— Pour trouver des sequins, lui répondit Anacho. Nous souhaiterions confier notre aéroglisseur à votre garde.

— Il faut payer. C'est un appareil de grande valeur.

— Tant mieux pour vous si nous ne revenons pas. Nous n'avons pas de quoi payer.

— Si vous revenez, il faudra payer.

— Non, hors de question. N'insistez pas, sans quoi nous nous rendrons directement à Maust par la voie des airs. »

Les visages jaune moutarde n'affichèrent aucune émotion. « Fort bien, mais nous ne vous accordons que jusqu'au mois de Temas.

— Trois mois seulement ? C'est bien trop court ! Laissez-nous jusqu'à la fin de Meumas. Ou, mieux encore, d'Azaïmas.

— Disons Meumas. Votre glisseur ne risquera rien de qui que ce soit – sauf des gens à qui vous l'avez volé.

— Il sera parfaitement en sécurité ; nous ne sommes pas des voleurs.

— Soit. Jusqu'au premier jour de Meumas, pas un de plus. »

Après avoir récupéré leurs affaires, les trois compagnons se rendirent au terminus caravanier. Sous un hangar à ciel ouvert, des manœuvres préparaient au voyage un chariot motorisé, sous les yeux d'une douzaine d'individus qui représentaient autant de races différentes. Le trio s'inscrivit pour le voyage.

Une heure plus tard, le véhicule quittait Khoraï en direction du sud, sur la route de Maust.

Au terme d'une succession de collines arides et de rigoles asséchées, le chariot fit halte pour la nuit devant une auberge tenue par une communauté de femmes au visage blanc. Soit elles appartenaient à quelque secte orgiaque, soit il s'agissait de vulgaires prostituées car, longtemps après que Reith, Anacho et Traz se furent étendus sur les bancs qui faisaient office de lits, des hurlements avinés et de sauvages éclats de rire retentirent dans la salle commune.

Le lendemain, ils trouvèrent celle-ci plongée dans l'obscurité et le silence, imprégnée de relents de vin répandu et d'une odeur de bougie brûlée. Des hommes au teint cendreux étaient affalés sur des tables, ou vautrés sur des bancs. Les femmes de la veille entrèrent, parlant désormais sur un ton péremptoire, les mains chargées de chaudrons remplis d'une espèce de goulasch jaune inconsistant. Les voyageurs s'étirèrent, poussèrent quelques grognements, puis s'attablèrent sombrement devant des écuelles de terre. Après quoi ils remontèrent d'un pas mal assuré dans le chariot, qui ne tarda pas à reprendre la route du sud.

À midi, Maust apparut au loin – un enchevêtrement de hauts bâtiments étroits aux pignons surélevés et aux toits en dents de scie, de poutrelles de bois sombre, de tuiles noircies par l'âge. Au-delà débutait une plaine aride qui s'étendait jusqu'aux Collines du Souvenir. Des garçons se précipitèrent à la rencontre du véhicule en hurlant des slogans. Les pancartes qu'ils agitaient faisaient la réclame des commerçants du coin : « Chercheurs de sequins, votre attention ! Chez Kobo Hux, vous trouverez les meilleurs détecteurs de sequins » « Établissez vos plans à l'*Auberge des Lumières Pourpres* » « Armes, semelles amortisseuses, cartes, outils de forage : autant d'accessoires indispensables en vente chez Sag le Marchand »… « Ne fouillez pas à l'aveuglette : Garzu le Voyant localise les gisements importants de bulbes pourpres »… « Pour échapper aux Dirdir avec un maximum d'agilité, utilisez les bottes souples proposées par Awalko »… « Vos dernières pensées seront douces si, avant de mourir, vous absorbez d'abord les pastilles euphoriques élaborées par Laus le Thaumaturge »… « Accordez-vous un agréable répit au *Quai de la Liesse* avant de pénétrer dans la Zone. »

Le chariot s'arrêta dans un enclos à l'entrée de la ville. Les passagers mirent pied à terre au milieu d'une nuée d'hommes braillards, de garçons insistants, de fillettes grimaçantes, qui tous avaient quelque produit miracle à proposer. Les trois compagnons se frayèrent un chemin à travers la foule en s'efforçant du mieux qu'ils le pouvaient d'échapper aux mains qui se tendaient avidement vers leurs personnes et leurs biens.

Ils empruntèrent une rue étroite bordée de hauts édifices noircis par le temps, que la lumière jaunâtre de Carina 4269 parvenait à peine à pénétrer. Il y avait là des boutiques d'équipements et d'outils potentiellement utiles aux prospecteurs de sequins : nécessaires d'étalonnage, accessoires de camouflage, effaceurs de piste, pincettes, fourches, lunettes d'approche, cartes, guides, talismans et poudres d'imploration. De certains bâtiments s'échappaient des bruits de cymbales et de rauques sonorités de hautbois, qu'accompagnaient les hurlements d'ivrognes émoustillés. D'autres étaient réservés aux parieurs, d'autres encore servaient d'auberges, au rez-de-chaussée occupé par des restaurants. Tout ici avait un parfum d'ancienneté, même l'arôme sec de l'air. Le frottement fortuit des mains avait fini par polir les pierres, les boiseries intérieures étaient sombres et lustrées ; la lumière oblique faisait miroiter subtilement les vieilles tuiles brunes.

Derrière la place centrale se dressait une spacieuse hostellerie, qui semblait proposer des chambres confortables. Si Anacho penchait en sa faveur, Traz s'éleva contre ce qu'il considérait comme un luxe excessif parfaitement inutile : « Une seule nuit d'hôtel vaut-elle *vraiment* le prix d'un cheval-sauteur ? s'insurgea-t-il. Nous sommes passés devant une douzaine d'auberges qui auraient eu ma préférence.

— Avec le temps, répliqua Anacho avec indulgence, tu apprendras à apprécier les subtilités de la civilisation. Viens, allons voir ce qu'ils proposent dans cet établissement. »

Le trio franchit une porte de bois sculpté. Du plafond pendaient des candélabres en forme de grappe de sequins. Un somptueux tapis noir à bordure taupe semé d'étoiles ocre et écarlates recouvrait le sol carrelé.

Un majordome vint s'enquérir de leurs desiderata. Anacho lui demanda trois chambres, du linge frais, des bains et des onguents. « Et à combien s'élèvent vos tarifs ?

— Pour ce genre de services, ce sera cent sequins[1] par personne et par jour. »

Traz poussa une exclamation scandalisée ; même Anacho protesta : « *Quoi ?* Trois cents sequins pour trois modestes chambres ? Vous n'avez donc aucun sens de la mesure ? C'est là un prix scandaleux ! »

Le majordome secoua sèchement la tête. « Monsieur, vous vous trouvez dans la célèbre auberge *Alawan*, au seuil des Carabas. Nos clients ne reviennent jamais se plaindre : soit ils partent d'ici riches à millions, soit ils finissent dans le ventre d'un Dirdir. Alors, quelques sequins de plus ou de moins, quelle importance ? Si vous n'avez pas les moyens de payer cette somme, je vous suggère d'essayer la *Retraite du Bon Repos* ou l'*Auberge de la Zone Noire*. Mais notez bien que nos tarifs incluent l'accès à un buffet garni de victuailles d'excellente qualité, ainsi qu'à une bibliothèque de cartes, guides et autres manuels techniques – sans même parler des services d'un expert-conseil.

— Tout cela me semble bel et bon, fit Reith. Mais nous allons quand même commencer par aller jeter un coup d'œil à l'*Auberge de la Zone Noire*, ainsi qu'à deux ou trois autres établissements. »

Ladite auberge occupait les combles d'un tripot. Quant à la *Retraite du Bon Repos*, c'était une baraque glaciale située à côté d'une décharge, à quelque cent mètres au nord de la ville.

Après être allés inspecter quelques établissements supplémentaires, les trois compagnons retournèrent à l'*Alawan* où, au terme d'âpres marchandages, ils

---

1. Les sommes exprimées en sequins ont le « clair » pour unité de valeur.

parvinrent à obtenir un léger rabais – ce qui ne les dispensa pas de payer d'avance.

Au terme d'un repas composé de bambous râpés et d'un gâteau d'avoine, tous trois montèrent à la bibliothèque aménagée au fond du premier étage. Le mur latéral accueillait une carte à grande échelle de la Zone ; sur les rayonnages s'empilaient brochures, cartons de documents et compilations. L'expert-conseil, un petit bonhomme aux yeux tristes, répondait sur le ton de la confidence aux questions qu'on lui posait. Les trois compères passèrent l'après-midi à étudier la topographie de la Zone, les itinéraires des expéditions fructueuses comme ceux des infructueuses, la distribution statistique des chasses dirdir. Deux petits tiers des aventuriers qui pénétraient dans la Zone en revenaient, avec un gain moyen d'environ six cents sequins. « Les chiffres sont trompeurs, fit observer Anacho. Ils incluent les Zonards, qui ne s'enfoncent jamais dedans plus loin que sur quelques centaines de mètres. Ceux qui prospectent les collines lointaines constituent la majorité des morts – et du bénéfice. »

La prospection des sequins était une science aux innombrables aspects, qui chacun pouvait se voir éclairé par toute une série de statistiques. Un prospecteur qui se retrouvait nez à nez avec une bande de Dirdir pouvait soit prendre la fuite, soit se cacher, soit combattre, avec des chances de se tirer d'affaire calculées en fonction de la nature du terrain, de l'heure, de la distance qui le séparait du Portique des Clartés. Ceux qui s'organisaient en équipes pour veiller les uns sur les autres attiraient un nombre d'autant plus grand de Dirdir, ce qui diminuait leurs chances de survie. Les bulbes se trouvaient répartis sur toute l'étendue de la Zone, mais plus particulièrement dans les Collines du Souvenir et la Terrasse méridionale, dans la savane et sur les versants des plateaux. Les Carabas étaient considérées comme un *no man's land* : il arrivait que des prospecteurs se tendent des embuscades entre eux ; de tels guets-apens, avait-on calculé, étaient responsables de onze pour cent des décès.

Le crépuscule commençait à tomber, et la bibliothèque à s'assombrir. Les trois hommes redescendirent dans la salle à manger, où les serviteurs en livrée de soie noire avaient déjà dressé les tables sous de grands candélabres. Reith ne put s'empêcher de s'élever contre de tels raffinements. « Il faut bien justifier des tarifs aussi exorbitants, non ? » répliqua Anacho avec un rire sarcastique. Et il se dirigea vers le buffet, d'où il revint avec trois coupes d'un vin épicé.

Confortablement installés dans les antiques canapés, ils observaient les autres clients, pour la plupart seuls. Quelques-uns allaient néanmoins par paire, et il y avait un unique groupe de quatre personnes installé à une table isolée ; elles portaient des capes noires, et leurs capuchons rabattus ne révélaient qu'un long nez couleur d'ivoire.

« Nous compris, dit Anacho, il y a dix-huit hommes dans cette pièce. Neuf vont trouver des sequins, neuf autres reviendront bredouilles. Deux tomberont peut-être sur un bulbe de grande valeur, pourpre ou écarlate. Dix ou douze finiront dans la panse des Dirdir. Six, peut-être huit, reviendront à Maust. Ceux qui s'enfoncent le plus loin pour dénicher les meilleurs courent le plus gros risque ; les six ou huit rescapés ne retireront pas un bénéfice énorme de l'aventure.

— Dans la Zone, enchaîna sombrement Traz, un homme a chaque jour une chance sur quatre de périr. Son gain est en moyenne d'environ quatre cents sequins : il semble bien que ces messieurs, comme nous-mêmes, donnent à la vie une valeur de seulement seize cents sequins.

— Il va donc nous falloir trouver un moyen quelconque d'améliorer nos chances, murmura Reith.

— Tous ceux qui pénètrent dans la Zone font des projets similaires, répliqua sèchement Anacho. Avec des résultats pour le moins contrastés.

— Alors nous allons devoir tenter quelque chose d'inédit. »

L'Homme-Dirdir émit un grognement sceptique.

Le trio s'en fut visiter la ville. Des enseignes lumineuses rouges et vertes indiquaient les music-halls ; aux balcons, des filles aux traits figés se trémoussaient en interprétant des chansons d'une étrange douceur. Les salles de jeu bénéficiaient d'un éclairage encore plus intense, et accueillaient une activité encore plus enfiévrée. Chacune semblait s'être spécialisée dans un jeu particulier, parfois aussi simple que le lancer de dés à quatorze faces, parfois bien plus complexe – des parties d'échecs vous opposant aux professionnels de l'établissement, par exemple.

Le trio fit halte devant un jeu appelé LOCALISEZ LE BULBE POURPRE. Sur une table de neuf mètres de long sur trois de large était posée une maquette des Carabas. L'Avant-Pays, les Collines du Souvenir, la Terrasse méridionale, les gorges et les vallées, les savanes, les rivières et les forêts y étaient fidèlement reproduits. Des lampes bleues, rouges et pourpres, clairsemées dans l'Avant-Pays, plus denses dans les

Collines du Souvenir et sur la Terrasse méridionale, figuraient les concentrations de bulbes. Khusz, le camp de chasse dirdir, était un quadrilatère blanc aux quatre coins prolongés par des cornes pourpres. Une grille numérotée recouvrait l'ensemble. Une douzaine de joueurs entouraient le plateau, chacun contrôlant une figurine. Sur la maquette se trouvaient également quatre chasseurs dirdir figés en plein bondissement. Les joueurs lançaient tour à tour un dé à quatorze faces, pour déterminer le déplacement de leur statuette respective. Les Dirdir avançaient alors du même nombre de cases, visant celles où se trouvait une proie potentielle – celles qui se faisaient prendre étaient alors déclarées mortes, et retirées du jeu. Chaque figurine cherchait à atteindre les voyants lumineux représentant les bulbes à sequins, afin d'augmenter le score de celui qu'elle symbolisait. Ce dernier pouvait à tout moment décider de quitter la Zone par le Portique des Clartés, pour empocher ses gains. Le plus souvent, cependant, poussé par sa cupidité, le joueur la laissait sur le plateau jusqu'à ce qu'un Dirdir l'attrape, auquel cas il perdait la totalité de sa mise. Reith trouvait le spectacle fascinant. Les joueurs, l'œil fixe, les mains crispées sur les barreaux de leur cabine, s'agitaient nerveusement, jetaient d'une voix rauque des ordres aux préposés ; hurlaient d'exultation quand ils remportaient un bulbe, grondaient à l'approche des Dirdir ; s'affaissaient, le visage défait, quand la statuette qui les représentait tombait sous les coups virtuels des chasseurs.

La partie prit fin. Il n'y avait plus un seul « prospecteur » dans les Carabas – les Dirdir ne chassaient pas dans une Zone vide. Les joueurs redescendirent avec raideur de leur cabine. Ceux qui étaient sortis sains et saufs de la Zone allèrent encaisser leurs gains. Les Dirdir regagnèrent Khusz, derrière la Terrasse méridionale. De nouveaux amateurs acquirent des figurines, prirent la place de leurs prédécesseurs, et une autre partie commença.

Reith, Traz et Anacho reprirent leur route. Le Terrien s'arrêta devant un stand pour examiner les paquets de papiers pliés qui y étaient exposés. Des pancartes annonçaient :

METICULEUSEMENT ANNOTÉE PENDANT DIX-SEPT ANS : LA CARTE DE SABOUR YAN, POUR 1.000 SEQUINS SEULEMENT. GARANTIE NON EXPLOITÉE.

ou encore :

LA CARTE DE GORAGONSO LE MYSTÉRIEUX, QUI VÉCUT TELLE UNE OMBRE DANS LA ZONE, EN ELEVANT SES BULBES SECRETS COMME DES ENFANTS. POUR LA MODIQUE SOMME DE 3.500 SEQUINS. JAMAIS EXPLOITÉE.

Reith, intrigué, se tourna vers Anacho en quête d'explications.

« C'est assez simple, fit l'Homme-Dirdir. Au fils des ans, les Sabour Yan et autres Goragonso le Mystérieux explorent les régions les plus sûres des Carabas en quête de bulbes de qualité inférieure – les “eaux” et les “laits”, les bleus pâles qu'on appelle “sardoines” et les verts pâles. Quand ils en découvrent, ils notent soigneusement leur position et les cachent de leur mieux sous des tas de pierres ou des plaques de schiste, escomptant retourner sur les lieux plus tard dans l'année, une fois que les bulbes auront mûri. Tant mieux pour eux s'ils tombent sur des pourpres, mais ceux-ci sont fort rares dans les secteurs périphériques qu'ils prospectent – sauf ceux qui ont été trouvés (et dissimulés) une génération plus tôt sous la forme d'"eaux", de "laits" ou de "sardoines". Quand de tels personnages se font tuer, leurs cartes deviennent des documents précieux. Malheureusement, acheter pareil papier peut s'avérer risqué. Le premier à être entré en sa possession a fort bien pu "l'exploiter", s'approprier les meilleurs bulbes et le revendre ensuite comme une carte "non exploitée". Qui pourrait prouver le contraire ? »

Le trio retourna à l'auberge. Dans le vestibule, un unique candélabre faisait sourdre la lumière d'une centaine de mornes joyaux, dont l'éclat allait se perdre dans les ombres ; seuls quelques reflets colorés tranchaient ici et là sur les noires boiseries. Dans la salle à manger, guère mieux éclairée, se trouvaient quelques groupes de personnes occupées à faire des messes basses. Après s'être servi des bols de thé poivré au samovar, les trois amis prirent place dans une stalle.

« Cet endroit est un asile de fous, s'énerva Traz. Maust autant que les Carabas. On devrait filer d'ici, et trouver un moyen *normal* de faire fortune. »

Anacho agita ses doigts blancs avec désinvolture, puis répliqua d'une voix flûtée légèrement moralisatrice : « Maust ne représente qu'un aspect des rapports qu'entretiennent les hommes avec l'argent. C'est sur cette base qu'il faut la considérer.

— Pourquoi faut-il toujours que tu jargonnes ? s'écria l'adolescent. Gagner des sequins à Maust ou dans la Zone reste de toute façon une entreprise risquée, rarement couronnée de succès. Personnellement, je n'aime guère prendre des risques inconsidérés.

— Pour ma part, intervint Reith, je compte bien me remplir les poches de sequins – mais je n'ai aucune intention de jouer.

— Impossible ! déclara Anacho. À Maust, on joue avec des sequins. Dans la Zone, avec sa vie. Je ne vois pas comment tu pourrais faire autrement.

— Je peux faire en sorte de réduire les risques à un niveau admissible.

— Tout le monde nourrit ce genre d'espoir. Mais les brasiers dirdir brillent chaque soir dans les Carabas, et à Maust les tenanciers gagnent plus que les prospecteurs de sequins.

— La prospection est une méthode aussi lente qu'incertaine, reprit le Terrien. Personnellement, je préfère des sequins déjà récoltés. »

Anacho plissa les lèvres avec perplexité. « Tu envisages de dévaliser les prospecteurs ? Voilà qui me semble passablement hasardeux. »

Reith leva les yeux au plafond. Comment l'Homme-Dirdir pouvait-il encore se méprendre aussi grossièrement sur le cheminement de sa pensée ? « Je ne compte nullement dépouiller les prospecteurs.

— Alors je ne comprends pas. Qui as-tu l'intention de voler ?

— Pendant qu'on assistait à la partie, lui répondit le Terrien d'une voix circonspecte, une question m'est venue à l'esprit : quand les Dirdir tuent un prospecteur, que deviennent ses sequins ? »

Anacho fit claquer ses doigts de lassitude. « Que veux-tu qu'ils deviennent ? Ils s'emparent du butin.

— Prenons une partie de chasse dirdir typique. Combien de temps les chasseurs restent-ils dans la Zone ?

— De trois à six jours. Ce sont les chasses commémoratives qui durent le plus longtemps ; les compétitives n'ont quant à elles guère tendance à se prolonger.

— Et en un jour, combien une expédition classique fait-elle de victimes ? »

Anacho réfléchit un instant. « Chaque chasseur espère bien sûr rapporter un trophée quotidien. Un groupe chevronné en tue généralement deux ou trois, parfois davantage. Par la force des choses, il y a beaucoup de viande gaspillée.

— Donc une expédition type regagne Khusz avec les sequins d'une bonne vingtaine de prospecteurs ?

— A priori oui, répondit sèchement Anacho.

— Un prospecteur normal transporte sur lui l'équivalent de… disons, cinq cents sequins. Chaque expédition rentre par conséquent avec un butin de dix mille sequins.

— Ne laisse pas tes petits calculs te monter à la tête, lui fit remarquer Anacho de sa voix la plus tranchante. Les Dirdir ne sont pas réputés pour leur générosité.

— Le plateau du jeu de la chasse, je présume qu'il représente fidèlement la Zone ? »

L'Homme-Dirdir le lui confirma d'un hochement de tête maussade. « Il est d'une fidélité acceptable, oui. Pourquoi cette question ?

— Demain, je veux inventorier toutes les routes de chasse qui partent de Khusz et y reviennent. Si les Dirdir viennent chasser des hommes dans les Carabas, ils peuvent difficilement se plaindre si quelqu'un s'avise de faire l'inverse.

— J'imagine mal des hommes traquant des Rayonnants ! s'exclama Anacho.

— Personne ne l'a jamais fait ?

— Jamais ! Autant imaginer des gekkos chasser des smurs !

— Dans ce cas, nous bénéficierons de l'effet de surprise.

— Sans doute aucun ! Mais tu devras te passer de moi ; il est hors de question que je m'engage dans une pareille aventure. »

Traz réprima un gloussement ; Anacho se tourna vivement vers lui. « Qu'est-ce qui te fait rire ?

— Ta peur. »

L'Homme-Dirdir se laissa aller contre le dossier de son fauteuil. « Si tu connaissais les Dirdir aussi bien que moi, toi *aussi* tu aurais peur.

— Ils sont vivants. Et donc mortels.

— Mais difficiles à tuer. Quand ils chassent, ils mobilisent une région bien distincte de leur cerveau, pour retrouver ce qu'ils appellent "l'Ancien État". Aucun homme ne peut alors se mesurer à eux. L'idée de Reith confine à la démence.

— Demain, fit le Terrien d'une voix conciliante, nous retournerons étudier la maquette. Peut-être qu'elle nous inspirera. »

6

Reith, Traz et Anacho quittèrent Maust trois jours plus tard, une heure avant l'aube. Une fois franchi le Portique des Clartés, ils s'enfoncèrent dans l'Avant-Pays en direction des Collines du Souvenir, masse noire qui se détachait quinze kilomètres plus au sud sur le ciel moucheté de bistre et de violet. Devant comme derrière eux, une douzaine de silhouettes couraient, pliées en deux, dans la pénombre glacée. Les unes ployaient sous le poids de leur équipement – outils de fouille, étalonneurs, armes, pommades désodorisantes, fard noir pour le visage, matériel de camouflage ; les autres n'emportaient qu'un sac, un couteau et un paquet de rations.

Carina 4269 émergea de la grisaille ; si quelques prospecteurs allèrent se dissimuler dans les broussailles, sous une toile de camouflage, pour attendre l'obscurité avant de reprendre leur route, d'autres, pressés d'atteindre le *Lit de Galets*, acceptèrent le risque de se faire intercepter. Stimulé par les indices tangibles de cette éventualité – tas de cendres mêlées d'ossements carbonisés, morceaux de cuir –, le trio accéléra l'allure, et parvint finalement sans fâcheux incidents au *Lit de Galets*, un refuge dédaigné par les chasseurs dirdir.

Ils se débarrassèrent de leurs sacs et s'allongèrent pour se reposer. Presque aussitôt surgirent deux solides gaillards appartenant à une race que Reith ne parvint pas à identifier. Le teint basané, de longs cheveux noirs hirsutes, la barbe frisée, ils portaient des haillons qui empestaient abominablement. Ils examinèrent les trois compagnons avec une assurance belliqueuse. « Ce secteur est sous notre contrôle, leur lança l'un d'eux d'une voix rauque. Il vous en coûtera cinq sequins par tête pour y prendre du repos. Si vous refusez de payer, on vous refoulera en terrain découvert – mais attention ! Des Dirdir rôdent sur la crête nord. »

Anacho bondit instantanément sur ses pieds et asséna un violent coup de pelle sur le crâne de celui qui parlait. Son acolyte le menaça de son gourdin ; le fer de la pelle s'abattit sur ses poignets, manquant de les trancher. Le gourdin tomba à terre ; l'homme recula en vacillant, ses yeux horrifiés braqués sur ses mains aussi flasques que des gants vides. « Allez donc affronter vous-mêmes les Dirdir ! » lui lança Anacho en avançant, sa pelle levée. Les deux agresseurs filèrent dans les éboulis. « On ferait bien de bouger », dit l'Homme-Dirdir en les regardant partir.

Ils reprirent leurs sacs et reprirent leur route ; mais à peine s'étaient-ils mis en marche qu'un énorme bloc de rocher vint s'écraser tout près d'eux. Traz bondit sur un bloc de roche, pointa sa catapulte et tira. Un gémissement de douleur s'éleva presque aussitôt au loin.

Le trio parcourut une centaine de mètres vers le sud, pour s'arrêter en haut d'une pente dominant le *Lit de Galets* ; en plus d'avoir là une vue panoramique sur l'ensemble de l'Avant-Pays, ils pouvaient facilement y protéger leurs arrières.

Reith sortit son sondoscope pour étudier les alentours. Il distingua une demi-douzaine de prospecteurs, qui s'efforçaient de passer inaperçus, ainsi qu'un groupe de Dirdir plantés sur un promontoire à l'est. Dix minutes durant ceux-ci restèrent parfaitement immobiles, pour ensuite disparaître sans crier gare. Le Terrien les repéra à nouveau quelques instants plus tard, bondissant à grandes foulées dans les combes de l'Avant-Pays.

Au cours de l'après-midi, aucun Dirdir n'étant en vue, des prospecteurs commencèrent à s'aventurer hors du Lit de Galets. Reith, Traz et Anacho gagnèrent la crête aussi directement que la prudence le leur permettait. Ils se retrouvaient seuls, à présent. Aucun bruit ne leur parvenait.

L'obligation qu'ils avaient de rester discrets ralentissait considérablement leur progression. Ils en étaient encore à peiner au fond d'un ravin en début de soirée, d'où ils émergèrent juste à temps pour voir s'effacer l'ultime croissant d'argent bruni de Carina 4269. Au sud, une succession de vallonnements coupés de cuvettes se déployaient jusqu'à la Terrasse – une région riche en sequins, mais aussi extrêmement dangereuse en raison de la proximité de Khusz, distante d'une quinzaine de kilomètres.

Avec le crépuscule, un étrange mélange de nostalgie et d'horreur prit possession des Carabas. Partout s'allumaient des feux à la signification macabre. Stupéfiant, songea Reith, que des hommes pénètrent dans pareille contrée, pour quelque raison que ce fût. Un nouveau brasier apparut soudain à cinq cents mètres à peine ; tous trois s'empressèrent de se tapir dans la pénombre. On distinguait à l'œil nu les silhouettes pâles des Dirdir.

Le Terrien les contempla, l'œil rivé à son sondoscope. Les chasseurs allaient et venaient à grands pas ; leurs nimbes lumineux ondulaient derrière eux telles de longues antennes phosphorescentes. Ils semblaient émettre des sons, trop faibles cependant pour être perçus.

« Ils reviennent à leur "Ancien État" mental, murmura Anacho. Ils redeviennent littéralement les fauves qu'ils étaient sur Sibol il y a un million d'années.

— Pourquoi n'arrêtent-ils pas de faire les cent pas ?

— C'est leur coutume ; ils se préparent à la frénésie du festin. »

Reith examina les abords du foyer. Deux formes humaines agitées de soubresauts gisaient sur le sol parmi les ombres. « Ils sont vivants ! murmura-t-il avec épouvante.

— Les Dirdir n'aiment guère s'encombrer de fardeaux, grommela Anacho. Ils obligent leurs proies à courir, sauter et bondir à leur côté – toute la journée s'il le faut. Si un captif faiblit, ils le piquent avec des fouette-nerfs, et il se remet à gambader avec une agilité accrue. »

Reith reposa son sondoscope.

« Tu les vois présentement dans leur "Ancien État", qui fait d'eux des bêtes sauvages, reprit Anacho d'une voix empreinte de prudence. C'est là leur condition première, que personnellement je trouve rien moins que superbe. Dans d'autres circonstances, ils affichent une splendeur d'une nature différente. Les hommes ne peuvent les juger ; il ne leur reste qu'à se tenir à l'écart avec effroi.

— Et les Hommes-Dirdir d'élite ?

— Les Immaculés ? Qu'est-ce qu'ils viennent faire là ?

— Est-ce qu'ils imitent les Dirdir à la chasse ? »

Le regard d'Anacho fouilla les ténèbres qui enveloppaient la Zone. À l'est, une lueur rose annonçait le lever de la lune Az. « Oui, les Immaculés participent aux chasses. Ils ne peuvent évidemment pas égaler l'ardeur des Dirdir, et n'ont pas le privilège de chasser dans la Zone. (Il se tourna vers le foyer.) Au matin, le vent va porter notre odeur jusqu'à eux. On ferait bien de profiter de l'obscurité pour reprendre la route. »

Az, qui approchait de l'horizon, parait le paysage d'un chatoiement rosé, qui évoquait irrésistiblement à Reith du sang dilué. Ils progressèrent vers le sud-est, se frayant tant bien que mal un chemin à travers les os rocheux de l'antique Tschaï. Le feu des Dirdir s'éloigna, finit par disparaître derrière un escarpement. Le Terrien et ses amis descendirent un moment vers la Terrasse ; ils firent halte pour dormir quelques heures, puis repartirent à travers les Collines du Souvenir. Az était sur le point de se coucher à l'ouest, pendant que Braz se levait à l'est. Chaque objet projetait deux ombres, une rose et une bleue.

Traz ouvrait la marche, tous les sens aux aguets, testant soigneusement chaque endroit où il posait le pied. Deux heures avant l'aube, il se figea subitement et fit signe à ses compagnons d'en faire autant. « De la fumée, murmura-t-il. Un camp devant nous… Du mouvement. »

Tous trois ouvrirent grand leurs oreilles, mais aucun bruit ne leur parvint des alentours. Aussi discrètement que possible, ils obliquèrent sur une autre route, escaladèrent une crête, la redescendirent à travers un bosquet de végétaux aux frondes duveteuses. De nouveau ils firent halte, tous les sens aux aguets. D'un geste, Traz exhorta soudain les autres à se tapir dans la pénombre. Depuis cet abri improvisé, ils virent deux formes pâles postées au sommet d'un piton ; elles y demeurèrent dix bonnes minutes, silencieuses, vigilantes, avant de disparaître brusquement.

« Est-ce qu'ils nous savaient à proximité ? chuchota Reith.

— J'en doute, répondit Traz. Mais ils ont fort bien pu détecter notre odeur. »

Une demi-heure plus tard, ils se remirent prudemment en marche, en s'efforçant de rester dans la pénombre. Le ciel commençait à pâlir à l'est ; Az s'était couchée, tout comme Braz peu après. Le trio se déplaça en hâte dans une pénombre prune, pour finalement s'arrêter à l'abri d'un épais taillis de torquils. À l'aube, au milieu d'un tapis de branches mortes et de feuilles noires rabougries, Traz découvrit un bulbe gros comme deux poings. Il le détacha de sa tige cassante, le rompit – des centaines de sequins ponctués d'étincelles écarlates s'en échappèrent aussitôt.

« Splendide ! chuchota Anacho. Assez pour susciter l'avidité ! Encore quelques-uns comme ça, et nous pourrons renoncer aux projets délirants d'Adam Reith. »

Ils passèrent le reste du taillis au peigne fin, sans néanmoins y faire de nouvelles trouvailles.

La lumière du jour leur révéla la savane de la Terrasse méridionale, qui se déployait à l'est comme à l'ouest jusqu'à se perdre dans une brume lointaine. Reith consulta sa carte, comparant la montagne derrière eux aux indications de relief du document. « Nous sommes ici. (D'un doigt, il désigna un point.) Les Dirdir qui retournent à Khusz passent par là-bas, à l'ouest de la Forêt de la Frontière – qui est notre destination.

— Et sans doute aussi notre *destin*, fit remarquer Anacho avec un reniflement pessimiste.

— À choisir, fit Traz, j'aime autant mourir en tuant des Dirdir.

— On ne *meurt* pas en tuant des Dirdir, le corrigea délicatement son compagnon. Jamais ils ne te laisseraient faire – si jamais tu t'y essayais, ils t'aiguillonneraient avec leurs fouette-nerfs.

— Nous ferons de notre mieux », trancha Reith. Et, s'emparant de son sondoscope, il entreprit de scruter le paysage, pour bientôt repérer sur les hauteurs trois groupes de chasseurs dirdir occupés à chercher du gibier sur les pentes. Que le moindre prospecteur parvienne à revenir à Maust tenait vraiment du miracle, se dit-il.

La journée fut longue. Traz et Anacho cherchèrent vainement d'autres bulbes dans les broussailles. Au milieu de l'après-midi, un groupe de chasse passa à moins d'un kilomètre de leur refuge. D'abord apparut un homme qui bondissait tel un daim, ses jambes se tendant puissamment d'avant en arrière. Cinquante mètres derrière lui couraient sans effort trois Dirdir. Désespéré, le fuyard s'adossa contre un rocher et se prépara à vendre chèrement sa peau – pour bientôt céder sous le nombre. Les chasseurs s'accroupirent au-dessus de sa forme prostrée, se livrèrent à quelque étrange manipulation, puis se redressèrent. L'homme se contorsionnait désormais frénétiquement à terre. « Le fouette-nerfs, expliqua Anacho. Il a dû les mettre en colère, d'une manière ou d'une autre – peut-être parce qu'il portait une arme à énergie. » Les Dirdir se remirent en marche de concert. Leur victime se releva tant bien que mal, puis les suivit d'un pas chancelant en direction des collines. Les chasseurs marquèrent une pause pour observer le grotesque spectacle qu'il offrait. Le malheureux s'immobilisa, poussa un hurlement d'angoisse, puis emboîta le pas à ses ravisseurs. Ceux-ci s'élancèrent au pas de course, bondissant avec une exubérance sauvage, suivis par le malheureux qui courait avec une résignation démente. Le groupe finit par disparaître au nord.

« Tu comptes toujours mener ton plan à bien ? » s'enquit Anacho.

Le Terrien n'eut soudain plus qu'une envie : sortir des Carabas, et le plus vite possible. « Je comprends maintenant pourquoi personne n'a jamais employé cette tactique. »

Une soirée d'une douce tristesse succéda à l'après-midi. Dès que les feux eurent jailli le long des collines, le trio sortit de son abri et se remit en route vers le nord.

Ils atteignirent à minuit la Forêt de la Frontière. Traz, qui redoutait une espèce reptilienne connue sous le nom de smur, rechignait à y pénétrer. Reith ne discuta pas ; ils restèrent donc à la lisière de la forêt jusqu'à l'aube.

À la lumière du jour, ils entreprirent une exploration prudente des lieux, sans rien y trouver de plus dangereux que des lézards à barbillons. Khusz était clairement visible au sud depuis l'orée occidentale de la Forêt – seuls cinq kilomètres les en séparaient. Les Dirdir qui pénétraient dans la Zone ou en sortaient prenaient bien soin de la contourner.

Dans l'après-midi, après une évaluation méticuleuse de toutes les possibilités offertes par le terrain, les trois compagnons se mirent à l'ouvrage. Pendant que Traz creusait, Anacho et le Terrien s'appliquèrent à confectionner un grand filet rectangulaire avec des branchages et les cordes qu'ils transportaient dans leurs sacs.

Le dispositif fut achevé dans la soirée du lendemain. Reith passa successivement de l'optimisme au désespoir en vérifiant son bon fonctionnement. Les Dirdir allaient-ils réagir conformément à ses vœux ? Anacho semblait le penser, mais cela ne l'empêchait pas de beaucoup parler du fouette-nerfs, et d'afficher un noir pessimisme.

Le milieu de la matinée et le début de l'après-midi, quand les chasseurs retournaient à Khusz, étaient théoriquement les périodes les plus favorables. Plus tôt ou plus tard, les Dirdir avaient l'habitude de partir en battue – et mieux valait éviter d'attirer l'attention de ces groupes-là.

La nuit s'écoula ; le soleil se leva sur une journée qui, d'une manière ou d'une autre, allait s'avérer décisive. La pluie menaça quelque temps, mais au milieu de la matinée les nuages finirent par s'éloigner vers le sud ; les rayons de Carina 4269 se paraient d'une teinte airain dans l'atmosphère soudain parfaitement limpide de Tschaï.

Posté à la lisière de la forêt, Reith passait le paysage en revue à travers son sondoscope. Au nord apparut une troupe de quatre Dirdir, qui trottaient avec aisance sur la piste menant à Khusz. « Les voilà ; c'est parti. »

Les Dirdir progressaient à grands bonds, en produisant à l'occasion des sifflements exubérants. La chasse avait été bonne ; ils avaient pris du bon temps… Quand soudain – *quoi ?* Une proie humaine au sortir de la forêt ! Qu'est-ce que cet idiot faisait là, si près de Khusz ? Les Dirdir se mirent joyeusement en chasse.

La proie humaine cherchait son salut dans la fuite, comme toutes ces créatures le faisaient. Elle ne tarda pas à faiblir et à s'adosser contre un arbre, aux abois. Les Dirdir lui fondirent dessus, en poussant leur terrible cri de mort – et le sol céda sous le poids du chasseur de têtes. Il disparut à la vue de ses trois congénères, qui se pétrifièrent aussitôt, médusés. Un craquement, un bruit sourd – et un enchevêtrement de branches s'abattit sur eux. Et apparurent alors des hommes, odieusement triomphants ! C'était une ruse, un stratagème ! Avec une fureur qui leur tordait les entrailles, ivres de haine et d'horreur, les Dirdir se débattaient en vain pour échapper au traquenard ; ils s'efforçaient désespérément de se libérer pour se jeter sur ces hommes malfaisants.

En vain. Les Dirdir périrent sous les coups de leurs couteaux, de leurs haches et de leurs pelles.

Le trio remonta le filet, dépouilla les cadavres, puis les traîna dans les broussailles ; après quoi il remit le piège en état.

Un deuxième groupe arriva alors du nord : pas plus de trois chasseurs, mais ceux-ci arboraient des casques resplendissants et des nimbes évoquant des fils électriques incandescents. « Ce sont des Excellences aux Cent Trophées, dit Anacho avec une terreur respectueuse.

— Tant mieux. » Reith fit signe à Traz. « Rabats-les par ici ; on va leur donner un petit cours d'excellence. »

Traz employa la même tactique : se montrer, puis s'enfuir ventre à terre, comme pris de panique. Les Excellences le poursuivirent sans ardeur excessive ; ils avaient eu une partie de chasse fructueuse. Le sentier qui s'enfonçait à travers les dendrites avait déjà été foulé, peut-être par d'autres chasseurs. Chose curieuse, la proie ne faisait guère preuve de cette agilité frénétique qui donnait du piment aux battues ; à dire vrai, elle s'était même retournée pour leur faire face, adossée à un énorme torquil au tronc noueux. Incroyable ! L'humain brandissait une lame ; les défiait-il, eux, des *Excellences* ? En avant ! Sus à la proie ! Mettons-la en pièces, et que le trophée aille au premier qui l'aura touchée ! Mais – stupeur ! le sol qui s'effondra, la forêt qui bascula ! Délire, *confusion* ! Et là-bas : des sous-hommes qui accouraient, armés de couteaux, prêts à frapper, à taillader… Raz de marée de fureur, gesticulations frénétiques, sifflements, hurlements – puis les lames s'abattirent.

Quatre massacres de Dirdir eurent lieu ce jour-là, quatre autres le lendemain, et cinq le jour suivant. C'était à présent devenu une routine efficace. Le matin et le soir, le trio enterrait les corps, puis réparait le piège. Il œuvrait avec aussi peu de passion que s'il s'était agi d'une partie de pêche – sauf quand Reith se rappelait les chasses dont il avait été témoin. Toute sa virulence revenait alors à la charge.

La décision de mettre fin à l'opération ne fut pas prise à cause d'une diminution du profit qu'ils en tiraient – chaque groupe de chasse leur rapportait pas loin de vingt mille sequins – ni d'une quelconque baisse d'enthousiasme de leur part. Mais même après qu'ils eurent éliminé les « clairs », les « laits » et les « sardoines », ce qui restait du butin représentait encore un fardeau presque intransportable. Le pessimisme d'Anacho s'était entretemps mué en appréhension. « Tôt ou tard, quelqu'un va remarquer la disparition des chasseurs. D'autres Dirdir se mettront alors à leur recherche ; comment allons-nous faire pour leur échapper ?

— Allez, un dernier groupe pour la route, répliqua Traz. Regarde : en voici justement un, qui ploie sous les richesses de ses victimes.

— Mais pourquoi ? Nous serions bien incapables de porter davantage de sequins !

— On peut toujours se débarrasser des "sardoines" et de quelques "émeraudes", pour ne garder que les rouges et les pourpres. »

Anacho se tourna vers Reith, qui haussa les épaules. « D'accord. Une dernière bande. »

Traz alla se poster à l'orée de la forêt, pour y exécuter son numéro de panique à présent parfaitement rodé – sans provoquer la moindre réaction de la part des Dirdir. L'avaient-ils au moins vu ? Ils continuaient d'avancer sans aucunement changer d'allure. Traz hésita un instant, puis se montra de nouveau. Les Dirdir le virent – comme sans doute ils l'avaient vu la première fois : au lieu de se lancer immédiatement à ses trousses, ils poursuivirent leur chemin comme si de rien n'était. Reith, qui observait la scène depuis la pénombre, se demanda s'ils suspectaient quelque chose, ou s'ils étaient simplement rassasiés de chasse.

Les Dirdir firent halte pour examiner le sentier qui s'enfonçait dans la forêt. Ils y pénétrèrent d'un pas prudent, l'un d'eux en tête, un autre juste derrière lui, les deux derniers surveillant leurs arrières. Reith rejoignit furtivement son poste.

« On a un problème, annonça-t-il à Anacho. Cette fois, il va peut-être falloir se battre pour s'en sortir.

— Se battre ? s'exclama Anacho. Trois hommes contre quatre Dirdir ? »

Sur la piste, à une centaine de mètres d'eux, Traz se décida à motiver un peu les chasseurs. Après s'être posté à découvert, il épaula sa catapulte et tira un carreau dans la poitrine du Dirdir le plus proche. Celui-ci éructa aussitôt un sifflement outragé et se rua en avant, le nimbe flamboyant.

L'adolescent battit en retraite pour regagner son poste habituel, le visage fendu d'un sourire presque dément. Il brandit son poignard. Le Dirdir blessé chargea – et disparut dans la fosse. Ses hurlements se transformèrent aussitôt en une étrange lamentation de surprise et de souffrance. Les trois autres s'arrêtèrent net, puis se remirent sinistrement en marche, pas à pas. Reith tira sur la corde ; le filet s'abattit sur deux d'entre eux – le troisième lui échappa d'un bond dansant en arrière.

Le Terrien jaillit des fourrés. « Tuez ceux qui sont emprisonnés ! » hurla-t-il à l'adresse de Traz et d'Anacho, tout en se postant face au rescapé ; en aucun cas celui-ci ne devait s'échapper.

Mais s'échapper ne faisait manifestement pas partie de ses plans : il se jeta sur Reith tel un léopard pour le lacérer de ses serres. Traz bondit sur son dos, sa dague brandie, mais le Dirdir roula en arrière, lui arracha son arme et s'en servit pour lui labourer joyeusement la jambe. Anacho se rua en avant pour trancher d'un puissant coup d'épée le bras de la créature, qu'il s'empressa de décapiter dans le même mouvement. Titubant sur leurs jambes, ruisselants de sueur, haletant et jurant, les trois compagnons se chargèrent ensuite d'achever le reste des Dirdir. S'en être si facilement tirés d'affaire leur arracha des soupirs de soulagement. Du sang giclait néanmoins de la jambe de Traz. Reith commença par lui poser un garrot, puis alla prendre dans sa trousse de premiers secours de quoi désinfecter la plaie. Il enduisit ensuite celle-ci d'une pommade cicatrisante, comprima les lèvres de la blessure, pulvérisa une pellicule d'épiderme synthétique et détacha le garrot. Si Traz grimaça, pas une plainte ne s'échappa de sa bouche. Le Terrien lui tendit un comprimé. « Avale ça. Tu peux tenir debout ? »

L'adolescent se leva avec raideur.

« Tu peux marcher ?

— Plus ou moins.

— Essaye de rester en mouvement, ça empêchera ta jambe de s'ankyloser. »

Reith et Anacho entreprirent de fouiller les cadavres. Le butin était énorme : un bulbe pourpre, deux écarlates, un bleu foncé, trois vert pâle et un bleu clair. Reith secoua la tête d'émerveillement autant que de contrariété. « Quel trésor ! Mais inutile si nous ne parvenons pas à le rapporter à Maust. »

Son regard se posa sur Traz, qui peinait visiblement à tenir debout. « Nous n'allons pas pouvoir tout emporter. »

Les trois compagnons poussèrent les corps dans la fosse et les recouvrirent de broussailles ; une fois le filet dissimulé dans les fourrés, ils entreprirent de trier les sequins, pour ensuite les répartir sur trois sacs, deux gros et un petit. Il restait encore une véritable fortune sous forme de « clairs », de « laits », de « sardoines », de bleu sombre et de vert. Ceux-là, ils les enveloppèrent dans un quatrième paquet, qu'ils cachèrent sous les racines du gros torquil.

Il ne leur restait plus que deux heures avant le crépuscule. Tous trois épaulèrent leur sac respectif, puis partirent en direction de l'est de la forêt, en réglant leur allure sur celle de Traz. Une fois parvenus à la lisière du bois, ils discutèrent de la possibilité de camper sur place jusqu'à ce que la jambe de Traz ait guéri, mais l'adolescent ne voulut rien savoir : « Je peux continuer, du moment qu'il ne nous faut pas courir.

— De toute façon, fit Reith, courir ne servirait à rien.

— S'ils nous capturent, soupira Anacho, il faudra bien courir. Sous le joug de fouette-nerfs. »

La lumière pâlissait ; aux ors succédaient des bronzes. Sitôt Carina 4269 disparue, une pénombre sépia recouvrit le panorama. Sur les collines scintillaient d'infimes reflets de flammes. Ils se remirent en marche, et ainsi débuta leur morne voyage de retour : à travers la Terrasse, d'un noir bouquet de dendrites au suivant. Enfin, ils atteignirent les coteaux, qu'ils se mirent à gravir opiniâtrement.

Ils n'en avaient pas encore rejoint la cime quand l'aube pointa ; déjà, chasseurs comme proies devaient être réveillés. Ne voyant nulle part de refuge potentiel, le trio descendit au fond d'un ravin et se confectionna un abri de broussailles sèches.

Les heures s'égrenèrent. Anacho et Reith s'assoupirent. Traz, couché sur le dos, gardait les yeux fixés sur le ciel ; l'immobilité forcée avait fini par engourdir sa jambe. À midi, quatre chasseurs dirdir aux casques resplendissants passèrent par le ravin. Ils firent halte un instant, percevant apparemment la proximité de gibier, puis reprirent leur route vers le nord, leur attention apparemment attirée par autre chose.

Le soleil déclinait, illuminant le versant est de la ravine. Anacho partit soudain d'une espèce de rire indéchiffrable. « Regardez ! » Il désignait quelque chose du doigt. Une crevasse s'ouvrait dans le sol à cinq mètres de la cache, révélant la cupule ridée d'un gros bulbe arrivé à maturité. « Des écarlates, au moins. Peut-être même des pourpres. »

Reith fit un geste de triste résignation. « On a déjà du mal à transporter la fortune qu'on a accumulée. Elle suffit amplement.

— Tu sous-estimes la cupidité des gens de Sivishe, grommela l'Homme-Dirdir. Il te faudra bien *deux* fortunes pour arriver à tes fins, ou davantage. (Il entreprit d'extraire le bulbe.) C'est un pourpre. On ne peut pas le laisser là.

— Très bien. Je vais le prendre.

— Non, fit Traz, c'est moi qui vais m'en charger. Vous deux vous occupez déjà de la plus grande partie du chargement.

— On va le diviser en trois, concéda Reith. Ça ne fera pas une grande différence. »

La nuit finit par tomber ; tous trois chargèrent leurs sacs sur leurs épaules et entreprirent de resdescendre – Traz tant bien que mal – la face nord. Plus ils s'approchaient du Portique des Clartés, plus la Zone leur paraissait effrayante, *détestable*.

L'aube les trouva au pied des collines, à encore quinze kilomètres du Portique. Alors qu'ils prenaient un peu de repos dans une faille ombragée, Reith entreprit d'examiner le terrain au sondoscope. L'Avant-Pays semblait paisible, presque sans vie. Loin au nord-ouest, une douzaine de prospecteurs se dirigeaient vers le Portique des Clartés, espérant y trouver refuge avant qu'il ne fasse plein jour. Ils couraient de cette manière précipitée qu'adoptaient instinctivement les hommes dans la Zone, comme si cela leur permettait de passer inaperçus. Un groupe de chasseurs postés sur un piton relativement proche, aussi vigilants que des aigles, les regardèrent s'éloigner avec regret. Reith renonça à l'espoir de parvenir au Portique avant la nuit ; le trio passa donc une morne journée supplémentaire derrière un rocher, recouvert d'une toile de camouflage.

Un aéroglisseur passa au-dessus de leur tête au beau milieu de la matinée. « Ils cherchent les chasseurs disparus, dit Anacho dans un souffle de voix. Il va sans aucun doute y avoir un *tsau'gsh*... Nous courons un grave danger. »

Reith suivit le glisseur des yeux, puis tenta d'évaluer la distance qui les séparait encore du Portique. « On devrait être tirés d'affaire avant minuit.

— Encore faut-il tenir jusque-là. Les Dirdir peuvent fort bien boucler l'Avant-Pays.

— On ne peut pas reprendre la route pour l'instant ; ils nous captureraient à coup sûr. »

Anacho hocha lugubrement la tête. « Tu as raison. »

Vers le milieu de l'après-midi, un second glisseur vint survoler l'Avant-Pays. « Nous sommes pris au piège », siffla Anacho entre ses dents. Mais au bout d'une demi-heure, l'appareil piqua vers le sud et disparut derrière les collines.

Reith scruta les environs avec attention. « Aucun chasseur en vue. Quinze kilomètres, ça représente au moins deux heures de marche. On essaye de faire ça en courant ? »

Traz considéra sa jambe d'un œil pensif. « Continuez tous les deux. Je vous rejoindrai après le coucher du soleil.

— Il sera trop tard, fit Anacho. À vrai dire, il est *déjà* trop tard. »

Reith examina une fois encore les crêtes avant d'aller aider Traz à se relever. « On y arrivera tous ensemble, ou personne n'y arrivera. »

Et ils s'enfoncèrent dans la lande désertique, accablés par un horrible sentiment de vulnérabilité. Qu'un groupe de chasseurs postés sur les hauteurs s'avise de surveiller la plaine, et le trio se ferait immanquablement repérer.

Une demi-heure durant, ils détalèrent à moitié accroupis, tout comme les autres prospecteurs. De temps à autre, Reith s'arrêtait pour balayer avec son sondoscope le paysage qui s'étendait derrière eux, redoutant d'y détecter les sinistres silhouettes lancées à leurs trousses. Mais à mesure que défilaient les kilomètres, il sentit l'espoir renaître en lui. Le visage de Traz était gris de douleur et d'épuisement ; son compagnon n'en pressait pas moins le pas, tant bien que mal – Reith en vint à le soupçonner de courir dans un état second.

Mais le jeune nomade fit brusquement halte. Il se retourna vers les crêtes. « Ils nous ont repérés ! »

Le Terrien eut beau scruter les crêtes, versants et autres ravins obscurs, il ne vit rien. Traz, qui s'était déjà remis en marche, progressait à présent vers le nord en zigzags, un Anacho presque plié en deux sur ses talons, Reith un peu plus loin. Au bout de quelques centaines de mètres supplémentaires, celui-ci s'immobilisa de nouveau – pour cette fois distinguer au loin un reflet manifestement métallique. Des Dirdir ? Le Terrien estima la distance qui leur restait à parcourir – le trio avait traversé à peu près la moitié de la lande. Il prit une grande inspiration, puis s'élança aux trousses de ses compagnons. Peut-être les Dirdir allaient-ils renoncer à les poursuivre aussi profondément dans l'Avant-Pays.

Il se retourna encore une fois un peu plus loin. Aucun doute : quatre silhouettes étaient en train de dévaler les collines. Les Dirdir ne laissaient plus planer le moindre doute sur leurs intentions…

Reith rattrapa ses deux compagnons. Traz avait les yeux vitreux, les lèvres retroussées sur ses dents. Le Terrien le déchargea du plus lourd de ses ballots – avec pour seul effet de ralentir encore un peu l'allure de l'éclopé. Anacho jaugea la distance qui leur restait à parcourir, celle qui les séparait de leurs poursuivants. « Rien n'est perdu. »

Les trois compères couraient, leur cœur battant à se rompre, leurs jambes brûlantes. Le visage de Traz ressemblait à une tête de mort ; Anacho le soulagea du sac restant.

Le Portique des Clartés était maintenant en vue, miraculeux havre de sécurité. Derrière eux, les chasseurs se rapprochaient en faisant des bonds prodigieux.

Traz faiblissait à vue d'œil, alors même qu'il leur restait encore près d'un kilomètre à parcourir avant d'atteindre le Portique. « Onmale ! » cria Reith.

Le résultat fut stupéfiant. Le garçon parut soudain augmenter de volume, en largeur comme en taille. Il s'arrêta net, pivota sur lui-même pour faire face à leurs poursuivants. Son visage était méconnaissable : c'était celui d'un être plein de sagacité, farouche, dominateur – la personnification de l'emblème Onmale.

Et Onmale était trop fier pour fuir.

« Cours ! lui hurla un Reith totalement paniqué. Si nous devons combattre, autant le faire selon nos propres conditions ! »

Traz – ou Onmale : les deux ne faisaient qu'un – s'empara d'un des sacs de Reith, d'un de ceux d'Anacho, et se rua en direction du Portique.

Le Terrien gaspilla une demi-seconde pour jauger la distance qui les séparait du premier Dirdir, puis reprit sa course. Traz filait comme une flèche à travers la lande. Anacho le suivait pesamment, son visage écarlate déformé par la douleur.

L'adolescent atteignit le Portique. Il se retourna et attendit, sa catapulte dans une main, son épée dans l'autre. Anacho s'engouffra par la brèche, bientôt imité par Reith. Le Dirdir le plus proche se trouvait à moins de quinze mètres d'eux. Traz recula pour se poster juste derrière la frontière, défiant leurs poursuivants d'attaquer. Le premier des Dirdir poussa aussitôt un strident cri de fureur. Il secoua la tête, son nimbe dressé se mit à vibrer. Puis il fit volte-face, et partit d'un pas bondissant rejoindre ses congénères déjà en train de retourner vers les collines.

Anacho, haletant, s'adossa au Portique. Reith resta quant à lui debout, la respiration sifflante. Le visage gris de Traz n'affichait aucune expression. Ses jambes se dérobèrent ; il s'écroula par terre et y resta, inerte.

Reith s'approcha de lui d'un pas mal assuré pour le retourner. Comme l'adolescent ne semblait plus respirer, il se mit à cheval sur lui pour pratiquer le bouche-à-bouche. Un hoquet déchirant s'échappa de la gorge du jeune nomade, dont le souffle ne tarda pas à redevenir régulier.

Les solliciteurs, racoleurs et mendiants d'ordinaire postés à proximité du Portique des Clartés s'étaient éparpillés, épouvantés par l'approche des Dirdir. Le premier à revenir fut un jeune homme revêtu d'une longue robe marron, qui ne tarda pas à manifester sa sympathie pour les rescapés en se répandant en gracieuses courbettes. « Ces Dirdir se comportent vraiment de manière scandaleuse ! se lamentait-il. Jamais ils n'auraient dû venir chasser si près du Portique ! Ils ont presque tué ce pauvre garçon !

— Silence, le coupa Anacho. Tu nous importunes. »

Le jeune homme s'empressa de s'effacer. Reith et l'Homme-Dirdir aidèrent un Traz hébété à se relever.

Le garçon à la robe marron revint alors à la charge, son doux regard marron aussi vif qu'avisé. « Permettez-moi de vous venir en aide. Je m'appelle Issam le Thang ; je représente l'*Auberge de la Bonne Aventure* – “repos et tranquillité assurés”. Laissez-moi vous aider à porter vos paquets. (Il empoigna le sac de Traz, pour aussitôt décocher un coup d'œil surpris à ses deux compagnons.) Ce sont des sequins ? »

L'Homme-Dirdir lui arracha le ballot des mains. « Décampe ! Nous savons où aller !

— À votre guise, répondit Issam le Thang, mais l'*Auberge de la Bonne Aventure* n'est qu'à deux pas d'ici, un peu à l'écart du vacarme qui règne dans le quartier des jeux. Malgré ses excellentes prestations, il pratique des tarifs bien moins exorbitants que ceux de l'*Alawan*.

— Bien, fit Reith. Conduis-nous à ton auberge. »

Anacho marmonna dans sa barbe, ce qui lui valut un petit geste de reproche de la part d'Issam. « Par ici… si vous voulez bien me suivre. »

Ils reprirent d'un pas lourd la direction de Maust. Traz avait visiblement du mal à marcher, handicapé comme il l'était par sa blessure.

« Ma mémoire me joue des tours, grommela-t-il. Je me rappelle avoir traversé l'Avant-Pays. Et puis quelqu'un m'a crié quelque chose à l'oreille…

— C'était moi, dit Reith.

— … ensuite, tout devient irréel, après quoi je me retrouve étendu devant le Portique. (Une pause, puis :) J'entendais des voix rugissantes, reprit-il d'une voix pensive. Un millier de visages passaient devant moi, de farouches visages de guerriers. Il m'est déjà arrivé de voir de telles choses – en rêve. » Sa voix se réduisit à un simple filet, et il se tut.

7

L'*Auberge de la Bonne Aventure* se trouvait au fond d'une étroite ruelle. C'était un établissement d'aspect mélancolique, noirci par le temps, aux affaires guère florissantes à en juger par la salle commune – déserte, et plongée dans l'obscurité. Issam, qui se révéla finalement en être le propriétaire, fit montre d'une extrême hospitalité : il ordonna que l'on monte de l'eau, des lampes et du linge propre à la « grande suite », ce dont se chargea un domestique revêche doté d'énormes mains rougeaudes et d'un toupet d'épais cheveux roux. Le trio gagna la suite par un escalier en colimaçon ; elle comprenait un salon, une salle d'eau, et plusieurs alcôves de forme irrégulière équipées de lits qui sentaient le moisi. Le domestique disposa les lampes, apporta des flasques de vin, puis s'éclipsa. Après en avoir examiné les bouchons en plomb recouvert de cire, Anacho les reposa d'un geste peu délicat. « Il y a trop de risques qu'elles contiennent de la drogue ou du poison. Quand le voyageur se réveille – *s'il* se réveille –, il se retrouve dépouillé de tous ses sequins. Tout ceci n'est guère satisfaisant ; nous aurions mieux fait d'aller à l'*Alawan*.

— Il sera toujours temps de déménager demain, rétorqua Reith en s'affalant dans un fauteuil, avec un soupir qui trahissait sa fatigue.

— Demain, il faudra *déjà* être partis. Si personne ne nous traque encore, cela ne saurait tarder. » Et l'Homme-Dirdir redescendit, pour revenir peu après avec du pain, de la viande et du vin.

Les trois compagnons se restaurèrent ; puis Anacho entreprit de vérifier les barreaux et les verrous. « Comment savoir ce qui se passe dans ces vieilles baraques ? Un couteau dans la nuit, un unique gémissement, et le tour est joué. Issam le Thang s'en sort gagnant. »

Ils se préparèrent à aller se coucher, non sans avoir inspecté une dernière fois les serrures. Anacho, qui avait à l'en croire le sommeil léger, glissa les sequins entre lui et le mur. À l'exception d'une veilleuse à la lueur vacillante, toutes les lampes furent éteintes. Quelques instants plus tard, Anacho se leva et s'approcha sans bruit de Reith. « Je me méfie des judas et des tuyaux d'écoute, murmura-t-il. Tiens, pose les sequins à côté de toi. On va monter la garde un moment. »

Le Terrien s'efforça de rester sur le qui-vive, mais la fatigue finit par avoir raison de lui. Ses paupières se fermèrent, et il s'endormit.

Du temps passa. Reith fut réveillé par un coup de coude d'Anacho ; il se redressa aussitôt, l'air penaud. « Pas un bruit, fit l'Homme-Dirdir dans un filet de voix. Regarde là-bas. »

Reith s'efforça de scruter l'obscurité. Un grincement, une ombre de mouvement, une forme indistincte… Puis une lumière s'alluma sans crier gare. Traz se tenait accroupi, le regard flamboyant, les bras dissimulés dans l'ombre de son corps.

Les deux hommes postés à côté du lit d'Anacho se tournèrent face à la lampe, médusés. L'un d'eux était Issam le Thang ; son acolyte, nul autre que le domestique baraqué, dont les énormes mains étaient sur le point de se refermer sur le cou d'Anacho, qu'il supposait manifestement endormi. Il émit un étrange murmure d'excitation, puis traversa la pièce d'une démarche sautillante, les poings serrés. Traz fit parler sa catapulte ; frappé en pleine face, l'homme s'écroula sans proférer un son, sombrant dans l'oubli sans appréhension ni regret. Issam se rua vers une ouverture pratiquée dans le mur ; Reith se jeta sur lui pour le mettre à terre. Issam se débattit avec l'énergie du désespoir ; malgré sa minceur et sa délicatesse apparente, l'hôtelier possédait la force et l'agilité d'un serpent. Le Terrien lui fit une clé de bras et, d'une secousse, l'obligea à se relever. Issam poussa un glapissement de douleur.

Anacho lui passa prestement une corde autour du cou, dans l'intention manifeste de l'étrangler. Reith grimaça, mais s'abstint d'intervenir. C'était là la justice de Maust ; il n'était que justice qu'ici, à la lumière éblouissante de la lampe, Issam rencontre son créateur.

« Non ! s'exclama ce dernier. Je ne suis qu'un pauvre Thang ! Ne me tuez pas ! Je vous aiderai, je le jure ! Je vous aiderai à fuir !

— Attends, Anacho, fit Reith. (Et, s'adressant à l'aubergiste :) Que veux-tu dire ? Pourquoi proposes-tu de nous aider à fuir ? Serions-nous en danger ?

— Bien sûr que oui. À quoi vous attendiez-vous ?

— Parle-moi de ce péril qui nous guetterait. »

Issam profita de ce répit inespéré pour se redresser et repousser Anacho d'un coup d'épaule indigné. « C'est là un renseignement précieux. Combien es-tu prêt à le payer ? »

Reith fit signe à Anacho. « Vas-y. »

Issam poussa un gémissement déchirant. « Non, non ! Ma vie contre les trois vôtres ; n'est-ce pas suffisant ?

— Pour peu que tu dises vrai…

— C'est la vérité ! Mais détachez cette corde !

— Pas avant d'en savoir davantage sur la nature du marché. »

Issam scruta les trois visages qui l'entouraient. Il n'y trouva rien d'encourageant. « Eh bien, voilà… Une rumeur est parvenue à mes oreilles. Les Dirdir seraient dans une rage folle. Quelqu'un a abattu un nombre invraisemblable de chasseurs et les a dépouillés de leur butin – pas moins de deux cent mille sequins. Des agents spéciaux sont sur la brèche, ici comme ailleurs. Quiconque fournira des informations en tirera une belle récompense. Si vous êtes les personnes en question, comme je le soupçonne, vous ne quitterez jamais Maust autrement qu'avec des colliers à clous – à moins que je ne vous apporte mon aide.

— De quelle manière ? s'enquit prudemment le Terrien.

— Je *peux* vous sauver, et je le ferai – contre un petit dédommagement. »

Reith adressa un signe de menton à Anacho, qui tira sur la corde d'un coup sec. Issam, les yeux exorbités, agrippa le nœud coulant. « Ma vie contre les vôtres, lâcha-t-il d'une voix rauque sitôt qu'il l'eut un peu desserré. Ce sont les termes du marché.

— Alors, cesse de parler de “dédommagement”. Et n'essaie pas de nous rouler, cela va sans dire.

— Jamais ! Jamais ! croassa l'aubergiste. Nos existences sont liées ! Nous vivons ou mourons ensemble ! Il faut partir séance tenante. Demain matin, il sera trop tard.

— Tout de suite ? À pied ?

— Pas forcément. Tenez-vous prêts à partir. Y a-t-il vraiment des sequins dans ces sacs et ces paquets ?

— Des écarlates et des pourpres, répondit Anacho avec une délectation sadique. Si tu en veux autant, va donc dans la Zone tuer quelques Dirdir. »

Issam frissonna. « Vous êtes prêts ? » Il attendit impatiemment que les trois hommes aient fini de se rhabiller. Mû par une soudaine impulsion, il se baissa pour fouiller le cadavre du domestique. La poignée de clairs et de laits qu'il trouva dans sa sacoche lui tira un petit gloussement satisfait.

Le trio était prêt. Sourd aux protestations du Thang, Anacho se gardait bien d'ôter la corde qui lui entourait le cou. « Je ne voudrais pas que tu te méprennes sur nos intentions.

— Pourquoi faut-il toujours que je tombe sur des partenaires suspicieux ? »

L'avenue principale de Maust vibrait d'animation – un foisonnement de visages, une débauche de lumières multicolores. Des tavernes leur provenaient une musique plaintive, des esclaffements d'ivrognes, quelques cris de colère. Par de discrets raccourcis et d'obscurs détours, Issam les conduisit jusqu'à une écurie située au nord de la ville. Un gardien furibond finit par venir répondre aux martèlements qu'il infligeait à la porte. Au terme de cinq minutes d'âpres marchandages, l'homme se résolut à seller quatre chevaux-sauteurs ; dix minutes plus tard, alors même que les deux lunes s'élevaient de conserve à l'est, Reith, Anacho, Traz et le Thang galopaient sur le dos des blanches montures kotanes efflanquées, laissant Maust derrière eux.

Ils chevauchèrent la nuit durant, pour atteindre Khoraï à l'aube. Les fumées qui s'échappaient de cheminées de fer allaient se perdre au nord, au-dessus de la Première Mer, qui par un curieux jeu de lumière paraissait noire comme du goudron sous la chape prune du ciel.

Ils traversèrent à vive allure la ville pour gagner le port, où ils mirent pied à terre. Issam, son sourire le plus modeste aux lèvres, les bras croisés sous sa robe rouge sombre, s'inclina devant Reith. « J'ai atteint mon objectif : mes amis sont arrivés sains et saufs à Khoraï.

— Des amis que tu avais il y a peu l'intention d'étrangler ! »

Le sourire d'Issam vacilla. « C'était à Maust ! Ça n'avait rien d'un comportement choquant là-bas !

— En ce qui me concerne, je ne vois pas d'inconvénient à ce que tu y retournes. »

Issam s'inclina une seconde fois. « Que Sagorio aux neuf têtes mutile vos ennemis ! Adieu ! » Et il repartit en ville avec les quatre montures, pour bientôt disparaître au sud.

L'aéroglisseur se trouvait là où ils l'avaient laissé. Le capitaine du port leur jeta un regard sombre lorsqu'ils montèrent à bord, mais ne fit pas de commentaires. Conscients du tempérament irascible des Khors, les trois compagnons feignirent d'ignorer sa présence.

Le glisseur s'éleva dans le ciel matinal, puis se mit à longer la courbe du rivage. Ainsi débuta la première étape de leur voyage pour Sivishe.

8

Le glisseur volait en direction de l'ouest. Un vaste désert de poussière s'étirait au sud. Au nord se déployait la Première Mer. Partout autour d'eux se succédaient des plaines fangeuses entrecoupées de promontoires de grès, qui se perdaient au loin dans la brume.

Traz, totalement épuisé, dormait d'un sommeil de plomb. Anacho, au contraire, était tranquillement assis, stoïque, comme imperméable à la peur et au danger. Quant à Reith, malgré la fatigue qui l'accablait, il ne pouvait s'arracher à la contemplation de l'écran-radar – à part pour scruter le ciel. La nonchalance de l'Homme-Dirdir finit par lui porter sur les nerfs. Il le fusilla de ses yeux bordés de rouge.

« Pour un fugitif, lui lança-il d'une voix acerbe, tu fais preuve d'un calme pour le moins surprenant. J'admire vraiment ton flegme. »

Anacho fit un geste désinvolte. « Ce que tu appelles flegme confine en réalité à une confiance enfantine. Je suis devenu superstitieux. Réfléchis : nous sommes allés dans les Carabas, nous avons tué des dizaines de représentants du Premier Peuple, nous les avons dépouillés de leurs sequins. Comment pourrais-je encore prendre au sérieux le risque d'une interception fortuite ?

— Ta foi est plus grande que la mienne, maugréa Reith. Personnellement, je m'attends à voir toutes les forces dirdir déferler dans les cieux pour nous retrouver. »

Anacho partit d'un rire indulgent. « Ce n'est pas la manière de faire des Dirdir ! Tu projettes tes propres conceptions sur leur mentalité. Rappelle-toi : l'organisation n'est pas pour eux une fin en soi – c'est là un attribut humain. Le Dirdir n'existe que pour lui-même, c'est une créature qui ne répond qu'à sa propre fierté. Il ne coopère avec ses semblables que lorsqu'il peut lui-même en tirer bénéfice. »

Reith secoua la tête avec scepticisme, puis revint à l'écran-radar. « Ça ne peut pas se résumer à ça. Comment la société dirdir maintient-elle sa cohésion ? Comment les Dirdir peuvent-ils mettre en œuvre des projets à long terme ?

— Très simple : rien ne ressemble plus à un Dirdir qu'un autre Dirdir ; les mêmes impulsions raciales s'imposent pareillement à tous. À leur plus forte dilution, ces impulsions sont connues par les sous-hommes sous les termes de “tradition”, d'“autorité de caste”, de “dépassement de soi”. Dans la société dirdir, elles deviennent de véritables compulsions. L'individu est strictement soumis aux coutumes de l'espèce. Quand un Dirdir a besoin d'aide, il lui suffit de crier : *hs'aï hs'aï hs'aï,* et on lui porte immédiatement assistance. S'il s'estime lésé, il lance haut et fort *dr'ssa dr'ssa dr'ssa,* et demande un arbitrage. Dans l'hypothèse où celui-ci ne le satisfait pas, il peut lancer un défi à l'arbitre, lequel est généralement une Excellence ; s'il l'emporte, son bon droit est reconnu. La plupart du temps, cependant, c'est *lui-même* qui se fait battre : on lui arrache alors son nimbe, et il devient un paria ; rares sont donc ceux qui osent recourir à une telle procédure.

— De telles conditions doivent engendrer une société profondément conservatrice.

— C'est le cas – jusqu'au moment où des changements s'imposent, auquel cas le Dirdir s'attaque au problème avec un "élan de dépassement de soi". Il est capable de pensée créatrice, possède un cerveau adaptable, *réactif*, ne gaspille pas son énergie en maniérisme. Bien sûr, la sexualité multiple et les "secrets" constituent pour lui une distraction, mais tout comme la chasse ils représentent une source de violentes passions échappant à la compréhension des hommes.

— Tout ceci mis à part, pourquoi devraient-ils si facilement renoncer à nous retrouver ?

— C'est pourtant évident, non ? réagit Anacho avec irritation. Comment les Dirdir pourraient-ils ne fût-ce que se *douter* que nous volons vers Sivishe à bord d'un glisseur ? Rien ne permet de savoir que les hommes recherchés à Smargash sont les mêmes que ceux qui ont massacré des Dirdir dans les Carabas. Peut-être feront-ils le rapprochement ultérieurement

– en interrogeant Issam le Thang, par exemple. En attendant, ils ignorent que nous voyageons en glisseur. Pourquoi, dès lors, mettraient-ils leurs sondeurs en état d'alerte ?

— J'espère que tu as raison, dit Reith.

— L'avenir nous le dira. D'ici là… nous sommes vivants. Nous voyageons dans un glisseur confortable, dont les cales sont remplies de plus de deux cent mille sequins. Regarde là-bas : c'est le cap Braise ! Au-delà s'étend l'océan Schanizade. Nous allons changer de cap pour tomber droit sur Haulk. Qui remarquera un unique aéroglisseur au milieu de cent autres ? Une fois à Sivishe, nous nous mêlerons à la multitude, tandis que les Dirdir nous chercheront dans le Zhaarken, à Jalkh ou dans la toundra d'Hunghus. »

Quinze kilomètres passèrent sous leurs pieds, au fil desquels Reith médita sur l'âme du peuple dirdir. Il finit par poser une nouvelle question à Anacho : « Suppose que toi ou moi ayons des ennuis, et qu'on crie *dr'ssa dr'ssa dr'ssa*…

— Ça, c'est l'appel à l'arbitrage. L'appel à l'aide est : *hs'aï hs'aï hs'aï.*

— D'accord… *hs'aï hs'aï hs'aï* – ça obligerait un Dirdir à nous porter secours ?

— Oui, la tradition l'impose. C'est une réaction automatique, un *réflexe* : le tissu conjonctif unifiant une race par ailleurs aussi sauvage qu'inconstante. »

Deux heures avant le coucher du soleil, une tempête en provenance du Schanizade les rattrapa. Carina 4269 se résuma bientôt à un spectre brunâtre, qui finit par disparaître derrière les noirs nuages qui envahissaient le ciel. Une écume évoquant de la mousse de bière sale balayait le rivage, presque jusqu'aux noirs dendrites qui recouvraient la côte tel un linceul. Les fougères les plus hautes ployaient sous les rafales, révélant leur face intérieure d'un gris moiré, tandis que l'extérieure ondulait furieusement.

Le glisseur fila vers le sud à travers un crépuscule terre d'ombre, pour se poser aux dernières lueurs du jour à l'abri d'une saillie de basalte. Ses trois occupants se blottirent sur les sièges, et, ignorant l'odeur des Dirdir, s'endormirent malgré les rugissements de l'ouragan.

L'aube était teintée d'une singulière lumière, comme filtrée par le verre d'une bouteille marron. Il n'y avait rien à manger ou à boire à bord, mais de l'herbe à pèlerin poussait dans la lande, et une rivière saumâtre coulait non loin. Traz en suivit silencieusement la rive, plissant les yeux pour éviter d'être ébloui par les reflets. Soudain il s'arrêta, se ramassa sur lui-même et plongea dans les eaux, pour en ressortir avec une créature jaune toute en tentacules cinglants et en pattes articulées. Anacho et lui-même la dévorèrent crue ; Reith, pour sa part, mâchonna stoïquement de l'herbe à pèlerin.

Après s'être restaurés, tous trois allèrent s'allonger à l'ombre du glisseur, pour jouir de la quiétude du matin. « Demain, dit l'Homme-Dirdir, nous arriverons à Sivishe. Une fois de plus, notre existence change du tout au tout. Nous ne sommes plus des voleurs, des aventuriers, mais des personnes huppées – du moins devons-nous en donner l'impression.

— Très bien, dit Reith. Et ensuite ?

— Il va falloir faire preuve de subtilité. Pas question de se pointer directement aux Chantiers Astronautiques avec notre argent.

— Le contraire m'eût étonné. Sur Tschaï, ce qui semble raisonnable est toujours une erreur.

— Nous n'obtiendrons rien sans l'appui de quelqu'un d'influent, reprit Anacho. C'est la première chose dont il va falloir s'occuper.

— Un Dirdir ? Ou un Homme-Dirdir ?

— Sivishe est une cité de sous-hommes. Dirdir comme Hommes-Dirdir ne s'éloignent pas de Heï, sur le continent. Tu verras. »

9

Haulk s'accrochait tel un minuscule appendice distordu au ventre ballonné du Kislovan, bordé par l'océan Schanizade à l'ouest et par le golfe d'Ajzan à l'est. À l'entrée du golfe se trouvait l'île de Sivishe, dont toute la partie septentrionale accueillait un enchevêtrement d'installations industrielles hétéroclites. Une chaussée la reliait à Heï, la cité dirdir, qui s'étendait sur le continent. Au centre de la ville, dominant l'intégralité du paysage, se dressait une sorte de boîte de verre gris de huit mille mètres de long, cinq mille de large et trois cents mètres de haut, si démesurée que les perspectives en semblaient déformées. Une forêt de flèches de trente mètres de haut l'entourait – écarlates, puis pourpres, puis mauves, puis grises, et enfin blanches, à mesure qu'on s'éloignait vers la périphérie.

Anacho les désigna du doigt. « Chacune héberge un clan différent. Un jour, je te décrirai le quotidien de Heï – ses promenades, les secrets du sexe multiple, ses castes et ses clans. Mais nous avons plus pressé à faire : les Chantiers Astronautiques se trouvent là-bas. »

Au centre de l'île, Reith repéra une zone entourée d'ateliers, de magasins, de dépôts et de hangars. Six gros astronefs et trois plus petits y occupaient des baies sur un côté. La voix d'Anacho vint interrompre ses spéculations :

« Les astronefs sont bien surveillés. Les Dirdir font preuve de bien plus de rigueur que les Wankh – par instinct davantage que par raison, car nul n'a jamais volé un seul bâtiment.

— Personne n'est jamais non plus venu ici avec deux cent mille sequins, lui fit remarquer le Terrien. Une somme pareille devrait suffire à graisser pas mal de pattes.

— À quoi tes sequins pourraient-ils bien servir dans la Boîte de Verre ? »

Le Terrien se garda bien de répliquer. Anacho fit atterrir le glisseur sur un espace pavé au voisinage des Chantiers.

« Et maintenant, fit-il d'une voix égale, nous allons rencontrer notre destin. »

La remarque éveilla instantanément l'inquiétude de Reith. « Que veux-tu dire par là ?

— Si nous sommes attendus, on se fera arrêter – et c'en sera bientôt fini de nous. Mais l'aire d'atterrissage me semble parfaitement normale ; aucun désastre ne devrait nous tomber dessus. Bon, rappelle-toi bien qu'à Sivishe, vous êtes tous deux des sous-hommes, et *moi* l'Homme-Dirdir. Conduisez-vous en conséquence. »

Reith examina dubitativement les lieux. Ainsi qu'Anacho l'avait affirmé, aucune activité importune ne semblait s'y dérouler.

L'appareil se posa ; tous trois mirent pied à terre. L'Homme-Dirdir, la mine sévère, alla se mettre à l'écart le temps que Traz et le Terrien aient fini de décharger leurs bagages.

Un chariot motorisé s'approcha alors, et s'arrima au glisseur. Le conducteur, un hybride d'Homme-Dirdir et d'une autre race inconnue, inspecta le seul Anacho avec une curiosité impersonnelle – ses deux compagnons ne semblaient nullement l'intéresser. « Quelles dispositions faut-il prendre ?

— Mise en dépôt temporaire, pour la durée de l'escale.

— À quel titre ?

— Affaire spéciale. Je paierai les frais afférents.

— Numéro soixante-quatre. (Le préposé tendit à Anacho un disque de laiton.) Ce sera vingt sequins.

— D'accord. Plus cinq pour toi. »

Le chariot élévateur remorqua le glisseur jusqu'à un emplacement numéroté. Suivi de Reith et de Traz, qui ployaient sous le poids des paquets, Anacho alla emprunter un tapis roulant qui les achemina jusqu'à une large avenue arpentée par un nombre considérable de véhicules – des chariots à moteur, des voitures particulières, des fardiers…

L'Homme-Dirdir s'arrêta pour réfléchir. « Je suis parti depuis si longtemps, j'ai voyagé tellement loin, que Sivishe me fait l'effet d'une ville étrangère. La première chose à faire, bien sûr, c'est de trouver un logement. Si ma mémoire est bonne, il y a une auberge convenable de l'autre côté de l'avenue. »

À l'auberge du Terroir d'Antan, on leur fit suivre un couloir de mosaïques noir et blanc jusqu'à un appartement donnant sur une cour intérieure, où une douzaine de femmes assises sur des bancs guettaient les fenêtres en quête de quelque signal.

Deux d'entre elles semblaient être des Femmes-Dirdir : de minces créatures d'une blancheur de neige, avec un duvet épars de cheveux gris à l'arrière de leur crâne et un étroit visage aigu. Anacho les examina songeusement un moment, puis se détourna. « Nous sommes des fugitifs, aussi nous faut-il rester sur nos gardes. Mais ici, à Sivishe, où vont et viennent une multitude de gens, nous sommes aussi en sécurité que n'importe où ailleurs. Les Dirdir ne s'intéressent pas à la ville, sauf quand il s'y produit quelque chose qui leur déplaît – auquel cas l'Administrateur se retrouve dans la Boîte de Verre. Il a sinon les mains complètement libres : il lève l'impôt, maintient l'ordre, rend la justice, gère les punitions et s'approprie tout ce qui lui chante, ce qui fait finalement de lui l'homme le moins vénal de Sivishe ; ce n'est donc pas à lui qu'il faut nous adresser pour trouver un protecteur influent – j'irai demain à la chasse aux renseignements. Ensuite, nous devrons trouver un local à proximité des Chantiers, à la fois discret et suffisamment vaste. Là encore, cela nécessitera une petite enquête de mon cru. Enfin – et ce sera sans doute le plus délicat –, il va falloir recruter du personnel technique capable d'assembler les divers composants, et d'effectuer les indispensables réglages de mise en phase et de syntonisation. En payant suffisamment, on pourra certainement s'assurer la collaboration d'hommes compétents. Je me ferai passer pour un Homme-Dirdir Supérieur – mon ancien statut, soit dit en passant – et leur laisserai entendre à tous les risques qu'ils courraient à avoir la langue un peu trop bien pendue. Il n'y a aucune raison de craindre la moindre complication – abstraction faite de la perversité intrinsèque des circonstances.

— En d'autres termes, nous avons quatre chances sur cinq d'échouer. »

Anacho ignora sa remarque. « Rappelez-vous bien : cette ville est un bouillon d'intrigues. Ceux qui viennent ici n'ont qu'une idée en tête : le profit. Sivishe est un maelström d'activités illicites, de brigandages, d'exactions, de vices, de tripots, de goinfreries, de fastes extravagants et d'escroqueries. Ce sont là des maladies endémiques, contre lesquelles les victimes n'ont que fort peu de recours. Les Dirdir ne s'en soucient nullement : les singeries et manigances des sous-hommes ne signifient rien pour eux. Quant à l'Administrateur, son unique préoccupation est de maintenir l'ordre. Alors, attention ! Ne faites confiance à personne. Si l'on vous pose des questions, n'y répondez pas. Présentez-vous comme des hommes de la steppe à la recherche d'un emploi ; faites semblant d'être des simples d'esprit. Ça devrait nous permettre de minimiser les risques. »

10

Le lendemain matin, quand Anacho fut parti à la chasse aux renseignements, ses deux compagnons descendirent s'installer à une terrasse de café, pour observer les allées et venues des passants. Le jeune nomade s'élevait contre tout ce qu'il voyait. « Toutes les villes sont horribles, grommela-t-il, mais celle-ci est encore pire que les autres ; c'est un endroit *vraiment* détestable. Tu as remarqué la puanteur ? Un mélange de produits chimiques, de fumées, de maladies, de décomposition… Elle a contaminé les gens. Regarde leurs têtes. »

Les habitants de Sivishe n'étaient pas d'un abord engageant, Reith devait bien l'admettre. Leur teint passait par toutes les nuances, du brun fangeux à la pâleur des Hommes-Dirdir ; leurs diverses physionomies reflétaient des millénaires de mutations plus ou moins voulues. Jamais Reith n'avait eu affaire à des êtres aussi méfiants, aussi renfermés. Le fait de vivre aux côtés d'une race étrangère n'avait encouragé aucune solidarité : à Sivishe, *chaque* homme était un étranger. Cela avait néanmoins une conséquence positive : Reith et Traz ne se faisaient pas remarquer. Personne ne se retournait sur eux.

Reith rêvassait en buvant du vin pâle. Il se sentait détendu, presque en paix. Alors qu'il méditait sur l'antique Tschaï, lui vint soudain à l'esprit que la seule force de cohésion existante sur cette planète était la langue : on parlait la même absolument partout. Peut-être parce que communiquer était souvent une question de vie ou de mort – les moins capables de s'y plier finissant généralement par périr –, le langage avait conservé son universalité. Probablement plongeait-il ses racines dans d'antiques idiomes terrestres, mais il ne ressemblait à aucune des langues que maîtrisait le Terrien. Il considéra quelques mots de base. *Vam* était l'équivalent de « mère », *tatap* de « père », *issir* signifiait « épée ». Les nombres cardinaux se disaient *aine, seï, dros, enser, nif, hisz, yaga, managa, nuwaï, tix*. Les similarités n'étaient pas évidentes, mais Reith y trouvait pourtant un écho terrestre obsédant…

De façon générale, la vie sur Tschaï s'exprimait sur une gamme plus étendue que sur Terre. Les passions y étaient exacerbées : le chagrin plus poignant, la joie plus exultante, les personnalités plus tranchées. Les Terriens paraissaient par contraste des créatures pensives, réfléchies, posées. Le rire sur Terre s'avérait moins tapageur ; mais l'horreur y était moins fréquente.

Et supposons que je retourne sur la Terre, se demanda-t-il pour la énième fois. *Pourrai-je me réadapter à une existence aussi placide, aussi posée ? Ou bien passerai-je le restant de mes jours à regretter les steppes et les mers de Tschaï ?* Il eut un petit rire sans joie. C'était là un problème qu'il se réjouirait d'affronter !

Anacho fit enfin son retour. Après un rapide coup d'œil anxieux à la ronde, il s'installa à la table. « J'ai péché par excès d'optimisme, grommela-t-il. J'ai trop compté sur mes souvenirs.

— Comment ça ? s'enquit Reith.

— Rien d'immédiatement problématique. J'ai juste l'impression d'avoir sous-estimé notre impact sur l'époque. *Deux* fois ce matin j'ai entendu parler des insensés qui ont envahi les Carabas et y ont massacré des Dirdir comme s'il s'agissait de vulgaires lopettes. Heï écume paraît-il de colère, et plusieurs *tsau'gsh* ont été lancés ; personne n'aimerait être à la place de ces forcenés lorsqu'ils seront capturés. »

Traz était scandalisé. « C'est pour tuer des *hommes* que les Dirdir vont dans les Carabas ! s'emporta-t-il. Pourquoi l'inverse devrait-il les heurter à ce point ?

— Chut ! s'exclama Anacho. Pas si fort ! Tu as donc à ce point envie d'attirer l'attention ? À Sivishe, personne ne dévoile ses pensées. C'est… malsain !

— Encore un mauvais point à mettre au passif de cette sordide cité ! déclara Traz, d'une voix néanmoins plus retenue.

— Allons, reprit nerveusement Anacho. Notre situation n'est pas si décourageante, après tout. Réfléchis-y ! Pendant que les Dirdir s'escriment à passer les continents au peigne fin, nous trois nous reposons bien tranquillement à l'auberge du Terroir d'Antan, en plein cœur de Sivishe.

— Une satisfaction bien précaire, objecta Reith. Qu'as-tu appris d'autre ?

— L'Administrateur est un certain Clodo Erlius. Il vient tout juste d'accéder à cette fonction, ce qui n'est pas forcément une bonne chose de notre point de vue : un haut fonctionnaire fraîchement nommé à tendance à faire du zèle. Je me suis discrètement informé, mais mon statut d'Homme-Dirdir Supérieur m'a valu, disons, une certaine retenue de la part de mes interlocuteurs. Un nom a toutefois été mentionné à deux reprises : celui d'Aïla Woudiver. *Officiellement*, il travaille dans la fourniture et le transport de matériaux de construction. Sa gloutonnerie est de notoriété publique, tout comme son hédonisme – il a des goûts à la fois si raffinés, si grossiers et si immodérés qu'ils lui coûtent des fortunes. Ce renseignement m'a été donné spontanément, sur un ton d'admiration envieuse. Les talents illicites de Woudiver étaient juste… sous-entendus.

— Un tel individu ferait sans doute un partenaire douteux », dit Reith.

Anacho partit d'un ricanement railleur. « Tu me demandes de trouver quelqu'un passé maître dans l'art de la fourberie, de la ruse et du vol – et tu fais la fine bouche quand je te l'apporte sur un plateau ! »

Le Terrien sourit de toutes ses dents. « C'est le seul nom qu'on t'a mentionné ?

— Une autre source m'a expliqué, sur un ton de plaisanterie un peu forcé, que toute activité sortant de l'ordinaire attirerait certainement l'attention de Woudiver. Il me semble vraiment être l'homme de la situation. En un certain sens, sa réputation est rassurante : c'est un gage de compétence.

— Et si ce Woudiver refuse de nous aider ? intervint alors Traz. Ça nous mettrait alors à sa merci, non ? Il pourrait nous extorquer tous nos sequins ! »

Anacho pinça les lèvres, haussa les épaules. « Aucun plan de ce genre n'est jamais parfaitement fiable. De notre point de vue, Aïla Woudiver pourrait bien représenter le meilleur choix possible. Il a accès aux sources d'approvisionnement, il a des moyens de transport sous sa coupe, et il pourra peut-être nous procurer un local à notre convenance pour monter l'astronef.

— Nous avons besoin d'un homme de haute compétence, convint Reith sans enthousiasme, et nous sommes sans doute mal placés pour ergoter sur ses attributs personnels. Il n'en reste pas moins… Bon, d'accord. De quel prétexte devrions-nous user ?

— L'histoire que tu as sortie aux Lokhars – comme quoi nous aurions besoin d'un vaisseau spatial pour nous emparer d'un trésor – me semble aussi valable qu'une autre. De toute façon, Woudiver ne va pas croire un mot de tout ce que nous pourrons lui raconter. Il va d'emblée partir du principe que nous cherchons à le flouer. Alors, ça ou autre chose…

— Attention, marmonna Traz. Des Dirdir ! »

Il y en avait trois, qui s'approchaient d'eux à grands pas d'une démarche sinistre. La résille d'argent accrochée à l'arrière de leur crâne blafard rabattait leurs nimbes flamboyants sur leurs épaules. De leurs bras pendaient des ailerons d'un pâle cuir souple qui descendaient pratiquement jusqu'au sol. Ils en arboraient d'autres sur la poitrine et dans le dos, marqués de symboles circulaires noirs et rouges disposés à la verticale.

« Des inspecteurs, grommela Anacho entre ses dents. Ils ne viennent même pas une fois par an à Sivishe – sauf si des plaintes sont déposées.

— Est-ce qu'ils vont reconnaître en toi un Homme-Dirdir ?

— Bien sûr. J'espère juste qu'Ankhe at afram Anacho, le fugitif, leur est inconnu. »

Les Dirdir passèrent devant eux ; Reith leur jeta un coup d'œil impassible, malgré les frissons que leur proximité ne manquait pas de faire naître dans son dos. Ils poursuivirent leur route sans prêter attention au trio, dans un froufroutement de cuir pâle.

Le visage d'Anacho se détendit visiblement. « Plus vite nous quitterons Sivishe, murmura Reith dans un filet de voix, et mieux cela vaudra. »

L'Homme-Dirdir pianotait sur la table. Enfin, ses doigts y donnèrent un ultime coup sec – il avait pris une décision. « Fort bien. Je vais téléphoner à Aïla Woudiver pour organiser une rencontre préliminaire.

(Il disparut à l'intérieur de l'auberge, pour en ressortir presque aussitôt.) Une voiture va bientôt passer nous prendre. »

Reith ne s'était pas attendu à une si prompte réponse. « Qu'est-ce que tu lui as dit ? s'enquit-il avec une pointe d'inquiétude.

— Que nous souhaitions le consulter pour affaires.

— Humph. (Le Terrien se laissa aller contre le dossier de son siège.) Trop se précipiter peut s'avérer risqué. Autant que trop atermoyer. »

Anacho leva les bras au ciel avec dépit. « Tu vois une quelconque raison de différer l'entrevue ?

— Pas vraiment, non. Je ne me sens pas à mon aise à Sivishe – ça doit jouer sur mes réactions.

— Garde un peu de ton inquiétude pour plus tard. Quand on la connaît mieux, Sivishe devient encore moins rassurante. »

Ce qui mit fin à la discussion. Un quart d'heure plus tard, un antique véhicule noir, qui avait naguère été une luxueuse berline, s'arrêta devant l'établissement. Un homme entre deux âges, l'air maussade, passa alors la tête par la portière. Il tendit le menton en direction d'Anacho. « Vous attendez une voiture ?

— Pour aller chez Woudiver ?

— Montez. »

Tous trois prirent place sur les bancs qui équipaient l'intérieur du véhicule. La voiture descendit tranquillement l'avenue, puis prit au sud dans un quartier d'immeubles d'aspect peu engageant construits en dépit du bon sens. Il n'y avait pas deux portes identiques ; les fenêtres, de dimensions et de formes irrégulières, s'ouvraient apparemment au hasard dans les murs épais. Il y avait des gens au teint blafard tapis dans les encoignures ou occupés à observer la rue des hauteurs ; tous se retournaient au passage du véhicule. « Des ouvriers, expliqua Anacho avec un reniflement de mépris. Des Khers, des Thangs, des habitants des Îles Tristes. Ils affluent de tout le Kislovan, voire de contrées plus lointaines. »

Après avoir traversé une petite place jonchée de détritus, la voiture s'engagea dans une rue bordée de boutiques munies de lourds rideaux de fer. « Nous sommes encore loin ? demanda Anacho au chauffeur.

— Non, se borna à répondre celui-ci entre ses dents.

— Où habite Woudiver ? Dans les Hauteurs ?

— Dans la Montée de Zamia. »

Reith scruta l'homme, son nez crochu, sa bouche pâle et sévère encadrée de muscles saillants. Une vraie tête de bourreau !

La route passa par une basse colline. Les maisons se firent plus rares, des ruines s'élevaient à l'occasion dans des jardins abandonnés. La voiture s'arrêta au bout d'une allée. D'un geste sec, le conducteur invita ses passagers à mettre pied à terre, après quoi il leur fit suivre un passage sombre et humide, passer sous une voûte, traverser une cour, et finalement gravir quelques marches, qui donnaient sur une pièce aux murs recouverts de carreaux moutarde.

« Attendez là. » L'homme franchit une porte de psilla noir garnie de ferrures – pour en ressortir quelques instants plus tard. « Venez », leur dit-il en recourbant un doigt.

Le trio se retrouva dans une vaste salle aux murs blancs. Le sol était dissimulé sous un tapis écarlate et bordeaux. Les meubles se résumaient à des sofas garnis de peluche rose, rouge ou jaune, et à une lourde table de cirier sculpté. D'un encensoir montaient d'épaisses fumées. Un homme se tenait debout derrière la table. Énorme, la peau jaune, emmitouflé dans des tuniques rouges, noires et ivoire, il arborait une tête aussi ronde qu'un melon. De rares mèches de cheveux filasse striaient son crâne à la peau tavelée. Il était gigantesque dans *toutes* les dimensions, et doté semblait-il d'une intelligence aussi grandiose que cynique. « Je suis Aïla Woudiver. » Il contrôlait admirablement sa voix ; elle produisait présentement des sonorités douces et flûtées. « Je vois ici un Homme-Dirdir de la Prime…

— Supérieure ! corrigea Anacho.

— … un garçon d'une race inconnue manifestement primitive, un homme d'extraction encore plus indécise. À se demander ce qu'un assemblage aussi hétéroclite peut vouloir de moi.

— Discuter d'une affaire susceptible de nous être profitable à tous », fit Reith.

Le tiers inférieur du visage de Woudiver s'anima d'un rictus. « Continue. »

Reith fit d'un regard le tour de la pièce, avant de revenir au maître des lieux. « Je vous propose de poursuivre notre conversation ailleurs – à l'extérieur, de préférence. »

Sous l'effet de la surprise, les sourcils ténus, quasiment inexistants, de Woudiver s'arquèrent. « Je ne comprends pas. Si tu voulais bien t'expliquer…

— Avec joie. Mais pas ici. »

Le colosse grimaça ostensiblement d'irritation, mais se mit néanmoins en marche, ses visiteurs sur ses talons. Il les fit passer sous un porche voûté, monter une rampe qui menait à une terrasse dominant une vaste étendue brumeuse. « Cet endroit te convient-il ? s'enquit-il alors d'une voix à présent retentissante.

— C'est mieux, lui répondit le Terrien.

— J'avoue que tu m'intrigues. (Woudiver se laissa choir dans un imposant fauteuil.) Quelle influence néfaste redoutes-tu donc à ce point ? »

Le Terrien jeta un regard éloquent au paysage qui se déployait devant eux ; ses yeux s'attardèrent sur les tours multicolores de la cité d'Heï, puis sur le gris laiteux de la Boîte de Verre. « Tu es un homme important. Il n'est pas impossible que tes activités intéressent certaines personnes au point de les pousser à espionner tes conversations. »

Woudiver eut un geste jovial. « Eh bien, ton affaire m'a tout l'air d'être hautement confidentielle – voire illégale.

— Cela t'inquiète ? »

La bouche de Woudiver se transforma en une espèce de bourrelet d'un rose grisâtre. « Venons-en au fait.

— Certainement. Ça t'intéresserait de gagner une fortune ?

— Bah ! J'ai assez d'argent pour subvenir à mes modestes besoins. Mais personne ne crache sur un petit extra.

— Pour faire court, voilà de quoi il s'agit : nous savons où et comment récupérer un trésor inestimable, sans prendre le moindre risque.

— Vous êtes les plus heureux des hommes !

— Mais cela implique de prendre un certain nombre de dispositions. Et à en croire ta réputation, nous te pensons en mesure de nous prêter assistance en échange d'une partie des gains. Ce n'est évidemment pas à une assistance *financière* que je fais allusion.

— Je ne peux te répondre avant d'avoir toutes les cartes en main, répliqua Woudiver de sa voix la plus veloutée. Tu peux bien évidemment parler sans restriction aucune : ma réputation de discrétion est proverbiale.

— Il nous faut d'abord nous assurer de ton intérêt. Inutile de perdre notre temps pour rien. »

Les paupières de Woudiver se mirent à battre. « Je suis aussi intéressé qu'il m'est possible de l'être au vu du peu d'informations à ma disposition.

— Très bien. Notre problème se résume à ceci : il nous faut un petit vaisseau spatial. »

Woudiver demeura parfaitement immobile, ses yeux fixés sur le visage de Reith. Puis il lança un rapide regard sur Anacho et Traz, et partit d'un petit rire sec. « Tu m'attribues des pouvoirs peu ordinaires – sans compter une rare témérité ! Comment *pourrais*-je vous procurer un astronef, gros ou petit ? Soit vous êtes fous, soit vous *me* prenez pour un fou ! »

Pareille véhémence, dans laquelle il ne voyait qu'un subterfuge tactique, fit sourire le Terrien. « Nous avons étudié l'affaire avec le plus grand soin. Ce projet n'a rien d'irréalisable, pour peu qu'on puisse compter sur le concours d'une personne telle que toi. »

Woudiver secoua impatiemment sa grosse tête jaune citron. « Je n'aurais donc qu'à tendre le doigt vers les Grands Chantiers Astronautiques pour y faire apparaître un vaisseau ? Vous croyez *vraiment* que ça se passe ainsi ? Je me retrouverais dans la Boîte de Verre avant la fin de la journée !

— Au risque de me répéter, nous n'avons nullement besoin d'un gros appareil. On pourrait peut-être faire l'acquisition d'un appareil obsolète et le remettre en état de marche. Ou bien convaincre certaines personnes de nous vendre des pièces détachées, dont on pourrait ensuite tirer une coque de fortune. »

Woudiver se tirailla le menton. « Les Dirdir s'opposeraient certainement à pareille entreprise.

— J'ai bien précisé que la discrétion s'imposait. »

L'autre gonfla ses joues. « À combien s'élèvent ces richesses ? Quelle est la nature de ce trésor ? Où est-il situé ?

— Ce sont là des détails qui n'ont pas vraiment d'intérêt pour toi pour le moment. »

Woudiver se tapota le menton du bout de son index safran. « Admettons un instant que ça puisse *éventuellement* m'intéresser. D'abord, les questions pratiques. Pareille entreprise demanderait beaucoup d'argent : pour… motiver les uns et les autres, pour l'assistance technique, pour trouver un lieu d'assemblage adéquat – et, bien sûr, pour se procurer les pièces détachées dont tu parlais. D'où sortirait tout cet argent ? (Sa voix se chargea de sarcasme.) Tu n'espérais quand même pas te faire financer par Aïla Woudiver ?

— Le financement n'est pas un problème. Nous avons tous les fonds nécessaires.

— Vraiment ? (Woudiver semblait impressionné.) Puis-je te demander combien tu es disposé à dépenser ?

— Oh… entre cinquante et cent mille sequins. »

Woudiver secoua la tête avec une indulgence amusée. « Cent mille te suffiraient à peine. (Il se tourna vers Heï.) Jamais je ne pourrais tremper dans une affaire illicite ou prohibée.

— Évidemment pas.

— Je pourrais toutefois te conseiller à titre purement amical, de manière officieuse – moyennant un petit fixe, ou peut-être un pourcentage sur la mise de fonds, plus une petite part des bénéfices éventuels.

— Un arrangement de ce genre pourrait fort bien nous convenir. Combien de temps, à ton avis, prendrait un tel projet ?

— Qui sait ? Difficile de faire des prévisions en la matière. Un mois ? Deux ? L'information est essentielle en pareilles circonstances, et pour l'heure nous en manquons. Il faudrait consulter un expert travaillant aux Chantiers.

— Un expert compétent *et* digne de confiance, le corrigea Reith.

— Cela va sans dire. Je connais l'homme qu'il nous faut, quelqu'un à qui j'ai rendu divers services. D'ici un jour ou deux, j'irai le mettre dans la confidence.

— Pourquoi pas tout de suite ? Le plus tôt sera le mieux. »

Woudiver leva la main. « La précipitation n'est jamais bonne conseillère. Revenez dans deux jours ; j'aurai peut-être alors du nouveau pour vous. Mais réglons pour commencer la question financière. Je ne puis investir de mon temps sans une avance sur honoraires. Il va me falloir une petite somme – disons cinq mille sequins – à titre de garantie. »

Reith secoua la tête. « Je vais te montrer cinq mille sequins. (Il sortit une plaquette de sequins pourpres.) En fait, il y en a là vingt mille, mais nous ne pouvons nous permettre d'en dépenser un seul, sauf pour des coûts réels. »

Une profonde contrariété se peignit sur les traits de Woudiver. « Et quid de ma commission, dans ce cas ? Je ne vais quand même pas me donner toute cette peine pour la beauté du geste !

— Bien sûr que non. Si tout se passe bien, tu n'auras pas à te plaindre de ta récompense.

— Ma foi, fit l'obèse avec une soudaine ardeur, je vais devoir m'en contenter pour l'instant. Dans deux jours, je t'enverrai Artilo. N'en dites rien à personne ! La confidentialité est absolument capitale !

— C'est bien ainsi que nous l'entendons. À dans deux jours, donc. »

11

Sivishe était une ville morne, grise et déprimante, comme si la proximité d'Heï l'oppressait. Les imposantes résidences de Bellevue et des Hauts de Zamia, bien qu'assez prétentieuses, manquaient de style et de raffinement. Les habitants de Sivishe s'avéraient tout aussi peu attrayants : maussades, dépourvus de fantaisie, la peau grise – et une certaine tendance à l'embonpoint. Leurs repas se composaient de grands bols de lait caillé, d'écuelles de racines bouillies, de viande et de poisson relevés d'une noire sauce rance qui engourdissait le palais de Reith ; Anacho lui déclara qu'elle se présentait sous une multitude de variantes, toutes appréciées des gourmets. En matière de divertissements collectifs, il y avait des courses, non pas d'animaux mais d'humains, organisées quotidiennement. Le trio alla en voir une le lendemain de son entrevue avec Woudiver. Huit hommes y participaient, revêtus de casaques de diverses couleurs ; chacun était équipé d'une perche, au sommet de laquelle trônait un fragile globe de verre. Les concurrents ne cherchaient pas seulement à se distancer mutuellement ; ils s'efforçaient également de se faire trébucher au moyen d'habiles croche-pieds, le bris dudit globe entraînant automatiquement la disqualification. Les vingt mille spectateurs émettaient une espèce de grondement sourd du début à la fin de chaque course. Reith remarqua plusieurs Hommes-Dirdir parmi le public. Ils pariaient avec autant d'entrain que quiconque, mais prenaient bien soin de se tenir à l'écart. Le Terrien redoutait que d'anciennes relations ne finissent par reconnaître Anacho ; ce dernier éclata d'un rire amer lorsqu'il lui fit part de ses craintes.

« Je ne risque rien avec un tel accoutrement : jamais ils ne feront attention à moi. Avec des vêtements d'Homme-Dirdir, par contre, on me reconnaîtrait immédiatement, et je serais aussitôt dénoncé aux Censeurs. J'ai déjà aperçu une demi-douzaine d'ex-connaissances. Et pas un seul de mes amis de naguère n'a posé les yeux sur moi. »

Ils se rendirent ensuite aux Chantiers Astronautiques de Grand Sivishe, déambulant d'un pas tranquille à leur périphérie pour observer l'activité qui régnait à l'intérieur. Les vaisseaux étaient de longs appareils fuselés, dotés d'ailerons aux formes complexes, aussi différents des volumineux vaisseaux wankh et des pompeux engins des Chasch bleus que ces derniers l'étaient des astronefs terriens.

Si lesdits Chantiers ne tournaient apparemment pas à plein rendement, une activité respectable y régnait néanmoins. Deux cargos y étaient en cours de révision, et les ouvriers semblaient sur le point d'achever l'assemblage d'un vaisseau de ligne. Se trouvaient également là trois bâtiments de petit tonnage, un vaisseau militaire désarmé, cinq ou six vedettes spatiales à divers stades de réparation, un fouillis de coques hors d'usage à l'arrière des ateliers. À l'autre bout du terrain se trouvaient trois vaisseaux prêts à être livrés, chacun positionné sur un grand cercle noir.

« Quelques voyages sont organisés jusqu'à Sibol, lui expliqua Anacho, mais le trafic reste peu important. Jadis, quand les Expansionnistes prédominaient, des vaisseaux dirdir se rendaient sur bien des mondes. Plus maintenant. Les Dirdir se tiennent tranquilles. Ils ne demanderaient pas mieux que de chasser les Wankh et de massacrer les Chasch bleus, mais ils se refusent à mobiliser leur énergie pour ce faire. C'est d'ailleurs un peu effrayant. Il s'agit d'une race terrible, dynamique, incapable de rester tranquille trop longtemps. Un de ces jours, ça finira par exploser, et ils repartiront à l'attaque.

— Et les Pnume ? s'enquit Reith.

— Ils sont imprévisibles. (Anacho désigna du doigt les falaises auxquelles s'adossait Heï.) Ton télescope électronique devrait te permettre de voir leurs entrepôts, où ils stockent les métaux qu'ils vendent aux Dirdir. Des Pnumekin passent parfois par Sivishe, pour une raison ou une autre. Les collines qui s'étendent au-delà sont littéralement criblées de tunnels. Si les Pnume surveillent le moindre des faits et gestes des Dirdir, ils ne se montrent néanmoins jamais – par peur des Dirdir, qui les exterminent comme de la vermine. D'un autre côté, un Dirdir qui part chasser seul risque fort de ne jamais revenir. La rumeur prétend que les Pnume adorent en capturer pour les entraîner au fond de leurs galeries.

— Ce genre de chose ne peut vraiment arriver que sur Tschaï. Deux peuples qui commercent ensemble mais se détestent mutuellement, et qui s'entretuent à vue. »

Anacho poussa un grognement acerbe. « Je n'y vois pour ma part rien d'extraordinaire. Les échanges commerciaux sont profitables aux deux parties ; les tueries assouvissent leur détestation réciproque. Les deux activités n'ont rien en commun.

— Et les Pnumekin ? Les Dirdir ou les Hommes-Dirdir s'en prennent-ils à eux ?

— Pas à Sivishe, où tout le monde observe une trêve. Partout ailleurs, par contre, ils font eux aussi l'objet d'une chasse systématique – heureusement pour eux, ils mettent rarement le nez dehors. Elles sont après tout relativement peu nombreuses, ces créatures les plus étranges et les plus remarquables de Tschaï… Bon, partons d'ici avant d'attirer l'attention de la police des Chantiers.

— Trop tard, dit Traz d'une voix lugubre. On est précisément en train de nous observer.

— Qui ça ?

— Deux hommes… derrière nous. L'un vêtu d'une veste brune et d'un bonnet noir, l'autre d'une cape bleu sombre et d'une cagoule. »

Anacho parcourut l'avenue du regard. « Ce ne sont pas des policiers – ni des gardes des Chantiers. »

Tous trois repartirent en direction de l'enchevêtrement de béton défraîchi qui formait le centre de

Sivishe. Carina 4269 flamboyait derrière un voile de brume, baignant le décor d'une froide lueur bistre. Les deux hommes sortirent à découvert ; à la vue de leur démarche silencieuse, le Terrien sentit une pointe de panique lui effleurer l'esprit. « Qui peuvent-ils bien être ? grommela-t-il.

— Je ne sais pas. (Anacho jeta un bref coup d'œil par-dessus son épaule ; mais les deux hommes se résumaient à de simples silhouettes contre la lumière.) Je doute que ce soient des Hommes-Dirdir. Nous avons pris contact avec Aïla Woudiver ; peut-être est-ce lui qui fait l'objet d'une surveillance. Il pourrait également s'agir d'hommes à lui. Ou de criminels. Il n'est pas exclu qu'on nous ait vus arriver à bord du glisseur, ou descendre nos sequins dans les souterrains. Ou pire encore : Maust a peut-être fait diffuser notre signalement. Et nous sommes aisément identifiables.

— D'une manière ou d'une autre, fit le Terrien avec gravité, nous allons devoir en avoir le cœur net. Tu vois cet immeuble en ruine ?

— Ça fera l'affaire. »

D'un pas tranquille, ils dépassèrent les restes d'un contrefort en béton. Sitôt hors de vue, ils bondirent dans un coin sombre et attendirent que leurs deux poursuivants les rejoignent à longues foulées silencieuses. Alors qu'ils passaient devant l'épaulement, Reith se chargea de plaquer le premier, tandis que Traz et Anacho se saisissaient de l'autre – pour le lâcher aussitôt, en poussant une sourde exclamation. L'espace d'un instant, le Terrien perçut une curieuse odeur rance, comme du camphre mélangé à du lait tourné ; puis un violent choc électrique le projeta en arrière. Un croassement d'effroi jaillit de sa gorge. Les deux inconnus prirent la fuite.

« Je les ai vus, lâcha Anacho d'une voix sourde. C'étaient des Pnumekin, ou peut-être des Gzhindra. Est-ce qu'ils portaient des bottes ? Les Pnumekin marchent pieds nus. »

Reith s'apprêta à aller les examiner de plus près, mais ils s'étaient volatilisés comme par miracle. « Des Gzhindra ? De quoi s'agit-il ?

— De hors-castes pnumekin. »

Le trio s'enfonça de nouveau d'un pas lourd dans les rues humides et froides de Sivishe.

« Ça aurait pu être pire, dit soudain Anacho.

— Mais pourquoi des Pnumekin s'amuseraient-ils à nous prendre en filature ?

— Ils nous suivent depuis que nous avons quitté Settra, grommela Traz. Si ce n'est avant.

— Les Pnume sont habités par d'étranges pensées, fit Anacho. Leurs actes peuvent rarement s'expliquer rationnellement. Ils sont l'étoffe même de Tschaï. »

12

Tous trois étaient installés à la terrasse de l'*Auberge du Terroir d'Antan*, à boire du vin doux en regardant déambuler les promeneurs. La musique était décidément la clé du génie d'un peuple, songea le Terrien. Le matin même, alors qu'il passait devant une taverne, il avait fait connaissance avec celle de Sivishe. L'orchestre qui s'y produisait se composait de quatre musiciens. Le premier jouait d'une boîte de bronze hérissée de cônes enveloppés dans du vélin, dont le frottement produisait des sons similaires à ceux des notes les plus graves d'un cornet à pistons. Le second instrument, un tube de bois vertical de trente centimètres de diamètre, muni de douze cordes et d'autant de fentes, produisait de retentissants arpèges grinçants. Le troisième, une batterie de quarante-deux tambourins, contribuait à entretenir un rythme passablement complexe. Du quatrième, une trompe à coulisse en bois, jaillissaient des bêlements chevrotants, des couinements aussi bien que d'extraordinaires et stridents glissandos.

Reith avait trouvé la prestation singulièrement simple, limitée : la répétition chaque fois presque identique d'une même mélodie. Quelques couples dansaient ; les partenaires, face à face, les bras ballants, sautillaient consciencieusement d'une jambe à l'autre. *Sinistre !* avait songé Reith. Pourtant, quand la musique s'était tue, les danseurs s'étaient séparés en arborant une expression triomphale, et s'étaient remis à la tâche dès que le quatuor avait recommencé à jouer. À mesure que s'écoulaient les minutes, Reith avait commencé à percevoir certaines complexités, des variations pratiquement imperceptibles. Comme la noire sauce rance qui noyait la nourriture, cette musique exigeait de l'auditeur un effort intense pour l'ingérer ; jamais sans doute un étranger ne pourrait l'apprécier, en tirer plaisir. Toutes ces hésitations, tous ces trémolos presque inaudibles, étaient peut-être des manifestations de virtuosité. Peut-être le peuple de Sivishe était-il féru de sous-entendus allusifs, d'illustrations évanescentes, de modulations presque inaudibles – leur manière de réagir à la proximité de la cité dirdir.

La religion d'un peuple n'était pas moins révélatrice de ses processus de pensée. Au cours de ses discussions avec Anacho, Reith avait appris que les Dirdir n'en professaient aucune. Les Hommes-Dirdir, en revanche, avaient élaboré une théologie complexe, fondée sur un mythe fondateur selon lequel l'Homme et le Dirdir procédaient du même œuf primordial. Les sous-hommes de Sivishe, quant à eux, fréquentaient une douzaine de temples. Leurs pratiques, pour autant que le Terrien avait pu s'en rendre compte, obéissaient à un modèle plus ou moins universel – humiliation, suivie d'une demande de faveurs (le plus souvent la connaissance anticipée du résultat des courses quotidiennes). Certains cultes avaient raffiné leurs doctrines au point de les rendre d'une phénoménale complexité ; leur doxologie se composait d'un jargon métaphysique suffisamment subtil, ambigu, pour séduire jusqu'au peuple de Sivishe. D'autres, répondant à des besoins différents, faisaient appel à des procédures simplifiées : il suffisait à leurs fidèles de faire un signe sacré et de déposer quelques sequins dans la sébile des prêtres pour recevoir leur bénédiction, après quoi ils s'en retournaient à leurs affaires.

L'arrivée de la voiture noire de Woudiver interrompit ses méditations. Artilo, l'œil mauvais, fit un geste péremptoire, puis s'accroupit sur l'une des roues avant.

Le trio prit place dans le véhicule, qui repartit en cahotant dans les rues de la ville, en direction des Chantiers. En périphérie de Sivishe, là où les dernières cahutes se raréfiaient pour laisser place aux marais salants, se dressaient des entrepôts délabrés entourés de tas de sable, de gravier, de briques et de marne agglomérée. La voiture traversa l'enceinte centrale, pour s'arrêter devant un bureau exigu édifié à l'aide de briques concassées et de mâchefer.

Woudiver se tenait sur le seuil. Il portait ce jour-là une ample veste brune, un pantalon bleu et un chapeau assorti. Son expression plaisante était indéchiffrable ; ses paupières dissimulaient à moitié son regard. Il leva une main, en un geste de bienvenue retenu, puis retourna à l'intérieur de l'appentis mal éclairé. Le trio mit pied à terre et l'y suivit, Artilo sur leurs talons. Celui-ci alla se servir une tasse de thé au grand percolateur, puis alla s'installer dans un coin en lâchant un sifflement d'irritation.

Woudiver leur désigna un banc, sur lequel ils allèrent s'installer ; lui-même se mit à arpenter la pièce de long en large. Enfin, les yeux au plafond, il se mit à parler : « Je me suis livré discrètement à une petite enquête – votre projet est irréalisable, j'en ai bien peur. Le local ne pose aucune difficulté – l'entrepôt sud que vous voyez là-bas fera admirablement l'affaire, d'autant qu'il est disponible à un tarif de location fort raisonnable. L'un de mes fidèles collaborateurs, le contrôleur adjoint du département approvisionnement des Chantiers, m'a assuré que les pièces nécessaires étaient disponibles – moyennant finances. On pourra certainement récupérer une coque à la décharge – après tout, vous n'avez nul besoin de quelque chose de luxueux. Enfin, une équipe de techniciens compétents devrait favorablement répondre à une proposition suffisamment attractive. »

Reith commençait à soupçonner Woudiver d'avoir une idée derrière la tête. « Qu'est-ce qui rend le projet irréalisable, dans ce cas ? »

L'autre eut un sourire ingénu. « Le bénéfice me semble insuffisant par rapport aux risques encourus. »

Reith hocha sombrement la tête avant de se relever. « Je suis désolé de t'avoir fait perdre ton temps. Merci beaucoup pour ces informations.

— Il n'y a pas de quoi, répondit courtoisement Woudiver. Je vous souhaite le meilleur pour votre entreprise. Peut-être, quand vous reviendrez avec votre trésor, aurez-vous envie de faire construire un somptueux palais ; j'espère qu'*alors* vous vous souviendrez de moi.

— C'est fort probable. Et maintenant… »

Mais Woudiver n'avait pas l'air pressé de voir partir le trio. Il s'affala dans un fauteuil avec un grognement onctueux. « Un autre de mes amis s'intéresse aux pierres précieuses. Il n'aura aucun mal à convertir votre trésor en sequins si, comme je le présume, il s'agit effectivement de joyaux. Non ? Des métaux rares, alors ? Non plus ? Ah ah !… des essences précieuses, peut-être ?

— Peut-être, ou peut-être pas. Dans l'état actuel des choses, je crois préférable de rester dans le vague. »

Une grimace de contrariété passa sur le visage de Woudiver. « C'est justement cette imprécision qui me fait hésiter ! Si j'avais une idée plus précise de ce que je peux espérer…

— Quiconque accepte de m'aider ou de m'accompagner peut s'attendre à faire fortune. »

Woudiver pinça les lèvres. « Je n'ai donc d'autre choix que de me joindre à cette expédition pirate pour obtenir ma part du butin ?

— Je te verserai une commission raisonnable avant notre départ. Si tu viens avec nous… (à cette pensée, le Terrien fit rouler ses yeux en direction du plafond)... ou quand nous reviendrons, tu toucheras davantage.

— Combien, exactement ?

— Je préfère n'en rien dire. Tu pourrais me prendre pour un irresponsable. Mais ça ne devrait pas te décevoir. »

Dans son coin, Artilo poussa un grognement sceptique, dont Woudiver ne tint nul compte. « En tant qu'homme pragmatique, fit-il d'une voix empreinte de dignité, je ne puis me contenter de simples spéculations. Il me faudrait une avance de dix mille sequins. (Il gonfla ses joues, jeta un coup d'œil en direction de Reith.) Dès réception de cette somme, j'userais de toute mon influence pour mettre en branle ton projet.

— Voilà qui est parfait. Mais faisons une supposition ridicule : imaginons qu'au lieu d'être un homme d'honneur, tu sois un gredin, un fripon, un tricheur. Tu pourrais alors prendre mon argent, *puis* découvrir qu'il est impossible de mener ledit projet à bien, pour une raison ou pour une autre – et ça me laisserait sans le moindre recours. Je ne puis donc rémunérer qu'un travail *effectivement* accompli. »

Un spasme d'agacement déforma le visage de Woudiver – mais sa voix demeura parfaitement égale. « Alors, loue-moi cet entrepôt. Il est admirablement situé, discret, à proximité des Chantiers – et possède toutes les commodités. Je puis en outre obtenir une vieille coque à la décharge, sous prétexte de la convertir en caissons de magasinage. Je ne te demanderai qu'un loyer symbolique – dix mille sequins par an, payables d'avance. »

Reith hocha la tête avec sagesse. « C'est là une proposition digne d'intérêt. Mais pourquoi te créer toutes ces complications, alors que nous n'en aurons pas besoin plus de quelques mois ? Nous pouvons trouver un local moins cher ailleurs. Et peut-être encore mieux situé. »

Les yeux de Woudiver s'étrécirent ; ses bajoues se mirent à trembloter. « Jouons cartes sur table tous les deux. Nos intérêts concordent tant que j'en tire bénéfice. Ne compte pas sur moi pour travailler au rabais. Soit tu me verses une avance, soit il en est fini de notre petite collaboration.

— Fort bien. Nous allons utiliser ton entrepôt, que je te paierai mille sequins pour trois mois de loyer – le jour où une coque adéquate nous sera livrée, et qu'une équipe technique se mettra au travail.

— Humph... Cela me semble faisable demain.

— Voilà qui est parfait.

— J'aurais besoin de fonds pour me procurer une carène. Je devrais pouvoir en dégoter une au prix de la ferraille, mais il faudra quand même en payer le transport.

— Parfait. Voici mille sequins. » Reith compta la somme sur le bureau.

Woudiver laissa bruyamment retomber le battoir qui lui servait de main. « Une misère ! C'est tout à fait insuffisant !

— Tu ne me fais visiblement pas confiance, répliqua brusquement le Terrien. Et cela ne me prédispose nullement à me fier à toi. Mais toi, tu ne risques que de perdre une heure ou deux de ton temps – alors que, moi, je joue des milliers de sequins dans cette affaire. »

Woudiver se tourna vers Artilo. « Que ferais-tu à ma place ?

— Je ne m'embarquerais pas dans ce coup tordu. »

Woudiver revint à Reith, les bras largement écartés. « Voilà, tu as ma réponse. »

Le Terrien ramassa prestement les mille sequins. « Eh bien, bonsoir. Ravi d'avoir fait ta connaissance. »

Ni Woudiver ni Artilo ne firent un geste.

Les trois amis regagnèrent leur hôtel à bord d'un chariot de transport en commun.

Artilo se présenta le lendemain à l'auberge. « Aïla Woudiver aimerait vous voir.

— Pour quoi faire ?

— Il vous a déniché une coque. Elle se trouve dans le vieil entrepôt. Une équipe est en train de la décaper et de la nettoyer. Ce que veut Woudiver ? De l'argent, bien sûr ! »

13

La coque était satisfaisante, et de dimensions convenables. Le métal semblait sain ; les hublots d'observation étaient ternis, tachés, mais bien positionnés et parfaitement étanches.

Woudiver suivait Reith dans son inspection de la coque, une expression de tolérance hautaine peinte sur ses traits. Chaque jour, semblait-il, il arborait une nouvelle tenue, encore plus extravagante que celle de la veille. Ce jour-là, il portait un deux-pièces noir et jaune ainsi qu'un chapeau noir orné d'un plumet écarlate. L'agrafe de sa cape était un ovale argent et noir, fendu le long du petit axe ; sur l'une des moitiés figurait la tête stylisée d'un Dirdir, sur l'autre celle d'un homme. S'avisant de l'intérêt du Terrien, il hocha bien bas la tête. « Vu mon physique, tu ne l'aurais sans doute jamais deviné, mais mon père était un Immaculé.

— Vraiment ? Et ta mère ? »

La bouche de Woudiver se crispa. « C'était une dame de haute naissance, originaire du Nord.

— Une fille de cuisine thang, avec du sang de femme des marais », lâcha Artilo depuis le sas d'entrée.

La bouche de Woudiver tressaillit. « La présence d'Artilo rend impossible le moindre fantasme romantique. Toujours est-il que, sans l'intervention accidentelle d'une mauvaise matrice, tu aurais devant toi Aïla Woudiver, Homme-Dirdir Immaculé du Degré Violet, et non Aïla Woudiver, négociant en matériaux de construction et vaillant chevalier des causes perdues.

— Illogique, murmura Anacho. Voire franchement improbable. Il n'y a pas un Immaculé sur mille qui conserve les "Attributs Primitifs". »

Le teint de Woudiver vira instantanément au coquelicot. Avec une stupéfiante promptitude, il brandit un doigt épais en direction de l'Homme-Dirdir. « Qui ose parler de logique et de probabilité ? Ankhe at afram Anacho le renégat ! Qui a arboré le Bleu et Rose sans même avoir subi l'épreuve de l'Angoisse ? Qui a disparu en même temps que l'Excellence Enze Edo Ezdowirram, que nul n'a jamais revu depuis ? Quel honorable Homme-Dirdir, cet Ankhe at afram !

— Je ne me considère plus comme un Homme-Dirdir, rétorqua Anacho d'une voix égale. J'ai définitivement renoncé au Bleu et Rose, de même qu'aux trophées de ma race.

— En ce cas, aie la bonté de t'abstenir du moindre commentaire sur la triste situation de ceux qui ont eu la malchance de se retrouver exclus de la caste à laquelle ils appartenaient légitimement ! »

Anacho se détourna, ivre de rage, mais estimant manifestement plus sage de tenir sa langue. Aïla Woudiver n'était à l'évidence pas resté inactif, et Reith se demandait jusqu'où il avait poussé son enquête.

Woudiver reprit peu à peu son sang-froid. Sa bouche se tordit, ses joues se gonflèrent, puis il lâcha un reniflement méprisant. « Passons à des questions... plus lucratives. Qu'est-ce que t'inspire cette coque ?

— Un sentiment favorable, répondit Reith. Il était difficile d'espérer mieux d'un appareil récupéré dans une décharge.

— C'est aussi mon avis. Bien sûr, l'étape suivante va s'avérer un peu plus difficile. Mon ami des Chantiers n'a pas plus envie que moi de tirer sa révérence dans la Boîte de Verre – mais des sequins en quantité suffisante peuvent faire merveille. Ce qui nous amène au sujet de l'argent. J'ai déboursé huit cent quatre-vingt-dix sequins pour acheter cette coque, somme que je trouve honnête. Frais de transport : trois cents sequins. Un mois de loyer pour le local : mille sequins. Total : deux mille cent quatre-vingt-dix. Ma commission – mon profit personnel, en quelque sorte – étant de dix pour cent, soit deux cent dix-neuf sequins, tu me dois deux mille quatre cent neuf sequins.

— Attends, *attends* ! s'écria le Terrien. Je t'ai offert mille sequins pour *trois* mois, pas pour un seul !

— Ce n'est pas suffisant.

— Tu auras cinq cents sequins, et pas un clair de plus. Et pour ce qui est de ta commission, soyons un peu raisonnables. Tu as assuré le transport de la coque – avec bénéfice –, je te paye un gros loyer pour ton entrepôt : je ne vois aucune raison de te céder dix pour cent supplémentaires dessus.

— Et pourquoi ça ? s'enquit Woudiver d'une voix pondérée. Ça t'arrange bien que je puisse te fournir ces services. D'une certaine manière, je porte deux casquettes : celle d'expéditeur et celle de fournisseur. Pourquoi, uniquement parce que l'expéditeur a trouvé un fournisseur convenable, bon marché et efficace, devrait-il se voir refuser sa rémunération ? La facture n'aurait pas été moindre si quelqu'un d'autre s'était chargé du transport, et tu m'aurais donné mon dû sans te plaindre. »

La logique de l'exposé était sans faille ; Reith ne tenta même pas de la réfuter. « Je n'ai pas l'intention de payer plus de cinq cents sequins pour un vieux hangar croulant que tu aurais été ravi de louer pour deux cent. »

Woudiver leva un index jaune. « Tu oublies les risques ! Nous nous apprêtons à détourner des biens de grande valeur. J'aimerais vraiment que tu comprennes une chose : ma rémunération ne couvre pas seulement les services rendus ; elle a aussi pour vocation de compenser ma peur de la Boîte de Verre.

— Voilà une déclaration raisonnable – de ton point de vue. Mais *moi*, je veux terminer le vaisseau avant de me retrouver à court d'argent. Une fois qu'il sera en état de décoller, les pleins faits et les soutes à vivres remplies, tous les sequins restants te reviendront. Peu m'importera à ce moment-là.

— Vraiment ? (Woudiver se gratta le menton.) Alors dis-moi combien tu en possèdes, que nous puissions nous organiser en conséquence.

— Un peu plus de cent mille.

— Mmmph. Pas sûr du tout que ça suffise – alors, pour ce qui est de l'excédent…

— C'est bien pour ça que je tiens à limiter au strict minimum les frais parasites. »

Woudiver se tourna vers Artilo. « Tu vois à quoi j'en suis réduit ? Tout le monde prospère – sauf moi. Une fois encore, ma générosité me joue des tours. »

Artilo poussa un grognement sibyllin.

Reith aligna ses sequins. « Cinq cents… une somme exorbitante pour ce hangar délabré. Transport : trois cents. La coque : huit cent quatre-vingt-dix. Je t'accorde dix pour cent dessus, ce qui nous fait quatre-vingt-neuf. Soit un total de dix-sept cent soixante-dix-neuf sequins. »

Le large visage jaune de Woudiver refléta toute une succession d'émotions. « Je te rappelle qu'une politique parcimonieuse s'avère souvent la plus coûteuse au bout du compte, finit-il par déclarer.

— Pour peu que le travail avance bien, rétorqua le Terrien, tu n'auras pas à te plaindre de moi. Tu verras alors plus de sequins que dans tes rêves les plus fous. Mais j'entends bien ne payer qu'aux résultats obtenus. Il est de ton intérêt d'accélérer au maximum les choses. Tout le monde sera perdant si l'argent vient à manquer. »

Pour une fois, Woudiver ne trouva rien à rétorquer. Il contempla tristement les sequins qui étincelaient sur la table, puis se mit à les compter après avoir séparé les pourpres, les écarlates, les bleus. « Tu es dur en affaires, soupira-t-il.

— Pour notre bien à tous les deux. »

Son interlocuteur fit tomber les sequins dans sa bourse. « Ma foi, quand il faut y aller… (Ses doigts pianotèrent sur sa cuisse.) Pour ce qui est des pièces, desquelles as-tu besoin en priorité ?

— Je ne connais rien aux appareils dirdir. Il nous faut l'avis d'un spécialiste. On aurait bien besoin d'un tel homme ici, avec nous. »

Woudiver lui lança un regard oblique. « Si tu en sais aussi peu, comment espères-tu pouvoir piloter la fusée ?

— J'ai une certaine familiarité avec les astronefs wankh.

— Humph. Artilo, va chercher Deïne Zarre au Club technique. »

Woudiver regagna son bureau, laissant Reith, Anacho et Traz dans le hangar.

L'Homme-Dirdir examina la carlingue. « Cette vieille crapule s'est bien débrouillée. C'est une Ispra, un modèle obsolète auquel on préfère à présent le Concax. Si on veut se simplifier la tâche, il va falloir s'en procurer des pièces.

— Tu penses qu'on peut en trouver ?

— Sans aucun doute. Tu lui as bien rabattu son caquet, à ce sagouin ! Son père, un Immaculé ? La bonne blague ! Mais qu'il ait eu pour mère une femme des marais, ça, je veux bien le croire ! Il ne ménagera certainement pas ses efforts pour percer nos secrets.

— Espérons qu'il n'en découvre pas trop.

— Tant que nous serons capables de payer, il n'y aura rien à craindre de lui. Nous disposons d'une coque saine, payée un prix honnête, et même le loyer n'est pas trop exorbitant. Mais ça ne doit pas nous empêcher de rester prudents : il n'est pas homme à se satisfaire d'une marge bénéficiaire normale.

— Aucun doute, il *va* nous arnaquer, mais si au bout du compte nous disposons d'un vaisseau en état de marche, cela m'est parfaitement égal. » Reith fit le tour de la coque, tendant à l'occasion une main pour la toucher. Il avait du mal à en croire ses yeux. Là, devant lui, bien *réelle*, se trouvait l'ébauche d'un vaisseau susceptible de le ramener chez lui ! Malgré sa silhouette dirdir, il sentit l'envahir une soudaine bouffée d'affection pour ce bloc de métal glacé.

Traz et Anacho sortirent profiter de l'éclat parcimonieux du soleil. Reith ne tarda pas à les rejoindre. Avec toutes les images de la Terre qui lui hantaient l'esprit, le paysage lui parut soudain franchement insolite – comme s'il le voyait pour la première fois. Sivishe, ses ruines et sa grisaille, les tours de Heï, la Boîte de Verre, à laquelle les rayons de Carina 4269 conféraient des reflets bronze : *c'était* Tschaï. Il se tourna vers ses deux compagnons : c'étaient des *hommes* de Tschaï.

Il s'assit sur le banc. « Qu'y a-t-il dans la Boîte de Verre ? » demanda-t-il.

Anacho parut surpris de son ignorance. « C'est un parc, une simulation de l'antique Sibol. Les jeunes Dirdir y apprennent à chasser ; leurs aînés vont s'y entraîner ou prendre un peu de bon temps. Il y a des tribunes pour les spectateurs. Les criminels y servent de proies. On y trouve des rochers, une flore sibolienne, des falaises, des grottes ; un homme parvient parfois à échapper à ses poursuivants pendant des jours. »

Le regard de Reith alla se poser sur la Boîte de Verre. « Les Dirdir s'adonnent-ils à leur petit passe-temps en ce moment ?

— Je suppose, oui.

— Et les Hommes-Dirdir Immaculés ?
— On les autorise parfois à chasser.
— Et ils dévorent leurs proies ?
— Bien sûr. »

Sur le chemin plein d'ornières apparut la voiture noire. Elle souleva une gerbe d'éclaboussures en passant dans une flaque de boue huileuse avant de s'arrêter devant le bureau, d'où la grotesque silhouette adipeuse de Woudiver émergea. Artilo descendit du poste de pilotage, bientôt imité par un vieil homme au visage fatigué. Son corps semblait comme difforme, tordu ; il se déplaçait avec lenteur – le moindre mouvement donnait l'impression de lui coûter. Woudiver s'approcha de lui d'un pas faraud, lui adressa quelques mots, puis le conduisit jusqu'au hangar.

« Voici Deïne Zarre, qui va superviser notre petit projet, annonça-t-il au Terrien. Deïne Zarre, je te présente cet homme, d'une race indéterminée, qui prétend se nommer Adam Reith. Derrière lui se tiennent un Homme-Dirdir réprouvé – un certain Anacho – et un garçon apparemment originaire des steppes du Kotan. C'est avec ces gens que tu dois faire affaire. Moi, je ne suis rien de plus qu'un intermédiaire. Tu t'arrangeras avec Adam Reith. »

Deïne Zarre considéra le Terrien. Ses yeux gris pâle semblaient presque lumineux par opposition à ses pupilles noires. « De quoi s'agit-il ? »

Un homme de plus à mettre dans la confidence, songea Reith. Avec déjà Woudiver et Artilo dessus, la liste commençait à dangereusement s'allonger. Mais nécessité faisait loi. « Dans le hangar se trouve une coque d'astronef. Nous voulons la rendre opérationnelle. »

L'expression de Deïne se modifia quelque peu. Il scruta Reith pendant quelques secondes, puis pivota sur lui-même et pénétra cahin-caha dans le hangar. Pour ne pas tarder à en ressortir. « Ça me semble du domaine du possible. Tout est possible. Mais *faisable* ? Je l'ignore. (Il dévisagea une fois encore le Terrien.) Ce ne sera pas sans risques.

— Woudiver ne semble pas s'en inquiéter outre mesure. Or, de nous tous, c'est lui le plus… sensible au danger. »

Deïne Zarre lança à l'intéressé un coup d'œil dénué de chaleur. « C'est aussi le plus vif d'esprit d'entre nous, et le plus débrouillard. *Moi*, rien ne me fait peur. Si les Dirdir viennent me chercher, j'en tuerai le plus grand nombre possible.

— Allons, allons ! le réprimanda Woudiver. Les Dirdir sont ce qu'ils sont – des êtres dotés d'un courage et de talents fantastiques. Ne sommes-nous pas tous Frères de l'Œuf ? »

Zarre lâcha un grognement maussade. « Qui doit fournir la machinerie, les outils et les pièces ?

— Les Chantiers, bien sûr ! répliqua sèchement Woudiver. Qui d'autre ?

— On va avoir besoin de techniciens. Au moins six hommes, d'une absolue discrétion.

— Un point qui pourrait poser problème, reconnut Woudiver. Mais certaines… incitations devraient permettre de réduire les risques. Une bonne paie – l'incitation de l'argent. De bons conseils d'Artilo – l'incitation de la raison. Et celle de la peur, si je leur indique les conséquences d'une langue trop bien pendue. N'oublie jamais, Sivishe est la cité des secrets ! Comme nous-mêmes pouvons en témoigner ici.

— Exact, convint le technicien. (Une fois encore, Reith le surprit à le dévisager.) Où comptes-tu te rendre à bord de ton astronef ?

— Il veut partir chercher un fabuleux trésor, dont nous aurons tous notre part. » Woudiver avait parlé d'une voix railleuse – ou malveillante…

Deïne Zarre sourit. « Je ne veux pas de trésor. Tu n'auras qu'à me donner cent sequins par semaine. C'est tout ce dont j'ai besoin.

— Si peu ? s'exclama Woudiver. Ma commission va en prendre un coup ! »

Mais le vieil homme ne lui prêta aucune attention. « Tu comptes lancer le chantier immédiatement ?

— Le plus tôt sera le mieux.

— Je vais établir la liste de ce qui nous sera immédiatement nécessaire. (Il se tourna vers Woudiver.) Quand pourras-tu livrer le matériel ?

— Dès qu'Adam Reith m'aura remis les fonds.

— Passe la commande dès ce soir. J'apporterai l'argent demain.

— Et les honoraires de mon ami ? s'enquit Woudiver avec aigreur. Va-t-il devoir travailler pour rien ? Et les gardes de l'entrepôt ? Tu crois qu'ils vont accepter pour nos beaux yeux de regarder ailleurs ?

— Combien te faut-il ? » demanda Reith.

Woudiver hésita. Puis, d'une voix morose : « Évitons de nous quereller inutilement. Je vais tout de suite te soumettre le montant minimum : deux mille sequins.

— Tant que ça ? Incroyable. Combien d'hommes va-t-il falloir soudoyer ?

— Trois. Le surveillant adjoint et deux gardes.

— Ne discute pas, fit Deïne Zarre. J'ai horreur des marchandages. Si tu dois faire des économies, tu n'auras qu'à moins me payer. »

Reith s'apprêta à protester, puis il haussa les épaules et parvint – non sans peine – à sourire. « Très bien. Va pour deux mille sequins.

— Encore une chose, dit Woudiver. La marchandise est payable au prix d'inventaire ; il est difficile de voler à forfait. »

Durant la soirée, quatre chariots motorisés furent déchargés devant le hangar. Reith, Traz, Anacho et Artilo poussèrent les caisses à l'intérieur, pendant que Deïne Zarre les pointait sur sa liste. Woudiver apparut aux environs de minuit. « Tout va bien ?

— À première vue, lui assura le vieil homme, nous avons là l'essentiel.

— Parfait. (Woudiver se tourna vers Reith et lui tendit une feuille de papier.) Voilà la facture – parfaitement détaillée, comme tu peux t'en rendre compte. Fulminer ne servira donc à rien. »

Découvrir le total arracha au Terrien un faible gémissement. « Quatre-vingt-deux mille sequins !

— Tu t'attendais à moins ? lui demanda crânement Woudiver. Et ça ne comprend pas ma commission. En tout, tu me dois quatre-vingt-dix mille deux cents sequins. »

Reith se tourna vers Zarre. « Il y a tout ce dont nous avons besoin ?

— Loin de là.

— Ça va prendre combien de temps ?

— Deux ou trois mois. Davantage si les composants s'avèrent trop déphasés.

— Combien devrai-je donner aux techniciens ?

— Deux cents sequins par semaine. Contrairement à moi, ce sont des gens motivés par l'appât du gain. »

Une image des Carabas apparut alors dans l'esprit du Terrien : des collines fauves, des rochers gris, des taillis épineux, les feux macabres qui s'allumaient dans la nuit. Il se remémora la traversée furtive de l'Avant-Pays, le piège à Dirdir dans la Forêt de la Frontière, le retour précipité au Portique des Clartés. Quatre-vingt-dix mille sequins, c'était presque la moitié de ce qu'ils avaient récolté là-bas… Si ses réserves diminuaient trop vite, si la vénalité de Woudiver se révélait par trop outrancière – il n'osait penser à ce qui arriverait alors. « Tu auras l'argent demain. »

Woudiver lui adressa un hochement de tête empreint de gravité. « Parfait. Dans le cas contraire, la marchandise réintégrera l'entrepôt dès demain soir. »

14

La vieille Ispra commençait à prendre forme. Les propulseurs avaient été installés dans leurs emplacements, scellés et soudés. Générateur et convertisseur furent hissés à l'intérieur par la trappe arrière, puis poussés jusqu'à la proue. L'Ispra n'avait plus rien désormais d'une simple carcasse. Reith, Anacho et Traz la grattaient à la brosse métallique, la polissaient, la fourbissaient ; ils arrachèrent le capitonnage moisi, enlevèrent les sièges malodorants, nettoyèrent les hublots d'observation, alésèrent les conduits d'aération, remplacèrent les boudins hermétiques de l'opercule d'accès.

Deïne Zarre, quant à lui, ne travaillait pas. Il se bornait à boitiller ici et là, attentif au moindre détail. De temps à autre, Artilo venait jeter un coup d'œil dans le hangar, un rictus méprisant au coin des lèvres. Quant à Woudiver, il se faisait fort rare, et se montrait fort peu communicatif lorsqu'il s'avisait de passer. Il allait droit au fait, n'affichait plus rien de son enjouement initial.

Il ne se montra pas pendant un mois entier. Un jour qu'il était en veine de confidences, Artilo cracha par terre et lança : « Le Gros Jaune est parti faire un petit séjour dans sa maison de campagne.

— Vraiment ? s'étonna Reith. Et qu'est-ce qu'il fait là-bas ? »

Artilo pencha la tête de côté ; un sourire torve lui déformait le visage. « Il se prend pour un Homme-Dirdir, voilà ce qu'il y fait. C'est là-dedans que part tout son argent, à cette vieille baderne malfaisante : dans ses clôtures, ses décors et ses parties de chasse. »

Reith, pétrifié par la surprise, écarquilla les yeux. « Tu veux dire qu'il chasse des *hommes* ?

— Pour sûr. Lui et ses potes. Sa propriété fait dans les deux mille hectares – presque autant que la Boîte de Verre. Avec des murs certes moins solides, mais il les a fait entourer d'une barrière électrifiée et de pièges. Ne va pas dormir après avoir bu de son vin ; tu te réveillerais dans sa réserve de chasse. »

Reith se retint de s'enquérir du sort des victimes : c'était là une information qu'il préférait ignorer.

Dix jours plus tard – soit une semaine sur Tschaï –, Woudiver reparut enfin. Il était d'humeur revêche. Sa lèvre supérieure, raide comme un bout de bois, dissimulait entièrement sa bouche ; ses yeux ne cessaient de bouger agressivement de droite à gauche. Le colosse vint se pavaner à proximité du Terrien – son immense carcasse occultait la moitié du paysage.

Il tendit une main. « Le loyer. » Sa voix était froide, dépourvue de toute intonation.

Reith produisit cinq cents sequins, qu'il déposa sur une étagère : l'idée de toucher cette paume jaune lui répugnait.

Dans un accès d'irritabilité, Woudiver le frappa du tranchant de la main, ce qui le fit tomber tête la première. Le Terrien se releva, stupéfait ; son épiderme commençait à le picoter, signe précurseur d'un accès de rage. Du coin de l'œil, il nota la présence d'Artilo, appuyé contre le mur. Artilo qui, il le savait, lui tirerait dessus sans plus d'émoi que s'il devait écraser un insecte. Heureusement que Traz, posté à ses côtés, ne le quittait pas un instant des yeux.

Woudiver fixait Reith de ses yeux aussi glacés qu'inexpressifs. Le Terrien poussa un long soupir, ravala sa fureur. Lui rendre la pareille, loin de lui valoir son respect, ne ferait qu'attiser sa rancœur. Les conséquences en seraient forcément catastrophiques. Reith se détourna donc lentement de lui.
« Apporte-moi mon loyer ! aboya Woudiver. Pour qui me prends-tu ? Pour un mendiant ? J'ai suffisamment souffert de ton arrogance ! À l'avenir, tu me manifesteras le respect dû à ceux de ma caste ! »

Reith hésita à nouveau. Ça aurait été tellement plus *facile* de se jeter sur cette créature monstrueuse et d'en accepter les conséquences ! À savoir la ruine de ses projets… Il soupira de plus belle. S'il lui fallait vraiment avaler des couleuvres pour les mener à bien, leur nombre n'avait plus guère d'importance.

Dans un silence glacial, il tendit ses sequins à Woudiver, qui se borna à le fusiller du regard en ondulant des hanches. « Il n'y a pas assez ! Pourquoi devrais-je subventionner ton entreprise ? Paie-moi mon dû ! Le loyer est de mille sequins par mois !

— En voici cinq cents de plus. Mais s'il te plaît, n'en réclame pas davantage – ce serait parfaitement inutile. »

Woudiver eut un reniflement dédaigneux, tourna les talons, puis s'éloigna d'un pas raide. Artilo le suivit des yeux, cracha dans la poussière – et interrogea le Terrien du regard.

Reith se contenta de retourner à l'intérieur du hangar. Deïne Zarre, à qui la scène n'avait pas échappé, se garda bien de faire le moindre commentaire. Le Terrien se jeta à corps perdu dans le travail pour apaiser son sentiment d'humiliation.

Woudiver réapparut deux jours plus tard, vêtu de son voyant costume noir et jaune. Aucune agressivité, cette fois : il fit même preuve d'une plaisante politesse. « Alors, où en sommes-nous ?

— Nous n'avons pas rencontré de difficultés majeures, lui répondit Reith d'une voix sans timbre. Les composants les plus lourds sont en place, et raccordés. On a même installé les instruments de bord, mais ils ne sont pas encore opérationnels. Deïne Zarre a préparé une nouvelle liste d'accessoires : système de justification magnétique, palpeurs de navigation, conditionneurs d'environnement. Peut-être achèterons-nous aussi des batteries énergétiques, cette fois-ci. »

Woudiver plissa les lèvres. « Fort bien. J'ai bien peur qu'il ne te faille pour cela te séparer d'une autre partie de tes sequins durement acquis. En parlant de ça, puis-je te demander comment tu as fait pour accumuler une telle somme ? C'est une véritable fortune que tu as là ! Je ne comprends décidément pas pourquoi tu prends le risque de la dilapider pour des chimères. »

Reith parvint à sourire – un sourire glacial. « Permets-moi de ne pas partager ton opinion sur la question.

— Incroyable, vraiment. Dans combien de temps Deïne Zarre aura-t-il fini sa liste ?

— Il l'a peut-être déjà terminée. »

En fait, le vieil homme finit de la compléter devant les yeux de Woudiver.

Celui-ci la parcourut dès qu'il l'eut en main, les paupières mi-closes, la tête rejetée en arrière. « J'ai bien peur que les dépenses ne dépassent tes réserves.

— Espérons que non, fit Reith. À combien les évalues-tu ?

— Je ne saurais te le dire avec certitude – sincèrement. Mais avec le loyer, les coûts de main-d'œuvre et ton investissement de départ, il ne doit plus te rester beaucoup d'argent. » Il regardait Reith d'un air interrogateur.

Mais prendre Woudiver comme confident était bien la dernière chose à laquelle songeait le Terrien. « Il est donc capital de continuer à limiter au maximum les frais.

— Il y a trois coûts fixes incompressibles : le loyer, mes commissions et les honoraires de mes associés. Le reste, tu peux le dépenser à ta guise. Voilà mon point de vue. Et maintenant, aie la bonté de me remettre deux mille sequins, en règlement des honoraires. Le matériel que tu serais dans l'incapacité de payer pourra m'être retourné sans préjudice, et sans frais supplémentaires – sinon les coûts de transport. »

Reith se sépara non sans tristesse de la somme demandée. Puis se livra à un bref calcul mental : il lui restait moins de la moitié des quelque deux cent vingt mille sequins rapportés des Carabas.

Pendant la nuit, trois chariots motorisés vinrent livrer les articles demandés au hangar.

Un peu plus tard arriva un quatrième véhicule, plus petit, chargé de huit batteries énergétiques. Traz et Anacho entreprirent de les décharger, mais Reith les arrêta. « Un instant. (Il retourna dans le hangar, où Deïne Zarre était en train de pointer sa liste.) Tu as commandé des batteries ?

— Oui. »

Le vieil homme paraissait bien pensif, se dit le Terrien, comme si son esprit vagabondait au loin. « Combien de temps une batterie peut-elle alimenter le vaisseau ?

— Il en faut deux – une par cellule. Ce qui représente environ deux mois de fonctionnement.

— On en a livré huit.

— Je n'en avais commandé que quatre pour en avoir deux en réserve. »

Reith retourna au chariot. « Descendez-en quatre », dit-il à ses amis. Il se pencha pour s'adresser au conducteur installé dans la cabine plongée dans l'obscurité – et eut la surprise d'y trouver Artilo, lequel ne parut nullement se soucier d'être ainsi découvert. « Tu as apporté huit batteries. Or, nous n'en avons commandé que quatre.

— Le Gros nous a dit d'en apporter huit.

— Il ne nous en faut que quatre. Tu peux remporter les autres.

— Rien à faire. Vois ça avec le Gros.

— Je n'ai besoin que de *quatre* batteries – je n'en prendrai pas une de plus. Fais ce que tu veux du reste. »

Artilo sauta à terre en sifflant entre ses dents, déchargea les quatre batteries supplémentaires, les transporta dans le hangar. Puis remonta dans son véhicule et repartit.

Le trio suivit le véhicule des yeux. « Nous allons avoir des ennuis, murmura Anacho d'une voix atone.

— Ça ne m'étonnerait guère.

— Ces batteries appartiennent à coup sûr à nul autre que Woudiver. Peut-être qu'il les a volées, ou peut-être les a-t-il achetées pour une bouchée de pain. C'est là pour lui une excellente occasion de s'en débarrasser avec bénéfice.

— Il faudrait l'obliger à les transporter sur son dos », gronda Traz.

Reith eut un rire sans joie. « Si seulement je savais comment l'y obliger !

— Il tient à sa peau, comme tout le monde.

— Exact. Mais on ne peut quand même pas scier la branche sur laquelle nous sommes assis. »

Woudiver ne se montra pas le lendemain matin, s'épargnant ainsi la tirade que Reith avait passé une bonne partie de la nuit à préparer. Le Terrien se remit au travail avec le sentiment que l'absent appuyait sur ses épaules tel le poids du destin.

Deïne Zarre manqua lui aussi à l'appel toute la matinée, et les techniciens murmuraient entre eux avec moins de retenue qu'en sa présence. Reith abandonna bientôt son travail en cours pour faire le point sur l'avancée du chantier. Il avait de bonnes raisons de se montrer optimiste. Les principaux éléments étaient installés ; la mise en résonance, opération délicate entre toutes, se poursuivait à un rythme satisfaisant. Bien que rompu aux systèmes de navigation spatiale terriens, Reith était dans ce domaine totalement dépassé ; il n'était même pas certain que les moteurs fonctionnaient selon les mêmes principes.

Vers midi, une ligne de nuages noirs apparut au-dessus des palissades, telles des vagues en formation. La lumière de Carina 4269 pâlit, parcourut toute la palette des bruns avant de mourir ; puis la pluie balaya l'invraisemblable paysage, effaçant Heï à sa vue. Pataugeant dans les flaques apparut alors Deïne Zarre, deux enfants sur ses talons : un garçon de douze ans et une jeune fille de trois ou quatre ans son aînée. Tous trois vinrent d'un pas lourd se réfugier dans le hangar. Deïne Zarre semblait totalement épuisé ; les enfants arboraient un air hagard.

Reith s'empressa de briser quelques caisses et d'allumer un feu au beau milieu du local. Il dénicha des morceaux d'étoffe grossière, qu'il déchira pour en faire des serviettes. « Séchez-vous. Ôtez vos vestes et allez vous réchauffer. »

Deïne le dévisagea sans comprendre, puis s'exécuta avec lenteur. Les deux enfants en firent bientôt de même. Ils étaient de toute évidence frère et sœur, et presque certainement les petits-enfants de Deïne Zarre. Le garçon avait les yeux bleus ; ceux de la fille étaient gris ardoise.

Reith leur apporta du thé brûlant, et le vieillard finit par retrouver l'usage de la parole. « Merci. Nous sommes presque secs. (Puis, quelques instants plus tard :) Ces enfants sont sous ma charge ; ils vont rester avec moi. Si cela te dérange, je peux toujours renoncer à mon emploi.

— Bien sûr que non. Ils sont les bienvenus ici, aussi longtemps qu'ils se conforment à notre besoin de discrétion.

— Ils ne diront rien. (Deïne Zarre se tourna vers les enfants :) Vous avez compris ? Il ne faudra jamais parler de ce que vous pourrez voir ici. »

Aucun des trois nouveaux arrivants n'était d'humeur loquace. Le Terrien, percevant leur désarroi, s'attarda auprès d'eux. Les enfants l'observaient avec méfiance. « Je n'ai pas de vêtements secs à vous offrir. Mais si vous avez faim, nous avons des provisions. »

Le gamin secoua la tête avec dignité ; sa sœur, par contre, se fit soudain tout charme. « Nous n'avons pas petit-déjeuné ce matin. »

Traz, qui était resté dans le coin, se précipita aussitôt vers le garde-manger, pour en revenir bientôt avec un bol de soupe et du pain à l'anis. Reith l'observa avec gravité : le jeune nomade en pinçait visiblement pour la fille, assez attirante malgré ses traits tirés et son air malheureux.

Deïne Zarre parvint enfin à se reprendre. Il tira sur ses vêtements fumants, puis alla inspecter le travail effectué en son absence.

Reith tenta d'engager la conversation avec les deux enfants : « Vous commencez à sécher ?

— Oui, merci.

— Deïne Zarre est votre grand-père ?

— Notre oncle.

— Je vois. Et vous allez vivre avec lui, maintenant ?

— Oui. »

Si lui-même ne savait plus trop quoi dire, Traz se montra pour sa part plus direct : « Qu'est-il arrivé à vos parents ?

— Faïros les a tués », répondit la jeune fille dans un filet de voix. Son frère cligna des yeux.

« Vous devez être originaires des plateaux orientaux, fit Anacho.

— Oui.

— Comment avez-vous fait pour venir de là-bas ?

— Nous avons marché.

— C'est une route longue et périlleuse.

— Nous avons eu de la chance. » Tous deux avaient les yeux fixés sur le feu. La fille tressaillit au souvenir des circonstances de leur fuite.

Reith alla rejoindre Deïne Zarre. « Tu as de nouvelles responsabilités, à présent. »

Le vieil homme lui décocha un coup d'œil perçant. « En effet.

— Tu n'es pas payé ici à la hauteur de ton travail. J'ai décidé de t'accorder une augmentation. »

Deïne Zarre opina rudement du menton. « Je ne devrais guère avoir de mal à lui trouver usage. »

Reith retourna au hangar, pour y découvrir sur le seuil la vaste silhouette bulbeuse de Woudiver. Le propriétaire des lieux affichait une expression scandalisée, empreinte de désapprobation. Il arborait ce jour-là un pantalon en peluche noire qui moulait ses jambes massives, ainsi qu'un manteau pourpre et brun ceint d'une écharpe d'un jaune éteint. Il alla se planter devant les deux enfants, qu'il toisa fixement l'un après l'autre. « Qui a allumé ce feu ? Que faites-vous ici ?

— Nous étions trempés, répondit la jeune fille d'une voix vacillante. Le monsieur a fait ça pour nous réchauffer.

— Tiens donc ! Et qui est ce monsieur ? »

Reith fit un pas en avant. « Moi. Ces enfants sont les neveux de Deïne Zarre. Et j'ai fait du feu pour qu'ils puissent se sécher.

— Et mon hangar ? Une seule étincelle, et tout part en fumée !

— Avec cette pluie, j'ai jugé le danger faible. »

Woudiver fit un geste accommodant. « Je veux bien accepter l'argument. Comment avancent les choses ?

— Plutôt bien. »

Woudiver sortit un papier de sa manche. « J'ai ici la facture des marchandises livrées cette nuit. Le total, comme tu ne manqueras pas de le remarquer, est extrêmement modique, grâce prix forfaitaire que j'ai réussi à obtenir. »

Reith déplia le feuillet. Les gros caractères noirs lui sautèrent au visage :

Articles livrés : 106 800 sequins.

« … une chance vraiment extraordinaire, poursuivait Woudiver. J'espère qu'elle va durer. Pas plus tard qu'hier, les Dirdir ont capturé deux voleurs aux abords de l'entrepôt d'exportation – ils les ont aussitôt expédiés dans la Boîte de Verre. Tu vois donc à quel point est précaire notre sécurité.

— Woudiver, fit le Terrien, cette facture est trop élevée. *Beaucoup* trop élevée. Je n'ai pas l'intention de payer des batteries énergétiques superflues.

— Au risque de me répéter, il s'agit d'un prix forfaitaire. Ces batteries ne nous coûtent rien de plus – elles sont *gratuites*, en un sens.

— Ce n'est pas le cas, et je refuse de payer la marchandise cinq fois son prix normal. Je n'ai pas suffisamment d'argent pour ça, de toute façon.

— En ce cas, rétorqua à mi-voix Woudiver, tu vas devoir en trouver davantage.

— Un jeu d'enfant, à t'entendre…

— Ça l'est pour certains, répliqua son interlocuteur d'une voix désinvolte. Il court une bien étrange rumeur en ville. Trois hommes auraient pénétré dans les Carabas et massacré un nombre stupéfiant de Dirdir, dont ils auraient ensuite dépouillé les cadavres. D'après leur signalement, il s'agirait d'un garçon blond – peut-être un habitant des steppes du Kotan –, d'un Homme-Dirdir renégat et d'un brun réservé appartenant à une race indéterminée. Les Dirdir brûlent de leur mettre la main dessus. Le brun prétend paraît-il être originaire d'un monde lointain, qu'il déclare être le berceau de tous les hommes – un véritable blasphème, à mes yeux. Que penses-tu de tout cela ?

— Que c'est… intéressant », répondit Reith, qui s'efforçait de dissimuler son désespoir.

Woudiver s'autorisa un petit sourire satisfait. « Nous sommes en position vulnérable. *Moi-même*, je cours un grave danger. Tu ne me demandes quand même pas de m'exposer pour rien ? C'est bien sûr par esprit de camaraderie, par *altruisme* que je t'apporte mon aide, mais ça n'en mérite pas moins récompense.

— Je ne peux pas payer une somme pareille. Tu connais approximativement l'étendue de mon capital ; et te voilà en train d'essayer de m'extorquer *davantage* que je ne possède.

— Et pourquoi m'en abstiendrais-je ? » Woudiver ne put retenir plus longtemps un petit ricanement. « Supposons que les rumeurs que je t'ai rapportées soient exactes, et que, par un hasard insensé, toi et tes sbires soyez les individus en question : ne pourrait-on pas estimer à juste titre que tu m'as odieusement trompé ?

— Même en les supposant exactes – absolument pas.

— Et quid de ce trésor mirifique ?

— Il existe bel et bien. Aide-moi du mieux de tes possibilités. Dans un mois, nous pourrons quitter Tschaï. Dans deux, ta fortune dépassera tes rêves les plus fous.

— Où ? Comment ? (Woudiver se pencha en avant ; dominant Reith de toute sa taille, il reprit d'une voix caverneuse :) Je ne vais pas y aller par quatre chemins : as-tu oui ou non proclamé que l'homme avait pour berceau une planète lointaine ? Et allons droit au but : ajoutes-tu foi à cette fable répugnante ? »

Reith, de plus en plus éperdu, tenta de contourner la question : « Tout cela me semble parfaitement secondaire. Notre accord était clair ; il n'a rien à voir avec les rumeurs auxquelles tu fais allusion. »

Woudiver secoua la tête. Lentement. Posément.

« Quand le vaisseau partira, tu récupéreras alors jusqu'au dernier sequin encore en ma possession. Je ne peux pas faire mieux. Si tu poses des exigences déraisonnables… » Reith se tut, en quête d'une menace un tant soit peu crédible.

Woudiver inclina son énorme tête en arrière et partit d'un petit rire. « Que peux-tu y faire ? Tu es totalement impuissant. Un seul mot de moi, et tu te retrouveras immédiatement dans la Boîte de Verre. Tu n'as pas d'autre choix que d'accéder à mes exigences. »

Le Terrien jeta un regard autour de lui. Artilo se tenait devant la porte d'entrée, occupé à priser une quelconque poudre grise. Un pistolet se balançait à sa ceinture.

Deïne Zarre s'approcha et, faisant mine d'ignorer Woudiver, s'adressa à Reith : « Les batteries énergétiques ne sont pas conformes à mes spécifications. Elles ne sont pas de dimensions standard, et semblent avoir déjà pas mal servi. Il faut les refuser. »

Les yeux de Woudiver se rétrécirent ; ses lèvres se mirent à trembler. « Quoi ? Ce sont d'excellentes batteries !

— Elles ne conviennent absolument pas à nos besoins », répondit Deïne Zarre, d'une voix égale, mais parfaitement assurée. Le garçon et la fille lui lancèrent un regard empreint de tristesse. Woudiver se retourna pour les examiner, avec une attention que Reith trouva singulièrement intense.

Puis le colosse refit volte-face, fixa un instant sur le Terrien des yeux lourds de malice. « Si je comprends bien, tu as besoin de batteries énergétiques d'un autre modèle. Comment envisages-tu de les payer ?

— De la manière habituelle. Reprends ces huit batteries de pacotille et rapporte-nous-en quatre neuves, accompagnées d'une facture détaillée. Je suis en mesure de les payer un prix honnête – mais tout juste. N'oublie pas que je dois aussi rémunérer la main-d'œuvre. »

Woudiver considéra la question. Deïne Zarre partit dire quelques mots aux deux enfants, ce qui détourna son attention. D'un pas faraud, il vint finalement se joindre au groupe. Reith, fourbu de fatigue, s'approcha de l'établi pour se verser une tasse de thé, qu'il porta à ses lèvres d'une main tremblante.

Le colosse jaune faisait à présent preuve d'une affabilité extrême – il alla même jusqu'à caresser la tête du garçon. Deïne Zarre se tenait quant à lui droit comme un piquet, le teint cireux.

Enfin, Woudiver quitta le groupe pour aller échanger quelques mots avec Artilo, à l'autre bout du hangar. Son sbire en sortit aussitôt après, ployant sous les rafales qui ridaient les flaques.

Woudiver fit alors signe à Reith et à Deïne Zarre d'approcher, pour pousser un soupir lourd de mélancolie sitôt qu'ils se furent retrouvés face à lui. « Vous vous êtes tous deux donné le mot pour me réduire à la misère. Vous insistez pour obtenir les équipements les plus raffinés, mais vous refusez de payer. Eh bien, soit ! Artilo va remporter les batteries qui ne trouvent pas grâce à vos yeux. Zarre, viens avec moi en choisir d'autres, qui conviendront à tes besoins.

— Tout de suite ? Il faut que je m'occupe des deux enfants.

— *Oui*, tout de suite. Je repars ce soir pour ma maison de campagne, où je vais rester un certain temps. De toute évidence, on fait bien peu de cas de mon concours, ici. »

Deïne Zarre acquiesça de mauvaise grâce. Il s'entretint brièvement avec les deux gamins, puis partit avec Woudiver.

Deux heures s'écoulèrent. Perçant les nuages, le soleil darda sur Heï un unique rayon, qui fit scintiller ses tours pourpres et écarlates contre la noirceur du ciel. Sur la route apparut la voiture noire de Woudiver, qui fit halte devant l'entrepôt – dans lequel Artilo s'empressa de pénétrer. Reith, qui l'observait, s'étonna de son expression décidée. Le sbire du colosse s'approcha des deux enfants, les toisa – à leur grand dam, à en croire le regard écarquillé qu'ils lui rendirent – puis leur adressa quelques paroles laconiques. Le Terrien pouvait voir saillir les muscles de sa mâchoire. Les enfants se tournèrent vers Reith, l'air indécis, puis prirent à contrecœur la direction de la sortie. « Quelque chose ne va pas, souffla Traz à l'oreille de Reith. Qu'est-ce qu'il leur veut ? »

Reith fit un pas en avant. « Où emmènes-tu ces enfants ? demanda-t-il.

— Ce n'est pas ton affaire.

— Ne suivez pas cet homme ! Attendez le retour de votre oncle !

— Il dit qu'il va nous conduire auprès de lui, fit la jeune fille.

— On ne peut pas lui faire confiance. Quelque chose ne va pas. »

Artilo fit volte-face, dans un mouvement aussi sinistre que les ondulations d'un serpent. « J'ai des ordres, dit-il au Terrien d'une voix égale. Écarte-toi.

— Des ordres de qui ? De Woudiver ?

— Cela ne te regarde pas. (Il fit signe aux deux enfants.) Venez. » Tout en surveillant le Terrien du coin de l'œil, il glissa une main sous sa vieille veste grise.

« On ne veut pas, déclara la fille.

— Vous n'avez pas le choix. Ne me forcez pas à vous porter.

— Touche-les, lui lança Reith d'une voix égale, et je te tue. »

Artilo lui décocha un regard glacial. Le Terrien se raidit, tous ses muscles bandés. Le sbire de Woudiver tendit alors la main, qui étreignait la forme sombre d'une arme. Reith se fendit, frappa l'arme dure et froide du tranchant de la main. Mais Artilo s'y était attendu : de son autre manche jaillit une longue lame qu'il lança en direction du flanc du Terrien, si rapidement que celui-ci en sentit la pointe l'effleurer. Artilo rompit d'un bond en arrière, son arme brandie. Ivre de rage, grisé par un soudain relâchement de tension, Reith marcha droit sur son adversaire, son regard braqué sur ses yeux imperturbables. Il fit une feinte, à laquelle Artilo ne réagit que par un imperceptible frémissement ; sa main gauche partit en avant ; Artilo se fendit ; il lui saisit le poignet, pivota sur lui-même et se pencha pour l'expédier à l'autre bout du hangar. Le sbire de Woudiver était vaincu.

Reith le tira alors jusqu'à la porte et, d'une poussée, le fit choir au beau milieu d'une flaque de boue.

Artilo parvint péniblement à se remettre debout, puis boita jusqu'à la voiture noire. Sans jamais tourner les yeux vers le hangar, il gratta stoïquement les taches qui maculaient ses vêtements, grimpa dans le véhicule et démarra.

« Tu aurais dû le tuer, lui reprocha Anacho. Cela va encore envenimer la situation. »

Une remarque qui laissa Reith sans voix. Prenant alors conscience du sang qui maculait sa chemise, il ôta celle-ci – pour découvrir sur son côté une longue estafilade. Traz et Anacho se mirent en devoir de le panser ; un peu timidement, la fille s'approcha pour les aider. Elle paraissait adroite, compétente ; Anacho s'écarta donc pour la laisser terminer le bandage avec le concours de Traz.

« Merci », fit le Terrien quand elle en eut fini.

La fillette leva les yeux vers lui. Une multitude de sentiments se lisait sur ses traits, mais elle ne parvint pas à en exprimer un seul.

L'après-midi tirait sur sa fin. Le frère et la sœur n'avaient cessé de guetter la route depuis le seuil du hangar. Les techniciens finirent par partir, laissant les lieux aussi vides que silencieux.

Enfin, la voiture noire réapparut. Deïne Zarre en descendit d'un pas lourd, suivi de Woudiver. Artilo alla chercher dans le compartiment à bagages quatre batteries énergétiques, qu'il porta tant bien que mal à l'intérieur du hangar. Pour autant que Reith pouvait en juger, il se comportait exactement comme à son habitude – il affichait le même détachement morose, taciturne, que le Terrien lui avait toujours vu.

Woudiver jeta un unique coup d'œil aux deux enfants, qui se faisaient tout petits dans la pénombre ; puis il s'approcha de Reith. « Les batteries sont ici. Deïne Zarre a donné son accord. Elles coûtent très cher. Voici ma facture pour le loyer du mois prochain et le salaire d'Artilo…

— Le salaire d'Artilo ? C'est une plaisanterie ?

— … soit, comme tu peux le voir, un total de très exactement cent mille sequins. Il ne saurait être question d'une quelconque réduction. Soit tu me règles sur-le-champ, soit je te fais expulser. » Un sourire glacial retroussa ses lèvres.

Des larmes de rage montèrent aux yeux de Reith. « Je ne dispose pas d'une telle somme.

— Tu vas donc devoir partir. En outre, puisque tu auras cessé d'être mon client, je serai dans l'obligation de transmettre aux Dirdir un rapport sur tes activités.

— Cent mille sequins, murmura le Terrien en secouant la tête. Et ensuite, combien te faudra-t-il encore ?

— De quoi couvrir les avances que j'aurai à débourser.

— Et tu cesseras de me faire chanter ? »

Woudiver se redressa de toute sa hauteur. « Voilà un terme aussi vulgaire qu'inexact. Je te préviens, Adam Reith : j'attends de ta part une courtoisie égale à celle que je t'accorde. »

Reith lui répondit d'un rire sans joie. « Tu auras ton argent – dans une petite semaine. Pour l'heure, je ne dispose pas d'une telle somme. »

Woudiver pencha dubitativement la tête de côté. « Et où te proposes-tu de l'obtenir ?

— J'ai des fonds qui m'attendent à Coad. »

L'obèse renifla, pivota sur ses talons, puis retourna à sa voiture, un Artilo clopinant sur ses talons.

Traz et Anacho vinrent assister à son départ.

« Où vas-tu trouver cent mille sequins ? s'enquit Traz d'une voix perplexe.

— Nous en avons laissé enterrés au moins autant dans les Carabas. Le seul problème consiste à les récupérer – et ça ne sera peut-être pas aussi compliqué que ça, après tout. »

La mâchoire décharnée d'Anacho s'affaissa. « Je t'ai toujours soupçonné d'optimisme délirant… »

Reith leva une main. « Écoutez-moi. Je vais me rendre au nord par la route aérienne que les Dirdir empruntent – jamais ils ne pourraient s'imaginer que je fasse une chose pareille. Ils ne me remarqueront pas, même avec un écran sondeur en activité. Je me poserai à l'est de la forêt après la tombée de la nuit. Le lendemain matin, j'irai déterrer les sequins et les rapporterai à Sivishe au crépuscule, comme une expédition dirdir de retour de sa chasse. »

Anacho émit un grognement désapprobateur. « Simple comme bonjour, à t'entendre.

— Ça le sera probablement, si tout se passe bien. (Reith se retourna pour contempler d'un œil nostalgique le hangar et le vaisseau spatial à moitié terminé.) Je ferais aussi bien de partir immédiatement.

— Je t'accompagne, fit Traz. Tu vas avoir besoin d'aide. »

Anacho laissa échapper un son lugubre. « Je ferais bien de me joindre également à vous. »

Le Terrien secoua la tête. « Une seule personne suffit pour accomplir cette tâche. Vous deux, vous allez rester ici pour veiller à la bonne marche de nos affaires.

— Et si tu ne reviens pas ?

— Il reste encore soixante ou soixante-dix mille sequins dans la sacoche. Prenez-les et quittez Sivishe… Mais je vais revenir, c'est une certitude. On ne peut quand même pas échouer après tant d'efforts et de souffrances.

— Voilà un argument fort peu rationnel, fit sèchement Anacho. Autant se dire adieu tout de suite.

— N'importe quoi, fit le Terrien. Bon, je ferai bien d'y aller. Plus vite je partirai, et plus vite je serai de retour. »

15

L'aéroglisseur traversait sans bruit le ciel nocturne de l'antique Tschaï, au-dessus d'un paysage rendu fantomatique par la lumière bleutée de Braz. Reith avait l'impression d'être parti à la dérive à l'intérieur d'un incompréhensible rêve. Il revoyait les principaux épisodes de sa vie – son enfance, ses années d'entraînement, les expéditions qui l'avaient conduit parmi les étoiles, sa mission à bord de l'*Explorateur IV.* Et puis Tschaï… la destruction du vaisseau, le crash, son séjour parmi les nomades de la tribu des Emblèmes, la traversée de la steppe d'Aman et de la Steppe morte, Pera, le sac de Dadiche et l'embarquement pour le pays de Cath, Ao Hidis et ses mésaventures. Et les Carabas, le massacre des Dirdir, la construction de l'astronef à Sivishe. Et Woudiver ! Sur Tschaï, la vertu comme le vice se retrouvaient exacerbés. Adam Reith avait connu bien des scélérats au cours de son existence ; Woudiver comptait parmi les plus émérites.

La nuit était bien avancée ; aux forêts du Kislovan central succédèrent des plateaux désertiques, des étendues silencieuses et désolées. Aussi loin que portait son regard, le Terrien ne voyait rien – pas une lumière, pas un feu, aucun signe d'activité humaine. Il consulta l'écran directionnel, régla le pilotage automatique. Encore une heure de vol, et il aurait atteint les Carabas. La lune bleue approchait de l'horizon ; quand elle se serait couchée, le paysage disparaîtrait dans les ténèbres jusqu'à l'aube.

Ladite heure s'écoula. Braz plongea derrière l'horizon ; à l'est naquit un scintillement sépia avant-coureur de l'aurore. Reith, dont l'attention se partageait entre l'indicateur directionnel et le sol sous ses pieds, crut enfin y discerner la silhouette de Khusz. Il piqua aussitôt, pour obliquer vers l'est en rase-mottes, laissant derrière lui la Forêt de la Frontière. Quand la première écharde d'argent bruni de Carina 4269 pointa à l'horizon, il atterrit à proximité des grands torquils.

Il y resta un bon moment, tous les sens aux aguets. Carina 4269 s'élevait doucement dans le ciel ; ses rayons presque horizontaux venaient frapper directement le glisseur. Reith alla ramasser des feuilles et des branches, qu'il disposa dessus pour le camoufler un tant soit peu.

L'heure n'était plus à la tergiversation : il lui fallait désormais s'aventurer dans les bois. Après s'être muni d'un sac et d'une pelle, le Terrien glissa ses armes dans sa ceinture et se mit donc en route.

Le sentier lui semblait familier. Reith reconnaissait chaque tronc, chaque amas de champignons noirs, chaque monticule de lichens. Comme il s'enfonçait dans le sous-bois, il prit soudain conscience d'une odeur pestilentielle – une odeur de charogne. Rien d'étonnant à ça. Il fit aussitôt halte. Des voix ? D'un bond, il se mit à couvert, l'oreille tendue.

Oui, c'étaient bien des voix. Après un instant d'hésitation, Reith repartit furtivement se réfugier dans l'épaisse végétation.

Devant lui se trouvait l'endroit où ils avaient creusé la fosse. Il s'en approcha avec une extrême prudence, d'abord à quatre pattes, puis en rampant sur ses coudes… pour finalement se retrouver face à une sinistre vision d'horreur. D'un côté, au pied d'un immense torquil, se tenaient cinq Dirdir en tenue de chasse ; de l'autre, une douzaine d'hommes hagards, occupés à agrandir avec des bêches une fosse – qui n'était autre que celle où Reith et ses compagnons avaient enterré les cadavres des chasseurs dirdir ! C'était de leurs dépouilles que s'échappait cette atroce pestilence… Reith écarquilla les yeux. L'un des hommes ne lui était pas inconnu – il s'agissait d'Issam le Thang. À côté œuvrait le valet d'écurie, et juste après le portier de l'auberge de l'*Alawan*. Le Terrien n'aurait su identifier avec certitude les autres, mais tous lui étaient plus ou moins familiers : sans doute s'agissait-il des gens avec qui il avait eu affaire à Maust.

Il se tourna en direction des cinq Dirdir. Ils se tenaient bien droit, tous leurs sens aux aguets ; leurs aigrettes phosphorescentes flamboyaient dans leur dos – le Terrien n'aurait su dire s'ils ressentaient la moindre émotion, fût-ce du dégoût.

Sans même se laisser le temps de réfléchir, de peser le pour et le contre, il sortit son pistolet, visa et tira. Une fois, deux, *trois*. Trois Dirdir tombèrent, mortellement atteints ; les deux autres se mirent aussitôt à bondir de toutes parts. Quatre, cinq : deux nouvelles victimes. Émergeant de son abri, il fit feu à deux nouvelles reprises sur eux, pour s'assurer qu'ils ne bougeraient plus. Jamais.

Au fond de la fosse, les captifs étaient comme pétrifiés. « Sortez de là ! leur cria le Terrien.

— C'est toi… l'assassin ! beugla d'une voix rauque Issam le Thang. Voilà où nous ont conduits tes crimes !

— Aucune importance. Sors de ce trou et décampe, si tu tiens à la vie !

— À quoi bon ? Les Dirdir vont nous traquer ! Ils nous tueront d'une manière abominable… »

Le palefrenier était quant à lui déjà sorti de la fosse. Il s'approcha des cadavres, s'empara d'une arme et revint sur ses pas. « Inutile de te fatiguer à remonter », lança-t-il à Issam. Il fit feu ; les braillements du Thang s'interrompirent aussitôt ; son corps retomba parmi les Dirdir en décomposition.

« Il nous a tous trahis, expliqua son bourreau au Terrien. Par appât du gain. Et voilà comment ils l'ont récompensé : en le faisant lui aussi prisonnier.

— Y avait-il d'autres Dirdir en plus de ces cinq-là ?

— Oui, deux Excellences, qui sont retournées à Khusz.

— Prenez leurs armes et filez. »

Sitôt les hommes partis en direction des Collines du Souvenir, Reith commença à creuser sous les racines du torquil. Le sac finit par apparaître devant ses yeux. Contenait-il l'équivalent de cent mille sequins ? Impossible à savoir avec certitude.

Le Terrien le balança en travers de son épaule, considéra une ultime fois les lieux du carnage, où trônait à présent le pathétique cadavre d'Issam le Thang, puis repartit.

Une fois de retour au glisseur, il déposa les sequins dans la cabine et s'y installa lui-même pour attendre. L'angoisse lui nouait le ventre. Il n'osait pas décoller : s'il volait à basse altitude, il risquait de se faire repérer par des groupes de chasseurs ; à haute altitude, le radar qui balayait les Carabas ne manquerait pas de le détecter.

Les heures succédèrent aux heures. Enfin, Carina 4269 disparut derrière les collines lointaines, et un lugubre crépuscule brunâtre s'abattit sur la Zone. Sur les hauteurs s'allumèrent les macabres brasiers. Ne pouvant attendre plus longtemps, Reith fit décoller son appareil.

Il vola en rase-mottes jusqu'à se retrouver hors de la Zone, puis prit de l'altitude et mit cap au sud, en direction de Sivishe.

16

Sous ses pieds défilait un paysage plongé dans l'obscurité. Reith, les yeux fixés droit devant lui, était hanté de visions fugitives. Des visages déformés par la passion, l'horreur, la souffrance. Des silhouettes de Chasch bleus, de Wankh, de Pnume, de Phung, de Chasch verts, de Dirdir jaillissaient des coulisses de son imagination pour lui présenter un petit spectacle de leur cru, avant de disparaître comme elles étaient venues.

La nuit s'étirait. Le glisseur filait plein sud. Quand Carina 4269 se leva à l'est, les flèches de Heï se mirent à scintiller devant lui dans le lointain.

Si l'atterrissage s'effectua sans incidents, Reith eut l'impression qu'un groupe de Dirdir le scruta un peu trop intensément lorsqu'il quitta le terrain avec son sac plein de sequins.

Il commença par se rendre à l'*Auberge du Terroir d'Antan* pour n'y trouver ni Traz ni Anacho – ce qui ne l'inquiéta point : ses amis passaient souvent la nuit dans le hangar.

Il tituba jusqu'à son lit, lança le sac contre le mur, s'étendit – et s'endormit presque instantanément.

Une main lui secoua l'épaule. Il roula aussitôt sur lui-même, pour découvrir Traz posté devant lui. « Je craignais que tu ne viennes ici, lui dit l'adolescent d'une voix rauque. Il faut partir au plus vite. L'hôtel n'est plus sûr, à présent. »

Reith, encore assoupi, se redressa sur son séant. C'était le début de l'après-midi, à en juger par les ombres qui s'étiraient derrière la fenêtre.

« Que se passe-t-il ?

— Les Dirdir ont arrêté Anacho. Ils m'auraient pris moi aussi si je ne m'étais pas absenté pour acheter des provisions. »

Reith était parfaitement réveillé, à présent. « Quand l'ont-ils capturé ?

— Hier. C'était l'œuvre de Woudiver. Il est venu à l'entrepôt poser des questions sur toi. Il voulait savoir si tu te prétendais originaire d'un autre monde ; il s'acharnait sur nous, n'acceptait aucune réponse évasive. J'ai refusé de parler, tout comme Anacho. Woudiver s'est alors mis à le traiter de renégat : “Toi, un ancien Homme-Dirdir, comment peux-tu vivre comme un sous-homme parmi des sous-hommes ?” Incapable de résister à la provocation, Anacho lui a répliqué que la Genèse Double n'était qu'un mythe – et Woudiver est parti. Hier matin, les Dirdir sont venus emmener Anacho. S'ils le forcent à parler, nous ne serons plus en sécurité. Et l'astronef non plus. »

Les doigts du Terrien étaient gourds lorsqu'il enfila ses bottes. Tout ce qu'il avait accompli – et à quel prix ! – s'était effondré en même temps. Woudiver, toujours Woudiver !

Traz posa une main sur son bras. « Viens ; mieux vaut ne pas rester là ! Les lieux sont peut-être surveillés. »

Reith alla récupérer le sac de sequins, puis tous deux quittèrent l'établissement. Ils s'enfoncèrent dans les ruelles de Sivishe, sans prêter attention aux visages blafards qui les fixaient depuis les embrasures de porte et les fenêtres à la découpe excentrique.

Le Terrien prit brusquement conscience de la faim vorace qui le tenaillait ; ils allèrent donc dans un petit restaurant manger des givres bouillies et un gâteau de spores. Reith commença ensuite à avoir les idées un peu plus claires. Avec Anacho aux mains des Dirdir, Woudiver allait certainement s'attendre à une réaction de sa part. À moins qu'il ne fût à ce point convaincu de l'impuissance d'Adam Reith qu'il escomptait poursuivre leur relation comme si de rien n'était ? Un rictus effrayant étira les lèvres du Terrien – car le colosse n'aurait alors pas tort. Quoi qu'il puisse se passer, mettre l'astronef en péril ne faisait pas partie des options envisageables. La haine qu'éprouvait Reith à l'endroit de Woudiver était comme une tumeur au cerveau – une tumeur qu'il devait ignorer ; il devait tirer le meilleur parti possible de cet atroce dilemme.

« Tu n'as pas revu Woudiver ? demanda-t-il à Traz.

— Si, ce matin. Je suis allé au hangar, pensant peut-être t'y trouver. Il est allé s'enfermer dans son bureau sitôt arrivé.

— Allons voir s'il s'y trouve toujours.

— Qu'as-tu l'intention de faire ? »

Reith eut un rire étranglé. « Je pourrais le tuer – mais cela ne nous avancerait guère. Nous avons besoin de renseignements, et Woudiver est notre seule source d'informations. »

Traz ne fit pas le moindre commentaire ; comme d'habitude, le Terrien était bien incapable de deviner ce qu'il pensait.

Ils prirent l'autobus grinçant pour se rendre au chantier de construction ; la tension augmentait à chaque tour de ses six roues. Sur les lieux se trouvait déjà la voiture noire de Woudiver. Reith sentit le sang affluer à ses joues, un vertige l'envahir ; il prit une profonde inspiration pour se calmer.

Il lança à Traz le sac de sequins. « Prends ça et cache-le dans l'entrepôt. »

Le jeune homme prit l'objet, l'air indécis. « N'y va pas seul. Attends-moi.

— Tout devrait bien se passer. On ne peut pas s'offrir le luxe de s'attirer des ennuis, ce dont Woudiver a parfaitement conscience. Attends-moi près du hangar. »

Et Reith se dirigea vers la bâtisse de pierre qui servait de bureau à Woudiver. Artilo se tenait devant un brasero, jambes écartées, les bras dans le dos. Il examina le Terrien sans changer un instant d'expression.

« Dis à Woudiver que je veux le voir », lui lança Reith.

Artilo traversa la pièce d'un pas tranquille, entrouvrit la porte intérieure, passa la tête par l'entrebâillement – et recula. Le battant pivota, poussé si brutalement qu'il faillit sortir de ses gonds ; et surgit dans la pièce Woudiver, l'œil flamboyant, toute bedaine dehors, la bouche à moitié dissimulée par sa lèvre supérieure. Son regard vitreux de dieu courroucé balaya les lieux, finit par se poser sur Reith – toute sa malveillance se concentra aussitôt sur lui.

« Te voilà de retour, Adam Reith, tonna-t-il. Où sont mes sequins ?

— Ce ne sont pas les *tiens*, répliqua le Terrien. Où est l'Homme-Dirdir ? »

Woudiver rentra la tête dans les épaules – l'espace d'un instant, le Terrien se dit qu'il allait frapper. Auquel cas lui-même ne répondrait plus de lui – pour le meilleur ou pour le pire.

« Aurais-tu l'intention de chicaner ? gronda l'obèse. Réfléchis bien ! Donne-moi mon dû et déguerpis !

— Tu auras ton argent dès que j'aurai vu Ankhe at afram Anacho.

— Tu veux voir ce blasphémateur, ce renégat ? rugit Woudiver. Rends-toi à la Boîte de Verre ; tu ne pourras pas le louper.

— Il est dans la Boîte de Verre ?

— Ça me paraît évident.

— Tu en es sûr ? »

Woudiver s'adossa au mur. « Pourquoi veux-tu le savoir ?

— Parce que Anacho est mon ami. Tu l'as vendu aux Dirdir ; maintenant, tu *vas* le sauver. »

Woudiver se mit à enfler, mais Reith reprit d'une voix lasse : « Assez de comédie et de cris ! Tu l'as livré aux Dirdir ; maintenant, tu *vas* le sauver.

— Impossible, fit l'obèse. Même si je le voulais, je ne pourrais rien faire. Il est dans la Boîte de Verre, tu entends ?

— Comment peux-tu en être aussi sûr ?

— Où l'auraient-ils donc expédié ? Ce sont ses anciens crimes qui lui ont valu d'être arrêté ; les Dirdir n'apprendront rien de tes projets, si c'est ça qui t'inquiète. (Un ricanement d'ogre retroussa ses lèvres.) Sauf bien sûr s'il révèle tes secrets.

— Auquel cas tu aurais probablement des ennuis, toi aussi. »

Remarque que Woudiver se garda bien de commenter.

« Graisser quelques pattes permettrait-il de le faire évader ? reprit le Terrien sans hausser le ton.

— Non, psalmodia Woudiver. Il se trouve dans la Boîte de Verre.

— C'est *toi* qui le dis. Comment puis-je en être sûr ?

— Au risque de me répéter : en y allant toi-même.

— Tout le monde peut assister à ce… "spectacle" ?

— Absolument. La Boîte ne renferme aucun secret.

— Comment doit-on procéder ?

— Tu traverses Heï jusqu'à la Boîte, puis tu montes jusqu'aux tribunes qui dominent l'arène.

— Est-ce qu'on peut lancer une corde ou une échelle, de là-haut ?

— Bien sûr, à condition de ne pas tenir à la vie. Quiconque s'y risquerait serait aussitôt jeté dans l'arène… Si tu envisages quelque chose de ce genre, j'irai moi-même voir ça.

— Admettons que je te propose un million de sequins. Pourrais-tu organiser l'évasion d'Anacho ? »

Woudiver projeta en avant sa tête massive. « Un million de sequins ? Alors que tu pleures misère depuis trois mois ? Tu m'as berné !

— Pourrais-tu organiser son évasion moyennant un million de sequins ? »

Un petit bout de langue rose pointa entre les lèvres de Woudiver. « Non, j'ai bien peur que non… un million de sequins… Il n'y a malheureusement rien à faire pour lui. Rien ! Et donc, tu as gagné un million de sequins ?

— Non, répondit Reith. Je voulais juste savoir s'il était possible de le faire évader.

— Eh bien, ça ne l'est pas, trancha le colosse avec humeur. Où est mon argent ?

— En temps voulu. Tu as trahi mon ami ; tu peux bien patienter. »

Woudiver parut une fois encore sur le point de balancer son immense bras. « Tu commets une erreur de langage. Je n'ai "trahi" personne : j'ai juste donné à un criminel ce qu'il méritait. Pourquoi devrais-je me montrer loyal envers toi et les tiens ? Ce n'est pas comme si tu avais fait preuve de la moindre honnêteté à mon égard – et je préfère ne pas imaginer tout ce que tu m'aurais fait si tu en avais eu l'occasion. Garde en tête, Adam Reith, qu'une amitié ne peut être à sens unique : n'espère pas recevoir ce que tu te refuses à offrir. Si tu trouves mes attributs détestables, sache bien que j'en ai autant à ton service. Lequel de nous deux a raison ? Indiscutablement moi, eu égard aux critères de ces lieux et de cette époque. C'est *toi* l'indésirable ; tes protestations sont aussi grotesques qu'irréalistes. Tu me reproches ma cupidité ; as-tu oublié, Adam Reith, que c'est *toi* qui es venu me voir pour me demander d'accomplir des actes illégaux moyennant rétribution ? Voilà tout ce que tu espérais de moi ; ma sécurité, mon avenir, tu n'en as cure. Tu es venu ici pour m'exploiter, pour me pousser dans des entreprises dangereuses en échange de sommes dérisoires. Ne te plains donc pas si ma conduite semble n'être que le reflet fidèle de la tienne. »

Reith, incapable de trouver quoi que ce soit à répondre, tourna les talons et sortit.

Dans l'entrepôt, le travail se poursuivait à son rythme habituel : un havre de normalité après les Carabas et cet extravagant colloque avec Woudiver.

« Qu'a-t-il dit ? s'enquit Traz, qui attendait à l'entrée.

— Qu'Anacho est un criminel, et que moi-même je suis venu ici pour l'exploiter. Qu'opposer à de tels arguments ? »

Les lèvres de Traz se retroussèrent. « Et Anacho ?

— Dans la Boîte de Verre. D'après Woudiver, il est facile d'y entrer mais impossible d'en sortir. (Reith, qui arpentait le hangar de long en large, s'immobilisa devant la porte béante, les yeux fixés sur la haute masse grise qui se dressait de l'autre côté du détroit.) Demande à Deïne Zarre de venir un instant. »

Le vieil homme ne tarda pas à rejoindre Reith, qui se tourna vers lui. « Tu as déjà visité la Boîte de Verre ?

— Il y a bien longtemps.

— Woudiver prétend qu'on pourrait lancer une corde depuis la tribune supérieure.

— Oui, si l'on fait bon marché de l'existence.

— Il me faut un explosif de forte puissance – de quoi disons détruire dix fois cet entrepôt. Où puis-je m'en procurer rapidement ? »

Deïne Zarre réfléchit un moment, puis hocha lentement la tête d'un air résolu. « Attends-moi ici. »

Un peu plus d'une heure plus tard, il fit son retour avec deux récipients de terre. « Voilà du battarache et des détonateurs. C'est de la marchandise de contrebande ; je t'en prie, ne révèle jamais à personne comment tu l'as obtenue.

— La question ne se posera jamais. Du moins, je l'espère. »

17

Enveloppés dans des capes grises, Reith et Traz franchirent la chaussée qui reliait l'île au continent ; ce fut par une large avenue raffinée, dont le revêtement blanc crissait sous le pied, qu'ils pénétrèrent dans la cité dirdir de Heï. De part et d'autre se dressaient des tours fuselées, pourpres ou écarlates ; celles en métal gris ou argenté se concentraient plus au nord, derrière la Boîte de Verre. Cette artère conduisait à proximité d'un pylône écarlate de trente mètres de haut, qui s'élevait au centre d'une esplanade de sable blanc sur laquelle étaient disposés une bonne dizaine d'objets de pierre polie. Des œuvres d'art ? Des fétiches ? Des trophées ? Rien ne le laissait deviner. Face au pylône, sur un socle circulaire de marbre blanc, étaient postés trois Dirdir, parmi lesquels se trouvait une femelle – jamais le Terrien n'en avait vu auparavant. Elle était plus petite que les mâles, et paraissait moins résistante, moins flexible. Sa tête avait une forme plus triangulaire. Son teint, un peu plus foncé, était d'un gris blafard ombré d'une imperceptible touche de mauve. Le couple contemplait un jeune mâle, moitié moins grand qu'un adulte. De temps à autre, les aigrettes phosphorescentes des trois Dirdir se mettaient à frémir en direction de tel ou tel bloc de roche polie – une activité que Reith ne cherchait même pas à comprendre.

Il observait le trio avec un mélange de dégoût et d'admiration réticente, et ne pouvait s'empêcher de songer aux « mystères ».

Quelque temps auparavant, Anacho lui avait expliqué les mœurs sexuelles des Dirdir : « Voilà en gros à quoi se résument les faits : il y a douze variétés d'organes sexuels mâles, et quatorze féminines. Seuls certains appariements sont possibles. Par exemple, le mâle de type un n'est compatible qu'avec les femelles de type cinq et neuf. La femelle de type cinq ne peut copuler qu'avec le mâle de type un, mais celle de type neuf possède un organe moins spécialisé, compatible avec les mâles de type un, onze et douze.

« La question devient alors d'une complexité fantastique. Mâle ou femelle, chaque variété possède un nom spécifique et des attributs théoriques qui ne se concrétisent que très rarement – pour autant que le type auquel appartient un individu demeure secret ! Tels sont les “mystères” dirdir ! Si l'un d'eux voit son type révélé, on attend de lui qu'il se conforme aux attributs théoriques dudit type, quels que soient ses penchants personnels. Il est peu fréquent qu'il s'y décide – cela le met toujours dans une situation embarrassante.

« Comme tu peux l'imaginer, une procédure aussi complexe requiert énormément d'attention, ainsi qu'une grosse dépense d'énergie. C'est d'ailleurs peut-être elle – tant elle les enferme dans une obsession cachottière – qui a empêché les Dirdir d'envahir d'autres mondes.

— Stupéfiant, avait murmuré Reith. Mais si les genres sexuels sont secrets, et généralement incompatibles, comment les Dirdir s'y prennent-ils pour s'accoupler et se reproduire ?

— Il existe plusieurs systèmes : le mariage d'essai, les “rassemblements ténébreux”, comme d'aucunes les appellent, et les avis anonymes. Le but restant toujours de… transcender les difficultés. (Anacho marqua une pause, puis poursuivit délicatement :) Ai-je besoin de préciser que les Hommes-Dirdir et les Femmes-Dirdir de basse caste, n'ayant ni “noble divinité” ni “secrets”, sont considérés comme des créatures déficientes, et passablement clownesques ?

— Hum… Pourquoi cette précision, “Hommes-Dirdir de basse caste” ? Qu'en est-il des Immaculés ? »

Anacho s'éclaircit la voix. « Les Immaculés se soustraient à cet opprobre en recourant à de subtiles interventions chirurgicales. On les autorise à se modifier conformément à l'une des huit variétés sexuelles existantes. Cela leur donne accès aux “secrets”, et le droit de porter le Bleu et Rose.

— Et pour s'accoupler ?

— C'est plus difficile. Ils usent pour ce faire d'une méthode ingénieuse, analogue à celle des Dirdir. Chaque variété peut s'apparier avec au maximum deux variétés du sexe opposé. »

Reith n'avait pu plus longtemps réprimer son hilarité ; Anacho l'avait alors toisé d'un regard mi-hargneux, mi-chagrin. « Et toi ? avait alors demandé le Terrien. Jusqu'où t'es-tu… investi ?

— Pas suffisamment loin. Pour un certain nombre de raisons, je portais le Bleu et Rose sans avoir accédé au “secret” requis. J'ai été déclaré hors la loi atavique – telle était ma situation lorsque nous nous sommes rencontrés.

— Voilà un crime bien singulier », avait conclu Reith.

À présent Anacho luttait pour sa vie dans une simulation des paysages de Sibol. L'avenue menant à la Boîte de Verre s'élargit encore, comme pour se mettre à l'échelle de l'immense construction. Tous ceux qui en foulaient le blanc revêtement râpeux – Dirdir, Hommes-Dirdir, travailleurs vêtus de gris – avaient quelque chose d'artificiel, *d'irréel*, comme des personnages d'exercices de perspective classique. Ils marchaient les yeux fixés droit devant eux, ignorant Reith et Traz comme si tous deux avaient été invisibles.

De toutes parts s'élevaient des tours pourpres et écarlates ; devant eux, éclipsant tout le reste de sa masse : la Boîte de Verre. Reith commençait à souffrir d'une espèce d'oppression spirituelle ; les artefacts dirdir et la psyché humaine lui semblaient parfaitement incompatibles. Pour s'accommoder d'un semblable environnement, l'homme était finalement contraint de renier son héritage et d'accepter la conception dirdir de l'univers. Autrement dit, de *devenir* un Homme-Dirdir.

Ils arrivèrent à la hauteur de deux autres hommes, eux-mêmes engoncés dans une cape grise à capuchon. « Peut-être allez-vous pouvoir nous renseigner, leur dit Reith. Nous aimerions visiter la Boîte de Verre, mais nous ne savons pas comment procéder pour ce faire. »

Les deux hommes toisèrent le Terrien sans trop savoir qu'en penser. Ils étaient père et fils, tous deux courts sur pattes, avec une tête ronde, une petite bedaine et des membres grêles. « Il suffit de suivre les rampes grises, lui répondit le plus âgé d'une voix nasillarde. C'est aussi simple que ça.

— Vous vous rendez également à la Boîte de Verre ?

— Oui. Une chasse spéciale est organisée à midi, pour un Homme-Dirdir qui s'est distingué par sa scélératesse ; peut-être même y aura-t-il un dépeçage.

— Nous n'en avions pas entendu parler. Qui est cet Homme-Dirdir ? »

Ses interlocuteurs dévisagèrent Reith avec méfiance – apparemment fille d'une irrésolution congénitale. « Un renégat, un blasphémateur. Nous travaillons comme balayeurs à l'Usine de Fabrication n° 4 ; ce sont les Hommes-Dirdir eux-mêmes qui nous en ont informés.

— Vous allez souvent à la Boîte de Verre ?

— Assez, oui », répondit le père avec concision.

Son fils se montra quant à lui plus disert : « C'est autorisé par les Hommes-Dirdir – et en plus c'est gratuit.

— Viens, fit son père. Il faut se dépêcher.

— Si vous n'y voyez pas d'inconvénient, reprit Reith, nous allons vous suivre pour profiter de votre expérience. »

Le père acquiesça sans beaucoup d'enthousiasme. « Peu nous importe d'arriver en retard. » Et tous deux repartirent sur l'avenue, leur tête enfoncée dans leurs épaules – une attitude caractéristique des ouvriers de Sivishe. Imitant leur allure pesante, Reith et Traz s'empressèrent de leur emboîter le pas. Les parois de verre s'élevaient au-dessus de leurs têtes, semblables à des falaises vitrifiées où filtrait ici et là un reflet rougeâtre. De chaque côté, des rampes et des escalators de diverses couleurs – pourpre, écarlate, mauve, blanc ou gris – permettaient d'accéder à d'autres niveaux. Les rampes grises conduisaient à une tribune située à trente mètres à peine du sol – la plus basse, à l'évidence. Se joignant à la marée humaine, Traz et Reith s'engouffrèrent dans un tunnel nauséabond, qui déboucha sur une large étendue désolée qu'illuminaient dix soleils miniatures. Il y avait là de petites éminences escarpées, des vallonnements, des fourrés d'épineux ocre, roux, jaunes, marron pâle ou d'un blanc crayeux. En dessous se trouvaient un étang saumâtre ainsi qu'un taillis de blanches plantes évoquant des cactus. Un peu plus loin s'élevait une forêt de flèches aussi blanches que des os, de la même forme et de la même taille que les tours résidentielles des Dirdir. Une similarité, songea Reith, qui ne devait sans doute rien au hasard : sur Sibol, les Dirdir habitaient certainement des arbres creux.

Anacho errait quelque part parmi ces collines et ces fourrés, craignant pour sa vie, regrettant sans doute amèrement l'impulsion qui l'avait conduit à Sivishe. Mais nulle part il n'était en vue ; à vrai dire, nulle part le Terrien ne voyait âme qui vive. Il se tourna vers les deux ouvriers, en quête manifeste d'une explication.

« C'est un temps mort, déclara le père. Tu vois cette colline, là-bas ? Et celle qui se trouve plus au nord ? Ce sont des camps de base. Pendant le "temps mort", les proies partent se réfugier dans l'un ou l'autre. Voyons… où est mon programme ?

— C'est moi qui l'ai, dit le fils. Le "temps mort" va encore durer une heure ; le gibier se trouve sur cette colline toute proche.

— Nous sommes arrivés au bon moment. En vertu des règles de ce cycle particulier, il va y avoir dans une heure une période d'obscurité, qui durera quatorze minutes. La colline sud deviendra ensuite “territoire de battue”, et les proies devront rejoindre la colline nord, qui sera alors déclarée terre d'asile. Je m'étonne qu'avec un criminel aussi notoire, les lois de la Compétition ne s'appliquent pas.

— Le programme a été établi la semaine dernière, répliqua le garçon. Et la capture du criminel ne date que d'hier.

— Nous devrions quand même assister à une démonstration de bonne tenue technique, voire peut-être à un ou deux dépeçages.

— Donc, si je comprends bien, toutes les lumières vont s'éteindre dans une heure ?

— Pendant quatorze minutes, durant lesquelles la chasse commencera. »

Reith et Traz se tournèrent alors vers la tribune extérieure, et le paysage soudain plus sombre de Tschaï. Leur capuchon tiré sur la figure, les épaules voûtées, ils redescendirent la rampe.

Une fois en bas, le Terrien regarda de tous côtés. Des travailleurs engoncés dans leurs houppelandes gravissaient pesamment la rampe grise. Les Hommes-Dirdir utilisaient les blanches, les Dirdir les escalators mauves, écarlates et pourpres qui conduisaient aux tribunes supérieures.

Reith se rendit au pied du mur de verre gris, contre lequel il s'assit en faisant semblant de remettre sa botte en place. Traz se tenait devant lui pour dissimuler ses gestes. De sa sacoche, le Terrien sortit un pot de battarache auquel était fixé un système d'horlogerie ; il régla soigneusement un cadran, poussa un levier, et déposa la bombe derrière un arbuste, contre le mur de verre.

Personne ne lui prêtait attention. Après s'être occupé du minuteur du second pot de battarache, il le remit dans la sacoche, qu'il tendit à Traz. « Tu sais quoi faire. »

Le jeune nomade la prit à contrecœur. « Ton plan va peut-être réussir, mais Anacho et toi ne vous en sortirez certainement pas vivants. »

Pour leur moral commun, Reith préféra penser que Traz se trompait – *cette* fois. « Il faudra faire vite une fois que tu auras déposé la bombe. N'oublie pas : juste en face d'ici. Le temps nous est compté. Rendez-vous à l'entrepôt de l'astronef. »

Traz se détourna, dissimulant son visage dans les plis de son capuchon. « Entendu, Adam Reith.

— Mais dans le cas où quelque chose tournerait mal : prends l'argent et disparais aussi vite que tu le pourras.

— Au revoir.

— Dépêche-toi, maintenant. »

Reith suivit des yeux la silhouette grise, qui s'éloignait le long de l'enceinte. Il prit une grande inspiration. Le temps lui était compté, il lui fallait passer à l'action sur-le-champ ; si l'obscurité s'abattait avant qu'il n'ait réussi à localiser Anacho, tous ces efforts, tous ces risques n'auraient servi à rien.

Le Terrien gravit de nouveau la rampe grise, franchit le passage et émergea dans la clarté éblouissante de Sibol.

Il balaya le terrain des yeux, répertoria minutieusement les divers points de repère, puis prit la direction de la colline sud. Il y avait moins de spectateurs là-bas, la plupart ayant tendance à s'agglutiner soit au milieu du cirque, soit au nord.

Après être allé se poster à côté d'un pilier de soutènement, il jeta un coup d'œil à la ronde. Personne dans un rayon de soixante mètres. Les terrasses qui le surplombaient étaient vides. Il sortit un rouleau de corde fine, la passa autour du pilier et lança les deux bouts dans le vide. Après un ultime regard aux alentours, il enjamba la balustrade et descendit en rappel.

Ce qui ne passa pas inaperçu. Des visages blafards se penchaient en avant, stupéfaits ; Reith ne leur prêta aucune attention. Il avait cessé d'appartenir à leur univers : il était devenu une « proie ». Le Terrien récupéra sa corde et, tout en la réenroulant, s'élança au pas de course en direction de la colline sud, à travers les hérissements des taillis, par-dessus des saillants de grès et des silex couleur café.

Il atteignit le pied de la colline sans repérer de chasseurs ou de gibier. Les premiers devaient présentement se mettre en position selon leurs impératifs tactiques ; quant aux proies, elles se cachaient sans doute à la base de l'éminence, en se demandant comment rallier le sanctuaire de la colline nord dans les meilleures conditions possibles. Reith se retrouva soudain face à face avec un jeune Gris tapi dans l'ombre d'un bosquet de plantes blanches qui ressemblaient à des bambous. Chaussé de sandales, un pagne ceint autour de la taille, il était armé d'un gourdin et d'une épine de cactus en guise de poignard. « Où se trouve l'Homme-Dirdir que l'on vient de jeter dans l'arène ? » lui demanda le Terrien.

Le Gris secoua la tête avec indifférence. « Il y en a peut-être un du côté de la colline. Laisse-moi : tu crées des remous de noirceur avec ta cape. Tu ferais mieux de l'enlever ; la peau reste encore le meilleur des camouflages. Ne sais-tu pas que les Dirdir observent le moindre de tes mouvements ? »

Reith reprit sa course. Il avisa bientôt deux vieillards entièrement nus, aux muscles noueux, figés dans une pose fantomatique. « Avez-vous vu un Homme-Dirdir dans les parages ? leur cria-t-il.

— Là-haut, peut-être bien. Mais va-t'en, toi et ta cape sombre ! »

Le Terrien escalada une proéminence en grès. « Anacho ! »

Aucune réponse. Il consulta sa montre. Dans dix minutes, l'arène se retrouverait plongée dans l'obscurité. Reith fouilla du regard le flanc de la colline sud – et distingua non loin du mouvement : des hommes sortaient en courant du taillis. Sa cape semblait décidément faire l'unanimité contre elle. Il l'ôta donc, et la colla sous son bras.

Un peu plus loin, il tomba sur quatre hommes et une femme recroquevillés au fond d'un creux, telles des bêtes traquées. Comme ils ne semblaient pas vouloir répondre à ses questions, il grimpa au sommet de la colline pour s'assurer une meilleure vue d'ensemble. « Anacho ! » hurla-t-il. Une silhouette enveloppée d'une tunique blanche se retourna. Reith en vacilla de soulagement ; il sentit ses genoux s'affaisser ; des larmes lui montèrent aux yeux. « Anacho !

— Que fais-tu ici ?

— Vite ! Suis-moi… Nous allons nous échapper. »

Anacho lui lança un regard stupéfait. « Personne ne s'échappe de la Boîte de Verre.

— Viens ! Fais-moi confiance !

— Pas par là ! s'exclama l'Homme-Dirdir d'une voix rauque. C'est la colline *nord* qui est sûre ! La chasse va débuter dès qu'il fera noir !

— Je sais, je *sais* ! Nous n'avons pas beaucoup de temps. Par ici. Il faut se mettre à l'abri de l'autre côté ; et se préparer à la suite. »

Anacho leva les bras au ciel. « Tu dois savoir quelque chose que j'ignore. »

Et tous deux repartirent dans la direction par laquelle Reith était venu, vers le versant ouest de la colline sud. Tout en courant, le Terrien exposa d'une voix haletante son plan à son compagnon.

« Tu as fait tout ça… pour moi ? lui demanda alors l'Homme-Dirdir d'une voix blanche. Descendre ici… dans l'arène… »

— N'en parlons plus. Il faut absolument qu'on s'approche de ce massif de hauts cactus blancs. Où allons-nous pouvoir nous cacher ?

— À l'intérieur du fourré – l'endroit en vaut un autre. Regarde les chasseurs ! Ils sont en train de prendre position. Tant qu'il y a de la lumière, ils ne doivent pas s'approcher à moins de huit cents mètres. Nous sommes à deux pas du sanctuaire. Ces quatre-là se réservent nos scalps !

— Il va faire noir dans quelques secondes. Voilà comment nous allons procéder : d'abord, foncer en direction de l'ouest, vers ce tertre. Une fois là-bas, nous rejoindrons cette rangée de cactus bruns puis nous contournerons la crête sud. Le plus important : on ne doit *pas* se séparer ! »

Anacho ne put retenir un geste de découragement. « Comment pourrions-nous l'éviter ? Crier n'est pas une option ; les chasseurs nous entendraient. »

Reith lui mit l'extrémité de la corde dans la main. « Ne la lâche pas. Et si on est séparés, rendez-vous à l'ouest de ce taillis de plantes jaunes. »

Ils attendirent la venue de l'obscurité. Les jeunes Dirdir prenaient place à la périphérie du territoire de traque, entourés de quelques chasseurs plus expérimentés. Reith se tourna vers l'est. Une espèce d'illusion d'optique, sans doute causée par la qualité de la lumière et la composition de l'atmosphère, donnait l'impression que l'espace s'étendait à l'infini ; ce n'était qu'en se concentrant de toutes ses forces que le Terrien parvenait à distinguer le mur.

L'obscurité commença à les envelopper. Les lumières rougeoyèrent, vacillèrent, et finirent par s'éteindre. Au nord brillait une unique lueur pourpre, qui servait de point de repère mais n'assurait pas le moindre éclairage. Les ténèbres étaient totales. La chasse avait commencé. Au nord s'élevèrent les cris de guerre des Dirdir – une cacophonie de hululements et de sifflements à vous glacer le sang.

Reith et Anacho prirent plein ouest, faisant halte de temps à autre pour dresser l'oreille. À leur droite s'éleva soudain un sinistre cliquetis métallique. Ils se figèrent sur place. Le bruit finit par s'éloigner, accompagné d'un sourd martèlement.

Ils atteignirent enfin le monticule qui leur servait de point de repère, puis continuèrent en direction du massif de cactus. Il y avait quelque chose tout près d'eux. Les deux hommes firent halte, tous leurs sens – ou leurs nerfs ? – aux aguets. La créature inconnue parut en faire autant.

Des hauteurs leur parvint un chœur de hurlements, qui s'étendait du grave à l'aigu. Un second lui succéda. Puis un troisième. « L'appel de chasse des clans, expliqua Anacho dans un souffle. Un rituel traditionnel. Tous les membres des tribus présentes doivent à présent donner de la voix. » Les hurlements se turent ; d'un bout à l'autre de l'arène, presque fantomatiques dans l'obscurité, s'élevèrent alors les réponses. Anacho donna un petit coup de coude au Terrien. « On est libres de se déplacer tant que ça dure. Viens. »

Ils s'élancèrent à longues foulées, leurs pieds aussi sensibles que des yeux. Les clameurs des chasseurs s'estompèrent au loin ; une fois encore le silence s'abattit. Le pied de Reith heurta alors un fragment de rocher, produisant un bruit retentissant. Tous deux se pétrifièrent en serrant les dents.

Aucune réaction. Ils se remirent donc en marche, tâtonnant des jambes devant eux pour trouver les cactus, pour n'y sentir qu'un sol rugueux. Reith commençait à craindre qu'ils ne les aient dépassé ; qu'une fois la lumière revenue, ils se retrouvent exposés aux regards de tous les chasseurs, de tous les spectateurs…

Selon ses estimations, il s'était écoulé sept minutes de ténèbres. Dans une minute au plus tard, il leur faudrait avoir atteint la lisière du fourré de cactus… Un bruit ! Une silhouette – apparemment humaine – passa aussitôt à moins de dix mètres d'eux. Puis un instant plus tard : un piétinement sourd, des sifflements stridents, un cliquetis d'armes. Peu à peu, le silence retomba.

Quelques secondes leur suffirent pour atteindre les cactus. « Par le sud, murmura Reith. Puis on s'enfonce à l'intérieur à quatre pattes. »

Ils plongèrent dans les plantes hérissées de piquants.

« Ils rallument ! »

L'obscurité commença à se dissiper, simulant un lever du soleil sur Sibol : d'abord une lueur grise et blafarde, puis l'éclat éblouissant du jour.

Ils regardèrent tout autour d'eux. Les cactus les dissimulaient efficacement ; aucun danger imminent ne semblait les menacer – hormis les trois jeunes Dirdir qui, à moins de cent mètres d'eux, scrutaient tête dressée le terrain en quête de gibier. Reith jeta un coup d'œil à sa montre. Plus que quinze minutes – si Traz n'avait connu aucun contretemps, s'il avait réussi à atteindre le mur opposé de la Boîte de Verre.

La forêt de cactées blanches se trouvait à environ quatre cents mètres devant eux ; un terrain assez peu accidenté les en séparait. Ces mètres-là, songea le Terrien, allaient sans doute être les plus longs qu'il ait jamais parcourus.

Les deux hommes se faufilaient à travers les cactus en direction de l'orée nord du fourré. « Les chasseurs restent à peu près une heure au centre du terrain pour empêcher leurs proies d'atteindre trop vite la zone septentrionale, expliqua l'Homme-Dirdir. Ensuite, ils progressent vers le sud. »

Reith lui tendit un pistolet à énergie, glissa le sien dans sa ceinture, puis se mit à genoux. À deux cents mètres il entr'aperçut du mouvement – Dirdir ou proie, il lui était impossible de le savoir avec certitude. Soudain, Anacho le força à se plaquer au sol. Derrière le taillis surgit au petit trot un groupe d'Immaculés, leurs mains gainées dans des serres artificielles, leurs faux nimbes ondulant au-dessus de leurs blancs crânes miroitants. Reith sentit son ventre se nouer ; il prit sur lui pour contenir son impulsion de les attaquer, de les abattre.

Les Hommes-Dirdir leur passèrent devant – ce fut un miracle si les deux fugitifs échappèrent à leur attention. Ayant manifestement repéré du gibier, ils obliquèrent subitement vers l'est en accélérant l'allure.

Reith consulta de nouveau sa montre. Il ne restait plus guère de temps. Le Terrien s'agenouilla, regarda de toutes parts. « Allons-y ! »

Tous deux bondirent sur leurs pieds et s'élancèrent vers la blanche forêt.

À mi-chemin, ils se tapirent à l'abri d'un petit fourré. Une activité fébrile régnait aux abords de la colline sud : deux groupes de chasseurs convergeaient sur une proie qui s'y était réfugiée. Reith regarda une fois encore l'heure. Neuf minutes. Peut-être deux les séparaient de la forêt blanche. La flèche isolée qu'il avait choisie comme repère se dressait à quelques centaines de mètres à l'ouest du couvert. Ils se remirent en route. Quatre chasseurs émergèrent alors de la forêt, où ils avaient pris position pour observer les mouvements du gibier. Le Terrien sentit un étau se refermer sur son cœur. « Continuons, dit-il à Anacho. On va passer en force. »

L'Homme-Dirdir considéra son pistolet d'un air dubitatif. « S'ils nous prennent les armes à la main, ils nous tortureront pendant des jours ; mais bon, c'était ce qu'ils me réservaient, de toute façon… »

Les Dirdir regardaient fascinés les deux amis s'approcher d'eux. « Il faut les entraîner dans la forêt, marmonna Anacho. Les juges vont intervenir s'ils voient nos pistolets.

— Alors passons par la gauche, puis derrière cette touffe d'herbes jaunes. »

Plutôt que d'aller directement à leur rencontre, les Dirdir entreprirent de les contourner. Dans un ultime effort, les deux fugitifs parvinrent à l'orée de la forêt. Les chasseurs se ruèrent en avant dans un hurlement glaçant ; Reith et Anacho battirent en retraite.

« Maintenant », fit le Terrien. Tous deux braquèrent leurs armes. Les Dirdir poussèrent un croassement consterné. Quatre tirs rapides, pour autant de chasseurs morts. Des hauteurs s'éleva aussitôt un immense hululement discordant. « Les juges nous ont vus faire, s'exclama alors Anacho d'une voix empreinte d'une lourde frustration. Ils vont nous surveiller à présent, et guider les chasseurs jusqu'à nous. Nous sommes perdus.

— Il nous reste une chance, insista Reith. (Il essuya son visage ruisselant de sueur, plissa les yeux pour les protéger de la clarté éblouissante.) Dans trois minutes – si tout se passe bien –, l'explosion aura lieu. Il faut atteindre la grande flèche. »

Les deux hommes traversèrent la forêt en courant. Alors qu'ils en émergeaient, ils virent des groupes de chasse s'approcher d'eux à grands bonds. La clameur qui leur parvenait des hauteurs s'éleva de plus belle, pour bientôt s'affaiblir – et mourir.

Et ils atteignirent leur objectif. La paroi de verre ne se trouvait qu'à une centaine de mètres. Au-dessus d'eux se déployaient les tribunes, à moitié dissimulées par la lumière et les reflets ; Reith était à peine capable d'y distinguer les spectateurs bouche bée.

Il regarda l'heure.

Maintenant.

Avec un décalage temporel prévisible, la Boîte faisant cinq kilomètres de large, leur parvint une gigantesque onde de choc, suivie d'une réverbération assourdissante. Les lumières vacillèrent ; à l'est, elles s'éteignirent complètement, empêchant le Terrien de percevoir les effets de l'explosion. Une clameur frénétique s'éleva au-dessus de leur tête, chargée d'une fureur si sauvage que le Terrien en flageola sur ses jambes.

Anacho s'en émut beaucoup moins. « Tous les chasseurs vont faire mouvement vers la brèche pour empêcher le gibier de s'enfuir », dit-il.

De fait, les Dirdir se désintéressèrent aussitôt d'eux pour filer en direction de l'est.

« Prépare-toi, fit Reith. (Il consulta sa montre.) À plat ventre. »

Une seconde explosion : un tumulte infernal qui fit chaud au cœur du Terrien, le précipita dans un état d'exaltation quasi religieuse. Des éclats de verre gris sifflaient dans l'air. Les lumières pâlirent, finirent par s'éteindre. Devant eux apparut une ouverture – on aurait dit une porte donnant sur une autre dimension. Une trouée de trente mètres, qui arrivait presque à la hauteur des premières tribunes.

Les deux hommes se relevèrent d'un bond, atteignirent sans difficultés le mur et se ruèrent à l'extérieur – laissant derrière eux l'aride Sibol, pour retrouver la lumière tamisée des après-midi de Tschaï.

Ils dévalèrent la vaste avenue blanche, après quoi Anacho leur fit prendre la direction du nord, là où s'élevaient les usines et les tours des Hommes-Dirdir. Une fois parvenus aux quais, ils s'engagèrent sur la chaussée pour rallier Sivishe.

Ils s'arrêtèrent pour reprendre leur souffle. « Le mieux serait encore que tu rejoignes directement le glisseur, dit Reith. Prends-le et hâte-toi de partir. Tu ne seras pas en sécurité à Sivishe.

— Woudiver m'a dénoncé, rétorqua Anacho. Il en fera de même avec toi.

— Hors de question que je quitte Sivishe alors que l'astronef est presque terminé ! Nous trouverons un terrain d'entente, Woudiver et moi.

— Jamais ! s'exclama Anacho d'une voix lugubre. C'est la malfaisance personnifiée.

— Il ne peut pas parler de l'astronef sans lui-même se mettre en danger. C'est notre *complice* ; après tout, nous travaillons dans l'un de ses hangars.

— Il trouverait un moyen quelconque de tout expliquer.

— Peut-être. Peut-être pas. Quoi qu'il en soit, tu dois partir de Sivishe. Nous allons nous partager l'argent – ensuite, tu disparais. Je n'ai de toute façon plus besoin du glisseur. »

Mais Anacho s'entêta : « Pas si vite. Je ne fais pas l'objet d'un *tsau'gsh*, ne l'oublie pas. Qui va prendre l'initiative de me chercher ? »

Reith tourna la tête vers la Boîte de Verre. « Tu ne penses pas qu'ils vont fouiller la ville pour te retrouver ?

— Les Dirdir sont imprévisibles, mais je ne serai pas moins en sécurité à Sivishe qu'ailleurs. Je ne peux pas retourner à l'hôtellerie, mais ils ne viendront pas me chercher à l'entrepôt – à moins que Woudiver ne leur parle de notre petit projet.

— Il va falloir s'occuper de lui. »

Anacho se borna à grogner, puis tous deux repartirent dans les sordides venelles de Sivishe.

Le soleil passa derrière les tours de Heï ; l'obscurité s'infiltra dans les rues déjà sombres. Reith et Anacho empruntèrent les transports publics pour retourner au hangar. Le bureau de Woudiver était éteint ; une faible lumière vacillait dans l'entrepôt. Les techniciens étaient rentrés chez eux ; l'endroit semblait totalement désert… exception faite d'une silhouette qui se déplaçait dans la pénombre. « Traz ! » s'écria Reith.

Le jeune nomade vint à sa rencontre. « Je savais que tu reviendrais ici si d'aventure tu parvenais à t'échapper ! »

Le nomade et l'Homme-Dirdir s'abstinrent de toute démonstration : ils se bornèrent à échanger un regard.

« Nous avons intérêt à déguerpir… et en vitesse ! reprit Traz.

— Je te répète ce que j'ai dit à Anacho : prenez le glisseur et partez. Vous n'avez aucune raison de risquer un jour de plus votre vie à Sivishe.

— Et toi ?

— Je dois tenter ma chance ici.

— Une chance bien faible, vu le caractère vindicatif de Woudiver.

— Je me fais fort de le dompter.

— Allons donc ! s'écria Anacho. C'est là chose impossible ! Comment contrôler une telle perversité, une haine aussi monstrueuse ? Elles dépassent toute raison. »

Reith hocha sombrement la tête. « Il n'existe qu'un moyen sûr, mais ce n'est pas une sinécure.

— Et comment comptes-tu accomplir un tel miracle ? s'enquit l'Homme-Dirdir.

— Tout simplement en le forçant à venir ici sous la menace d'une arme. S'il refuse, je le tuerai. S'il accepte, il deviendra mon prisonnier, et j'exercerai sur lui une surveillance de tous les instants. Ça me semble être la meilleure solution.

— J'avoue apprécier l'idée de surveiller ce gros lard, grommela Anacho.

— Il faut agir sans tarder, fit Traz. Avant qu'il n'ait vent de votre évasion.

— Pas vous deux – certainement pas ! s'emporta le Terrien. Si *moi* je me fais tuer… ma foi, ce sera bien dommage, mais certainement inévitable. C'est là un risque qu'il me faut prendre. Il n'en est pas de même pour vous. Prenez le glisseur, l'argent, et partez pendant que vous le pouvez encore !

— Je reste, dit Traz.

— Moi aussi », renchérit Anacho.

Reith fit un geste résigné. « Eh bien, allons chercher Woudiver. »

18

Les trois compagnons se trouvaient dans la cour mal éclairée de la demeure de Woudiver, à s'interroger sur la meilleure façon d'ouvrir la poterne. « Surtout n'essayons pas de forcer la serrure, murmura l'Homme-Dirdir. Nul doute que Woudiver se protège avec tout un florilège de systèmes d'alarme et de pièges mortels.

— Passons par le toit, suggéra le Terrien. On ne devrait pas avoir trop de mal à l'atteindre. (Il examina la muraille, le revêtement fissuré, un vieux psilla noueux.) Un vrai jeu d'enfant. (Il tendit le bras.) On grimpe par là… on traverse par ici… et puis on escalade de ce côté. »

Anacho secoua sombrement la tête. « Une telle candeur me surprend de ta part. Qu'est-ce qui te fait croire qu'il s'agit du chemin le plus simple ? Tu penses vraiment que Woudiver n'a pas prévu une telle éventualité ? Allons donc ! Partout où ta main se poserait, elle trouverait des dards, des pièges et des boutons. »

Reith s'en voulait de ne pas y avoir songé. « Et comment envisages-tu d'entrer, dans ce cas ?

— Pas comme ça, en tout cas. Nous devons nous montrer plus malins que Woudiver. »

Sans crier gare, Traz tira alors ses amis dans l'obscurité d'un renfoncement.

De l'allée leur parvint un bruit de pas étouffés. Une haute silhouette efflanquée dépassa le trio d'une démarche claudicante, pour aller se poster devant la porte. « Deïne Zarre ! murmura le jeune nomade. Il m'a tout l'air d'être de méchante humeur. »

Deïne Zarre demeura un instant parfaitement immobile ; puis il sortit un outil et s'attaqua à la serrure. La porte finit par s'ouvrir ; il la franchit d'un pas décidé, empreint d'une espèce d'inexorabilité. Reith bondit en avant pour la tenir entrouverte. Le vieillard s'éloigna en clopinant sans rien remarquer. Traz et Anacho franchirent à leur tour le seuil ; Reith repoussa l'huis contre le verrou. Ils se trouvaient à présent dans une loggia pavée, de laquelle partait un passage faiblement éclairé qui menait à la maison proprement dite. « Pour l'instant, fit Reith, vous allez tous les deux attendre ici ; laissez-moi affronter seul Woudiver.

— Trop dangereux, protesta Anacho. Ça saute aux yeux que tu n'es pas venu avec les meilleures intentions du monde !

— Pas forcément ! Il va se méfier, bien sûr, mais il ne peut savoir que je vous ai vus. Il se mettra aussitôt sur ses gardes en nous découvrant ensemble. Seul, j'ai de meilleures chances de lui damer le pion.

— Fort bien. Nous allons t'attendre ici – un certain temps, en tout cas. Puis nous viendrons te chercher.

— Accordez-moi quinze minutes. » Et Reith s'engagea dans le passage, qui débouchait sur une cour intérieure. De l'autre côté de laquelle se trouvait Deïne Zarre, occupé à s'acharner sur la serrure d'une porte aux garnitures de cuivre. Un flot de lumière inonda brusquement la courette. Selon toute apparence, Zarre avait actionné quelque dispositif d'alerte.

Et Artilo surgit. « Zarre ! »

Le vieillard se retourna.

« Que fais-tu ici ? s'enquit d'une voix suave l'homme de confiance de Woudiver.

— Cela ne te concerne pas, lui répondit sans s'émouvoir Deïne Zarre. Laisse-moi tranquille. »

D'un large geste insolite, Artilo fit apparaître un pistolet à énergie dans son poing. « J'ai des ordres. Prépare-toi à mourir. »

Reith se rua en avant, mais le mouvement des yeux de Deïne Zarre en avertit Artilo, qui commença à se retourner. En deux longues enjambées, le Terrien fut sur lui. Il lui porta un coup terrible à la base du crâne ; le sbire de Woudiver s'écroula aussitôt, mort. Deine Zarre était déjà en train de se remettre à sa besogne, comme s'il s'agissait d'une péripétie sans intérêt.

« Attends ! » lui lança Reith.

Le vieil homme fit volte-face. Ses yeux gris étaient d'une limpidité extraordinaire. Reith s'approcha de lui. « Pourquoi es-tu venu ?

— Pour tuer Woudiver. Il s'en est pris à mes enfants. (Il s'exprimait avec calme, sur le ton de la conversation.) Ils sont morts. Tous les deux. Ils ont quitté le triste monde de Tschaï.

— Woudiver *doit* disparaître… mais pas avant que l'astronef ne soit achevé. » Reith avait l'impression d'avoir parlé d'une voix qui n'était pas la sienne.

« Il ne te laissera jamais l'achever.

— C'est précisément la raison de ma présence ici.

— Que peux-tu donc y faire ? lui lança dédaigneusement Deïne Zarre.

— Je compte le garder captif jusqu'à l'achèvement du vaisseau. *Alors* seulement, tu pourras le tuer.

— D'accord, grommela son interlocuteur. Après tout, pourquoi pas ? Je le ferai *souffrir*.

— À ta guise. Passe devant – je serai juste derrière toi. Une fois que nous l'aurons débusqué, tance-le autant que tu voudras, mais abstiens-toi de toute violence. Il faut éviter de le pousser à bout. »

Sans un mot, Zarre retourna s'occuper de la serrure. La porte ne tarda pas à s'ouvrir, leur révélant une pièce décorée de jaune et d'écarlate. Le vieillard y entra ; après un bref coup d'œil par-dessus son épaule, Reith se décida à le suivre. Un nabot coiffé d'un phénoménal turban blanc sursauta à leur entrée.

« Où est Aïla Woudiver ? s'enquit Deïne Zarre de sa voix la plus douce.

— Des affaires de la plus haute importance le retiennent, répondit le domestique avec morgue. Personne ne peut le déranger. »

Reith l'empoigna par la peau du cou et le souleva à moitié du sol, ce qui fit basculer son turban. Le nain poussa un gémissement de douleur mêlée d'humiliation. « Qu'est-ce que tu fais ? Lâche-moi ou j'appelle mon maître.

— C'est précisément ce que nous attendons de toi », répliqua Reith.

Le domestique recula en se massant la nuque, ses yeux flamboyants de colère braqués sur le Terrien. « Quittez cette maison immédiatement !

— Si tu veux éviter des ennuis, conduis-nous à Woudiver ! »

Le serviteur commença à pleurnicher. « Je ne peux pas. Il me ferait fouetter !

— Regarde dans la cour, dit Deïne Zarre. Tu y verras le cadavre d'Artilo. As-tu envie de partager son sort ? »

Le nabot se mit à trembler, tomba à genoux. Reith le força à se relever. « Vite ! Conduis-nous auprès de Woudiver !

— Il faudra lui dire que vous m'avez menacé de mort ! s'écria-t-il entre deux claquements de dents. Et vous allez jurer… »

La tenture située à l'autre bout de la pièce s'écarta alors, laissant apparaître le visage adipeux de Woudiver. « C'est quoi, tout ce vacarme ? »

Reith repoussa le nain. « Ton serviteur ne voulait pas t'appeler. »

L'astuce et la méfiance que recelait le regard de Woudiver dépassaient l'imagination. « À juste titre. Je suis en train de traiter des affaires importantes.

— Pas aussi importantes que la mienne.

— Un instant. (Aïla Woudiver alla dire quelques mots à ses visiteurs dans la pièce voisine, puis revint tel un paon dans le salon jaune et écarlate.) Tu as l'argent ?

— Bien entendu. Je ne serais pas venu autrement. »

L'obèse étudia son interlocuteur pendant quelques secondes supplémentaires. « Où est-il ?

— En lieu sûr. »

Woudiver mâchonna sa lippe pendante. « N'emploie pas ce ton avec moi. En toute franchise, je te soupçonne d'avoir tramé quelque machination infâme, qui a permis à de nombreux criminels de s'évader aujourd'hui même de la Boîte de Verre. »

Reith poussa un petit gloussement. « S'il te plaît, explique-moi comment j'aurais pu me trouver dans deux endroits différents en même temps.

— Qu'on t'ait vu dans un seul suffit à sceller ton sort. À peine une heure avant l'événement, un homme correspondant à ta description s'est laissé descendre dans l'arène. Jamais il n'aurait fait une chose pareille s'il n'avait eu la certitude de pouvoir s'enfuir. Il convient également de noter que l'Homme-Dirdir renégat fait apparemment partie des évadés.

— Le battarache provenait de tes magasins, intervint Deïne Zarre. Ouvre la bouche, et je te tiendrai pour responsable. »

Woudiver parut alors remarquer pour la première fois la présence de Zarre. « Qu'est-ce que tu fais ici, vieillard ? s'exclama-t-il en feignant la surprise. Tu ferais mieux de retourner à tes occupations.

— Je suis venu te tuer. Adam Reith m'a demandé d'attendre.

— Viens, Woudiver, dit le Terrien, la partie est terminée. (Il sortit son arme.) Et dépêche-toi, ou ta peau s'en souviendra ! »

Woudiver regarda successivement les deux hommes sans émoi apparent. « Les souris montrent les dents, à présent ? »

Reith avait appris à la dure ce à quoi il devait s'attendre de sa part : des criailleries, de l'obstination, et plus généralement un comportement malveillant. « Suis-moi, Woudiver », lui lança-t-il d'une voix résignée.

Le colosse sourit. « Deux ridicules petits sous-hommes. (Puis, légèrement plus fort :) Artilo !

— Artilo est mort. » Deïne Zarre regarda de tous côtés, vaguement intrigué. Woudiver l'observait affablement. « Tu cherches quelque chose ? »

Mais Zarre ignora la question. « Il est beaucoup trop décontracté, souffla-t-il à l'oreille de Reith. Même pour *lui*. Prends garde.

— À cinq, fit le Terrien d'une voix tranchante, je te brûle la cervelle.

— Une question, d'abord. Où sommes-nous censés nous rendre ?

— Un… deux… »

Woudiver poussa un bruyant soupir. « Je ne trouve pas ça drôle.

— … trois…

— Il faut bien que je me protège d'une manière ou d'une autre…

— … quatre…

— … c'est l'évidence même. » Il recula jusqu'au mur. Le dais de velours s'abattit aussitôt sur Reith et Zarre.

Le Terrien fit feu, mais les replis de l'étoffe firent dévier son bras, et le rayon ne calcina que quelques dalles de la mosaïque noir et blanc.

Bien qu'étouffé, le gloussement que Woudiver poussa alors débordait d'une intense sournoiserie. Le sol tremblait sous ses pas menaçants. Un poids énorme s'écrasa alors sur le corps du Terrien : le colosse s'était littéralement laissé choir dessus. Reith gisait à présent par terre, mi-étourdi mi-suffoquant. « Alors comme ça, lui parvint de tout près la voix de Woudiver, les garnements se sont mis en tête de me causer des ennuis ? Bien mal leur en a pris ! (Il se souleva.) Et regardez Deïne Zarre, qui s'est courtoisement abstenu de m'assassiner. Eh bien, Deïne Zarre, adieu. Je suis plus opiniâtre que toi. »

Un son, un triste gargouillement spongieux, puis un crissement d'ongles égratignant la mosaïque.

« Adam Reith, reprit la voix, tu représentes un cas de folie bien spécial. J'avoue que tes intentions m'intéressent. Lâche ton arme et écarte les bras. Tu sens le poids sur ton cou ? C'est mon pied. Alors, dépêche-toi. Les mains en l'air, et pas de mouvements brusques. Hisziu, tiens-toi prêt. »

Le dais fut soudain tiré en arrière, loin des bras tendus du Terrien. De noirs doigts agiles lui lièrent les poignets avec un ruban de soie.

Sitôt libéré des replis de velours, Reith, encore abasourdi, leva les yeux en direction du colosse. Celui-ci le toisait, jambes écartées. Hisziu, le serviteur, sautillait dans tous les sens comme un chiot.

Woudiver remit le Terrien sur ses pieds. « Si tu veux bien me suivre… » Et, d'une bourrade, il le poussa en avant.

19

Reith se trouvait dans une pièce plongée dans l'obscurité, attaché à un chevalet métallique. Ses bras avaient été attachés à une barre transversale, tout comme ses chevilles. Seule la faible lueur des étoiles venait éclairer un tant soit peu les lieux, par une étroite fenêtre. Hisziu se tenait accroupi à un mètre du Terrien, armé d'un petit fouet de soie tressée – guère plus qu'une souple cordelette fixée à un manche court. Apparemment capable de voir dans le noir, il s'amusait à fouetter négligemment – à intervalles imprévisibles – les poignets, les genoux et le menton du Terrien. Il n'ouvrit qu'une seule fois la bouche. « Tes deux amis ont été faits prisonniers. Ils ne valent pas mieux que toi – ce serait même plutôt l'inverse, en vérité. Woudiver s'occupe de leur cas. »

Reith demeurait parfaitement immobile, apathique, l'esprit embrumé de lugubres pensées. Le désastre était total ; c'était là sa seule certitude *consciente*. Il sentait à peine les sournois petits coups de fouet d'Hisziu. Son existence arrivait à son terme, sa mort ne ferait pas davantage de bruit que la chute d'une goutte de pluie dans l'un des mornes océans de Tschaï. Quelque part hors de sa vue se leva la lune bleue, dont les rayons firent chatoyer le ciel. Sa lente progression à travers le ciel mesurait l'avancée de la nuit.

Hisziu se mit à somnoler – Reith pouvait entendre ses légers ronflements. Résigné, le Terrien tourna les yeux vers la lucarne. Le miroitement du clair de lune avait disparu, pour laisser place à une lueur bourbeuse à l'est, annonciatrice du lever imminent de Carina 4269. Le domestique se réveilla en sursaut, et cingla aussitôt rageusement les joues de son prisonnier avec son fouet, y laissant des cloques ensanglantées. Il sortit, pour revenir peu après avec une tasse de thé brûlant qu'il entreprit de déguster près de la fenêtre. « Dix mille sequins pour toi si tu me détaches », lui lança alors Reith d'une voix rauque.

Hisziu fit la sourde oreille.

« Et le double si tu m'aides à délivrer mes amis. »

Le serviteur continua à siroter son thé comme si le Terrien n'avait même pas ouvert la bouche.

Le ciel se teintait d'un doré sombre : Carina 4269 s'était levée. Des bruits de pas leur parvinrent ; Woudiver s'encadra dans la porte. Il resta un instant immobile, à jauger la situation, puis il saisit le fouet et fit signe à Hisziu de quitter la pièce.

Il semblait surexcité, comme sous l'effet d'une quelconque drogue ou de l'alcool. « Je n'ai pas trouvé l'argent, Adam Reith, dit-il en se tapotant la cuisse avec le manche du fouet. Où est-il ?

— Quels sont tes plans ? » lui demanda le Terrien, en s'efforçant de parler d'une voix décontractée.

Woudiver haussa ses sourcils ras. « Je n'en ai aucun. J'essaie juste de tirer un maximum des circonstances.

— Pourquoi me gardes-tu prisonnier ici ? »

Le colosse fit claquer le fouet sur sa jambe. « J'ai bien évidemment informé mes frères de race de ta capture.

— Les Dirdir ?

— Bien sûr. » Il s'asséna un coup sec sur la cuisse.

« Les Dirdir ne sont pas tes frères de race ! répliqua Reith avec une infinie gravité. Ils ne sont *pas* apparentés aux hommes, même de très loin ; tous deux ne viennent pas du même système solaire. »

Woudiver s'adossa nonchalamment au mur. « Qui t'a enseigné pareille stupidité ? »

Reith passa sa langue sur ses lèvres, se demandant quelle tactique pouvait lui assurer les meilleures chances de succès. Woudiver n'était pas un homme rationnel : il obéissait à ses instincts, à ses intuitions. « Le berceau des hommes est la planète Terre, reprit-il avec autant de conviction qu'il le pouvait. Les Dirdir le savent aussi bien que moi, mais ils préfèrent voir les Hommes-Dirdir continuer à se leurrer. »

Woudiver hocha pensivement la tête. « Et tu comptes partir en quête de cette "Terre" avec ton vaisseau spatial ?

— Je n'ai pas *besoin* de la chercher. Elle se trouve à deux cents années-lumière d'ici, dans la constellation de Clari. »

Woudiver bondit aussitôt en avant. « Et le trésor que tu m'as promis ? hurla-t-il, son visage jaune à trente centimètres de celui de Reith. Tu es un fourbe ! Un imposteur !

— Non. Je suis un Terrien. Mon astronef s'est écrasé sur Tschaï. Aide-moi à retourner sur Terre, et tu recevras plus de trésors que dans tes rêves les plus fous. »

Woudiver recula lentement. « Tu fais partie des adeptes du culte rédemptionniste yao, quel que soit le nom qu'il se donne.

— Non. Je dis la vérité. Tu as tout intérêt à m'aider. »

L'autre hocha sagement le menton. « Peut-être. Mais chaque chose en son temps. Il t'est facile de me prouver ta bonne foi. Où est mon argent ?

— *Ton* argent ? Ce n'est pas *ton* argent. C'est le mien.

— Une distinction parfaitement stérile. Disons... où est *notre* argent ?

— Tu n'en verras la couleur que lorsque tu auras rempli tes engagements.

— Mais quelle obstination ! tonna Woudiver. Tu es mon prisonnier. Ton compte est bon, et il en va de même pour tes sbires. L'Homme-Dirdir doit retourner à la Boîte de Verre. Le jeune steppiste sera vendu comme esclave – à moins que tu n'aies envie d'acheter sa vie avec l'argent. »

Reith s'affaissa et retomba dans son apathie. Woudiver se mit à marcher de long en large en se pavanant sans cesser de le lorgner du coin de l'œil. Finalement, il se planta devant lui et lui enfonça le manche de son fouet dans le ventre. « Où est l'argent ?

— Je n'ai pas confiance en toi, répondit Reith d'une voix morne. Tu ne tiens pas tes promesses. (Il se redressa ; au prix d'un effort presque surhumain, il tenta de garder le contrôle de sa voix :) Si tu veux cet argent, laisse-moi partir. L'astronef est presque terminé. Tu pourrais même m'accompagner sur Terre. »

L'expression de Woudiver était indéchiffrable. « Et ensuite ?

— Un yacht spatial, un palais… tout ce que tu voudras. Tu n'auras qu'à demander.

— Et comment retournerai-je à Sivishe ? rétorqua le colosse avec mépris. Et mes affaires ? Tu es fou, ça saute aux yeux ! À quoi bon perdre mon temps ? Où est l'argent ? L'Homme-Dirdir et le gamin des steppes déclarent l'ignorer, et j'ai tout lieu de les croire.

— Je n'en sais pas plus qu'eux. Je l'ai remis à Deïne Zarre, en lui donnant pour mission de le cacher. Et tu l'as assassiné. »

Woudiver réprima un grognement atterré. « Mon argent ?

— Dis-moi, fit le Terrien, comptes-tu vraiment m'aider à terminer le montage de l'astronef ?

— Ça n'a jamais été mon intention !

— Tu m'as donc escroqué ?

— Et alors ? Je n'ai fait que te rendre la monnaie de ta pièce. Bien malin celui qui roulera Aïla Woudiver !

— Ce n'est pas moi qui prétendrai le contraire. »

Hisziu apparut à cet instant ; dressé sur la pointe des pieds, il murmura quelque chose à l'oreille de Woudiver, qui se mit à trépigner de rage. « Déjà ? Ils sont en avance ! Je n'ai même pas encore commencé. (Il se tourna vers Reith ; son visage semblait s'être mis à *bouillir*.) Bon, dépêche-toi : l'argent ou je vends le gamin. Vite !

— Allons-y ! Si tu veux ton argent, aide-nous d'abord à finir notre vaisseau !

— Espèce d'ingrat sans cervelle ! » siffla Woudiver. Un bruit de pas leur parvint de l'extérieur. « Tu t'es joué de moi ! rugit-il. Quelle triste vie que la mienne. Vermine ! » Il lui cracha à la figure et lui infligea de violents coups de fouet.

Précédé par Hisziu qui marchait d'un pas faraud, apparut un Homme-Dirdir – le plus splendide, le plus étrange que Reith ait jamais vu : à n'en pas douter un Immaculé. Du coin de la bouche, Woudiver souffla un ordre à Hisziu, qui s'empressa d'aller trancher les liens du captif. Au cou duquel l'Homme-Dirdir attacha une chaîne, dont il fixa l'autre extrémité à sa ceinture. Puis, sans un mot, il repartit, en secouant ses doigts d'un geste méprisant.

Reith le suivit tant bien que mal.

20

Devant la demeure de Woudiver était garée une voiture émaillée de blanc. L'Immaculé accrocha la chaîne à un anneau situé à l'arrière du véhicule. Le Terrien l'observa avec un morne intérêt. L'Homme-Dirdir mesurait près de deux mètres dix ; des aigrettes artificielles étaient fixées aux protubérances qui saillaient de part et d'autre de son crâne crêté. Sa peau luisait du même blanc laqué que la voiture ; il était absolument chauve, et son nez se résumait à un bec proéminent. Malgré son étrangeté et sa sexualité indubitablement modifiée, ça n'en restait pas moins un homme, ruminait Reith, originaire du même sol que lui-même. De la maison sortirent alors ses deux compagnons, en titubant comme si quelqu'un les poussait. Des chaînes encerclaient leur cou – et derrière eux se trouvait Hisziu, qui les tenait littéralement en laisse. Les deux Élites Hommes-Dirdir qui fermaient la marche allèrent accrocher les chaînes à l'arrière de la voiture. L'Immaculé adressa quelques mots sifflants à Anacho, lui désigna le rebord qui courait le long du coffre du véhicule puis, sans un regard derrière lui, monta à bord. Les deux Élites s'y étaient déjà installés. « Grimpez là-dessus, grommela Anacho, sans quoi ils vont tout simplement nous *traîner*. »

Tous trois se juchèrent donc sur la plate-forme arrière, se cramponnant aux anneaux auxquels étaient accrochées leurs chaînes – ce fut dans ces conditions humiliantes qu'ils quittèrent la résidence de Woudiver. La berline noire du colosse cahotait cinquante mètres derrière, sa masse gigantesque avachie sur les commandes.

« Il veut sa récompense, expliqua Anacho. Il a participé à une prise d'importance, et tient à en partager les bénéfices statutaires.

— J'ai commis une erreur en le considérant comme un être humain, fit Reith d'une voix pâteuse. Nous croulerions sous les sequins si je l'avais traité comme un animal.

— Notre situation pourrait difficilement être pire.

— Où nous emmènent-ils ?

— À la Boîte de Verre, évidemment !

— Sans le moindre jugement ? Nous n'allons même pas avoir l'occasion de nous exprimer ?

— Bien sûr que non, répondit sèchement Anacho. Vous êtes des sous-hommes, et moi un renégat. »

La voiture blanche vira sur une esplanade et s'arrêta. Les Hommes-Dirdir mirent pied à terre, puis allèrent d'un pas raide se poster à l'écart, leurs yeux braqués sur le ciel. Un homme bedonnant d'âge mûr, vêtu d'un somptueux habit brun foncé, s'approcha alors d'eux – à en juger par les pierres précieuses qui ornaient ses cheveux irréprochablement frisottés, il s'agissait d'une personnalité de haut rang. Il s'adressa d'une voix flegmatique aux Hommes-Dirdir, qui lui répondirent après quelques instants d'un silence éloquent.

« Voici Erlius, grommela Anacho, l'Administrateur de Sivishe. Il veut lui aussi être de la fête. Nous sommes un gibier de choix, apparemment. »

Attirés par toute cette animation, les gens de Sivishe commençaient à s'attrouper autour de la voiture blanche. Regroupés en un large cercle respectueux, ils contemplaient les prisonniers avec un intérêt macabre. Chaque fois que le regard d'un Homme-Dirdir se posait sur eux, ils rentraient la tête dans les épaules.

Woudiver n'avait pas quitté son véhicule, qui s'était immobilisé à une cinquantaine de mètres – il semblait être en train de mettre de l'ordre dans ses pensées. Enfin, il descendit, les yeux braqués sur un morceau de papier. Erlius s'empressa de lui tourner le dos.

« Regardez-moi ces deux-là ! grogna Anacho. Ils se détestent cordialement : Woudiver se moque d'Erlius sous prétexte qu'il n'a pas de sang d'Homme-Dirdir dans les veines ; et Erlius rêve de voir Woudiver dans la Boîte de Verre.

— Et moi donc ! fit Reith. En parlant de la Boîte de Verre, qu'est-ce qu'on attend ?

— Les chefs du *tsau'gsh.* Quant à la Boîte, tu la verras bien assez tôt. »

Le Terrien tira violemment sur la chaîne. Les Hommes-Dirdir lui décochèrent des regards sévères. « Ridicule, grommela-t-il. Il doit bien y avoir quelque chose à tenter. Et les traditions dirdir ? Que se passerait-il si je criais *hs'aï hs'aï hs'aï*, ou quoi qu'il faille aboyer pour réclamer un arbitrage ?

— L'appel est celui-ci : *dr'ssa, dr'ssa, dr'ssa !*

— Et que se passerait-il si je demandais un arbitrage ?

— Tu ne serais pas plus avancé. L'arbitre te déclarerait coupable, et ce serait toujours la Boîte de Verre qui t'attendrait.

— Et si je récusais l'arbitrage ?

— Tu serais contraint de te battre, et tu mourrais encore plus vite.

— Personne ne peut y être emmené sans avoir été accusé ?

— En théorie, non, répliqua sèchement Anacho. La coutume leur impose d'en passer par là. Qui envisages-tu de défier ? Woudiver ? Cela ne servirait à rien. Il n'a pas porté d'accusations contre toi – il s'est borné à participer à notre capture.

— Nous verrons bien. »

Traz leur indiqua le ciel. « Et voilà les Dirdir. »

Anacho examina le glisseur qui s'apprêtait à atterrir. « Le cimier de Thisz. Si les Thisz s'en mêlent, on peut effectivement s'attendre à un règlement rapide des choses. Ils risquent même d'édicter une interdiction de chasse – sauf pour eux-mêmes. »

Traz s'escrima en vain sur le fermoir de la chaîne. Dans un sifflement de dépit, il se tourna vers le glisseur. Les spectateurs encapuchonnés de gris s'écartèrent ; l'engin se posa à moins de quinze mètres du véhicule blanc. Cinq Dirdir en émergèrent – une Excellence et quatre autres de caste inférieure.

L'Immaculé s'approcha d'eux d'une démarche majestueuse ; les Dirdir lui accordèrent la même indifférence qu'à Erlius.

Après avoir pris le temps de jauger les captifs, ils adressèrent un signe à l'Immaculé et poussèrent quelques brefs sons.

Erlius s'avança pour leur présenter ses respects, genoux ployés, sa tête dodelinant. Avant qu'il ne puisse parler, Woudiver déplaça sa vaste masse devant lui, l'obligeant à s'écarter. « Dignitaires thisz, lança-t-il alors d'une voix stridente, voici les criminels recherchés par les chasseurs. Le rôle que j'ai joué dans leur capture n'a pas été négligeable ; que cela soit inscrit à mon palmarès ! »

Les Dirdir n'accordèrent à cette déclaration qu'une attention superficielle. Woudiver, qui apparemment n'en espérait pas davantage, inclina la tête et fit de grands gestes avec ses bras.

L'Immaculé s'approcha des captifs et fit sauter les chaînes. Reith se libéra vivement de la sienne. Bouche bée de surprise, l'Homme-Dirdir leva les yeux dans sa direction, ses fausses aigrettes retombant de part et d'autre de sa tête blafarde. Le Terrien s'avança, le cœur lourd, conscient du poids de tous les regards qui convergeaient sur lui – ce fut au prix d'un immense effort de volonté qu'il parvint à maintenir une allure régulière. Il s'immobilisa à moins de deux mètres des Dirdir, si près qu'il pouvait sentir leur odeur corporelle. Ils le contemplaient sans afficher la moindre émotion.

Le Terrien éleva la voix pour bien se faire comprendre : « *Dr'ssa ! Dr'ssa ! Dr'ssa !* »

Les Dirdir firent aussitôt de petits mouvements de surprise.

« *Dr'ssa ! Dr'ssa ! Dr'ssa !* répéta-t-il.

— Pourquoi pousses-tu le cri du *dr'ssa* ? demanda l'Excellence d'une voix nasillarde, qui évoquait les sonorités d'un hautbois. En tant que sous-homme, tu es dépourvu de tout discernement.

— Je suis un Homme, ton supérieur. Voilà pourquoi. »

Woudiver jaillit en avant avec suffisance, le souffle court. « Bah ! C'est un fou ! »

Les Dirdir semblaient passablement déconcertés. « Qui m'accuse ? s'écria Reith. Et de quel crime ? Que cet individu se fasse connaître, et qu'un arbitre tranche cette affaire !

— Tu invoques là une force traditionnelle bien plus puissante que le mépris ou le dégoût, tonna l'Excellence. Ta requête ne peut t'être refusée. Qui accuse ce sous-homme ?

— J'accuse Adam Reith de blasphème, répondit Woudiver. Je l'accuse de contester la Doctrine de la Genèse Double et de se prétendre l'égal des Dirdir. Il a déclaré que les Hommes-Dirdir n'étaient pas de purs descendants du Second Vitellus ; il les a qualifiés de *monstres mutants*. Il soutient que les hommes viennent d'une autre planète que Sibol. Autant d'affirmations répugnantes en contradiction avec l'orthodoxie. C'est un fauteur de troubles, un menteur et un provocateur. (Woudiver appuyait chacune de ses accusations d'un geste tranchant de son index épais.) Voilà de quoi je l'accuse ! (Il adressa aux Dirdir un sourire minaudier, puis se retourna vers la foule.) Reculez ! leur hurla-t-il. Ne vous pressez pas si près des dignitaires ! »

Le Dirdir se tourna vers le Terrien. « Tu réfutes l'accusation ? » lui demanda-t-il de sa voix flûtée.

Le Terrien ne savait trop que répondre. Il faisait face à un dilemme : nier les faits revenait à souscrire à l'orthodoxie des Hommes-Dirdir. « Au fond, on m'accuse de professer des vues hétérodoxes. Est-ce un crime ?

— Bien sûr – si l'arbitre en décide ainsi.

— Et si ce point de vue s'avère extact ?

— Il te faudra alors demander des comptes à l'arbitre. Aussi ridicule cette éventualité soit-elle, la tradition nous l'impose.

— Et qui sera l'arbitre ? »

L'Excellence conserva une parfaite contenance. « En l'occurrence, je désigne cet Immaculé, là-bas. »

Ledit Immaculé fit un pas en avant. « Je serai expéditif, lança-t-il en singeant les modulations plaintives des Dirdir. Le cérémonial ordinaire est dans ces circonstances inapproprié. (Et, se tournant vers Reith :) Récuses-tu l'accusation ?

— Je ne la rejette pas plus que je ne la corrobore : elle est juste *ridicule*.

— Je considère ta déclaration comme évasive. Tout comme ton comportement irrespectueux, elle signe ta culpabilité.

— Je refuse ton verdict, fit le Terrien, à moins que tu ne puisses *l'imposer*. Je te somme d'en rendre compte. »

L'Immaculé considéra le Terrien avec un mélange de dédain et de répulsion. « Tu me lances un défi ? À moi ? Un Immaculé ?

— Ça me semble être le seul moyen de prouver mon innocence. »

L'Immaculé se tourna vers l'Excellence dirdir. « Suis-je obligé de le relever ?

— Tu l'es. »

L'Immaculé mesura Reith du regard. « Je vais te tuer avec mes mains et mes dents, ainsi qu'il le sied à un Homme-Dirdir.

— Comme il te plaira. Mais commence par m'enlever ce collier.

— Qu'on lui ôte ses chaînes, ordonna l'Excellence.

— Quelle vulgarité ! soupira tristement l'arbitre. Je perds ma dignité à m'exprimer ainsi devant un troupeau de sous-hommes.

— Ne te plains pas, fit l'Excellence. C'est moi, Capitaine de la Chasse, qui perd un trophée dans l'affaire. Continue ; fais *respecter* ton arbitrage. »

Sitôt libéré de ses entraves, Reith fit quelques exercices d'assouplissement pour restaurer son tonus musculaire. Il avait passé la nuit pendu par les poignets ; son corps devait forcément s'en ressentir. L'Homme-Dirdir fit un pas en avant.

« Quelles sont les règles du combat ? s'enquit alors le Terrien. Je ne voudrais pas te porter un coup déloyal.

— Il n'y en a aucun. Nous allons obéir aux règles de la chasse : tu es ma proie ! » Et dans un hurlement sauvage, l'Immaculé se jeta sur Reith – une attaque qui ne l'inquiéta guère, jusqu'à ce qu'il touche la peau blanche de la créature, et sente dessous des muscles tendus et d'épaisses plaques de cartilage. Le Terrien se fendit sur le côté, mais n'en sentit pas moins des griffes artificielles lui labourer la chair. Il tenta une clé de bras, mais, incapable de trouver le moindre point d'appui, préféra finalement s'attaquer au larynx de son adversaire – en vain. L'Immaculé recula, agacé, sous les murmures étranglés des spectateurs, puis revint à la charge. Reith agrippa son avant-bras démesuré, parvint à le déséquilibrer. Woudiver, qui ne parvenait plus à se contenir, se rua alors en avant pour écraser son poing sur la tempe du Terrien. Dans un hurlement outragé, Traz lui balança sa chaîne en pleine figure – le colosse poussa un hurlement de souffrance et tomba lourdement sur son séant. Anacho lui passa alors sa propre chaîne autour du cou, tira dessus de toutes ses forces, mais le Dirdir d'Élite bondit en avant pour la lui arracher des mains. Woudiver demeura prostré par terre, le souffle coupé, le teint terreux.

L'Immaculé avait profité de l'attaque pour renverser Reith par terre. Ses bras, aussi tendus que des câbles, lui enserraient le corps, ses longs crocs tranchants claquaient à quelques centimètres de sa gorge. Le Terrien parvint finalement à libérer ses bras. De toutes ses forces, il abattit ses poings sur les oreilles blanches de l'Homme-Dirdir, qui poussa aussitôt un cri étranglé et secoua la tête de douleur. Son corps mince se relâcha un instant – Reith en profita pour l'enfourcher, comme s'il chevauchait une anguille blanche, et s'attaquer à son crâne chauve. Il arracha le faux nimbe, cogna ici et là, puis exerça une violente torsion. La tête de l'arbitre se mit à pendre de guingois ; son corps fut agité de convulsions, puis cessa complètement de bouger.

Reith se releva. Il avait bien du mal à tenir debout. « Me voilà innocenté, dit-il.

— Les accusations du gros sous-homme sont nulles et non avenues, psalmodia l'Excellence. Qu'il en rende donc compte. »

Reith pivota sur ses talons. « Halte ! reprit le Dirdir d'une voix rauque et vibrante. Y a-t-il d'autres charges ?

— La bête réclame-t-elle encore *dr'ssa* ? » demanda un Élite, ses aigrettes rigides dardant des étincelles cristallines.

Reith fit volte-face, à moitié ivre de fatigue et des contrecoups de la bataille. « Je suis un homme ; c'est *toi*, la bête.

— Exiges-tu un arbitrage ? s'enquit l'Excellence. Dans le cas contraire, nous n'avons plus rien à faire ici. »

Le cœur du Terrien se serra. « De quoi suis-je encore accusé ? »

L'Élite s'avança d'un pas. « Je vous accuse, toi et tes sbires, d'avoir illégalement pénétré dans la réserve de chasse dirdir et d'y avoir traîtreusement massacré des membres du clan de Thisz.

— Je réfute cette accusation », rétorqua Reith d'une voix rauque.

L'Élite se tourna vers l'Excellence. « J'en appelle à ton arbitrage. Je te demande de me donner ces créatures, et de les désigner proies exclusives du clan de Thisz.

— J'accepte cette responsabilité. (Puis l'Excellence se tourna vers Reith.) Tu as illégalement pénétré dans les Carabas ; c'est la vérité, lui lança-t-il de sa voix nasillarde.

— Personne ne m'avait interdit de le faire.

— Cette interdiction est chose notoire. Tu as sournoisement assailli plusieurs Dirdir ; c'est la vérité.

— Je n'ai attaqué personne en premier. Si les Dirdir préfèrent se conduire comme des bêtes sauvages, à eux d'en supporter les conséquences. »

De la foule s'éleva un murmure de surprise, et de ce qui ressemblait à une approbation tacite. Le regard de l'Excellence balaya l'esplanade ; le silence s'y abattit aussitôt.

« Chasser fait partie des traditions dirdir. La tradition des sous-hommes est de servir de gibier – c'est aussi leur essence même.

— Je ne suis pas un sous-homme. Je suis un *Homme*, et ne servirai de proie à personne. Si une bête sauvage m'attaque, je la tuerai. »

Le masque blafard de l'Excellence n'affichait nul signe d'émotion, mais son nimbe se mit à scintiller et ses aigrettes se redressèrent. « La sentence doit se conformer à la tradition, psalmodia-t-il. Je déclare le sous-homme coupable. Cette farce est à présent terminée. Qu'il soit conduit à la Boîte de Verre.

— Je récuse l'arbitrage ! » Et Reith se rua sur l'Excellence pour le frapper à la joue. La peau du Dirdir était froide, légèrement flexible – comme des écailles de tortue ; la main du Terrien s'en ressentit. Les aigrettes hérissées de l'Excellence évoquaient des fils de fer portés au rouge ; il ne cessait d'émettre des sifflements ténus. La foule, incrédule, semblait avoir cessé de respirer.

Le Dirdir lança ses longs bras en avant en un geste onduleux ; dans un gargouillement mémorable, il se prépara à charger.

Reith recula d'un pas. « Un instant, fit-il. Quelles sont les règles du combat ?

— Il n'y en a aucune. Je tue de la manière qui me sied.

— Et si c'est moi qui te tue, nous serons disculpés, mes amis et moi ?

— Tel sera le cas.

— Nous nous battrons à l'épée.

— Nous nous battrons à mains nues.

— Soit. »

Le combat n'eut rien d'une petite rixe. L'Excellence bondit en avant, aussi massif, aussi agile qu'un tigre. Reith fit prestement deux pas en arrière, agrippa son poignet calleux et lui balança un pied dans la poitrine ; profitant de sa chute en arrière, il effectua un saut périlleux qui étendit pour le compte son adversaire. Le Terrien se jeta aussitôt sur lui pour immobiliser ses mains griffues. Le Dirdir se débattait comme un beau diable ; Reith lui cogna la tête contre les pavés jusqu'à entendre un craquement sinistre. Une humeur d'un vert blanchâtre se mit à sourdre des oreilles du vaincu. « Alors, l'arbitrage ? lança son bourreau d'une voix haletante. Était-il juste, oui ou non ? »

L'Excellence entama une espèce de chant funèbre, un singulier gémissement n'exprimant aucune émotion connue des hommes. Reith cognait encore et encore son dur crâne blanc par terre. « Alors, *l'arbitrage* ? » Le Dirdir tenta de toutes ses forces de repousser le Terrien – en vain. « Tu es le vainqueur. Mon arbitrage est réfuté.

— Moi et mes amis sommes donc tenus pour innocents ? On va pouvoir poursuivre nos activités sans se faire persécuter ?

— Absolument.

— Est-ce que je peux lui faire confiance ? demanda le Terrien à Anacho.

— Oui. Telle est la tradition. Si tu veux un trophée, arrache-lui son nimbe.

— Je n'ai nul besoin de trophée. » Et Reith se remit tant bien que mal sur ses pieds.

La foule l'observait avec une sorte de terreur respectueuse. Erlius tourna les talons et s'empressa de s'éloigner. Aïla Woudiver repartit à pas lents en direction de sa voiture.

Le Terrien tendit un doigt vers lui. « Woudiver – tes accusations étaient mensongères. À présent, tu vas devoir me rendre des comptes. »

Le colosse sortit son pistolet à énergie ; Traz se jeta sur lui pour immobiliser son épais poignet. Le coup partit, brûlant la jambe de Woudiver, qui s'écroula dans un hurlement de douleur. Tandis qu'Anacho récupérait son arme, Reith lui passa une chaîne autour du cou. « Viens, Woudiver », lui lança-t-il en tirant brutalement dessus. Et le groupe fendit les rangs des curieux pour monter dans la voiture.

Woudiver se pelotonna dans un coin, où il entama un concert de gémissements. Anacho fit démarrer le véhicule, qui ne tarda pas à quitter l'esplanade.

21

En l'absence de Deïne Zarre, les techniciens s'étaient abstenus de venir travailler. L'entrepôt était désert, aussi silencieux qu'une tombe. Le vaisseau spatial, qui avait paru sur le point de prendre vie, reposait, solitaire, sur ses cales.

Le Terrien et ses amis firent entrer Woudiver dans le hangar – un taureau rétif ne leur aurait pas donné davantage de fil à retordre – et l'attachèrent entre deux piliers. Pas un instant il n'avait cessé de gémir.

Reith le surveilla un moment. Ils ne pouvaient pas encore se passer de lui, et il restait toujours aussi dangereux. Malgré toutes ses protestations, malgré l'air accablé qu'il affichait constamment, il jetait au Terrien des regards noirs parfaitement lucides.

« Tu m'as causé le plus grand tort, Woudiver », lui dit Reith.

Des sanglots déchirèrent le corps adipeux du captif. On aurait dit un horrible et monstrueux bébé. « Tu comptes me torturer, puis me tuer.

— L'idée m'a traversé l'esprit, convint le Terrien, mais j'ai des envies plus urgentes à assouvir. Pour achever le vaisseau et retourner sur Terre, pour la prévenir de ce qui se passe sur cette planète infernale, je renoncerais même au plaisir de t'exécuter. »

Woudiver redevint d'un seul coup homme d'affaires : « Rien n'a donc changé, dans ce cas. Règle-moi ce que tu me dois et nous nous mettrons au travail. »

Reith en béa de stupéfaction. Puis éclata de rire : l'incroyable insouciance de Woudiver forçait son admiration.

Ses deux amis goûtaient quant à eux beaucoup moins ses petites saillies. Anacho enfonça un bâton dans sa bedaine replète. « Et ce qui s'est passé cette nuit ? lui lança-t-il d'une voix suave. Tu te rappelles ce que tu nous as fait ? Les aiguillons électriques ? Le fouet ?

— Et les enfants de Deïne Zarre ? » renchérit Traz.

Woudiver adressa au Terrien un regard implorant. « Lequel d'entre vous a autorité pour parler ? »

Le Terrien pesa soigneusement sa réponse. « Nous avons tous des raisons de t'en vouloir. Tu serais bien sot de t'attendre à la moindre parole de sympathie de notre part.

— Oh, il souffrira, grommela Traz entre ses dents.

— Tu vivras, reprit Reith, mais uniquement pour servir nos intérêts. Je me moque éperdument de ton sort – sauf si tu sais te rendre utile. »

À nouveau, le Terrien discerna une lueur froide et rusée dans les yeux de Woudiver. « Qu'il en soit ainsi, fit celui-ci.

— J'exige que tu embauches immédiatement quelqu'un de compétent pour remplacer Deïne Zarre.

— Ça va te coûter cher. *Très* cher. On a eu de la chance avec Zarre.

— À qui la faute s'il n'est plus là ?

— Tout le monde commet des erreurs au cours de son existence. Celle-ci m'est imputable, je l'admets volontiers. Mais je connais l'homme qu'il te faut – sache qu'il fait payer cher ses services, par contre.

— L'argent n'est pas un problème. Nous voulons le meilleur. Deuxièmement, je veux que tu fasses revenir les techniciens au travail. Tout cela par téléphone, bien entendu.

— Rien de plus facile, répondit Woudiver avec chaleur. Le travail va reprendra sans délai.

— Tu vas aussi faire livrer sur-le-champ le matériel encore manquant. Et les frais seront désormais à ta charge, de même que le paiement des salaires.

— Quoi ? brailla le mastodonte.

— En outre, tu vas rester attaché à ces poteaux. Et ta nourriture te sera facturée mille – non, *deux* mille sequins par jour.

— *Quoi ?* hurla-t-il de plus belle. Tu penses vraiment pouvoir escroquer ainsi le malheureux Woudiver ?

— Est-ce que tu acceptes ces conditions ? Dans le cas contraire, je demanderai à Anacho et à Traz de te tuer – tous deux ont bien des raisons de t'en vouloir. »

Woudiver se redressa de toute sa hauteur. « Je les accepte, répondit-il d'une voix orgueilleuse. Et maintenant, puisqu'il semble que je doive financer tes chimères et faire les frais de ce marché de dupes, mettons-nous immédiatement au travail. Le jour où je te verrai disparaître dans l'espace sera le plus beau de toute mon existence, je te le garantis ! Bon, ôte-moi ces chaînes, à présent, que je puisse aller téléphoner.

— Reste où tu es, rétorqua le Terrien. On va t'apporter le téléphone. Bon, où est ton argent ?
— Tu ne parles quand même pas sérieusement ? » s'exclama Woudiver.

Le Pnume

I

Aïla Woudiver était juché sur un tabouret dans le hangar qui se dressait à la limite des marais salants de Sivishe. Une chaîne reliait à un câble haut placé le collier de fer passé à son cou ; il pouvait tout juste se déplacer – dans un cliquetis métallique – de sa table au cagibi dans lequel il dormait.

Il était retenu prisonnier dans ses propres locaux, une insulte qui s'ajoutait aux préjudices qu'il avait déjà subis. Cela aurait en principe dû le mettre dans des états de rage spasmodiques, et pourtant… non, il restait placidement assis sur son tabouret, de part et d'autre duquel ses vastes fesses pendaient comme les trousses d'une selle, un absurde sourire de sainte patience plaqué sur les lèvres.

Adam Reith l'observait, debout devant l'astronef qui occupait la majeure partie de l'espace disponible. L'abnégation dont Woudiver faisait preuve le déconcertait, bien plus que ne l'auraient fait des accès de fureur. Leur prisonnier tramait quelque chose, il en avait la certitude – et il n'était guère pressé de voir ses machinations arriver à maturation. La fusée était presque opérationnelle ; dans une semaine tout au plus il espérait pouvoir quitter Tschaï.

Woudiver s'occupait à des travaux de calligraphie ; de temps à autre, il levait sa page pour admirer son œuvre – là semblait être la source de sa patiente affabilité. À son entrée dans l'entrepôt, Traz lui décocha un regard noir et résuma en une seule formule toute la philosophie des Emblèmes, ses ancêtres : « Tuons-le tout de suite ! Tuons-le et qu'on en finisse ! »

Reith poussa un grognement équivoque. « Avec sa chaîne au cou, il est hors d'état de nuire.

— Il trouvera un moyen. Aurais-tu donc oublié tous les tours qu'il nous a joués ?

— Je suis incapable de le tuer de sang-froid. »

Traz poussa un croassement de dégoût et ressortit d'un pas pesant. « Pour une fois, déclara Anacho, l'Homme-Dirdir, je suis du même avis que le jeune coureur des steppes : tuons cette bête malfaisante ! »

Woudiver affichait son plus beau sourire – il avait dû deviner le contenu de leur conversation. Reith remarqua qu'il avait maigri. Ses joues, naguère rebondies, pendaient en plis flasques et sa lèvre supérieure ballottait mollement, tel un bec, au-dessus de son petit menton pointu.

« Non mais regarde ce sourire suffisant ! siffla Anacho. S'il le pouvait, il nous grillerait les nerfs ! Exécutons-le sur-le-champ ! »

Reith prêcha une fois encore la modération : « Dans une semaine, nous serons partis. Que pourrait-il nous faire, enchaîné comme il l'est ?

— C'est Woudiver !

— Ce n'est pas une raison pour l'égorger comme un animal. »

Anacho leva les bras au ciel et sortit à son tour du hangar. Reith se rendit quant à lui dans le vaisseau, pour observer quelques minutes les techniciens à l'ouvrage. Ils étaient concentrés sur une tâche infiniment délicate – équilibrer les pompes énergétiques. Le Terrien ne pouvait leur porter assistance. La technologie des Dirdir – tout comme leur mentalité – lui échappait totalement. Toutes deux étaient basées sur des certitudes intuitives, du moins le soupçonnait-il ; la rationalité semblait presque totalement absente de leur mode de vie, sous quelque aspect que ce fût.

De longs rayons d'or bruni tombaient de la haute fenêtre. Le crépuscule approchait. Woudiver, l'air songeur, abandonna sa futile besogne. Après avoir adressé à Reith un petit salut aimable, il regagna son cagibi dans un ferraillement de chaîne.

Les techniciens sortirent de l'astronef en même temps que Fio Haro, le mécanicien en chef, pour partir dîner. Reith caressa la coque disgracieuse, posa ses mains sur l'acier, comme s'il ne parvenait pas à croire à sa réalité. Encore une semaine – et il retournerait sur Terre ! Une perspective presque onirique, tant sa planète natale était devenue un monde lointain, fantasmagorique.

Il alla se chercher dans le garde-manger un morceau de saucisse noirâtre, puis retourna se planter sur le seuil. Sur le point de se coucher, Carina 4269 baignait la lagune d'une lueur couleur de bière, plaquant une ombre démesurée derrière chaque touffe de végétation.

Les deux silhouettes noires qui depuis quelque temps y apparaissaient au crépuscule n'étaient nulle part en vue.

Le décor dégageait une certaine beauté – une beauté *lugubre*. Au nord, la ville de Sivishe se résumait à un amoncellement de vieux édifices délabrés qui rougeoyaient sous les rayons obliques du soleil. À l'ouest, au-delà de la passe d'Ajzan, se dressaient les tours de Heï, la cité des Dirdir, que dominait la Boîte de Verre.

Le Terrien alla rejoindre Traz et Anacho qui, assis sur un banc, s'occupaient à lancer des cailloux dans une flaque. Le premier, le visage camus, taciturne, était tout en os et en muscles ; quant à Anacho, aussi mince qu'une anguille, plus grand que Reith d'une quinzaine de centimètres, il avait la peau pâle, et se montrait aussi loquace que le jeune nomade était laconique. Traz voyait d'un mauvais œil les grands airs d'Anacho ; celui-ci le jugeait fruste et sans discernement. Il leur arrivait néanmoins de tomber d'accord – comme en cet instant, sur la nécessité d'exécuter Aïla Woudiver. Reith, pour sa part, s'inquiétait davantage des Dirdir. Comment savoir si, du haut de leurs tours, ils ne pouvaient pas voir ce qui se passait derrière les portes ouvertes du hangar ? Il trouvait leur absence de réaction aussi anormale que le sourire de Woudiver. Elle dissimulait forcément quelque sombre péril.

« Pourquoi restent-ils ainsi, à ne rien faire ? soupira-t-il en mordant dans sa saucisse. Ils doivent pourtant nous savoir ici.

— Le comportement des Dirdir est impossible à prévoir, répliqua Anacho. Ils ont perdu tout intérêt pour toi. Que sont les hommes, à leurs yeux, sinon de la vermine ? Ils préfèrent débusquer les Pnume dans leurs terriers. Tu n'es plus l'objet d'un *tsau'gsh*[1]. C'est du moins ce que je suppose. »

---

1. Effort empreint de fierté, entreprise exceptionnelle, désir de gloire. Un concept fondamentalement intraduisible.

Des paroles qui ne rassurèrent pas pleinement le Terrien. « Et quid des Phung – ou des Pnume, pour ce que j'en sais – qui viennent nous espionner ? Ce n'est pas pour améliorer leur santé qu'ils viennent ici !

Il faisait allusion aux deux silhouettes sombres qu'il avait récemment repérées dans les marais salants. Des créatures décharnées, vêtues de houppelandes et de cagoules noires, qui surgissaient au coucher du soleil.

« Ce ne sont pas des Phung, dit Traz. Ils sont trop solitaires pour s'acoquiner avec l'un de leurs semblables. Quant aux Pnume, ils ne sortent jamais en plein jour.

— Et jamais aussi près de Heï, ajouta Anacho, par peur des Dirdir. Il doit donc s'agir de Pnumekin, ou plus vraisemblablement de Gzhindra[1]. »

La première fois que Reith les avait aperçues, ces créatures étaient restées épier le hangar jusqu'à ce que Carina 4269 disparaisse derrière les falaises ; après quoi elles s'étaient volatilisées dans l'obscurité. Leur intérêt lui avait paru tout sauf accidentel ; cela ne manquait pas d'inquiéter le Terrien, qui ne savait malheureusement pas quoi faire pour y remédier.

Le lendemain fut une journée bruineuse ; les marais salants demeurèrent déserts. Le soleil vint de nouveau les éclairer le jour d'après – et les deux silhouettes noires refirent surface un peu avant le crépuscule, les yeux tournés vers l'entrepôt. Adam Reith sentit une fois encore l'inquiétude l'envahir.

1. Pnumekin bannis du monde souterrain, la plupart du temps en raison d'un « comportement malséant » ; ils errent à la surface, où ils servent d'agents aux Pnume.

Pareille surveillance lui semblait de fort mauvais augure : c'était sur Tschaï un axiome de l'existence.

Carina 4269 était sur le point de se coucher. « S'ils doivent venir, fit Anacho, ce sera maintenant. »

Reith examina les marais salants à travers son sondoscope. « Il n'y a rien d'autre là-bas que des touffes d'herbe et des arbustes. Pas même un lézard. »

Traz désigna quelque chose du doigt. « Les voici.

— Humph, grommela le Terrien. Je *viens* de regarder par là ! (Il augmenta le grossissement, jusqu'à ce que sa propre réaction ne fasse tressauter les silhouettes dans l'oculaire. Leurs visages mangés d'ombre étaient indiscernables.) Ils ont des mains, dit Reith. Ce sont des Pnumekin. »

Anacho s'empara de l'instrument. « Des Gzhindra, déclara-t-il au bout d'un instant. Des Pnumekin expulsés des tunnels. Pour faire commerce avec les Pnume, il faut passer par leur intermédiaire ; les Pnume ne négocient jamais directement.

— Que viennent-ils faire ici ? On ne veut rien avoir à faire avec les Pnume.

— Mais peut-être qu'*eux* veulent traiter avec nous – on le dirait bien, en tout cas.

— À moins qu'ils n'attendent l'apparition de Woudiver ? suggéra Traz.

— Au coucher du soleil, et uniquement à ce moment-là ? »

Une idée germa soudain dans la tête du jeune nomade, qui s'éloigna du hangar pour passer devant l'ancien bureau de Woudiver, une petite bâtisse construite un peu à l'écart avec des fragments de briques et du silex. Au bout d'une centaine de mètres, il s'arrêta, regarda derrière lui, et fit signe à ses deux compagnons de venir le rejoindre. « Regardez bien l'entrepôt, dit-il. Vous allez voir avec qui les Gzhindra sont en affaires. »

Une lumière fusait par intermittence entre deux planches de bois noir.

« Ça correspond à l'endroit où dort Woudiver, dit Traz.

— Ce gros lard jaunâtre leur adresse des signaux ! » s'emporta Anacho.

Reith poussa un long soupir. Il s'efforçait de maîtriser sa colère. Comment avait-il pu être assez stupide pour attendre autre chose d'Aïla Woudiver, qui baignait dans l'intrigue comme un poisson dans l'eau ? « Tu peux les déchiffrer ? demanda-t-il à Anacho d'une voix mesurée.

— Oui. C'est un code classique de points et de traits. “... dédommagement... approprié... en échange... service... l'heure... est... proche...” (Les signaux s'interrompirent.) C'est tout.

— Il nous a vus par la lézarde, marmonna le Terrien.

— Ou il n'a plus de lumière », dit Traz, car Carina 4269 avait enfin disparu derrière la montagne. Reith balaya du regard la lagune : les Gzhindra avaient disparu aussi mystérieusement qu'ils avaient surgi.

« On ferait bien d'avoir une petite conversation avec Woudiver, dit le Terrien.

— Il ne nous dira jamais la vérité, rétorqua Anacho.

— Sans doute pas, concéda Reith, mais on pourrait tirer quelques informations de ce qu'il ne nous dit pas. »

Ils regagnèrent le hangar. Woudiver, qui s'était remis à ses écritures, les gratifia de son habituel sourire affable. « Cela va bientôt être l'heure de dîner.

— Pas pour toi, rétorqua Reith.

— Quoi ? Rien à manger ? Allons ! Ne poussons pas trop loin notre petite plaisanterie !

— Pourquoi communiques-tu par signaux avec les Gzhindra ? »

Outre un petit haussement de ses sourcils glabres, Woudiver ne fit montre d'aucune surprise – et encore moins de culpabilité. « Pour affaires, répondit-il. Il m'arrive à l'occasion de commercer avec le sous-peuple.

— Quel genre d'affaires ?

— Tantôt une chose, tantôt une autre… Ce soir, je me suis excusé de n'avoir pu tenir certains de mes engagements. Jalouserais-tu donc ma bonne réputation ?

— Quels engagements as-tu échoué à tenir ?

— Allons, allons… J'ai quand même le droit de garder pour moi quelques petits secrets.

— Pas si j'ai mon mot à dire. Tu es en train de manigancer quelque chose, j'en ai la certitude.

— Bah ! Quelle sottise ! Comment pourrais-je manigancer quoi que ce soit enchaîné comme je le suis ? Et, crois-moi, je trouve cette situation passablement humiliante.

— Si jamais quelque chose tourne mal, nous te pendrons haut et court au bout de ta chaîne. Et tant pis pour ta dignité. »

Woudiver eut un geste de mépris railleur, puis considéra ce qui les entourait. « Le travail a bien avancé, à ce que je vois.

— Ce n'est pas grâce à toi.

— Allons donc ! Tu minimises mon aide ! Qui t'a fourni la coque, au prix de mille difficultés – et pratiquement pour rien ? Qui a tout organisé, tout mis en place ? Qui t'a fait bénéficier de sa précieuse perspicacité ?

— Le même homme qui a fait main basse sur tout notre argent, le traître qui nous a valu un petit détour par la Boîte de Verre », lui répondit Reith. Il alla s'asseoir à l'autre bout de la pièce. Quand Traz et Anacho l'eurent rejoint, tous trois restèrent là à surveiller Woudiver, qui boudait d'avoir été privé de son repas.

« On devrait le tuer, trancha Traz. Il nous prépare un mauvais coup.

— J'en suis persuadé, fit Reith, mais j'aimerais quand même bien savoir ce qu'il fricote avec les Pnume. Des Dirdir m'auraient paru plus... logiques. Ils savent que je suis un Terrien, et ça ne m'étonnerait nullement qu'ils connaissent également notre projet de construire un astronef.

— Peut-être, rétorqua Anacho, mais ça leur serait égal. Les autres races ne les intéressent pas. Contrairement aux Pnume : ils sont d'une épouvantable curiosité, particulièrement à propos des faits et gestes des Dirdir. En retour, ceux-ci s'empressent de gazer leurs galeries quand ils en découvrent. »

Woudiver se rappela alors à l'attention du trio : « Vous avez oublié mon dîner !

— Je n'ai rien oublié, fit Reith.

— Alors, apporte-moi à manger. Ce soir, j'aimerais une salade de racines blanches, de la bouillie de lentilles, de la viande de gargane, un bon fromage noir et mon vin habituel. »

Traz lâcha un ricanement méprisant. « Pourquoi devrions-nous te remplir le ventre alors que tu complotes contre nous ? s'enquit pour sa part le Terrien.

Tu n'as qu'à demander aux Gzhindra de t'apporter à manger. »

Le visage de Woudiver s'affaissa ; il fit claquer ses mains sur ses genoux. « Et voilà qu'ils se sont mis en tête de torturer le malheureux Aïla Woudiver, dont le seul crime est d'être resté fidèle à sa parole ! Quel triste destin, de devoir vivre et souffrir sur cette terrible planète ! »

Reith se détourna, écœuré. À moitié Homme-Dirdir de naissance, Woudiver défendait avec vigueur la doctrine de la Genèse Double, qui faisait remonter l'origine des Dirdir et des Hommes-Dirdir à des cellules jumelles de l'Œuf Primordial, sur la planète Sibol. Pour les partisans d'un tel dogme, Adam Reith devait faire figure d'iconoclaste irresponsable, qu'il fallait mettre hors d'état de nuire à tout prix.

D'un autre côté, on ne pouvait attribuer tous ses forfaits à sa ferveur doctrinale. Au souvenir d'un certain nombre d'exemples de lubricité et de sybaritisme, Reith sentit s'évanouir la vague de compassion qui venait de l'envahir.

Pendant cinq bonnes minutes supplémentaires, Woudiver se répandit en gémissements et en protestations. Puis il se tut d'un coup, pour regarder un instant Reith et ses amis. Quand il reprit la parole, le Terrien crut discerner une joie secrète dans sa voix. « Ton projet s'approche de son achèvement – et ce grâce à Aïla Woudiver, à son habileté et à sa modeste réserve de sequins. Pauvre Aïla Woudiver, injustement séquestré !

— Nous en aurons bientôt fini, je veux bien te concéder ça.

— Quand envisages-tu de quitter Tschaï ?

— Dès que possible.

— Remarquable ! s'exclama Woudiver avec une ferveur mielleuse. (Une lueur railleuse parut un instant illuminer son regard.) Mais bon, tu *es* un homme remarquable. (Sa voix s'était brusquement amplifiée, comme s'il ne pouvait plus longtemps contenir sa joie intérieure.) Pourtant, il vaut parfois mieux faire preuve d'une certaine modestie, et rentrer dans le rang ! Qu'en dis-tu ?

— Je ne vois pas à quoi tu fais allusion.

— Bien sûr que non. Évidemment pas.

— Vu que tu as l'air d'humeur causante, pourquoi ne me parlerais-tu pas des Gzhindra ?

— Qu'y a-t-il à en dire ? Ce sont de pauvres créatures, condamnées à errer à la surface alors même qu'elles détestent se retrouver à l'air libre. Tu ne t'es jamais demandé pourquoi les Pnume, les Pnumekin, les Phung et les Gzhindra portaient tous des cagoules ?

— Une habitude vestimentaire, j'imagine.

— Exact, mais la *vraie* raison, c'est que la capuche leur dissimule le ciel.

— Dans ce cas, qu'est-ce qui pousse *ces* deux-là à sortir, si cela les accable à ce point ?

— Comme pour toute autre créature, répondit pompeusement Woudiver, c'est l'espoir et le désir qui les animent.

— Et qu'espèrent-ils, exactement ?

— En tout état de cause, je ne puis qu'avouer ma pleine et entière ignorance ; au fond, tout homme est un mystère. Même toi, Adam Reith, tu me laisses perplexe ! Tu me tourmentes de ta cruauté capricieuse ; tu investis *mon* argent dans un projet délirant ; tu traites par le mépris toutes mes protestations, tous mes appels à la modération ! Pourquoi ? Je me le demande. Pourquoi ? *Pourquoi ?* Si ce n'était pas aussi absurde, j'en viendrais presque à te croire originaire d'un autre monde.

— Tu ne m'as toujours pas expliqué ce que voulaient les Gzhindra. »

Rassemblant toute sa dignité, Woudiver se leva ; la chaîne fixée à son cou se mit aussitôt à cliqueter. « Tu ferais mieux de le demander aux principaux concernés. »

Il retourna à sa table et, après un ultime coup d'œil énigmatique lancé au Terrien, se remit à ses écritures.

2

Reith s'agitait dans son sommeil, en proie à un terrible cauchemar. Il s'y voyait couché comme à son ordinaire sur le divan de l'ancien bureau de Woudiver. Une étrange lumière d'un vert jaunâtre baignait la pièce, au bout de laquelle cet être répugnant bavardait avec deux individus immobiles, vêtus d'une houppelande et d'un capuchon noir à large bord. Reith s'efforçait de bouger, mais ses muscles étaient sans force. Tantôt la lumière s'intensifiait, tantôt elle pâlissait. Woudiver était à présent auréolé d'une étrange incandescence bleu argent. *Le sentiment d'impuissance et d'absurdité typique d'un mauvais rêve*, songea le Terrien. Il fit des efforts désespérés pour se réveiller, mais ne parvint qu'à se recouvrir d'une sueur moite.

Woudiver et les Gzhindra vinrent se pencher sur son corps. Chose étonnante, le colosse portait toujours son collier de fer, mais la chaîne avait été brisée, ou fondue – elle pendait à trente centimètres de son cou. C'était le Woudiver de naguère, satisfait de lui-même, désinvolte. L'expression des Gzhindra ne trahissait rien d'autre qu'une attention soutenue. Ils avaient une tête allongée, étroite, des traits très réguliers ; leur peau ivoirine arborait un lustre soyeux. L'un d'eux portait une pièce de tissu repliée ; l'autre gardait les mains derrière le dos.

Soudain, la masse gigantesque de Woudiver se profila au-dessus du Terrien. « Adam Reith, Adam Reith, *d'où* viens-tu ? »

Reith luttait de toutes ses forces contre son impuissance. C'était un rêve étrange, sinistre, dont il se souviendrait longtemps. « De la planète Terre, répondit-il d'une voix rauque. De la planète Terre. »

La tête de Woudiver ne cessait d'enfler et de se contracter tour à tour. « Y a-t-il d'autres Terriens sur Tschaï ?

— Oui. »

Les Gzhindra firent un bond en avant. « Où ça ? tonna alors Woudiver. Où sont les Terriens ?

— Tous les hommes sont des Terriens. »

Le colosse recula avec une moue de dégoût méprisante. « Tu es né sur la planète Terre ?

— Oui. »

Le visage de Woudiver flotta en arrière, triomphant. Il adressa un grand geste aux Gzhindra. « C'est un spécimen unique ! Exceptionnel !

— Nous allons l'emmener. » Les Gzhindra déplièrent leur étoffe ; à sa grande horreur, Reith découvrit qu'il s'agissait d'un sac. Sans cérémonie, ils lui replièrent les jambes et l'enfournèrent à l'intérieur, jusqu'à ce que seule sa tête en dépasse. Puis avec une aisance stupéfiante, l'un d'eux balança ce singulier colis sur son épaule, pendant que l'autre lançait une bourse à Woudiver.

Le rêve commença à s'estomper ; la lumière glauque se brouilla, se ponctua de taches. La porte s'ouvrit alors brusquement – sur Traz. Woudiver bondit aussitôt en arrière de terreur ; le nomade épaula sa catapulte et lui tira un carreau en pleine tête. Un stupéfiant jet de sang en gicla – un sang vert, qui se teintait de jaune en tombant par terre… Le rêve finit par se déliter, et Reith sombra dans l'inconscience.

Il se réveilla dans un extrême état d'inconfort. Ses jambes étaient contractées ; un répugnant relent d'arsenic emplissait ses narines. Quelque chose le comprimait, et il percevait une sensation de mouvement. Ses doigts se refermèrent sur une étoffe rugueuse. À son grand dam, tout devint alors clair : il n'avait pas rêvé, on l'avait *effectivement* enfermé dans un sac. Woudiver était décidément un homme plein de ressources ! Le Terrien se sentit faiblir sous le coup de l'émotion. Woudiver avait passé un marché avec les Gzhindra. Il s'était arrangé pour le droguer, sans doute en diffusant quelque gaz narcotique. Et à présent les Gzhindra emportaient leur prisonnier vers un lieu inconnu, pour des raisons qu'il aurait été bien en peine de deviner.

Reith sombra dans une sorte d'apathie nauséeuse. Même enchaîné, Woudiver était parvenu à lui préparer ce vilain tour ! Le Terrien se remémora les ultimes fragments de son rêve. Il avait vu la tête du colosse *éclater*, il avait vu en fuser du sang vert. Woudiver avait payé pour sa forfaiture.

Réfléchir n'avait rien de facile, avec ce sac qui ne cessait de ballotter – on le transportait apparemment au bout d'une perche. Par chance, le Terrien portait ses vêtements : la veille au soir, il s'était écroulé tout habillé sur sa couche. Par le plus grand des hasards, lui aurait-on laissé son poignard ? Sa sacoche avait disparu ; la poche de sa veste semblait vide, et il n'osait se fouiller de crainte de révéler aux Gzhindra qu'il était sorti de l'inconscience.

Il colla son visage contre l'étoffe, dans le vain espoir de distinguer quelque chose à travers le tissage grossier – au moins parvint-il à découvrir qu'il faisait encore nuit. Le terrain qu'ils arpentaient semblait particulièrement inégal.

S'écoula ensuite un laps de temps indéterminé, durant lequel le Terrien se sentit aussi impuissant qu'un fœtus dans son utérus. Les nuits de l'antique Tschaï étaient décidément riches en événements hors du commun ! Et, cette fois, Reith y était partie prenante. Sa situation présente l'emplissait de honte. Quelle ignominie ! Il en frémissait de rage. S'il avait pu poser ses mains sur ses ravisseurs, quelle vengeance il leur aurait infligée !

Les Gzhindra firent halte, restèrent un moment parfaitement silencieux. Puis le sac fut posé par terre. Reith tendit l'oreille, en vain – ni voix, ni chuchotements, ni bruits de pas ne lui parvenaient. Comme si on l'avait laissé complètement seul. Il fouilla dans ses poches, espérant y trouver un couteau, un outil, quelque chose de tranchant – sans succès. Il testa alors le tissu avec ses ongles ; l'étoffe était grossière, rugueuse : impossible à déchirer.

Devinant que les Gzhindra avaient fait leur retour, il cessa complètement de bouger. Ils se tenaient tout près, au point qu'il pensait entendre leur souffle.

On souleva le sac ; la singulière excursion reprit. Reith se mit à transpirer. Quelque chose était sur le point de se produire…

Le sac ne cessait de se balancer au bout d'une corde. Le Terrien sentit qu'on le descendait – plus bas, toujours plus bas, jusqu'à une profondeur incommensurable. La chute s'interrompit dans une secousse, qui fit lentement osciller le sac à la manière d'un pendule. L'écho lointain d'un gong lui parvint, grave, mélancolique.

Reith joua des pieds et des mains, soudain pris d'un horrible accès de claustrophobie. Il haletait, ruisselait de sueur, incapable de reprendre son souffle – sombrer dans la folie devait sans doute ressembler à cela. Secoué de sanglots, il finit néanmoins par se ressaisir. Rassemblant toutes ses forces mentales, il se força à réfléchir. Le gong était un signal destiné à appeler quelqu'un – ou quelque chose. Ce fut également en vain qu'il explora le sac. Il lui fallait un outil, du métal, une lame, une pointe ! Le Terrien se passa en revue de la tête aux pieds. Sa ceinture ! Au prix d'un effort presque surhumain, il parvint à la déboucler, à se servir de l'ardillon pour faire un accroc dans le tissu, puis à agrandir suffisamment la déchirure pour dégager sa tête et ses épaules. Jamais de toute son existence il n'avait éprouvé un tel sentiment d'exultation. Même s'il devait mourir d'un moment à l'autre, au moins aurait-il triomphé de ce sac !

Et d'autres victoires lui semblaient du domaine du possible. Reith se trouvait dans une caverne irrégulière, mal éclairée par quelques pastilles qui émettaient une lueur bleuâtre. Le sac frottait presque le sol ; le souvenir de la descente, et de l'ultime secousse, faillit faire vomir le Terrien. Il entreprit de s'extraire de sa prison de tissu, pour enfin se retrouver debout, ses membres tremblants de crampes et de fatigue. Un son lointain brisa le silence de mort qui régnait dans ce monde souterrain. Quelque chose bougeait. Ou quelqu'un.

La corde se perdait dans les ténèbres qui le surplombaient – une cheminée, apparemment. Quelque part là-haut il devait y avoir une ouverture donnant sur l'extérieur. Mais à quelle distance ? Il se livra à un calcul sommaire : bien plus de trente mètres, à en juger par les oscillations du sac pendant la descente, dont l'amplitude était d'une grosse dizaine de secondes.

Reith examina les lieux, les oreilles aux aguets. Quelqu'un allait venir pour répondre à l'appel du gong. Il s'intéressa de nouveau à la corde. À l'autre extrémité, c'était le monde extérieur. Il l'empoigna, commença à grimper, s'éleva péniblement dans l'obscurité. Le sac et la caverne appartinrent bientôt à un autre univers : le Terrien se retrouvait à présent enveloppé de ténèbres.

Ses mains le brûlaient, les muscles de ses épaules commençaient à le lâcher. Enfin, il atteignit l'extrémité de la corde. À tâtons, il découvrit qu'elle passait à travers une plaque métallique reposant sur deux lourdes traverses. Une espèce de trappe, qu'il lui serait évidemment impossible de soulever tant que son poids pèserait au bout de la corde… Sentant ses forces l'abandonner, il entortilla ses jambes autour et tendit le bras. Sa main rencontra une corniche, large d'une trentaine de centimètres, qui servait de support à la longrine de la trappe. Il prit un minuscule instant de repos – le temps lui était compté –, puis balança une jambe de côté et tenta d'exécuter un téméraire rétablissement. L'espace d'une interminable seconde, il éprouva une atroce impression de chute. Bandant désespérément ses muscles, le cœur battant, il parvint finalement à se hisser sur la corniche, pour s'y allonger, le souffle court, le cœur au bord des lèvres.

Une minute s'écoula, presque assez longtemps pour que la corde s'immobilise. Reith voyait sous ses pieds quatre lueurs dansantes approcher. En équilibre instable, il s'efforça de soulever la plaque. Lourde, massive – autant vouloir pousser une montagne ! Il revint à la charge, sans ménager sa peine – mais en vain. Les lampes se trouvaient à présent juste sous son corps, portées par quatre silhouettes indistinctes. Reith se colla contre la poutrelle.

Les quatre formes se déplaçaient avec lenteur, dans un silence surnaturel, telles d'improbables créatures sous-marines. Elles vinrent examiner le sac – et le découvrirent vide. Reith pouvait les entendre murmurer, *grommeler*, voir leurs lampes vaciller un peu partout. Comme mues par une impulsion commune, toutes levèrent alors la tête en même temps. Reith s'aplatit aussitôt contre le métal, pour dissimuler la tache claire que formait son visage. Les faisceaux lumineux le balayèrent, se posèrent sur la trappe – ce qui lui permit de constater que quatre valets d'arrêt la maintenaient fermée –, puis partirent explorer les parois du puits. Les quatre individus sous ses pieds échangeaient des paroles perplexes. Après une ultime inspection de la caverne et de la cheminée, ils repartirent comme ils étaient venus, en faisant danser leurs lampes de droite à gauche.

Reith, tapi tout là-haut dans les ténèbres, se demandait s'il n'était pas encore en train de rêver.

Mais sa triste situation n'était malheureusement que trop réelle : il était pris au piège. Aurait-il eu des semaines devant lui que la trappe persisterait à lui résister. Et rester accroché ici, à la manière d'une chauve-souris, ne lui semblait guère être une option. Il lui fallait prendre une décision, quoi qu'il puisse advenir. Il jeta un coup d'œil au couloir ; les quatre feux follets dansants étaient déjà presque invisibles. Il se laissa glisser le long de la corde et, une fois à terre, se lança à leur poursuite à longues foulées souples. Les pastilles bleuâtres dispensaient une lueur plus faible que celle de la lune, mais néanmoins suffisante pour révéler un chemin qui serpentait entre les saillies rocheuses bordant le passage.

Reith ne mit pas longtemps à rattraper les quatre individus, qui progressaient avec lenteur en lançant des regards perplexes de tous côtés. Une euphorie délirante commença à l'envahir, comme s'il était invulnérable d'avoir déjà péri. L'idée le traversa de ramasser un caillou et de le balancer sur le quatuor. Il nageait en pleine hystérie ! Pareille pensée le refroidit aussitôt. S'il voulait survivre, il allait devoir se ressaisir.

Les inconnus continuaient d'avancer sans hâte, apparemment décontenancés, en échangeant des commentaires à voix basse. Passant furtivement d'un pan d'ombre au suivant, Reith se rapprocha d'eux autant qu'il l'osa, pour passer à l'action si d'aventure l'un d'eux se détachait du groupe. À part dans les oubliettes du château de Pera, où il n'avait fait qu'en entr'apercevoir un, c'était la première fois qu'il se retrouvait en présence de Pnume. À en juger par leur démarche et leur maintien, ceux-là semblaient humains.

La galerie débouchait sur une caverne taillée avec une irrégularité qui semblait presque intentionnelle – à moins que sa grossièreté ne dissimule un raffinement échappant à sa compréhension, comme pouvaient le laisser supposer les épaulements de quartz pailletés de scintillants cristaux de pyrite.

L'endroit avait tout l'air d'être un carrefour, une jonction, un lieu d'importance ; trois autres galeries en partaient. La zone centrale avait été recouverte de dalles lisses ; des granules noyés dans la masse de roc en surplomb émettaient une lumière un peu plus brillante que dans la caverne.

Un cinquième personnage se tenait debout près de la paroi. À l'instar des autres, il était vêtu d'une houppelande et d'un capuchon noirs qui dissimulaient ses traits. Reith, aplati à la manière d'un cafard, alla se dissimuler dans une poche d'obscurité. Le nouvel arrivant était lui aussi un Pnumekin, à en juger par son long visage aussi maussade que blanchâtre. Dans un premier temps, il ne prêta aucune attention aux quatre autres, qui le lui rendirent bien – un singulier rite d'indifférence mutuelle qui éveilla l'intérêt de Reith. Et puis, peu à peu, presque subrepticement, les cinq Pnumekin se rapprochèrent les uns des autres, sans jamais se regarder directement.

Un murmure de voix étouffées lui parvint ; le Terrien tendit l'oreille. À en juger par leurs intonations, ces créatures devaient parler le langage universel de Tschaï. Les quatre relatèrent la découverte du sac vide ; leur interlocuteur, sans doute un fonctionnaire ou un surveillant, laissa échapper un mouvement presque imperceptible de stupeur. Selon toute apparence, la retenue, la discrétion, l'allusion indirecte étaient les caractéristiques de base de la vie souterraine de Tschaï.

Ils traversèrent la salle d'un pas tranquille, pour pénétrer dans la caverne près de laquelle Reith se trouvait. Il se plaqua contre la paroi. Le groupe s'immobilisa à moins de trois mètres de lui, ce qui lui permettait à présent d'entendre leur conversation :

« … livraison, disait l'un d'une voix égale, circonspecte. Impossible de le savoir ; rien n'a été trouvé.

— Le couloir était vide, fit un autre. Si le détournement a eu lieu avant la descente du sac, ceci pourrait expliquer cela.

— Imprécision, rétorqua le surveillant. Le sac n'aurait dans ce cas pas été descendu.

— Dans tous les cas, l'imprécision demeure. La galerie était déserte.

— Il doit toujours se trouver là-bas, reprit le surveillant. Il ne peut être nulle part ailleurs.

— À moins qu'une galerie d'accès ne donne sur le passage, une galerie dont il aurait eu connaissance. »

Le surveillant se redressa, les bras ballants. « J'ignore l'existence d'une telle galerie. Pareille explication me semble difficilement concevable. Vous devez retourner faire un examen approfondi des lieux ; de mon côté, je vais creuser cette hypothèse de galerie secrète. »

Les préposés à la galerie repartirent d'un pas lent vaquer à leurs occupations, à la lumière de leurs lampes tressautantes. Le surveillant les suivit des yeux sans bouger. Reith se crispa : l'instant était critique. S'il se tournait dans sa direction, le Pnumekin le verrait presque certainement – il ne se trouvait après tout qu'à trois mètres de lui. Dans le cas contraire, le Terrien bénéficierait d'un sursis temporaire…

Il songea à passer à l'attaque. Mais les quatre autres étaient encore tout près : un cri, le moindre bruit, une rixe ne manquerait pas d'attirer leur attention. Il se maîtrisa donc, tant bien que mal.

Le surveillant lui tourna le dos. Sans hâte, il traversa la salle et s'engagea dans l'un des couloirs latéraux – suivi sur la pointe des pieds par le Terrien. Chaque paroi était en fait une corniche de pyroxilite ; un peu partout saillaient d'extraordinaires cristaux, certains d'un diamètre de trente centimètres, aux facettes rousses, brunâtres ou verdâtres qui étincelaient comme celles de diamants. On les avait polis avec art ; d'énormes efforts avaient été consacrés à l'ornementation de ce couloir. Les cristaux pouvaient en outre faire office de cachettes bien commodes. D'un pas furtif, Reith s'élança sur les talons du Pnumekin, dans l'espoir de lui sauter dessus à l'improviste et de le menacer de lui ôter la vie – un plan grossier, désespéré, mais rien de mieux ne lui venait à l'esprit. Le Pnumekin s'immobilisa ; le cœur battant, Reith bondit derrière un amas de cristaux semblables à des olives miroitantes. Après avoir scruté les deux côtés du tunnel, la créature s'approcha de la paroi, toucha un petit cristal, puis un second. Un segment du mur s'escamota, pour revenir en place sitôt que le surveillant eut pénétré dans l'ouverture. Reith s'en voulut à mort. Pourquoi avait-il tergiversé ? Il aurait dû profiter de la pause du Pnumekin pour se jeter sur lui.

Le Terrien scruta les deux côtés du couloir. Personne en vue. Il s'élança au pas de course, parcourut une centaine de mètres – et faillit tomber dans un large puits creusé au beau milieu de la galerie. Tout au fond palpitaient de pâles lueurs jaunâtres, qui lui permettaient d'y distinguer des objets en mouvement, aussi volumineux qu'impossibles à identifier.

Reith retourna à l'endroit où le Pnumekin avait disparu. Des projets délirants se bousculaient dans sa tête. Dans une situation aussi désespérée que la sienne, toute initiative comportait sa part de risques – mais l'inaction n'arrangerait certainement pas les choses. Il tendit un bras vers la pierre, la palpa comme l'avait fait le Pnumekin. La porte se rouvrit. Reith recula d'un pas, prêt à tout. Puis son regard plongea dans une pièce d'une dizaine de mètres de diamètre, sans doute une salle de conférence, à en croire son ameublement : une table centrale, des bancs, des étagères et des vitrines.

La porte se referma derrière lui dès qu'il en eut franchi le seuil. Des granules lumineux saupoudraient la voûte ; les murs avaient été soigneusement abrasés et taillés de manière à mettre en valeur la structure cristalline du rocher. À droite s'ouvrait un couloir ogival recouvert d'un enduit blanc.

Du couloir lui parvint une espèce de martèlement saccadé, un son qui charriait une impression d'urgence. Reith, déjà aussi crispé qu'un cambrioleur, se mit frénétiquement en quête d'une cachette ; il se précipita vers le placard pour se tapir derrière les houppelandes noires suspendues à des crochets. Elles dégageaient une odeur musquée qui faillit le faire vomir. Le Terrien se blottit tant bien que mal dans cet espace exigu, referma la porte, puis colla son œil à un interstice.

Le temps se figea ; la tension nerveuse nouait le ventre du Terrien. Enfin, le surveillant Pnumekin revint dans la salle, apparemment plongé dans ses réflexions. Son étrange bonnet assombrissait ses traits austères, qui présentaient – Reith ne put s'empêcher de le remarquer – une régularité presque classique. Il se prit à songer aux autres créatures pseudo-humaines qui peuplaient Tschaï ; toutes avaient plus ou moins muté pour se conformer à l'image de leur race-hôte : les Hommes-Dirdir, des créatures absurdes, sinistres ; les Hommes-Chasch, des abrutis grossiers ; les Hommes-Wankh, des êtres vénaux qui s'enorgueillissaient de leur supposée supériorité ; mais chez tous, sauf peut-être les Hommes-Dirdir Immaculés, l'essence humaine demeurait intacte. Les Pnumekin, quant à eux, n'avaient pas subi d'évolution physique perceptible – mais leur psychisme s'était modifié ; ils paraissaient aussi distants que des spectres.

La créature – Reith était incapable de la considérer comme un homme – se tenait parfaitement immobile ; elle se trouvait malheureusement juste un peu trop loin du placard pour permettre au Terrien de lui bondir dessus.

Reith commençait à avoir des crampes. Il changea de position, ce qui produisit un faible bruit. Pris d'une sueur froide, il recolla son œil à la fente. Le Pnumekin semblait perdu dans sa rêverie. Ah ! si seulement il pouvait faire un pas ! *Oui… Viens plus près ! Plus près…* Une pensée perturbante lui traversa alors l'esprit : et si cette créature refusait de céder à une menace de mort ? Peut-être était-elle dépourvue de toute capacité à ressentir la peur… Le portail s'ouvrit alors sur un nouveau Pnumekin – l'un des préposés aux galeries. Tous deux détournèrent la tête, s'ignorant l'un l'autre. Le nouveau venu se mit à parler tout doucement, comme s'il rêvait tout haut : « Impossible de retrouver la livraison. La galerie a été inspectée, tout comme la cheminée. »

Aucune réaction du surveillant. S'ensuivit un long silence fantasmagorique, qui n'aurait pas déparé dans un rêve.

L'autre finit néanmoins par reprendre la parole : « Il n'aurait pas pu nous échapper. Soit la livraison n'a pas été effectuée, soit il s'est échappé par une galerie dont nous n'avons pas connaissance. Ce sont les deux seules possibilités.

— L'information est notée, fit le surveillant. Il faudrait mettre en place des contrôles de transit au Niveau Ziad, à Zud-Dan-Ziad, au Nodule Ferstan Six, au Nodule Lul-lil ainsi qu'à la Station de la Perpétuation.

— Il en sera fait ainsi. »

Un Pnume entra par une ouverture située hors du champ de vision de Reith. Les Pnumekin ne lui prêtèrent aucune attention – ils ne lui firent même pas l'aumône d'un regard. Le Terrien examina la créature bizarrement articulée : c'était le premier Pnume qu'il voyait, à l'exception de celui qu'il avait fugitivement entr'aperçu dans les ténèbres des oubliettes de Pera. La créature avait à peu près la taille d'un homme et, en dépit de sa volumineuse houppelande noire, dégageait une impression de sveltesse, voire de fragilité. Ses orbites disparaissaient dans l'ombre de sa capuche. Son visage, de la forme et de la teinte d'un crâne de cheval, n'arborait aucune expression ; un ensemble complexe d'organes de broyage et de mastication entourait une bouche presque invisible. Ses jambes étaient articulées à l'inverse de celles des êtres humains – on aurait dit qu'il avançait à reculons. Des points noirs et rouges mouchetaient ses étroits pieds nus ; trois orteils incurvés tapotaient le sol, comme un homme pourrait pianoter de nervosité.

« Il est anormal qu'une livraison se résume à un sac vide, dit le surveillant sans s'adresser à personne en particulier. Le couloir et la cheminée ont été fouillés ; soit le spécimen n'a pas été livré, soit il s'est évadé en utilisant une galerie secrète de Qualité Sept, ou supérieure. »

Un long silence accueillit ces paroles. Puis s'éleva la voix du Pnume, un murmure rauque, étouffé : « Vérifier la livraison m'est impossible. L'existence de galeries supérieures à la Qualité Dix est concevable, mais cela dépasse l'étendue de mes secrets[1]. Il serait opportun de s'informer auprès du Gardien de Section[2].

— Il s'agit donc d'un spécimen d'intérêt ? » s'enquit le surveillant non sans une certaine curiosité.

Les orteils du Pnume tambourinèrent avec une virtuosité digne d'un pianiste. « Il est destiné à la Perpétuation. C'est une créature originaire d'une planète d'Hommes contemporaine. Décision a été prise de l'enlever. »

Reith, à l'étroit dans son placard, se demanda pourquoi ladite décision avait mis si longtemps à être prise. Il chercha une position plus confortable, grinçant des dents, si grande était son appréhension

---

1. Traduction approximative d'un terme exprimant un *corpus* de traditions bien déterminées correspondant à un statut particulier. Dans le contexte de la société pnume, les acceptions du mot *secret* deviennent plus précises.

2. Autre transposition grossière d'un concept intraduisible : ce titre, sur Tschaï, implique une érudition supérieure liée à une autorité et à un statut élevés.

de produire le moindre bruit. Le Pnume avait disparu lorsqu'il recolla son œil à l'interstice. Le surveillant et le préposé demeuraient silencieux, s'ignorant mutuellement.

Un laps de temps indéterminable s'écoula. Reith sentait ses muscles se contracter, mais à présent il n'osait plus changer de position. Il prit une longue inspiration, et se résigna à attendre.

De temps à autre, les Pnumekin murmuraient quelques paroles qui semblaient ne s'adresser à personne. Le Terrien saisit quelques fragments de phrases : « ... la situation de la planète de l'Homme ; nous n'avons aucun moyen de savoir... », « ... des barbares résidant à la surface, aussi déments que des Gzhindra... », « ... spécimen précieux, introuvable... ».

Le Pnume réapparut, suivi d'un de ses congénères – une créature de haute taille, efflanquée, qui se déplaçait d'une démarche vulpine. Il portait une boîte rectangulaire, qu'il posa délicatement sur un banc à moins d'un mètre du Terrien ; après quoi il parut se perdre dans ses réflexions. Quelques instants plus tard, le préposé de statut inférieur prit la parole : « Le sac est généralement rempli quand le gong signale une livraison. Un sac vide est source de perplexité. La livraison n'a manifestement pas été effectuée – ou alors le spécimen a accédé à une galerie secrète de Qualité supérieure à Dix. »

Le Gardien se retourna ; dans un ample mouvement de houppelande, il se mit à manipuler le fermoir de la boîte de cuir. Les deux Pnumekin et le premier Pnume s'intéressèrent pour leur part aux cristaux de la muraille.

Sitôt la boîte ouverte, le Gardien en sortit un porte-documents en souple cuir bleu. Après l'avoir ouvert avec un soin respectueux, il en feuilleta les pages, étudia un enchevêtrement de lignes colorées, puis le referma et le rangea. Après quelques instants de réflexion, il se mit à parler, d'une voix si ténue que Reith eut bien du mal à le comprendre : « Il existe une galerie de Qualité Quatorze. Elle s'étire sur neuf cents mètres vers le nord, descend, puis pénètre dans le Jha Nu. »

Les Pnumekin en restèrent cois. « Si le spécimen est parvenu au Jha Nu, fit alors le premier Pnume, il peut franchir le balcon, descendre par Oma Cinq et gagner le Grand Latéral Supérieur. Il lui serait alors possible de bifurquer pour emprunter la Montée Bleue, voire le Belvédère de Zhu, et ainsi d'atteindre le *ghaun*[1].

— À condition qu'il ait connaissance des secrets, fit observer le Gardien. Si l'on admet qu'il a emprunté une galerie de Qualité Quatorze, on peut tout aussi bien concevoir le reste. Quant à savoir comment nos secrets ont été relevés – si tel est bien le cas…

— Déconcertant, murmura le préposé.

— Si un *ghian*[2] a connaissance des secrets de Qualité Quatorze, ajouta le surveillant, comment ceux-ci pourraient-ils être à l'abri des Dirdir ? »

Les orteils des deux Pnume se mirent à tambouriner sur le sol de pierre.

---

1. Région sauvage exposée aux vents et aux intempéries. Dans le langage particulier des Pnume : la surface de Tschaï. Ce vocable évoque alors l'idée de vulnérabilité, de vide oppressant et de désolation.
2. Habitant du *ghaun*. Celui qui vit à la surface.

« Ce qui s'est passé reste incompréhensible, enchaîna le surveillant. L'examen de la galerie devrait nous en apprendre davantage. »

Les préposés de rang inférieur furent les premiers à sortir. Le surveillant, qui semblait plongé en pleine réflexion, ne tarda pas à les suivre, laissant là deux Pnume aussi immobiles, aussi rigides que des insectes. L'un d'eux s'éclipsa à son tour, de ses grandes foulées souples caractéristiques. Le Gardien semblait par contre décidé à rester sur place. Reith se demanda un instant s'il devait profiter de l'occasion pour tenter de le maîtriser, pour finalement y renoncer. Si les Pnume s'avéraient aussi puissants que les Phung, il partirait avec un terrible handicap. Autre problème : le Pnume céderait-il à la menace ? Impossible de le savoir – mais le Terrien en doutait fort.

Le Gardien souleva la boîte de cuir, inspecta la pièce avec la plus grande attention. Il semblait écouter quelque chose. Avec une brusquerie inaccoutumée, il transporta soudain son bien jusqu'à une partie vierge du mur, sous les yeux fascinés du Terrien. Du bout de ses orteils, le Pnume effleura alors délicatement trois protubérances ; une section de la paroi s'ouvrit aussitôt, révélant une cavité à l'intérieur de laquelle il déposa le coffret. La roche se referma, sans laisser la moindre fente sur le mur. Et le Pnume quitta à son tour la salle.

3

La pièce était déserte. Reith sortit tant bien que mal du placard, traversa la pièce d'un pas boitillant. Le mur ne présentait aucune fissure, pas la moindre lézarde. Un véritable travail d'orfèvrerie microscopique.

Le Terrien se pencha pour effleurer les trois protubérances. La paroi bascula aussitôt. Il s'empara de la boîte, hésita un bref instant avant de l'ouvrir et d'y récupérer le porte-documents. Dans le placard, il dénicha une caisse de petites bouteilles sombres, qui devaient faire à peu près le même poids ; Reith la glissa dans la boîte et rangea le tout dans la cavité. Il retoucha les protubérances ; la paroi se referma aussitôt, pour ne laisser visible qu'un mur de pierre.

Le porte-documents avait incontestablement de la valeur. Si Reith parvenait à échapper à ses poursuivants – et à déchiffrer l'écriture des Pnume, deux choses qui lui semblaient aussi improbables l'une que l'autre –, peut-être réussirait-il à découvrir un chemin vers la surface.

Il récupéra dans le placard une houppelande, qu'il revêtit aussitôt, ainsi qu'un chapeau un peu trop petit, qu'il parvint néanmoins à enfoncer sur sa tête à force de tirer sur le tissu. La propension des Pnumekin à éviter d'attirer l'attention allait lui rendre un fier service ; personne ne souhaitait plus que lui-même passer inaperçu ! Il lui fallait à présent trouver un endroit isolé pour y étudier à loisir les documents contenus dans le porte-documents. Après avoir glissé celui-ci dans sa veste, il quitta la salle par le couloir plâtré de blanc, progressant à pas de loup tels les Pnumekin qu'il avait croisés.

La galerie était déserte. Elle aboutissait à un balcon qui dominait une vaste pièce bourdonnante d'activité.

Le sol de la salle se trouvait environ six mètres plus bas. Ses murs étaient recouverts de diagrammes et d'idéogrammes ; au centre, de jeunes Pnumekin faisaient de l'exercice : Reith était tombé sur une école.

Tapi comme il l'était dans la pénombre, le Terrien pouvait observer ce qu'il surplombait sans craindre d'être découvert. Il y avait là trois groupes de vingt enfants des deux sexes, vêtus comme leurs aînés de houppelandes noires et de capuchons aux bords rabattus. Leurs petits visages blancs émaciés affichaient une gravité presque cocasse. Aucun ne parlait ; les yeux perdus dans le vide, ils marchaient solennellement à la queue leu leu, se livrant apparemment à quelque exercice de gymnastique. Trois femmes Pnumekin d'un âge indéfinissable s'occupaient d'eux – elles ne se différenciaient des hommes que par leur taille inférieure et leurs traits un peu moins durs.

Les enfants ne cessaient de tourner en rond ; seul le bruit de leurs pas traînants venait briser le silence. Il n'y avait décidément aucune information à glaner ici, songea le Terrien. D'un regard circulaire, il fit le tour des lieux, puis partit sur sa gauche. Le tunnel voûté dans lequel il s'était engagé débouchait sur un autre balcon surplombant une salle encore plus vaste que la première – un réfectoire. Des tables et des bancs s'y trouvaient disposés, mais l'endroit était désert à l'exception de deux Pnumekin assis très loin l'un de l'autre, tous deux penchés sur leur écuelle de bouillie – une vue qui lui fit prendre conscience de sa faim.

Un bruit lui parvint. Deux Pnumekin apparurent sur le balcon, l'un après l'autre ; le cœur de Reith se mit à battre si fort dans sa poitrine qu'il craignit de se faire repérer. Tête baissée, épaules rentrées, le Terrien repartit d'une démarche qu'il espérait suffisamment similaire à celle d'un Pnumekin. Les deux individus le croisèrent en détournant les yeux, leurs pensées à mille lieues de sa petite personne.

Un peu ragaillardi, Reith reprit sa progression dans la galerie, qui ne tarda pas à s'élargir pour devenir une sorte d'esplanade à peu près circulaire où convergeaient trois tunnels. Des marches taillées dans la roche grise conduisaient au niveau inférieur.

Les tunnels mal éclairés étaient trop sinistres pour lui paraître prometteurs. Reith hésita, fatigué, conscient du caractère dérisoire de ses efforts. Les diagrammes n'allaient pas lui servir à grand-chose. Ce dont il avait besoin, c'était de l'assistance – consentante ou pas – d'un Pnumekin. Et de quelque chose à manger ; son estomac criait famine. Il se rendit à pas de loup à l'escalier, qu'il se mit à descendre après quelques secondes d'indécision. Chaque marche, il le savait, l'éloignait un peu plus de la surface. Il parvint à une petite pièce attenante au réfectoire. Une porte y donnait sur ce qui ressemblait à une cuisine ; le Terrien passa prudemment une tête de l'autre côté. Les Pnumekin qui s'activaient derrière des plans de travail préparaient vraisemblablement à manger pour les enfants de la salle d'exercice.

Reith battit à regret en retraite, pour s'enfoncer dans une galerie latérale silencieuse, à peine éclairée par les quelques grains lumineux qui scintillaient au plafond. Au bout d'une trentaine de mètres, le passage s'incurvait pour s'achever brutalement par un puits. Des profondeurs lui parvint un gargouillement d'eau courante – vraisemblablement une espèce de vide-ordures. Reith s'arrêta un instant pour réfléchir. Où aller ? Que faire ? Il se décida finalement à rebrousser chemin, pour retourner à la petite antichambre. Il y découvrit une minuscule réserve dans laquelle s'empilaient des caisses, des sacs et des cartons. Des vivres, à n'en pas douter. Il hésita ; les cuisiniers devaient y passer fréquemment. Les enfants émergèrent alors en file indienne de la salle d'exercice, l'air morne, les yeux au sol. Le Terrien s'empressa de retourner dans la réserve : ces gosses ne manqueraient pas de percevoir son aspect insolite bien plus rapidement que des adultes. Il alla se recroqueviller au fond, derrière une pile de cartons ; certainement pas la plus sûre des cachettes, mais pas non plus totalement précaire. Si quelqu'un pénétrait les lieux, Reith avait quand même de bonnes chances d'échapper à son attention. À présent un peu plus détendu, il sortit le porte-documents en cuir, l'ouvrit – pour y découvrir des feuillets en vélin d'une admirable finesse : les notations cartographiques étaient imprimées avec un soin méticuleux en noir, en rouge, en bistre, en vert et en bleu pâle, mais cet enchevêtrement de lignes ne lui apportait aucune information – pas plus que les légendes, rédigées en caractères indéchiffrables. Il referma donc à regret le porte-documents, qu'il glissa sous sa veste.

Les enfants allaient prendre des bols sur le comptoir qui se trouvait à l'entrée la cuisine, puis regagnaient le réfectoire.

Reith les observait par un interstice entre deux cartons, torturé par la faim et la soif. Il ouvrit un des sacs, pour y découvrir des gaufrettes d'herbe à pèlerin séchée – un aliment fort nutritif, mais guère appétissant. Quant aux cartons, ils contenaient des tubes remplis d'une pâte noire très grasse, à la saveur aussi rance que piquante – sans doute un condiment. L'attention du Terrien se porta de nouveau sur le plan de travail. Les derniers enfants avaient gagné le réfectoire avec leurs écuelles. L'office était désormais désert, mais sur le comptoir restait une demi-douzaine de bols et de flacons. Sans vraiment réfléchir, Reith sortit de la réserve, rentra les épaules, alla prendre dessus une écuelle et une bouteille, puis regagna précipitamment sa cachette. Le bol contenait une bouillie d'herbe à pèlerin cuisinée avec des espèces de graines de raisin, des morceaux de viande pâle et deux tiges d'un genre de céleri. En fait de boisson, le liquide de la bouteille était une bière légèrement pétillante, à l'âpreté nullement désagréable. À son goulot étaient accrochées six gaufrettes arrondies, auxquelles Reith trouva un goût particulièrement écœurant. Il mangea la bouillie, but la bière – et se félicita de son esprit de décision.

Six enfants plus âgés entrèrent alors dans l'office – des adolescents sveltes, détachés, perdus dans leurs pensées, *a priori* des filles si Reith se fiait à ce qu'il pouvait en voir entre les cartons. Cinq passèrent devant le comptoir pour prendre leur écuelle et leur bouteille. La dernière s'immobilisa devant, perplexe de ne rien y trouver. Non sans quelque remords, le Terrien s'avisa qu'il avait volé – et dévoré – son dîner.

Ses congénères allèrent s'installer dans le réfectoire, la laissant à ses interrogations.

Cinq minutes s'écoulèrent. Elle demeurait immobile, les yeux fixés au sol, sans prononcer un mot. Des mains invisibles finirent par poser devant elle un autre bol et un autre flacon. La jeune Pnumekin les récupéra, puis se rendit à pas lents dans le réfectoire.

Reith se sentait de plus en plus mal à l'aise. Il décida de retourner aux escaliers, pour y choisir une galerie qui, l'espérait-il, le conduirait à un Pnumekin solitaire – et bien informé – susceptible d'être sensible à des menaces de mort. Alors même que le Terrien se levait, les enfants commencèrent à quitter le réfectoire – il battit donc aussitôt en retraite. Un par un, ils regagnèrent sans bruit la salle d'exercice. Reith risqua un nouveau coup d'œil – et battit encore une fois en retraite : c'était à présent au tour des cinq filles les plus âgées de sortir du réfectoire. Elles se ressemblaient autant que des mannequins fabriqués à la chaîne : élancées, bien droites, la peau aussi pâle, aussi mince que du parchemin, des sourcils incurvés noirs comme du charbon, des traits réguliers bien qu'un peu pointus. Elles portaient les inévitables houppelandes et capuchons à bords rabattus, qui soulignaient l'étrangeté de leurs corps *humains* qui n'avaient rien de terrestres. Il aurait pu s'agir de cinq copies de la même personne, songea Reith, qui s'avisa aussitôt que chacune devait certainement se distinguer des autres, par des détails trop subtils pour sa propre compréhension ; et à l'instar de leurs congénères, toutes devaient avoir le sentiment de se trouver au centre du cosmos.

L'office était désert. Reith émergea de sa cachette et gagna l'escalier à grandes et rapides foulées. Juste à temps : l'un des cuisiniers sortait de la cuisine pour se rendre dans la réserve. Si le Terrien avait attendu quelques secondes de plus, on l'aurait découvert. Le cœur battant, il se lança à l'assaut des marches… et s'arrêta net, en retenant son souffle. De l'étage lui était parvenu un léger bruit de pas étouffés. Il se figea sur place. Le son se rapprochait. Sur les marches apparurent les deux pieds mouchetés de rouge et de noir d'un Pnume, suivis par une cape noire claquante. Le Terrien battit hâtivement en retraite, pour faire halte au pied de l'escalier, indécis. Où aller ? Il regarda frénétiquement tout autour de lui. Dans la réserve, le cuisinier puisait avec une louche des gousses d'herbe à pèlerin dans un sac. Les enfants occupaient la salle d'exercice. Reith n'avait donc guère le choix : la tête rentrée dans ses épaules, il pénétra d'une démarche feutrée à l'intérieur du réfectoire. À l'une des tables centrales était installée une jeune Pnumekin – celle dont il avait réquisitionné le repas. Le Terrien alla s'asseoir là où il s'estimait le moins exposé et attendit, le dos ruisselant de sueur, conscient que son déguisement de fortune ne résisterait pas à une inspection un tant soit peu sérieuse.

Plusieurs minutes s'égrenèrent, dans un silence absolu. La jeune Pnumekin s'attardait au-dessus du paquet de gaufrettes, qui semblaient particulièrement à son goût. Elle finit néanmoins par se lever, manifestement prête à quitter les lieux. Reith baissa la tête – trop brusquement, trop sèchement : un mouvement à l'évidence *discordant*. La jeune femme se retourna pour lui décocher un regard stupéfait, sans pour autant le fixer directement ; même en cet instant, son conditionnement s'imposait à elle. Mais elle le vit néanmoins. Et comprit. Un bref instant, elle se figea, atterrée, une expression d'incrédulité peinte sur ses traits ; puis elle poussa un petit cri de terreur et se mit à courir. Reith lui bondit instantanément dessus, plaqua une main sur sa bouche et la poussa contre le mur.

« Tais-toi ! marmonna-t-il. Ne fais pas le moindre bruit ! Tu as compris ? »

Elle le regardait avec hébétude, terrorisée. Le Terrien la secoua un peu. « Ne fais pas le moindre bruit ! Tu m'as compris ? Hoche la tête si c'est le cas ! »

Elle parvint non sans peine à acquiescer ; Reith retira donc sa main. « Écoute ! lui souffla-t-il. Et écoute attentivement ! Je suis un homme de la surface. On m'a kidnappé pour me conduire ici. J'ai échappé à mes ravisseurs, et je veux à présent retourner là-haut. Tu m'entends ? (Elle ne répondit rien.) Est-ce que tu comprends ? *Réponds !* » De nouveau, il secoua sans ménagement ses frêles épaules.

« Oui.

— Sais-tu comment rejoindre la surface ? »

Elle baissa la tête en direction du sol. Reith jeta un coup d'œil du côté des cuisines ; si jamais l'un des cuisiniers devait regarder dans le réfectoire, tout serait perdu. Et quid du Pnume qui descendait les escaliers un peu plus tôt ? Et le balcon ! Il avait oublié le balcon ! Dans un frisson de terreur, il entreprit de scruter les ombres qui le surplombaient. Personne… Mais ils ne pouvaient pas rester ici plus longtemps. Il agrippa la fille par le bras.

« Viens ! Et rappelle-toi : pas un bruit ! Ou tu t'en repentiras. »

Il la poussa le long du mur en direction de l'entrée. L'office était désert. De la cuisine leur parvinrent des bruits de meulage et des tintements de casseroles. Aucun signe du Pnume.

« Monte ces marches », lui souffla le Terrien.

Elle s'apprêta à protester ; il la rebâillonna de sa paume et l'entraîna jusqu'à l'escalier. « Monte ! Si tu fais ce que je te dis, tu n'auras rien à craindre de moi !

— Va-t'en, murmura-t-elle d'une voix égale.

— Je ne demande pas mieux, grommela Reith avec véhémence. Mais je ne sais pas où aller !

— Je ne peux pas t'aider.

— Ce n'est pas comme si je te laissais le choix. Les escaliers… et plus vite que ça ! »

Soudain, elle se tourna et s'élança dans l'escalier, d'une allure si légère qu'elle semblait presque flotter. Pris par surprise, Reith se précipita à ses trousses, mais elle parvint à le distancer dans l'une des galeries. De désespoir, elle fuyait ; et Reith, tout aussi désespéré, la poursuivait. Il finit par la rattraper, la poussa contre la paroi – elle en eut le souffle coupé. Le Terrien inspecta les deux côtés du couloir. Personne en vue, à son grand soulagement. « Tu as envie de mourir ? murmura-t-il d'une voix sifflante à l'oreille de la jeune Pnumekin.

— Non !

— Alors, fais exactement ce que je te dis de faire ! »

Il espérait que la menace suffirait à la convaincre ; de fait, le visage de sa captive s'affaissa, et ses yeux s'écarquillèrent.

« Que veux-tu que je fasse ? finit-elle par lui demander, au prix d'un effort manifeste.

— D'abord, que tu me conduises dans un endroit tranquille où personne ne risquera de venir nous déranger. »

Les épaules de la jeune femme s'affaissèrent. Elle se mit en marche. « Où me conduis-tu ? s'enquit Reith avec méfiance.

— À la salle du châtiment. »

Quelques instants plus tard, elle s'engagea dans une galerie latérale, qui déboucha presque aussitôt sur une pièce circulaire. La Pnumekin s'approcha de deux cabochons de silex noir – qu'elle enfonça après avoir jeté un coup d'œil par-dessus son épaule, telle une sorcière de conte de fées. Un portail s'ouvrit dans le mur ; elle s'empressa de passer de l'autre côté, Reith sur ses talons. Un panneau diffusa une lumière tamisée dès qu'elle eut effleuré un commutateur.

Tous deux se trouvaient sur un rebord dominant un profond précipice. Une sorte de mât de charge insectoïde surplombait l'abîme ténébreux. Une corde était fixée à son extrémité.

Reith se tourna vers la jeune femme ; elle lui rendit sans rien dire son regard, avec une indifférence mi-effrayée, mi-renfrognée. Le Terrien passa derrière la potence et se pencha précautionneusement au-dessus du gouffre. Un courant d'air froid vint aussitôt lui gifler le visage ; il s'empressa de reculer. La fille ne bougeait pas d'un pouce – Reith, qui la soupçonnait d'être en état de choc, retira le capuchon qui enserrait son propre crâne. Elle se rencogna contre la paroi. « Pourquoi l'enlèves-tu ?

— Parce qu'il me gêne », répondit Reith.

Son regard se détourna de lui pour aller se perdre dans les ténèbres. « Que veux-tu que je fasse ? lui demanda-t-elle d'une petite voix étouffée.

— Conduis-moi à la surface, et le plus vite possible. »

Comme elle ne lui répondait rien, Reith se demanda si elle l'avait entendu. Il essaya de croiser son regard ; elle détourna aussitôt la tête. Le Terrien lui ôta donc sa capuche, pour découvrir un visage étrange, presque inquiétant, au milieu duquel une bouche exsangue frémissait sous l'effet de la panique. Plus âgée que ses formes à peine ébauchées ne le laissaient suggérer, elle arborait un teint pâle et des traits trop communs, trop réguliers pour lui conférer la moindre personnalité. Ses cheveux noirs, courts et emmêlés, collaient à son crâne comme une calotte. Elle lui paraissait anémique, neurasthénique, à la fois humaine et non-humaine, féminine en même temps qu'asexuée.

« Pourquoi as-tu fait ça ? chuchota-t-elle.

— Sans raison particulière. Par curiosité, peut-être.

— C'est… intime », grommela-t-elle, avant de porter ses mains à ses joues minces. Reith haussa les épaules, indifférent à sa pudeur. « Je veux que tu me conduises à la surface.

— Je ne peux pas faire ça.

— Pourquoi ? »

Elle garda le silence.

« Tu as peur de moi ? lui demanda le Terrien avec douceur.

— Moins que du gouffre.

— Il pourrait avoir son utilité. »

Elle lui décocha un regard stupéfait. « Tu me précipiterais dedans ? »

Reith lui répondit d'une voix qu'il espérait menaçante : « Je suis un fugitif ; je ferai tout ce qu'il faudra pour regagner la surface.

— Je n'ose prendre le risque de t'aider. (Elle parlait d'une voix calme, distante.) Les *zuzhma kastchaï* me puniraient. (Elle se tourna vers le mât de charge.) L'obscurité est une chose terrible ; nous la redoutons plus que tout. Parfois, la corde est coupée, et on n'entend plus jamais parler du malheureux qui se trouvait au bout. »

Reith en resta comme deux ronds de flan. Interprétant son silence comme une sourde menace, la jeune femme reprit d'une voix empreinte d'humilité : « *Comment* pourrais-je t'aider, quand bien même je le voudrais ? Je ne connais que le chemin menant à la sortie du Belvédère Bleu – un chemin que je n'ai de toute façon pas le droit d'emprunter. (Elle réfléchit un instant, puis :) Moi, je pourrais encore me faire passer pour une Gzhindra. Mais toi… »

Le plan de Reith avait manifestement du plomb dans l'aile. « Alors, mène-moi vers une autre sortie.

— Je n'en connais pas d'autre. Ce sont là des secrets qu'on n'enseigne pas à mon niveau.

— Viens par ici, sous la lumière. Et regarde ceci. » Reith sortit le porte-documents, l'ouvrit, et le disposa devant elle. « Montre-moi l'endroit où nous sommes. »

Elle baissa les yeux sur le document, poussa une exclamation étranglée et se mit à trembler. « Qu'est-ce que c'est ?

— Quelque chose que j'ai pris à un Pnume.

— Les Pnume sont les Maîtres des Cartes ! C'en est fini de moi. Ils vont me jeter dans l'abîme !

— S'il te plaît, ne complique pas inutilement les choses ! Regarde ces plans, trouve-nous un itinéraire jusqu'à la surface, et conduis-y-moi. Ensuite, tu feras ce qu'il te plaira. Personne n'en saura rien. »

Elle le regardait avec épouvante. Il la secoua. « Qu'est-ce qui t'arrive ?

— J'ai vu les secrets », marmonna-t-elle d'une voix atone.

Reith n'était pas d'humeur à s'apitoyer sur des tracas aussi abstraits. « D'accord ; tu as vu les artes. Le mal est fait. Maintenant, regarde-les à nouveau et trouve-nous un chemin jusqu'à la surface ! »

Une expression étrange se peignit sur l'étroit visage de la jeune femme ; le Terrien se demanda si elle n'avait pas bel et bien sombré dans la folie. De tous les Pnumekin qui déambulaient dans les galeries, quelle ironie du sort avait voulu qu'il tombe sur une fille aussi instable affectivement ? Pour la première fois, elle vrillait sur lui des yeux inquisiteurs. « Tu es un *ghian* !

— Je vis à la surface, en effet.

— À quoi ressemble-t-elle ? Est-ce un lieu horrible ?

— La surface de Tschaï ? Tout n'y est pas rose.

— Je dois désormais devenir une Gzhindra.

— C'est toujours mieux que de vivre dans le noir.

— Il faut que je rejoigne le *ghaun*, lâcha-t-elle d'une voix morne.

— Et le plus tôt sera le mieux ! Maintenant, regarde cette carte et montre-moi où nous sommes.

— Je ne peux pas regarder ! gémit-elle. Je n'ose pas !

— Arrête ! lui lança brutalement le Terrien. Ce n'est que du papier.

— *Que* du papier ? Il grouille de secrets… de secrets de Classe Vingt ! Mon cerveau est trop petit pour les supporter ! »

Reith soupçonnait un début de crise de nerfs, quand bien même la voix de la Pnumekin était restée aussi douce que monotone. « Pour devenir un Gzhindra, il faut atteindre la surface. Pour atteindre la surface, il faut trouver une sortie – plus elle sera secrète et mieux cela vaudra. Nous avons là des cartes secrètes. La chance nous sourit. »

Elle finit par se calmer, risqua même un coup d'œil sur le porte-documents. « Comment t'es-tu procuré cela ?

— Je l'ai pris à un Pnume. » Il le poussa dans sa direction. « Sais-tu lire ces symboles ?

— J'ai appris à lire. » Elle se pencha précautionneusement sur les documents, pour se rejeter aussitôt en arrière avec effroi.

Reith se contraignit à faire preuve de patience. « Tu n'as jamais vu de cartes ?

— Je suis de Niveau Quatre. Je ne connais donc que les secrets de Classe Quatre. J'ai vu des cartes de Classe Quatre. Celle-ci est de Classe Vingt.

— Mais tu es capable de la déchiffrer ?

— Oui, fit-elle avec un âpre dégoût, mais je n'ose pas le faire. Seul un *ghian* s'aventurerait à étudier un document aussi puissant... (Sa voix se réduisit à un murmure.) Sans même parler de le voler...

— Qu'est-ce que les Pnumes feront quand ils s'apercevront de sa disparition ? »

Elle se tourna vers le gouffre. « Le noir, le noir, le noir... Je vais éternellement tomber dans le noir. »

Reith commençait à en avoir assez. Cette fille ne semblait capable de s'intéresser qu'aux seules pensées qui naissaient dans *sa* cervelle. Il attira de nouveau son attention sur la carte. « À quoi correspondent les couleurs ?

— Aux divers niveaux et plates-formes.

— Et ces symboles ?

— Les portes, les entrées, les routes secrètes, les points de contact, les stations de communication, les rampes, les issues, les postes d'observation…

— Fais-moi voir où nous sommes. »

À contrecœur, elle accommoda sa vision. « Pas cette feuille. Reviens en arrière. Encore… Encore… Là ! (Elle pointa précautionneusement un doigt, à quelques centimètres du feuillet.) La marque noire représente le gouffre, la ligne rose la corniche.

— Montre-moi l'itinéraire le plus direct pour atteindre la surface.

— Ça devrait être… Laisse-moi regarder. »

Reith parvint à esquisser un sourire songeur, presque détaché. Une fois distraite de ses malheurs, qui étaient bien réels, cette jeune personne savait finalement faire preuve d'une certaine passion. Elle avait même oublié son visage exposé.

« La sortie du Belvédère Bleu se trouve ici. Pour s'y rendre, il faudrait passer par ce tunnel latéral, puis emprunter cette rampe orange pâle. Mais il s'agit d'un secteur très fréquenté, bourré de guichets administratifs. Tu te ferais certainement prendre – et moi aussi, maintenant que j'ai vu les secrets. »

Un soupçon de remords effleura un instant l'esprit de Reith, en même temps qu'une prise de conscience de sa responsabilité. Il s'empressa de les chasser. Un cataclysme avait bouleversé son existence ; telle une épidémie, il avait également contaminé la petite Pnumekin. Peut-être songeait-elle à la même chose.

Elle lui décocha un nouveau coup d'œil en coin. « Comment as-tu fait pour venir du *ghaun* ?

— Les Gzhindra m'ont descendu dans un sac. J'en suis sorti avant l'arrivée des Pnumekin. Avec un peu de chance, ils en auront conclu que les Gzhindra leur avaient livré un sac vide.

— Alors qu'une des Grandes Cartes a disparu ? Jamais ceux des Abris[1] n'y toucheraient. Les *zuzhma kastchaï*[2] ne s'arrêteront pas avant de nous avoir tués tous les deux.

— Voilà qui me rend d'autant plus désireux de m'évader.

— Moi aussi, fit-elle avec une simplicité ingénue. Je n'ai aucune envie d'être précipitée dans les Profondeurs. »

Reith l'observa un moment, étonné qu'elle ne semble pas lui tenir rancune de sa présente situation. C'était comme s'il avait surgi dans sa vie telle quelque catastrophe naturelle – une tempête, un éclair foudroyant, une inondation – contre laquelle tout ressentiment, débat ou supplication aurait été pareillement inutile. Déjà, il notait un subtil changement d'attitude chez elle : ce fut avec un peu moins de réticence qu'elle se pencha sur la carte pour se remettre à l'étudier. D'un doigt, elle lui désigna une sorte de Y marron clair. « Là, c'est la sortie des Falaises, où s'effectuent les tractations commerciales avec les *ghian*. Je ne suis jamais allée aussi loin.

— Tu penses qu'il est possible de s'y rendre ?

— En aucun cas. Les *zuzhma kastchaï* se méfient des Dirdir. Leur vigilance ne se relâche pas un seul instant. »

---

1. Traduction inexacte d'un mot recouvrant les notions d'ordre millénaire, de calme, de sécurité, de dédale complexe.
2. Contraction d'une expression signifiant : *l'ancien peuple secret du monde issu de la roche noire et de la terre originelle.*

Reith posa le doigt sur un autre Y bistre. « Existe-t-il d'autres moyens d'atteindre la surface ?

— Oui. Mais s'ils te croient en cavale, ils vont établir des barrages là, là et là… Toutes les issues seront bloquées, y compris celles de la section d'Exa.

— Eh bien, il faudra passer ailleurs, dans ce cas. Par d'autres secteurs. »

Elle grimaça. « Je n'en connais aucun.

— Regarde la carte. »

Elle s'exécuta ; son doigt courut le long de l'entrelacs de lignes colorées, sans toutefois toucher directement le papier – sans doute était-ce encore trop tôt. « Je vois ici un chemin secret, de Qualité Dix-huit. Il relie le couloir que tu vois là-bas au Parallèle Douze – ça nous épargnerait la moitié du chemin. On pourra ensuite suivre n'importe laquelle de ces galeries pour atteindre les embarcadères. »

Reith se leva, remit son capuchon. « Est-ce que je ressemble à un Pnumekin ? »

Elle lui jeta un bref coup d'œil glacial. « Ton visage est étrange. Les intempéries du *ghaun* ont assombri ta peau. Frotte-toi la figure avec de la poussière. »

Elle le regarda sans broncher s'exécuter – le Terrien se demandait ce qui lui passait par la tête. La jeune femme s'était elle-même qualifiée de proscrite, de Gzhindra, sans paraître en souffrir exagérément. Était-elle en train d'ourdir quelque subtile trahison ? « Trahison »… Un terme peut-être impropre, s'avisa-t-il aussitôt. Elle n'avait aucun engagement envers lui, ne lui devait aucune loyauté – bien au contraire. Comment, dès lors, parviendrait-il à la contrôler une fois qu'ils se seraient engagés dans les galeries ? Il la dévisagea avec insistance ; une nervosité croissante se peignait sur ses traits. « Pourquoi me regardes-tu ainsi ? »

Reith lui tendit le porte-documents bleu. « Dissimule ça sous ta cape. »

Elle eut un sursaut d'épouvante. « Non !

— Il le faut.

— Je n'ose pas. Les *zuzhma kastchaï*…

— Cache les cartes sous ta cape, insista le Terrien d'une voix mesurée. Je suis un homme aux abois, et rien ne m'empêchera de regagner la surface. »

Elle prit le porte-documents d'une main flasque, se retourna et, après avoir jeté un coup d'œil méfiant à Reith par-dessus son épaule, le fourra sous sa houppelande. « Bon, allons-y, grommela-t-elle. Notre existence s'arrêtera là si jamais on se fait prendre. Même dans mes pires cauchemars, je ne suis jamais imaginée dans la peau d'une Gzhindra. »

Elle ouvrit la porte, inspecta la salle circulaire. « La voie est libre. N'oublie pas de marcher doucement sans te pencher en avant. On va devoir passer par la Jonction de Fêr, un lieu particulièrement fréquenté. Il va y avoir des *zuzhma kastchaï* absolument partout ; si jamais on en croise un, arrête-toi et va te réfugier dans la pénombre, ou tourne-toi vers le mur en signe de déférence. Ne fais pas de mouvements précipités ; et n'agite surtout pas les bras. »

Elle pénétra dans la salle ronde et s'enfonça dans la galerie. Reith la suivait cinq ou six pas derrière, en s'efforçant d'imiter l'allure des Pnumekin. Il avait beau avoir forcé la jeune femme à se charger des cartes, il n'en était pas moins à sa merci. Rien ne l'empêcherait de se précipiter en hurlant sur le premier Pnumekin qu'ils croiseraient, et de s'en remettre à la mansuétude des Pnume... Le Terrien n'avait plus son destin entre ses mains.

Ils parcoururent quelques centaines de mètres, gravirent une rampe, en descendirent une autre qui donnait sur une des galeries principales. Tous les six mètres, s'ouvraient dans la roche des portes étroites, chacune flanquée d'un piédestal cannelé au socle plat et poli dont la fonction échappait totalement à Reith. Enfin, le couloir s'élargit, jusqu'à donner sur la Jonction de Fër – un vaste hall hexagonal à la voûte supportée par douze piliers de marbre lustré. Dans les petites niches positionnées à sa périphérie, des Pnumekin écrivaient sur des registres ou tenaient entre eux de vagues conciliabules apparemment indécis.

La fille alla se coller contre le mur. Reith en fit de même.

Elle lui lança un coup d'œil, puis, l'air songeur, se tourna vers le Pnumekin qui se trouvait au centre de la salle – un homme de haute taille, apparemment exténué, figé dans une posture inhabituellement vigilante. Le Terrien se glissa dans l'ombre d'une colonne pour observer la jeune femme. Celle-ci arborait une expression indéchiffrable, mais le Terrien savait qu'elle revivait les circonstances qui avaient bouleversé sa morne existence ; et sa propre vie dépendait de l'équilibre des terreurs qui hantaient cette fille : d'un côté, l'abîme sans fond ; de l'autre, les sombres cieux venteux de la surface.

À pas lents, elle rejoignit Reith derrière la colonne. Pour le moment, tout du moins, elle avait pris sa décision.

« Le grand homme, là-bas… c'est un Écoutant[1]. Tu vois comme il observe tout ? Rien ne lui échappe. »

Le Terrien observa un bon moment l'Écoutant ; chaque minute qui passait le rendait plus réticent à traverser le hall. « Tu connais une autre route pour les embarcadères ? » grommela-t-il à l'intention de la fille.

Elle y réfléchit un instant. Maintenant qu'elle s'était faite à l'idée de fuir, sa personnalité avait pour ainsi dire gagné en densité, comme si le danger l'avait arrachée à l'inversion onirique de son existence antérieure.

« Je crois qu'un autre chemin passe effectivement par les salles de travail ; mais ça rallongerait notre route, et on ne manquerait pas d'y croiser d'autres Écoutants.

— Humph. » Reith revint à celui de la Jonction de Fêr.

« Regarde, fit-il au bout d'un instant. Il n'arrête pas de tourner la tête de tous côtés. Quand il nous tournera le dos, j'en profiterai pour rejoindre la colonne suivante ; tu en feras de même ensuite. »

L'Écoutant pivota sur lui-même quelques instants plus tard. Reith quitta aussitôt son refuge pour se précipiter vers le pilier de marbre le plus proche. La petite Pnumekin lui emboîta le pas avec un soupçon d'hésitation – telle fut du moins l'impression du Terrien.

Celui-ci ne pouvait risquer le moindre coup d'œil sans attirer l'attention de l'Écoutant. « Dis-moi quand il regardera de l'autre côté, souffla-t-il.

---

1. Traduction un peu maladroite de *gol'eszitra,* contraction d'une expression signifiant : *superviseur aux oreilles à l'affût de tout vacarme dérangeant.*

— Maintenant. »

Reith réitéra sa manœuvre, poussant même jusqu'à la colonne suivante en profitant du lent passage d'un groupe de Pnumekin. Il ne lui en restait désormais plus qu'une à atteindre. L'Écoutant se retourna alors brusquement ; le Terrien plongea en hâte derrière le pilier ; il jouait là à un mortel jeu de cache-cache. D'un couloir latéral émergea à ce moment-là un Pnume, qui marchait à la manière furtive de tous ses congénères.

« Le Censeur Silencieux… siffla la fille entre ses dents. Fais attention. » Et elle s'éloigna, le regard vers le sol, comme plongée dans d'abstraites pensées. Le Pnume fit halte à moins de quinze mètres de Reith, qui lui tourna le dos. Seules quelques enjambées les séparaient du nord du passage. Ses épaules se contractèrent. Impossible de demeurer plus longtemps debout à l'abri du pilier. Persuadé que tous les regards convergeaient sur lui, il entreprit de traverser l'espace ouvert, s'attendant à chaque pas à entendre retentir un cri d'indignation ou d'alarme. Le silence devenait oppressant ; le Terrien avait toutes les peines du monde à résister à la tentation de regarder derrière lui. Une fois à l'entrée de la galerie, il se jeta un coup d'œil prudent par-dessus son épaule – pour découvrir les yeux du Pnume fixés sur les siens. Le cœur battant, il se retourna et reprit sa route, aussi lentement que possible. La fille avait pris de l'avance. Il la héla à mi-voix : « Dépêche-toi – et trouve-moi le passage de Qualité Dix-huit. »

Elle tourna vers lui des yeux stupéfaits. « Le Censeur Silencieux est tout proche. Je ferais peut-être mieux de ne pas courir ; s'il me voyait, il trouverait cela malséant.

— Tant pis pour le décorum, fit le Terrien. Trouve l'ouverture aussi vite que possible. »

Elle accéléra l'allure, Reith sur ses talons. Après une cinquantaine de mètres, il se risqua à jeter un coup d'œil par-dessus son épaule. Personne ne les suivait.

La Pnumekin s'arrêta net devant un embranchement. « Je pense qu'il faut prendre à gauche, mais je n'en suis pas sûre.

— Consulte la carte. »

Avec un profond dégoût, elle fit volte-face et sortit le porte-documents de sous sa houppelande. Incapable d'en faire davantage, elle le tendit à Reith comme s'il lui brûlait les mains. Le Terrien en tourna les pages jusqu'à ce qu'elle lui indique d'arrêter. Tandis qu'elle étudiait les lignes multicolores, il jeta un nouveau coup d'œil derrière lui. Au loin, là où le couloir débouchait sur la Jonction de Fër, une silhouette apparut dans l'ouverture. Les nerfs à vif, Reith exhorta la jeune femme à se dépêcher.

« Il faut prendre à gauche. Ensuite, à la Marque 212, il y a un carreau bleu. Style 24 – il faut que je regarde la légende. Voilà ! Quatre points de pression. Trois-un-quatre-deux.

— Vite ! » grogna Reith entre ses mâchoires crispées.

Elle lança derrière elle un regard empreint d'inquiétude. « *Zuzhma kastchaï !* »

Le Terrien en fit de même, en s'efforçant d'imiter la posture des Pnumekin. Le Pnume avançait à pas feutrés, sans urgence particulière – du moins Reith en avait-il l'impression. Il se remit en marche, pour bientôt rattraper la fille ; elle marchait en comptant les chiffres inscrits à la base du mur : « Soixante-quinze… quatre-vingts… quatre-vingt-cinq… » Le

Terrien regarda derrière lui. Il y avait à présent *deux* silhouettes dans le couloir : un second Pnume avait surgi de nulle part. « Cent quatre-vingt-quinze… deux cents… deux cent cinq… »

Le carreau bleu, recouvert d'un antique vernis pourpre, n'était qu'à trente centimètres du sol. La fille trouva les points de pression, les effleura. Le contour d'une porte se matérialisa aussitôt ; et ladite porte s'ouvrit.

La Pnumekin se mit à trembler. « C'est un passage de Qualité Dix-huit. Je n'ai pas le droit de l'emprunter.

— Le Censeur Silencieux nous suit », lui rappela le Terrien.

Dans un halètement, la jeune femme mit un pied dans le couloir – un étroit boyau obscur imprégné d'une odeur vaguement fétide que Reith avait appris à associer aux Pnume.

La porte se referma. La fille souleva un petit volet et colla un œil à la lentille d'un judas. « Le Censeur Silencieux est en train d'arriver. Il soupçonne une conduite malséante, et veut délivrer un châtiment… Non ! Il y en a deux ! Il a fait venir un Gardien ! » Elle semblait comme incapable de les quitter des yeux.

Reith était quant à lui sur des charbons ardents. « Qu'est-ce qu'ils font ?

— Ils explorent le couloir. Ils s'étonnent de ne pas nous voir.

— Ne restons pas là. On ne peut pas se permettre de rester ici.

— Le Gardien connaît sûrement ce passage… S'ils s'avisent d'entrer…

— Ne t'inquiète pas pour ça. » Reith se mit en marche, la jeune femme sur ses talons. Ils devaient faire un couple bien étrange, songea-t-il, à se mouvoir ainsi dans l'obscurité avec leurs houppelandes noires aux plis flottants, leurs capuchons rabattus sur la figure. La petite Pnumekin ne tarda pas à se fatiguer – et qu'elle regarde sans cesse par-dessus son épaule ralentissait encore son allure. Elle poussa soudain un rauque soupir résigné, s'arrêta. « Ils sont entrés dans la galerie. »

Reith fit volte-face. Deux Pnume se découpaient en ombres chinoises dans l'entrebâillement de la porte. Pendant un instant ils demeurèrent immobiles, telles d'insolites poupées noires, puis s'ébranlèrent brusquement. « Ils nous ont vus, se lamenta la fille, qui gardait la tête baissée. Nous allons finir dans le gouffre… Bon, il ne nous reste plus qu'à aller à leur rencontre. En toute humilité.

— Colle-toi contre le mur et n'en bouge pas. Laissons-les venir à nous. Ils ne sont que deux.

— Tu ne pourras rien contre eux. »

Sans prêter attention à sa remarque, le Terrien ramassa un rocher de la grosseur d'un poing, qui était tombé du plafond, et se mit en position de combat.

« Tu ne peux rien faire, gémit-elle. Il faut se soumettre, se comporter placidement… »

Les Pnume s'approchèrent en hâte d'une démarche saccadée ; Reith voyait clairement leur blanche mâchoire proéminente tressaillir. Ils firent halte à trois mètres, pour observer le couple plaqué contre la paroi. Pendant trente interminables secondes, personne ne bougea, aucun son ne sortit de leur bouche. Puis le Censeur Silencieux leva lentement son bras maigre et pointa deux doigts osseux sur les deux humains. « Revenez. »

Le Terrien se garda bien de bouger. La fille demeurait bouche bée, le regard vitreux.

« Revenez ! » répéta le Pnume, d'une voix à la fois rauque et flûtée.

La Pnumekin commença à rebrousser chemin, d'un pas vacillant ; Reith resta quant à lui parfaitement immobile.

Les Pnume contemplaient le Terrien avec perplexité. Ils échangèrent quelques murmures sifflants, puis le Censeur Silencieux reprit la parole : « Viens.

— Tu es le spécimen qui manquait à la livraison », fit le Gardien dans un murmure presque inaudible.

Le Censeur Silencieux s'approcha à pas feutrés, tendit un bras. De toutes ses forces, Reith lui balança le rocher en plein visage. Un craquement ; la créature battit tant bien que mal en retraite jusqu'au mur, devant lequel elle entreprit une espèce de danse passablement excentrique. Dans un hurlement guttural, le Gardien bondit en avant.

Reith fit un bond en arrière, détacha sa cape qu'il enroula d'un geste agile autour de la tête du Pnume. L'espace d'un instant, la créature ne parut pas s'en rendre compte : elle continua à avancer, bras tendus. Puis elle se mit à piétiner sur place. Le Terrien se déplaça prudemment autour d'elle, en quête d'une ouverture – tous deux virevoltèrent ainsi un bon moment en silence, comme s'ils exécutaient quelque ballet grotesque. Le Censeur Silencieux observait la scène avec indifférence. Reith empoigna un bras du Gardien – on aurait dit un tube de fer. L'autre se balança aussitôt, et deux doigts aux extrémités acérées se mirent à lui labourer le visage, sans pourtant lui causer la moindre douleur. D'une poussée, il projeta le Pnume contre le mur. Le Gardien rebondit littéralement dessus et repartit immédiatement à l'assaut. Reith frappa du mieux qu'il le put son long visage blême – pour le découvrir aussi dur que froid. Cet être était doté d'une force surhumaine ; le Terrien devait absolument éviter de tomber entre ses griffes, sous peine de se retrouver dans une situation fort délicate. S'il se servait de ses poings, il ne réussirait qu'à se rompre les os.

Pas à pas, le Gardien avançait, les jambes ployées. Reith se laissa tomber à terre, projeta sa jambe en avant pour le faire trébucher ; le Pnume s'écroula bel et bien. Le Terrien se releva aussitôt d'un bond pour échapper à une probable attaque du Censeur Silencieux – mais ce dernier, adossé contre le mur, se bornait à contempler gravement le combat avec le détachement d'un simple spectateur. Pareille attitude ne manqua pas d'étonner Reith, au point de le distraire ; le Gardien en profita pour agripper sa cheville avec ses orteils, tout en lançant son autre jambe, à l'allonge stupéfiante, en direction de sa gorge. Le Terrien lui balança un coup de talon dans l'aine – autant frapper la fourche d'un arbre : il en fut quitte pour une belle foulure. Les orteils de son adversaire se nouèrent autour de son cou ; Reith s'empara de sa jambe et lui appliqua un mouvement de torsion. Le Pnume n'eut d'autre choix que de rouler sur lui-même. Le Terrien lui immobilisa la tête, la tira brusquement en arrière. Un os, ou quelque membrane rigide, s'étira comme du caoutchouc, puis craqua. Le Gardien se mit à gesticuler en tous sens, pris de spasmes frénétiques. Contre toute attente, il se retrouva néanmoins sur ses pieds ; la tête de guingois, la créature s'éloigna à petits bonds dans le couloir. Il heurta le Censeur Silencieux, qui s'affala par terre. Mort ? Les yeux de Reith s'exorbitèrent. Il était mort ! Et l'autre aussi.

Le Terrien s'adossa contre le mur, hors d'haleine. Partout où le Gardien l'avait touché s'étaient formées des ecchymoses. Il avait le visage en sang, le coude luxé, le pied foulé… mais les deux Pnume avaient péri. Un peu plus loin, la fille s'était recroquevillée sur elle-même, sous le choc. Reith s'approcha d'elle d'un pas mal assuré et lui posa la main sur l'épaule. « Je suis vivant. Tu es vivante.

— Tu as du sang sur le visage ! »

Reith s'essuya avec l'ourlet de sa houppelande, puis alla examiner les cadavres. Lèvres serrées, il entreprit de les fouiller – sans rien y dénicher d'intéressant.

« Je crois qu'on ferait mieux de se remettre en route », dit-il.

Elle fit volte-face et s'engagea dans le tunnel, le Terrien sur ses talons. Les corps des Pnume demeurèrent par terre dans la pénombre.

La fille commençait à traîner la jambe. « Tu es fatiguée ? » s'enquit Reith.

Tant de sollicitude déconcerta la Pnumekin, qui lui adressa un regard méfiant. « Non.

— Eh bien moi, si. Reposons-nous un peu. » Il se laissa tomber par terre, dans un concert de gémissements. Après un instant d'hésitation, la jeune femme s'installa bien sagement au beau milieu de la galerie. Le Terrien la considéra avec perplexité. Elle semblait avoir totalement mis de côté la bataille avec les Pnume – son visage perdu dans la pénombre n'affichait pas la moindre nervosité. *Incroyable*, songea Reith. Son existence était tombée en morceaux, son avenir devait lui apparaître comme une terrible succession de points d'interrogation, et pourtant elle restait là, aussi impassible qu'une marionnette, sans paraître le moins du monde ébranlée.

« Pourquoi me regardes-tu comme ça ? lui demanda-t-elle à mi-voix.

— Je me disais que, compte tenu des circonstances, tu avais l'air remarquablement détachée. »

Elle ne répondit pas immédiatement. Un lourd silence envahit le couloir plongé dans la pénombre. Puis : « Je dérive sur le courant de l'existence. Pourquoi devrais-je m'interroger sur l'endroit où il m'entraîne ? Ce serait faire preuve d'impudence que d'exprimer des préférences. La vie, après tout, est un privilège réservé à une infime minorité. »

Reith s'appuya contre le mur. « Une infime minorité ? Comment ça ? »

La question parut la mettre mal à l'aise ; ses doigts pâles se crispèrent. « J'ignore comment les choses se passent dans le *ghaun* ; peut-être faites-vous différemment. Dans les Abris, les femmes-mères accouchent à douze reprises, et seule la moitié de leur progéniture – parfois moins – survit au processus… (Elle poursuivit d'une voix pensive, presque didactique :) J'ai entendu dire que toutes les femmes du *ghaun* étaient des femmes-mères. Est-ce la vérité ? Je n'arrive pas à y croire. Si chacune accouchait douze fois, et même si la moitié de leurs enfants était précipitée dans l'abîme, le *ghaun* grouillerait de chair vivante. Cela ne me semble guère raisonnable. (Et d'ajouter, comme si cela n'avait aucun rapport :) Je me réjouis de ne jamais devenir une femme-mère.

— Comment peux-tu le savoir ? fit Reith, intrigué. Tu es encore jeune. »

Une grimace – peut-être d'embarras – déforma les traits de la Pnumekin. « Tu ne vois donc pas ? Est-ce que je ressemble à une femme-mère ?

— J'ignore à quoi ressemblent tes femmes-mères.

— Elles ont des renflements au niveau des hanches et de la poitrine. N'est-ce pas la même chose pour les mères *ghian* ? Certains prétendent que les Pnume sélectionnent celles qui deviendront femmes-mères, et qu'ils les emmènent en crèche – où elles engendrent dans l'obscurité.

— Toutes seules ?

— En compagnie des autres mères.

— Et les pères ?

— Nous n'en avons pas besoin. On ne court aucun risque dans les Abris ; leur protection ne nous servirait à rien. »

Un étrange soupçon commençait à se faire jour dans l'esprit de Reith. « À la surface, dit-il, il en va un peu différemment. »

Elle se pencha en avant ; jamais encore Reith n'avait observé autant d'animation sur son visage. « Je me suis toujours demandé à quoi ressemblait la vie dans le *ghaun*. Qui choisit les femmes-mères ? Où se reproduisent-elles ? »

Le Terrien éluda la question. « C'est assez compliqué. Le moment venu, je suppose que tu en apprendras davantage sur le sujet – si tu vis assez longtemps pour ça. À propos, je m'appelle Adam Reith. Et toi, quel est ton nom ?

— Mon “nom[1]” ? Je suis une femme.

— Oui, mais ton nom personnel ? »

1. Dans la langue en usage sur Tschaï, le même mot désigne les concepts d'« identification », de « nom » et de « type ».

Elle y réfléchit un instant. « Sur les registres, les personnes sont classées par groupe, aire et zone. Mon groupe est celui de Zith, mon aire celle d'Athan, et je vis dans la zone de Pagaz. Je porte pour numéro le 210.

— Zith Athan Pagaz 210. Zap 210. Ça n'a pas grand-chose d'un nom, mais il te va quand même bien. »

Sa plaisanterie tomba à plat. « Dis-moi comment vivent les Gzhindra, lui demanda la jeune femme.

— J'en ai vu deux aux aguets dans les terrains vagues. Ils ont inondé de gaz soporifique la chambre où je dormais. Je me suis réveillé enfermé dans un sac. Ils m'ont descendu au fond d'un puits. Voilà tout ce que je sais des Gzhindra. Mais ils ne m'ont pas l'air de mener une existence particulièrement enviable.

— Après tout, fit-elle avec ce que le Terrien perçut comme de la désapprobation, ce sont des "personnes", pas des créatures sauvages. »

Une remarque à laquelle Reith ne trouva rien à répondre. Cette jeune personne était d'une telle innocence que la moindre information risquait de la plonger dans des abîmes de confusion. « Tu vas trouver toutes sortes de gens à la surface.

— C'est très étrange, fit-elle d'une voix chevrotante. Tout a changé d'un seul coup. (Elle scruta les ténèbres.) Les autres vont se demander où je suis partie. Et quelqu'un va devoir se charger de mon travail.

— En quoi consistait-il ?

— J'enseignais la bienséance aux enfants.

— Et pendant tes loisirs ?

— Je cultivais des cristaux dans le Quatrième Habitat Oriental.

— Tu discutais avec tes amies ?

— Parfois, dans le dortoir.

— Tu as des amis parmi les hommes ? »

Dans l'ombre du capuchon, les sourcils de la jeune femme se haussèrent de mécontentement. « Il est inconvenant de parler aux hommes.

— Tu trouves ça inconvenant, d'être assise à mes côtés ? »

Elle garda le silence. L'idée ne lui en avait sans doute pas encore traversé l'esprit, songea Reith. À présent elle se voyait comme une femme déchue. « La vie est bien différente en surface – elle devient même parfois fort… malséante, effectivement. Mais bon, tu n'auras pas à t'en soucier si nous ne survivons pas assez longtemps pour la rejoindre. »

Le Terrien sortit le porte-documents bleu ; comme par réflexe, Zap 210 se rejeta en arrière – un geste auquel Reith ne prêta aucune attention. Les paupières plissées pour compenser la mauvaise lumière, il examina l'enchevêtrement des lignes colorées. Puis finit par poser un doigt hésitant sur le feuillet. « Ici – je crois qu'on se trouve ici. » Zap 210 demeura parfaitement silencieuse. Rendu nerveux par la fatigue, Reith s'apprêta à la réprimander pour son indifférence, mais il retint finalement sa langue. Après tout, se rappela-t-il, elle ne se trouvait pas là de son plein gré. Elle ne méritait ni réprimandes ni ressentiment. Les actes du Terrien l'avaient rendu responsable de cette jeune personne. Il poussa un grognement contrarié, prit une grande inspiration, puis reprit de sa voix la plus prévenante : « Si je me rappelle bien, ce couloir passe par ici… (son doigt glissa sur la feuille)… pour aboutir à cette avenue rose. C'est bien cela ? »

Zap 210 jeta à la carte un regard de biais. « Absolument. C'est un itinéraire très secret. Regarde, il relie Athan à Zaltra ; si on ne l'emprunte pas, il va falloir faire un grand détour, en passant par le carrefour de Feï'erj. » (Elle se pencha plus près, à contrecœur ; approcha son doigt à quelques centimètres du vélin.) Cette marque grise, là, correspond à l'endroit où nous voulons nous rendre : l'embarcadère situé au bout de l'artère d'approvisionnement. Ce serait impossible par Feï'erj, car la route traverse les dortoirs et les tréfileries. »

Reith contempla avec regret les petits cercles rouges figurant les points de sortie. « Ils semblent si proches, si faciles à atteindre !

— Des gardes y seront certainement postés.

— Cette longue ligne noire… qu'est-ce que c'est ?

— Le canal de fret. Et c'est la meilleure route pour quitter la Zone de Pagaz.

— Et cette tache vert clair ? »

Le souffle de la jeune femme s'accéléra aussitôt. « C'est la voie de la Perpétuation. Un secret de Classe Vingt ! » Elle se rassit, replia ses genoux sous son menton. Reith se replongea dans les cartes – pour bientôt sentir le regard de la jeune Pnumekin posé sur lui. Il releva la tête ; sans le quitter un instant des yeux, elle passa sa langue sur ses lèvres exsangues. « Qu'est-ce qui fait de toi un spécimen aussi important ?

— Je ne sais même pas ce qui fait de moi un "spécimen". » Ce qui n'était pas tout à fait exact.

« Ils te veulent pour la Perpétuation. Es-tu d'une race étrangère ?

— En un sens, oui. (Il se remit tant bien que mal debout.) Tu es prête ? Il vaudrait mieux repartir. »

Elle se leva à son tour, sans faire le moindre commentaire. Au bout d'un bon kilomètre, le couloir s'achevait sur un mur blanc pourvu en son centre d'une porte de fer noire. Zap 210 colla un œil au judas. « Un chariot de passage… des gens tout proches. » Elle se tourna vers Reith. « Baisse la tête et rabats ton capuchon, lui lança-t-elle d'une voix réprobatrice. Marche doucement, en gardant tes pieds bien droits. » Elle revint au judas ; sa main se posa sur le loquet, ouvrit la porte. « Dépêche-toi, avant qu'on se fasse repérer. »

Ils s'introduisirent à la dérobée dans une large galerie en voûte, aux parois de pegmatite piquée d'énormes tourmalines qui, stimulées par quelque procédé inconnu, émettaient une fluorescence rose et bleu.

Reith suivait Zap 210 à distance respectueuse. Un chariot bas chargé de sacs roulait sur de lourdes roues noires à une cinquantaine de mètres devant eux. Dans leur dos s'éleva un bruit de marteaux façonnant du métal, suivi d'un crissement dont le Terrien n'identifierait jamais la source.

Ils marchèrent ainsi dix minutes durant. À quatre reprises leur chemin croisa celui de Pnumekin au visage encapuchonné, perdus dans des pensées que le Terrien aurait été bien en peine d'imaginer.

La pegmatite lustrée céda brusquement la place à de la hornblende noire, veinée d'un quartz blanc qui semblait s'être développé *par-dessus* la sombre matrice – c'était là le fruit de millénaires de labeur. Loin devant eux, la galerie se réduisait à un minuscule demi-ovale, qui s'évasait ensuite presque insensiblement. Au-delà s'étendait un vide obscur.

L'ouverture s'élargit, donnant sur un rebord qui surplombait un vide d'un noir aussi profond que le néant de l'espace. À une cinquantaine de mètres sur leur droite, une péniche en mouillage semblait littéralement flotter dans les airs. Cette noirceur absolue, s'avisa alors Reith, était la surface d'un lac souterrain.

Une demi-douzaine de Pnumekin empilaient nonchalamment des ballots sur la péniche.

Le Terrien alla rejoindre Zap 210, qui s'était faufilée dans un pan d'ombre. Le trouvant trop près d'elle à son goût, elle s'écarta tant bien que mal de quelques centimètres. « Et maintenant ? demanda Reith.

— Tu vas me suivre à bord. N'adresse la parole à personne.

— Personne ne s'y opposera ? Ils ne vont pas nous prendre en chasse ? »

Elle lui lança un regard dépourvu d'expression. « Il y a des gens qui voyagent en péniche. Pour découvrir les tunnels lointains.

— Ainsi donc, la fièvre des voyages touche également les Pnumekin – quand bien même elle se résume à ces tunnels. »

La jeune femme lui décocha un nouveau regard vide.

« Tu as déjà voyagé en péniche ? s'enquit-il.

— Non.

— Alors comment sais-tu où doit aller celle-ci ?

— Elle se rend au nord, vers les Aires Septentrionales ; elle ne peut aller nulle part ailleurs. (Zap 210 fouilla l'obscurité du regard.) Bon, suis-moi – et marche avec bienséance. »

Elle se mit à longer le quai, les yeux baissés, en se mouvant comme dans un rêve. Reith attendit quelques instants, puis imita son exemple.

La jeune femme s'arrêta devant la péniche, contempla d'un air absent la noirceur absolue ; puis, comme distraitement, elle monta à bord de l'embarcation. Aussitôt, elle se dirigea vers le bord opposé au quai et se dissimula au milieu des ballots.

Reith ne tarda pas à l'imiter. Les Pnumekin qui travaillaient sur le quai, plongés dans leurs pensées, ne lui prêtèrent aucune attention. Sitôt à bord de la péniche, le Terrien se précipita vers la cargaison, incapable de contrôler l'accélération de son pas.

Zap 210, tendue comme un câble, y surveillait les dockers. Elle finit peu à peu par se détendre. « Ils sont inconsolables – sans quoi ils nous auraient remarqués. Les *ghian* se déplacent-ils donc toujours ainsi – en courant à moitié ?

— Je n'en serais pas surpris, fit Reith. Mais bon, ça ne fait pas de mal. La prochaine fois… » Il s'interrompit net. À l'autre bout du quai se tenait une silhouette indistincte. D'un pas lent, elle commença à s'approcher de la péniche, pénétrant finalement dans la zone éclairée. « Un Pnume », chuchota Reith. Zap 210 semblait quant à elle avoir perdu sa voix.

La créature s'approchait à pas lents, sans prêter la moindre attention aux dockers – qui lui rendaient bien son indifférence. Elle fit halte devant l'embarcation.

« Il nous a vus », murmura la fille.

Reith, abattu, couvert d'ecchymoses douloureuses, les membres gourds de fatigue, n'allait pas pouvoir survivre à un nouveau combat. « Tu sais nager ? » chuchota-t-il à la jeune femme.

Une exclamation d'horreur, un regard qui se perdait dans le néant : « Non ! »

Le Terrien se mit en quête d'une arme – un gourdin, un croc, une corde... sans rien trouver.

Le Pnume sortit de leur champ de vision. Quelques instants plus tard, ils sentirent la péniche osciller sous son poids.

« Enlève ton manteau », lui dit le Terrien, qui ôta le sien, l'enveloppa autour du porte-documents, et fourra le tout entre deux balles. Zap 210 ne bougeait pas d'un pouce.

« Enlève ton manteau ! » répéta-t-il.

Comme elle se mettait à geindre, il lui plaqua une main sur la bouche. « Silence ! » Il entreprit de dénouer le lacet qui fermait le col de sa houppelande – frôler son fragile menton lui arracha un petit frémissement. Il lui ôta sa cape, la rangea avec la sienne. La jeune Pnumekin se tenait à moitié accroupie ; malgré leur situation pour le moins précaire, Reith peina à résister au fou rire qu'il sentait monter en lui au spectacle de cette grêle silhouette adolescente coiffée d'un grand capuchon noir. « Écoute-moi bien, fit-il d'une voix rauque. Je ne vais pas pouvoir te le dire deux fois. Je vais passer par-dessus bord, et tu dois en faire autant tout de suite après. Accroche-toi à mes épaules, ça te permettra de garder la tête hors de l'eau. Et surtout, *surtout*, ne te débats pas. Tu ne risques rien. »

Sans attendre qu'elle acquiesce, il se laissa glisser le long de la coque. L'eau froide enveloppa son corps tel un carcan de feu glacé. Zap 210 hésita un bref instant, puis se résolut à le rejoindre, sans doute uniquement parce qu'elle redoutait encore plus le Pnume que de ce vide aquatique. Elle lâcha une petite exclamation quand ses jambes touchèrent l'eau. « Silence ! » siffla Reith. Ses mains s'accrochèrent aux épaules du Terrien ; prise de panique, elle noua ses bras autour de son cou. « Doucement ! Baisse la tête ! » Il la fit glisser sous le plat-bord, puis agrippa lui-même une console. À moins que quelqu'un – ou quelque chose – ne s'avise de jeter un œil par-dessus bord, ils étaient là pratiquement invisibles.

Une demi-minute s'écoula. Les jambes de Reith commencèrent à s'engourdir. Zap 210 se cramponnait à ses épaules, son menton tout contre son oreille – il pouvait entendre ses dents claquer. Son corps gracile collé contre le sien emprisonnait des poches d'eau tiède qui se vidaient dès que l'un ou l'autre bougeait. Un jour, dans sa jeunesse, Reith avait sauvé un chat de la noyade ; tout comme Zap 210 à présent, l'animal s'était accroché à lui avec l'énergie du désespoir, faisant naître chez l'enfant qu'il était alors un instinct de protection extraordinairement intense. La même soif élémentaire de vie émanait de leurs deux corps imprégnés tant d'eau que d'épouvante… Le silence, les ténèbres, le froid… Tous deux écoutaient, de l'eau jusqu'au cou. Du pont de l'embarcation leur parvint un léger bruit – un tapotement d'orteils calleux. Il s'arrêta, recommença, s'arrêta de nouveau, juste au-dessus de leur tête. En levant les yeux, Reith découvrit des doigts de pied littéralement agrippés au plat-bord. Il prit la main de Zap 210 et la guida jusqu'à la console. Une fois la jeune femme en sécurité, il se retourna pour faire face à la péniche.

Des rides huileuses s'éloignaient de lui ; des lentilles de lumière couleur coing se formaient, pour aussitôt s'évanouir.

Les orteils des Pnume se remirent à claquer sur le pont – les créatures changeaient de position. Le visage barré d'un effrayant rictus, le Terrien lança en avant son bras droit. Sa main se referma sur une mince cheville dure, tira dessus. Le Pnume poussa un croassement abasourdi, bascula – un bref instant il resta penché selon un angle invraisemblable, presque à l'horizontale, ne se maintenant que par la force de ses orteils. Puis il tomba à l'eau.

Zap 210 agrippa Reith. « Ne le laisse pas te toucher ; il te mettrait en pièces.

— Est-ce qu'il peut nager ?

— Non, lui répondit-elle sans cesser de claquer des dents. Il est lourd ; il va couler.

— Grimpe sur mon dos, attrape le plat-bord et remonte sur le pont. »

Elle se glissa précautionneusement derrière lui, posa ses pieds sur ses épaules et se hissa le long de la coque. Après en avoir péniblement fait de même, le Terrien se laissa choir sur le pont, complètement épuisé.

Mais il ne tarda pas à se relever, pour observer le quai. Les Pnumekin continuaient à y œuvrer.

Il retourna se tapir dans les ombres. Zap 210 n'avait pas bougé. Sa tunique moulait étroitement son corps immature. Elle n'était pas sans grâce, songea Reith.

Remarquant qu'il l'observait, la jeune femme se blottit contre la cargaison.

« Enlève ça et mets ta cape, lui suggéra le Terrien. Tu auras plus chaud. »

La jeune femme lui lança un regard empreint de détresse. Lorsque Reith entreprit d'ôter ses propres vêtements trempés, Zap 210 pivota brusquement sur elle-même, presque aussi horrifiée que si elle avait dû s'exécuter devant le Pnume. Reith trouva assez d'énergie pour arborer un sourire amer. Dos tourné, elle s'enveloppa de sa houppelande et se débrouilla, allez savoir comment, pour retirer sa tunique.

La péniche se mit à vibrer, à tanguer. Reith tendit le cou pour regarder le quai s'éloigner, se résumer bientôt à une oasis de lumière au milieu des ténèbres. Loin devant eux palpitait une faible lueur bleutée, vers laquelle l'embarcation glissait en silence.

Leur périple avait débuté. Dans leur dos se trouvaient la Zone de Pagaz, et le chemin qui menait à la Perpétuation. Devant eux, l'obscurité et les Aires Septentrionales.

4

Les deux hommes d'équipage ne quittaient pas l'auvent de la contre-étrave, un îlot de faible clarté équipé d'un petit office et d'une table de service. Il semblait y avoir au moins deux autres passagers – peut-être davantage – qui faisaient preuve d'encore plus de discrétion : on ne les voyait qu'au garde-manger et à la cuisine. La nourriture semblait gratuite, et à la disposition de tous. Zap 210, qui refusait de laisser Reith aller en chercher, profitait des moments où la cambuse était déserte pour leur rapporter des provisions : des galettes de gousses d'herbe à pèlerin, des espèces de pruneaux confits – qui auraient aussi bien pu être des fruits qu'un genre de sangsues insectoïdes –, des rouleaux de pâte de viande, des espèces de gaufrettes croustillantes douces-amères, que Zap 210 considérait comme une friandise mais qui laissaient à Reith un arrière-goût désagréable.

Le temps passait, si monotone que le Terrien perdit le compte des journées. Le lac devint une rivière, qui à son tour se transforma en un canal souterrain d'une vingtaine de mètres de large. La péniche avançait sans bruit, sans doute propulsée par des champs électriques disposés le long de la quille. Devant elle scintillait une lumière bleue qui servait de repère au senseur directionnel ; quand l'embarcation dépassait l'une de ces balises, une autre prenait toujours le relais dans le lointain. La barge passait régulièrement devant de petits appontements déserts, d'où partaient des couloirs menant à quelque repaire inconnu.

Reith mangeait, dormait – combien de fois, il n'aurait su le dire. Son univers se réduisait à la péniche, à l'obscurité, à l'eau invisible – et à la présence de Zap 210. N'ayant rien d'autre à faire pour tromper son ennui, il s'employait à explorer la personnalité de la jeune Pnumekin. Celle-ci, de son côté, le traitait avec méfiance, comme si même l'intimité d'une conversation lui répugnait : une pudibonderie et une réserve étonnantes de la part d'une personne qui, pour ce qu'il en savait, n'avait aucune notion, si approximative fût-elle, des choses les plus banales du sexe. Reith croyait y déceler la manifestation d'un instinct primordial. Mais *comment*, en toute conscience, pourrait-il abandonner en surface une fille aussi innocente ? D'un autre côté, la perspective de devoir lui expliquer les mécanismes de la biologie humaine n'avait rien d'enthousiasmant.

La monotonie du voyage ne semblait pas peser sur la jeune femme. Quand elle ne dormait pas, Zap 210 restait assise, les yeux fixés sur les ténèbres, comme si elle voyait défiler devant elle de fascinants paysages. Vexé qu'elle se suffise ainsi à elle-même, Reith venait parfois se joindre à elle, sans prêter attention au léger mouvement de recul qui l'ébranlait alors. Leurs échanges n'avaient jamais rien d'exaltant. Elle s'en tenait inébranlablement aux idées préconçues qu'elle avait de la surface : elle avait peur du ciel, du vent, des horizons lointains, du pâle soleil bistre. L'avenir lui apparaissait sous des couleurs mélancoliques : elle se voyait déjà mourir sous le gourdin de quelque barbare braillard. Chaque fois que le Terrien s'efforçait de modifier sa vision des choses, il butait sur un véritable mur de méfiance.

« Tu crois vraiment qu'on ne sait rien de la surface ? lui lançait-elle alors avec un calme mépris. Les *zuzhma kastchaï* en savent plus long que quiconque : ils savent *tout*. La connaissance est le fondement de leur existence. Ils sont le *cerveau* de Tschaï, qu'ils considèrent un peu comme leur corps.

— Et les Pnumekin ? Quel rôle jouent-ils là-dedans ?

— Les “personnes” ? Il y a bien longtemps, les *zuzhma kastchaï* ont accordé asile à certains hommes de la surface, ainsi qu'à quelques femelles et femmes-mères. Les “personnes” s'étant montrées habiles à polir les pierres et à parfaire les cristaux, les *zuzhma kastchaï* se sont fait fort de leur apporter la paix. Et il en va ainsi depuis toute une éternité.

— Et sais-tu d'où les hommes sont originaires ? »

La question ne semblait guère intéresser la jeune femme. « Du *ghian*, évidemment

— Vous parle-t-on du soleil, des étoiles, des autres mondes qui peuplent l'espace ?

— On nous apprend ce que nous souhaitons connaître plus que tout : la bienséance et les bonnes manières. (Elle poussa un petit soupir.) Mais tout cela est derrière moi, à présent ; les autres ne me reconnaîtraient plus ! »

Pour autant que Reith puisse en juger, l'émotion dominante de Zap 210 semblait avoir trait à sa propre conduite inconvenante.

La péniche poursuivait sa route. Un miroitement bleu apparaissait devant elle, augmentait jusqu'à devenir éblouissant, puis glissait derrière eux – une autre scintillait alors déjà dans le lointain. Une agitation inquiète envahit le Terrien. L'obscurité était presque totale – seul la dissipait le vague éclairage de la cambuse. Les intonations féminines de Zap 210, qui elle-même se réduisait à une silhouette indistincte, commencèrent à faire travailler son imagination. Certaines des manies de la jeune femme lui donnaient l'impression d'être des provocations érotiques – ce n'était que par un effort *conscient* qu'il parvenait à conserver un minimum de flegme. Comment, se demandait-il, aurait-elle pu l'aguicher alors qu'elle ignorait tout des rapports entre les hommes et les femmes ? La moindre de ses impulsions subconscientes devait lui faire l'effet d'une perversion, d'une forme extrême de « malséance ». Il se rappelait la vitalité de son corps lorsqu'elle s'était cramponnée à lui dans le lac ; il revoyait encore son corps humide… et commençait à se demander s'il ne devrait pas faire davantage confiance à ses instincts qu'à sa raison. Si Zap 210 avait en tête autre chose qu'idées noires et sinistres pressentiments, elle n'en laissait rien paraître – sinon par une propension un peu plus grande à parler. Elle passait à présent des heures à lui raconter tout ce qu'elle savait d'une voix monotone. Son existence souterraine avait été remarquablement morne, se dit le Terrien, dénuée de toute gaieté, du moindre enthousiasme, de quelque soupçon de frivolité. Il s'interrogeait bien évidemment sur les fantasmes qui peuplaient son esprit, mais sur ce point elle demeurait muette. Elle parvenait à distinguer les différences de personnalité de ses congénères : de subtiles nuances dans leur façon de se comporter avec bienséance et discrétion, qui avaient pour elle la même importance que les traits de caractère plus marqués des habitants de la surface. Elle avait conscience des dissemblances biologiques entre les hommes et les femmes, mais ne s'était apparemment jamais interrogée sur leur raison d'être. *Vraiment étrange*, songea Reith. Les Abris devaient être une véritable pépinière de névroses. Il n'osa se risquer à questionner Zap 210 sur ce point : chaque fois que la conversation abordait ce sujet, la jeune femme sombrait aussitôt dans le mutisme. Les Pnume avaient-ils privé les Pnumekin de tout instinct sexuel ? Leur administraient-ils des tranquillisants, des drogues, des hormones pour éliminer une tendance problématique à une reproduction excessive ? Aux rares questions prudentes que lui posait le Terrien, Zap 210 répondait d'une façon si peu pertinente qu'il ne put en conclure qu'à sa totale ignorance en la matière. De temps à autre, admit-elle, certains trouvaient trop monotone l'existence dans les Abris ; on les expédiait alors à la surface – avec son éclat aveuglant, ses vents hurlants, ses nuits vides sous un univers infini – et plus jamais ils n'étaient autorisés à revenir sous terre. « Je m'étonne de ne pas éprouver davantage de peur. Peut-être ai-je toujours eu des tendances gzhindra ? J'ai entendu dire qu'autant d'espace pouvait vous troubler l'esprit ; je ne voudrais pas que cela m'arrive.

— Nous ne sommes pas encore à la surface », répliqua Reith, ce qui lui valut un léger haussement d'épaules de la part de la jeune femme, comme si la question n'avait guère d'importance.

Zap 210 ne connaissait rien de précis sur les mécanismes de reproduction des Pnumes, et n'aurait su dire si ceux-ci considéraient le sujet comme secret – encore qu'elle le soupçonnât. Même ignorance de sa part concernant le nombre de Pnume et de Pnumekin. « Il y a probablement davantage de *zuzhma kastchaï*, mais beaucoup demeurent invisibles. Ils restent dans les Profondeurs, là où sont gardés les objets précieux.

— Quels objets précieux ? »

Zap 210 se fit de nouveau imprécise : « L'histoire de Tschaï remonte à un passé immémorial – tout comme leurs archives. Les *zuzhma kastchaï* sont des êtres méticuleux ; ils ont connaissance de *tout* ce qui s'est jamais produit. Ils considèrent Tschaï comme un immense musée, où chaque objet, chaque arbre, chaque rocher est vu comme une précieuse curiosité. Et puis maintenant il y a les peuples hors-monde du *ghian* : trois espèces différentes, qui toutes ont laissé des artefacts sur cette planète.

— Trois ?

— Les Dirdir, les Chasch et les Wankh.

— Et les Hommes ?

— Les Hommes ? répéta-t-elle dubitativement. Je ne sais pas. Peut-être eux *aussi* sont-ils des hors-monde. Auquel cas cela ferait quatre espèces étrangères sur Tschaï. Mais tout cela appartient au passé ; bien des fois des peuples singuliers ont atterri sur l'antique Tschaï. Les *zuzhma kastchaï* ne sont ni accueillants ni inhospitaliers : ils se bornent à *observer.* Ils enrichissent leurs collections, remplissent les musées de la Perpétuation, et compilent leurs archives. »

Reith commençait à voir les Pnume sous un nouveau jour. Apparemment, ils considéraient la surface de Tschaï comme une vaste scène de théâtre, sur laquelle se jouaient de prodigieuses tragédies qui s'étendaient sur des millénaires : les guerres entre les Vieux Chasch et les Chasch bleus, l'invasion dirdir, suivie de la contre-invasion wankh, les diverses campagnes, batailles, déroutes et carnages, l'édification des villes, l'écroulement des ruines, les allées et venues de diverses populations – tout cela expliquait que les Pnume acceptent la présence de races étrangères : de leur point de vue, elles embellissaient l'histoire de Tschaï. Quand Reith lui demanda si elle-même éprouvait le même respect pour l'antique planète, Zap 210 se borna à faire un de ses petits gestes apathiques : non, elle ne représentait rien à ses yeux ; son destin lui importait fort peu. Le Terrien en tira quelques conclusions sur le fonctionnement de sa psyché : la vie était pour elle une expérience passablement insipide, qu'il fallait bien accepter. Elle réservait ses peurs à ce qui ne lui était pas familier, ses joies à… bonne question. Il s'imagina tel que la jeune Pnumekin devait le voir : une créature rude, brutale, rusée, imprévisible, dont il fallait à chaque instant redouter des bouffées de comportement malséant… Lui voyait Zap 210 comme une créature misérable, aussi inoffensive que fade. Et pourtant… il se rappelait encore avec une certaine émotion le moment où elle s'était accrochée à son cou. Ils voguaient sur de calmes eaux profondes. Dans l'obscurité, sans rien d'autre pour s'occuper l'esprit, il s'abandonnait à des fantasmes fiévreux, tandis que Zap 210, percevant confusément son trouble, se tapissait avec une certaine gêne à l'autre bout de l'embarcation. Pareille situation était pour Reith la source d'un amusement amer : quelles idées pouvaient bien s'agiter dans le crâne de cette fille ?

Il imagina un nouveau jeu pour la distraire : inventer des incidents grotesques, des situations extravagantes. Mais la jeune femme était comme une princesse de conte de fées incapable de rire. Son seul plaisir, de ce que le Terrien avait pu en voir, elle le trouvait dans les gaufrettes aigres-douces qui servaient de condiment pour leur nourriture insipide ; des friandises, malheureusement, qui ne tardèrent pas à s'épuiser, à peine deux jours après l'embarquement – ce qui ne manqua pas d'interloquer Zap 210 : « Il y a toujours du *diko* dans nos rations… toujours ! Quelqu'un a commis une erreur stupide ! »

Jamais Reith ne l'avait encore vue aussi exaltée. Puis la jeune femme devint maussade, apathique, elle refusa de manger quoi que ce soit. S'ensuivit alors une phase de nervosité irascible. À se demander si le *diko* ne contenait pas quelque drogue addictive, susceptible d'expliquer une réaction de manque aussi prononcée…

Pendant peut-être trois ou quatre jours, la jeune Pnumekin n'ouvrit pratiquement pas la bouche, et se tint à l'écart de Reith dans toute la mesure du possible, comme si elle tenait le Terrien pour responsable de cette privation – ce qui était d'ailleurs le cas : n'avait-il pas fait brutalement irruption dans la vie terne et monotone de Zap 210 ? N'avait-il pas bouleversé sa routine ordinaire – à savoir grignoter un *diko* chaque fois que l'envie lui en prenait ? Sa morosité commença à s'évanouir, au point qu'elle en devint presque loquace. Elle semblait avoir besoin de réconfort, ou d'attentions, voire – à la grande stupéfaction du Terrien – d'affection. Telle était du moins son impression ; et il trouvait cette situation d'une absurdité sans nom.

La péniche continuait de se mouvoir dans les ténèbres, passant d'un fanal bleu au suivant. Elle longea une série de lacs souterrains, traversa des grottes silencieuses drapées de stalactites, puis suivit pendant une longue période – peut-être trois jours – un canal rectiligne ponctué tous les kilomètres d'une balise bleue. Parcourut ensuite de nouvelles grottes, dans lesquels se trouvaient quelques quais déserts – des îlots de lumière jaunâtre. La rivière redevint ensuite un canal longiligne. Le voyage arrivait à son terme – et c'était comme si l'atmosphère s'en ressentait. Les hommes d'équipage se déplaçaient avec une détermination moindre ; les passagers installés à tribord venaient se poster à bâbord avant. Revenant de la cuisine avec le ravitaillement, Zap 210 annonça d'une voix dolente : « Nous sommes presque arrivés à Bazhan-Gahaï.

— Et où est-ce ?

— À la périphérie de la Zone. Nous avons parcouru une longue distance. (Puis d'ajouter, à mi-voix :) Ce fut une période fort paisible. »

Reith crut percevoir un brin de nostalgie dans sa voix. « Est-ce près de la surface ?

— C'est un centre commercial pour les marchandises en provenance des îles Stang et d'Aig-Hedaïjha. »

Ce qui ne manqua pas de surprendre le Terrien. « Nous sommes très loin au nord.

— Oui. Mais les *zuzhma kastchaï* risquent fort de nous attendre. »

Le Terrien regarda anxieusement devant lui, en direction du fanal bleu. « Pourquoi feraient-ils une chose pareille ?

— Je ne sais pas. Peut-être n'en feront-ils rien. »

Reith regardait défiler les balises avec une inquiétude grandissante. La fatigue finit par avoir raison de lui ; à son réveil, Zap 210 tendit le doigt devant eux : « Bazhan-Gahaï. »

Il bondit sur ses pieds. Devant eux, l'obscurité avait commencé à s'éclaircir : de lointains reflets lumineux jouaient à la surface. Le tunnel s'élargit, empreint d'une majesté presque théâtrale ; la péniche glissait pesamment sur les eaux. Inexorablement. Les silhouettes qui se pressaient à la proue se détachaient à présent contre une vaste toile de fond dorée. Le Terrien sentit une mystérieuse exaltation l'envahir. Leur voyage, qui avait débuté dans le froid et la détresse, touchait à son terme. Les parois de la galerie – contreforts galbés taillés dans la roche vive – commençaient à devenir visibles, illuminées d'un côté, plongées dans l'obscurité de l'autre. La lumière dorée avait quelque chose de trouble. Au-delà des eaux immobiles s'élevaient de hauts promontoires blancs. Zap 210 s'approcha lentement de l'étrave, pour contempler avec ravissement la clarté. Reith avait presque oublié à quoi elle ressemblait. Son visage étroit, sa pâleur, l'ossature fragile de sa mâchoire et de son front, son nez droit et sa bouche livide étaient conformes au souvenir qu'il en gardait, mais il y avait aussi quelque chose dans son expression qu'il était incapable de définir – de la tristesse, de la mélancolie, une inquiétude obsédante. Sentant son regard sur elle, la jeune femme se retourna. Reith se demanda ce qu'elle voyait.

Le tunnel s'élargit encore, pour finalement donner sur un grand lac tortueux. L'embarcation voguait le long d'un panorama d'une singulière beauté. De petites îles ponctuaient la surface du lac ; des colonnes tortueuses, blanches ou d'un rose tirant sur le gris, s'élevaient dans le lointain jusqu'à la voûte. À quelques centaines de mètres, un quai à auvent apparut. Un rayon de lumière dorée, filtrant par Dieu sait quelle ouverture, s'insinua dans la caverne.

L'émotion empêchait presque Reith de parler. « Le soleil ! » parvint-il enfin à croasser.

La péniche s'approchait nonchalamment du quai. Le Terrien ne cessait de scruter les parois du tunnel, en quête d'un quelconque chemin menant à l'extérieur. « Tu vas attirer l'attention », lui dit Zap 210 dans un filet de voix.

Reith se rejeta contre les balles sans cesser d'examiner la muraille. Il tendit le doigt. « Regarde, il y a une piste qui monte vers la brèche.

— Bien sûr. »

Ladite piste semblait mener jusqu'au quai, qui ne se trouvait plus qu'à quatre cents mètres d'eux désormais. Reith y distingua plusieurs silhouettes encapées de noir – des Pnume ou des Pnumekin, il n'aurait su le dire. Elles demeuraient parfaitement immobiles, comme à l'affût ; leur expression sinistre ne fit qu'accroître l'anxiété du Terrien.

Il se rendit à l'arrière, jeta des coups d'œil de tous côtés, puis rejoignit Zap 210. « Dans une petite minute, nous allons passer à proximité de cette petite île. On a tout intérêt à quitter la péniche à ce moment-là. Je n'ai aucune envie de débarquer sur le quai. »

Elle eut un haussement d'épaules fataliste. Tous deux gagnèrent la poupe de l'embarcation. L'îlot, une masse informe de grès, leur apparut par le travers. « Laisse-toi glisser dans l'eau, dit Reith. Évite d'agiter les jambes ou de patauger. Je te maintiendrai à la surface. »

La jeune femme s'exécuta, non sans lui avoir au préalable jeté un de ses indéchiffrables regards de biais. Le porte-documents bleu dans une main, Reith se laissa glisser à son tour par-dessus bord. La péniche poursuivit sa route en direction des créatures indéterminées qui attendaient sur le quai. « Prends-moi par les épaules et garde la tête hors de l'eau. »

Le sol s'éleva sous leurs pieds ; ceux-ci se posèrent bientôt sur l'île. La barge avait presque atteint le quai. Les formes noires s'approchèrent. À leur démarche, Reith savait qu'il s'agissait de Pnume.

Ils gagnèrent en pataugeant la terre ferme, sans s'écarter des zones d'ombre où, du moins le Terrien l'espérait-il, ceux qui se trouvaient sur le quai ne pouvaient les voir. La piste conduisant à la brèche serpentait à une trentaine de mètres au-dessus de leurs têtes. Une fois que le Terrien eut soigneusement reconnu les lieux, le duo entreprit l'ascension de la pente, escaladant des amas détritiques, se cramponnant à des arêtes d'agate, franchissant à quatre pattes des voussures et des arcs-boutants. Un hululement sinistre s'éleva alors de l'autre côté de l'eau ; Zap 210 se pétrifia aussitôt.

« Qu'est-ce que c'était ? s'enquit Reith d'une voix étouffée.

— Sans doute une convocation, ou un appel... Je n'ai jamais rien entendu de tel à Pagaz. »

Ils continuèrent à grimper, leurs vêtements trempés collés contre leur corps, et atteignirent enfin la piste. Reith regarda de tous côtés, sans voir nulle part la moindre créature vivante. La brèche qui donnait sur l'extérieur n'était qu'à une cinquantaine de mètres d'eux. De nouveau s'éleva le sinistre hululement, empreint d'une lugubre urgence.

Ils se mirent à courir, hors d'haleine, tenant à peine sur leurs jambes. La brèche s'ouvrit devant eux : l'or terni du ciel de Tschaï apparut à leurs yeux. De noires nuées tumultueuses y flottaient. Reith se retourna une dernière fois. Ébloui par la lumière extérieure, les yeux brouillés de larmes, il ne put distinguer que des ombres et d'obscures silhouettes de rochers. Le monde souterrain était redevenu un univers lointain, inconnu. Le Terrien prit Zap 210 par la main et la tira à l'air libre. La jeune Pnumekin émergea d'un pas lent à la surface. Ils se trouvaient à mi-pente d'une colline dominant une large vallée. Au loin s'étendait une grise surface étale : la mer.

Reith entreprit de descendre la colline après un ultime coup d'œil en direction de la brèche. Zap 210 en fit autant, non sans avoir lancé un regard dubitatif en direction du soleil. Le Terrien fit halte pour ôter le capuchon abhorré et le lancer au loin, puis en fit autant avec celui de la jeune femme, malgré ses protestations stupéfaites.

5

La descente dans la large vallée baignée par la clarté dorée de l'après-midi fut pour Reith un moment d'euphorie. La tête lui tournait un peu, mais sa torpeur l'avait abandonné ; il se sentait fort, agile, il débordait d'espoir. Zap 210 lui inspirait même une affection nouvelle, empreinte de tolérance. C'était là une étrange créature désabusée, songeait-il en la lorgnant du coin de l'œil, aussi pâle qu'un fantôme. Se trouver soudain à ciel ouvert la mettait visiblement mal à l'aise. Ses yeux se posaient tour à tour sur le firmament, sur les versants de la vallée, sur l'horizon de ce qui devait être la Première Mer – du moins le Terrien en avait-il décidé ainsi.

Ils parvinrent enfin au fond de la cuvette. Un ruisseau paresseux serpentait entre ses rives tapissées de roseaux amarante. À proximité poussaient des bouquets d'herbe à pèlerin, dont les gousses servaient d'alimentation de base sur Tschaï. Zap 210 considéra d'un air dubitatif les cosses d'un vert grisâtre sans faire le rapprochement avec les plaquettes séchées importées dans les Abris. Elle les mangea avec une indifférence fataliste.

« Est-ce que les Abris te manquent ? » lui demanda le Terrien, qui la voyait regarder la route qu'ils avaient empruntée avec une certaine nostalgie.

Elle pesa bien ses mots avant de répondre : « J'ai peur. Tout le monde peut nous voir. Peut-être les *zuzhma kastchaï* nous surveillent-ils depuis la brèche. Ils pourraient lancer des molosses nocturnes à nos trousses. »

Reith se tourna vers la faille, une tache d'ombre presque invisible depuis l'endroit où ils se trouvaient. À part eux, il ne semblait y avoir personne dans le cirque. Mais rien ne le lui assurait. Des yeux pouvaient fort bien surveiller les lieux depuis la trouée, et leurs houppelandes noires ne manqueraient pas d'attirer l'attention. Or il n'y avait guère de chances que Zap 210 accepte d'ôter la sienne. Le Terrien se leva. « Il se fait tard ; il y a peut-être un village en bord de mer. »

Trois kilomètres plus loin, la rivière s'élargissait pour devenir un marécage. Sur la berge opposée s'élevait une dense forêt d'énormes dyans, aux troncs un peu inclinés en périphérie. Reith avait déjà vu une telle forêt par le passé ; il devait s'agir d'un bosquet sacré des Khors, une peuplade belliqueuse qui vivait sur le littoral méridional de la Première Mer.

La présence d'un bosquet sacré, s'il s'agissait bien de cela, rendait le Terrien passablement nerveux. Une rencontre avec les Khors risquait fort de confirmer d'emblée les craintes qu'éprouvait Zap 210 vis-à-vis du *ghaun*, et des mœurs déplaisantes de ses habitants.

Pour le moment, il n'y avait aucun Khor en vue. À force de longer le marécage, ils atteignirent le sommet d'un monticule dominant d'une trentaine de mètres la nappe fangeuse. Au-delà se déployait la paresseuse Première Mer. Au loin, d'un côté comme de l'autre, se trouvaient de gris promontoires éboulés qui se confondaient presque avec les ombres du crépuscule naissant. Quelque part au sud-est, pas très loin peut-être, devaient s'étendre les Carabas, où les hommes s'obstinaient à prospecter des sequins malgré les chasses dirdir.

Reith balaya la côte du regard, essayant de s'orienter à l'instinct. Zap 210 contemplait la mer d'un air abattu, se demandant ce que l'avenir lui réservait. À quelque distance vers le sud, le Terrien remarqua les piliers de guingois d'un appontement qui reliait la plaine marécageuse à la mer. Une douzaine d'embarcations y étaient amarrées. Une butte située au-delà du marais leur dissimulait le village qui devait se trouver à l'extrémité de la jetée.

Si les Khors n'étaient pas systématiquement hostiles, ils obéissaient à des usages complexes qu'ils ne toléraient de voir transgressés. L'ignorance d'un étranger ne lui valait aucune bienveillance de leur part ; leurs règles étaient *explicites*. Leur rendre visite pouvait donc s'avérer extrêmement périlleux.

« Je n'ose prendre le risque de croiser des Khors. » Le Terrien se retourna vers les collines désolées. « Sivishe est située loin au sud. On va devoir rallier le cap Braise. Si jamais on parvient là-bas, nous pourrons y prendre un bateau pour descendre la côte vers l'ouest – même si, pour le moment, je ne vois pas comment on va pouvoir payer le voyage. »

Zap 210 en resta bouche bée de surprise. « Tu veux que je t'accompagne ? »

Voilà donc pourquoi elle regardait le paysage avec une telle mélancolie ! « Tu as d'autres projets ? » s'enquit Reith.

La jeune femme plissa les lèvres d'un air maussade. « Je pensais que tu voudrais peut-être partir de ton côté.

— Et te laisser toute seule ? Je ne donnerais pas cher de ta peau. »

Elle lui décocha un regard mi-interrogateur, mi-sardonique, incertaine qu'elle était des raisons d'un tel emportement.

« En surface, reprit le Terrien, beaucoup se comportent de manière “malséante”. Je doute que ce soit à ton goût.

— Ah.

— Il va nous falloir nous montrer prudents. Ces capes – mieux vaudrait s'en débarrasser. »

Elle lui lança un regard horrifié. « Et marcher sans vêtements ?

— Non, juste sans nos capes. Elles attirent l'attention – et l'hostilité. Nous n'avons pas intérêt à être pris pour des Gzhindra.

— Mais c'est ce que je suis censée être !

— Peut-être en décideras-tu autrement à Sivishe. Si nous y arrivons, bien sûr. Passer pour des Gzhindra ne nous attirera que des ennuis. » Et il ôta sa houppelande. À moitié tournée, le visage barré d'une grimace furieuse, Zap 210 entreprit d'en faire de même. Elle ne portait plus que sa tunique grise à présent.

Reith roula en boule les deux capes. « Il pourrait faire froid pendant la nuit ; mieux vaut les emporter. »

Il ramassa le porte-documents bleu, bien inutile désormais, hésita quelques instants, puis finit par le glisser dans la doublure de sa veste.

Et tous deux se mirent en marche le long du rivage, en direction du nord-ouest. Le bosquet des Khors s'estompa ; le lointain cap se fit de plus en plus volumineux à l'horizon, vers lequel Carina 4269 descendait irrésistiblement. Alors même que ses rayons se coloraient de toute la richesse d'une fin d'après-midi, un banc de nuages noir et pourpre s'amoncelaient au nord, signe avant-coureur d'un des soudains orages de Tschaï. Ils se déplaçaient inexorablement vers le sud, zébrés à l'occasion de fulgurances électriques. La mer en dessous s'était parée du lustre olivâtre du graphite. Devant eux, tapi au pied du promontoire, apparut bientôt un nouveau buisson de dyans. Un bosquet sacré ? Reith eut beau fouiller les environs du regard, il ne vit nulle part de bourg khor.

Le bosquet les dominait de toute sa masse. Les troncs extérieurs penchaient vers l'extérieur ; leurs frondaisons pendaient vers le bas tel un immense parasol. Le cap dissimulait peut-être un village, mais, pour l'heure, tous deux étaient les seules créatures vivantes sous ce ciel coupé en deux, une moitié noire et l'autre d'un bistre doré.

Le Terrien se garda bien de lui faire part de ses appréhensions – la jeune femme avait assez à faire avec les siennes. Le soleil avait rendu ses joues écarlates. Dans sa légère tunique grise un peu moulante, avec ses cheveux noirs qui commençaient à boucler sur son front et derrière ses oreilles, elle ne ressemblait plus guère à la malheureuse souillon livide que Reith avait rencontrée dans le réfectoire de Pagaz… Était-ce son imagination, ou le corps de la jeune Pnumekin avait-il vraiment pris des formes, des rondeurs ? Surprenant son regard, elle le dévisagea avec une honte mêlée de défi. « Pourquoi cette tête ?

— Sans raison particulière. Sauf que tu as bien changé depuis le jour où je t'ai rencontrée. En beaucoup mieux.

— Je ne comprends pas ce que tu veux dire, répliqua-t-elle d'un ton tranchant. Tu racontes n'importe quoi.

— Peut-être, oui… Un de ces jours – pas maintenant – je t'expliquerai à quoi ressemble la vie à la surface. Les us et coutumes y sont plus complexes – plus intimes, tu dirais plus “malséants” que dans les Abris.

— Humph. Pourquoi te diriges-tu vers la forêt ? Est-ce un autre lieu secret ?

— Je l'ignore. (Reith tendit le doigt vers les nuages.) Tu vois ces traînées noires à l'horizon ? C'est de la pluie. On devrait réussir à rester au sec en nous réfugiant sous les arbres. Sans compter qu'il va bientôt faire nuit – les molosses nocturnes ne vont pas tarder à sortir de leurs tanières. Nous n'avons pas d'armes. Nous installer dans les branches suffira sans doute à garantir notre sécurité. »

La jeune femme n'émit aucun commentaire supplémentaire ; ils poursuivirent donc leur progression en direction du bosquet.

Les dyans s'élevaient à d'incroyables hauteurs au-dessus de leur tête. Ils firent une halte juste avant de pénétrer dans le sous-bois, tous les sens aux aguets – pour n'entendre que le murmure du vent précurseur de la tempête.

Pas à pas, ils s'enfoncèrent à l'intérieur du bosquet. Le soleil filtrait à travers les nuages, mêlant ses rayons d'or bruni aux colonnes des troncs. Reith et Zap 210 passaient de poche d'ombre en flaque de lumière. Les branches les plus basses se trouvaient à trente mètres au-dessus de leurs têtes : pas question, par conséquent, d'envisager de grimper à un arbre – ils ne seraient donc guère plus à l'abri des molosses nocturnes ici que dans la plaine. Soudain Zap 210 s'arrêta net, les oreilles apparemment aux aguets. « Qu'est-ce que tu entends ? lui demanda Reith.

— Rien. » Elle n'en continua pas moins à écouter, et à jeter maints regards alentour. Ce qui mit le

Terrien extrêmement mal à l'aise. Que percevait-elle, que lui-même échouait à détecter ?

Ils reprirent leur route, se mouvant avec une prudence féline, sans s'écarter de la pénombre. Un espace dénué de troncs, mais néanmoins couronné d'un linceul de feuillage, s'ouvrit bientôt devant eux. La zone, circulaire, accueillait quatre cabanes ainsi qu'une basse plate-forme centrale. Les troncs qui l'entouraient avaient été sculptés à l'image qui d'un homme, qui d'une femme. Les premiers avaient un long menton en galoche, le front étroit, les pommettes et les yeux saillants ; les personnages féminins arboraient quant à eux un nez étiré et des lèvres étirées en un large rictus. Aucun des deux sexes ne ressemblait aux Khors typiques qui, dans le souvenir de Reith, ne se distinguaient pratiquement pas, qu'il s'agisse de la stature, de la physionomie ou du costume. Les poses, aussi conventionnelles que rigides, représentaient des actes de copulation. Reith jeta un regard de biais en direction de Zap 210, pour la découvrir estomaquée. Sans doute, du moins l'espérait-il, interprétait-elle ces postures fort explicites comme l'expression d'un comportement folâtre, voire simplement « malséant ».

Les nuages engloutirent le soleil, et l'obscurité envahit aussitôt la clairière ; des gouttes de pluie commencèrent à tomber sur leurs visages. En examinant les cabanes, Reith les estima conformes à l'architecture khor : des bâtisses de briques brunâtres, coiffées de noirs toits de fer coniques. Il y en avait une à chaque coin du rectangle formé par la trouée. Elles semblaient vides – le Terrien se demanda ce qu'elles pouvaient bien contenir. « Reste là », soufflat-il à l'oreille de Zap 210. Et, le corps en avant, il s'élança vers la plus proche. Il tendit l'oreille : pas un bruit. La porte s'ouvrit sans opposer la moindre résistance, sur un intérieur empreint d'une odeur lourde – presque fétide – de cuir mal tanné, de résine et de musc. Des dizaines de masques de bois sculpté, identiques aux visages des effigies mâles, pendaient à un râtelier. Deux bancs occupaient le centre de la pièce ; mais nulle part il n'y avait d'armes, de vêtements ou d'objets de valeur. Reith rejoignit donc Zap 210, pour la trouver occupée à inspecter les troncs sculptés, les sourcils levés de dégoût.

Un éblouissant éclair pourpre déchira le ciel, immédiatement suivi d'un coup de tonnerre ; et la pluie s'abattit à torrents. Le Terrien entraîna la fille jusqu'à la cabane. L'averse tambourinait sur le toit en fer. « Les Khors sont des gens imprévisibles, fit Reith, mais je ne les vois pas venir dans leur bosquet par une nuit pareille.

— Pourquoi y viendraient-ils à un quelconque moment ? s'enquit Zap 210 avec irritation. Il n'y a rien d'autre ici que ces danseurs grotesques. Est-ce à cela que ressemblent les Khors ? »

Reith comprit qu'elle faisait allusion aux personnages sculptés à même les troncs. « Pas du tout. Ce sont des gens à la peau jaune, aussi soignés que méticuleux. Rien ne distingue les hommes des femmes, ni l'apparence physique ni la disposition d'esprit. (Il s'efforça de se rappeler ce qu'Anacho lui avait dit :) Un peuple étrange, aux mœurs secrètes, qui se transforme littéralement une fois la nuit tombée – s'il faut en croire la rumeur, en tout cas. Chaque individu possède deux âmes, qui s'intervertissent à l'aube et au coucher du soleil ; son corps accueille donc deux personnes différentes. (Anacho avait continué ses mises en garde par la suite :) Les Khors sont aussi susceptibles que des serpents à poivre ! Ne leur adresse pas la parole. Fais comme si tu ne les voyais pas, sauf en cas d'absolue nécessité – auquel cas échange avec eux aussi peu de mots que possible. Ils considèrent la loquacité comme un crime contre nature… Ne prête aucune attention aux femmes, ne regarde en direction des enfants : on te soupçonnerait de leur jeter un sort. Et par-dessus tout ignore le bois sacré ! L'arme traditionnelle des Khors est un aiguillon de fer, qu'ils savent lancer avec une précision diabolique. Ce sont des gens dangereux. »

Reith s'efforça de répéter ces conseils du mieux qu'il se les rappelait ; Zap 210 alla s'asseoir sur un des bancs.

« Étends-toi, lui dit le Terrien. Essaye de dormir.

— Avec le bruit de l'orage, et cette horrible odeur qui imprègne absolument tout ? Toutes les maisons du *ghaun* sont-elles ainsi ?

— Pas toutes », grommela le Terrien. Il alla jeter un coup d'œil dehors depuis le seuil de la porte. Les éclairs aveuglants, associés la lumière moribonde du crépuscule, donnaient aux arbres-statues des airs de sarabande érotique endiablée. Zap 210 n'allait peut-être pas tarder à lui poser des questions auxquelles il n'avait nulle envie de répondre… Soudain, la grêle se mit à marteler le toit ; puis l'orage s'éteignit, aussi vite qu'il avait débuté. Seul le murmure du vent qui soufflait dans les dyans leur parvint bientôt aux oreilles.

Reith retourna dans la pièce. « Bon, dit-il à la jeune femme d'une voix qui sonnait faux à ses propres oreilles, au moins tu vas pouvoir te reposer maintenant ; au moins le bruit a-t-il cessé. »

Zap 210 poussa une espèce de petit cri étouffé, que le Terrien aurait été bien en peine d'interpréter, puis alla à son tour se poster devant la porte. Elle se retourna vers Reith. « Quelqu'un arrive. »

Le Terrien se précipita à la porte. À l'autre bout de la clairière se tenait une silhouette vêtue d'un costume khor – mâle ou femelle, Reith n'aurait su le dire. Il la vit pénétrer dans la cabane qui faisait face à la leur. « Nous ferions mieux de filer tant qu'on en a la possibilité », lança-t-il à la jeune femme.

Celle-ci le tira en arrière. « Non, non ! Il y en a un autre ! »

Le second Khor émergea alors du sous-bois, les yeux braqués en direction du ciel. Le premier sortit de la cabane avec une torche accrochée à l'extrémité d'une perche ; le nouveau venu se précipita vers la bâtisse dans laquelle Reith et Zap 210 avaient trouvé refuge. Son congénère ne lui prêta aucune attention. Alors même que le Khor entrait, Reith le frappa de toutes ses forces, faisant fi de toutes les règles de la galanterie – peu importait dans leur situation qu'il s'agisse d'un homme ou d'une femme. Le Khor s'écroula, le corps flasque ; c'était un mâle. Le Terrien lui arracha son manteau, lui ligota les pieds et les mains avec des lanières de sandales, se servit d'une des manches de sa cape noire pour le bâillonner. Zap 210 lui prêta main-forte pour le traîner derrière le râtelier de masques, où Reith procéda à une fouille rapide de son corps flasque ; il récolta ainsi une paire d'aiguillons de fer, un poignard et un sac en cuir souple rempli de sequins, qu'il s'appropria avec une pointe de culpabilité.

Debout sur le seuil de la cabane, Zap 210 contemplait la clairière avec fascination. L'autre Khor était une femme. Affublée d'un masque féminin, vêtue d'une robe blanche, elle se tenait près de la torche qu'elle avait plantée dans l'un des manchons situés à proximité de la plate-forme centrale. Si la disparition de l'homme qui était entré dans la cabane la décontenança, elle n'en laissa rien paraître.

Reith jeta à son tour un coup d'œil au-dehors. « Maintenant – tant qu'il n'y a qu'une seule femme…

— Non ! Il en vient d'autres ! »

Trois silhouettes se séparaient dans la clairière, pour se rendre chacune dans une cabane différente. L'une d'elles, affublée d'un masque féminin et d'une robe blanche, en sortit équipée d'une autre torche, qu'elle fixa à côté de la première avant d'aller s'immobiliser aux côtés de sa comparse. Les deux autres, qui portaient des masques masculins et des robes blanches identiques à celles des femmes, vinrent bientôt les rejoindre.

Reith commençait confusément à comprendre la fonction du bosquet sacré. Zap 210 paraissait quant à elle totalement captivée par le spectacle.

Le Terrien s'en trouva fort mal à l'aise. Si ce qu'il redoutait devait survenir, cela ne manquerait pas d'ébranler totalement la jeune femme.

Trois nouveaux Khors pénétrèrent dans la clairière ; l'un d'eux s'approcha de la cabane où attendaient Reith et Zap 210. Le Terrien tenta de renouveler son exploit précédent ; cette fois, cependant, il porta un coup trop oblique, qui ne réussit qu'à faire tomber l'intrus. Reith se jeta aussitôt sur lui pour lui couper la respiration jusqu'à ce qu'il s'évanouisse. Après l'avoir attaché et bâillonné, il le soulagea de sa sacoche. « Ça ne m'amuse pas de devenir un voleur, mais j'en ai bien plus besoin que toi. »

Zap 210, toujours plantée sur le seuil, lâcha un hoquet de stupéfaction. Reith alla donc voir de quoi il en retournait. Les femmes – il y en avait trois, à présent – s'étaient intégralement dénudées. Elles entonnèrent une mélopée sans paroles, douce, légère, envoûtante ; les trois porteurs de masques masculins se mirent à tourner lentement autour de la plate-forme.

« Que font-ils ? chuchota Zap 210. Pourquoi dévoilent-ils ainsi leur corps ? C'est la première fois que je vois une chose pareille !

— C'est juste une cérémonie religieuse, fit nerveusement le Terrien. Ne regarde pas. Va donc t'étendre, essaie de dormir. Tu dois être très fatiguée. »

Elle le toisa d'un regard flamboyant, où l'ébahissement le disputait à la défiance. « Tu ne réponds pas à ma question. Ça m'embarrasse fortement. Jamais je n'ai vu de corps nu. Tous les habitants du *ghaun* sont-ils aussi… aussi turbulents ? Je trouve ça extrêmement choquant. Et ce chant – comme il est troublant ! Qu'est-ce qu'ils se préparent à faire ? »

Reith tenta de se poster devant elle. « Tu ne ferais pas mieux d'aller dormir ? Ces rites n'ont *vraiment* rien d'intéressant, je puis te l'assurer.

— Bien au contraire ! Je n'en reviens pas que des gens puissent faire preuve d'autant d'effronterie ! Et regarde ! Ces… hommes ! »

Reith inspira profondément – et prit la décision qui s'imposait. « Reviens ici. » Il lui tendit un masque féminin. « Mets-le. »

Elle se rejeta aussitôt en arrière, horrifiée. « Pour quoi faire ? »

Le Terrien se colla un masque masculin sur le visage. « On part.

— Mais… » Elle lança un regard fasciné en direction de la plate-forme.

Reith la fit pivoter sur elle-même, la coiffa d'un des bonnets khor et s'affubla lui-même de l'autre.

« Ils nous ont sûrement vus, murmura Zap 210. Ils vont nous prendre en chasse et nous tuer.

— Peut-être. Mais on ferait quand même mieux de partir. (Il jeta un coup d'œil à la ronde.) Vas-y en premier. Rends-toi derrière la hutte. Je serai juste derrière toi. »

Elle s'exécuta. Les femmes continuaient à chanter leur mélopée ensorcelante du côté de la plate-forme ; les hommes se bornaient à les regarder, immobiles, intégralement nus.

Reith rejoignit Zap 210 derrière la cabane. Les avait-on remarqués ? La mélopée se poursuivait, enflant par vagues successives. « Va te réfugier dans le bois. Et ne te retourne pas.

— Ridicule, grommela la jeune femme. Pourquoi ne devrais-je pas regarder derrière moi ? » Zap 210 se mit néanmoins en marche, Reith quelque pas derrière elle. De la cabane s'éleva alors un sauvage hurlement de fureur ; le chant s'interrompit aussitôt, laissant place à un silence stupéfait.

« Cours », lui ordonna le Terrien. Et tous deux se mirent à traverser précipitamment le bosquet sacré, dans lequel ils se débarrassèrent des bonnets et des masques. Derrière eux s'élevaient de furieuses imprécations, mais, peut-être à cause de leur nudité, les Khors s'abstinrent de se lancer à leurs trousses[1].

---

1. Par la suite, Reith en apprendrait davantage sur les bosquets sacrés et les relations sociales en usage chez les Khors. Dans

Sitôt sortis du petit bois, Reith et Zap 210 firent halte pour reprendre leur souffle. La lune bleue scintillait derrière quelques nuages échevelés au beau milieu du ciel, parfaitement limpide par ailleurs.

La jeune femme leva les yeux vers le ciel. « À quoi correspondent ces petites lumières ?

— À des étoiles. Des soleils lointains. La plupart s'accompagnent d'un cortège de planètes. Les humains sont originaires d'un monde appelé la Terre – tes ancêtres, les miens, et même ceux des Khors. La Terre est le berceau des hommes.

— Comment sais-tu tout cela ?

— Je te le dirai un jour – mais pas ce soir. »

Ils se remirent en marche sous le ciel constellé d'étoiles. Leur situation mettait Reith dans un étrange état d'esprit – c'était comme s'il avait retrouvé sa jeunesse, et déambulait dans une prairie terrestre sous les étoiles en compagnie d'une gracieuse jeune femme dont il serait tombé amoureux. Si puissante devint la rêverie – ou l'hallucination – qu'il prit la main de Zap 210, qui peinait derrière lui. La petite Pnumekin lui lança un regard dépourvu d'aménité, mais ne protesta pas : c'était sans doute là un autre aspect incompréhensible de ce *ghaun* stupéfiant.

---

les villes et les villages, hommes et femmes portaient les mêmes vêtements ; l'activité sexuelle était considérée comme un comportement contre nature. Aussi l'acte de procréation n'avait-il lieu que dans les bosquets sacrés, où nudité et masques rituels accentuaient la différenciation sexuelle. Une fois masqués, ceux qui participaient à ces ébats adoptaient de nouvelles personnalités ; on considérait les enfants comme le fruit de l'union non pas d'un père et d'une mère spécifiques, mais de celle de l'Homme et de la Femme archétypaux.

Ainsi poursuivirent-ils leur route un certain temps. Reith reprit peu à peu ses esprits. Il foulait le sol de Tschaï ; et sa compagne… – pour tout un tas de raisons, il se garda bien de laisser ses réflexions aller plus loin. Comme si elle avait senti son changement d'humeur, Zap 210 arracha d'un geste brusque sa main de son étreinte ; elle *aussi* avait peut-être vécu l'espace d'un instant dans un rêve.

Ils progressaient en silence. Enfin, la lune bleue directement au-dessus de leurs têtes, ils atteignirent le promontoire en grès, au pied duquel ils découvrirent une espèce de petite grotte. S'enveloppant dans leurs capes, ils se blottirent sur un tas de sable… Reith n'arrivait pas à dormir. Les yeux grands ouverts, il contemplait le ciel, bercé par la respiration de la fille. Elle aussi était éveillée. Pourquoi avait-il éprouvé l'irrésistible besoin de fuir les Khors, au risque d'être poursuivis et tués ? Pour protéger l'innocence de la jeune Pnumekin ? Ridicule. Il scruta le visage de sa compagne, simple tache pâle dans l'obscurité.

« Je n'arrive pas à dormir, chuchota-t-elle. Je suis trop fatiguée, et la surface m'effraie.

— Elle me fait parfois peur, à moi aussi. Mais toi… tu préférerais retourner dans les Abris ? »

Comme à son habitude, Zap 210 fit en sorte d'éluder la question : « Je n'arrive pas à comprendre ce que voient mes yeux. Et jamais je n'avais entendu un chant pareil.

— Les chansons des Khors sont immuables. Peut-être ont-elles vu le jour sur la Terre d'autrefois.

— Et ils s'exhibent sans le moindre vêtement ! Est-ce ainsi que les gens agissent en surface ?

— Pas tous.

— Mais pourquoi font-ils ça ? »

Tôt ou tard, songea Reith, il faudrait bien qu'elle découvre les arcanes de la biologie humaine. Mais pas ce soir. Non, pas ce soir ! « La nudité ne signifie pas grand-chose, bafouilla-t-il. Tout le monde a un corps à peu près similaire.

— Mais pourquoi voudraient-ils se dévoiler ainsi ? On ne se découvre jamais, dans les Abris, et on s'efforce d'éviter les "comportements déplacés".

— Des "comportements déplacés"… qu'est-ce que tu veux dire par là, au juste ?

— Une intimité vulgaire. Des gens qui en touchent d'autres et s'amusent en leur compagnie. Tout cela est parfaitement ridicule. »

Reith choisit ses mots avec le plus grand soin : « C'est sans doute un comportement humain *normal* – comme avoir faim, ce genre de choses. Tu ne t'es jamais conduite de façon "déplacée" ?

— Bien sûr que non !

— Et ça ne t'a jamais traversé l'esprit ?

— Nul n'est maître de ses pensées.

— Tu n'as jamais éprouvé l'envie d'avoir des rapports particulièrement… intimes avec un jeune homme ?

— Jamais ! » Zap 210 était proprement scandalisée.

« Eh bien, tu te trouves à la surface, à présent ; les choses peuvent y être différentes… Bon, tu ferais bien d'aller dormir. Qui sait, demain, nous aurons peut-être une horde de Khors à nos trousses. »

Reith finit par s'endormir. Il se réveilla une fois au beau milieu de la nuit, pour découvrir que la lune bleue s'était couchée – seules les constellations brillaient dans le ciel noir. Dans le lointain s'éleva le triste hululement d'un molosse nocturne. Alors qu'il resserrait sa cape autour de lui, Zap 210 lui murmura d'une voix assoupie : « Le ciel me fait peur. »

Le Terrien se rapprocha subrepticement d'elle, tendit presque malgré lui une main pour caresser les cheveux à présent soyeux de la jeune Pnumekin. Dans un soupir, elle s'abandonna à la volupté de l'instant – éveillant par là même dans l'esprit de Reith un troublant instinct de protection.

Les heures de la nuit s'égrenèrent. Une lueur rousse finit par apparaître à l'est, qui vira au lilas avant de devenir une aurore aux reflets miel. Zap 210 se rassit, emmitouflée dans sa houppelande ; le Terrien entreprit quant à lui d'examiner le contenu des bourses qu'il avait prises aux Khors. Grande fut sa satisfaction de constater que sa fortune s'élevait à quatre-vingt-quinze sequins – il n'en espérait pas tant. Il se débarrassa des aiguillons, des dards de fer effilés de vingt centimètres de long, empennés de cuir ; quant au poignard, il le glissa à sa ceinture.

Ils entreprirent ensuite l'ascension du promontoire. Carina 4269 se leva derrière eux lorsqu'ils en eurent atteint le sommet ; ses rayons vinrent illuminer la grève, révélant d'autres plages, d'autres marécages fangeux – et, au loin, un second promontoire identique à celui sur lequel ils se trouvaient. Le village khor était bâti à mi-pente d'une colline, quinze cents mètres à gauche. Presque à leurs pieds se trouvait une jetée qui zigzaguait à travers la lagune avant de s'avancer dans la mer – précaire édifice de pilotis, de cordes et de planches qui trépidait sous le choc des vagues. Une demi-douzaine de bateaux étaient amarrés aux minces pieux ; hauts de poupe comme de proue, ils ressemblaient à des doris mâtés. Reith se tourna vers le village. À part quelques panaches de fumée qui s'élevaient des noirs toits de fer, il n'y distinguait aucune activité. Il revint à son inspection des embarcations.

« On se fatiguera moins sur l'eau qu'en marchant, dit-il. Et un bon vent semble souffler en direction du large. »

Zap 210 le dévisagea, consternée. « Tu veux traverser toute cette immensité déserte ?

— Plus elle sera déserte, et mieux cela vaudra. Ce n'est pas la mer qui m'inquiète, mais les gens qui naviguent dessus… Il en est d'ailleurs de même sur la terre ferme, bien entendu. » Le Terrien commença à descendre, la jeune Pnumekin sur ses talons. Alors qu'ils s'engageaient sur la passerelle branlante située à l'extrémité de l'appontement, leur parvint d'ils ne savaient où un hurlement de fureur. Ils virent alors un garçon qui fonçait à toute vitesse en direction du village.

Reith se mit aussitôt à courir. « Viens vite ! Nous n'avons pas beaucoup de temps. »

Zap 210 s'élança derrière lui, hors d'haleine. Ils atteignirent ensemble le bout de la passerelle. « Nous n'arriverons jamais à leur échapper ! s'exclama-t-elle. Ils vont nous poursuivre en bateau.

— Je ne crois pas, non. » Reith passa les embarcations en revue ; son choix se porta sur celle qui lui semblait la plus solide. Des silhouettes noires s'agitaient à présent à l'entrée du village. Une dizaine de Khors se ruèrent vers la jetée, suivis par un nombre égal de leurs congénères.

« Saute dans cette barque, lui lança le Terrien, et hisse la voile !

— Trop tard ! Nous ne pourrons jamais nous échapper.

— Non, il n'est *pas* trop tard. Hisse la voile !

— Je ne sais pas comment faire.

— Tu n'as qu'à tirer sur la corde qui pend au bout du mât. »

Sitôt montée à bord, la jeune femme fit de son mieux pour suivre ses instructions. Le Terrien, pendant ce temps, entreprit de longer l'appontement pour couper les amarres qui retenaient les autres bateaux. Entraînés par le courant, poussés par la brise de terre, ils s'éloignèrent peu à peu du quai.

Reith rejoignit Zap 210, occupée à batailler désespérément avec la drisse. Tous ses efforts n'eurent pour seul résultat que de coincer la grande vergue sous l'étai. Reith lança un ultime regard aux villageois, puis sauta dans la barque et leva l'ancre.

N'ayant pas le temps de dépêtrer les filins emmêlés, il fixa les avirons aux tolets et poussa au loin l'embarcation. Une troupe de Khors hurlants surgit alors sur la passerelle, la faisant trembler sous leurs pieds. Ils s'immobilisèrent, commencèrent à faire tourbillonner leurs dards ; une volée d'aiguillons de fer s'enfonça presque aussitôt dans les flots à quelques mètres de l'embarcation – beaucoup trop près au goût du Terrien. Avec une énergie renouvelée, il entreprit de dénouer les filins de manière à pouvoir hisser la voile. La vergue se libéra enfin dans un grincement, le vent gonfla aussitôt la misaine grise, et le petit bateau s'en fut sur les eaux, sous le regard dépité des Khors.

Reith avait pris la direction du large. Zap 210 restait recroquevillée au milieu de l'embarcation. « Est-ce bien sage de s'éloigner autant de la terre ferme ? finit-elle par lui demander d'une voix abattue.

— On ne *pourrait* faire plus sage. Si on longeait la côte, les Khors pourraient nous suivre à distance et nous tuer quand nous débarquerions.

— Jamais je ne me suis sentie à ce point exposée. C'est… vraiment effrayant !

— D'un autre côté, nous sommes dans une meilleure situation qu'hier à la même heure. Tu as faim ?

— Oui.

— Va regarder ce qu'il y a dans le coffre là-bas. Peut-être sommes-nous dans une bonne passe. »

Zap 210 alla ouvrir le coffre situé à l'avant ; au milieu de morceaux de cordes et d'accessoires divers, de voiles de rechange et de lanternes, elle y dénicha un pichet d'eau et un sac de biscuits d'herbe à pèlerin.

Une fois la côte presque indiscernable, Reith mit le cap au nord-ouest, en ferlant la voile rudimentaire face au vent – qui leur resta favorable toute la journée. Reith restait à quinze kilomètres de la côte, hors de portée des yeux khors. Des caps apparaissaient au loin dans l'obscurité, passaient devant le barrot, puis disparaissaient dans leur sillage.

Le vent se mit à souffler plus fort en fin d'après-midi, provoquant l'apparition de rouleaux blancs sur la mer sombre. Le gréement grinçait, les voiles se gonflaient, l'embarcation jouait aux montagnes russes, son sillage bouillonnant d'écume ; le Terrien se réjouit de voir défiler les milles aussi rapidement.

Carina 4269 plongea derrière les collines du continent ; le vent tomba, laissant le bâtiment dériver sans but sur les eaux. L'obscurité finit par les envelopper ; Zap 210 se recroquevilla craintivement sur le banc central, oppressée par l'immensité des cieux. Ses peurs commençaient à fatiguer le Terrien, qui abaissa la vergue à mi-mât, bloqua la barre, s'installa aussi confortablement que possible – et s'endormit.

Ce fut la fraîcheur de la brise matinale qui le réveilla. Dans la lueur indécise qui précédait l'aube, il se dirigea d'un pas mal assuré vers le mât pour tant bien que mal étarquer la voile ; après quoi il barra dans un demi-sommeil l'embarcation jusqu'au lever du soleil.

Vers midi apparut devant eux une pointe de terre. Reith accosta sur une lugubre grève de sable gris et partit aussitôt en reconnaissance, durant laquelle il découvrit un ruisseau saumâtre, un fourré de baies rougeâtres, ainsi qu'une belle quantité d'herbe à pèlerin. Il remarqua dans le ruisseau la présence d'espèces de crustacés, mais ne parvint pas à en attraper un seul.

Ce fut au milieu de l'après-midi qu'ils reprirent la mer, le Terrien se servant dans un premier temps des rames afin de s'éloigner de la plage. Ils contournèrent le promontoire, pour découvrir derrière un paysage totalement différent. Aux grèves de sable gris et aux marécages avait succédé une étroite bande de galets bordant d'arides falaises rouges. Prenant bien soin de rester sous le vent, Reith mit le cap sur le large.

Une heure avant le coucher du soleil, apparut au nord-est un bas navire étiré, qui suivait une trajectoire parallèle à celle de la barque. Le soleil frôlant l'horizon au nord-ouest, le Terrien espérait échapper à l'attention de ceux qui se trouvaient à son bord. Le navire ressemblait par trop aux vaisseaux pirates qui sillonnaient l'océan Draschade. Espérant éviter le bâtiment, il vira plein sud, mais le vaisseau inconnu manœuvra pareillement – le Terrien n'aurait su dire s'il s'agissait ou non d'une coïncidence. Il prit donc la direction de la côte, qui ne se trouvait à présent qu'à une dizaine de milles ; le mystérieux navire modifia lui aussi son cap. Le cœur lourd, Reith se rendit à l'évidence : leur poursuivant allait certainement les rattraper. Zap 210 suivait les événements avec un découragement manifeste ; Reith se demanda ce qu'il lui faudrait faire si la galère parvenait bel et bien à les intercepter. La jeune Pnumekin ne pouvait s'imaginer le sort qui l'attendrait alors – et le moment était assez mal choisi pour le lui expliquer… Le Terrien prit une décision : si d'aventure leur capture devenait une réalité, il la tuerait. Puis il changea d'avis : mieux valait sauter à l'eau et se noyer *ensemble*… Les deux solutions lui paraissaient néanmoins peu satisfaisantes – tant qu'il y avait de la vie, il y avait de l'espoir.

Le soleil plongea derrière l'horizon ; tout comme la veille au soir, le vent perdit presque aussitôt de sa force, pour finalement cesser totalement de souffler – privant ainsi les deux embarcations de leur moyen de propulsion principal.

Reith empoigna les avirons et, dans le crépuscule naissant, s'éloigna à la force des bras du vaisseau pirate encalminé. La nuit durant il rama, d'abord au clair de la lune rose, puis des deux. Leur reflet semblait danser à la surface des flots.

Devant eux finit par s'élever une masse encore plus sombre que l'obscurité – le rivage. Le Terrien lâcha les rames. Une lueur scintillait loin à l'ouest ; la mer était d'un noir de poix. Il jeta l'ancre, cargua la voile. Tous deux firent un repas de baies et de gousses d'herbe à pèlerin, puis s'allongèrent au fond du bateau, sur les voiles repliées.

Avec le matin une brise commença à souffler de l'est. L'embarcation était en mouillage à une centaine de mètres du littoral, dans une eau profonde d'à peine un mètre. La galère des pirates, pour peu qu'ils en soient véritablement, n'était plus nulle part en vue. Reith leva l'ancre, hissa la voile ; la barque s'éloigna rondement vers le large.

Rendu prudent par les événements de la veille, le Terrien demeura à quelques encablures du rivage jusqu'au milieu de l'après-midi, le temps que le vent s'apaise. Au nord, un amoncellement de nuages noirs laissait présager une tempête ; s'emparant des avirons, Reith conduisit l'embarcation dans un lagon situé à l'embouchure d'une rivière paresseuse. S'y trouvait un radeau en roseaux séchés, à bord duquel deux garçons étaient en train de pêcher. Après le choc initial causé par l'apparition d'un voilier en ces lieux, ils le regardèrent approcher avec une parfaite indifférence.

Reith cessa un instant de ramer pour réfléchir à la situation. L'indifférence des deux enfants ne lui semblait nullement normale. Sur Tschaï, un événement imprévu était presque systématiquement synonyme de danger imminent. Il rama donc prudemment à portée de voix du frêle esquif. À une trentaine de mètres, sur la rive, se trouvaient trois hommes également occupés à pêcher. Apparemment, des Gris : des créatures courtaudes, trapues, aux traits accusés, aux cheveux bruns épars et à la peau grisâtre. Au moins, songea le Terrien, ce n'étaient pas des

Khors – ils ne montreraient donc pas automatiquement hostiles.

Laissant la barque dériver, Reith lança à pleins poumons : « Y a-t-il une ville dans les environs ? »

L'un des gamins tendit le bras en direction d'un bouquet d'ouïngas pourpres. « Un peu plus loin.

— Comment s'appelle-t-elle ?

— Zsafathra.

— Pourrons-nous y trouver une auberge, ou même une taverne ?

— Ça, il va falloir le demander aux autres pêcheurs. »

Reith approcha donc son esquif de la grève. « Faites moins de boucan ! s'exclama l'un d'eux avec irritation. Vous allez faire fuir tous les gobbulches du lagon !

— Pardon, répliqua le Terrien. Est-il possible de trouver un logement dans votre ville ? »

Les pêcheurs le dévisagèrent avec une curiosité impersonnelle. « Qu'est-ce que vous faites dans la région ?

— Nous sommes des voyageurs qui retournent chez eux après s'être rendus dans le sud du Kislovan.

— Une distance bien grande pour un si petit bateau, fit remarquer l'un des hommes avec un certain scepticisme.

— Un bateau qui ressemble étrangement aux embarcations des Khors, observa son voisin.

— On dirait effectivement une embarcation khor, convint le Terrien. Mais revenons plutôt à la question de l'hébergement, si ça ne vous dérange pas.

— Tout est disponible moyennant quelques sequins.

— Nous sommes en mesure de payer un prix raisonnable. »

Le plus vieux pêcheur se leva. « À défaut d'autre chose, déclara-t-il, nous sommes un peuple raisonnable. (Il fit signe à Reith de s'approcher. Quand l'embarcation eut atteint les roseaux, il sauta à son bord.) Vous affirmez ainsi votre appartenance au peuple khor !

— Bien au contraire. Nous affirmons ne *pas* être des Khors.

— Et votre bateau, alors ? »

Reith fit un geste ambigu. « Il y a mieux, mais aussi bien pire ; il nous a conduits jusqu'ici. »

Un sourire froid étira les lèvres du pêcheur. « Empruntez le chenal que vous voyez là-bas. Et tenez bien votre droite. »

Reith rama ainsi une demi-heure durant, à travers un dédale de canaux bordés d'ouïngas et parsemés d'îlots de roseaux noirs. Le Zsafathrien, s'avisa-t-il bientôt, avait soit voulu lui jouer un tour de son cru, soit cherché à le désorienter. « Je suis fatigué, finit-il par dire. Prends les rames pour le reste du parcours.

— Non, non, rétorqua le vieillard. Nous sommes presque arrivés, il ne te reste plus qu'à virer à gauche en direction des ouïngas.

— Étrange, fit le Terrien. Nous avons parcouru ce chenal une bonne dizaine de fois.

— Ils se ressemblent tous. Nous sommes arrivés à destination. »

L'embarcation pénétra dans un lac aux eaux paisibles, entouré d'ouïngas sous lesquels étaient bâties des maisonnettes sur pilotis coiffées de toits de roseaux rouges. Un édifice plus vaste, plus raffiné également, se dressait à l'extrémité du plan d'eau.

Ses pilotis étaient en bois d'ouïnga, son chaume une mosaïque compliquée de motifs noirs, bistre et gris.

« Voici notre maison commune, laissa tomber le Zsafathrien. Nous ne sommes pas aussi isolés que tu sembles le croire. Ici viennent régulièrement des Thangs, avec leurs troupes et leurs chariots, des colporteurs bihasu et des dignitaires en déplacement – comme vous-mêmes. Et à tous nous proposons de nombreux divertissements.

— Des Thangs ? Nous devons être tout près du cap Braise !

— Tout près, quatre mille cinq cents kilomètres ? À part les mouches des sables, je ne connais guère de choses plus invasives que les Thangs ; il en apparaît absolument partout – le plus souvent là où on le voudrait le moins. La grande ville thang d'Urmank se trouve non loin d'ici… Toi et ta femme appartenez à une race qui m'est inconnue. Si cette hypothèse n'était pas intrinsèquement absurde – mais non, postuler une absurdité me ferait perdre ma dignité ; je m'abstiendrai donc de toute conjecture.

— Nous venons d'un endroit lointain dont tu n'as jamais entendu parler. »

D'un petit geste, le vieil homme lui fit comprendre que peu lui importait. « À ta guise. Du moment que tu observes le cérémonial et que tu payes ton dû…

— Deux questions, fit le Terrien. En quoi consiste ce “cérémonial”, et combien devons-nous nous attendre à payer par jour ?

— Le cérémonial est d'une simplicité enfantine – il se résume à un échange de plaisanteries, pour ainsi dire. Quant au tarif, on te réclamera peut-être quatre ou cinq sequins par jour. Va t'amarrer au dock, si tu le veux bien. On devra ensuite dissimuler ton bateau, pour éviter toute question importune d'un Thang ou d'un Bihasu qui s'aviserait de passer par ici. »

Reith jugea préférable de ne pas soulever d'objection. Il mouilla le long du quai – qui se résumait à des brins d'osier et des roseaux attachés à des pilotis en bois d'ouïnga. Le Zsafathrien sauta à terre, puis aida galamment Zap 210 à débarquer, profitant de l'occasion pour l'inspecter de près.

Reith s'empressa de les rejoindre, un filin dans la main. Après s'en être emparé, le vieillard le confia à un adolescent en lui soufflant des instructions à l'oreille. Il conduisit ensuite Reith et Zap 210 jusqu'à la maison commune. « Voilà, faites comme chez vous. Le petit bâtiment que vous voyez là-bas est à votre disposition. Vin et nourriture vous seront servis le moment venu.

— Nous aimerions prendre un bain – et changer de vêtements, si d'aventure il y en a de disponibles.

— Les bains se trouvent par là-bas. Et on peut vous fournir des habits zsafathriens – contre rémunération, bien entendu.

— À savoir ?

— La tenue ordinaire en jonc gris, celle des coupeurs de roseaux et des cultivateurs, coûte dix sequins pièce. Vos habits ne valent guère mieux que des haillons. Je ne saurais donc trop vous conseiller de consentir à cette dépense.

— Le linge de corps est-il compris dans le prix ?

— Les sous-vêtements vous seront facturés deux sequins pièce, et il vous en coûtera cinq sequins pour de nouvelles sandales.

— Fort bien, fit Reith. Nous prenons le tout. Tant qu'il nous restera des sequins, nous allons vivre comme des princes. »

6

Vêtue du modeste costume gris des Zsafathriens – une blouse et un pantalon –, Zap 210 attirait beaucoup moins l'attention. Ses cheveux noirs avaient commencé à boucler ; l'exposition au vent et au soleil avait assombri sa peau. Seule la parfaite régularité de ses traits, associée à l'expression pensive, voire soucieuse, qu'elle arborait constamment, la distinguait à présent du commun. Reith doutait cependant qu'un étranger puisse voir dans sa conduite autre chose qu'une timidité excessive.

Mais Cauch, le vieux Zsafathrien, ne manqua pas de le remarquer. Il s'empressa de prendre le Terrien à part. « Ta femme… serait-elle malade, par hasard ? lui demanda-t-il sur le ton de la confidence. Si tu as besoin d'herbes, de bains de sudation ou d'homéopathie, nous en avons à disposition, et pour un prix tout à fait modique.

— Décidément, tout est marchandable, à Zsafathra. Le temps que nous ne partions, nous risquons fort de vous devoir plus de sequins que nous n'en transportons. Comment réagiriez-vous, dans pareil cas ?

— Par une triste résignation, rien de plus. Nous nous savons maudits, condamnés à vivre une sempiternelle succession de déceptions. J'ose néanmoins espérer qu'il n'en ira pas ainsi.

— Non, sauf si nous profitons de votre hospitalité plus longtemps que je ne l'envisage.

— Tu sauras gérer soigneusement tes ressources, je n'en doute pas un instant. Mais revenons-en à ma question sur l'état de santé de la femme. (Il soumit celle-ci à un examen attentif.) J'ai une certaine expérience en la matière ; je devine en elle un fond d'apathie, une certaine langueur, ainsi qu'un soupçon de morosité. Le reste me laisse passablement perplexe.

— C'est une personne insondable, convint Reith.

— Si je puis me permettre, pareille description s'applique à vous deux. (Les yeux de hibou du Zsafathrien se braquèrent sur Reith.) Bien sûr, ça ne regarde que toi si ta femme est malade... Une collation a été servie dans le pavillon ; vous y êtes bien évidemment les bienvenus.

— Moyennant un petit quelque chose, je présume ?

— Comment pourrait-il en aller autrement ? Sur cette planète implacable, seul l'air qu'on respire est gratuit. Serais-tu de ceux qui préfèrent avoir faim plutôt que de se défaire de quelques piécettes ? Cela m'étonnerait fort. Venez. » Cauch les conduisit donc jusqu'au pavillon, les fit s'installer à une table d'osier, puis alla s'entretenir avec les serveuses chargées du buffet.

Le premier service se composa de thé froid, de biscuits épicés et de tiges d'une plante rouge qui craquait sous la dent. La nourriture était bonne, les sièges confortables ; après toutes les vicissitudes des dernières semaines, Reith avait le sentiment de nager en pleine irréalité – il ne pouvait s'empêcher de jeter des coups d'œil méfiants de tous côtés. Peu à peu, néanmoins, il finit par se détendre. Le pavillon était un havre idyllique de paix. Les frondes diaphanes des ouïngas pourpres qui pendaient presque jusqu'au sol diffusaient un parfum aromatique. Carina 4269 saupoudrait l'eau d'ocelles d'or bruni. De derrière la maison commune leur parvenaient des coups musicaux de gongs à eau. Zap 210, les yeux fixés sur l'étang, grignotait sa nourriture comme si celle-ci manquait de saveur. S'avisant finalement de l'attention que le Terrien lui portait, elle se redressa sur sa chaise, l'air guindé.

« Encore un peu de thé ? lui proposa Reith.

— Si tu veux. »

Le Terrien s'empara de la carafe en verre pour la servir. « Tu n'as pas l'air d'avoir très faim.

— Non. Je me demande s'ils ont du *diko*.

— Je peux bien t'assurer qu'ils n'en ont pas. »

Elle fit claquer ses doigts avec irritation.

« Cet endroit te plaît-il ? reprit le Terrien.

— Je le préfère à l'immensité de la mer. »

Reith sirota un moment son thé en silence. Sitôt la table desservie, on leur apporta de nouveaux plats : des croquettes sucrées en gelée, des cœurs de palmistes grillés et des fruits de mer. Zap 210 semblait toujours avoir aussi peu d'appétit. « Maintenant que tu connais un peu la surface, lui lança poliment le Terrien, la trouves-tu différente de ce à quoi tu t'attendais ? »

Elle réfléchit un instant. « Jamais je n'aurais imaginé voir autant de femmes-mères, murmura-t-elle, comme si elle s'adressait à elle-même.

— Des femmes-mères ? De femmes ayant eu des enfants, tu veux dire ? »

Elle rougit. « Je parle des femmes à la poitrine proéminente, aux hanches saillantes. Elles sont si nombreuses ! Et certaines ont l'air si jeunes – elles ont à peine dépassé le stade de l'adolescence.

— Rien de plus normal. Quand les filles sortent de l'enfance, leur poitrine et leurs hanches ont tendance à s'épanouir.

— Je ne suis pas une enfant, déclara Zap 210 d'une voix inhabituellement hautaine. Et je… » Sa voix mourut.

Reith se resservit du thé, puis s'installa confortablement dans son siège. « Le moment est venu de t'expliquer certaines choses. Sans doute aurais-je dû le faire plus tôt. *Toutes* les femmes sont des “femmes-mères”. »

Elle lui décocha un regard incrédule. « Certainement pas !

— Bien sûr que si. Les Pnume te donnaient des drogues pour te garder immature – ce fameux *diko*, j'imagine. Comme tu as cessé de subir leur influence, tu es juste en train de devenir *normale* – plus ou moins. Tu n'as pas remarqué certains… changements en toi ? »

Elle recula aussitôt dans sa chaise, stupéfaite qu'il soit au courant de son embarrassant secret. « Ce sont là des choses dont on ne parle pas.

— Dès lors qu'on sait de quoi il s'agit. »

Elle se tourna de nouveau vers l'étang. « Tu as… remarqué des changements en moi ? lui demanda-t-elle d'une voix timide.

— Ma foi, oui. Pour commencer, tu ne ressembles plus au fantôme d'un petit garçon malade. »

Elle poussa un soupir. « Je ne veux pas me transformer en animal obèse, qui se complairait dans les ténèbres. Faut-il vraiment que je sois mère ?

— Toutes les mères sont des femmes, mais toutes les femmes ne sont pas mères. Et toutes les mères ne deviennent pas des créatures obèses.

— Comme c'est étrange ! Pourquoi certaines femmes deviennent-elles mères, et pas d'autres ? Est-ce une malédiction du destin ?

— Les hommes ont *aussi* leur mot à dire. Regarde là-bas, sur la terrasse de cette maisonnette : deux enfants, une femme, un homme. La femme est une jeune mère, elle resplendit de santé. L'homme est le père. Sans père, il n'y a pas d'enfants. »

Mais le retour de Cauch à leur table vint interrompre les explications de Reith. « Tout est à votre satisfaction ?

— Absolument. Nous allons regretter votre village. »

Cauch hocha complaisamment la tête. « Sur quelques rares points, nous sommes un peuple chanceux, pas aussi strict que les Khors, et loin d'avoir... l'adaptabilité obsessionnelle des Thangs de l'Ouest. Et vous ? J'avoue être curieux d'apprendre d'où vous venez et où vous vous rendez, car vous me donnez l'impression d'être des gens peu banals. »

Reith réfléchit quelques instants, puis : « Ça ne me dérange pas de satisfaire ta curiosité – dès lors que tu acceptes de me verser en échange une somme raisonnable. En vérité, je suis même en mesure de t'apporter bien des lumières. Pour une centaine de sequins, je te garantis un récit en tout point sidérant. »

Cauch se rejeta en arrière, ses mains levées au ciel. « Garde-toi de me donner le moindre renseignement précieux ! En revanche, ne te gêne surtout pas pour causer avec moi *gratuitement* de tout et de rien – tu trouveras alors en moi un auditeur attentif. »

Reith s'esclaffa. « La trivialité est un luxe que je ne puis m'offrir. Nous allons quitter Zsafathra demain, en espérant que notre maigre réserve de sequins suffise à nous mener jusqu'à Sivishe – pour tout te dire, je préfère ne pas y penser.

— Je serais bien en peine de te donner des conseils sur ce point, même à titre onéreux. Mon expérience se limite à Urmank – où tu devras faire preuve de prudence. Les Thangs s'approprieront tous tes sequins sans hésitation. Et inutile de se mettre en colère ou de crier au préjudice ! C'est simplement dans leur nature : ils préfèrent l'intrigue au travail. Nous autres Zsafathriens restons sur nos gardes quand nous nous rendons à Urmank – tu verras pourquoi si d'aventure tu te décides à nous accompagner à son bazar.

— Mmmh. » Reith se gratta le menton. « Et quid de notre bateau, dans ce cas ? »

Cauch haussa les épaules avec un peu trop de désinvolture – telle fut tout du moins l'impression du Terrien. « À quoi se résume un bateau, au bout du compte ? À une coquille de bois flottante !

— C'est un objet de valeur, que nous avions envisagé de vendre à Urmank. Je suis néanmoins prêt à m'en défaire à vil prix, histoire de m'épargner la peine de la navigation. »

Secoué d'un rire silencieux, le vieux secoua la tête. « Je n'ai nul besoin d'une barcasse aussi mal construite – et à ce point inconfortable. Ses agrès sont effilochés, ses voiles ont vu des jours meilleurs ; sans même parler du pauvre assortiment de matériel et de cordages que contient son coffre. »

Au bout d'une heure et demie de propositions et de contre-propositions, Reith se défit de son bateau pour quarante-deux sequins, auxquels s'ajoutaient l'hébergement pour la nuit et le transport jusqu'à Urmank. Tout en marchandant de la sorte, ils burent des quantités considérables de thé poivré, un breuvage légèrement grisant ; une certaine euphorie finit donc par s'emparer du Terrien. Le présent ne lui semblait plus si sombre désormais. L'avenir ? Il restait à écrire. La lueur déclinante du jour filtrait à travers le feuillage des gigantesques ouïngas, imprégnant l'air d'une sorte de poussière violette. Le ciel se réfléchissait dans l'étang.

Sitôt Cauch reparti s'occuper à ses affaires, Reith se laissa aller contre le dossier de son siège. Il considéra Zap 210, qui avait elle aussi bu énormément de thé poivré. Dans son état d'esprit altéré par l'alcool, le Terrien ne voyait plus en elle une Pnumekin, une erreur de la nature, mais une jeune femme avenante tranquillement assise dans la pénombre. Elle fixa son attention sur l'autre bout du pavillon ; ce qu'elle y vit l'abasourdit – elle se tourna aussitôt vers Reith, qui remarqua alors combien ses yeux étaient grands et noirs. « Est-ce que tu as vu… *ça* ? murmura-t-elle d'une voix étranglée.

— Quoi donc ?

— Un garçon et une fille – ils se tenaient tout près, et leurs visages se touchaient !

— Tu m'en diras tant…

— Je t'assure !

— Incroyable. Qu'est-ce qu'ils ont fait, exactement ?

— Eh bien – j'aurais bien du mal à te le décrire.

— Quelque chose dans ce genre ? » Reith posa ses mains sur ses épaules, plongea son regard dans ses yeux interdits.

« Non… Pas tout à fait. Ils étaient plus près.

— Comme ça ? »

Le Terrien la prit par la taille. Il se remémora soudain les eaux froides du lac de Pagaz, la farouche vitalité animale du corps qui se cramponnait à lui. « Comme ça ? » répéta-t-il.

Elle le repoussa. « Oui... Lâche-moi ; quelqu'un pourrait nous trouver inconvenants.

— Est-ce qu'ils ont fait *ceci* ? » Il l'embrassa.

Elle le dévisagea avec un mélange d'inquiétude et de stupéfaction, puis posa une main sur sa bouche. « Non... Pourquoi as-tu fait ça ?

— Tu as trouvé ça désagréable ?

— Ma foi... non, je ne crois pas. Mais, s'il te plaît, ne recommence pas. Ça me met dans tous mes états.

— Parce que l'effet du *diko* se dissipe. » Il se rassit. La tête lui tournait.

Zap 210 lui lança un coup d'œil fébrile. « Je n'arrive pas à comprendre pourquoi tu as fait ça. »

Reith prit une profonde inspiration. « L'attirance entre les hommes et les femmes n'a rien que de parfaitement naturel. C'est ce qu'on appelle l'instinct de reproduction, dont il résulte parfois des enfants. »

La jeune femme parut aussitôt s'en alarmer. « Je vais donc devenir une femme-mère ?

— Non. Ça nécessiterait beaucoup plus... d'affection.

— Tu en es sûr ? »

Reith eut l'impression qu'elle se penchait vers lui. « Absolument. » Il l'embrassa de plus belle ; cette fois, après un petit sursaut nerveux, elle n'offrit aucune résistance...

« Ne bouge pas, lui dit-elle, le souffle court. Ils ne nous remarqueront pas si on reste assis comme cela ; nous regarder les emplirait de honte. »

Reith se figea, son visage collé contre celui de la jeune femme. « Mais de qui parles-tu ?

— Regarde – *maintenant*. »

Le Terrien jeta un regard par-dessus son épaule. En face du pavillon se tenaient deux sombres silhouettes toutes vêtues de noir – houppelandes comme capuchons à large bord.

« Des Gzhindra », chuchota Zap 210.

Cauch pénétra alors dans le pavillon, alla leur parler quelques instants, puis les conduisit jusqu'à la route.

La nuit succéda au crépuscule. Après avoir accroché un peu partout dans le pavillon des lampes munies d'abat-jour jaune et vert, les serveuses recouvrirent le buffet de nouvelles victuailles. Reith et Zap 210, aussi lugubres l'un que l'autre, se gardèrent bien de quitter la pénombre.

Cauch vint les rejoindre au pavillon. « Demain à l'aube, déclara-t-il, nous allons partir pour Urmank ; on devrait *a priori* y arriver aux alentours de midi. Vous connaissez la réputation des Thangs ?

— Jusqu'à un certain point.

— Elle est méritée. Ils préfèrent la tromperie au respect de la parole donnée, et n'aiment rien tant que l'argent *volé*. Je ne saurais donc trop vous conseiller de rester sur vos gardes.

— Qui étaient les deux hommes en noir avec qui tu bavardais tout à l'heure ? » s'enquit négligemment Reith.

Cauch opina du chef comme s'il s'était attendu à cette question. « C'étaient des Gzhindra – des Hommes des Profondeurs, comme on les appelle. Ils servent parfois d'intermédiaires entre les Pnume et le reste de Tschaï. Mais ce sont d'autres affaires qui les ont conduits ici ce soir. Les Khors les ont chargés de localiser un homme et une femme qui ont profané un lieu sacré et volé un bateau à proximité du village de Fauzh. Par une étrange coïncidence, leur signalement correspondait au vôtre – mais certaines contradictions m'ont permis d'affirmer en toute bonne foi que personne n'avait vu ces deux individus à Zsafathra. Cependant, rien n'empêche les Khors d'aller discuter de cette affaire avec des gens qui ne vous connaissent pas aussi bien que moi ; pour éviter toute confusion éventuelle, je ne saurais trop vous conseiller de modifier votre apparence autant qu'il vous le sera possible.

— Plus facile à dire qu'à faire, répliqua Reith.

— Pas du tout. » Cauch siffla dans ses doigts ; sans manifester la moindre surprise, une servante s'approcha aussitôt d'un pas placide – une jolie fille aux hanches larges, aux épaules bien charpentées, aux pommettes saillantes, à la bouche pulpeuse. Ses cheveux, d'une couleur châtain assez quelconque, formaient une extravagante et coquette architecture de bouclettes coquines. « Vous désirez quelque chose ? s'informa-t-elle.

— Apporte-nous une paire de turbans, lui répondit Cauch. Les blanc et orange, avec des pendeloques noires. »

À son retour, la fille enroula la bande d'étoffe orange et blanc autour du crâne de Zap 210, de telle façon que les glands par lesquels s'achevait le turban se balancent à l'oreille gauche de la jeune Pnumekin, puis accrocha les pendeloques noires à l'arrière de la droite. Reith s'émerveilla de la transformation ; Zap 210 arborait à présent un air d'espièglerie audacieuse – on aurait dit une demoiselle effrontée déguisée en pirate.

Adam Reith se fit enturbanner à son tour. Zap 210, qui semblait trouver leur transformation amusante, ouvrit la bouche et explosa de rire : jamais le Terrien ne l'avait vue aussi détendue.

Cauch les jaugea des pieds à la tête. « Une métamorphose impressionnante. Vous êtes devenus un couple d'Hedaïjhans ! Demain, je vous procurerai des châles. Vos propres mères ne vous reconnaîtraient pas.

— Combien nous factureras-tu ce service ? Un prix raisonnable, j'espère ?

— Huit sequins en tout, somme qui comprend le matériel, son ajustement et une formation aux postures des Hedaïjhans – ça se résume en gros à marcher de façon arrogante, en balançant les bras – comme ceci. (Cauch se fendit d'une petite démonstration.) Les mains – comme ça. Bon, gente demoiselle, honneur aux dames. N'oublie pas de plier les genoux. Voilà… Dandine-toi… »

Zap 210 s'appliqua à suivre ses instructions, tout en lorgnant du côté de Reith pour voir s'il riait.

La répétition se prolongea jusque tard dans la nuit. La lune rose voguait déjà dans le ciel derrière les ouïngas quand la bleue se leva à l'est. Cauch se déclara finalement satisfait. « Vous abuseriez à peu près n'importe qui. Bon, allons nous coucher à présent. Demain, nous partons pour Urmank. »

Il faisait sombre derrière les parois de jonc de la chambrette, qui ne laissaient passer qu'une fraction de la lumière vert et jaune projetée par les lampes du pavillon ; celle-ci s'enchevêtrait avec les reflets rose et bleu des deux lunes pour tracer une résille multicolore sur le sol.

Zap 210 alla coller un œil à une fissure, et y resta plusieurs minutes à contempler l'allée bordée d'ouïngas. Reith finit par la rejoindre. « Qu'est-ce que tu vois ?

— Rien. Ils ne vont pas se laisser repérer si facilement. » Elle se détourna de son poste d'observation, décocha au Terrien un regard indéchiffrable, puis alla s'asseoir sur l'une des couchettes en roseaux. « Tu es un homme vraiment étrange », murmura-t-elle.

Reith ne trouva rien à lui répondre.

« Il y a tellement de choses que tu ne me dis pas... J'ai parfois l'impression d'être totalement ignorante.

— Qu'est-ce que tu veux savoir ?

— Comment les gens de la surface se comportent, ce qu'ils ressentent, pourquoi ils agissent comme ils le font... »

Reith alla se planter devant elle. « Tu veux apprendre tout ça ce soir ? »

Elle se perdit dans la contemplation de ses mains. « Non. J'ai peur... Pas maintenant. »

Reith tendit un bras pour lui toucher la tête. Il se sentait soudain follement tenté de s'asseoir à côté d'elle pour lui raconter son extraordinaire odyssée... Il voulait sentir ses yeux sur lui, voir son pâle visage attentif, émerveillé... En vérité, s'avisa-t-il, cette étrange fille aux secrètes pensées avait commencé à éveiller en lui plus qu'un simple intérêt.

Le Terrien se détourna. Et se dirigea vers sa propre couchette, les yeux de la jeune femme fixés sur son dos.

7

Le soleil matinal pénétrait dans la chambre par les interstices du tressage. Sitôt habillés, Reith et Zap 210 sortirent rejoindre Cauch au pavillon – il était en train d'y prendre son petit-déjeuner, composé de biscuits d'herbe à pèlerin et d'un bouillon chaud qui sentait bon la marée. Il examina attentivement le couple, attachant une attention toute particulière à leurs turbans ainsi qu'à leur démarche. « Pas trop mal, déclara-t-il. Mais vous avez tendance à oublier mes instructions : dandine-toi davantage, ma chère. Hausse un peu plus les épaules. N'oubliez pas, vous êtes des Hedaïjhans dès que vous mettez le pied à l'extérieur du pavillon ! Au cas où vous auriez éveillé des soupçons, et feriez l'objet d'une surveillance… »

Le repas terminé, tous trois s'engagèrent dans l'allée bordée d'ouïngas qui conduisait vers le nord. Reith et Zap 210, qui ressemblaient autant à des Hedaïjhans que turbans et châles le leur permettaient, s'approchèrent d'une démarche maniérée de deux chariots tirés par des bêtes d'une espèce que le Terrien ne connaissait pas : des animaux à la robe grise, qui sautillaient avec une certaine élégance sur leurs huit longues pattes.

Cauch grimpa à bord du premier véhicule ; ses compagnons le rejoignirent, et le convoi quitta Zsafathra.

La route s'enfonçait dans un paysage marécageux semé de bouquets de roseaux et de plantes aquatiques, avec ici et là quelques souches noires aux longues vrilles verdâtres. Cauch, tout comme les autres Zsafathriens installés dans le chariot qui les suivait, passait une grande partie de son temps à scruter le ciel. « Qu'est-ce que tu regardes ? finit par lui demander Reith.

— Il arrive parfois qu'on se fasse importuner par la tribu des oiseaux de proie qui peuplent ces collines, là-bas. Voici d'ailleurs une de leurs sentinelles. (Il tendit le doigt vers une tache noire qui voletait au sud ; le pseudo-volatile semblait avoir la taille d'un gros busard.) Ils ne vont pas tarder à nous attaquer, enchaîna le vieillard d'une voix résignée.

— Cela n'a pas l'air de beaucoup t'alarmer.

— Nous savons comment nous y prendre avec eux. » Cauch fit volte-face, adressa un signe au chariot qui les suivait, puis accéléra l'allure de manière à augmenter la distance qui séparait les deux véhicules. Du sud surgit alors une flopée d'une bonne cinquantaine de pseudo-volatiles aux ailes battantes. Quand ils se furent rapprochés, Reith constata que chacun d'eux tenait dans son bec deux pierres de bonne taille. Il se tourna anxieusement vers Cauch. « Qu'est-ce qu'ils fabriquent avec ces rochers ?

— Ils les font tomber, avec une précision remarquable. Imagine-toi au beau milieu de la route, avec une trentaine de ces volatiles qui passent au-dessus de ta tête à cinq cents pieds d'altitude, comme c'est leur habitude. Trente pierres te réduiraient en bouillie.

— Vous avez de toute évidence trouvé un moyen de les faire fuir.

— Non, rien de tel.

— Vous vous arrangez pour perturber leur précision ?

— Bien au contraire. Nous sommes fondamentalement un peuple passif, qui s'efforce avant tout de *déconcerter* ses ennemis pour les vaincre. Tu ne t'es pas demandé pourquoi les Khors nous laissaient tranquilles ?

— C'est une question qui ne m'est pas venue à l'esprit.

— Quand ils nous attaquent – ce qui n'est pas arrivé depuis six siècles – nous battons en retraite et faisons en sorte de nous introduire dans leurs bois sacrés, pour nous y livrer à des profanations – les plus simples, naturelles et banales qui soient. Ils ne peuvent dès lors plus les utiliser pour procréer, ce qui les contraint à émigrer – ou à périr. Ce sont là des moyens de rétorsion passablement indélicats, j'en conviens volontiers, mais ils répondent parfaitement à notre philosophie de la guerre.

— Et ces oiseaux ? » Le Terrien observa dubitativement l'approche de la volée. « Pareille stratégie ne doit guère avoir d'efficacité contre eux, j'imagine ?

— Sans doute pas, encore que nous ne l'ayons jamais expérimentée sur eux. Dans le cas qui nous intéresse, nous ne faisons strictement rien.

Les oiseaux s'envolèrent dans les cieux ; Cauch força aussitôt l'animal de trait à progresser en zigzag. L'un après l'autre, les volatiles lâchèrent leurs pierres, qui tombèrent sur la route derrière le chariot.

— Tu dois comprendre que ces oiseaux parviennent uniquement à calculer la position d'une cible stationnaire ; dans le cas qui nous intéresse, leur précision se retourne contre eux. »

Leurs munitions épuisées, les volatiles repartirent vers les montagnes en poussant des croassements de déception. « Ils vont presque certainement revenir avec une nouvelle cargaison de pierres, reprit Cauch. Tu as remarqué que la route surplombait d'un bon mètre le marais qui l'entoure ? C'est là le résultat du labeur accompli par ces oiseaux au fil des siècles. Ils ne sont dangereux que si l'on s'arrête pour les regarder. »

Les chariots s'enfoncèrent dans une forêt d'arbres aux troncs d'un brun cireux, grouillants de petites créatures ébouriffées, moitié araignées et moitié singes, qui sautaient de branche en branche en relâchant de petits glapissements rauques et en bombardant les voyageurs de brindilles. À la forêt succéda une plaine hérissée de tertres couleur de miel, qui s'étendait sur une trentaine de kilomètres. La route passait ensuite à proximité de deux necks volcaniques s'élevant au beau milieu d'un antique château décrépit, qui jadis avait servi de quartier général à des cultes hermétiques. À en croire Cauch, seules des goules y résidaient désormais. « On n'en voit jamais en pleine journée, mais, la nuit, elles descendent hanter les faubourgs d'Urmank. Les Thangs en prennent parfois au piège pour les exhiber lors du carnaval. »

La route sillonna entre les pitons, et bientôt Urmank apparut aux yeux des voyageurs – fouillis anarchique de hautes et étroites maisons de bois noir, de tuiles et de pierre brune. Une demi-douzaine de bateaux à l'ancre flottaient placidement le long du quai, derrière lequel se trouvaient la place du marché et le bazar – des oriflammes orange et vert donnaient à ce dernier un air de fête. Un long mur croulant de briques le séparait d'un fatras de cabanes en torchis – le quartier des parias, apparemment.

« Et voici Urmank ! s'exclama Cauch. La cité des Thangs. Peu leur chaut de savoir qui vient leur rendre visite, dès lors qu'en repartant les voyageurs ont moins de sequins qu'en arrivant.

— J'ai bien peur de les décevoir sur ce point, fit Reith. Parce que j'ai bon espoir de *gagner* des sequins ici, d'une manière ou d'une autre. »

Cauch lui lança un regard de biais passablement ébahi. « Tu comptes extorquer des sequins aux Thangs ? Si tu possèdes un don aussi miraculeux, je t'en supplie, partage-le avec moi ! Ça fait tellement longtemps que les Thangs nous escroquent qu'ils considèrent désormais cela comme un droit imprescriptible. Oh, crois-moi, il faut se montrer prudent à Urmank !

— Pourquoi faire des affaires avec eux, s'ils vous escroquent ?

— Cela peut effectivement sembler absurde, admit le vieillard. Après tout, nous pourrions construire un bateau et naviguer jusqu'à Hedaïjha, aux Erges Verts, à Coad – mais nous sommes un peuple plein d'ironie ; ça nous amuse de nous rendre à Urmank, où les Thangs nous régalent de distractions. Regarde là-bas ; tu vois cette tente marron et orange ? C'est là où se déroulent les combats aux échasses. Tu trouveras au-delà les jeux de hasard, où le visiteur laisse invariablement plus de sequins qu'il n'en gagne. Urmank représente un défi pour Zsafathra ; toujours nous espérons damer le pion aux Thangs.

— Combiner nos efforts pourrait s'avérer profitable. Je peux au moins t'aider à voir les choses d'un œil neuf. »

Cauch haussa les épaules avec indifférence. « Depuis des temps immémoriaux, les Zsafathriens s'efforcent de surpasser les Thangs. Ils savent s'y prendre, avec nous : d'abord, ils nous font miroiter la perspective d'un gain rapide ; une perspective qui ne tarde pas à s'éloigner sitôt que nous avons lâché nos bons sequins… Bon, on va commencer par se reposer un peu. L'*Auberge du Marin Chanceux* s'est révélée satisfaisante par le passé. Comme je t'accompagne, tu ne risques ni de te faire agresser, ni d'être enlevé, ni d'être vendu comme esclave. Mais je ne saurais trop te conseiller de surveiller ta bourse. Quand il s'agit d'argent, les Thangs sont intraitables. »

Depuis son arrivée sur Tschaï, jamais encore le Terrien n'avait vu quoi que ce soit de comparable à l'ameublement de la salle commune de l'*Auberge du Marin Chanceux*. D'angulaires chaises en bois étaient rangées le long des murs de brique chaulés. Dans des alcôves trônaient des aquariums remplis de vers aquatiques iridescents. Le maître des lieux, qui portait un caftan marron boutonné par-devant, une calotte, des babouches et des protège-doigts noirs, affichait une expression débonnaire, que des manières suaves venaient agréablement souligner. Il se proposa de montrer à Reith deux chambres mitoyennes meublées d'un lit, d'une table de chevet et d'une lampe. La somme demandée – trois sequins – comprenait la fourniture de linge de corps et des pommades pour les pieds. Le Terrien, qui la trouvait raisonnable, s'en ouvrit à Cauch.

« Oui, dit ce dernier. Trois sequins, ce n'est pas cher. Mais je ne saurais trop te conseiller de ne pas faire usage de la pommade. Une nouvelle commodité doit *toujours* éveiller les soupçons. Peut-être tachera-t-elle les boiseries, ce qui te vaudra de te voir réclamer un dédommagement. À moins qu'elle ne contienne un produit urticant dont l'antidote te sera facturé cinq sequins le gramme. »

Cauch ne s'était pas gêné pour parler tout haut devant l'aubergiste, qui ne parut nullement s'en offusquer – il partit même d'un petit rire. « Pour une fois, vieux Zsafathrien, tu fais preuve d'un scepticisme passablement excessif. Il nous a récemment fallu accepter en guise de paiement une grosse quantité de fortifiants et de pommades, que nous mettons tout simplement à la disposition de notre clientèle. Si tu as besoin d'un diurétique ou d'un vermifuge, nous te le fournirons pour un prix symbolique.

— Je n'ai besoin de rien pour le moment, répondit Cauch.

— Et tes amis hedaïjhans ? Rien de tel qu'une petite purge de temps à autre. Et ça leur coûterait trois fois rien. Non, vraiment ? Bon, pour votre dîner, permettez-moi de vous recommander les Délices de la Terre et de la Mer. C'est à deux pas d'ici, à droite, sur le quai.

— J'ai déjà eu l'occasion d'y manger. Les “plats” qu'on m'a servis auraient coupé l'appétit d'une goule du Haut Château. Nous achèterons du pain et des fruits au marché.

— Dans ce cas, ayez l'amabilité de faire vos achats chez mon neveu, qui tient boutique juste en face du dépilatoire !

— Nous irons examiner sa marchandise. » Cauch ouvrit la marche jusqu'au quai. « Le *Marin Chanceux* est un établissement relativement honnête – et pourtant, comme vous pouvez le voir, il faut *toujours* faire preuve de méfiance. Lors de ma dernière visite, une troupe de musiciens donnait un concert dans la salle commune. Je me suis arrêté un moment pour l'écouter ; eh bien, ça m'a valu un supplément de quatre sequins sur ma note. Quant à ce laxatif qu'ils offrent pour rien ou pas grand-chose… (Il eut une petite quinte de toux)… c'est là fort prévenant de leur part. Mon grand-père a un jour accepté une proposition similaire – pour découvrir bientôt un verrou sur la porte des lieux d'aisance, ainsi qu'un petit écriteau indiquant un tarif d'usage. Ce prétendu médicament lui a coûté un bras, au bout du compte. Quand on a affaire aux Thangs, il est *vraiment* prudent de considérer la situation sous tous les angles. »

Tous trois suivirent le quai. Reith considérait les bateaux avec intérêt. C'étaient toutes de petites felouques ventrues, hautes de proue et de poupe, munies de propulseurs électriques censés pallier d'éventuelles absences de vent. Devant chacun se trouvait une pancarte indiquant son nom, son port de destination et la date d'appareillage.

Cauch toucha le bras du Terrien. « Il peut s'avérer imprudent de montrer trop d'intérêt pour les bateaux.

— Pourquoi ?

— À Urmank, il est toujours judicieux de dissimuler ses intentions. »

Reith se réintéressa au quai. « Apparemment, personne ne nous suit. Dans le cas contraire, on partira sans doute du principe que je feins de m'intéresser à ces bateaux pour dissimuler mon intention de m'enfoncer à l'intérieur des terres. »

Cauch poussa un soupir. « Dans cette ville, la vie réserve bien des surprises aux imprudents. »

Le Terrien s'arrêta devant une pancarte. « Le *Nhiahar*. Destination : Ching, les Îles Noires, la côte sud du Schanizade, Kazaïn. Attends-moi un instant. » Il emprunta une passerelle et s'approcha d'un homme aussi maigre que lugubre vêtu d'un tablier de cuir.

« Où est le capitaine, je te prie ?

— C'est moi.

— Combien demanderais-tu pour transporter deux personnes à Kazaïn ?

— Pour une cabine de classe A, quatre sequins par tête et par jour, nourriture comprise. Le voyage prend généralement trente-deux jours. Pour deux personnes, cela fait donc un total de deux cent cinquante-six sequins. »

Reith ne cacha pas sa surprise devant l'importance du montant – mais le capitaine demeura parfaitement imperturbable.

Le Terrien redescendit à terre. « Il me faudrait un peu plus de deux cent cinquante sequins, annonça-t-il à Cauch.

— Ce n'est pas une somme impossible à trouver. Un travailleur assidu peut gagner quatre ou même six sequins par jour. Les porteurs sont toujours très demandés sur les quais.

— Et les stands de jeu ?

— Là-bas, à côté du bazar. Il va sans dire que tes chances de battre les joueurs thangs sur leur propre terrain sont au mieux limitées. »

Ils débouchèrent sur une place pavée de dalles carrées rose saumon. « Il y a mille ans, le tyran Przélius a construit ici une vaste rotonde. Il n'en reste plus que les fondations. Là-bas : les échoppes de produits alimentaires. Plus loin : les vêtements et les sandales. Et *encore* après, les baumes et les essences… » Tout en parlant, Cauch désignait du doigt les éventaires, sur lesquels s'empilaient les marchandises les plus diverses : des denrées, des tissus, des cuirs, des mélanges d'épices terreux, des étains et des cuivres, des feuilles, des blocs, des tiges et des barres de fer noir, de la verrerie et des lampes, des parchemins magiques et des fétiches. Derrière les vestiges de la rotonde, et ses rangées plus ou moins ordonnées de boutiques, se trouvaient les divertissements : des tentes orange devant lesquelles des fillettes dansaient au son des flûtes et des cymbales. Les unes portaient des robes de mousseline, d'autres avaient la poitrine nue. Quelques-unes, nubiles depuis à peine un an ou deux, n'arboraient pour seuls vêtements que leurs sandales. Zap 210 les observa avec stupéfaction ; puis, dans un haussement d'épaules apathique, elle s'en détourna.

Une sourde mélopée attira l'attention de Reith. Un écran en toile entourait une petite arène, d'où leur parvenait présentement un chœur de huées et de grognements. « Le tournoi d'échasses, lui expliqua Cauch. Apparemment, l'un des champions vient de tomber, et nombre de parieurs ont perdu leur mise. »

Alors qu'ils passaient devant, Reith aperçut quatre hommes montés sur des échasses de trois mètres qui se tournaient prudemment autour. L'un d'eux en lança une en avant ; un autre asséna à un troisième un coup de gourdin matelassé ; pris par surprise, celui-ci se mit à osciller, ne parvenant que miraculeusement à conserver son équilibre, tandis que ses concurrents le poursuivaient en sautillant comme un grotesque duo de charognards.

« La plupart des échassiers sont des tailleurs de mica de la Montagne noire, dit Cauch. L'étranger qui mise sur ces combats pourrait tout aussi bien jeter son argent dans un trou. (Il secoua tristement la tête.) Et pourtant on continue à espérer. Il y a quelques années, le beau-père de mon frère a gagné quarante-deux sequins à la course aux anguilles – mais les deux jours précédents, il avait brûlé de l'encens et imploré une intervention divine.

— J'aimerais bien voir une course d'anguilles. Si une intervention divine se solde par un profit de quarante-deux sequins, notre intelligence devrait à elle seule nous en procurer autant, voire davantage.

— Par ici, derrière la baraque des sales gosses. »

Alors même que Reith s'apprêtait à lui demander de qui il s'agissait, une gamine rigolarde s'approcha de lui en courant, lui balança un coup de pied dans le mollet, lui fit une grimace, et se précipita à l'intérieur de la baraque. Reith la suivit des yeux, hésitant entre la surprise et la colère. « Pourquoi a-t-elle fait cela ?

— Viens… Je vais te montrer. »

Et il le conduisit dans la cambuse. Sur une estrade, à une dizaine de mètres d'eux, se tenait la gosse, qui poussa un horrible cri goguenard sitôt qu'elle les vit entrer. Derrière le comptoir était installé un Thang suave entre deux âges, le visage barré d'une moustache soyeuse. « Quel méchant chenapan, vous ne trouvez pas ? Tenez… donnez-lui une bonne leçon. Ces boulettes de boue valent dix azurs pièce. Les paquets de crottes coûtent un sequin les six et les pique-teignes un sequin les cinq.

— Ah, ah ! ricana la gamine. Pourquoi s'en faire ? Il ne sera jamais capable de lancer une pierre aussi loin !

— Allez-y, monsieur, donnez-lui une leçon ! Qu'allez-vous choisir ? Les boulettes de boue ? Les crottes dégagent une puanteur atroce, qu'elle déteste au plus haut point. Et je ne vous parle même pas des pique-teignes ! Elle va amèrement regretter son impudence !

— Montez donc sur l'estrade, répliqua Reith. Vous me servirez de cible.

— Il vous en coûtera le double, monsieur. »

Reith sortit de la baraque, sous les quolibets de la gamine et du tenancier.

« Tu as eu raison de t'abstenir, fit Cauch. Il n'y a pas le moindre sequin à glaner dans cette baraque.

— Personne ne peut vivre uniquement de pain et d'eau fraîche… Mais peu importe. Montre-moi ces courses d'anguilles.

— C'est à deux pas. »

Ils se dirigèrent vers le mur vétuste, en partie affaissé, qui séparait le bazar de la Vieille Ville. À l'extrémité de l'esplanade, presque dans l'ombre de la muraille, était installé un comptoir en forme de U entouré par une quarantaine d'hommes et de femmes, pour beaucoup habillés de vêtements étrangers. Entre les deux branches du U se trouvait un socle de ciment supportant une citerne de bois de près de deux mètres de diamètre et de soixante centimètres de haut. Munie d'un couvercle monté sur charnières, elle se vidait dans une rigole couverte qui aboutissait à un bassin de verre – sur lequel toute l'attention des joueurs était concentrée. Alors que Reith regardait, une anguille verte jaillit de la glissière pour plonger dans le bassin, bientôt suivie par deux de ses congénères, de couleurs différentes.

« Et le vert gagne encore ! s'écria le bonimenteur d'une voix pétrie d'angoisse. Quel petit chanceux, celui-là ! Vos mains derrière l'écran, s'il vous plaît, jusqu'à ce que j'aie fini de payer les gagnants ! Quel coup dur pour moi ! Vingt sequins pour ce monsieur de Jadarak qui n'en a misé que deux. Dix pour cette dame de la côte d'Azot, qui a risqué un sequin en jouant la même couleur que son chapeau ! Quoi ? C'est tout ? Ma foi, je n'ai finalement pas été aussi malchanceux que je ne le craignais. (Le forain ramassa les sequins posés sur les autres couleurs.) Une nouvelle course va à présent commencer. Faites vos jeux ! Pour éviter tout malentendu, les mises doivent s'il vous plaît être placées *précisément* sur la couleur choisie ! Je n'impose aucune limite : pariez à votre guise – à concurrence néanmoins de mille sequins, ma fortune ne dépassant pas les dix mille sequins. À cinq reprises déjà j'ai fait faillite ; chaque fois je me suis extirpé de ma misère pour servir les joueurs d'Urmank. N'est-ce pas là un dévouement extraordinaire ? » Tout en parlant, il rassembla ses anguilles dans une épuisette et les laissa tomber en haut du toboggan. Puis il tira sur la corde qui soulevait le couvercle du réservoir. Reith se rapprocha pour en examiner l'intérieur. Le montreur d'anguilles n'y vit aucun inconvénient. « Regarde tout ton content, mon ami. Le seul mystère ici, ce sont les anguilles elles-mêmes. Si je pouvais déchiffrer leurs secrets, je serais un homme riche à l'heure qu'il est ! » À l'intérieur du réservoir, le Terrien vit une chicane délimitant un canal hélicoïdal qui, partant du centre, aboutissait après maints méandres au toboggan de sortie. Le vivier central était équipé d'une porte à claire-voie, que le bateleur rabattait présentement. Après y avoir enfermé ses anguilles, il referma le couvercle de la cuve. « Tu peux désormais en témoigner : les anguilles se déplacent au hasard, aussi libres que dans les rivières où elles ont vu le jour. Elles tourbillonnent, luttent pour atteindre la lumière en premier ; quand j'ouvre la porte, toutes se précipitent dans le bassin – laquelle y arrivera en tête ? Ah, qui sait ? La dernière à l'emporter a été la verte. L'emportera-t-elle encore une fois ? Faites vos jeux, messieurs, faites vos jeux ! Mais que vois-je ? Ce gentilhomme a généreusement misé sur le gris et le mauve, dix sequins sur chaque ! Et là ? Un sequin pourpre sur le pourpre ! Qu'on se le dise ! Une noble dame du pays bashaï a misé cent unités sur le pourpre ! En gagnera-t-elle mille ? Seules les anguilles le savent.

— Moi aussi je le sais, souffla Cauch à l'oreille de Reith. Elle ne gagnera pas. L'anguille pourpre va traînasser tout au long du parcours. Je prédis une victoire du blanc, ou du bleu pâle.

— Qu'est-ce qui t'en rend si sûr ?

— Personne n'a parié sur le bleu. Et seuls trois sequins ont été misés sur le blanc.

— Exact. Mais comment les anguilles peuvent-elles le deviner ?

— Pour paraphraser le montreur d'anguilles, tout le mystère est là. »

Reith se tourna vers Zap 210. « Et toi, tu comprends comment il arrive à manœuvrer les anguilles à son avantage ?

— Cela me dépasse entièrement.

— Il va falloir bien réfléchir à cette question. Prenons le temps d'assister à une autre course. Et, dans l'intérêt de la recherche, je vais miser un sequin sur le bleu.

— Faites vos jeux ! vociféra le forain. Et, s'il vous plaît, montrez-vous méticuleux ! Les sequins qui chevauchent deux couleurs sont considérés comme posés sur la perdante. Les paris sont finis ? Fort bien, veuillez s'il vous plaît garder vos mains derrière l'écran. Rien ne va plus ! C'est parti ! »

Le montreur d'anguilles s'approcha de la citerne pour actionner un levier qui, selon toute vraisemblance, servait à ouvrir la chicane du déflecteur spiral. « Et c'est parti ! Regardez les anguilles rivaliser pour retrouver la lumière du jour ; elles s'ébattent et cabriolent de joie ! Et les voilà qui dégringolent dans le toboggan ! Laquelle va l'emporter ? »

Les joueurs tendaient le cou. Une anguille blanche surgit dans le bassin récepteur. « Aïe ! gémit l'aboyeur. Comment puis-je espérer gagner ma vie avec des anguilles aussi peu coopératives ? Vingt sequins à ce Gris, dont l'escarcelle est déjà bien pleine. Vous êtes un marin, n'est-ce pas ? Et dix à ce jeune et noble marchand d'esclaves du cap Braise. Je paye ! Je paye ! Mais quel profit vais-je bien pouvoir tirer de mes activités ? (En passant devant Reith, il fit sauter sur son plateau le sequin que le Terrien avait misé.) Bon, que tout le monde se prépare pour la course suivante ! »

Reith se tourna vers Cauch en secouant la tête. « Déroutant. Vraiment déroutant. On ferait bien d'y aller, maintenant. »

Le trio déambula dans le bazar jusqu'à ce que Carina 4269 entame sa descente dans le ciel. Ils regardèrent tourner une roue de la fortune, s'intéressèrent à un jeu consistant à assembler entre elles des pièces de forme irrégulière – ainsi qu'à une douzaine d'autres attractions plus ou moins remarquables. Au crépuscule, tous trois se rendirent dans un petit restaurant situé à proximité de leur auberge, où on leur servit du poisson accompagné d'une sauce rouge, du pain de farine d'herbe à pèlerin, une salade de légumes marins, ainsi qu'une grosse bouteille noire de vin. « Le seul domaine où l'on peut faire confiance aux Thangs, déclara Cauch, c'est leur cuisine – *là*, ils font preuve de loyauté. Une particularité dont je serais bien incapable d'expliquer l'origine.

— Ça prouve en tout cas qu'il est impossible de juger quelqu'un sur sa cuisine, fit Reith.

— Alors comment un homme peut-il juger ses semblables ? s'enquit judicieusement le garçon. Toi, par exemple, sur quoi te bases-tu ?

— Il n'y a qu'une chose dont je sois sûr : les premières impressions sont toujours trompeuses. »

Tout en s'installant à son aise, Cauch dévisagea le Terrien avec perplexité. « C'est tout à fait exact, oui. *Toi*, par exemple, tu n'es sans doute pas le desperado détaché que tu parais être de prime abord.

— On a déjà porté sur moi des appréciations moins nuancées. L'un de mes amis affirme que je ressemble à un homme originaire d'un autre monde.

— Bizarre, que tu dises une chose pareille, fit remarquer le vieillard. Une étrange rumeur est récemment parvenue à Zsafathra, selon laquelle tous les hommes seraient originaires d'une lointaine planète – un peu comme l'affirment les Ardents Attentistes yao –, et pas le fruit de l'union de l'oiseau sacré xyxyl et de Rhadamth, le démon des mers. Il paraîtrait en outre que certaines personnes venues de ladite planète sillonneraient actuellement l'Antique Tschaï, en y accomplissant des exploits absolument remarquables : ils ont défié les Dirdir, défait les Chasch et convaincu les Wankh de partir. Un vent de nouveauté souffle sur Tschaï. Quelque chose est en train de changer. Qu'est-ce que tout cela t'inspire ?

— Que ces rumeurs ne me semblent pas totalement absurdes.

— Une planète d'hommes, fit Zap 210 d'une voix contenue, ce serait un monde encore plus étrange que Tschaï, encore plus sauvage !

— C'est bien entendu problématique, fit remarquer Cauch d'une voix didactique, mais sans rapport avec notre présente situation. Les secrets de la personnalité ont de quoi rendre perplexe. Tenez… considérez le trio que nous formons : un honnête Zsafathrien et deux vagabonds moroses qui errent comme feuilles au vent sous le souffle du destin. Qu'est-ce qui nous pousse à errer ainsi sans espoir ? Qu'avons-nous à y gagner ? Personnellement, je ne suis jamais allé plus loin que le cap Braise – et ça me va très bien comme ça. Je vous regarde, et ça m'emplit de questions. La fille est effrayée : l'homme arbore un air sévère, il est mû par des mobiles qui échappent à la compréhension de sa compagne ; il l'emmène en un lieu où elle redoute d'aller. Pourtant, rebrousserait-elle chemin si elle en avait la possibilité ? » Zap 210 s'empressa de se détourner du regard insistant de Cauch.

Reith réussit tant bien que mal à sourire. « Sans argent, nous n'irons pas bien loin.

— Bah, rétorqua brusquement Cauch, si c'est tout ce qui te manque, je connais un remède. Des combats sont organisés une fois par semaine. Et Otwile le champion se trouve justement assis là-bas. » Du menton, Cauch désigna un homme totalement chauve qui mesurait plus de deux mètres, aussi massif d'épaules que de cuisses. Solitaire et maussade, le colosse contemplait le quai en sirotant son vin. « C'est un grand combattant. Un jour, il a même tenu bon face à un Chasch vert – du moins s'en est-il tiré vivant.

— À combien s'élève la récompense ? s'enquit Reith.

— Quiconque tient cinq minutes contre lui empoche cent sequins – et vingt sequins supplémentaires par os brisé. Otwile peut rapporter gros en peu de temps.

— Et si le challenger le projette hors du ring ? »

Les lèvres de Cauch se plissèrent. « Le cas n'est pas prévu : pareil exploit est tenu pour impossible. Mais pourquoi cette question ? Songerais-tu à te mesurer à lui ?

— Certainement pas. J'ai besoin de trois cents sequins. Supposons que je tienne cinq minutes contre lui : je n'en toucherai que cent. À vingt sequins pièce, il me faudrait *dix* os cassés pour faire le compte. »

Cauch parut déçu. « Tu as un autre plan ?

— Mon esprit n'arrête pas de revenir à ces courses d'anguilles. Comment l'opérateur fait-il pour contrôler onze de ces créatures à trois mètres de distance, alors qu'elles dégringolent d'un toboggan fermé ? Cela me semble… extraordinaire.

— Et ça l'est effectivement. Ça fait des années que les habitants de Zsafathra se défont de leurs sequins en partant du principe qu'un tel contrôle est impossible.

— Est-ce qu'elles pourraient changer de couleur pour s'adapter aux circonstances ? Irréaliste… impensable ! Le forain les *stimule*-t-il télépathiquement ? Cela me semble des plus improbable.

— Je n'ai pas de théorie plus solide à te proposer », répondit Cauch.

Reith passa en revue la procédure du montreur d'anguilles. « Il soulève le couvercle de la citerne, pour bien en montrer à tous l'intérieur ; il n'y a pas plus de trente centimètres d'eau dedans. Puis le rabat sitôt les anguilles placées dans le vivier central – soit *avant* l'achèvement des paris. Et pourtant, tout laisse à penser qu'il contrôle les mouvements de ses poissons. »

Cauch lâcha un gloussement sardonique. « Et tu penses toujours pouvoir gagner de l'argent aux courses d'anguilles ?

— J'aimerais bien examiner les lieux encore une fois. » Le Terrien se leva.

« Tout de suite ? Les courses sont terminées. Elles ne reprendront que demain.

— Peu importe. Je voudrais juste y jeter un coup d'œil. Ce n'est qu'à cinq minutes.

— À ta guise. »

Tout était désert autour de la baraque ; seule la lueur lointaine des réverbères du bazar venait un tant soit peu éclairer les lieux. Après l'animation de la journée, la table, la citerne et le toboggan paraissaient étrangement silencieux.

« Qu'y a-t-il de l'autre côté ? demanda Reith en désignant la cloison.

— La Vieille Ville. Et au-delà se trouvent les mausolées, où les Thangs emportent leurs morts – pas un endroit à visiter après le coucher du soleil. »

Reith examina le toboggan, le réservoir, le couvercle – qui avait été cadenassé pour la nuit. Il se tourna vers Cauch. « À quelle heure commencent les courses ?

— À midi pile.

— J'aimerais bien revenir demain matin pour explorer un peu plus le coin.

— Pourquoi pas », fit pensivement Cauch, avant de lui jeter un regard de biais. « Tu as une théorie ?

— Un soupçon, plutôt. Si... » Il fit volte-face ; Zap 210 venait de lui agripper le bras.

« Là-bas », murmura-t-elle en désignant quelque chose du doigt.

Deux silhouettes emmitouflées dans des houppelandes noires, coiffées d'un capuchon noir, glissaient de l'autre côté de l'esplanade.

« Des Gzhindra, dit la jeune femme.

— Rentrons à l'auberge, fit Cauch d'une voix inquiète. Il n'est guère prudent de se promener dans cette ville une fois la nuit tombée. »

À l'auberge, Cauch se retira immédiatement dans sa chambre ; Reith escorta quant à lui Zap 210 jusqu'à la sienne. Elle rechignait à y entrer. « Que t'arrive-t-il ? lui demanda le Terrien.

— J'ai peur.

— De quoi ?

— Des Gzhindra. Ils nous suivent.

— Pas forcément. Peut-être s'agissait-il *d'autres* Gzhindra.

— Peut-être pas.

— Quoi qu'il en soit, ils ne peuvent pas s'en prendre à toi dans ta chambre. »

Ce qui ne parut guère rassurer la jeune femme.

« Je couche juste à côté, reprit Reith. Si qui que ce soit vient t'importuner, tu n'auras qu'à crier.

— Et si c'était *toi* qu'ils tuaient en premier ?

— Je ne me projette pas aussi loin. Si jamais je suis mort demain matin, refuse de payer la note. »

Mais la jeune femme avait besoin de davantage. Il caressa ses boucles brunes. « Bonne nuit. »

Il ferma la porte, attendit d'entendre le bruit du verrou, puis entra dans sa propre chambre. Malgré les assurances de Cauch, il examina minutieusement le sol, les murs et le plafond. Enfin, n'y ayant rien découvert d'insolite, il éteignit la lumière et s'allongea sur le lit.

8

La nuit s'écoula sans incidents. Au matin, Reith et Zap 210 allèrent prendre seuls leur petit-déjeuner au café du quai. Le ciel était sans nuages ; la lumière fumeuse du soleil projetait des ombres noires derrière les hautes maisons, miroitait sur l'eau du port. La jeune femme paraissait moins sombre que d'habitude ; elle observait avec intérêt porteurs, marchands ambulants, marins et étrangers. « Qu'est-ce que t'inspirent les *ghian,* maintenant ? » lui demanda Reith.

Elle retrouva aussitôt toute sa gravité. « Les gens n'agissent pas du tout comme je m'y attendais. Ils ne courent pas dans tous les sens, l'éclat du soleil n'a pas l'air de les rendre fous. Bien sûr… (elle hésita)… beaucoup se conduisent de manière malséante, mais personne ne semble s'en offusquer. Je suis stupéfaite par la façon dont les filles s'habillent. Elles sont d'une effronterie… comme si elles voulaient attirer l'attention. Et là encore, ça n'a l'air de scandaliser personne.

— Bien au contraire.

— Jamais je ne pourrai me comporter ainsi, fit-elle d'une voix de petite fille modèle. Tu vois cette femme qui s'approche de nous ? Non mais regarde sa dégaine ! Pourquoi se conduit-elle ainsi ?

— C'est dans sa nature. Et ça lui permet de se faire remarquer par les hommes. Ce sont là des instincts que le *diko* a supprimés chez toi. »

La jeune femme protesta avec une ferveur inhabituelle : « Je ne mange plus de *diko* désormais, et je n'ai pas développé de tels instincts ! »

Reith, le sourire aux lèvres, laissa son regard errer sur le quai. La fille sur laquelle Zap 210 avait attiré son attention ralentit le pas, lissa la ceinture orange qui marquait sa taille, sourit au Terrien, dévisagea sa compagne avec curiosité, puis s'éloigna d'un pas nonchalant.

Zap 210 lança un regard de biais à Reith, ouvrit la bouche, la referma aussitôt. Pour enfin lâcher : « Je ne comprends pas les *ghian.* Et toi *non plus*, je ne te comprends pas. Tu viens de sourire à cette odieuse fille. Jamais tu ne… (Elle laissa sa phrase en suspens, puis enchaîna dans un souffle de voix :) Je suppose que tu rends tes “instincts” responsables de ta conduite. »

Reith sentait l'impatience l'envahir. « Je crois le moment venu de t'expliquer les réalités de l'existence. Les instincts font partie de notre héritage biologique, on ne peut pas s'y opposer. Les hommes et les femmes sont différents. » Il lui expliqua alors le mécanisme de la reproduction. Zap 210 resta tout du long comme figée sur sa chaise, les yeux fixés sur les eaux du port. « Ça n'a donc rien d'anormal, conclut-il, que les gens se plaisent à se comporter ainsi. »

La jeune femme demeurait silencieuse. Ses poings, remarqua le Terrien, étaient serrés au point de blanchir ses phalanges.

« Les Khors, finit-elle par murmurer, dans le bosquet sacré – c'était *ça* qu'ils faisaient ?

— J'imagine que oui.

— Et tu m'as emmenée pour m'empêcher d'y assister.

— Ma foi… oui. J'ai pensé que ça pourrait te dérouter. »

Nouveau silence. « Nous aurions pu nous faire tuer. »

Reith haussa les épaules. « Ça aurait pu arriver, oui.

— Et ces filles qui dansaient sans vêtements – elles voulaient vraiment faire *ça* ?

— Contre de l'argent, oui.

— Et tout le monde fonctionne ainsi, à la surface ?

— Disons… la plupart d'entre eux.

— Toi aussi ?

— Bien sûr. À l'occasion, en tout cas. Pas tout le temps.

— Alors, pourquoi… pourquoi… » bégaya-t-elle, incapable de terminer sa phrase. Reith tendit la main pour caresser la sienne ; elle recula brusquement : « Ne me touche pas !

— Pardon… Mais ne te mets pas en colère.

— Tu m'as amenée dans cet horrible endroit ; tu m'as *arrachée* à mon existence ; tu faisais semblant d'être gentil – mais tout ce temps, tu pensais… tu ne pensais qu'à *ça* !

— Mais non ! Absolument pas ! Tu te trompes du tout au tout ! »

Elle lui décocha un regard glacial. « Alors tu me trouves repoussante ? »

Reith leva les bras au ciel. « Mais bien sûr que non ! En fait…

— En fait… quoi ? »

Cauch arriva alors à leur table, fournissant au Terrien une diversion fort bienvenue. « Vous avez passé une bonne nuit ?

— Excellente », répondit le Terrien.

Zap 210 se leva et s'éloigna. Le Zsafathrien se rembrunit. « Je l'ai offensée ? Qu'est-ce que je lui ai fait ?

— Elle est en colère contre moi. Mais ne me demande pas pourquoi, je n'en sais rien.

— N'en va-t-il pas toujours ainsi ? Mais bientôt, pour des raisons tout aussi mystérieuses, elle redeviendra tout aussi chaleureuse. En attendant, je serais curieux d'entendre tes idées au sujet des courses d'anguilles. »

Reith suivit dubitativement des yeux la jeune femme, qui avait repris le chemin de l'hôtellerie. « N'est-il pas risqué de la laisser seule ?

— N'aie crainte, fit Cauch. À l'auberge, tout le monde sait que vous êtes mes protégés.

— Parfait – allons voir les anguilles, dans ce cas.

— Ça n'a pas encore commencé. Les courses ne débutent qu'à midi.

— Tant mieux. »

Jamais Zap 210 n'avait été aussi furieuse. En courant à moitié, elle retourna à l'hôtellerie, en traversa la salle commune et remonta dans la chambre où elle avait passé la nuit. Après avoir rageusement repoussé le verrou, la jeune femme alla s'asseoir sur son lit, pour s'y abandonner dix bonnes minutes à sa colère. Puis elle se mit à pleurer, sans bruit ; des larmes de frustration et de désillusion ruisselaient le long de ses joues. Elle se prit à songer aux Abris, aux couloirs silencieux remplis de silhouettes furtives emmitouflées dans des capes noires. Là-bas, personne ne l'aurait mise dans une telle rage, personne n'aurait éveillé en elle toutes ces étranges émotions qui effleuraient parfois son esprit désormais. On ne manquerait pas de lui redonner du *diko* si d'aventure elle se décidait à y retourner… Elle plissa le front, s'efforçant de se rappeler la saveur des petites gaufres croustillantes. Sur un coup de tête, elle se leva et alla se planter devant le miroir fixé au mur. La veille au soir, elle s'y était examinée sans grand intérêt ; le visage que lui renvoyait la glace se résumait… à un visage – des yeux, un nez, une bouche, un menton. À présent, par contre, elle s'étudiait avec le plus grand sérieux. Elle caressa les boucles brunes qui lui tombaient sur le front, les lissa du bout du doigt, attentive à l'effet que cela produisait. Le visage que lui renvoyait le miroir était celui d'une étrangère. Elle se remémora la fille au corps souple qui avait regardé Reith avec tant d'insolence. Elle portait un vêtement bleu moulant, bien différent de l'informe tunique grise que Zap 210 portait présentement. Elle s'empressa d'ôter celle-ci, pour ne plus garder que ses sous-vêtements blancs, pivota sur elle-même, s'examina sous tous les angles – et eut bien du mal à se reconnaître. Que penserait Reith s'il pouvait la voir ainsi ? L'évocation du Terrien fit renaître sa rage. Il la considérait comme une enfant – voire peut-être comme quelque chose d'encore plus ignoble ; les mots lui manquaient pour formuler pareil concept. Elle palpa son corps, les yeux braqués sur le miroir, fascinée par les changements qui s'étaient opérés en elle… Son projet initial de retourner aux Abris s'estompa. Les *zuzhma kastchaï* la confieraient aux ténèbres. Et si par chance on lui laissait la vie sauve, elle se retrouverait de nouveau au régime du *diko*.

Ses lèvres esquissèrent une grimace de dégoût. Non ! Plus jamais de *diko* !

Mais quid d'Adam Reith, qui la trouvait si repoussante qu'il… Son esprit refusa de suivre jusqu'au bout le fil de ses pensées. Qu'allait-il advenir d'elle ? Face à l'image que lui renvoyait le miroir, elle s'apitoya sur la fille aux cheveux noirs, aux joues creuses et au regard triste qui lui faisait face. Comment parviendrait-elle à survivre si elle faussait compagnie à Adam Reith ? Elle enfila sa robe grise, mais décida en revanche de se servir du turban orange comme d'une ceinture, à la manière d'autres filles d'Urmank qu'elle n'avait pas manqué de remarquer. Elle se réexamina dans le miroir – oui, ça lui allait plutôt bien. Et Adam Reith, qu'allait-il en penser ?

Elle ouvrit la porte, jeta un coup d'œil dans le couloir, puis se risqua à sortir. La salle commune était déserte, à l'exception d'une vieille femme trapue occupée à gratter le plancher avec une brosse, qui l'accueillit avec un sourire méprisant. Zap 210 pressa le pas, sortit dans la rue – et l'espace d'un instant ne sut quoi faire d'elle-même. Jamais jusqu'à présent elle ne s'était retrouvée seule à l'extérieur ; elle trouvait la sensation effrayante, mais aussi excitante. Des porteurs étaient en train de décharger un bateau de l'autre côté du quai. Ni son vocabulaire ni son stock d'adjectifs ne contenaient l'équivalent de « pittoresque » ou de « baroque » : le spectacle de l'embarcation camarde qui oscillait au gré des flots ne l'en ravit pas moins. Elle prit une grande inspiration. Qu'elle soit ou non un monstre, qu'elle soit ou non repoussante, jamais elle ne s'était sentie aussi vivante. Le *ghaun* était un endroit sauvage, cruel – sur ce point, les *zuzhma kastchaï* n'avaient pas menti –, mais comment choisir de retourner aux Abris après avoir goûté la lumière dorée du soleil ?

Zap 210 suivit le quai jusqu'au café, où elle se mit un peu anxieusement en quête de Reith. La jeune femme n'avait pas encore statué sur la manière dont elle allait se comporter avec lui. Peut-être passerait-elle simplement devant lui avec un regard hautain, pour lui faire comprendre le peu de valeur qu'elle accordait à son opinion… Mais Reith n'était nulle part en vue. Une terrible peur s'empara alors de son esprit. Avait-il profité de l'occasion pour disparaître, pour se débarrasser d'elle ? Sa panique devint telle qu'elle faillit hurler son nom. Elle n'arrivait pas à croire que la silhouette rassurante du Terrien, si tendue, si économe de ses mouvements, lui demeure invisible… Alors qu'elle faisait volte-face pour repartir, la jeune femme rentra dans le corps massif d'un homme de haute taille – un véritable colosse vêtu d'un sombre pantalon bouffant en cuir, d'une chemise blanche et d'un gilet de brocart marron. Une petite calotte était plantée de guingois sur son crâne chauve. L'inconnu poussa un petit grognement, puis la prit par les épaules pour la repousser. « Tu as l'air bien pressée, fit-il. Où vas-tu comme ça ?

— Nulle part, balbutia-t-elle. Je cherchais quelqu'un.

— Eh bien, c'est *moi* que tu as trouvé, petite chanceuse. Viens, je n'ai pas encore pris mon petit verre de vin matinal. On parlera affaires ensuite. »

Zap 210 demeurait sur place, paralysée par l'indécision. Elle tenta mollement de se libérer de son étreinte – avec pour seul effet de pousser l'homme à la resserrer davantage. La jeune femme grimaça.

« Viens », répéta-t-il. Et il l'entraîna sans ménagement vers un box tout proche.

Il adressa un signe au serveur, qui lui apporta un pichet de vin blanc accompagné d'une assiette de friture. « Mange, ordonna-t-il à la jeune femme. Et bois. Je suis d'une générosité sans borne, que ce soit pour régaler mes convives ou pour distribuer des coups. (Il lui versa un généreux verre de vin.) Bon, avant d'aller plus loin, j'aimerais connaître tes prix. Certaines de tes consœurs, sachant que je me nomme Otwile, n'ont rien trouvé de mieux que d'essayer de m'escroquer – mal leur en a pris, je puis te l'assurer. Alors, quel est ton tarif ?

— Mon tarif pour quoi ? » demanda Zap 210 dans un souffle.

Les yeux bleus d'Otwile s'écarquillèrent sous l'effet de la surprise. « Tu n'es décidément pas ordinaire. À quelle race appartiens-tu ? Tu es trop pâle pour une Thang, et trop svelte pour une Grise. »

Zap 210 baissa les yeux. Après avoir goûté le vin, elle regarda éperdument par-dessus son épaule dans l'espoir d'y découvrir Reith.

« Mais quelle petite timide ! lança Otwile. Et d'une délicatesse, avec ça ! »

La jeune femme essaya de s'éclipser dès qu'il se mit à manger. « Assieds-toi ! lui lança-t-il d'une voix tranchante. (Elle se hâta d'obéir.) Et bois ! »

La jeune femme s'exécuta. Jamais elle n'avait goûté quelque chose d'aussi fort.

« Voilà qui est mieux, déclara Otwile. On se comprend tous les deux, maintenant.

— Non, protesta Zap 210 d'une voix presque inaudible. Certainement pas ! Je n'ai aucune envie d'être ici ! Que veux-tu de moi ? »

Le colosse lui décocha un nouveau regard incrédule. « Tu l'ignores donc ?

— J'en ai bien peur. À moins que… que tu ne penses à… *ça* ? »

L'autre s'esclaffa. « C'est *précisément* à ça que je pense, oui – pour commencer.

— Mais… j'ignore tout de ces choses ! Et je n'ai aucune envie d'apprendre. »

Otwile cessa de manger. « Une vierge ! s'écria-t-il avec stupéfaction. Une vierge qui porte l'écharpe !

— Je ne connaissais pas la signification de cette ceinture… Il faut que je parte… Je dois retrouver Adam Reith.

— Eh bien c'est *moi* que tu as trouvé – et, crois-moi, tu n'y perds pas au change. Reprends du vin, ça va te détendre. Aujourd'hui est un jour à marquer d'une pierre blanche, dont tu te souviendras jusqu'à ton dernier souffle. » Il remplit les verres. « D'ailleurs, je vais me joindre à toi, histoire de me détendre. Pour tout te dire, je me sens déjà tout émoustillé ! »

Les deux hommes traversèrent le bazar, où les marchands vantaient leur marchandise respective au moyen d'étranges hululements.

« Ce sont des chants ? s'enquit Reith.

— Non, fit Cauch, c'est juste un moyen d'attirer l'attention. Les Thangs ne sont pas d'une grande sensibilité musicale. Mais il est vrai que les ventes à la criée des poissonniers possèdent une inventivité assez touchante. Écoute comme chacun essaie de surpasser son voisin ! »

Reith dut reconnaître la rare complexité de certaines de ces modulations. « Le moment venu, des socio-anthropologues viendront enregistrer et codifier ces cris. Pour l'instant, cependant, les anguilles m'intéressent davantage.

— Je n'en doute pas. Mais comme tu peux le voir, elles ne sont pas encore en activité. »

Ils traversèrent l'esplanade, pour se poster devant les tables de jeu, la citerne et le toboggan. Reith remarqua alors la ramure d'un vieux psilla noueux de l'autre côté du mur. « Je voudrais jeter un coup d'œil là derrière.

— Aucun problème, dit Cauch. Je comprends parfaitement ta curiosité. Mais ne devions-nous pas nous concentrer sur les courses d'anguilles ?

— C'est exactement ce que nous sommes en train de faire. Tu vois ce portail dans le mur situé face au marchand d'amulettes ? Ça ne te dérangerait pas de m'y accompagner ?

— Bien sûr que non. J'ai toujours soif d'apprendre. »

Ils longèrent la vieille muraille, qui jadis avait été recouverte de faïences brunes et blanches. La plupart des carreaux étaient désormais tombés, révélant la brique sombre de l'infrastructure. Ils franchirent le portail, pénétrèrent dans la Vieille Ville – un quartier de cabanes construites avec des briques de récupération, des fragments de pierres, des morceaux de poutres disparates. Certaines se résumaient à des ruines abandonnées ; d'autres étaient en cours de construction – un cycle sans fin de dégénérescence et de réédification. Chaque tesson, chaque bout de bois, chaque éclat de pierre avait dû être réutilisé une centaine de fois au fil des générations qui s'étaient succédé ici. Tapis dans les encoignures, des Thangs de basse caste et toute une variété de Gris trapus macrocéphales suivaient les deux hommes des yeux. Une odeur pestilentielle imprégnait l'air.

Derrière les baraques s'étendait une zone recouverte de détritus, où poussaient quelques buissons d'épineux rouges entre deux flaques de boue. Reith localisa le psilla qu'il avait remarqué : il se dressait à proximité du mur, en surplomb d'une bâtisse de brique en parfait état. La porte, constituée de solides panneaux de bois renforcés de ferrures, était munie d'une impressionnante serrure d'acier. L'édifice était accolé au mur.

Reith inspecta les environs, vides à l'exception de quelques enfants nus qui pataugeaient dans une mare limoneuse. Il s'approcha du bâtiment. La serrure, le cadenas, les gonds étaient à toute épreuve. Pas de fenêtre, aucune ouverture à l'exception de la porte. Le Terrien s'écarta. « J'ai vu tout ce que je voulais voir.

— Vraiment ? » Cauch inspecta dubitativement la cabane, le mur, les arbres. « Personnellement, je ne vois là rien d'important. Tu parles encore de la course d'anguilles ?

— Bien sûr. » Ils rebroussèrent chemin. « Il y a de fortes chances qu'on puisse se débrouiller tout seuls, mais l'aide de deux hommes dignes de confiance pourrait faciliter les choses. »

Cauch le considéra avec un mélange d'incrédulité et de terreur. « Tu espères sérieusement lui soutirer de l'argent ?

— Oui – pour peu qu'il paie bel et bien tous les gagnants.

— Ne t'inquiète pas pour ça, il paiera – à supposer qu'il y ait des gagnants. Et, dans cette hypothèse, comment te proposes-tu de partager les gains ?

— Une moitié pour moi, l'autre pour toi et nos deux associés. »

Les lèvres de Cauch se plissèrent. « Voilà qui me paraît passablement injuste. Un homme ne devrait pas pouvoir tirer d'une entreprise commune trois fois la part des autres.

— Sauf si lesdits autres ne gagnent *rien* autrement.

— Ton argument ne manque pas de poids, admit Cauch. D'accord, nous allons procéder selon tes recommandations. »

Ils retournèrent au café. Reith y chercha Zap 210, sans la voir nulle part. « Il faut que je retrouve ma compagne, dit-il à Cauch. Elle m'attend sûrement à l'hôtellerie. »

Le Zsafathrien lui adressa un geste affable ; Reith retourna donc à l'auberge, où il ne trouva nulle part la jeune femme. Le portier lui confirma qu'elle était bel et bien sortie, sans préciser l'endroit où elle comptait se rendre.

Le Terrien alla jeter un coup d'œil sur les quais. À sa droite, des débardeurs en tuniques d'un rouge délavé étaient en train de décharger un navire ; à sa gauche, l'animation du bazar.

Jamais il n'aurait dû la laisser toute seule, se morigéna-t-il, surtout vu l'état d'esprit dans lequel elle se trouvait ce matin-là. Il avait tenu sa stabilité mentale pour acquise, sans jamais se donner la peine de se pencher davantage sur son état d'esprit. Reith s'en voulait à mort d'avoir fait preuve d'une telle insensibilité, d'autant d'égocentrisme. Zap 210 avait subi un traumatisme émotionnel incroyablement violent : toutes ses croyances s'étaient écroulées d'un seul coup. Il retourna à grands pas au café. Cauch le considéra avec une affable bienveillance. « Tu as l'air soucieux.

— Je n'ai pas retrouvé la fille qui m'accompagne.

— Bah ! Toutes les mêmes, vraiment. Elle a dû aller acheter une babiole quelconque au bazar.

— Non. Je ne lui ai pas laissé d'argent. Elle est totalement inexpérimentée ; elle ne serait allée nulle part – sauf… » Le Terrien se tourna vers les collines, sur le chemin desquelles se dressait le château des goules. Zap 210 aurait-elle sérieusement pu envisager de retourner aux Abris ? Une idée soudaine le glaça. Les Gzhindra ! Il fit signe au jeune serveur thang. « Ce matin, lui dit-il, j'ai pris mon petit-déjeuner avec une dame. Est-ce que tu te souviens d'elle ?

— Oui. Elle portait un turban orange, comme une Hedaïjhan.

— Tu l'as revue depuis ?

— Oui. Elle s'est installée là-bas, en compagnie du champion Otwile. Elle portait la ceinture de la sollicitation. Ils ont bu pas mal de vin, puis ils sont partis ensemble.

— Elle l'a suivi de son plein gré ? » s'étonna Reith.

Le garçon eut un haussement d'épaules indifférent, presque imperceptiblement insolent. « Elle portait l'écharpe, et elle n'a pas poussé de hauts cris. Elle s'appuyait à son bras – peut-être pour garder l'équilibre, car elle me semblait un peu pompette.

— Où sont-ils allés ? »

Nouveau haussement d'épaules. « Otwile n'habite pas bien loin. Ils sont peut-être allés chez lui.

— Montre-moi le chemin.

— Non, non. » Le jeune Thang secoua la tête. « Je suis de service. Et je n'ai aucune envie de me mettre Otwile à dos. »

Reith bondit littéralement sur le garçon qui, pris de panique, faillit en choir sur son séant. « Vite ! lui ordonna le Terrien d'une voix sifflante.

— D'accord, par ici, mais dépêche-toi ; je ne suis pas censé quitter mon poste. »

Ils dévalèrent au pas de charge les sombres ruelles humides d'Urmank, que venaient ici et là éclairer les rayons d'or bruni de Carina 4269 par-dessus les pignons biscornus des hauts édifices. Enfin, le Thang fit halte, pour désigner du doigt une venelle menant à un jardin envahi de verdure. « Les appartements d'Otwile se trouvent derrière ce massif », dit-il au Terrien – pour aussitôt détaler. Au fond de la parcelle s'élevait une villa aux poutres sculptées, ornée de panneaux translucides. Alors même que Reith s'en approchait, une exclamation indignée lui parvint de l'intérieur : « Impure ! » Puis un bruit de coup, suivi d'un gémissement. Les jambes flageolantes, Reith s'empressa d'aller ouvrir la porte. Sur le sol était affalée Zap 210, complètement nue, le regard vitreux. Otwile la dominait de toute sa taille. La jeune femme se tourna vers le Terrien. L'une de ses joues était marquée de rouge. « Pour qui te prends-tu, de faire ainsi intrusion chez moi ? lui lança Otwile d'une voix empreinte d'indignation.

Reith l'ignora. Il ramassa la tunique de Zap 210 – guère plus qu'une guenille lacérée, désormais –, puis se retourna vers Otwile. « Viens, Adam Reith, lui lança Cauch depuis le seuil. Récupère la fille et partons d'ici. Ne cherche pas les ennuis. »

Ne prêtant aucune attention à ces objurgations, le Terrien s'approcha tranquillement du champion, qui l'attendait, les poings sur les hanches, le visage barré d'un sourire glacial. Il faisait bien quinze centimètres de plus que lui.

« Ce n'était pas sa faute, murmura Zap 210 d'une voix rauque. Je portais l'écharpe orange… Je ne savais pas… »

Sans hâte, Reith fit des yeux le tour de la pièce, où il découvrit la robe grise de la fille. Il l'enfila sur son corps svelte, sous le regard visiblement outragé d'Otwile. Le Terrien eut toutes les peines du monde à refouler le hurlement qui lui montait à la gorge, mélange d'affliction, de pitié et d'une joie sinistre. Il prit Zap 210 par la taille et la poussa vers la porte.

Otwile restait manifestement sur sa faim. Il s'était attendu à un geste, ou une simple *parole*, qui lui aurait donné un prétexte pour se servir de ses muscles. Allait-on lui refuser la satisfaction de rosser l'intrus qui avait fait irruption dans son domicile ? La fureur qui bouillonnait en lui finit par éclater : il se jeta littéralement sur le Terrien, une jambe en avant.

Reith se réjouit de découvrir Otwile aussi énergique. Il évita le coup, saisit la cheville du champion et le traîna ainsi dans le jardin, ou il l'envoya valdinguer au milieu d'un bouquet de bambous écarlates. Le champion en ressortit d'un bond, tel un léopard, pour s'immobiliser aussitôt, bras écartés, poings serrés, le visage barré d'une horrible grimace. Reith le frappa en plein visage ; Otwile ne parut pas même s'en apercevoir. Il tendit une main en direction de Reith, qui recula en martelant ses épais poignets. Son adversaire finit par l'acculer contre le mur ; le Terrien feinta, lança un crochet du gauche – et s'égratigna les phalanges sur le menton d'Otwile. Celui-ci fit un petit bond en avant, puis un autre, poussa un horrible hurlement rauque et tenta d'infliger une méchante manchette à son adversaire. Adam Reith se baissa pour l'esquiver, frappa le colosse en plein dans le ventre ; quand Otwile leva le genou, il lui empoigna la jambe, la souleva, et projeta son adversaire à terre, où il tomba sur le dos dans un bruit digne d'un arbre qui tombe. Il demeura un moment étendu, complètement étourdi, puis se redressa péniblement. Après un unique coup d'œil par-dessus son épaule, Reith entraîna Zap 210 hors du jardin. Cauch s'inclina poliment devant le vaincu et partit les rejoindre.

Reith reconduisit Zap 210 à l'hôtel. Une fois dans sa chambre, la jeune femme s'assit sur son lit en serrant tout contre elle la robe grise, totalement désemparée. Le Terrien prit place à côté d'elle. « Que t'est-il arrivé ? »

Des larmes ruisselaient le long des joues de la jeune femme, qui se dissimula la figure dans ses mains. Reith lui caressa la tête. Elle s'essuya les yeux. « Je ne sais pas ce que j'ai fait de mal… à moins que ce ne soit l'écharpe. Il m'a fait boire du vin. La tête me tournait. Il m'a forcée à le suivre dans les rues… Je me sentais toute bizarre. Je pouvais à peine marcher. Une fois chez lui, j'ai refusé de me déshabiller, ce qui l'a mis en colère. Et puis il m'a vue, et sa colère a redoublé. Il m'a dit que j'étais "impure"… Je ne sais pas quoi faire – je suis malade, je vais mourir.

— Non, tu n'es ni malade ni mourante. Ton corps s'est enfin mis à fonctionner normalement. Il n'y a rien chez toi qui aille de travers.

— Je ne suis donc pas "impure" ?

— Bien sûr que non. (Le Terrien se leva.) Je vais t'envoyer une servante pour s'occuper de toi.

Repose-toi tranquillement, et dors jusqu'à ce que je revienne – avec, je l'espère, suffisamment d'argent pour nous payer une traversée en bateau. »

Elle acquiesça avec apathie ; Reith prit aussitôt congé.

Cauch se trouvait au café, en compagnie de deux jeunes Zsafathriens venus à Urmank dans le second chariot. « Je te présente Schazar et Widisch, dit-il au Terrien. Tous deux sont reconnus pour leurs compétences ; nul doute qu'ils te donneront satisfaction – dès lors que tu t'en tiendras à des exigences raisonnables.

— Eh bien, au travail ! fit Reith. Si vous voulez mon avis, nous n'avons pas de temps à perdre. »

Tout en descendant le quai, le Terrien exposa sa théorie à ses compagnons. « … et nous allons maintenant la mettre à l'épreuve. Cela dit, elle va peut-être s'avérer fausse, auquel cas nous ferons chou blanc.

— Non, fit Cauch. Tu as suivi un extraordinaire processus mental pour étayer une hypothèse qui m'apparaît à présent comme une vérité limpide.

— Pareil processus porte un nom : la "logique". On ne peut malheureusement pas toujours s'y fier. Mais nous verrons bien. »

Ils passèrent devant le stand du montreur d'anguilles, devant lequel quelques personnes s'étaient déjà installées sur des bancs, prêtes à assister aux courses du jour. Pressant le pas, Reith franchit le portail, puis s'engagea dans les sordides rues secondaires de la Vieille Ville, en direction de la bâtisse située sous le psilla. À une cinquantaine de mètres du mur se trouvait une cabane délabrée, dans laquelle ils allèrent s'abriter.

Dix minutes s'écoulèrent. Reith commençait à s'impatienter. « Je n'arrive pas à croire qu'on soit arrivés trop tard. »

Le jeune Schazar tendit alors la main vers la muraille. « Deux hommes arrivent. »

Ceux-ci s'approchèrent d'un pas nonchalant. L'un d'eux arborait la blanche tunique flottante et le chapeau opalin des Sages de l'Île d'Erze. « Le montreur d'anguilles », souffla Cauch. L'autre, plus jeune, portait une calotte rose ainsi qu'une cape d'une teinte un peu plus claire. Tous deux marchaient d'un pas nonchalant, plein d'assurance. Ils se séparèrent à proximité de la bâtisse, le montreur d'anguilles poursuivant sa route en direction du portail. « Le plus simple serait sans doute de tendre une embuscade à ce vieux charlatan pour le soulager de sa bourse, suggéra Widisch. Après tout, le résultat serait le même.

— Malheureusement, répliqua Cauch, il n'a jamais un seul sequin sur lui – ce qu'il ne manque pas de proclamer à cor et à cri. Des fonds sont convoyés quotidiennement à son stand par quatre esclaves armés sous la surveillance de sa première épouse. »

Le jeune homme en rose avait atteint la bâtisse. Il inséra une clé dans la serrure, la tourna à trois reprises, ouvrit la lourde porte et pénétra dans les lieux. Pour aussitôt se retourner, et constater à sa grande surprise que Reith et Schazar l'avaient suivi. Il joua tout d'abord la carte de la menace : « Qu'est-ce que vous faites ici ? fulmina-t-il.

— Écoute-moi bien, répondit Reith, car je ne le répéterai pas deux fois. Nous avons besoin de ta collaboration pleine et entière – sans quoi nous te pendrons par les pieds à ce psilla. Est-ce bien clair ?

— Je comprends parfaitement, fit le jeune homme d'une voix chevrotante.

— Décris-nous comment il procède. »

Comme le garçon hésitait, le Terrien adressa un signe de tête à Schazar, qui sortit aussitôt un rouleau de corde épaisse. « C'est on ne peut plus simple, s'empressa de leur expliquer le garçon. Je me déshabille, puis j'entre dans la citerne. (Il indiqua un récipient cylindrique d'un mètre quatre-vingts de diamètre installé au fond du hangar.) Une canalisation communique avec le réservoir, qui contient un niveau d'eau identique à celui de la citerne. Je nage dans le tube jusqu'au réservoir, y ressors dans un espace prévu à cet effet. Sitôt le couvercle refermé, j'ouvre une chicane et introduis l'anguille spécifiée dans le toboggan.

— Comment choisis-tu la couleur de l'anguille ?

— Le patron tape du doigt sur le couvercle selon un code préétabli. »

Reith se tourna vers Cauch. « Nous avons la situation en main, Schazar et moi. Je te suggère d'aller prendre place à la table de jeu. (Il revint au jeune homme en rose.) Y a-t-il suffisamment de place pour deux sous le réservoir ?

— Oui, lui répondit de mauvaise grâce le garçon. Juste assez. Mais dis-moi : si je coopère avec vous, comment vais-je me prémunir de l'ire de mon maître ?

— Joue la franchise avec lui : explique-lui que tu attaches davantage de prix à ta vie qu'à ses sequins.

— Il répliquera que, pour lui, c'est l'exact contraire.

— Dommage, fit le Terrien. Les risques du métier. Quand nous faut-il être en position ?

— D'ici une minute environ. »

Reith se mit en sous-vêtements. « Si une bévue quelconque nous vaut d'être détectés… tu imagines certainement aussi bien que moi quelles conséquences cela aurait. »

L'apprenti se borna à grogner, avant d'ôter sa robe rose. « Suis-moi, fit-il en pénétrant dans la citerne. Il fait noir à l'intérieur, mais c'est tout droit. »

Reith ne tarda pas à le rejoindre. Le garçon prit une grande inspiration, puis plongea ; le Terrien en fit aussitôt de même. Pour trouver un tube horizontal de près d'un mètre de diamètre au fond de la citerne, dont il se servit pour se tirer derrière l'apprenti.

Tous deux refirent surface dans un espace ridiculement exigu. De la lumière y pénétrait par des interstices prévus à cet effet, qui permettaient également d'apercevoir les tables de jeu. Reith put ainsi s'assurer que Cauch et Widisch avaient pris place devant le comptoir.

La voix du montreur d'anguilles s'éleva, toute proche : « Bienvenue à tous ! Aujourd'hui encore, nous allons assister à des courses passionnantes ! Qui va gagner ? Qui va perdre ? Nul ne le sait ! Peut-être moi, peut-être vous. Mais tous nous allons apprécier le plaisir de voir ces splendides animaux concourir. Pour ceux qui ne connaissent pas encore notre petit jeu : comme vous ne manquerez pas de le remarquer, le tableau qui se trouve devant vous comporte onze couleurs. Vous pouvez parier la somme de votre choix sur n'importe laquelle. Si elle est gagnante, vous toucherez dix fois votre mise. Notez bien les couleurs des diverses anguilles : blanc, gris, roux, bleu pâle, mauve, rouge, vermillon, indigo, vert, violet et noir. Y a-t-il des questions ?

— Oui, dit Cauch. Quel est le plafond des mises ?

— Le coffre qu'on vient de m'apporter contient dix mille sequins. C'est là ma limite : je ne peux payer davantage. Et maintenant, faites vos jeux ! »

Le montreur d'anguilles évalua d'un œil expérimenté les paris engagés. Il souleva le couvercle, plaça les anguilles dans le puits central. « Les jeux sont faits ! » Sur le couvercle résonna un *tap-tap, tap-tap* presque inaudible.

« Deux – deux, murmura l'apprenti. C'est le vert. » Il fit glisser un panneau, attrapa l'anguille verte dans le réservoir et l'introduisit dans l'orifice du toboggan. Après quoi il regagna sa place et referma le panneau.

« La verte gagne ! s'écria le bateleur. Il me faut donc… payer ! Vingt sequins à ce robuste gaillard, matelot de son état… Faites vos jeux ! Faites vos jeux ! »

Et il se remit à tapoter sur le couvercle : *tap, tap-tap-tap.* « Vermillon », souffla l'apprenti, avant de réitérer la même opération.

« Le vermillon gagne ! »

Reith gardait l'œil collé à l'interstice. Chaque fois, Cauch et Widisch avaient risqué deux sequins. Au troisième tour, l'un et l'autre jouèrent trente sequins sur le blanc.

« Les jeux sont faits… rien ne va plus !

Le couvercle retomba. *Tap tap.*

« Le marron, fit l'apprenti à voix basse.

— Le blanc, objecta le Terrien. C'est l'anguille blanche qui gagne. »

Le garçon poussa un gémissement à fendre l'âme – et obéit.

La voix suffisante du montreur d'anguilles s'éleva de nouveau : « Et voilà reparties ces déconcertantes petites créatures ! Cette fois, la couleur gagnante est

– le marron… Le marron ? Le blanc ? Oui, c'est le blanc ! Ah là ! À mon grand âge, on ne distingue plus bien les couleurs ! Quelle misère pour un pauvre vieillard !… Nous avons deux beaux gagnants ! Trois cents sequins pour toi, trois cents pour toi… Empochez vos gains, messieurs. Quoi ? Vous remettez tous les deux en jeu ce que vous avez gagné ?

— Oui, la chance a l'air de vouloir nous sourire, aujourd'hui.

— Et vous misez tous les deux sur le rouge ?

— Oui ; tu as vu cette volée d'oiseaux couleur de sang, là-bas ? C'est un présage ! »

Le montreur d'anguilles sourit au ciel. « Qui peut se targuer de pénétrer les voies de la nature ? Je prie pour que vous vous trompiez. Bien… Tout le monde a parié ? Alors remettons les anguilles dans le réservoir, abaissons le couvercle – et que la plus résolue l'emporte ! (Sa main s'attarda sur le couvercle, qu'il cogna de l'ongle une unique fois.) Et qu'elles se contorsionnent, et qu'elles cherchent la sortie – la lumière les appelle ! Nous allons bientôt avoir un vainqueur… Et voilà la gagnante ! N'est-ce pas la bleue ? (Il poussa un grognement involontaire.) La rouge ! (Il dévisagea les deux Zsafathriens.) Je n'en crois pas mes yeux, mais vos présages étaient corrects.

— Qu'est-ce que je te disais ? rétorqua Cauch. Maintenant, paye-nous. »

Lentement, le montreur d'anguilles compta deux fois trois mille sequins. « Vraiment stupéfiant. (Il jeta un coup d'œil songeur au réservoir.) Avez-vous observé d'autres présages ?

— Rien de significatif. Mais je vais quand même continuer de parier. Cent sequins sur le noir.

— Moi aussi », déclara Widisch.

Le forain hésita. Il se frotta le menton, balaya le comptoir du regard. « Extraordinaire. (Il remit les anguilles dans leur vivier.) Tous les jeux sont faits ? (Sa main était posée sur le couvercle. Du bout des ongles, il tapota deux fois dessus en mimant un geste de nervosité.) Parfait ; je vais donc ouvrir le portillon. (Il actionna le levier, puis s'approcha du déversoir.) Et voilà… quelle couleur ? Le noir !

— Bravo ! s'exclama Cauch. Après toutes ces années passées à dilapider notre argent sur ces maudites anguilles, nous allons enfin rentrer dans nos frais ! Paie-nous ce que tu nous dois, je te prie.

— Certainement, croassa le montreur d'anguilles. Mais je ne vais plus pouvoir travailler aujourd'hui. Mes articulations me font souffrir le martyre ; les courses d'anguilles sont terminées. »

Reith retourna aussitôt au hangar en compagnie de l'apprenti, qui enfila sa robe rose, coiffa sa calotte et tourna les talons.

Alors qu'ils étaient sur le point de franchir le portail, le Terrien et Schazar croisèrent le montreur d'anguilles, dont l'allure rapide faisait flotter sa tunique blanche derrière lui. Son visage d'ordinaire avenant était marbré de rouge, et il ne cessait de faire des moulinets menaçants avec son bâton en bois.

Cauch et Widisch les attendaient sur le quai. Le premier tendit à Reith une bourse plaisamment rebondie. « Voici ta part : quatre mille sequins. Cette journée a décidément été fort édifiante.

— Nous nous en sommes bien sortis. Notre association s'est avérée mutuellement profitable, ce qui n'est guère courant rare sur Tschaï !

— Pour notre part, annonça Cauch, nous allons immédiatement repartir pour Zsafathra. Et toi ? Quels sont tes projets ?

— Des affaires urgentes m'appellent. Tout comme vous, je compte partir le plus vite possible avec ma compagne.

— Adieu, dans ce cas. » Et les trois Zsafathriens s'en furent de leur côté. Reith fit un détour par le bazar, où il procéda à diverses acquisitions. De retour à l'hôtellerie, il alla frapper à la porte de Zap 210, le cœur battant d'excitation.

« Qui est là ? demanda-t-elle d'une voix étouffée.

— C'est moi... Adam Reith.

— Un instant... » La porte s'ouvrit sur la jeune femme. Somnolente, le visage rouge, elle portait sa robe grise, qu'elle venait tout juste d'enfiler.

Reith posa ses paquets sur le lit. « Ça – et ça – et ça – et ça – c'est pour toi.

— Pour moi ? Qu'est-ce que c'est ?

— Je te laisse le découvrir par toi-même. »

Avec un timide regard de biais dans sa direction, elle entreprit donc de défaire les colis – pour ensuite rester un long moment immobile devant leur contenu.

« Ça te plaît ? » lui demanda Reith, mal à l'aise.

Elle tourna vers lui un regard blessé. « C'est comme ça que tu veux me voir habillée – comme les *autres* ? »

Reith en resta comme deux ronds de flan. Ce n'était pas la réaction à laquelle il s'était attendu. Il pesa soigneusement ses mots avant de lui répondre : « Nous allons être sur les routes. Mieux vaut passer aussi inaperçus que possible. N'oublie pas les Gzhindra ! On doit s'habiller comme nos compagnons de voyage.

— Je vois.

— Qu'est-ce qui te plaît le plus ? »

Zap 210 examina tour à tour une robe vert sombre, une blouse orange vif accompagnée d'un pantalon blanc bouffant, un ensemble brun assez provocateur que complétaient un boléro et une courte cape noire. « Je ne suis pas sûre d'en aimer un seul.

— Essaies-en un.

— Tout de suite ?

— Bien sûr ! »

La jeune femme reprit un à un les divers effets, se tourna vers Reith. Qui sourit de toutes ses dents. « D'accord… Je te laisse. »

Une fois dans sa chambre, le Terrien passa le pantalon gris et la veste bleu foncé qu'il avait achetés pour lui-même. L'occasion lui était enfin donnée de se débarrasser de la tunique d'ajoncs gris… Alors même qu'il s'apprêtait à la jeter, il sentit dedans les contours du porte-documents, qu'après un bref instant d'hésitation il se décida à glisser dans la doublure de sa nouvelle veste. De tels papiers avaient, à tout le moins, valeur de curiosité. Puis il descendit dans la salle commune, où Zap 210 ne tarda pas à le rejoindre. Elle avait jeté son dévolu sur la robe vert sombre. « Pourquoi me regardes-tu comme ça ? » s'enquit-elle.

Reith ne pouvait lui dire la vérité – qu'il se rappelait la première fois qu'il l'avait vue : c'était alors une petite chose neurasthénique engoncée dans une grande cape noire, aussi blême que fragile. Son regard restait encore un peu rêveur, mélancolique, mais sa pâleur avait laissé place à un ivoire satiné ; ses cheveux noirs bouclaient au-dessus de son front et derrière ses oreilles.

« J'étais en train de me dire que cette robe t'allait à merveille », lui répondit le Terrien.

Elle esquissa une grimace – une torsion des lèvres se rapprochant d'un sourire.

Ils se rendirent sur le quai, montèrent à bord du *Nhiahar.* Son taciturne capitaine se trouvait dans le carré, où il faisait ses comptes. « Vous désirez vous rendre à Kazaïn ? Je ne peux rien vous proposer d'autre que la cabine de luxe, à sept cents sequins. Ou bien deux couchettes à deux cents dans le dortoir. »

9

Un calme plat régnait sur la Seconde Mer. Le *Nhiahar* se servit donc de son moteur auxiliaire pour sortir de la crique. Urmank disparut peu à peu dans les ténèbres.

Le bateau se déplaçait dans un silence presque total, à l'exception du gargouillement de l'eau sous la proue. En dehors de Reith et de Zap 210, il ne comptait que deux passagers : deux vieilles au teint cireux, emmaillotées de mousseline grise, qui, après une brève apparition sur le pont, partirent se tapir dans la pénombre de leur petite cabine.

Reith était fort satisfait de leur cabine de luxe. Elle occupait toute la largeur du bâtiment, avec trois grands hublots qui donnaient sur la mer côté poupe. À bâbord et à tribord avaient été aménagées deux alcôves, occupées par des couchettes bien rembourrées – qui certes sentaient un peu le moisi, mais s'avérèrent être les plus moelleux des lits qu'avait connus le Terrien depuis son arrivée sur Tschaï. Au centre se trouvait une massive table de bois sculpté, encadrée par deux fauteuils tout aussi imposants. Zap 210, vêtue ce jour-là de son pantalon bouffant blanc cassé et de son chemisier orange, examina boudeusement les lieux. Elle semblait crispée, tendue, ses gestes étaient saccadés et ses doigts s'agitaient nerveusement.

Reith l'observait à la dérobée, pour tenter de deviner son humeur. La jeune femme s'obstinait à se détourner de lui, à éviter son regard. Il se résolut finalement à lui demander si le bateau lui plaisait.

Elle haussa tristement les épaules. « Je n'avais jamais rien vu de tel auparavant. » Elle marcha jusqu'à la porte, lui décocha un sourire empreint d'amertume – une grimace railleuse – et sortit sur le pont.

Reith leva les yeux au plafond, poussa un soupir, examina une dernière fois la cabine et la suivit.

La jeune femme était montée sur la plage arrière où, accoudée à la rampe de poupe, elle contemplait tout ce qu'ils avaient laissé derrière eux. Le Terrien alla s'asseoir sur un banc tout près d'elle, feignit de se prélasser au soleil alors même qu'il s'interrogeait sur son comportement. C'était une femme, une créature par conséquent fondamentalement irrationnelle, mais cette réalité élémentaire ne semblait pas suffire à expliquer sa conduite. Sa vie dans les Abris avait en grande partie façonné sa personnalité, mais ce qu'on lui avait inculqué semblait en voie de s'estomper ; depuis son arrivée à la surface, elle avait renoncé à son ancien mode de vie, s'en était débarrassé comme un insecte se dépouille de sa chrysalide. Ce faisant, elle avait abandonné son ancienne personnalité

– mais n'en avait pas encore forgé de nouvelle. Reith sentit son cœur se serrer à cette pensée. Le charme, ou l'attrait – quoi que ce fût – de cette fille tenait en partie à son innocence, à sa transparence… Sa transparence ? Le Terrien poussa un grognement sceptique. Certainement pas. Il alla la rejoindre devant la lisse. « Tu m'as l'air bien pensive. »

Elle lui jeta un coup d'œil glacial. « Je pensais à l'immensité du *ghaun* – et à la place que moi-même je puis y occuper. Je me remémorais tout le temps que j'ai passé dans l'obscurité. À présent je comprends que, dans les profondeurs de cette planète, je n'étais pas encore *née*. Pendant toutes ces années, alors que je déambulais en silence sous terre, les gens de la surface vivaient entourés de couleurs, d'air et de changement.

— C'est donc pour cette raison que tu agis si bizarrement !

— Non ! s'exclama-t-elle avec une soudaine véhémence. Pas du tout ! C'est à cause de toi et de tous tes secrets ! Tu ne me dis jamais rien. Je ne sais pas où nous allons, ni ce que tu veux faire de moi. »

Le front plissé, Reith contempla le noir sillage bouillonnant. « Je n'en suis moi-même guère certain.

— Mais tu en as quand même sans doute une petite idée !

— Oui… une fois à Sivishe, je compte faire le nécessaire pour regagner ma lointaine patrie.

— Et moi ? »

Et Zap 210 ? songea Reith. C'était là une question qu'il avait toujours soigneusement évité de se poser. « Je doute que tu aurais envie de m'accompagner », fit-il sans guère de conviction.

Des larmes scintillèrent dans les yeux de la jeune femme. « Où pourrai-je aller ? Suis-je donc vouée à devenir une bête de somme ? Ou une Gzhindra ? Ou à porter la ceinture orange dans les rues d'Urmank ? Ou à *mourir* ? » Elle tourna les talons, puis partit vers l'avant. Un groupe de matelots au visage épaté la lorgnèrent au passage de leurs yeux pâles.

Reith retourna donc sur le banc… En fin d'après-midi, des nuages noirs commencèrent à s'amonceler au nord, et un vent frais à souffler. Les matelots allèrent déferler les voiles ; le navire s'élança en avant sur les flots. Zap 210 arborait une expression étrange à son retour sur la plage arrière. Avant de redescendre dans la cabine, elle décocha à Reith un regard mi-triste, mi-accusateur.

Le Terrien la suivit, pour la trouver allongée sur l'une des couchettes. « Tu ne te sens pas bien ?

— Non.

— Accompagne-moi dehors. Ce sera pire si tu restes dedans. »

Elle remonta donc tant bien que mal sur le pont.

« Garde les yeux fixés sur l'horizon, lui conseilla Reith. Et garde la tête droite quand le navire oscille. À la longue, tu devrais finir par te sentir mieux. »

Les nuages s'amassaient dans le ciel. Le vent tomba, laissant le *Nhiahar* à la seule merci des courants marins. Du ciel se mirent à tomber des éclairs pourpres, qui tailladèrent la surface des flots – une fois, deux, *dix*, trop vite pour que l'œil puisse tous les percevoir. Zap 210 poussa un petit cri et tressaillit de terreur. Reith la serra tout contre lui sous les grondements du tonnerre. Elle s'agita avec gêne ; il lui embrassa le front, le visage, la bouche.

Le soleil se coucha dans un déploiement d'ors, de noirs et de bistres ; avec le crépuscule arriva la pluie. Le Terrien et sa compagne se retirèrent dans leur cabine, où le steward leur servit un dîner composé de hachis de viande, de fruits de mer et de biscuits. Ils mangèrent en contemplant par les hublots la mer, la pluie et les éclairs ; ensuite, dans l'obscurité régulièrement zébrée d'éclairs, ils devinrent amants.

Les nuages se dissipèrent vers minuit ; une nuée d'étoiles envahit peu à peu le ciel. « Regarde ! dit Reith. Parmi ces astres, il y a d'autres mondes peuplés d'humains. L'un d'eux s'appelle la Terre. » Il marqua une pause. Zap 210 attendit la suite, tout ouïe, mais pour d'obscures raisons son compagnon s'avéra incapable d'en dire davantage. Bientôt, elle s'endormit.

Poussé par des vents favorables, le *Nhiahar* fendait littéralement la Seconde Mer, crevant sans cesse de nouveaux rouleaux écumants. La silhouette du Cap Braise finit par apparaître devant eux ; le bateau fit une halte devant l'antique cité de pierre de Stheine, pour se réapprovisionner en eau douce, puis s'engagea sur l'océan Schanizade.

Au bout d'une vingtaine de milles, une langue de terre apparut à l'ouest. Le long des lais s'étirait une forêt d'arbres bleu sombre, au sein de laquelle s'élevait une cité de dômes aplatis, de redents bombés, de colonnades élancées. Reith, qui pensait reconnaître une telle architecture, demanda au capitaine s'il s'agissait d'une ville chasch.

« C'est Songh, la plus méridionale des cités des Chasch bleus. Il m'est déjà arrivé d'y décharger du fret, mais ça n'en reste pas moins une entreprise risquée. Sans doute as-tu eu vent des jeux des Chasch – des bouffonneries d'une race mourante. J'ai vu les ruines des steppes de Kotan : une centaine d'endroits où vivaient jadis des Vieux Chasch et des Chasch bleus. Qui s'y rend encore, de nos jours ? Uniquement les Phung. »

La ville s'estompa peu à peu au loin, pour finalement disparaître aux regards quand le vaisseau eut contourné la péninsule par le sud. Peu après, le cri d'un matelot fit accourir tout le monde sur le pont. Deux aéronefs livraient bataille dans le ciel. L'un d'eux était une étincelante machine de métal bleu et blanc, aux courbes radieuses et au pont ceinturé d'une balustrade derrière laquelle se trouvaient une douzaine de créatures coiffées de casques étincelants. L'autre appareil, bien plus fonctionnel, présentait un aspect aussi sinistre que menaçant. Sa taille légèrement plus modeste lui conférait une agilité quelque peu supérieure. Rassemblé dans la bulle dorsale, l'équipage dirdir ne semblait avoir qu'une idée en tête : détruire le glisseur chasch. Tous deux se tournaient autour, montaient en chandelle, piquaient, se frôlaient comme des insectes venimeux. De temps à autre, lorsque l'occasion s'en présentait, ils échangeaient des rafales de gicle-sable, sans effet apparent. Les formes étincelantes tournoyaient dans le ciel, retombant en spirales virevoltantes pour ne redresser qu'à quelques mètres de la surface de l'océan.

Tous ceux qui se trouvaient à bord du *Nhiahar* s'étaient rassemblés sur le pont pour assister à la bataille – même les deux vieilles, qui jusque-là ne s'étaient pas montrées. Alors qu'elles levaient la tête en direction du ciel, la plus proche du Terrien laissa involontairement glisser son capuchon, révélant ainsi un visage aussi livide qu'affûté. Zap 210, qui se tenait à côté de Reith, lâcha une sourde exclamation, puis s'empressa de se détourner.

L'engin chasch piqua soudainement vers le sol ; ses pièces de proue se mirent à arroser l'appareil dirdir, qui tournoya un moment sur lui-même avant d'aller s'abîmer dans les flots, en un silencieux geyser écumant. Le vainqueur décrivit un large cercle, puis s'éloigna en direction de Songh.

Les vieilles femmes disparurent dans les profondeurs du navire. « Tu as vu ça ? s'enquit Zap 210 d'une voix tremblante.

— Oui.

— Ce sont des Gzhindra.

— Tu en es sûre ?

— Oui.

— Les Gzhindra doivent sans doute faire des voyages comme tout le monde, j'imagine, fit Reith d'une voix manquant quelque peu de conviction. Quoi qu'il en soit, *ceux-ci* n'ont rien fait contre nous jusqu'ici.

— Mais il y en a ici, à bord ! Ils ne font jamais rien sans raison !

— Peut-être… dit le Terrien avec une pointe de scepticisme. Mais qu'est-ce qu'on peut y faire ?

— On pourrait les tuer ! »

Malgré l'étroitesse de son éducation, songea Reith, Zap 210 restait une créature de Tschaï. « Nous allons les surveiller de près. Maintenant que nous savons à qui nous avons affaire, et qu'ils *ignorent* que nous le savons, nous avons l'avantage. »

Ce fut au tour de la jeune femme d'émettre un grognement sceptique. Le Terrien se refusa néanmoins à prendre les deux vieilles en embuscade dans quelque coin sombre pour les étrangler.

Le voyage se poursuivit vers le sud-ouest, en direction des îles Saschan. Les jours succédaient aux jours sans événements plus notables que les métamorphoses du ciel. Chaque matin, Carina 4269 surgissait à l'horizon dans une aube bronze et vieux rose. Une brume légère se formait vers midi, qui tamisait l'éclat du soleil et drapait la mer d'une moire similaire à de la soie. Les après-midi paraissaient sans fin ; les crépuscules d'une triste splendeur ressemblaient à des guerres allégoriques entre de sombres héros et des seigneurs de lumière. Après le crépuscule apparaissaient les lunes : parfois Az la rose, parfois Braz la bleue ; d'autres nuits encore le *Nhiahar* progressait seul sous les étoiles.

Pour Reith, ces jours et ces nuits auraient pu être les meilleurs qu'il avait passés sur Tschaï, si certaines questions en suspens ne l'avaient rongé : que se passait-il à Sivishe ? Allait-il retrouver le vaisseau intact, ou complètement détruit ? Quid du sournois Aïla Woudiver ? Et des Dirdir, qui devaient être en train d'ourdir quelque machination dans leur horrible cité, de l'autre côté du détroit ? Et des deux vieilles, qui étaient peut-être des Gzhindra ? Elles se faisaient des plus discrète, sauf aux heures les plus noires de la nuit, lorsqu'elles allaient se dégourdir les jambes sur la plage avant. Par une sombre soirée, Reith avait senti ses cheveux se hérisser sur sa nuque en les voyant apparaître. Peut-être s'agissait-il de Gzhindra, peut-être pas, mais dans l'incertitude force lui était de supposer le pire – dont les implications lui semblaient de bien sinistre augure.

Par une pâle matinée terre d'ombre, les îles Saschan se profilèrent à l'horizon : trois antiques cheminées volcaniques entourées d'un plateau détritique sur lequel poussaient des psillas, des kianthus, des arbres à huile et des léthipodes. Sur chacune d'elles une ville recouvrait le promontoire central – des cahutes accolées les unes aux autres telles les alvéoles d'une ruche. Leurs noires ouvertures faisaient face à la mer ; des volutes de fumée s'élevaient dans les airs.

Le *Nhiahar* pénétra dans la rade, fit une embardée pour éviter un ferry, puis s'approcha de l'île la plus méridionale. Sur le quai attendaient des dockers saschaniens aux jambes arquées, affublés de guenilles noires et de bottines à la pointe relevée, qui s'empressèrent de saisir les haussières pour arrimer à quai le navire. Sitôt l'échelle de coupée installée, ils se précipitèrent à bord pour décharger balles de cuir, sacs d'herbe à pèlerin et caisses d'outils.

Reith et Zap 210 descendirent à terre. « Je lève l'ancre à midi pile, leur lança le capitaine d'une voix rogue, que vous soyez ou non à bord ! »

Le couple longea l'esplanade, suivit le promontoire flanqué de cahutes. Zap 210 jeta un coup d'œil par-dessus son épaule. « Ils nous suivent.

— Les Gzhindra ?

— Oui.

— Bon, grogna le Terrien, le doute n'est plus permis. Ils ont reçu l'ordre de ne pas nous perdre de vue.

— Nous pouvons déjà commencer à faire nos prières, enchérit-elle d'une voix blanche. Ils vont faire leur rapport aux Pnume à Kasaïn – et dès lors, rien ne pourra plus nous sauver. On nous précipitera dans les ténèbres. »

Tirade à laquelle Reith ne trouva rien à répondre. Ils pénétrèrent dans un petit port protégé de la mer par deux jetées qui se rétrécissaient pour former une darse, où accostaient les ferrys. Tous deux firent halte pour voir approcher celui qui arrivait des îles extérieures : un large chaland équipé d'une timonerie à chaque extrémité, qui transportait deux cents Saschaniens de tous âges et de toutes conditions. Le nez du navire s'abaissa ; les passagers en descendirent. Et le ferry repartit sitôt qu'un nombre équivalent de passagers furent montés à bord, après avoir payé leur place à un préposé obèse installé dans une cabine de péage. Reith le regarda s'éloigner sur les eaux, puis conduisit Zap 210 jusqu'à une salle d'attente équipée de bancs et de tables. Après avoir commandé du vin doux et des biscuits, il alla discuter avec ledit préposé. Zap 210 jetait de tous côtés des coups d'œil nerveux. Dans l'ombre d'une volée de marches, elle crut apercevoir deux silhouettes revêtues de capes grises. *Ils se demandent ce que nous faisons*, songea-t-elle.

« Le prochain ferry va partir dans un peu plus d'une heure, lui annonça Reith à son retour. Juste avant midi. J'ai déjà payé nos places. »

La jeune femme lui décocha un regard perplexe. « Mais midi, c'est l'heure à laquelle nous devons être à bord du *Nhiahar* !

— Exact. Est-ce que tu vois les Gzhindra quelque part dans les parages ?

— Ils viennent de s'installer à la table du fond. »

Le Terrien eut un petit rire sinistre. « Eh bien, nous allons leur donner matière à réflexion.

— Comment ça ? En leur faisant croire que nous avons pris le ferry ?

— Quelque chose dans ce goût-là.

— Mais qu'est-ce qui pourrait bien les convaincre d'une chose pareille ? Ça semble tellement invraisemblable !

— Pas du tout. Il pourrait fort bien y avoir sur une autre île un navire susceptible de nous emmener en un lieu dont ils n'auraient pas connaissance.

— Et c'est le cas ?

— Pas que je sache.

— Mais les Gzhindra vont nous suivre si nous prenons le ferry, et le *Nhiahar* partira sans nous !

— Je suppose que oui. Le capitaine n'aurait aucun remords à nous laisser en plan. »

Les minutes s'écoulèrent. Zap 210 avait de plus en plus de mal à rester en place. « Il est presque midi. » Elle scruta le Terrien, se demandant ce qu'il avait en tête. Aucun autre homme de Tschaï – aucun de ceux qu'elle avait connus, en tout cas – ne lui ressemblait ; il était unique en son genre.

« Voici le ferry, finit-il par annoncer. Descendons jusqu'au quai. Il faut que nous soyons les premiers dans la file d'attente. »

Zap 210 se leva. Décidément, jamais elle ne parviendrait à le comprendre ! Elle le suivit jusqu'à l'embarcadère ; d'autres personnes ne tardèrent pas à se joindre à eux, dans un joyeux désordre. « Qu'est-ce que font les Gzhindra ? » s'enquit Reith.

Elle jeta un coup d'œil par-dessus son épaule. « Ils attendent à l'arrière de la foule. »

Le ferry pénétra dans la darse ; les barrières s'ouvrirent, pour laisser les passagers débarquer.

« Rapproche-toi de la guérite du péage, souffla Reith à l'oreille de la jeune femme. Et plonge dedans quand nous passerons devant.

— Ah. »

Les grilles s'ouvrirent. Courant à moitié, Reith et Zap 210 s'approchèrent du bâtiment. Une fois au niveau de la guérite, le Terrien baissa la tête et se glissa à l'intérieur, aussitôt imité par la jeune femme. Les passagers payaient tour à tour leur billet, puis embarquaient à bord du ferry. Les Gzhindra, parmi les derniers de la file, s'efforçaient de percer du regard la mer de têtes. Entraînés par la foule, ils descendirent la rampe et embarquèrent.

Le portillon se referma ; le ferry prit le départ. Reith et Zap 210 sortirent aussitôt du poste de péage. « Il est bientôt midi, dit le Terrien. Retournons au *Nhiahar*. »

10

Les bourrasques poussaient le *Nhiahar* vers le sud-est, en direction du Kislovan. La mer était presque noire, à l'exception des blancs rouleaux d'écume qui secouaient le navire.

Par une matinée venteuse, Zap 210 rejoignit Reith à l'avant du navire. Tous deux restèrent postés là un moment, à contempler la houle que Carina 4269 grêlait d'un poudroiement d'or.

« Qu'est-ce qui nous attend là-bas ? » demanda la jeune femme.

Reith secoua la tête. « Je voudrais bien le savoir.

— Mais ça t'inquiète. Est-ce que tu as peur ?

— Oui, d'un certain Aïla Woudiver. J'ignore s'il est encore en vie.

— Qui donc est-il, pour t'effrayer à ce point ?

— Un citoyen de Sivishe, un homme dangereux... Je le crois mort, mais mon kidnapping s'est déroulé comme dans un rêve, où j'ai vu son crâne fracassé.

— Pourquoi t'inquiéter, dans ce cas ? »

Tôt ou tard, se dit Reith, il allait bien devoir s'expliquer. Le moment était peut-être venu. « Tu te rappelles la nuit où je t'ai parlé d'autres mondes parmi les étoiles ?

— Je m'en souviens, oui.

— L'un de ces mondes s'appelle la Terre. À Sivishe, Aïla Woudiver m'a aidé à construire un vaisseau spatial pour me permettre d'y retourner. »

Zap 210 laissa son regard errer sur les flots. « Pourquoi ça ?

— C'est là où je suis né. La Terre est ma patrie.

— Oh », fit-elle d'une voix atone. Après un bref silence songeur, elle lui jeta un regard en coin.

« Tu te demandes si je suis fou, lui demanda tristement le Terrien.

— C'est une question que je me suis souvent posée. *Très* souvent.

— Vraiment ? » Sa réponse l'avait interloqué, quand bien même c'était *lui* qui avait mis cela sur le tapis.

Zap 210 lui adressa la grimace qui lui servait de sourire. « Songe à tout ce que tu as accompli... dans les Abris, dans le bosquet des Khors, à Urmank avec les anguilles.

— Des actes de désespoir, ceux d'un Terrien éperdu.

— Si tu es un Terrien, que fais-tu ici, sur Tschaï ?

— Mon vaisseau s'est écrasé dans les steppes du Kotan. J'en ai construit un nouveau à Sivishe.

— Humpf… La Terre est-elle donc un tel paradis ?

— Les Terriens ne connaissent rien de Tschaï. Il faut à tout prix que ça change.

— Pourquoi ?

— Je pourrais te citer une dizaine de raisons, mais la plus importante, c'est que les Dirdir ont jadis effectué un raid sur ma planète ; ils pourraient décider d'y retourner. »

Elle lui lança un nouveau regard de biais. « Tu as des amis sur Terre ?

— Naturellement.

— Tu y vivais dans une maison ?

— En quelque sorte.

— Avec une femme ? Des enfants ?

— Ni femme ni enfants. J'ai passé ma vie dans l'espace.

— Et ensuite ? Que feras-tu après ton retour ?

— Pour l'instant, mon horizon s'arrête à Sivishe.

— Est-ce que tu m'emmèneras avec toi ? »

Il la prit par la taille. « Oui. Bien sûr. »

Zap 210 poussa un soupir de soulagement. Puis désigna bientôt quelque chose du doigt. « Là-bas, au-delà des reflets du soleil – une île. »

Cette île, un haut rocher escarpé de basalte noir et nu, était le premier de la myriade d'îlots qui ponctuaient la mer. La zone abritait une bien étrange espèce de charognards marins, qui ne ressemblait à rien de ce que Reith avait pu voir par le passé. Des créatures munies de quatre ailes oscillantes qui supportaient un amas de roses tentacules ainsi qu'un tube central s'achevant par un œil protubérant. Elles se laissaient dériver sur les eaux, pour y plonger sans crier gare afin de s'emparer d'animalcules aquatiques frétillants. Quelques-unes s'approchèrent du *Nhiahar* ; pris de panique, les matelots filèrent se réfugier dans le gaillard d'avant.

Le capitaine, qui avait rejoint la plage avant, lâcha un ricanement écœuré. « Ils les prennent pour les tripes et les yeux des marins qui ont péri en mer. Nous naviguons sur le Chenal de la Mort ; ces rochers s'appellent les Dents du Charnier.

— Comment fait-on pour y naviguer de nuit ?

— Je serais bien incapable de te répondre – vu que je n'ai jamais essayé. C'est déjà bien assez dangereux comme ça en plein jour. Chacun de ces îlots est littéralement *encerclé* de centaines de crânes et d'amoncellements d'ossements. Vous avez remarqué cette terre lointaine, devant nous ? C'est le Kislovan ! Demain, le *Nhiahar* se mettra à quai à Kazaïn. »

Dans la soirée, de longs écheveaux de nuages s'amassèrent dans le ciel, et le vent se mit à gémir. Le capitaine conduisit son navire à l'abri d'un des plus gros récifs noirs, s'en approchant au point que le balestron manqua d'érafler la roche humide. L'ancre fut alors jetée – le *Nhiahar* se retrouvait à présent relativement protégé des rafales désormais hurlantes. De hautes vagues venaient se briser contre la falaise, y formant des tombereaux d'écume. La mer jouait aux montagnes russes, ballottant de-ci de-là le vaisseau.

Le vent s'apaisa avec l'arrivée de l'obscurité. Longtemps les eaux demeurèrent agitées, comme en souvenir des bourrasques qui les avaient secouées, mais à l'aube les Dents du Charnier se dressaient tels des monuments archaïques sur une mer de verre sombre. La masse continentale se profilait à l'horizon.

Naviguant au moteur entre les récifs, le *Nhiahar* pénétra vers midi dans une longue baie étroite, pour enfin accoster à Kazaïn en fin de journée.

Sur le quai, deux Hommes-Dirdir marquèrent une pause pour observer la manœuvre. Ils étaient de haute caste – peut-être s'agissait-il d'Immaculés –, aussi jeunes que vaniteux, et portaient leurs étincelants nimbes factices de côté. Reith sentit son cœur tambouriner dans sa poitrine à l'idée qu'on les avait peut-être envoyés ici pour le conduire en prison. Pareille éventualité ne faisait pas partie de ses plans ; le Terrien transpira jusqu'à ce qu'ils se décident à rejoindre l'enclave dirdir qui se trouvait à l'extrémité de la baie.

Il n'y avait aucune formalité de débarquement ; sitôt à terre, les bras chargés de leurs bagages, Reith et Zap 210 prirent donc librement la direction du terminus des chariots motorisés. Un véhicule à huit roues s'apprêtait à en partir ; le Terrien jeta son dévolu sur les places les plus luxueuses encore disponibles : un compartiment situé au troisième étage, équipé de deux hamacs et donnant sur la plate-forme arrière.

Le chariot quitta nonchalamment Kazaïn une heure plus tard. La route commença par s'élever le long de la chaîne côtière, offrant aux passagers une vue imprenable sur le Chenal de la Mort et les Dents du Charnier. Puis, huit kilomètres au nord, elle s'enfonça à l'intérieur des terres, à travers des vignes, de blanches forêts de pommiers-spectres, et, à l'occasion, un morne petit hameau.

Vers la fin de la journée, le véhicule fit halte dans une auberge isolée, où les quarante-trois passagers prirent leur dîner. La moitié d'entre eux semblaient être des Gris ; les autres, Reith était bien incapable de les identifier. Parmi ceux-là, deux auraient pu être originaires des steppes du Kotan, et plusieurs étaient vraisemblablement des Saschaniens. Deux femmes à la peau jaune, vêtues de robes noires et pailletées, appartenaient presque certainement au peuple des marais, qui vivait sur le littoral septentrional de la Seconde Mer. Les divers groupes s'efforçaient de s'ignorer autant qu'il leur était possible : sitôt après avoir fini de manger, chacun s'empressait de retourner dans son compartiment. Une indifférence feinte, le Terrien le savait : tout le monde s'était jaugé avec une finesse dont lui-même était bien incapable.

On se remit en route avant l'aube. Les voyageurs faisaient l'ascension du plateau central lorsque le jour pointa. Carina 4269 se leva, baignant de lumière une vaste savane ponctuée d'arbres, de massifs de champignons et de plaques d'herbes épineuses.

Le voyage dura encore cinq jours, mais Reith s'en rendit à peine compte tant sa nervosité allait croissant. Dans les Abris, sur le grand canal souterrain, au large des côtes de la Seconde Mer, à Urmank, et même à bord du *Nhiahar*, il était resté relativement calme – le flegme du désespoir. Mais les enjeux étaient redevenus élevés. Le Terrien aurait voulu que le chariot accélère – tout en souhaitant qu'il ralentisse l'allure, car il n'osait penser à ce qui l'attendait dans l'entrepôt situé face à la lagune de Sivishe. Zap 210, en réaction à la tension qui habitait son compagnon – ou peut-être parce qu'elle aussi était assaillie de sombres pressentiments –, se replia sur elle-même, n'accordant au paysage qu'un faible intérêt.

Le chariot motorisé passa au sommet du plateau central, en descendit à travers des badlands de granité érodés, pour se retrouver dans des champs cultivés par des clans de Gris moroses. Des signes de présence dirdir étaient à présent visibles, par exemple une butte hérissée de tours pourpres et écarlates qui dominait une étroite vallée et ceinturée de falaises abruptes servant de terrain d'entraînement pour les chasseurs. Le sixième jour apparut devant eux une chaîne de montagnes : les contreforts surplombant Heï et Sivishe. Le voyage tirait donc sur sa fin. La nuit durant, le chariot suivit pesamment une route poussiéreuse sous la lueur rose et bleu des deux lunes.

Celles-ci finirent par se coucher. À l'est, le ciel prit la teinte brunâtre du sang caillé. L'aube jaillit en une explosion d'écarlates, d'orangés et de sépias. Devant les voyageurs apparurent le golfe d'Ajzan et la fourmilière de Sivishe. Deux heures plus tard, le véhicule s'arrêta à son terminus, près du pont.

11

Reith et Zap 210 franchirent le pont au milieu de la foule habituelle de Gris qui se rendaient aux usines de Heï, ou bien en revenaient.

Sivishe était douloureusement familière ; le cœur du Terrien se serra au souvenir de toutes les passions, toutes les douleurs qu'il avait connues en ces lieux. Si par une chance extraordinaire il retournait un jour sur Terre, pourrait-il jamais oublier ce pan de son passé ? « Viens, marmonna-t-il. Monte à bord du chariot de transit. »

Le véhicule se mit tant bien que mal en mouvement ; les quartiers miteux de Sivishe disparurent bientôt derrière eux. À l'arrêt le plus méridional, le chariot mit cap à l'est, en direction de la côte d'Ajzan. Devant le couple s'étendait à présent la lagune, avec la route sinueuse qui conduisait au dépôt de construction d'Aïla Woudiver.

Tout semblait être comme avant : des tas de gravier, de sable et de mâchefer, des monceaux de briques et de gravats. Et il n'y avait aucune activité : pas le moindre mouvement, plus un seul chariot. Les grandes portes du hangar étaient closes, ses murs penchaient encore plus visiblement qu'auparavant. Reith accéléra le pas, une Zap 210 éperdue sur ses talons.

Un spectacle de désolation l'attendait dans la cour. Pas un son, pas le moindre grincement de roue. L'entrepôt semblait sur le point de s'écrouler, comme si une explosion l'avait endommagé. Le Terrien se rendit à l'entrée latérale pour jeter un coup d'œil à l'intérieur. Les lieux étaient déserts. La fusée avait disparu. Le toit partait en lambeaux. Une pagaille innommable recouvrait établis et râteliers.

Reith tourna les talons ; son regard balaya les marais salants. Et maintenant, que faire ?

Il n'en avait pas la moindre idée. Son cerveau était comme vidé de toute pensée. D'une démarche pesante, il s'éloigna du hangar. Quelqu'un avait griffonné ONMALE au-dessus de l'entrée principale – le nom du chef des Emblèmes que portait Traz à l'époque où Adam Reith l'avait rencontré dans les steppes du Kotan. Le mot agit comme un électrochoc sur la conscience engourdie du Terrien. Où donc étaient Traz et Anacho ?

Il se rendit dans le bureau d'Aïla Woudiver, là où les Gzhindra l'avaient trouvé en plein sommeil artificiel, fourré dans un sac et emporté. Quelqu'un d'autre était présentement allongé sur le divan – un vieillard endormi. Reith frappa sur le mur ; l'inconnu se réveilla, ouvrant un premier œil chassieux, puis l'autre ; se redressa péniblement, en ramenant son manteau gris sur ses épaules. « Qui est là ? » s'écria-t-il.

Reith laissa tomber la prudence dont il faisait habituellement preuve : « Où sont les hommes qui travaillaient ici ? »

La porte s'entrouvrit ; le vieillard s'approcha, inspecta le Terrien des pieds à la tête. « Ils se sont dispersés ici et là. L'un d'eux s'est retrouvé… là-bas. » D'un coup de pouce, il désigna la Boîte de Verre.

« Lequel ? »

Un nouveau regard méfiant. « Qui donc es-tu pour ignorer ce qui se passe à Sivishe ?

— Je suis un voyageur, répondit Reith en s'efforçant de contrôler sa voix. Qu'est-il arrivé ici ?

— Tu ressembles à un dénommé Adam Reith. Au signalement qui en a été diffusé, tout au moins. Mais Adam Reith pourrait me donner le nom d'un Lokhar et celui d'un Thang, des noms qu'il serait seul à connaître.

— Zarfo Detwiler est un Lokhar. Et j'ai eu l'occasion de rencontrer Issam le Thang. »

Le regard du gardien fit furtivement le tour du paysage, pour enfin se poser suspicieusement sur Zap 210. « Et elle, qui est-ce ?

— Une amie. Elle connaît mon identité, et elle est digne de confiance.

— J'ai pour instructions de ne faire confiance à personne en dehors d'Adam Reith.

— Je *suis* Adam Reith. Dis-moi ce que tu as à me dire.

— Viens ici, j'ai une dernière question à te poser. (Il entraîna le Terrien à l'écart et lui souffla à l'oreille :) À Coad, Adam Reith a fait la connaissance d'un gentilhomme yao.

— Qui se nommait Dordolio. Bon, ton message, maintenant.

— Je n'en ai aucun. »

Reith eut un mal fou à réprimer son impatience. « Alors, pourquoi me poser toutes ces questions ?

— Adam Reith a un ami qui désire le voir. Je suis chargé de le conduire auprès de lui, à ma convenance.

— Et qui est cet ami ? »

Le vieil homme agita un doigt. « Tss tss, je ne réponds à aucune question – on me donne des instructions, et je me borne à les suivre. C'est comme ça que je gagne ma vie.

— Et en quoi consistent ces instructions ?

— Je dois conduire Adam Reith quelque part. Ma tâche sera ensuite terminée.

— Très bien. Allons-y.

— Dès que tu seras prêt.

— Tout de suite.

— Alors suis-moi. » Le vieil homme s'engagea sur la route, Reith et Zap 210 dans son sillage. Il fit presque aussitôt halte. « Pas elle. Juste toi.

— Je ne vais nulle part sans elle.

— Alors nous ne bougerons pas d'ici. Et je ne sais rien. »

Reith eut beau discuter, tempêter, tenter de l'amadouer – rien n'y fit. « Où se trouve cet endroit ? finit-il par lui demander.

— Pas très loin.

— Un kilomètre ? Deux ?

— C'est tout près. Ça ne nous prendra que quelques minutes. À quoi bon ergoter ? La fille ne va pas se sauver. Et tu t'en trouveras une autre dans le cas contraire. Aaah, ça me rappelle ma jeunesse. »

Reith fouilla des yeux le panorama qui l'entourait : la route, les cabanes disséminées au bord des marais salants, la lagune… Il n'y avait nulle part la moindre créature vivante en vue – un bien piètre réconfort. Le Terrien se tourna vers Zap 210, qui lui offrit en retour un sourire hésitant. Une partie détachée de lui-même nota que jamais il ne l'avait vue sourire ainsi. « Retourne dans la baraque, lui ordonna-t-il d'une voix crépusculaire. Tire le verrou, et n'ouvre à personne. Je te rejoins aussi vite que possible. »

Sitôt la porte refermée, Reith se tourna vers le vieillard. « Maintenant, conduis-moi auprès de mon ami. Et sans perdre de temps.

— Par ici. »

Le vieil homme se mit péniblement en marche, pour bientôt s'engager sur un chemin qui traversait les marais salants en direction de l'éparpillement de huttes situé en bordure de Sivishe. Reith sentit une nervosité croissante l'envahir. « Où allons-nous ? »

D'un geste vague, le vieillard lui désigna l'étendue devant eux.

« Où me conduis-tu ?

— Chez un ami d'Adam Reith.

— Serait-ce… Aïla Woudiver ?

— Il m'est interdit de révéler son nom. Je ne peux rien dire.

— Dépêche-toi. »

Le vieil homme s'approcha en claudiquant d'une cabane située un peu à l'écart des autres. Il frappa à la porte, fit un pas en arrière.

Du mouvement à l'intérieur, derrière l'unique fenêtre de la masure. Et puis la porte s'ouvrit – sur Ankhe at afram Anacho. Reith poussa un immense soupir de soulagement. « Est-ce lui ? s'enquit le vieillard d'une voix stridente.

— Oui, répondit Anacho. C'est bien Adam Reith.

— Alors, donne-moi mon argent ; j'ai hâte d'en finir avec cette partie de ma tâche. »

Anacho disparut à l'intérieur, pour bientôt revenir avec une bourse remplie de sequins sonnants et trébuchants. « Voilà ton dû. Reviens dans un mois. La même somme t'attendra si tu as tenu ta langue dans l'intervalle. »

Le vieux rafla la bourse et décampa.

« Où est Traz ? s'enquit Reith. Et l'astronef ? »

Anacho secoua sa longue tête pâle. « Je l'ignore.

— *Quoi ?*

— Voilà ce qui s'est passé : les Gzhindra t'ont enlevé. Aïla Woudiver a été blessé, mais pas mortellement. Trois jours plus tard, les Hommes-Dirdir sont venus le chercher pour l'emmener à la Boîte de Verre. Il a protesté, supplié, hurlé – en vain. J'ai entendu dire qu'il leur avait offert une chasse de toute beauté ; il galopait paraît-il aussi vite qu'un marmottin, en braillant à s'en faire éclater les poumons. Les Hommes-Dirdir ayant vu l'astronef quand ils sont venus l'arrêter, on redoutait qu'ils ne reviennent en force. Comme la fusée était prête à voler, on a décidé de la déplacer ailleurs. Je me suis proposé pour attendre ici ton retour. Traz et les techniciens ont décollé au beau milieu de la nuit, pour se rendre en un lieu dont d'après lui tu aurais connaissance.

— Où est-il ?

— Je l'ignore. Je ne voulais rien savoir, pour éviter qu'on me force à le trahir si d'aventure je me faisais prendre. Avant de partir, il a écrit le mot "Onmale" sur la porte de l'entrepôt – il m'a dit que tu *comprendrais*.

— Il faut que je retourne à l'entrepôt. Une amie m'y attend.

— "Onmale"... Tu sais ce que Traz a voulu dire par là ?

— Je pense, oui. Mais sans certitude. »

« Nous avons toujours le glisseur aérien à disposition ? s'enquit Reith sur le chemin du retour.

— J'ai le récépissé avec moi. Je ne vois pas ce qui pourrait poser problème.

— La situation n'est donc pas aussi grave qu'elle aurait pu l'être... J'ai vécu un certain nombre d'expériences intéressantes. (Il relata à Anacho une partie de ses aventures.) Je me suis évadé des Abris. Mais les Gzhindra ont commencé à me suivre sur le rivage. Ce sont peut-être les Khors qui les ont envoyés à nos trousses, ou peut-être les Pnume. Nous avons vu des Gzhindra à Urmank – probablement ceux qui ont embarqué à bord du *Nhiahar*. Pour ce que j'en sais, ils se trouvent encore sur les îles Saschan. Personne ne semble nous avoir suivis depuis, et j'aimerais bien quitter Sivishe avant qu'ils ne retrouvent nos traces.

— Je suis prêt à partir sur-le-champ, rétorqua Anacho. La chance peut nous abandonner à tout instant. »

Ils reprirent la route qui menait à l'entrepôt de Woudiver. Reith s'arrêta net sitôt sur les lieux. Ce qu'il redoutait au plus profond de son subconscient se matérialisait sous ses yeux. La porte du bureau de Woudiver était entrebâillée. Le Terrien s'élança comme une flèche, Anacho sur ses talons.

Zap 210 n'était nulle part en vue – ni dans le bureau ni dans le hangar.

Le sol était humide devant le petit édifice ; l'on y distinguait nettement d'étroites empreintes de pieds nus. « Il ne peut s'agir que de Gzhindra ou de Pnumekin », fit Anacho.

Reith se tourna vers les marais salants, paisibles dans la lumière ambrée de l'après-midi. Impossible d'aller les arpenter, de les traverser en hurlant le nom de la jeune femme. Que faire ? Renoncer à agir était tout simplement impensable. Il y avait Traz, l'astronef, un retour sur Terre désormais *possible*… Cette pensée sombra au fond de son esprit comme un tronc gorgé d'eau ne laissant derrière lui qu'une ombre à peine visible. Il se laissa tomber sur une vieille caisse. Anacho le considéra un instant, son long visage tiré empreint de mélancolie, tel celui d'un clown blanc. Enfin, d'une voix passablement creuse, il murmura : « On ferait bien d'y aller. »

Reith se massa le front. « Non, je ne peux juste… partir. Pas encore. Il faut que je réfléchisse.

— Réfléchir à quoi ? C'en est fini d'elle si les Gzhindra l'ont enlevée.

— J'en ai bien conscience.

— Il n'y a rien que tu puisses faire pour elle en pareille circonstance. »

Le regard du Terrien se porta sur les palissades. « Ils vont l'emmener sous terre, la suspendre au-dessus d'un gouffre, et finir par l'y précipiter. »

Anacho haussa les épaules. « C'est bien regrettable, mais comme tu ne peux rien faire pour y changer quoi que ce soit, mieux vaut te sortir ça de la tête. Traz nous attend avec l'astronef.

— Mais je *peux* faire quelque chose : aller la chercher.

— Dans les entrailles de Tschaï ? Quelle folie ! Jamais tu n'en reviendras !

— J'y suis déjà parvenu une fois.

— Par un caprice du destin ! »

Le Terrien se leva.

« Tu ne reviendras jamais, répéta éperdument Anacho. Et Traz ? Il va passer le reste de sa vie à t'attendre. Et je ne pourrai même pas lui dire que tu as tout sacrifié, vu que j'ignore où il se trouve.

— Je n'ai aucune intention de tout sacrifier. Je compte bien revenir.

— Mais bien sûr ! s'emporta l'Homme-Dirdir avec un incommensurable mépris. Cette fois, les Pnume vont mettre toutes les chances de leur côté. Tu finiras pendu au-dessus de ce gouffre à côté de la fille.

— Non, ce n'est pas là le sort qu'ils me réservent. Ils me veulent pour la Perpétuation. »

Anacho leva les bras au ciel de confusion. « Jamais je ne te comprendrai, toi, le plus obstiné des hommes ! Vas-y, descends sous terre ! Ignore tes fidèles amis ! N'en fais qu'à ta tête ! Quand comptes-tu y aller ? Maintenant ?

— Demain.

— Demain ? répéta Anacho. Pourquoi attendre ? Pourquoi priver un seul instant les Pnume de ta compagnie ?

— Parce que j'ai certains préparatifs à faire. Viens avec moi. Nous allons en ville. »

12

À l'aube, Reith alla se poster à l'orée des marais, là où, quelques mois auparavant, lui et ses amis avaient détecté les signaux qu'Aïla Woudiver adressaient aux Gzhindra. Le Terrien s'était muni d'un miroir ; quand Carina 4269 se leva à l'horizon, il s'en servit pour renvoyer ses rayons en direction de la lagune.

Une heure s'écoula. Reith remuait méthodiquement le miroir, apparemment en vain. Et puis, soudain, deux sombres silhouettes sorties de nulle part s'immobilisèrent à quelques centaines de mètres de lui. Il orienta sur elles les reflets du soleil ; comme hypnotisées, les deux formes sombres commencèrent à s'approcher, pas à pas. Lui-même se porta à leur rencontre, pour s'immobiliser au bout du compte à quinze mètres d'eux.

Tous trois se toisèrent ainsi une minute durant. Les pâles visages vulpins des Gzhindra étaient à moitié dissimulés dans l'ombre de leurs capuchons ; le Terrien pouvait néanmoins y distinguer leur nez effilé et leurs noirs yeux étincelants. Ils finirent par se rapprocher de lui. « Tu es Adam Reith, fit l'un d'une voix placide.

— Je suis Adam Reith.

— Pourquoi nous as-tu fait signe ?

— Hier, vous avez enlevé ma compagne. »

Les Gzhindra gardèrent le silence.

« Oui ou non ? insista le Terrien

— Oui.

— Pourquoi ?

— Nous en avons reçu la mission.

— Qu'avez-vous fait d'elle ?

— Nous l'avons livrée là où on nous l'avait ordonné.

— Et où se trouve cet endroit ?

— Là-bas.

— Vous êtes également censés vous emparer de moi ?

— Oui.

— Très bien. Passez devant. Je vous suis. »

Les deux Gzhindra se consultèrent à mi-voix, puis : « Impossible, déclara l'un d'eux. Nous n'aimons pas marcher avec quelqu'un dans le dos.

— Eh bien, pour une fois, vous allez devoir vous faire une raison. Après tout, vous remplirez ainsi la mission dont vous avez été chargés.

— Exact – si tout se passe bien. Mais supposons que tu choisisses de nous tirer dans le dos ?

— Si telle avait été mon intention, ce serait déjà fait. Tout ce que je veux, pour l'instant, c'est retrouver ma compagne et la ramener à la surface. »

Les Gzhindra l'étudièrent avec une froide curiosité. « Pourquoi ne passerais-tu pas devant ?

— Je ne connais pas le chemin.

— Nous te l'indiquerons.

— Après vous, répliqua Reith d'une voix si tranchante qu'elle se brisa. C'est plus facile que de me transporter dans un sac. »

Les Gzhindra se remirent à murmurer entre eux, parlant du coin des lèvres sans quitter un instant Reith des yeux. Au bout du compte, ils pivotèrent sur leurs talons et s'enfoncèrent à pas lents dans les marais salants.

Le Terrien les suivait en restant à une quinzaine de mètres derrière eux, sur un sentier presque invisible qui parfois disparaissait même complètement. Un kilomètre, puis deux, parcoururent-ils ainsi. Derrière eux, l'entrepôt se réduisait peu à peu à un petit rectangle noir, Sivishe à une informe masse grisâtre à l'horizon.

Les Gzhindra finirent par faire halte ; ils se tournèrent vers Reith, qui crut déceler une fugitive lueur d'amusement dans leurs yeux. « Approche, fit l'un des deux. Il faut que tu te tiennes ici même, avec nous. »

Le Terrien sortit le pistolet à énergie dont il avait récemment fait l'acquisition. « Simple précaution, fit-il. Je n'ai aucune envie d'être tué, ou drogué. Je veux arriver sain et sauf aux Abris.

— N'aie crainte, n'aie crainte ! s'écrièrent en chœur les Gzhindra. N'aie aucun doute sur ce point ! Range cette arme ; elle est sans objet. »

Reith la garda néanmoins au poing en s'approchant des créatures.

« Plus près, plus près ! l'exhortèrent-ils. Viens te positionner à l'intérieur de la surface noire. »

La plate-forme s'enfonça sitôt que le Terrien se fut exécuté. Les Gzhindra demeuraient parfaitement immobiles, si près de lui à présent qu'il pouvait distinguer les rides minuscules qui sillonnaient la peau de leurs visages. Si son pistolet les inquiétait, ils n'en laissaient rien paraître.

L'ascenseur camouflé descendit de six mètres ; les Gzhindra s'engagèrent dans un couloir aux parois de béton, jetèrent un coup d'œil par-dessus leurs épaules. « Dépêche-toi. » Et ils repartirent au petit trot, leurs houppelandes flottant de part et d'autre de leurs corps. Reith leur emboîta le pas. La pente douce du tunnel rendait aisée leur progression rapide. Le sol finit par s'aplanir, puis déboucha d'un coup sur le bord d'un canal. Les Gzhindra firent signe au Terrien de prendre place dans une barque, où eux-mêmes s'installèrent juste après. L'embarcation gagna automatiquement le milieu du chenal.

Ils naviguèrent ainsi pendant une demi-heure. Reith, la mine sombre, gardait les yeux fixés droit devant lui. Les Gzhindra demeuraient aussi raides et silencieux que deux noires statues.

Le canal rejoignit une voie navigable plus large ; l'esquif s'amarra en douceur le long d'un quai. Reith mit pied à terre, s'efforçant d'ignorer dignement l'amusement manifeste des Gzhindra qui le suivaient. Ils lui firent signe d'attendre ; un Pnumekin émergea bientôt de la pénombre. Les Gzhindra grommelèrent quelques mots, qu'il feignit de ne pas entendre, puis remontèrent dans la barque, laissant le Terrien seul sur le quai avec le Pnumekin. « Viens, Adam Reith. Nous t'attendions.

— La jeune femme qui a été enlevée hier, où est-elle ?

— Viens.

— Où ça ?

— Les *zuzhma kastchaï* t'attendent. »

Un frisson parcourut l'échine du Terrien, comme si un courant d'air glacé lui caressait le dos. Dans son esprit rampaient de minuscules appréhensions furtives, qu'il s'efforça de balayer. Il avait pris toutes les précautions possibles. Restait désormais à vérifier leur efficacité.

« Viens », répéta le Pnumekin.

Reith s'y résolut finalement, plein de ressentiment et de honte. Accompagnés de reflets et d'ombres mouvantes, ils empruntèrent un couloir sinueux aux murs recouverts de carreaux de silex noir poli. Le Terrien nageait à présent en pleine confusion. Le passage aboutit à une salle garnie de sombres miroirs ; Reith continua d'avancer dans un état second. Le Pnumekin le conduisit jusqu'au gigantesque pilier central, dans lequel s'ouvrait une porte coulissante. « Il te faut à présent poursuivre seul, jusqu'à la Perpétuation. »

Reith regarda par l'ouverture. Il y avait là une petite cellule aux parois tapissées d'une substance évoquant une toison argentée. « Qu'est-ce que c'est ?

— Tu dois entrer.

— Où est la jeune femme qui vous a été amenée hier ?

— Franchis le portail.

— Je veux parler aux Pnume ! s'écria le Terrien d'une voix où se mêlaient colère et inquiétude. C'est de la plus haute importance.

— Entre dans la cellule. Et suis la trace quand le portail s'ouvrira – suis-la jusqu'à la Perpétuation. »

Ivre de rage, Reith fusilla le Pnumekin du regard. La pâle créature le lui rendit avec un détachement digne d'un poisson. Exigences, menaces... tout ce qui passa par la tête du Terrien échoua à franchir la frontière de ses lèvres. La moindre perte de temps risquait de se solder par des conséquences catastrophiques, dont l'idée seule lui donnait la nausée. Il entra d'un pas raide dans la cellule.

La porte se referma. L'ascenseur commença à descendre, à une vitesse rapide mais manifestement contrôlée. La cabine s'immobilisa au bout d'une bonne minute ; sa porte s'ouvrit, sur une obscurité moirée. Devant les pieds du Terrien débutait une ligne pointillée phosphorescente, qui allait se perdre dans les ténèbres. D'un regard circulaire, il examina ce qui l'entourait. Puis il tendit l'oreille. Rien. Pas un son, pas la moindre trace d'une présence vivante. Écrasé par un sentiment de fatalité, il se mit en marche le long du tracé.

La ligne lumineuse ne cessait de serpenter. Reith ne s'en écartait pas d'un centimètre, par peur de ce qui se tapissait peut-être de chaque côté. À une occasion, il crut entendre un rugissement assourdi dans le lointain, comme si de l'air s'élevait d'abîmes insondables.

L'obscurité s'éclaircit, presque imperceptiblement, pour laisser place à une lueur diffusée par quelque source invisible. Sans transition ou presque, il se retrouva au bord d'un sombre gouffre au fond duquel il distinguait un paysage estompé, des objets aux contours vaguement dorés ou argentés. À ses pieds se déployait un escalier de pierre qui s'enfonçait dans les profondeurs ; Reith entreprit de le descendre, marche après marche.

Il s'immobilisa sitôt en bas, pris d'une terreur incoercible ; face à lui se trouvait un Pnume.

Au prix d'un violent effort de volonté, il contraignit sa voix à afficher une assurance que lui-même ne ressentait pas : « Je suis Adam Reith. Je suis venu ici pour la jeune femme, ma compagne, que vous avez enlevée hier. Fais-la venir immédiatement. »

Un murmure rauque s'éleva dans la pénombre. « Tu es Adam Reith ?

— Oui. Où est la femme ?

— Tu es originaire de la Terre ?

— *Où* est la femme ?

— Pourquoi es-tu venu sur l'antique Tschaï ? »

Un rugissement de désespoir jaillit littéralement de la gorge du Terrien. « Réponds à ma question ! »

La sombre silhouette s'éloigna sans bruit. Le Terrien mit un moment à se décider à la suivre.

Les miroitements d'or et d'argent lui parurent gagner en luminosité. Mais peut-être n'était-ce là qu'une question de perspective. Le Terrien discernait à présent des contours, des linéaments, des structures en forme de pagode, une colonnade. Derrière se mouvaient des formes ourlées d'or et d'argent, que son esprit échouait encore à rendre concrètes.

En voyant le Pnume s'éloigner, Reith sentit une telle frustration l'envahir qu'il faillit s'évanouir – frustration qui se transforma presque aussitôt en une fureur noire. Il se jeta littéralement sur la créature, l'empoigna par son élément scapulaire et tira brutalement dessus ; à sa totale stupéfaction, le Pnume tomba immédiatement à la renverse, en positionnant ses bras de manière à s'en servir de membres antérieurs. Il s'immobilisa sur sa surface ventrale, sa tête oscillant bizarrement de haut en bas – on aurait dit un molosse nocturne. Alors que Reith le contemplait avec horreur, le Pnume se releva d'un bond et lui décocha un regard glacial.

Le Terrien finit par retrouver l'usage de la parole : « Il faut que je parle avec vos responsables – et vite.

Ce que j'ai à leur dire ne peut attendre, dans notre intérêt commun !

— Ici, c'est la Perpétuation, fit la créature d'une voix rocailleuse. Ces paroles n'ont aucun sens.

— Tu changeras d'avis quand tu auras entendu ce que j'ai à dire.

— Viens rejoindre ta place à la Perpétuation. Tu es attendu. » La créature se remit en marche. Reith sentit des larmes lui monter aux yeux, d'horribles injures se presser dans sa gorge. Ils allaient le payer cher si jamais quoi que ce soit était arrivé à Zap 210. Terriblement cher. Quelles qu'en puissent être les conséquences !

Au terme de quelques minutes de marche, ils franchirent un portail à colonnades qui donnait sur un extraordinaire paysage souterrain ; un lieu qui évoqua à Reith d'élégants jardins commémoratifs terrestres.

Des silhouettes moroses se dressaient ici et là entre des formes frangées d'or et d'argent. Le Terrien n'eut guère le temps de s'interroger sur leur nature : certaines d'entre elles s'approchaient déjà de lui, ce qui lui permit bien vite de voir qu'il s'agissait de Pnume. Il y en avait au moins une vingtaine ; à en juger par l'extrême réserve dont ils faisaient preuve, ils devaient appartenir à la caste suprême. Face à ces vingt ombres, au cœur même de la Perpétuation, le Terrien ne put que s'interroger sur sa santé mentale. N'était-il pas en train de perdre la tête ? Dans un tel décor, les processus mentaux *normaux* devenaient inapplicables. Ce fut au prix d'un immense effort de volonté qu'il parvint à faire abstraction de cet environnement aberrant.

« Mon nom est Adam Reith, lança-t-il au groupe d'ombres. Je suis un Terrien. Que voulez-vous de moi ?

— Ta présence à la Perpétuation.

— Je suis bel et bien là, mais certainement pas pour longtemps. Je suis venu de mon plein gré ; en avez-vous au moins conscience ?

— Tu serais venu de toute façon.

— Faux. Jamais je n'aurais mis les pieds ici. Vous avez une jeune femme, *mon* amie. Je suis venu la libérer et la ramener à la surface. »

Comme en réponse à quelque signal, tous les Pnume firent simultanément un lent pas en avant – un mouvement sinistre, proprement cauchemardesque. « Comment comptes-tu y parvenir ? Personne n'est jamais sorti de la Perpétuation. »

Reith réfléchit quelques instants. « Ça fait longtemps que vous vivez sur Tschaï, vous autres Pnume.

— Très, très longtemps : nous sommes l'âme de Tschaï. Nous nous *confondons* avec cette planète.

— Vous n'êtes pas la seule race à y vivre ; et certaines parmi les autres sont plus puissantes que vous.

— Elles vont et viennent, telles des ombres colorées tout juste bonnes à nous distraire. Nous les dissipons à notre guise.

— Vous ne craignez donc pas les Dirdir ?

— Nous sommes hors d'atteinte de leurs méfaits. Ils ne connaissent aucun de nos précieux secrets.

— Et si cela changeait ? »

Les sombres silhouettes firent un nouveau pas en avant.

« Et si les Dirdir venaient à connaître tous vos secrets ? s'écria Reith d'une voix rauque. Tous vos tunnels, vos passages secrets, vos issues ?

— C'est là une hypothèse grotesque, qui jamais ne pourra se concrétiser.

— N'en croyez rien – je suis parfaitement capable d'en faire une réalité. » Reith sortit une chemise reliée de cuir bleu. « Examinez donc ceci. »

Les Pnume prirent l'objet avec circonspection. « C'est le Maître Plan !

— Là encore, vous faites erreur. Il s'agit d'une copie. »

Les Pnume produisirent de sourds gémissements, qui lui rappelèrent une fois encore les molosses nocturnes : il avait souvent entendu de tels hululements feutrés sur les steppes du Kotan.

Les plaintes à moitié murmurées s'affaiblirent. Les Pnume se tenaient en demi-cercle, parfaitement immobiles. Le Terrien n'avait aucun mal à percevoir les émotions qui les étreignaient – elles étaient presque *palpables* : une sauvagerie démentielle, irresponsable, qu'il avait jusque-là uniquement associée aux Phung.

« Du calme, fit-il. Le danger n'a rien d'imminent. Ces cartes sont les garantes de ma sécurité – vous ne risquez rien, sauf dans le cas où je ne retournerais pas à la surface. Ces documents seraient alors communiqués aux Chasch bleus et aux Dirdir.

— Inadmissible. Les cartes doivent nous être rendues. Il n'y a pas d'alternative.

— C'est précisément ce que j'espérais vous entendre dire. (Le regard de Reith balaya le cercle des Pnume.) Acceptez-vous mes conditions ?

— Nous ne les connaissons pas encore.

— Je veux la femme qu'on vous a descendue hier. Si jamais elle est morte, je vous réserve le châtiment le plus terrible qui soit. Vous vous souviendrez *longtemps* de moi ; vous maudirez à jamais le nom d'Adam Reith. »

Les Pnume gardèrent le silence.

« Où est-elle ? reprit Reith d'une voix grinçante.

— À la Perpétuation, pour y être cristallisée.

— Vivante ou morte ?

— Elle n'est pas encore morte.

— Où est-elle ?

— De l'autre côté du Champ Monumental, en instance de préparation.

— Vous dites qu'elle n'est pas encore morte – mais est-elle saine et sauve ?

— Elle est vivante.

— Heureusement pour vous. »

Les Pnume l'examinaient sans comprendre. Quelques-uns d'entre eux haussèrent les épaules, un geste presque humain.

« Ramenez-la ici, ou allons la rejoindre – ce qui ira le plus vite.

— Viens. »

Ils traversèrent le Champ Monumental, une succession de statues ou d'effigies représentant des individus d'une centaine de races différentes. Reith, fasciné par un tel spectacle, ne put s'empêcher de faire halte.

« Toutes ces créatures… qui – ou quoi – sont-elles ?

— Des épisodes de la vie de Tschaï, autrement dit de nos propres existences. Là : ce sont les Shivvan, qui sont venus sur Tschaï il y a sept millions d'années. Et voici un antique cristal primitif, souvenir d'une époque révolue. Derrière, tu peux voir des Gjee, qui ont jadis fondé huit empires avant d'être annihilés par les Fesa, lesquels ont à leur tour fui devant la lumière de l'étoile rouge Hsi. Puis d'autres races encore, qui ont elles aussi sombré dans l'oubli. »

Le groupe déambulait d'avenue en avenue. Les monuments étaient noirs, ornés d'or et d'argent lumineux. Il y avait là des quadrupèdes, des tripèdes et des bipèdes ; des créatures avec des têtes, des poches cérébrales, des lacis nerveux ; avec des yeux, des bandes optiques, des antennes flexibles, des prismes. Ici se dressait un être gigantesque au crâne massif brandissant une épée de plus de deux mètres de long — un Chasch vert. À proximité, un Chasch bleu châtiait un groupe de Vieux Chasch recroquevillés sur eux-mêmes, sous le regard mécontent de trois Hommes-Chasch. Plus loin, des Dirdir et des Hommes-Dirdir accompagnés de deux couples appartenant à une race que Reith s'avéra incapable d'identifier. Dans un coin, un unique Wankh austère surveillait un groupe de serfs ployant sous le labeur. Au-delà, à l'exception d'un unique socle vide, l'avenue descendait en pente douce vers une sombre et paresseuse rivière à la surface brisée de tourbillons moirés. À proximité de la rive se trouvait une cage aux barreaux argentés – dans laquelle était blottie Zap 210. Son visage demeura impassible à la vue du groupe en approche. Mais sur ses traits se peignirent maintes émotions contrastées – joie et tristesse, soulagement et consternation – dès qu'elle aperçut le Terrien. On l'avait dépouillée de ses vêtements de surface ; elle ne portait qu'une tunique blanche.

« Que lui avez-vous fait ? s'enquit Reith, d'une voix qu'il eut bien du mal à contrôler.

— Elle a été traitée avec le Liquide Numéro 1, qui fortifie et tonifie, de manière à ouvrir la voie au Liquide Numéro 2.

— Allez la chercher. »

Zap 210 émergea de la cage. Reith la prit par la main, lui caressa les cheveux. « Tu es en sécurité. Nous allons remonter à la surface. » Il attendit patiemment que se calme la jeune femme, qui pleurait de soulagement et d'épuisement nerveux contre son épaule.

Les Pnume se rapprochèrent alors des deux humains. « Nous exigeons la restitution de toutes les cartes », fit l'un d'eux.

Le Terrien parvint à produire un rire pâteux. « Pas encore. J'ai d'autres exigences à vous formuler – mais pas ici. Quittons ces lieux. Je trouve la Perpétuation un peu… oppressante. »

Reith faisait face aux Anciens Pnumes dans le hall de marbre gris poli. « Je suis un homme ; et ça me dérange de voir des congénères vivre l'existence contre nature des Pnumekin. Vous devez cesser d'*élever* des enfants humains comme du bétail. Quant à ceux qui vivent actuellement sous terre, vous allez les remonter à la surface, et assurer leur subsistance jusqu'à ce qu'ils soient capables de pourvoir eux-mêmes à leurs besoins.

— Mais cela signifierait la fin des Pnumekin !

— Tout juste, et alors ? Votre race est âgée de sept millions d'années, sinon plus. Or, ça ne fait que vingt ou trente mille ans que vous en avez à votre service. Ce ne sera pas une perte si grave.

— Admettons que nous acceptions… qu'est-ce qu'il adviendra des cartes ?

— Je les détruirai toutes, à l'exception de quelques copies. Aucune ne sera remise à vos ennemis.

— Ceci ne nous satisfait nullement ! Nous vivrions dès lors sous le coup d'une menace permanente !

— Vous m'en voyez navré, mais il me faut garder un moyen de pression sur vous, pour m'assurer que mes demandes seront satisfaites. En temps voulu, je vous restituerai peut-être tous les documents – un jour ou l'autre. »

Les Pnume pérorèrent un bon moment entre eux d'un air abattu. Enfin, dans un murmure presque inaudible, l'un d'eux reprit la parole : « Nous allons satisfaire à tes exigences.

— Dans ce cas, reconduisez-moi à la lagune de Sivishe. »

Le silence régnait sur les marais salants au couchant. Carina 4269, qui flottait au milieu d'une brume fuligineuse, faisait miroiter les tours dirdir. Reith et Zap 210 s'approchèrent du vieil entrepôt. Du bureau émergea la silhouette dégingandée d'Anacho. L'Homme-Dirdir vint à la rencontre du couple. « L'aéroglisseur est ici. Plus rien ne nous retient.

— Eh bien, dépêchons-nous. Je n'en reviens encore pas que nous soyons parvenus à nous échapper. »

Le glisseur décolla derrière le hangar, puis mit cap au nord. « Où allons-nous ? s'enquit Anacho..

— Dans les steppes du Kotan, au sud de là où nous nous sommes rencontrés pour la première fois, toi et moi. »

Ils volèrent la nuit durant, survolant d'abord les étendues désolées du Kislovan central, puis la Première Mer, et enfin les marécages du Kotan.

À l'aube, alors qu'ils atteignaient la lisière des steppes, Reith entreprit d'examiner le terrain avec son sondoscope. Une forêt se déploya sous eux ; le Terrien désigna du doigt une clairière. « Là-bas : c'est là où ma navette s'est écrasée. Le camp des Emblèmes se trouve à l'est. J'y ai enterré l'Onmale près d'un arbre à plumes. Allons-y. »

Le glisseur se posa. Reith en descendit, puis prit à pas lents la direction des bois – dans lesquels il distingua un scintillement métallique. Traz en sortit, attendit calmement que le Terrien vienne à sa rencontre. « Je savais que tu viendrais. »

Il avait changé. C'était un homme, à présent. Voire un peu plus. Sur son épaule brillait une médaille de métal, de pierre et de bois. « Tu as déterré l'emblème ? lui demanda Reith.

— Oui. Il ne cessait de m'appeler. Où que j'aille dans la steppe, j'entendais des voix, celles de tous les chefs Onmale, qui exigeaient qu'on les arrache des ténèbres. J'ai sorti l'emblème de terre. Et les voix se sont tues.

— Et le vaisseau ?

— Il est prêt. Quatre des techniciens se trouvent ici. Un autre est resté à Sivishe, les deux derniers ont perdu leur sang-froid et ont filé dans la steppe en direction d'Hedaïjha.

— Plus vite nous partirons, et mieux cela vaudra. Je ne me croirai vraiment libre que lorsque nous aurons bel et bien atteint l'espace.

— Allons-y. »

Anacho, Traz et Zap 210 pénétrèrent dans l'astronef. Reith lança un ultime regard au ciel de Tschaï. Il se pencha, toucha le sol de la planète, effrita une motte de terre entre ses doigts. Puis partit rejoindre ses compagnons à l'intérieur du vaisseau disgracieux. Une fois le sas scellé, les générateurs se mirent en route et l'appareil prit son essor dans le ciel. La surface de Tschaï s'éloigna ; sa rotondité apparut à leurs yeux, après quoi elle devint une boule brunâtre – et finit par disparaître.

Remerciements

L'éditeur souhaite exprimer ici sa gratitude à l'équipe du Projet VIE (Vance Integral Edition), ainsi qu'à John Vance Jr., pour lui avoir fourni le texte définitif des quatre romans de Tschaï.

L'objectif du Projet VIE était de produire une édition de Vance corrigée et complète, en 44 volumes, constituant ainsi un archivage physique permanent de ses œuvres en langue anglaise. Les textes ont été corrigés sous l'égide de l'auteur, son épouse Norma, et son fils John, et constituent la Version Autorisée de l'œuvre de Vance. L'édition complète a été publiée en 2005.

Pour une présentation complète du projet, de ses modalités originales de fonctionnement, et plus encore, ce lien pourra vous intéresser : http://www.integralarchive.org/base3.htm

12743

Composition
NORD COMPO

Achevé d'imprimer en Italie
par GRAFICA VENETA
le 6 octobre 2019

Dépôt légal : novembre 2019

EAN 9782290172926
OTP L21EPGN000671N001

Éditions J'ai lu
87, quai Panhard-et-Levassor, 75013 Paris

Diffusion France et étranger : Flammarion